KB213457

七年전쟁

7·년·전·쟁

七年 戰爭

재침 그리고 기이한 화평

5

김성한 역사소설

산천재

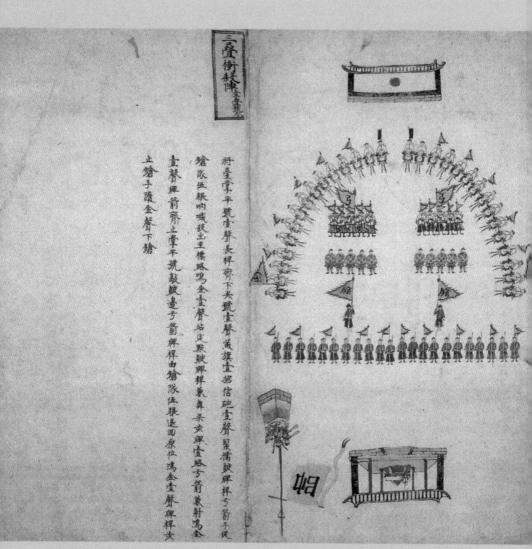

충무공팔진도 忠武公八陣圖
이순신이 실시한 대표적인 진법을 엮은 책이다.
국립중앙박물관 소장

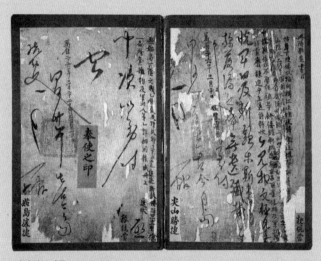

임란첩보서목 壬亂捷報書目

1598년 정유재란 때 흥양현감 최희량이 삼도수군통제사와 전라감사에게 올린 보고서.
이 보고를 받았음을 확인하는 삼도수군통제사 이순신의 친필 제김[題音]과 수결이 있다.

보물 제660호

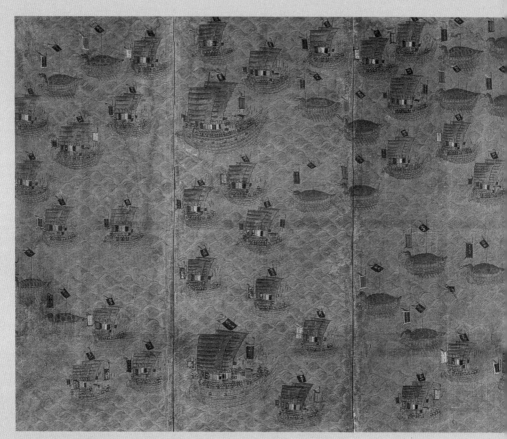

수군조련도 水軍操練圖
조선 수군이 훈련하는 모습을 묘사하였다.
국립중앙박물관 소장

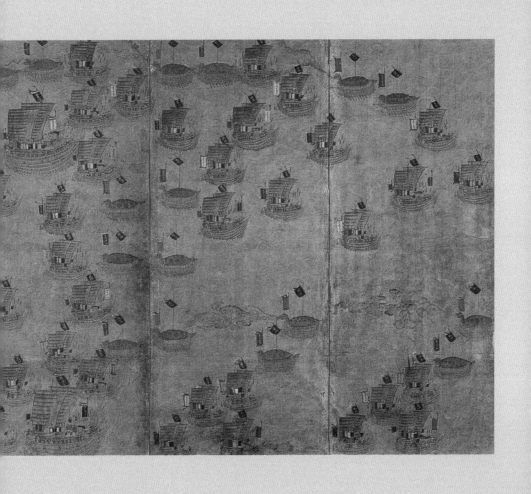

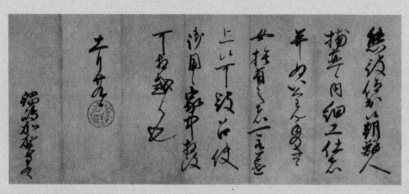

주인장 朱印狀
조선에서 세공이나 바느질 등에 능한 기술자들을 붙잡아 오도록
나베시마 나오시게에게 지시한 히데요시의 명령서다.

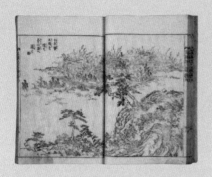

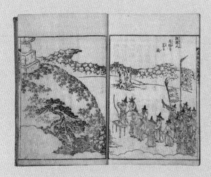

회본태합기 繪本太閤記
도요토미 히데요시의 일대기를 글과 그림으로 엮은 책.
임진왜란의 주요 장면들도 그림과 함께 묘사되어 있다.

상 일본군이 퇴각하면서 한양에 불을 지르다.
중 조선인의 귀를 베어다가 귀무덤을 조성하다.
하 울산성에 있던 가토 기요마사의 군사들이 조·명
　　연합군에 포위되어 참혹한 지경에 이르다.

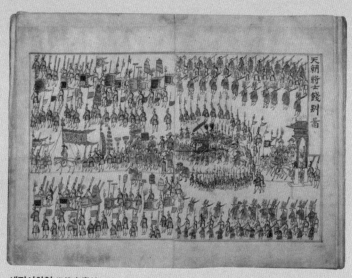

세전서화첩 世傳書畫帖
1599년 2월 원병으로 왔던 명나라 군대가 철수할 때 베푼 연회의 모습을 담은 그림. 풍산 김씨 미동
파의 김중휴가 조상에 얽힌 이야기를 글과 그림으로 엮은 것이다.
한국국학진흥원 소장

초량왜관도 草梁倭館圖
초량에 위치한 왜관(부산 용두산 공원 주변)과
그 주변을 그린 그림. 조선시대의 왜관은 일본
인이 조선과의 통상과 외교를 수행하던 곳이
자 그들의 거류지역이었다. 임진왜란 이후 일
본 사신은 한양에 들어가지 못하고 이곳 왜관
에서 외교와 통상을 다루었다.
국립중앙박물관 소장

벼루
권응수가 사용했던 벼루라고 전한다.
보물 제668호

• 조선 • 일본 • 명 삼국 관계도

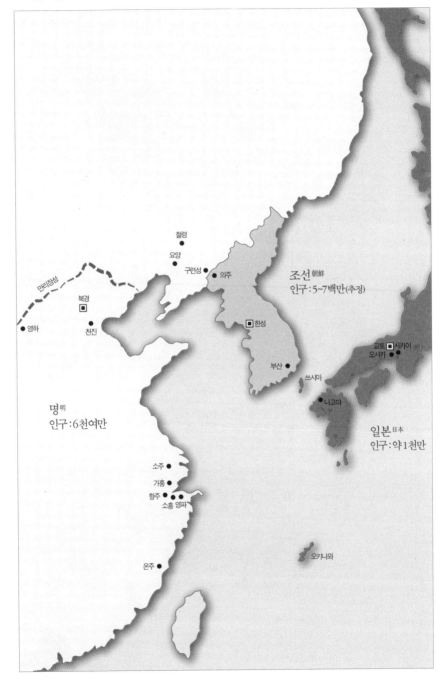

만리장성

철령
요양
구련성 · 의주

북경
영하
천진

조선朝鮮
인구:5~7백만(추정)

한성

부산
쓰시마

교토 사카이
오사카

명明
인구:6천여만

니고야

일본日本
인구:약1천만

소주
가흥
항주
소흥 영파

온주

오키나와

• 조선 군사 배치도

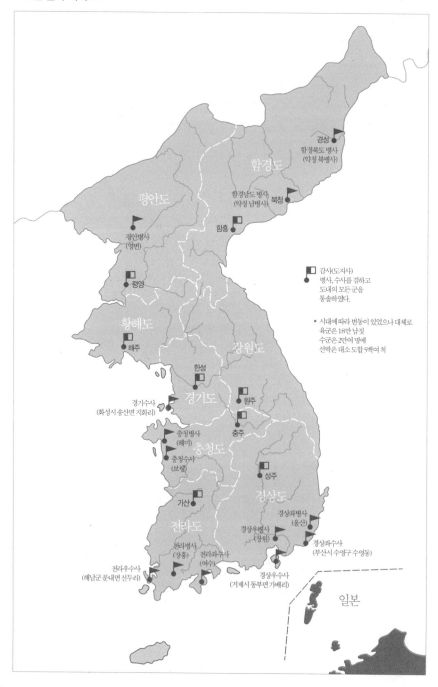

경성
함경북도 병사
(약칭 북병사)

함경도

함경남도 병사
(약칭 남병사)

북청

평안도

함흥

평안병사
(영변)

감사(도지사)
병사, 수사를 겸하고
도내의 모든 군을
통솔하였다.

평양

• 시대에 따라 변동이 있었으나 대체로
육군은 18만 남짓
수군은 2만여 명에
선박은 대소 도합 5백여 척

황해도

강원도

해주

한성

원주

경기수사
(화성시 송산면 지화리)

경기도

충청병사
(해미)

충주

충청수사
(보령)

충청도

성주

가산

경상도

전라도

경상좌병사
(울산)

경상우병사
(창원)

전라병사
(강진)

전라좌수사
(여수)

경상좌수사
(부산시 수영구 수영동)

전라우수사
(해남군 문내면 선두리)

경상우수사
(거제시 동부면 가배리)

일본

• 일본군 침공 경로

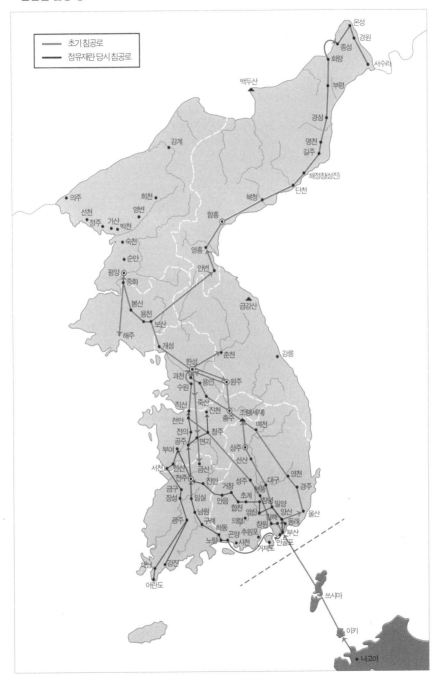

• 의병 및 관군 활동 지역

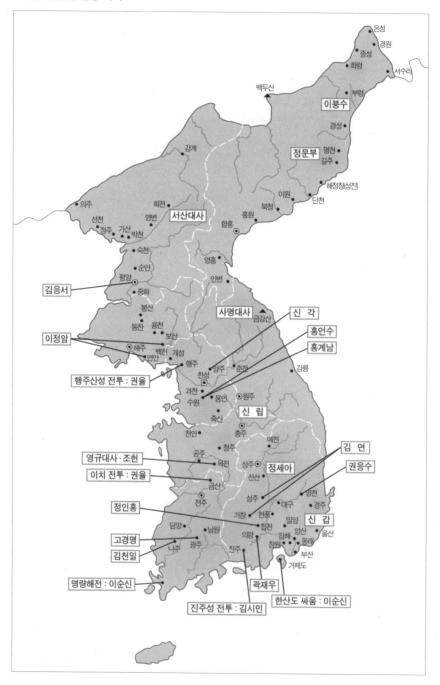

무능한 통치자는 만참(萬斬)으로도 부족한

역사의 범죄자다.

5권 재침 그리고 기이한 화평

차례

일러두기

- 이 작품은 1990년 《임진왜란》(전7권, 행림출판) 제하로 출간된 소설을 《7년전쟁》으로 제목을 바꾸고 5권으로 새로 묶은 것이다.
- 이 작품은 단행본으로 출간되기 전 〈동아일보〉에 1984년부터 1989년까지 5년 동안 연재되었으며, 단행본에서는 신문 연재 당시 지면 사정으로 다 싣지 못했던 정유재란 부분이 작가의 원래 구상대로 복구되었다.
- 신문 연재 당초에 이 작품의 제목은 '7년전쟁'이었으나 도중에 '임진왜란'으로 바뀌었다. 그러나 최초의 제목 '7년전쟁'이 작가의 의도에 더 가까울 뿐 아니라 임진왜란의 성격을 더 정확하게 드러내 준다고 판단하여 '7년전쟁'을 이 작품의 제목으로 되살렸다.
- 내용의 가감, 수정은 원칙적으로 하지 않았다. 다만, 작가가 생존시 챙겨 두었던 일부 수정 내용은 반영했다. 또 읽기 쉽도록 소제목을 추가했다.
- 일본의 인명과 지명은 종전에 한자음대로 표기되었던 것을 현지음에 기반한 일본어 표기법에 따라 고쳤으며, 중국의 인명과 지명은 종전의 한자음대로 표기하는 것을 원칙으로 했다. 다만, 일본의 인명과 지명도 현지음이 확인되지 않은 몇몇 경우는 한자음대로 표기했다.
- 본문의 지도 중 내용이 유사한 지도는 일부 없애고 책 서두에 전체 상황을 알려주는 지도를 추가했다.

칼 든 선비들의 최후

　진주성에서 싸우는 7천 명의 조선군은 묘한 위치에 있었다. 임금의 뜻을 받들어 군을 지휘하고 군법을 시행하는 도원수의 명령을 거역하고 자기들 마음대로 행동하는 군사집단이니 법도상으로는 반란부대였다. 반란이란 나라에 등을 돌리고 딴 뜻을 품는 행동을 말하는 것이라면 이 점에서 그들은 또한 묘한 대목이 있었다. 그들은 나라에 등을 돌리지 않았고 딴 뜻을 품지도 않았다. 나라를 위해서 사생결단으로 싸우는 전사들이었다.

　보기에 따라서는 역적일 수도 있고 충신일 수도 있는 것이 진주의 조선군이었다.

　세상 사람들은 그들을 충신이라고 하였다. 그러나 서둘러 진주성을 포기하고 전라도로 넘어간 도원수 김명원을 비롯한 모모한 장수들은 착잡한 심정이었다.

이들이 군령을 거역하고 진주성을 사수한다고 나서는 바람에 모양이 우습게 되었다. 소박한 백성들의 눈에는 그들이 용감하고 자기들은 비겁해서 도망친 것으로 비치고 말았다.

이런 형편에 그들이 적을 물리치고 진주성을 보전해 낸다면 자기들은 더욱 난처해질 수밖에 없었다. 천하에 웃음거리가 될 것이고, 조정에서도 그냥 두지 않을 것이다.

하여튼 괘씸한 것들이었다. 어떻게 할 것인가? 양심으로 말하자면 고군분투하는 그들을 돕는 것이 옳고, 괘씸한 것으로 말하자면 팽개쳐두는 것이 옳고 — 판단이 서지 않았다.

이미 전사한 황진(黃進)이 위대기(魏大器)를 보내 이들에게 원병을 요청한 것은 전투가 시작된 다음 날인 22일이었다. 운봉에서 선거이(宣居怡)를 만난 위대기는 전주까지 가서 김명원 이하 만날 사람은 다 만났다.

"그럼, 도와야지."

누구나 대답은 좋았다.

"일이 급합니다."

"일이 급하다고 우물에서 숭늉을 찾아서야 쓰겠는가? 기다리게."

위대기는 기다릴 수밖에 없었다.

며칠 기다리는데 북에서 임금의 교지를 받은 선전관이 달려왔다. 도원수가 갈렸다는 것이다.

김명원은 전쟁 초에 도원수로 임명되어 오늘에 이르렀으나 전투가 벌어지면 도망친 경험은 있어도 이긴 경험은 없었다. 다른 사람 같으면 벌써 해직되었을 것이나 사람됨이 중후하고 인심을 잃지 않은 덕에 그럭저럭 자리에 머물러 있었다.

조정에서 자주 거론된 끝에 드디어 지난 6월 14일 도원수를 갈기로 결정을 보았다. 진주전이 벌어지기 7일 전이었다.

신하들은 순변사 이빈(李賓)을 천거하였다. 무인 출신으로 평양전투를 비롯하여 여러 차례 공을 세운 장수였다. 그러나 임금이 전라감사 권율(權慄)을 고집하는 바람에 권율이 도원수로 임명되고, 권율의 후임으로 연안성에서 공을 세운 이정암(李廷馣)이 전라감사로 지명되었다.

조정은 얼마 전에 평안도 영유(永柔)에서 1백 리 남방 강서(江西)에 옮겨 앉아 있었다. 강서에서 전주는 1천1백 리, 번다한 문서상의 절차를 밟고, 먼 길을 오다 보니 이때에야 현지에 전달되었다.

중대한 시기에 있어서는 안 될 책임자의 교체가 있었다. 더구나 이것은 서열을 도외시한 인사였다. 군의 서열로는 도원수 다음은 순변사, 도의 순찰사, 즉 감사는 그 다음이었다.

권율은 난감하였다. 어제까지 상사로 모시던 순변사 이빈을 이래라저래라 할 수도 없고, 동료 장수들과의 관계를 조정하는 데도 마음을 써야 했다.

"조금만 기다려 주게."

그는 위대기를 위로하였다.

진주 현지에서는 한 시각이 일 년같이 급한데 전주에서는 이런 일로 또 시일이 천연되었다.

생전에 황진은 하루에 한 번은 서쪽을 물끄러미 바라보곤 했으나 위대기도 원병도 오지 않았다.

1만 명이면 족하였다. 와서 적의 배후를 치고 부산·진주 간 3백 리에 걸친 양도(糧道)를 몇 군데만 끊어 주어도 적은 길어야 보름을 넘기지 못하고 후퇴할 것이다. 총력을 기울인 이 전투에 실패하면 도요토미 히데요시는 두말없이 물러갈 것이고, 성공하면 무슨 엉뚱한 생각을 품을지 알 수 없었다.

그러나 원병은 오지 않고 밖에서 호응해 주는 것은 곽재우의 유격부대뿐이었다. 밤이면 먼 산에서 병사들이 횃불을 들고 소란을 부림으로써 적의 마음을 산란케 하는가 하면 때로는 야습도 감행하였다.

그러나 1백 명 미만의 병력은 대세를 좌우할 세력은 못 되었다. 자고로 바깥의 호응 없이 외로운 성이 싸움에 이긴 역사는 없었다. 황진은 암담한 심정으로 원병을 기다리다 최후를 맞았다.

최경회(崔慶會)의 직책은 경상우도병마사였으나 진주성에 들어와서는 새로운 편제하에 김천일과 함께 도절제로 추대되었었다. 황진이 살아서는 성내의 어른으로, 뒤에서 그를 돕고, 병사들을 격려하고 다니는 것으로 그의 임무는 족하였다.

그러나 이제 유능한 황진은 가고 무능한 서예원(徐禮元)이 들어섰다. 최경회도 나서지 않을 수 없었다.

29일. 음산한 날씨에 새벽부터 비가 내리고 좀처럼 개일 기미가 보이지 않았다. 그러나 적은 성내의 변고를 알아차린 듯 동이 트자 모든 기기(機器)와 병력을 총동원하여 공격을 가해 왔다. 숨을 돌릴 여유조차 주지 않는 맹공격이었다.

최경회는 한 손에 창을 들고 천천히 성을 돌았다. 가끔 발을 멈추고 창으로 찌르거나 내리치면 성벽 위에 머리를 내밀었던 적병이 비명도 없이 떨어지곤 했다.

병사들은 여전히 잘 싸웠다. 활을 당기고, 몽둥이로 내리치고, 돌을 굴리고, 끓는 물을 퍼붓고, 생각할 수 있는 방법을 다 동원하고 있었다.

적의 제1파가 물러가자 병사들은 비가 내리는 속에서도 팔을 베고 제자리에 드러누웠다. 어딘지 모르게 그늘진 얼굴에 사지를 축 늘어뜨린 병사들 — 전에는 보지 못하던 광경이었다.

"허허……."

웃음소리에 이어 침을 뱉는 소리가 들렸다.

"별꼴 다 보겠다."

병사들이 성 밑을 내려다보고 있었다. 간밤에 새로 임명된 순성장 서예원, 새벽에 싸움이 시작된 후 한 번도 모습을 보이지 않던 서예원이 나타났다. 전립도 쓰지 않은 민머리에 비를 맞으면서 말을 몰고 있었다. 가끔 소매로 눈언저리를 좌우로 훔치는 품이 우는 모양이었다.

최경회는 층계를 내려 그의 앞을 막아섰다.

"대장은 군의 기둥인데 이게 무슨 몰골이오?"

"죄송하외다. 저는 천생 겁이 많아서 떨리기만 하고……."

또 소매를 눈으로 가져갔다. 병사들의 웃음거리가 되어 버린 장수. 그러지 않아도 실의에 빠진 병사들이 이 인간으로 해서 아주 주저앉아 버리는 소리가 들리는 듯했다.

기강을 세우자면 목을 쳐야 하지 않을까. 최경회는 칼을 뽑다가 도로 집어 넣었다. 장수가 장수를 친다? 웃음거리를 하나 더 보태는 것밖에 되지 않았다.

"피곤해서 그럴 것이오. 촉석루에 가서 쉬시오."

최경회는 그를 보내고 장윤을 순성장으로 임명했다. 무인 출신으로 이 진주 싸움에서는 황진 다음으로 신망이 있는 장수였다.

장윤은 기대에 어긋나지 않았다. 적이 쏘아붙이는 숱한 총알이며 화살 같은 것은 아예 없는 것으로 치부하고 성 위를 돌아다니면서 전투를 지휘하였다. 병사들은 다시 용기를 얻고 몰려오는 적마다 잘 막아 냈다.

그러니 자연히 장윤은 적의 주목을 끌었고, 집중 사격의 대상이 될 수밖에 없었다. 오후에 들어서자 마침내 그는 10여 발의 적탄을 한몸에 맞고 전사하였다.

불행은 그뿐이 아니었다. 틈을 주지 않고 또 들이닥쳤다. 미시(未時：

오후 2시)에 동문에 잇닿은 옹성(甕城)이 무너졌다. 이 싸움을 앞두고 백성들을 동원하여 서둘러 쌓은 것으로 공사가 부실해서 오늘 비에 무너졌다. 무너지면서 본성을 치는 바람에 성벽의 일부가 무너지고 말았다.

적은 개미 떼같이 이 무너진 틈을 타고 성안으로 쳐들어왔다. 문을 지키던 김해부사 이종인은 부하들과 함께 활을 버리고 칼과 창으로 적과 백병전을 벌였다.

참으로 인간의 상상을 초월한 처절한 싸움이었다. 칼이며 창을 휘둘러 적을 치고 짓밟는 조선군 병사들은 어김없는 관우(關羽), 장비(張飛)의 환생이었다.

마침내 동문의 적은 숱한 시체를 남기고 물러갔다. 이종인 이하 장병들은 얼굴에 흐르는 땀과 빗물을 손바닥으로 훔치고 한숨 돌렸다.

그러나 이 시각 김천일 휘하 의병들이 지키던 북문에서 변고가 일어났다. 적은 수없는 사다리들을 타고 성벽을 기어오르는가 하면 돌격대들이 번갈아 가면서 성문을 들부수고 있었다. 연일의 전투에 지칠 대로 지친 의병들은 구름같이 몰려드는 적의 공격을 지탱하지 못하고 차츰 밀리기 시작했다.

드디어 적은 북문을 점령하고, 열어젖힌 문으로 홍수같이 쏟아져 성내로 퍼졌다. 의병들은 자기들의 총수 김천일이 좌정한 촉석루로 후퇴하였다.

성내로 들어온 적의 대군이 배후로 몰려오고 있었다. 동문을 지키던 이종인과 서문에서 전투를 지휘하던 최경회도 하는 수 없이 부하들을 이끌고 촉석루로 달렸다. 여기 포진하고 끝까지 항전할 생각이었다.

남강을 면한 남쪽은 염려할 것이 없었다. 이종인은 촉석루를 중심으로 삼면에 반달형으로 전 병력을 배치하고 무기의 점검에 들어갔다. 누가 시킨 것도 아니고 스스로 나선 것도 아니었다. 마지막 남은 용장으로 무언중에 이종인은 전투지휘를 맡게 되었다.

"우우……."

별안간 겁에 질린 비명과 함께 촉석루에서 내닫는 그림자가 있었다. 그림자는 병사들 틈을 헤치고 멀지 않은 대나무 숲으로 사라졌다. 서예원이었다.

이 뜻하지 않은 거동은 바라보던 병사들 사이에 공포의 선풍을 일으켰다. 하나 둘 내닫더니 10여 명이 덩달아 달리고, 이어 수천 명, 거의 전원이 뿔뿔이 흩어져 냅다 뛰었다. 산에서 토사가 무너지듯 인력으로 어쩔 수 없는 현상이었다.

그런 가운데서도 적은 각각으로 다가들고 있었다.

"종말이 온 것 같소."

촉석루 한복판에서 말없이 바라보던 김천일은 옆에 서 있는 최경회를 돌아보았다. 최경회는 고개를 끄덕였다.

함께 있던 김천일, 최경회, 고종후, 그리고 김천일의 아들 상건(象乾), 네 사람은 다 같이 선비의 집안에 태어났고, 선비로 자란 사람들이었다. 그들은 선비의 법도대로 임금이 계신 북쪽을 향해 두 번 절하였다. 임금에게 하직을 고하는 절차였다. 그리고는 촉석루를 나와 벼랑에 섰다.

"젊은 너에게는 미안하다."

김천일은 옆에 부축하고 서 있는 아들 상건에게 마지막 한마디를 던졌으나 상건은 목이 메어 말이 나오지 않았다.

최경회가 몸을 날려 비 내리는 남강에 뛰어들자 김천일 부자, 이어 고종후가 몸을 내던졌다. 물에 투신하여 자결하는 것은 굴원(屈原)을 본받는 선비들의 죽음의 의식이었다.

이종인은 달랐다. 피하지도 몸을 던지지도 않았다.

"칼은 일대일, 활은 일당백이 될 수도 있다. 활을 들어라."

촉석루에는 아름드리 기둥들이 많았다. 그는 끝까지 남은 20명의 심복들을 이리저리 기둥 뒤에 배치하고 자신도 활을 들었다.

촉석루를 삼면으로 둘러싸고 이리 떼같이 달려드는 적병들. 조선군은 잽싸게 기둥 사이를 누비고 적의 총탄을 피하면서 활을 겨누고 화살을 퍼부었다.

목숨을 내놓은 병사들처럼 용감하고 유능한 자도 없었다. 사격은 정확하고 촉석루 주변에는 적의 시체가 즐비하게 뒹굴었다. 한 사람이 3, 4명, 많은 경우에는 10명도 더 쓰러뜨린 병사도 있었다.

여기저기서 적장들의 고함소리가 울리고 다가들던 적은 후퇴하였다. 그러나 1백여 보, 적탄은 이쪽에 미치고, 화살은 저쪽에 미치지 못하는 거리였다.

기둥을 의지하고 용케 총알을 피했으나 촉석루에 어둠이 내리기 시작했다. 오늘은 그믐. 캄캄한 그믐밤에 다수에 포위된 소수는 독 안에 든 쥐일 수밖에 없었다. 이종인은 어둠 속의 병사들에게 눈길을 던지고 미소를 지었다.

"미리 가서 저승의 길목을 지키는 것도 나쁘지 않을 것 같다. 이승에서 못 잡은 도요토미 히데요시를 저승에서 잡는 것도 괜찮을 것이다."

이종인을 선두로 20명의 병사들은 창을 들고 적진으로 돌진하였다. 비명, 호통 속에 혼전이 벌어지고, 이종인은 창을 휘둘러 7명까지 찌른 것은 셈했으나 그 이상은 기억하지 못했다. 전원이 전사하고 이종인도 마침내 가슴에 적탄을 맞고 쓰러진 채 다시는 움직이지 못했다.

불타는 진주성

북문이 뚫리고 적이 밀고 들어온다는 소문이 퍼지면서부터 진주성내는 분노와 공포로 진동하였다. 왜놈들의 손에 죽기 전에 내 손으로 죽자. 어떤 사람들은 대들보에 목을 매고 다른 사람들은 남강으로 내달렸다. 지난 1년의 행적으로 일본군은 짐승이지 사람이 아니라는 것을 알았다. 그들에게 인정을 바라는 것은 승냥이에게 자비를 구하는 것이나 진배없는 어리석은 일이었다.

비가 퍼붓는 남강은 외마디 비명과 함께 물속으로 뛰어드는 수천, 수만의 인파로 들끓고, 강변에서는 발을 구르고 통곡하는 숱한 어린아이들의 울음소리가 절벽에 메아리쳤다. 먼저 간 어머니들이 차마 함께 죽지 못해 남겨 둔 아이들이었다.

적이 성내로 들이닥치고 사람들이 강으로 몰려간다는 소식을 듣고도 논개는 집을 떠나지 않았다. 어쩌면 남편 최경회가 집에 들를 것도 같았다. 그러나 대문으로 뛰어든 병정이 숨을 허덕이고 전했다. 장군께서 돌아가셨소.

논개는 구석에 있던 작은 봇짐을 집어 들고 밖으로 내달았다. 날은 이미 저물고 비는 퍼붓고, 한 치 앞도 보이지 않는 캄캄한 밤이었다. 때로는 엎어지고 때로는 뒹굴고 남강까지 왔으나 강변에는 일본군이 웅성거리고 있었다. 논개는 숲 속으로 몸을 숨겼다.

"누구요?"

10여 보 떨어진 숲 속에서 속삭이는 소리가 들렸으나 그는 대답하지 않았다.

"용케 여기까지 왔군."

또 속삭였다. 분명히 집에 가끔 찾아오던 진주목사 서예원의 목소리였다. 그러나 대답할 겨를도 없이 알 수 없는 일본말 고함소리가 울렸다.

"나니모노카(어떤 놈이냐)?"

서예원은 응답이 없었다. 적병들은 소리가 들린 지점을 에워싸고 한걸음 두 걸음 포위망을 좁혀 들어갔다.

"아이구, 사람 살려 주시이소."

어둠 속에서 서예원이 두 손을 번쩍 들고 일어섰다. 적병들은 칼이고 몽둥이고 손에 잡은 대로 내리치고 발길로 차고 짓밟았다. 개를 때려잡는 것과 별로 다를 것이 없었다.

서예원을 처치한 적병들은 흩어져 여기저기 숲 속을 쑤시다가 다시 제자리로 돌아가 망을 보기 시작했다.

논개는 한숨을 내쉬고 귀를 기울였다. 성내 처처에서 죽어 가는 인간의 애절한 비명이 울려오고, 어둠에 익숙해지자 강변에서 전개되는 광경도 차츰 눈에 들어왔다.

남강은 인간 도살장이었다. 적병들은 물가에서 우는 어린것들을 거꾸로 집어 강물에 팔매질을 하고, 끌어온 백성들을 찌르고 차고 짓밟아 강 속으로 쓸어 넣고 있었다. 시체들은 어지럽게 강을 메우고 잠기기도 하고 뜨기도 하면서 하류로 흘러갔다.

논개는 한밤을 꼼짝 못하고 숲 속에서 지새웠다.

새날은 7월 1일, 어제와는 달리 청명한 날씨였다. 적은 집마다 뒤져 숨어 있던 자들을 끌어내다 길바닥에서 처치했다.

전투도 일단락된지라 사람을 처치하는 방법에도 여유가 있었다. 병사들을 둘러 세우고 장교가 칼로 목을 치는 시범을 보이는 경우도 있고, 때로는 요참(腰斬)이라고 해서 허리를 치는 경우도 있었다. 다만 여자들은 죽는 것도 윤간(輪姦)이라는 절차를 거쳐야 하고, 늙었다고, 혹은 어리다고 면할 길은 없었다.

또 하루가 가고 밤이 오자 그들의 작업도 대충 마무리가 된 듯 촉석루에서는 큰 잔치가 벌어졌다. 일본식 초롱들을 내걸고, 아래위층을 메운 높고 낮은 장수들은 술을 마시고 노래를 부르고 간혹 칼을 뽑아 들고 검무(劍舞)라는 것을 추기도 했다.

논개는 멀리 그들의 거동을 바라보다 깜빡 졸았다. 순식간이라고 생각했으나 눈을 뜨니 하늘에는 초승달이 걸려 있고 주변을 맴돌던 일본군 초병들의 모습도 보이지 않았다. 자정이 훨씬 넘은 이 시각, 어디 가서 잠시 눈을 붙였거나 술을 마시는 데 한몫 끼었으리라.

논개는 봇짐을 풀고 새 옷으로 갈아입었다. 모시옷 한 벌, 목을 매건 물에 빠지건 남편의 뒤를 따를 때를 생각하고 마련해 둔 것이었다.

촉석루의 잔치는 한물간 듯 몇 사람이 둘러앉아 떠들고 팔뚝질을 할 뿐 나머지는 즐비하게 모로 쓰러진 품이 취해서 잠이 든 모양이었다. 논개는 멀리 우측으로 촉석루에 곁눈을 던지면서 숲 속을 움직였다. 남편이 몸을 던졌다는 촉석루 절벽 아래, 그 장소, 그 강물에 뛰어들 참이었다.

"요보!"

촉석루 절벽 밑에 이르자 옆에서 검은 그림자가 불쑥 나타났다. 논개는 기겁을 하고 몇 걸음 물러섰다. 술 냄새를 풍기는 품이 촉석루에서 술을 마시다 내려온 장수가 분명했다.

"요보."

사나이가 이빨을 드러내고 다가왔다.

논개는 얼떨결에 훌쩍 뛰어 물속의 큼직한 바위로 몸을 날렸다.

"요보."

사나이는 억지로 쫓아오지 않고 물가에서 손짓을 했다. 조선에 건너온 일본군은 노소(老少)와 미추(美醜)를 가릴 겨를이 없었다. 여자면 족했고, 완력으로 해결하면 그만이었다. 그러나 달빛에 비친 논개는 그렇게 되지 않았다. 귀하고 황홀하고, 함부로 다룰 상대가 아니었다.

물 속의 논개는 흐르는 강물을 내려다보았다. 이제 몸을 던지면 만사가 끝나는 것이다. 세상의 종말이라고 생각하니 마음은 의외로 가라앉고 머리도 깨끗했다.

다음 순간 그는 자기가 빈손이라는 생각이 들었다. 남편을 찾아 저승의 먼 길을 가는데 예물이 없을 수 없었다. 그것은 인사가 아니었다. 그는 물가를 향해 손짓을 했다. 예물은 거기 있었다. 사나이는 이빨을 드러내고 물을 건너뛰었다.

논개는 바위로 건너온 사나이의 허리를 천천히 얼싸안고, 있는 힘을 다해서 조여 들어갔다. 황소같이 억센 몸집이었다.

뒤로 자빠지면서 함께 물 속으로 뛰어들었다.

"어, 어……."

사나이는 외마디 소리를 토하다 말고 목청껏 알 수 없는 일본말로 고함을 질렀다. 논개는 더욱 팔에 힘을 주고 사나이는 자맥질을 하면서 주먹으로 논개의 머리를 후려치고 팔을 잡아채었으나 꾸떡도 하지 않았다.

촉석루에서 사람들이 외치고 횃불을 든 병정들이 달려 내려오고, 소동이 벌어졌다. 그러나 물속의 두 사람은 파도에 밀려 자꾸만 하류로 흘러 내려갔다.

논개는 물속에서 숨이 끊어졌다. 그러나 죽어서도 팔을 풀지 않는 바람에 사나이는 함께 물속 깊이 가라앉아 그대로 숨을 거두고 말았다. 이름은 기타 마고베에(木田孫兵衛), 가토 기요마사(加藤淸正)의 부하 장교였다.

작년 10월, 이 진주성에서 숱한 일본군이 조선군의 손에 죽었다. 이번에 온 것은 그 원수를 갚기 위해서였다. 9일간의 혈투 끝에 한사코 대항하는 조선군을 쳐부수고 진주성을 점령하였다. 성내에서 조선 사람이라고 이름 하는 자들은 남녀노소 귀천을 막론하고 싹 쓸어버렸다. 작년의 원수는 갚은 셈이다.

금년에 죽은 일본군의 숫자도 작년보다 많으면 많았지 적지 않았다. 더구나 젊은 여자가 황소 같은 일본 장수를 물고 들어가 강 속에서 함께 빠져 죽는 사건까지 벌어졌다. 지독한 것들이다.

이 원수는 어떻게 갚을 것인가? 갚지 않고는 셈이 될 수 없었다. 일본 장수들은 이를 갈았다.

다음 날 일본군은 진주성과 그 주변의 모든 집에 불을 질렀다. 관가도 타고 민가도 탔다. 쥐도 타고 개도 타고 빈대도 탔다.

용케 숨었던 백성들도 불길은 당할 길이 없었다. 밖으로 뛰어나오면 일본군의 사정없는 창끝이 기다리고 있었다.

진주성에서는 인간뿐만 아니라 생명이 있는 모든 창생이 멸종하고 남은 것은 잿더미뿐이었다. 그러나 일본군은 분이 풀리지 않았다.

성을 부셔라. 수없는 일본 병사들이 달려들어 진주성의 돌들을 들어내고 굴리고 흩어 버렸다. 이제 6만 명의 생령도 읍내도 성도 간 곳이 없고 폐허에 뒹구는 시체, 강가에 서로 베개하고 돌무지같이 쌓인 시체들. 강을 메우고 부침을 거듭하면서 쉬지 않고 떠내려가는 시체들이 한때 인간으로 태어났던 길지도 않은 세월의 의미를 되씹고 있었다.

"내친 김에 경상도 일대를 밟아 버리고 전라도까지 밀어붙여야 하지 않겠습니까."

회의에서 강경파 가토 기요마사가 주장하고 나섰다.

"태합의 명령은 진주성을 치라는 것이지 딴 고장의 말씀은 없었소. 더구나 전라도를 친다는 것은 말이 안 되오."

온건파 고니시 유키나가(小西行長)가 반대하였다. 그는 얼마 전 북으로 떠나는 심유경에게 약속한 일이 있었다. 히데요시의 명령이니 할 수 없이 진주는 쳐도 전라도는 치지 않겠다고. 약속을 어기면 화평교섭에 지장이 없을 수 없었다.

"말이 안 돼? 어째서 안 되는지 말씀해 보실까?"

기요마사가 이죽거렸다.

"이번의 진주 싸움으로 많은 사상자를 냈고, 무기, 식량도 거의 바닥이 났소. 무엇으로 전라도를 친다는 말이오?"

유키나가가 반박했으나 기요마사는 삿대질을 했다.

"누가 당신더러 그런 걱정을 하랬소?"

이렇게 나오면 유키나가도 할 말이 없었다.

강경파 중의 강경파로 기요마사 외에 나베시마 나오시게(鍋島直茂), 시마즈 요시히로(島津義弘)의 두 사람이 있었다. 기요마사와 나오시게는 함경도까지 올라갔던 인물이고 요시히로는 강원도 산악 지대에서 싸운 사람이었다. 지세도 험하고 관·의병의 저항도 완강해서 처음부터 끝까지 고생이었다.

이들 세 사람으로서는 특히 지난겨울의 고생은 말로 다 할 수 없었다. 철수 명령이 내려 서울로 올라오는데 날은 춥고 눈보라는 휘몰아치고 추격하는 조선군은 더욱 기승을 부리고. 숱한 부상자들을 구할 길이 없어 엄동설한의 산과 들에 팽개치고 여기까지 밀려 왔다. 진주성만으로는 부족하고 한바탕 더 분풀이를 해야 가슴에 맺힌 것이 풀릴 것이었다.

요시히로는 남으로 사천, 고성을 휩쓴 다음 방향을 동으로 바꾸어 삼가와 의령(宜寧)을 쑥밭으로 만들고, 나오시게는 북으로 단성(丹城), 산음을 결딴내고 지리산으로 들어갔다.

기요마사는 우선 가덕도에 대기하고 있던 수군에 연락하여 수륙합동으로 전라도를 칠 것을 제의하고 하동(河東)을 거쳐 구례(求禮)에 당도했다. 여기서 지리산에 들어갔던 나오시게의 병력과 합류하여 전라도를 칠 계획을 다듬었다.

일거에 쳐야 했다. 시일을 끌면 고니시 유키나가의 무리가 어떤 모함을 꾸밀지 알 수 없었다. 쳐서 전라도를 깔고 앉으면 요사스러운 유키나가도 별수 없을 것이고, 본국의 히데요시는 입이 벌어질 것이고, 자기들은 영웅이 될 것이다.

그들은 병력을 4개 부대로 분할 편성하고, 부대마다 공격 목표를 주었다. 구례, 남원, 순천, 광양(光陽). 성공하면 총력으로 전주를 칠 계획이었다.

그들은 일시에 이들 4개 고을을 들이쳤다. 굶주린 조선군은 맥을 쓰지 못하고, 배가 부른 명군은 남원에 있던 낙상지가 나와 싸우는 시늉을 했을 뿐 도망갈 보따리를 싸는 데 정신이 없었다.

이들 고을은 휩쓸었으나 그 뒤가 문제였다. 부산에서 와야 할 식량이

오지 않았다. 전쟁 초기와는 달리 현지에는 약탈할 식량이 없고, 있어도 깊숙이 감추는 바람에 찾을 길이 없었다.

부산에서 안 오는 것은 유키나가의 조화에 틀림없었다. 그것을 예측하고 수군에 협력을 부탁했었다. 수군은 약속대로 식량을 싣고 수백 척으로 가덕도를 떠나 서쪽으로 항진하였다. 거제도와 본토 사이 칠천량(漆川梁)까지 왔으나 한산도 해역에 조선 수군이 버티고 있다는 소식이 들어왔다.

그들의 의도를 미리 간파한 이순신, 원균, 이억기는 모든 함정들을 이끌고 여기 와서 기다리고 있었다.

조선 수군을 만나면 도망치라 ― 이미 히데요시의 명령이 내리고 있었다. 명령이 아니더라도 겁이 나서 그들은 뱃머리를 돌려 가덕도로 돌아갔다.

아무리 드센 기요마사, 나오시게라도 먹지 않고 싸울 수는 없었다. 그들은 부하들을 이끌고 부산 방면으로 발길을 돌렸다.

이들 세 장수가 각기 그 지역에 남긴 상처는 오래도록 아물 줄을 몰랐다.

그들은 인간의 머리로 짜낼 수 있는 못된 짓은 다 짜내고 시험하고 실천에 옮겼다. 약탈, 살인, 방화, 강간 같은 것은 새삼스러운 것이 못 되고 산 사람의 사지를 하나하나 자르는가 하면 가슴을 가르고 뛰는 염통을 꼬챙이로 쑤시기도 했다. 상을 찡그리고 외치고 요동치는 모습을 음미 감상하는 재미가 이만저만이 아니었다.

거기다 북에서는 안 하던 버릇이 하나 생겼다. 허약한 자들은 없애 버리고 건장한 남녀와 소년 소녀들을 납치하는 일이었다. 전쟁 중에 많은 장정들이 조선에 와서 죽는 바람에 본국에서는 일손이 달렸다. 이들을 끌어다 땅을 파게 하는 것이다.

또 있었다. 기요마사는 구마모토(熊本), 나오시게는 사가(佐賀), 요시히로는 사쓰마(薩摩) ― 그들의 영토에서 멀지 않은 국제항구 나가사키(長崎)에는 포르투갈 상인들이 들끓고 있었다. 이들은 사람을 사서 마카오, 말라카, 인도의 고아 등지에 노예로 팔아넘기는 장사도 하고 있었다. 사로잡은 조선 사람들을 끌어다 이들에게 파는 것이다.

기요마사, 나오시게, 요시히로뿐이 아니었다. 더하고 덜한 차이는 있었으나 진주전이 끝나고 김해 · 창원 · 부산 방면으로 철수하기까지의 모든 일본 군부대들의 행패는 대동소이하였고, 행색도 비슷했다. 그들은 약탈한 물건을 즐비하게 마소에 싣고 사로잡은 조선 사람들을 줄줄이 묶어 가지고 행군하였다.

뒤에 남은 것은 불에 타서 주저앉은 촌락들, 인기척이 없는 황량한 촌락들이었다.

히데요시의 7개 조건

　명나라의 사신 사용자(謝用梓)와 서일관(徐一貫)이 히데요시의 본영
이 위치한 나고야에 들어온 것은 5월 16일(일본력 15일)이었다. 그동안
할 말도 다 하고 융숭한 대접도 받았으나 서일관이 병으로 자리에 눕는
바람에 차일피일 귀국이 늦어졌다.

　이 때문에 당시 부산에서 기다리고 있던 심유경(沈惟敬)은 고니시 유
키나가의 심복 고니시히(小西飛)와 함께 먼저 부산을 떠나 북경으로 향
했다. 북경에서는 소식을 기다리고 있을 터인데 부지하세월로 앉아만
있을 수 없었다.

　6월도 거의 갈 무렵 서일관의 병도 나았다. 그동안 융숭한 대접을 받
았다. 병중에는 히데요시가 시의(侍醫)들을 보내 밤낮으로 돌보아 주었
고, 좋다는 약은 다 써주었다.

　이제 돌아가겠다고 알렸더니 히데요시는 도중에 먹을 약과 좋은 술

까지 보내왔다. 여행 중에 밤이면 적적할 터이니 마시라고.

히데요시는 참으로 좋은 사람이다. 떠나는 날은 정중한 항서(降書)도 쥐어 줄 것이고, 돌아가 이 항서를 조정에 바치면 그 공을 모른다고는 못할 것이다. 서일관은 붓을 들어 히데요시에게 감사장을 썼다.

제가 병이 심히 위독하자 태합께서는 지극히 자애로운 명령을 내리사 법인(法印 : 前田玄以) 의사로 하여금 치료하여 살아서 명 나라로 돌아가게 하여 주셨습니다. 모두가 태합의 은혜로 감격 또 감격할 뿐입니다. 그런데 또다시 도중에 먹을 약까지 내려 주시니 더욱 큰 은혜에 감격합니다. 다만 하찮은 보답이나마 할 길이 없 으니 어찌하겠습니까. 황공하와 이만 줄입니다(予病甚危 得太閤過 愛之命 法印醫師調治 使之生還中國 皆太閤之恩也 感激感激 謹又蒙賜藥 於途中 尤感大恩 第無以効犬馬之報 何如何如 惶恐不宣).

이 시각 히데요시는 60세 가까운 반백의 중을 불러 앉히고 명나라에 보낼 문서를 구술하고 있었다. 아주 중요한 내용이기 때문에 자기가 친 히 구술하는 것이고 명나라 사람들이 일목요연하게 알아볼 수 있도록 근사한 한문으로 엮으라고 했다. 중의 이름은 소제(宗是), 비서 중의 한 사람이었다.

"대명에 보내는 글이라."

히데요시가 제목을 부르자 소제가 받아썼다.

大明へ被遣御一書.

이것은 일본 가나까지 하나 들어간 일본어 문장이지 중국식 한문은 아니었다. 히데요시가 직접 구술하는 것은 드문 일이었다. 긴장한 나머지 얼떨결에 이렇게 써버린 소제는 굽신했다.

"황공합니다. 다시 쓰겠습니다."

"가나 하나쯤 섞였다고 못 알아볼라구? 괜찮다."

히데요시는 계속 부르고 소제는 조심해서 순한문으로 써 내려갔다.

1. 화평의 서약은 비록 천지가 다하더라도 어기지 않는다. 그런
   즉 명나라 황제의 공주를 맞아 일본의 후비(后妃)로 삼기로
   한다(和平誓約無相違者 天地縱雖盡玆矣 不可有違變也 然則 迎大
   明皇帝賢女 可備日本后妃事).

1. 두 나라는 전부터 틈이 생겨 근년에는 감합무역이 끊어졌다.
   이제 이를 고쳐 관선(官船)과 상선(商船)이 왕래토록 한다(兩
   國年來依間隙 勘合近年及斷絕矣 此時改之 官船商船可有往來事).

1. 명나라와 일본의 우호는 변할 수 없음을 다짐하는 뜻으로 두
   나라의 집권 대신들이 서약서를 교환한다(大明日本通好不可
   有變更之旨 兩國朝權之大臣 互可縣誓詞事).

1. 조선에 대해서는 선봉군을 파견하여 이미 토벌하였으니 지
   금은 나라를 진정시키고 백성을 안정시킬 때다. 이 일을 위
   해서 양장(良將)을 파견할 것이로되 위에 말한 조목들을 승
   낙하면 조선이 우리에게 순종하지 않더라도 대명을 상대로
   8도를 분할하여 그중 4도와 수도 서울을 조선 왕에게 반환할
   것이다. 또한 연전에 조선에서는 3사(三使)를 파견하여 우리
   와 수작한 바 있다. 자세한 것은 4인의 설명에 맡긴다(於朝鮮
   遣前驅追伐之矣 至今彌爲鎭國家安百姓 雖可遣良將 此條目件之於
   領納者 不顧朝鮮之逆意 對大明分八道 以四道並國城 可還朝鮮國

王 且又前年從朝鮮差三使 投木瓜之好也 餘蘊附與四人口實也).

1. 4도는 이미 반환하였다. 그런즉 조선 왕자와 대신 1, 2명을 인질로 하여 일본에 보내도록 한다(四道者旣返投之 然則 朝鮮 王子並大臣一兩員爲質 可有渡海事).

1. 작년에 우리 선봉군이 조선 왕자 2명을 사로잡았다. 그들은 세상에 떠도는 소문을 믿고 우리와 어울리지 않았다. 그러므로 4인으로 하여금 심유경에게 인도하여 자기 나라로 돌아가게 한다(去年朝鮮王子二人 前驅者生擒之 其人順凡聞不混和 爲 四人度與沈遊擊可歸舊國事).

1. 조선 국왕의 권세 있는 대신은 대대로 이 약조에 위반하는 일이 없도록 서약서를 써야 한다(朝鮮國王之權臣 累世不可有違 却之旨 誓詞可書之).

이상의 취지를 4인은 누누이 대명 사신들에게 설명하라(如此者 爲四人向大明唐使 縷可陳說之者也 : 도쿠토미 소호《근세일본국민사》).

이 글에 몇 번 나오는 4인은 고니시 유키나가와 3장관(石田三成, 增田 長盛, 大谷吉繼)을 말하는 것으로, 앞서 이들 명나라 사신을 안내하여 나고야에 왔다가 이즈음에는 조선에 돌아가 있었다.

사신들이 떠나기로 되어 있는 6월 28일로 날짜를 적어 넣고 시동(侍童 : 小姓)이 히데요시의 도장을 누르니 문서는 다 되었다.

그러나 소제는 써놓고도 마음에 걸렸다. 시일의 여유를 주고 써오라고 했으면 옛날 책도 상고하고 동료들과도 의논해서 글다운 글을 만들어 왔을 터인데 당장 앉은 자리에서 쓰라고 하니 일본식 말투가 뒤섞이고, 어법도 제대로 안 되고, 어디다 내놓기 창피한 글이 되고 말았다.

글도 글이려니와 도무지 두서가 없는 문서였다. 서두에는 분명히 명나라에 보내는 글이라고 적혀 있는데 말미에는 자기 신하들에게 내리는 지시사항이 적혀 있다. 부르는 대로 쓰기는 했으나 이 같은 두루뭉수리 국서(國書)는 세상에 둘도 없을 것이다.

그렇다고 무어라고 할 수도 없었다. 히데요시의 비위를 거슬렀다가는 살아남기 어려운 세상이었다.

"4인에게도 몇 마디 적어 보내야겠다. 내친김에 이것도 한문으로 써라."

"일본말이 아니고 한문입니까?"

"명나라 사신에게 보여야 할 경우도 생길 것이다."

"알겠습니다."

"대명 칙사에게 고할 조목이라."

히데요시가 부르자 소제는 한문으로 적었다.

　　對大明勅使可告報之條目

5개 조목으로 나눠 적었는데 그 요지는 다음 같은 것이었다.

1. 나의 모친은 태양이 배 속으로 들어가는 꿈을 꾸고 나를 낳았다. 따라서 나는 태양의 아들이요, 겨우 11년 만에 난세를 평정하고 일본을 통일한 것도 하늘의 뜻이다.

1. 전부터 왜구들은 배를 타고 명나라에 건너가서 소동을 부렸다. 내가 이를 금지해서 바다가 평온해지고 왕래에도 지장이 없어졌는데 명나라는 어째서 고맙다는 인사 한마디 없는가? 우리 일본이 작은 나라라고 업신여기는 것인가? 명나라를

치려고 했는데 조선에서 사신을 보내왔다. 잘 주선하겠다, 만약 일이 뜻대로 안 되어 일본군이 바다를 건너오는 경우에는 길을 열어 주겠다고 약속하고 돌아갔다.

1. 조선은 명나라에 고해서 잘 주선하기로 했는데 약속한 3년이 지나도 가타부타 소식이 없었다. 거짓말을 하고 약속을 위반한 조선을 어찌 그냥 둘 것인가. 쳐서 그 수도까지 초토로 만들었다.

1. 명나라가 조선의 구원에 나섰지마는 별수 없었다.

1. 이때 명나라의 사신 두 사람이 나고야에 와서 대명천자의 말씀을 전했다. 이에 대해서 별지에 적은 7개 조목으로 답하는 것이니 네 사람은 이들 사신에게 그 취지를 설명하라. 명나라의 회답이 있을 때까지 더 이상 군대가 바다를 건너가는 것은 보류할 수 있다.

문서가 다 되자 히데요시는 나고야에 있는 주요한 신하들을 불러들이고 소제를 턱으로 가리켰다.

"읽어 드려라."

소제는 두 문서를 차례로 낭독하였다. 모두들 잠자코 듣기만 할 뿐 아무도 감히 반대하고 나설 용기는 없었다.

명나라 사신들이 찾아온 것은 좋은 징조였다. 이 기회에 어떻게든 평화가 이룩될 줄 알았는데 들어 보니 그렇지 않았다. 다른 것은 차치하고, 조선의 8도 중 4도를 차지한다, 왕자·대신들을 인질로 보내라, 명나라는 어째서 인사가 없느냐 — 억지요 트집이었다.

지금이라도 명나라 사신들을 불러 놓고 이 글을 보이면 그것으로 평화의 꿈은 사라지고 계속 피를 흘려야 하는 것인가.

"어떻소?"

히데요시의 물음에 모두들 납죽하게 엎드렸다.

"좋습니다."

6월 28일. 조선에서는 진주성이 떨어지기 전날, 황진 장군이 전사하고 전세가 일본군에 유리하고 조선군에 불리하게 기울던 날이었다. 일본 나고야에서는 명나라 사신들이 42일 만에 본국으로 돌아가는 날로, 모두들 분주히 서둘렀다.

그들이 타고 갈 배에는 아침 일찍부터 히데요시가 보낸 선물들을 싣고 있었다. 갖가지 비단옷 수십 벌에 차, 칠기, 깃발, 술, 오리 2백 수에 닭 2백 수, 거기다 백미 5백 가마. 선물 목록을 가지고 사신의 숙소를 찾은 관원들은 히데요시의 말씀도 전했다. 그것도 보통 관원이 아니고 장관 2명(前田玄以, 長束正家)에 측근 2명(寺澤正成, 友阿彌)이었다.

"무엇이든 부족한 것이 있으면 말씀해 주십시오. 태합 전하의 분부이십니다."

사용자와 서일관은 머리를 숙였다.

"부족이라니? 모든 것이 분에 넘칩니다."

"전하께서는 두 분을 좋아하십니다."

이것은 공치사만은 아니었다.

연전에 왔던 조선 사신들은 따지기를 잘했다. 연회에 초대해 놓고 손님보다 주인이 늦게 오는 법이 어디 있느냐? 히데요시에게 절할 때에는 방에서 하느냐 마당에서 하느냐? 마당에서는 못하겠다.

자기들끼리도 잘 싸웠다. 관복을 입을 것이냐, 평복을 입을 것이냐? 거리에 구경을 나갈 것이냐, 말 것이냐? 지금 떠날 것이냐, 더 있다 떠날 것이냐? 나중에는 일본 사람들이 보는 앞에서도 서슴없이 팔뚝질을 했다.

그러나 이 명나라 사람들은 따지는 법이 없었다. 무엇이나 주인이 시키는 대로 했고 그때마다 인사를 잊지 않았다. 좋습니다(好), 혹은 감사합니다(謝謝).

자기들끼리 싸우지도 않았고, 세상에 급할 것도 없는 느긋한 족속들이었다.

히데요시는 이들이 마음에 들었다.

"하, 이거 그러지 않아도 태합 전하에게 작별인사차 가뵈려던 참이올시다."

두 사람은 장관들을 따라 히데요시가 좌정한 성으로 올라갔다.

"황송해서 몸 둘 바를 모르겠습니다."

두 사람은 큰절을 하고 히데요시는 활짝 웃었다.

"나는 그대들 같은 인물을 알게 돼서 참으로 반갑소."

"혹시 우리 조정에 전하실 글은 없으신지요?"

동석한 히데요시의 신하들은 긴장했다. 행여 그 엉뚱한 문서를 내놓는 것은 아닐까?

"여기서 우리 사이에 딱딱한 이야기를 할 것은 없고, 부산에 가시면 그대들이 잘 아는 고니시 유키나가 등 네 사람이 좋은 소식을 전할 것이오."

히데요시의 신하들은 한시름 놓았다.

히데요시는 전에 조선 사신들에게 국서를 전할 때에도 직접 주지는 않았다. 사신들을 교토에서 1백45리 떨어진 사카이(堺)에 가서 기다리게 하고도 14일 후에야 신하들을 보내 국서를 전했다. 국서는 박절한 내용이었다.

이번 문서는 국서라고 할 수도 없고 아니라고 할 수도 없는 해괴한 글이었으나 하여튼 이것 역시 박절한 내용이었다. 문면에 나타나 있듯이 히데요시는 처음부터 자기가 직접 전할 생각은 없었고, 조선에 가 있는 고니시 유키나가 등 4인의 손으로 전할 생각이었다.

히데요시도 맞대 놓고 남에게 박절한 이야기는 하기 싫은 성품이었다.

작별인사를 마친 사용자, 서일관 일행은 도쿠가와 이에야스(德川家康), 마에다 도시이에(前田利家) 등 히데요시 다음가는 거물들을 비롯하여 수백 명의 전송 인파와 함께 선창에 나와 배에 올랐다. 보내는 사람과 떠나는 사람들 사이에는 무수한 인사가 오가고, 돛이 오르고, 이어 배들은 잔잔한 바다를 북으로 움직이기 시작했다.

"불편한 점은 없으신지요?"

배가 나고야와 이키(壹岐島)의 중간 해역에 이르자 호송의 책임을 맡은 중 겐소(玄蘇)가 두 사신을 찾아 합장했다. 그의 걸망 속에는 어제 히데요시가 구술한 두 통의 봉서가 들어 있었다.

"태합 전하의 극진하신 대접에 감격할 뿐이외다. 불편이 있을 리 없지요."

두 사람은 정말 감격하는 눈치였다.

왕자의 석방

사용자와 서일관 일행은 겐소가 안내하는 대로 도중 이키에서도 묵고 쓰시마에서도 여러 날을 묵었다. 순풍을 기다리고, 대접을 받고, 산천도 유람하고, 급할 것이 없었다.

그들이 쓰시마를 떠나 부산에 들어온 것은 7월 15일이었다. 이때쯤은 진주전도 끝나고, 경상도, 전라도의 일부 지방을 휩쓸고 다니는 가토 기요마사 등 몇몇 장수들을 제외하고는 대개 창원, 김해, 부산 등 제자리에 돌아와 있었다.

겐소로부터 히데요시의 문서를 받은 유키나가는 3장관 미쓰나리, 나가모리, 요시쓰구와 둘러앉아 의논에 들어갔다. 자기들 4인에게 보낸 편지는 별것이 못되고 '대명에 보내는 글'이라는 문서가 문제였다.

새로운 내용은 아니었다. 지난 5월 초 서울을 철수하여 부산에 도착했을 때 이와 대동소이한 문서를 받았다. 당시는 일본말, 이번에는 한문으로 써 보낸 것이 다를 뿐이었다.

"막연히 옳다거니 그르다거니 할 것이 아니라 하나하나 따져 봅시다."

머리가 비상한 미쓰나리의 제의로 네 사람은 순서대로 조목마다 검토해 나갔다.

1. 명나라의 공주를 일본 황실에 출가시키는 일. 이것은 될 일이 아니었다. 중국의 역사를 보면 흉노(匈奴), 돌궐(突厥), 토번(吐蕃) 등에 공주 혹은 공주로 가장한 여인을 출가시킨 일이 없는 것은 아니었다. 그러나 그들의 무력침공이 두려워 어쩔 수 없이 한 일이지 좋아서 한 일은 아니었다. 이번에 일본군은 명나라 땅은 구경도 못했고, 조선 땅에서 맴돌다가 부산까지 밀려왔다. 북경에서 부산까지는 4천2백 리. 이렇게 멀리 떨어진 적, 무섭지도 않은 적에게 공주를 줄 나라가 어디 있겠는가?

2. 무역을 재개하는 일. 중국은 역대로 봉공(封貢) 관계가 없는 나라와는 무역을 하지 않았다. 앞서 심유경과 함께 북으로 떠난 고니시히가 북경에 가서 봉공 관계를 해결하면 무역문제도 따라서 해결될 것이다.

3. 대신들끼리 서약서를 교환하는 일. 히데요시는 걸핏하면 신하들의 충성을 확인하기 위해서 서약서를 받는 버릇이 있었다. 외국에 대해서도 이것이 통할 줄 아는 모양인데 명나라 대신들은 코웃음을 칠 것이다.

4. 조선 8도 중 4도와 수도 서울을 반환한다는 것은 나머지 4도, 즉 경기도(남반부), 충청도, 전라도, 경상도의 4도를 먹겠다는 뜻이다. 이것은 조선더러 망하라는 말이다 — 조선이 들을

리 없고, 조선이 듣지 않으면 화평은 안 되는 것이다. 조선은
육군은 약해도 수군이 막강하다.

5. 조선 왕자와 대신들을 일본에 인질로 보내는 일. 조선은 지
금 일본군을 부산까지 밀어붙이고 승리의 일보 전에 있다고
생각하고 있다. 인질이란 턱도 없는 소리다.

6. 사로잡은 조선 왕자들을 돌려보내는 것은 좋은 일이다. 화평
에 보탬이 될 것이다.

7. 조선의 대신들더러 서약서를 쓰라는 것은 항서를 쓰라는 것
이나 마찬가지다. 들을 사람들이 아니다.

이렇게 따지고 보니 실천이 가능한 조목은 제2조와 제6조뿐이었다.
즉, 명나라에 봉공을 요청하여 무역의 길을 트고 조선 왕자들을 돌려보
내는 일이었다.

이 문서는 어떻게 할 것인가? 명나라 사람들의 눈으로 보면 최후통
첩이나 다름없는 오만불손한 내용이었다. 이것을 사용자, 서일관에게
전하면 그것으로 평화 노력은 수포로 돌아가고 또다시 칼을 들고 싸우
게 되는 것이다.

태합은 예전의 총명하던 태합이 아니다 ― 네 사람은 이렇게 결론을
내렸다. 전번에 나고야에 가보니 얼굴에 주름이 늘고 깊어지고, 일 년
전과는 판이하게 쇠약한 모습이었다. 전세가 불리하다는 소식이 오면
서부터 갑자기 늙었다는 공론이었다. 확인할 길은 없었으나 잠자리에
소변을 보았다는 뜬소문도 있었다.

태합은 앞날이 길지 않았다. 태합이 우겨서 일으킨 전쟁, 아무도 반기
지 않은 이 전쟁은 태합이 세상을 뜨면 그날로 끝날 것이다.

이 문서는 없었던 것으로 하자 ― 그들은 이렇게 합의를 보고 문서는

유키나가가 깊숙이 간직하였다.

그러나 군왕이 외국에 보내는 국서를 신하들이 도중에서 깔아뭉갠다는 것은 사죄(死罪)에 해당되는 큰 죄목이었다. 만에 하나 사실이 탄로된다든지 태합이 제때에 죽어 주지 않는다면 자기들의 힘으로는 감당할 수 없는 사태가 벌어질 것이다.

네 사람은 히데요시의 신임이 두터운 총사령관 우키타 히데이에를 비롯하여 모리 데루모토(毛利輝元), 고바야카와 다카카게(小早川隆景) 등 실력자들을 찾아 양해를 구했다. 이들과는 평소 좋게 지내는 사이였다.

그들은 말은 없었으나 미소로 동의를 표시했다. 그중 모리 데루모토는 병으로 부산을 떠나 본국으로 돌아가게 되어 있었다. 그는 병석에 누운 채 떠듬떠듬 속삭였다.

"돌아가면 내 도시이에 공(利家公)에게도 말씀드리겠소. 일본을 위해서도 이 전쟁은 더 이상 끌어서는 안 되오."

도시이에 공이란 마에다 도시이에로, 도쿠가와 이에야스 다음가는 거물이었다. 히데요시와는 오랜 친구 사이로 히데요시도 그의 말이라면 무겁게 듣는 처지였다. 만일의 경우 바람을 막아 줄 수 있으리라.

일본 나고야는 맑은 바다와 푸른 산야가 조화를 이룬 아름다운 고장이었다. 사용자와 서일관은 극진한 대접 속에 여기서 보낸 42일은 평생 잊지 못할 꿈같은 세월이었다.

온 누리가 조용하고 인생이 즐거웠다.

그들로서는 전쟁은 사실상 끝났고, 몇 가지 절차만 남았을 뿐 평화는 이미 시작된 것이나 진배없었다.

진주에서 큰 싸움이 벌어졌고, 엄청난 학살이 자행되었고, 숱한 백성들을 짐승처럼 묶어 갔다는 것은 상상도 못한 일이었고, 알려 주는 사람도 없었다.

그들은 부산에 상륙해서야 비로소 사실을 알았다.

"왜놈들은 겉과 속이 다른 묘한 족속이오."

연락차 부산에 남아 있던 유격장군 주홍모(周弘謨)가 자초지종을 보고했다. 그는 지난 4월 일본군이 서울에서 철수할 무렵부터 심유경과 행동을 같이하여 부산까지 왔고, 심유경이 북으로 떠난 후에는 홀로 부산에 남아 있었다.

노한 사용자는 유키나가를 불러들였다.

"어찌 된 일이오?"

앞에서는 웃고 뒤에서는 칼질을 한 형국이었다. 속임수가 아닌가? 그러나 유키나가는 이런 일을 예상한 듯 당황하지도 않았다.

"작년 10월, 그러니까 명나라가 참전하기 전이지요. 진주에서 큰 싸움이 벌어졌고, 우리 일본군이 숱한 사상자를 냈다는 이야기는 들으셨겠지요?"

"들었소."

"그 원수를 갚지 않고는 조선 땅에서 물러갈 수 없다 — 우리 군사들 사이에 이렇게 공론이 돌아갔소. 태합께서도 옳게 여기시고 진주 토벌을 명령하신 것이오."

"……."

"지금은 토벌을 끝내고 모두들 제자리로 돌아오는 길이니 안심하시오."

"……."

"조선이 일본을 한대 쥐어박았다, 이번에는 일본이 원수를 갚았다 — 말하자면 두 나라 사이에 일어난 크지도 않은 일이오. 그래서 유정(劉綎), 사대수(査大受) 장군을 비롯하여 유수한 대명 장수들은 지척에 있으면서도 움직이지 않았소. 어른이 아이들 싸움에 끼어들어서야 쓰겠느냐, 아마 이런 심정이었을 것입니다."

사용자는 더 이상 추궁하지 않았다. 이러나저러나 조선 사람과 일본 사람들 사이에 벌어진 싸움이었고 명나라 사람들이 아플 것은 없었다.

사용자는 화제를 돌렸다.

"사신의 내왕에는 으레 국서가 따르게 마련인데 우리 조정에 올리는 글은 어찌 되었소?"

국서는 부산에서 유키나가가 전하는 것으로 알고 있었다. 나고야를 떠날 때 히데요시가 그런 눈치를 보였고, 동행한 겐소도 비슷한 말투였다. 부산에 가면 알게 될 것이라고.

그러나 유키나가는 잘라 말했다.

"국서는 없소."

"없다니?"

"앞서 떠난 고니시히가 북경에 가서 조정 대신들에게 소상히 말씀드리기로 돼 있소."

"구두로?"

"구두로 해서는 안 되나요?"

"이거 낭패로군."

중국은 문장의 나라였다. 생각하는 바를 문장으로 만들어 종이에 써 보여야 하고, 말로 하는 것은 믿을 것이 못 되었다.

유키나가는 두 손을 비볐다.

"우리 일본은 법도에 어두워서요. 댁에서 천자의 뜻을 구두로 전하시니 우리도 북경에 가서 구두로 말씀드리면 되는 줄 알았소."

무식한 것들을 상대로 시비해야 소용이 없었다. 사용자는 유키나가를 흘겨보았다.

"부산에 가면 좋은 소식이 있을 것이다 ― 나고야를 떠날 때 태합께서는 이렇게 말씀하셨소. 어떤 소식이오?"

웃음을 잃었던 유키나가의 얼굴에 화색이 돌았다.

"우리 일본은 먼 길을 오신 손님을 빈손으로 돌려보내는 법이 없소. 기막힌 선물이 있소."

"선물?"

"조선 왕자들을 돌려드리지요."

당초 유키나가가 심유경에게 약속하기로는 일본군의 서울 철수와 동시에 왕자들을 조선 측에 돌려보내기로 되어 있었다. 그러나 일본군 내부에 반대 의견이 있어 실현을 보지 못했다.

철수하는 일본군이 죽산·충주 선에 이르면 석방한다는 말도 있었다. 이것도 흐지부지되고 부산까지 끌려왔다. 부산에 당도하면 놓아준다는 말도 있었으나 결국 오늘날까지 풀려나지 못했다.

믿을 수 없는 것이 일본 사람들의 약속이었다. 사용자는 사이를 두고 물었다.

"언제 돌려주시겠소?"

"언제라도 좋소."

"내가 떠날 때 함께 떠나도 되겠소?"

"그렇게 하시오."

국서가 없는 것이 마음에 걸렸으나 왕자 일행을 동행하면 체면은 설 것이다.

부산에 돌아온 지 7일 되는 7월 22일, 그들은 왕자 일행을 모시고 북행길에 올랐다.

두 왕자와 그들의 부인, 김귀영, 황혁, 이영 등 신하들과 하인들, 사용자, 서일관 자신과 주홍모, 수행원 20명, 도합 30여 명의 행렬이었다. 함께 잡힌 신하들 중에서 황정욱은 병이 중하여 유키나가의 주선으로 벌써 전에 석방되어 이미 북으로 가고 없었다.

유키나가는 중국말에 능통한 중 법석타를 안내역으로 동행케 하고, 수십 명의 호위 병사들도 따르게 했다. 또 유키나가 자신은 물론, 3장관, 우키타 히데이에, 그 밖에 고바야카와 다카카게를 비롯한 유력한 장수들이 모두 나와 작별을 고했다.

"아마 다시는 만나 뵙기 어려울 것입니다."

그들은 두 왕자에게 깍듯이 머리를 숙였다. 곧 평화가 오고 자기들은 본국으로 돌아간다고 했다.

밀양에 이르자 일본군 병사들은 발길을 돌렸다. 그들의 점령 지역은 밀양을 북쪽 한계선으로 하고 있었다.

남자들은 말을 탔으나 두 왕자 부인은 가마를 탔다. 걸음은 더딜 수밖에 없고, 보름도 더 걸려 8월도 여러 날을 넘긴 후에야 서울로 들어왔다.

도성 안팎에는 수없는 명군 병사들이 떼를 지어 몰려다니고 있었다. 어쩌다 눈에 뜨이는 성한 집에 들락거리고 타서 주저앉은 집터를 뒤졌다. 고향으로 들고 갈 선물을 찾는 길이라고 했다.

"전쟁은 곧 끝나고 평화가 올 것이오. 이제부터 할 일은 부서진 나라를 다시 세우는 일이 아니겠소? 두 분은 각기 자기가 할 일을 찾아보시오."

서류를 뒤적이던 이여송은 인사차 찾아간 두 왕자에게 일렀다.

며칠을 지나 8월 10일. 이여송은 양원(楊元)과 함께 1천여 기(騎)의 호위하에 서대문을 빠져 북행길에 올랐다. 사용자, 서일관 일행도 이들과 동행하였다. 명군은 일부만 남고 나머지는 차례로 철수한다는 소문이었다.

한 가지 알 수 없는 일이 있었다. 지금쯤 북경에 가 있어야 할 심유경은 하인들과 함께 남대문 밖 주인 없는 민가에 기거하고, 고니시히 일행

30여 명은 용산에 있는 항왜(降倭) 수용소에 들어가 있었다.

"허허, 그렇게 됐소."

심유경은 더 이상 말하지 않았다.

왕자 일행은 하루 더 쉬고 다음 날 북행길을 떠났다.

북쪽 평안도에서는 오랫동안 피란처를 전전하던 부왕(父王)이 조정을 이끌고 남행길에 올랐다는 소식이었다. 도중 어디선가 만나게 되리라. 이제 평화는 눈앞에 보이는 고개 너머까지 다가와 있었다.

한고비를 넘은 전쟁

　이여송(李如松)은 하루빨리 이 전쟁에서 손을 떼고 싶었다.

　고니시 유키나가가 일본군은 이 전쟁에 이길 수 없다고 생각한 것과 마찬가지로 이여송도 명군은 이 전쟁에 이길 수 없다고 생각하였다. 벽제관전투에서 본 바와 같이 일본군은 막강하고 명군은 그 적수가 못 되었다.

　막강한 일본군이 부산까지 후퇴한 것은 명군이 무서워서가 아니라 양도(糧道)가 끊겨 식량이 없었기 때문이다. 그 양도를 끊은 것도 명군이 아니고 조선의 수군과 의병들이었다.

　식량 때문에 후퇴하였다면 부산에서 식량을 보충해 가지고 또다시 올라올 염려는 없을까? 있을 수 있는 일이었다. 그런데 명군은 병력이나 무기, 또 병사들의 기강, 사기, 어느 면에서도 이에 대적할 태세가 되어 있지 않았다.

냉정한 이여송은 이 현실을 에누리 없이 보고 있었다.

명군 내부의 문제도 있었다. 남군은 보병, 북군은 기병, 남군은 붉은 군복, 북군은 검은 군복, 말도 다르고 풍습도 다르고, 검은 군복과 붉은 군복이 수십 명씩 한데 어울려 치고받고 패싸움을 벌이는 일도 드물지 않았다.

그것은 병사들만의 문제가 아니고 장수들도 마찬가지였다. 상벌이 불공평하다 — 낙상지를 비롯하여 남군 장수들은 드러내 놓고 불평이었다. 이여송이 북군이니 북군에 후하고 남군에 박하다는 것이다. 이여송의 입장으로는 공연한 트집이고, 유쾌할 수 없는 일이었다.

경략 송응창(宋應昌)도 문제였다. 자기가 잘해서 적이 남으로 물러간 양 큰소리를 치더니 적이 별안간 진주를 공격하자 이번에는 병부상서 석성에게 편지를 보내 이여송을 모함하였다.

저는 참모 유원외(劉員外)와 독압(督押) 유정(劉綎)을 파견하여 진군토록 하는 한편 정예를 선발하여 나아가 대구 등 여러 방면을 지키라고 누누이 제독에게 독촉하였습니다. 바로 오늘날과 같은 사태를 염려하였기 때문입니다. 그런데 뜻밖에도 저의 명령을 듣지 않고 그럴 듯한 말을 만들어 병사들을 오도하였습니다. 철병한 지 한 달도 못되어 왜군은 이 소식을 듣고 즉시 반격으로 나온 것입니다. 과연 제가 생각한 그대로입니다.

이여송은 생각하는 바가 있어 남쪽에 있는 장수들에게 진주전에 참가하라는 지시를 내리지 않았다. 당시 영호남에 포진한 병력을 모두 합해야 2만밖에 되지 않았다. 적의 4분의 1도 안 되는 병력, 그것도 전의라고는 하나도 없는 병사들이 질 것은 뻔한 일이었다. 질 줄을 알면서 병력을 투입할 장수가 세상에 어디 있겠는가?

이여송 자신도 송응창의 독촉, 조선 대신들의 간청을 한 귀로 흘려듣다가 진주전이 끝나고 일본군 태반이 제자리로 돌아갔다는 소식을 듣고야 서울을 떠나 용인까지 갔다가 그날로 되돌아왔다. 진주에서 전투가 끝난 지 17일 후인 7월 17일이었다.

준비를 하다 보니 그쯤 늦었고, 출동을 하고 보니 싸움은 끝났더라. 나더러 어쩌란 말이냐 — 누가 무어라면 화를 냈다.

무력으로 안 되면 말로 하는 수밖에 없었다. 그리하여 전에는 우습게 보던 심유경(沈惟敬)을 달리 보게 되었고, 그의 말에 귀를 기울이게 되었다. 작년 9월 평양에서 처음으로 고니시 유키나가와 만난 후 오늘날 적이 부산으로 후퇴하기까지 밀고 당기고 적과 맞대 놓고 흥정한 것은 심유경이었다. 협잡기가 있다고 입방아를 찧는 축도 있으나 이런 판국에 필요한 것은 흥정꾼이지 도덕군자가 아니었다.

심유경이 부산에서 고니시히(小西飛) 일행을 데리고 서울에 들어온 것은 7월 7일 밤이었다. 진주 현지에서는 전투가 끝나고 수만 명의 조선 백성들이 일본군에게 학살을 당하던 무렵이었다.

"고니시히라는 자가 무리를 거느리고 온다는데 우리는 왜놈들에게는 한 톨의 쌀도 먹일 수 없소."

접반사 정곤수(鄭崑壽)와 이덕형(李德馨)은 사전에 정식으로 통고해 왔다.

"누구의 지시요?"

이여송이 묻자 두 사람은 서슴없이 대답했다.

"어명이오."

"할 수 없지요. 고니시히 일행의 공급은 우리 명군에서 맡으리다."

조선 측에서는 숙소도 마련해 주지 않아 남대문 밖 빈집에 묵게 했다. 조선 사람들의 심정으로는 그럴 수밖에 없을 것이다.

이여송은 직접 고니시히를 만나 보고 예물도 받았다. 국서는 없었으나 하는 말에 거짓은 없어 보였다. 평안도 정주(定州)에 좌정한 송응창에게 연락하였더니 뜻밖의 기별이 왔다.

도요토미 히데요시(豊臣秀吉)의 항서(降書)를 가지고 왔으면 나한테 보내고 그렇지 않으면 잡아 가두라.

고니시히 이하 일본 사람들 30여 명을 용산의 항왜 수용소, 즉 포로 수용소로 옮겼다. 이곳에는 병든 포로 50여 명이 들어 있었다.

그러나 거처만 옮겼다 뿐 대접도 후하게 하고 출입에도 제한을 두지 않았다. 평화를 논하러 온 사신을 괄시하는 것부터 잘하는 일이 못 되었다. 평화의 실마리는 끊는 법이 아니다.

일본에 다녀온 사용자(謝用梓)와 서일관(徐一貫)의 이야기를 들으면 도요토미 히데요시는 소문같이 무지막지한 인간이 아니었다. 명랑하고 솔직하고 그 위에 명나라 사신들을 상전 모시듯, 예의범절도 아는 인물이었다.

그런 도요토미 히데요시가 보낸 사신을 만나지도 않고 잡아 가둔다는 것은 말이 될 수 없었다. 북으로 데리고 가서 송응창에게 대면을 시키면 어떨까. 서울을 떠날 때 그런 생각도 해보았으나 조선 관원들이 한사코 반대했다.

"이 왜놈들이 서울까지 온 것은 기왕지사 할 수 없다 치고, 그 이북의 조선 땅은 한 치도 밟을 수 없소."

단념하지 않을 수 없었다.

이여송은 북으로 달리면서 유심히 주변을 살폈다. 조선 사람이라고는 고을마다 마중하고 전송하는 관원들 외에는 머리를 풀어헤치고 춤추는 미친 여자 한 명을 보았을 뿐이었다. 마을을 지날 때에도 사람을 구경할 수 없고 문짝이 제대로 달린 집도 보이지 않았다.

"조선 백성들은 명군이 온다는 소문만 들어도 10리를 피해 달아난답니다."

양원(楊元)의 설명이었다. 일본군도 별짓을 다 했으나 명군에는 미치지 못했다. 비위에 거슬리면 얼마든지 사람을 죽이고 그들의 눈에 뜨인 여자 치고 성한 이가 없었다. 도둑질도 철저해서 심지어 문고리, 문돌쩌귀까지 뽑아 갔다.

"그래서 조선 사람들 사이에서는 하는 소리가 있지요. 왜놈들은 얼레빗, 명나라 놈들은 참빗이라고 말입니다(朝鮮人以爲 倭子梳子 天兵篦子 : 《서애연보》)."

소문은 들었으나 이 지경인 줄은 몰랐다.

14일 황해도 황주(黃州)에서는 마침 남으로 내려오던 임금 선조의 영접을 받았다. 이여송은 이러저러한 이야기 끝에 솔직히 사과했다.

"내가 처음 조선에 나왔을 때에는 고을의 형편이 안되기는 했어도 지금 같지는 않았소. 이번에 와보니 파괴가 더욱 심하군요. 필시 우리 군대가 못된 짓을 많이 했을 것이오. 한두 사람도 아니어서 처벌할 수도 없고, 미안하기 그지없소이다(俺初出來時 貴國地方不至如此 今來見之 蕩破尤甚 我軍必多擾害之事 而非一二人不得治罰 未安未安 : 《선조실록》)."

"명군의 덕분에 조선은 오늘이 있는데 명군이 못된 짓을 했을 리 있겠소? 그런 말씀을 들으니 도리어 이쪽에서 황송하외다."

임금은 이렇게 대답하면서도 좋은 얼굴은 아니었다. 이여송은 화제를 돌렸다.

"적을 아주 섬멸하고 돌아가야 하는 것인데 적을 남긴 채 돌아가게 되니 송구스럽고 부끄럽기도 합니다."

"아닌 게 아니라 명군 철수 후가 걱정이오. 저 못된 것들이 어떻게 나올는지⋯⋯."

"영남에 있는 우리 명군 2만을 그대로 남겨 둘 수도 있는데 식량을 댈 수 있겠습니까?"

임금은 난처한 표정을 지었다.

"우리 형편이 그렇지 못해서 민망하오."

정직한 대답이었다.

계속 북상한 이여송은 평양에서 여러 날을 묵었다. 작년 2월 영하(寧夏)에서 보바이의 난리가 일어난 후 서북 변경으로 달리고 이어 조선으로 나오고, 편한 날이 없었다. 나이 45세에 칠십 노인같이 머리가 희고 심신이 모두 피곤했다.

평양에서 경략 송응창이 있는 정주까지는 북으로 3백 리였다. 사리로 치자면 정주에 가서 그간의 일을 보고하고 철병에 따르는 문제들을 의논하는 것이 순서였으나 그를 만나는 것이 역겨웠다. 송응창뿐만 아니라 아무도 만나지 않고 그저 쉬고 싶었다.

송응창과는 두 가지 문제에 의견을 달리했다.

이여송은 조선에 나온 명군은 전원 본국으로 철수해야 한다고 생각했다. 적이 부산까지 철수하고 평화를 구걸하는 이때 명군이 철수한다고 나무랄 사람은 아무도 없었다. 명분이 서는 이 기회에 완전히 철수하고 다시는 개입하지 말아야 한다. 개입할수록 명나라는 망신만 더할 뿐이다.

부득이해서 다시 개입한다 하더라도 그때 가서 다시 압록강을 건너오면 되지 않겠는가?

송응창의 생각은 달랐다. 간사한 왜놈들은 명군이 철수하면 필시 난동을 부릴 것이고, 그때에 가서 다시 압록강을 건너와도 이미 때가 늦을 것이다.

그는 조선에 상당한 병력을 남겨야 한다고 생각했다.

다음에 의견이 다른 것은 서울에 가둬 둔 고니시히의 처리문제였다. 이여송은 격식이야 어떻든 고니시히는 평화의 사명을 띠고 온 사신에는 틀림이 없으니 만나서 이야기라도 해보는 것이 옳다는 생각이었다. 상대할 위인이 못 되면 그때에 가서 쫓아 버려도 늦지 않을 것이다.

송응창의 생각은 달랐다. 국서도 없이 몸만 나타난 것은 사신일 수 없고 필시 건달일 것이다. 어쩌면 수단이 비상한 심유경이 중간에서 무슨 재간을 부리는 것은 아닐까?

설사 만난다 하더라도 지금은 때가 아니다. 일본에 건너간 사용자와 서일관은 어김없이 히데요시의 항서를 받아 가지고 돌아올 것이고, 그들로부터 일본 사정을 들은 연후에 만나도 늦을 것이 하나 없었다.

"자네들은 빨리 가서 경략 어른께 귀국 보고를 드려야지."

평양의 이여송은 서울에서부터 동행한 사용자와 서일관을 북으로 떠나보내고 낮잠을 자거나 말을 타고 성 밖으로 나가 바람을 쏘일 뿐 사람을 만나는 일은 드물었다.

가끔 정주의 송응창으로부터 사람이 달려와서 편지를 전하고 그의 의견을 물었으나 그때마다 이여송의 대답은 한마디였다. '좋습니다.'

이제 자기와는 상관없는 전쟁이었다. 결국 송응창은 1만 6천 명의 병력을 조선에 남기기로 결론을 내렸다. 이들 병력은 유정, 오유충(吳惟忠),

왕필적(王必迪), 낙상지(駱尙志) 등의 지휘하에 경상도의 성주, 대구, 경주, 삼가(三嘉)와 전라도의 남원에 주둔하면서 부산 방면의 일본군을 감시하도록 하였다.

나머지 3만여 명은 전원 본국으로 철수하라.

군관들은 조선 전역의 명군 병영으로 달려가서 그의 명령을 전했다.

"병신들이로다!"

사용자와 서일관의 보고를 들은 송응창은 고함을 질렀다. 명색 사신이라는 자들이 바다를 건너갔다가 도로 건너왔다 뿐이지 종이 한 장 들고 온 것이 없었다.

이 판국에 고니시히를 쫓아 버리면 이여송의 말마따나 평화의 실마리가 끊어질 것이다.

"서울에 있는 고니시히를 지체 없이 북으로 압송하라."

그는 영을 내렸다.

평양에 온 지 9일 만인 8월 24일, 이여송은 평양을 떠나 북행길에 오르고, 다음 날인 25일, 송응창도 그때까지 머물고 있던 정주를 떠나 북으로 달렸다.

이들 일행은 며칠 후 앞서거니 뒤서거니 압록강변의 의주성으로 들어왔다. 그러나 자기들만 강을 건너 본국 땅을 밟는다는 것은 볼품도 없고, 자칫하면 오해를 살 염려도 있었다. 남의 자식은 다 죽이고 너희들만 도망쳐 오는 것이 아니냐?

본국으로 돌아갈 병사들은 아직도 조선 각처에서 떼를 지어 북행길을 재촉하고 있었다.

죽이고 살리는 싸움터에도 나름대로 재미가 전혀 없는 것은 아니었다. 약탈하는 재미, 여자를 희롱하는 재미. 그러나 조선은 도무지 재미가 없는 고장이었다. 일본군이 북으로 올라가면서 훑고, 남으로 내려가면서 훑고, 두 번이나 훑고 지나간 조선은 아무것도 없는 황량한 폐허였다.

쓸 만한 물건은 일본군이 다 쓸어 갔고, 젊은 여자들은 도망을 가고, 어쩌다 붙잡은 것은 앉은뱅이 아니면 걸음이 더딘 노파들이었다. 숨은 여자들을 들춰내고 빈집의 문고리라도 빼는 수밖에 없었다.

그렇다고 배불리 먹는 것도 아니었다. 전쟁으로 잿더미가 된 조선에는 식량이 귀하고, 본국에서는 수송이 잘 안 되고 ─ 이래저래 배를 곯고 재미없고, 죽을 지경이었다. 떠나는 그들은 지옥에서 빠져나오는 심정이었다.

9월 13일. 남에서 올라오던 3만여 명의 장병들이 모두 의주에 집결하였다. 이제 강을 건너면 명나라 땅이었다.

송응창은 해가 뜨자 먼저 강을 건너갔으나 이여송은 오후에야 양원, 이여백(李如柏), 장세작(張世爵) 이하 고위 지휘관들을 거느리고 천천히 강변으로 나왔다.

"이번 전쟁에 목숨을 잃은 우리 대명(大明) 장사(將士)들의 혼백을 거두어 주소서."

그는 압록강의 강신(江神)에게 제사를 드리고 배에 올랐다.

수백 척의 배들이 물살을 가르고 대안에 이르자 일행은 대기하고 있던 말로 갈아탔다.

멀리 북으로 달려 차츰 시야에서 사라져 가는 수없는 기병들 ─ 전쟁도 이제 한고비를 넘어가는 느낌이었다.

조정의 환도

전쟁이 한고비를 넘어가기는 일본군 진영에서도 마찬가지였다.

진주전이 끝난 후 일본군은 경상도 남해안 일대의 요지에 일제히 일본식 성을 쌓기 시작하였다. 울산(蔚山 : 서생포), 임랑포(林浪浦), 기장(機張), 동래(東萊), 부산(釜山), 김해(金海 : 죽도), 감동포(甘同浦), 안골포(安骨浦), 웅천(熊川), 그리고 거제도의 장문포(長門浦)와 영등포(永登浦)에는 본성(本城), 그 밖에 지성(支城) 7개소, 도합 18개의 성을 쌓았다. 다 같이 바다에 접하여 본국과 교통이 편하고 식량 수송에도 지장이 없는 곳이었다.

그중 서로 적수인 가토 기요마사는 동쪽의 울산, 고니시 유키나가는 서쪽의 웅천에 위치하였고, 기요마사와 함께 함경도까지 올라갔던 나베시마 나오시게는 김해, 부산에는 일찍이 물에 빠지는 히데요시를 구한 모리 히데모토(毛利秀元)가 위치하였다. 히데모토는 병으로 본국에 돌아가게 된 제7군 사령관 모리 데루모토의 양자로, 양부와 교대하기 위해서 조선에 왔고, 진주전에도 참가하였었다.

일본군은 장교들은 말을 탔으나 그 외에는 대개 도보였다. 바다를 건넌 이들은 도보로 조선반도를 종단하여 수천 리 길을 북상하였다가 다시 그 길을 더듬어 남으로 내려왔다. 정규군과의 전투 외에도 유격전을 주로 하는 의병들의 간단없는 습격에 피를 흘리고, 여름에는 더위, 겨울에는 추위에 시달려야 했다.

시일이 흐르면서 굶주림은 일상사가 되었고, 봄부터 가을까지는 전염병으로 많은 목숨을 잃었다.

살아서 남으로 돌아온 병사들은 마치 부릴 대로 부린 말들이 진이 빠져 맥을 추지 못하고 폐마(廢馬)가 되듯이 기운이 다했다.

10분의 1도 안 되는 진주성의 조선군을 치는 데 9일을 소비하였었다. 조선군이 용감히 싸운 결과인 동시에 일본군의 전력이 그만큼 저하된 반증이었다.

군사에 밝은 히데요시는 전부터 이 같은 사태를 걱정하였고, 진주전에서 그것은 현실로 나타났다. 화전(和戰) 간에 우선 병사들을 본국으로 송환하여 쉬게 하고 혹은 교체하는 것이 급선무였다.

또 하나 있었다. 이 무렵 히데요시는 판옥선(板屋船)을 비롯한 조선 수군의 함정들을 모방하여 대규모로 수군을 재건할 계획을 추진하고 있었다. 산에서 목재를 벌채하고 말리고 다듬고 배로 묶고 병사들을 이에 익숙토록 단련하자면 많은 시일이 필요하였다.

화평교섭이 뜻대로 잘되어 평화가 온다면 더 바랄 것이 없고, 다시 전쟁을 하더라도 수군이 재건된 후에 하는 것이 좋았다.

이래저래 일본으로서도 전쟁을 일단 멈추고 휴식 기간을 둘 필요가 있었다.

견고한 성을 쌓으면 소수 병력으로도 지킬 수 있으니 나머지는 본국으로 돌아가 쉴 수 있고, 다시 전쟁이 일어나는 경우 이들 성은 교두보(橋頭堡)로 중요한 구실을 할 것이었다.

축성 공사가 한창이던 8월 4일(일본력 3일) 일본에서는 온 나라가 놀랄 일이 일어났다. 히데요시의 소실 요도기미(淀君)가 그의 거처인 요도성(淀城)에서 아들을 낳은 것이다.

이 전쟁은 태합이 외아들 쓰루마쓰(鶴松)를 잃고 홧김에 일으킨 전쟁이다 ― 일본 전국에는 이런 공론이 돌아다니고 있었다.

자기가 아들을 잃었다고 남도 아들을 잃어야 한단 말이냐? 전쟁에 자식을 보낸 부모들은 이런 탄식도 했다.

그 태합에게 난데없이 아들이 생겼다니 이변이 아닐 수 없었다.

이제 그에게도 자식이 생겼으니 생각이 달라지지 않을까? 58세의 늙은 나이에 얻은 자식, 그것도 단념했던 자식이 생겼으니 더욱 귀할 것이고, 미루어 남의 자식이 귀한 것도 깨닫지 않을까?

"으―ㅇ."

나고야의 본영에서 소식을 들은 히데요시는 벌떡 자리에서 일어섰다 도로 앉았다. 딸도 아니고 아들이다!

고심참담하여 손아귀에 넣은 일본국을 물려줄 아들이 생긴 것이다. 공연히 서둘러 생질 히데쓰구(秀次)를 관백(關白)의 자리에 앉히고 후계자로 삼은 것이 후회되었으나 그것은 적당히 처리하면 될 일이었다.

"술을 내려라."

히데요시는 천성으로 요란한 성품이었다. 나고야에 있는 높고 낮은 장수들은 다 같이 술에 만취하여 비틀거리고, 수만 병사들에게는 축병(祝餠)이 하나씩 돌아갔다.

이제 전쟁은 뒷전이고 중대사는 아들이었다.

항간에서 입방아를 찧듯이 홧김에 일으킨 전쟁은 아니었다. 치밀하게 계획을 세웠고 준비도 할 대로 한 다음에 시작한 전쟁이었다.

그러나 시작하고 보니 턱도 없는 일을 저질렀다. 다행히 명나라는 싸울 생각이 없고 사용자니 서일관이니 하는 자들을 보내 화평을 구걸하였다. 조선은 기진맥진해서 싸울 힘이 없으니 잘하면 이 히데요시가 제시한 7개항의 조건으로 화평이 될 것이다.

이제 대를 이어 일본을 차지할 아들이 생겼으니 그것으로 족하다. 설사 7개항이 아니더라도 이 히데요시의 체면만 깎이지 않는 조건이라면 전쟁은 없었던 것으로 해도 좋다.

이제부터는 아이가 자라는 것을 지켜보면서 여생을 보내다가 때가 오면 대권을 넘겨주고 물러나야겠다.

그러기 위해서도 평화가 와야 했다.

명군은 말뿐이 아니고 실지로 조선에서 주력을 철수한다는 소식이 왔다. 평화의 싹을 자르지 않고 키우기 위해서는 이쪽에서도 미소를 보낼 필요가 있었다.

축성공사를 촉진하라. 공사가 끝나는 대로 수비에 필요한 병력만 남고 나머지는 조속히 철수하라.

히데요시는 영을 내리고, 8월 25일 소실과 아기가 기다리는 요도 성을 향해 나고야를 떠났다. 오사카와 교토의 중간에 위치한 요도 성은 나고야에서 1천5백 리 길이었다.

히데요시의 이 명령에 따라 9월에서 10월에 걸쳐 일본군의 주력은 부산에서 차례로 배를 타고 본국으로 돌아갔다. 작년 7월 이후 조선에 건너와서 히데요시를 대신하여 정책적인 결정을 내리던 3장관도 가고 총사령관 우키타 히데이에(宇喜多秀家)도 갔다.

조선에 남은 것은 그들이 경상도 남해안에 쌓은 18개 성에 4만 명의 병력뿐이었다. 그중 조선 사람들에게 이름이 알려진 장수는 웅천의 고니시 유키나가, 울산의 가토 기요마사, 거제도 영등포의 시마즈 요시히로 정도였고, 소 요시토시(宗義智)도 웅천 부근의 지성을 지키고 있었다.

한편 9월 13일 압록강을 건넌 명군은 10월 초 산해관(山海關)을 지나 중순에는 북경으로 들어갔다. 명나라 조정은 이여송 대신 경상도 성주에 주둔 중인 부총병 유정을 도독(都督)으로 임명하여 조선에 남아 있는 명군을 총괄토록 하였다.

다만 송응창은 북경에 오지 않고 요양(遼陽)에 떨어져 계속 경략의 직무를 보고 있었다. 최고지휘관 두 사람을 한꺼번에 교체하는 것은 적절치 못하다는 공론에 따른 것이었다.

명군과 일본군의 태반이 각각 자기들의 본국으로 돌아가고, 일부 병력이 경상도 남반부 한구석에서 거리를 두고 대치할 뿐 대세는 전쟁에서 평화로 크게 전환하고 있었다. 이때 조선군은 새로 임명된 도원수 권율이 경주, 순변사 이빈은 의령에 위치하여 일본군의 동정을 감시하였다.

조정도 새로 전개되는 정세에 대응하지 않을 수 없었다.

우선 중요한 것이 나라의 중심인 조정 자체가 서울로 돌아와 자기 위치에 좌정하는 일이었다. 조정이 서울을 떠나 이리저리 떠돌아다닌다는 것은 나라 전체가 떠돌아다니는 듯 불안정하고 민심의 동요가 막심했다.

사리로 말하자면 조정은 적어도 서울의 수복과 함께 도성으로 돌아와 전란의 와중에 목숨을 잃은 백성들을 조문하고 살아남은 백성들에게 살 길을 마련하여 민심을 안정시키는 것이 급선무였다. 또 전시에 흩어질 대로 흩어진 질서를 회복하고 지도력을 발휘하여 전쟁이든 평화든 장래에 대비해야 하였다.

그러나 4월에 서울이 수복되고, 5월이 가고 6월이 와도 평안도 영유(永柔)에 좌정한 임금은 움직이려고 하지 않았다. 신하들이 환도(還都)를 권고하였으나 그는 듣지 않았다.

"그대들은 공연히 서울로 돌아가자고 하지만 이것은 지혜 있는 사람의 생각이라고 할 수 없소. 오직 돌아가고 싶은 일념에서 나온 것이오."

이렇게 역정도 내고 다음같이 타이르기도 했다.

"서울로 가는 일은 가벼이 결정해서는 안 되오. 물세를 보아 가면서 서서히 결정할 일이오."

임금으로서는 작년 4월 그믐밤의 쓰라린 경험을 잊을 수 없었다. 적이 온다는 바람에 허둥지둥 대궐을 나와 퍼붓는 빗속을 북으로 달렸다. 궁중에서는 말을 골라 몽진(蒙塵)이라고 하였으나 그것은 민간에서 말하는 야간도주였다.

물러갔다는 일본군은 경상도에 그대로 주저앉아 있으니 언제 또 분란을 일으키고 서울로 쳐올라올지 누가 아느냐? 임금은 두 번 다시 야간도주는 하고 싶지 않았다.

얼마 안 가 영유에 전염병이 돌았다. 이것을 계기로 6월 19일 영유를 떠난 조정은 다음 날 1백 리 남방 강서(江西)에 당도했다. 여기서 2개월 가까이 머물다가 8월 11일 다시 남행길에 올랐다.

그러나 서울로 향하지 않고 황해도 해주(海州)를 목표로 하였다. 도중 14일 황주에서 본국으로 돌아가는 이여송을 만난 임금은 계속 남으로 내려가다가 다음 날인 15일 봉산(鳳山) 고을에 이르러 남에서 올라오는 임해군, 순화군 일행과 노상에서 마주쳤다.

작년 4월 서울에서 헤어진 후 1년 3개월여 만에 처음 만나는 부자 상봉이었다. 더구나 일본군에 붙들려 이리저리 끌려다니다가 많은 곡절 끝에 구사일생으로 풀려난 자식들이었다. 임금과 왕자, 그리고 신하들은 말을 잊고 눈물만 흘렸다.

"나으리들의 고생이야 어찌 다 말로 할 수 있겠습니까. 그러나 옛날 성현은 시위를 떠난 화살에는 미련을 갖지 말고, 흘러간 세월에는 집착을 버리라고 했습니다. 두 분은 젊으십니다. 하늘이 도와 이렇게 돌아오셨으니 지난 일을 잊고 밝은 앞날을 보고 나가신다면 반드시 대성(大成)하실 것입니다."

좌의정 윤두수(尹斗壽)의 환영의 말씀을 듣고 왕자 일행도 발길을 돌려 임금의 행렬에 합류하여 남행길에 올랐다. 이때 영의정 최흥원(崔興源)은 서울에 들어가 임금을 대신하여 정사를 처결하고 있었다.

이들이 해주에 당도한 것은 강서를 떠난 지 7일 후인 8월 18일이었다. 해주에서 서울은 3백60리 남짓한 거리, 빠른 말로 달리면 하루에도 닿을 수 있는 거리였다. 굳이 해주에 머물 것이 무엇이냐. 신하들은 환도를 주장하였으나 임금은 여전히 내키지 않는 눈치였다.

"좀 더 물세를 봅시다."

혹은,

"아직 때가 아니오."

신하들이 거듭 조르자 임금은 비망기(備忘記)를 내려 세자에게 왕위를 물려주겠다고 선언하였다.

(……) 나는 전쟁 중에 온갖 병이 다 생겼다. 걸핏하면 통곡하고 소리를 지르는(歌哭叫呼) 광기가 있는가 하면 눈이 잘 보이지 않아 장님에 가깝고, 몸에는 마비증세 [痺] 가 생겨 반신불수에 가깝고

기타 없는 병이 없다. 이런 형편으로 어찌 군왕의 책무를 다할 것
인가. 마땅히 왕세자에게 자리를 전하고자 하는 터이니 유사(有司)
는 차비를 하라.

이런 내용이었다.

임금은 겁이 많은 사람이었다. 그 위에 그동안 하루도 편히 쉬지 못하
고 시달린 끝에 심신이 다 같이 피곤하였다. 말하듯이 온갖 중병에 걸린
것은 아니었으나 모든 것을 잊고 산수가 아름다운 이 해주에서 쉬고 싶
은 것도 사실이었다.

임금이 이렇게 나온다고 그러면 어서 물러가라고 할 수 없는 것이 신
하들의 처지였다. 세자 광해군과 좌의정 윤두수, 우의정 유홍(兪泓)이
백관을 거느리고 만류한 끝에 임금은 번의를 하였다.

서울로 돌아간 후 내 뜻대로 하게 해준다면 우선 경들의 뜻에
따르리라.

임금이 해주를 떠난 것은 9월 22일이었다. 다만 세자 광해군은 병으
로 동행하지 못하고, 왕후 박씨는 세자의 간병을 위해서 그대로 해주에
남기로 하였다.

임금의 행렬은 개성, 벽제관, 홍제원을 거쳐 10월 1일 마침내 도성으
로 들어왔다. 작년 4월 30일 서울을 떠난 지 17개월 만의 환도였다.

궁궐이 모두 타고 없는 관계로 지금의 덕수궁 자리에 있던 월산대군
(月山大君)의 옛집, 당시 양천도정(陽川都正) 이성(李誠)이 살던 집과 을
사사화에 죽은 계림군(桂林君) 이유(李瑠)의 집을 아울러 행궁(行宮)으
로 삼고 여기서 모든 정사를 보게 되었다.

모든 것이 내 죄로다

수복된 지 5개월도 넘었으나 서울의 황량한 모습은 별로 달라지지 않았다. 이 무렵의 상황은 임금의 행차에 앞서 대사헌 김응남(金應南)이 서울에서 올린 보고서에 잘 나타나 있다.

종묘사직과 궁궐은 불타고 파괴되어 형체도 없고, 큰 집들도 거의 다 부서져 없어지고, 타다 남은 그을음이 낭자하고, 백골이 종횡으로 흩어져 있으니 산하는 있어도 거리는 이미 변했습니다(山河雖在 市朝已變). (……) 곳간에는 양곡의 비축이 없으니 진제지장(賑濟之場 : 급식소)을 설치하여도 떠도는 백성들을 일일이 구제할 수 없습니다.
하루에도 부지기수로 죽으니 길은 쓰러진 시체투성이요 개천은 썩은 시신으로 막혔습니다. 행여 살아남은 백성은 그 몰골이 귀신과 다를 바 없습니다.

(……) 서울을 중심으로 수백 리 이내는 초목과 짐승의 마당으로 변했고 간혹 목숨을 부지한 백성이 서울로 돌아와도 거처할 곳이 없으니 무너진 벽 틈에서 살 수밖에 없습니다. 이들마저 명군과 사신들의 시중에 지쳐 기름도 피도 다하였습니다. 살 길이 없으니 원통하여 통곡하고 하늘에 호소하고 죽으려야 죽을 수도 없습니다.

그리하여 혹은 나무에 목을 매고 혹은 달리는 말 앞[馬前]에 엎드려 스스로 밟혀 죽는 형편입니다. 백성들의 생활이 이 지경에 이르렀으니 나라의 사정은 알 만할 것입니다(《선조실록》).

임금 선조가 17개월 만에 다시 본 서울은 이와 같은 수라장이었다. 환도를 주저하던 임금이었으나 참담한 현실을 눈으로 보고는 사람이 달라졌다.

"백성들이 굶어서야 쓰겠는가?"

백방으로 수소문하여 양곡을 구해다 진제장에 배정하고 친히 진제장에 나가 지친 백성들의 손을 잡고 눈물을 흘렸다.

"모든 것이 내 죄로다."

감격한 백성들은 목을 놓아 울었다.

임금은 이에 그치지 않고 전적지를 찾아 전사한 장병들의 영전에 제사를 지내고 한강, 백악(白岳) 등 명산대천에 머리를 조아려 나라의 부흥을 빌었다.

살벌하던 서울의 분위기는 한결 부드러워졌다.

그러나 문제는 산적해 있고 어느 것 하나 어렵지 않은 것이 없었다.

그중에서도 먼저 손을 대야 할 것이 군대의 정비였다.

　대세는 평화로 전환하는 듯하였으나 조선으로서는 마음을 놓을 처지가 못 되었다. 일본군이 서울에서 철수하기에 그들의 본토까지 물러가는 줄 알았었다. 그런데 별안간 돌아서 진주를 치고는 경상도 남해안에 크고 작은 성들을 쌓아 올렸다. 그것도 임시로 묵을 허술한 시설이 아니고 돌로 쌓은 튼튼한 성들이었다. 물러갈 태세가 아니었다.

　조선이 걱정하는 이유는 그 밖에도 또 있었다. 명나라 사람들의 입으로 흘러나오는 화평 조건이었다.

　"왜놈들이 한강 이남을 내놓으라는 것을 내가 딱 잘라 거절했다."

　고니시 유키나가를 상대로 화평회담을 이끌어 온 심유경은 이렇게 큰소리를 치는가 하면 난처한 얼굴로 머리를 긁기도 했다.

　"명나라는 일본에 대해서 3년에 세 번씩 조공을 허락하라(講貢三年三次), 조선은 일본에 전라도를 넘기고 은(銀) 2만 냥을 내놓으라 ─ 유키나가라는 녀석이 이렇게 나오니 내 머리가 아프겠소, 안 아프겠소?"

　같은 명나라 장수들을 상대로 자기 공을 내세우기 위해서 한번 해본 소리였으나 세상에 비밀은 없었다. 그대로 조선 측에 새어 나왔고, 조선은 의심하지 않을 수 없었다. 전에도 대동강 이남이니 한강 이남이니 하는 이야기가 나왔었다. 또 이러쿵저러쿵하는 것을 보니 필시 곡절이 있을 것이다.

　조선으로서는 만일의 경우에 대비해서 칼을 갈 수밖에 없었다.

　원래 미약하던 육군은 전쟁 초기에 거의 궤멸되다시피 하고, 뒤를 이어 전국 각처에서 일어난 것이 의병들이었다. 의병들은 적의 배후에서 유격전으로 적을 괴롭히고 특히 보급을 교란하여 전세를 역전시키는 데 막중한 역할을 하였다.

　그러나 좋지 못한 면도 없지 않았다. 그들은 정규군과는 달리 나라가 위태로울 때 뜻있는 사람들이 자진해서 만든 군사집단인 만큼 법의 규제를 받지 않았다. 나가고 싶으면 나가고 머물고 싶으면 머물러도(自行自止) 누가 무어라고 할 사람이 없었다. 조정은 그들이 싸워서 이기면 상을 내렸으나 도망쳤다고 벌을 줄 수는 없었다.

전국에는 크고 작은 차이는 있었으나 이와 같은 의병집단이 무수히 있었다. 저마다 독자적인 집단인 만큼 의병과 의병, 의병과 정규군 사이에는 협조가 잘 되는 경우도 있었으나 안 되는 경우도 허다하였다. 그 위에 의병을 가장하고 고을을 돌아다니며 약탈을 일삼는 자들이 있는가 하면 심지어 양민을 살해하고 그 머리를 일본식 상투로 틀어 가지고 관가에 포상을 요구하는 경우도 적지 않았다.

지휘계통을 일원화하고 기강을 세울 필요가 있었다. 대체로 작년 말까지 이 일을 실천에 옮겼는데 일부는 관군에 편입하고 나머지는 각 도(道) 순찰사, 즉 감사의 지휘하에 들게 하였다.

또 유력한 의병장, 가령 김천일에게는 첨중추(僉中樞) 겸 방어사(防禦使), 곽재우(郭再祐)에게는 성주목사(星州牧使) 겸 조방장(助防將)의 벼슬을 내린 것과 같이 조정의 관직을 주어 자동적으로 조정의 통제를 받도록 하는 방법도 썼다.

이리하여 관군과 의병을 막론하고 모두 도원수(都元帥)를 정점으로 하는 단일 지휘계통에 속하게 되었다.

지휘계통은 이미 정비되었으나 병사들의 질이 말이 아니었다. 질을 향상시키기 위해서 조정은 서울로 환도하자 류성룡의 건의를 받아들여 훈련도감(訓鍊都監)을 설치하였다.

굶주림이 온 나라를 뒤덮고, 견디다 못해 스스로 목숨을 끊는 판국에 병정으로 나가겠다는 사람이 있을 리 없었다. 조정은 이를 감안하여 명나라에서 보내온 좁쌀 1천 섬을 비축하고 전국 도처에 방을 붙였다.

오라, 배불리 먹을 수 있다.

굶주린 장정들이 앞을 다투어 모여드니 얼마 안 가 수천 명에 이르렀다. 훈련도감의 도제조(都提調)에 임명된 류성룡은 척계광(戚繼光)의 《기효신서(紀效新書)》를 교본으로 하고 명나라 장교들의 자문을 받아가면서 종전의 궁·도·창(弓·刀·槍) 등의 용법을 가르치는 외에 특히 일본식 조총을 새로운 무기로 채용하고 그 조작을 가르치는 데 주력하였다.

10월 말에는 최흥원의 후임으로 류성룡 자신이 영의정으로 올랐다. 이에 그는 전국적인 군사제도의 개혁을 구상하게 되었다. 옛날 진관법(鎭管法)의 부활을 목표로 행정구역에 따라 장정들을 단위부대로 편성하는 일이었다. 이들은 자기 고장에 그대로 살면서 농번기에는 농사를 짓고 농한기에는 군사 훈련을 받고 유사시에 출동하기로 되었는데 이것이 진관법이었다.

수군은 육군보다 한발 앞서 개편되었다.

일본군이 서울에서 철수하던 1593년 여름 현재, 전쟁이 일어난 지 일년이 지났어도 조선 수군은 여전히 전시 편제가 아닌 평시의 편제 그대로였다.

전라좌수사 이순신(李舜臣)은 여수, 우수사 이억기(李億祺)는 해남의 본영에 있었고, 거제도의 본영을 잃은 경상우수사 원균(元均)은 경상도 남서 해안을 전전하고 있었다. 이들은 전투가 있을 때에는 서로 통보하고 집결하고 협력하여 적과 싸웠으나 저마다 독자적인 작전권을 가졌고 단일 지휘체계는 아니었다. 또 전투가 끝나면 각기 휘하의 함대를 이끌고 자기 본영으로 돌아갔다.

이 밖에 충청수사 정걸(丁傑)은 본영이 있던 보령(保寧)에서 북상하여 강화도에 머물면서 서울 방면의 적과 대치하고 있었다. 또 전쟁 초기에 도망친 경상좌수사 박홍(朴泓)의 후임으로 부임한 이수일(李守一)은 패잔 함정들을 모아 가지고 울산 방면의 동해상에서 어쩌다 적의 보급선을 기습 공격하는 데 그치고 별로 힘을 쓰지 못했다.

원래 수군은 일본, 그중에서도 왜구들을 가상 적으로 하였기 때문에 일본에 제일 가까운 경상도 수군이 가장 규모가 컸고, 다음이 전라도, 충청도가 그 다음이었고, 경기 이북은 보잘것없었다.

요컨대 전투능력이 있는 함대들도 지리적으로 분산되어 있고, 명령 계통도 통일되어 있지 않았다.

이순신, 이억기, 원균 등 현지 장수들은 조정의 양해를 얻고 금년 (1593) 7월에 모든 함정들을 한산도(閑山島)로 집결하였다. 이 섬은 당시 무인도로 부산 방면의 일본 수군이 남해로 진출하려면 반드시 지나야 하는 요지였다. 또 근해에는 나무가 울창한 섬들이 많아 선재(船材)를 구하는 데 편하고, 이들 섬에는 평지도 적지 않아 개척하면 식량도 어느 정도 자급할 수 있었다.

8월에는 경상·전라·충청 삼도수군통제사(三道水軍統制使)라는 새로운 직제가 창설되고 이순신이 이에 임명되었다.

이로써 조선 수군의 주력은 단일 지휘 체계하에 전시 편제로 전환하였고, 충청도 수군도 남하하여 이순신의 통제를 받게 되었다. 다만 이수일 휘하의 경상좌수군은 유명무실하였으나 그나마 부산의 일본군이 도중을 가로막기 때문에 이에 합류하지 못했다.

한산도로 옮긴 수군은 막사를 짓고 초소를 세우고 목재를 베어 선재로 다듬고, 전라도의 여러 포구에서 배로 자재를 실어 오고 — 겨울을 앞둔 그들에게는 쉴 틈이 없었다.

그러나 더욱 절실하고 근본적인 것은 식량 문제였다.

적의 침입으로 조선은 작년과 금년, 2년 동안 제대로 식량을 생산하지 못했다. 적의 점령지에서는 거의 폐농하다시피 하고, 온전한 지역에서도 잇따른 가뭄으로 흉년이 들었다. 그런데 식량의 수요는 한이 없었다. 관군도 먹어야 하고 의병들도 먹어야 하고, 그 위에 명나라 군대도 끝없이 식량을 요구하고 나왔다. 조약상으로는 명군이 먹을 식량은 명나라에서 가져오기로 되어 있었다. 이 조약에 따라 명나라는 작년 12월 정식으로 참전한 이후 금년 8월 초까지 8개월 동안 산동(山東)에서 14만 섬, 요동에서 14만 섬, 도합 28만 섬을 조선으로 보냈다.

이 기간 조선에 주둔한 명군은 대략 5만 명이었다. 그들은 명나라 되[升]로 한 사람이 하루에 두 되씩 배정을 받았으므로 5만 명이면 하루에 1천 섬, 한 달에 3만 섬, 8개월이면 24만 섬이라는 계산이 나왔다.

명나라 조정은 도중에서 유실될 것도 감안하여 28만 섬을 보낸 것인데 이 8개월 동안 의주와 평양에서 조선 관리들이 인수한 것은 좁쌀, 콩, 차조를 합쳐 도합 11만 6천4백60섬이었다.

반을 넘는 16만여 섬이 도중에서 없어졌다. 명나라 관헌들의 농간이었다. 부족분은 조선 측이 부담해야 하였고, 그나마 8월 이후에는 보내오지 않았다. 또 이여송이 주력 부대를 이끌고 돌아간 후 조선에 남은 명군 1만 6천 명의 식량은 모두 조선에서 부담하라고 나왔다.

한걸음 나아가 명군은 봉급으로 1인당 매월 은 3냥 6돈씩 받았는데 이것도 조선에서 내라고 했다. 생각다 못해 명나라에서 기술자들을 초빙해다 여기저기 은광을 찾아다녔으나 하나도 찾지 못했다.

전란에 시달리고 지친 나라에 이것은 감당할 수 없는 짐이었다. 그 위에 싸움에 약하고 약탈에 능한 것이 명군이었다.

"바꿔 했다 이거."

콩이나 좁쌀을 몇 되 집어던지고 황소를 끌어가는 것은 후한 편이고, 닭, 개, 돼지, 무엇이든지 닥치는 대로 강탈해다 잡아먹었다. 참다 못한 청년들이 으슥한 대목에서 명병들을 두드려 패고 때로는 때려죽이는 사건도 일어났으나 그것으로 해결될 문제가 아니었다.

백성들은 초근목피로 목숨을 부지하고, 군대에서는 허기를 참지 못해 도망치는 병사들이 속출하여도 어쩔 도리가 없었다.

겨울이 왔다. 초근목피조차 구할 수 없게 되자 무수한 백성들이 굶어 죽고, 마침내 일부 지역에서는 사람이 사람을 잡아먹는 사태까지 벌어졌다.

처음에는 죽은 시체에서 살점을 도려냈으나 나중에는 강한 자가 약한 자를 도살하는 지경에까지 이르렀다(飢饉之極 甚至食人肉 恬而不怪 …… 或有屠殺生人:《선조실록》).

우리가 이렇게 된 것은 누구 때문이냐? 못난 임금, 싸움질밖에 모르는 신하들 때문이다.

이것들을 쓸어버리고 새 왕조를 세워야 한다. 충청도 홍산현(鴻山縣: 부여)에 사는 호걸 송유진(宋儒眞)은 의병을 모집한다고 자칭하고 장정들을 규합하였다.

지리산, 속리산, 광덕산(廣德山), 청계산(淸溪山)에 도합 2천 명이 집결하였다. 무기를 들고 서울에 쳐들어가 조정을 밟아 버릴 계획이었다.

그러나 때가 아니었다.

적을 앞에 두고 이래서야 쓰겠는가?

그에게 동조하는 사람들보다 임금에게 충성하는 사람들이 월등 많았다. 일은 사전에 발각되고 송유진과 그의 일당은 체포되어 목이 잘려 나갔다.

세 치 혓바닥

온 조선 왕국이 굶주림에 신음하고 있던 1593년 겨울은 명나라 출정군의 총수 송응창에게도 유쾌한 계절이 못 되었다. 압록강 건너 요양(遼陽)에 좌정한 송응창은 배를 곯지는 않았으나 심기가 매우 불편했다. 모두가 북경에서 들려오는 소문 때문이었다.

이여송은 역시 명장이다. 소수 병력으로 세 배도 넘는 일본군을 부산까지 밀어붙였으니 명장이 아니고 무엇이냐 — 조야를 막론하고 이렇게 떠들고 돌아갔다. 이여송의 상관인 경략 송응창은 아예 없는 것으로 치부하고 화제에 올리는 일도 드물었다.

송응창은 겁쟁이다 — 이런 소문을 퍼뜨리는 축도 있었다. 압록강을 건너 조선 땅을 밟기는 했으나 국경에서 겨우 2백80리 떨어진 정주(定州)에 영문을 설치하고는 더 이상 내려가지 않았다. 일선은 고사하고 적이 물러간 평양이나 서울조차 감히 찾지 못했고 적은 그림자도 보지 못했으니, 그러고도 장수냐?

송응창은 심유경의 손바닥에서 노는 허수아비다 — 이렇게 깎아 내리는 사람들도 있었다. 전쟁이 끝난 것도 아니고, 안 끝난 것도 아니고, 엉거주춤 묘하게 됐는데 이것은 누구의 탓이냐? 송응창이 심유경의 장단에 놀아나서 이렇게 된 것이다. 심유경은 적진에 들락거리면서 재간을 부리는 흉물이다.

송응창도 할 말이 있었다.

경략이란 조정과 일선 사령관 사이에서 인원과 물자의 공급, 전쟁과 평화의 조정 등 중간 역할을 하는 것이지 전선에 나가 피를 흘리라는 직책은 아니다. 자기는 직책에 충실했고 전세(戰勢)도 크게 역전시켰는데 영광은 이여송이 독차지하고 먼지는 혼자 뒤집어썼다. 이럴 수가 있는가? 심유경을 걸고 넘어가는 모양인데 그는 병부상서 석성이 보낸 사람이지 내 사람이 아니다.

당장이라도 그만두고 북경으로 돌아가고 싶었으나 조정의 허락 없이 움직이면 군율로 다스린다고 나올 것이다. 몇 번이고 조정에 사직을 요청했으나 응대조차 없었다.

남은 길은 일본과의 화평회담을 마무리 짓고 평화를 이룩하는 데 있었다. 평화가 오면 싫어도 돌아가게 될 것이다.

이에 대해서는 이여송과도 의논한 바가 있었다.

"전쟁에 결말을 내지 못한 채 먼저 돌아가게 되어 죄송합니다."

요양을 떠나기 전날 밤 단둘이 마주 앉았을 때 이여송은 정말 죄송한 얼굴이었다. 그는 이 자리에서 다음같이 제안했다.

"그래서 드리는 말씀인데 고니시히(小西飛)가 가망이 없다면 심유경을 고니시 유키나가에게 보내 다시 교섭을 시작하는 것이 어떻겠습니까?"

당초에 고니시히 일행은 서울에 가둬 두었으나 조선 조정의 동태가 심상치 않았다. 죽여 버린다는 정보가 있어 이 무렵에는 평양에 옮겨 놓았었다.

그런데 이들은 쓸데없는 선물은 잔뜩 싣고 다니면서 가장 중요한 히데요시의 항표(降表 : 항서)가 없었다.

"하핫."

사람을 시켜 이모저모 따지고 캐어물었으나 납죽납죽 엎드리는 것은 잘하는데 항표 이야기만 나오면 머리를 긁었다.

"글쎄올시다."

"돌아가 받아올 자신이 있느냐?"

"글쎄올시다."

일행 30명과 함께 계속 외딴집에 가둬 버렸다.

"교섭을 다시 시작하는 것은 좋겠지요. 그러나 심유경은 곤란하오."

송응창으로서는 또다시 심유경의 손바닥에서 논다는 소리는 듣기 싫었고, 이여송도 그의 심정을 모르지 않았다.

"그러시면 사람을 바꾸면 되지 않겠습니까?"

"사람이 있어야지요."

정작 바꾸자고 보니 심유경만 한 인물도 없었다.

"제가 한 사람 추천하지요. 담종인(譚宗仁)이라는 유격장군이올시다. 글줄도 하고 인품도 변변해서 맡은 일은 해낼 것입니다."

담종인은 이여송의 심복으로 함께 조선에 나왔다가 이 무렵에는 연락차 북경에 가 있었다. 송응창은 반대할 이유가 없었다.

"좋소."

그 밤으로 북경에 급사를 보내 담종인을 부르고, 두 사람은 고니시 유키나가에게 보내는 편지를 각기 한 통씩 썼다. 이제부터는 심유경을 물리치고 담종인을 대표로 내세울 생각이었다.

심유경은 이 무렵 갇힌 것은 아니었으나 요양성 밖으로는 나가지 못하는 연금 상태에 있었다. 고니시히 같은 모호한 인간을 끌고 다녔다는 것이 죄목이었다.

담종인은 심유경같이 단수가 높거나 머리가 빨리 도는 사람은 아니었다. 생김새부터 농부같이 우직하고 술수를 모르는 인물로, 남에게 믿음직한 인상을 주는 것이 장점이었다.

북경에서 급보를 받은 담종인은 즉시 길을 떠나 도중 산해관에서 본국으로 돌아가는 이여송을 만나고 곧바로 요양으로 달려왔다.

"떠나기 전에 심유경을 한번 만나도 괜찮겠습니까?"

송응창으로부터 자세한 지시를 받고 나서 그의 의중을 떠보았다.

요즘 심유경은 당국의 기피인물로, 허가 없이 그를 만나는 것은 위험한 일이었다.

"좋도록 해요."

시큰둥한 얼굴이었으나 담종인은 심유경을 찾지 않을 수 없었다. 적진으로 간다는 긴장감도 있고, 도시 일본 사람을 대해 본 일이 없는 그로서는 어떻게 해야 하는 것인지 엄두가 나지 않았다. 심유경에게 배워야 했다.

쓰러져 가는 기와집 골방에 누워 있던 심유경은 누운 채로 담종인의 하소연을 듣고 나서 부스스 일어나 앉았다.

"요컨대 일본 사람들을 대하는 방법을 가르쳐 달라, 이거요?"

"그렇소."

"이거 병신이 또 하나 생기게 됐구만."

"병신이라니?"

"내가 바로 병신이오."

"……?"

"당신도 병신이 될 것이오."

"……."

"일본군을 부산까지 밀고 내려간 것이 누구요? 송응창이요, 아니면 이여송이오?"

"글쎄요."

"분명히 두 사람은 아니지요?"

"……."

"그러면 누구냐? 바로 이 심유경이오."

"……."

"군대가 허약해서 적을 물리치지 못하니 달리 방도가 없지 않소? 꼬시는 수밖에."

"……."

"이 심유경이 세 치 헛바닥으로 적을 꼬신 것이오. 꼬시고 살살 달래서 부산까지 몰고 가지 않았겠소?"

"일리 있는 말씀이오."

담종인은 처음으로 맞장구를 쳤다.

"일리? 하, 이거 아직 모르는구만. 일리가 아니라 처음부터 끝까지 맥을 쓴 것은 우리 군대가 아니고 이 심유경의 헛바닥이오."

"……."

"그런데 오늘날 보시오. 심유경은 술책꾼이다, 몹쓸 놈이다. 오죽이나 말이 많소? 나는 완전히 병신이 돼버렸소."

"……."

"사람을 나무 위에 올려놓고 흔들어도 분수가 있지. 당신도 병신이 되기 싫거든 바람 부는 대로, 물 흐르는 대로 적당히 넘기고 돌아오시오. 조정에 충성하네, 나라를 생각하네 — 공연히 기를 쓰다가는 병신이 될 것이오."

"……."

"내 심화가 동해서 이렇게 누워 있는 것이오."

심유경은 도로 자리에 누웠다. 얼굴이 누렇게 뜬 것이 정말 몸이 불편한 모양이었다.

담종인 일행 20명이 눈보라 속을 남하하여 압록강을 건너 조선반도 남단의 웅천(熊川) 땅에 당도한 것은 10월도 거의 갈 무렵이었다.

웅장한 일본식 산성이었다. 인도하는 대로 안에 들어가 널찍한 다다미방에 좌정하자 고니시 유키나가가 휘하 장수들과 중 겐소(玄蘇) 등을 거느리고 나타났다.[1]

"심 유격(沈遊擊 : 심유경)은 왜 안 오고 당신이 왔소?"

첫마디부터 반기는 말투가 아니었다.

"심 유격은 병이오."

유키나가는 미리 제출한 송응창과 이여송의 편지를 내놓고 이야기를 시작했다.

"편지는 잘 보았소."

"네……."

"피차 단도직입으로 이야기합시다."

"나도 그것이 좋겠소."

"두 분의 편지는 다 같이 장황한데 요점을 말하자면 우리 태합(太閤 : 히데요시) 전하의 항표를 바치고, 조선에 남아 있는 일본군은 적어도 쓰시마까지 물러가라 — 이거지요?"

"그렇소."

"당신이 내 처지라면 이런 요구를 듣겠소?"

"나는 그런 것은 모르오. 당신들은 손을 들고 물러가야 하오."

담종인이 같은 소리를 되풀이하자 유키나가는 정색을 했다.

"좋소. 그렇다면 한강 이남 4도를 우리 일본에 넘기는 일에 대해서는 어째서 말이 없소?"

"그런 이야기는 금시초문이오."

"정말 금시초문이오?"

"금시초문이오."

"아무래도 좋소. 4도를 넘기겠소, 못 넘기겠소?"

"못 넘기겠소."

"그렇다면 우리는 물러가지 못하겠소."

"물러가야 하오."

"당신과는 이야기가 안 되겠소."

"심 유격이 와야 이야기가 되겠소?"

"그렇소."

"아까도 말씀드렸듯이 심 유격은 병이오."

"나을 때까지 기다리지요."

"중병이라 몇 달이 걸릴지 몇 해가 걸릴지 의원들도 판단이 안 선다오."

"몇 달도 좋고 몇 해도 좋소."

유키나가는 자리에서 일어나 밖으로 나와 버렸다. 담종인은 융통성이 없는 인물이었다. 덮어놓고 무조건 항복, 무조건 철수를 고집하고 나오니 어쩔 도리가 없었다. 역시 말이 통하는 심유경을 오라고 하는 수밖에 없었다.

다행히 약간의 시일 여유는 있었다.

"전쟁 이야기는 새해에 들어가서 보자."

히데요시는 요즘 따로 열중하는 일이 있었다. 대목, 소목들을 불러 앉히고 설계도면을 그리는 일이었다.

양자가 아닌 친자, 명실상부한 후계자가 태어났는데 어찌 앉아만 있을 것이냐? 그 후계자를 중심으로 하는 장래의 설계를 세우지 않을 수 없었다.

일본에서 가장 큰 성, 서양 신부들의 말에 의하면 콘스탄티노플 이동에서 제일 크다는 오사카 성을 이 어린 후계자의 거성(居城)으로 선포하여 세상에 그 위엄을 보일 필요가 있었다. 자기가 거처할 성은 따로 지으면 되는 것이다.

교토 남쪽 교외에 후시미(伏見)라는 고을이 있었다. 드문드문 야산이 있는 평지, 봄철이면 복숭아꽃이 아름다운 고장이었다. 여기 자기가 들어갈 새로운 성을 쌓을 계획이었다.

아무리 큰 역사라도 히데요시가 할 일은 입을 놀려 명령만 내리면 그것으로 끝났다. 제후들이 물자와 인원을 동원해서 공사를 하게 마련이었다.

조선에 동병한 것은 대개 오사카 성 이서의 제후들이고 소수의 예외는 있어도 이동의 제후들은 동병하지 않았다. 히데요시는 이동의 제후들에게 공사를 분담시켰다.

오사카 성만은 못해도 장차 히데요시가 거처할 후시미 성은 사실상 일본 왕의 궁성이었다. 주변에는 제후들의 저택도 마련해야 하는 큰 공사였다.

공사는 새해 정월부터 시작하기로 하고 각처에서 물자를 실어 오고 인원을 동원하고 ― 부산하게 움직였다.

그러니 유키나가로서는 적어도 새해 정월까지는 히데요시의 독촉을 걱정할 필요가 없었다.

일본 사람들은 성미가 급하다고 들었는데 그렇지도 않은 모양이었다. 10월이 다 가고 11월도 열흘이 지났는데 유키나가는 가타부타 말이 없었다. 무슨 흉계를 꾸미는 것은 아닐까? 초조해진 담종인은 며칠을 두고 졸랐다.

"돌아가게 해달라."

11월 15일, 보름날에야 그는 유키나가에게 불려 들어갔다.

"이것을 전해야겠는데 어떻게 전하는 것이 좋겠소?"

유키나가는 심유경에게 보내는 편지를 손에 들고 물었다. 담종인은 정신이 번쩍 들었다. 이제 돌아가게 되는구나.

"어려울 것이 없지요. 내가 돌아가는 편에 전하면 되지 않겠소?"

"심 유격이 올 때까지 당신은 여기 있어 줘야겠소."

"아 ― 니, 사람을 가두는 것이오?"

"그렇게 생각해도 무방하오."

"사신을 가두는 법도 있소?"

"당신네는 금년 정초에는 순안에서 다케우치(竹內吉兵衛) 일행을 가뒀고 여름에는 서울에서 고니시히 일행을 가뒀소. 자기들은 가둬도 좋고, 남은 가둬서는 안 된다는 법이 어디 있소?"

결국 담종인은 측근 몇 사람과 함께 웅천성에 남고 그의 부하들이 편지를 가지고 북으로 말을 달렸다.

유키나가의 편지

　당연한 일이지마는 요양에 당도한 유키나가의 편지는 죄인으로 구박을 받는 심유경의 손에 들어가지 않고 권력자인 경략 송응창의 손에 들어갔다. 송응창은 이 전쟁에 중대한 전기를 마련하게 될 이 문서를 자세히 읽어 내려갔다.

　일본군 선봉 도요토미 유키나가(豐臣行長)는 삼가 천조(天朝)의 유격장군 심노야(沈老爺)에게 고합니다. 작년 8월 29일 평양 교외에서 당신과 만나 서로 약속한 바 있으나 그 후 당신은 약속을 위반했고, 나는 위반한 일이 없습니다. 조목조목 적어 보여 드리지요.
　첫째, 작년에 평양 서북에 경계선을 그은바 일본인은 약속대로 이 선을 넘지 않았습니다. 그런데 당신은 어떻게 규제했길래 조선인은 이 선을 넘어 약속을 위반한 것입니까?

둘째, 당신은 청석령(靑石嶺)에서 말에서 떨어져 약속한 기일에 오지 못했고, 치료에 효과를 보고 요즘 순안(順安)에 와 있다 운운했습니다. 이에 문안도 드리고 영접도 할 겸 나의 신하 다케우치(竹內吉兵衞)를 보냈는데 (당신네는) 그를 사로잡고 출병(出兵)하여 평양을 포위하였습니다.

셋째, 당신이 한강에 이르러 재차 평화를 논할 때 우리 장수들은 모두 이를 믿지 않았습니다. 그러나 나만은 이를 믿고 당신이 하라는 대로 군사를 이끌고 서울에서 물러났고, 20여 만의 양식을 남기면서도 불에 태워 없애지 않았습니다(遺二十餘萬糧物 不燒滅之). 먼 길에 쌓았던 일본군 진영 또한 부수지 못하고 (남쪽의) 여러 포구로 군사를 철수하였습니다.

넷째, 조선의 두 왕자와 신하들은 한강에서 약속한 바에 따라 송환하였습니다.

다섯째, 당신과 약속한 대로 전라도에는 출병하지 않아 오늘날에 이르기까지 그 고장은 조용합니다.

여섯째, 당신과 약속하기로는 당신은 고니시 히다노카미(小西飛彈守)를 북경까지 데리고 가서 석노야(石老爺 : 석성)의 말씀을 직접 듣게 하고 지체 높은 천사(天使 : 천자의 칙사)를 인도하여 오되 3, 4개월을 넘지 않을 것이며 또한 20일마다 편지를 한다고 하였습니다. 그러나 오늘에 이르기까지 한 통의 편지도 없고 히다노카미 역시 오래도록 서울에 있다가 지금은 평양에 머물고 북경에는 가지도 못한 채 헛되이 세월을 보내고 있습니다. 나는 당신의 말을 믿고 태합 전하에게 고하여 히다노카미로 하여금 당신을 따라가게 하였던 것입니다. 그 결과 이렇게 되고 보니 어떻게 된 영문인지 알 수 없습니다.

일곱째, 통역관 법석타(法釋打)로 하여금 두 사신(사용자, 서일관)을 호송케 한바 서울에 이르면 돌려보낸다고 하였습니다. 이것은 두 사신의 약속이었고 필시 당신도 들었을 터인데 무슨 연고로 돌려보내지 않고 붙들어 두는 것입니까? 붙들어 둔다 하더라도 히다노카미와 함께 있다면 알겠는데 딴 곳에 두는 것은 무슨 까닭입니까?

이상 일곱 건은 모두 당신이 위약(違約)한 것이고 나는 조금도 위약한 것이 없습니다. 누가 이것을 허망한 이야기라고 할 것입니까?

지금 담야(譚爺 : 담종인)가 송·이(宋·李) 두 분의 편지를 가지고 와서 태합 전하의 표문(表文)을 요구하고 또 군대를 쓰시마로 철수하라고 합니다. 일이 복잡하게 얽히니 무엇을 어떻게 해야 할지 모르겠습니다.

날씨가 춥고 길이 멀다 하더라도 당신이 속히 와서 나와 만난다면 내 반드시 전하와 상의할 것입니다. 고로 담야를 잠시 나의 진영에 머물게 하고 당신을 기다리고 있습니다.

당신이 만약 오지 않는다면 무엇으로 (당신의 뜻을) 증명할 것입니까? 또 비록 표문을 올리게 된다 하더라도 당신 외에 누구와 이 일을 의논하겠습니까? 만사 시작도 잘하고 끝도 잘 맺어야 한다는 것이 일본의 법식입니다. 그래서 이렇게 말씀드리는 것입니다.

만약 당신이 오지 않고 천사가 오는 것도 늦어진다면 여러 포구에 있는 장수들이 어찌 헛되이 세월을 보내겠습니까? 반드시 군사를 움직일 것입니다. 그때에 이르러 내가 약속을 어겼다는 말은 하지 마십시오.

또 군대를 쓰시마로 철수하라는 것은 도무지 알 수 없는 일입

니다. 당신이 천사를 인도하여 오면 비록 그런 말씀이 없어도 철
수할 것입니다. 어째서 천사는 인도하여 오지 않고 이런 이야기만
오는 것입니까?

하는 소리마다 제자리를 맴돌고 있으니 다시는 이런 소리를 마
십시오. 나머지는 만나는 날 이야기합시다. 이만 줄입니다.

11월 15일. 도요토미 유키나가(《선조실록》)

송응창은 난처했다. 화평을 서둔 나머지 일은 안 되고 담종인만 적에
게 포로로 잡힌 결과가 되었다.

"송응창이 하는 일은 다 그렇다니까."

소문은 며칠 안으로 북경까지 날아갈 것이고, 입으로 한몫도 보고 때
로는 여러 몫도 보는 조정의 고관들은 저마다 한마디씩 토해 낼 것이다.

더구나 담종인은 이여송의 사람이었다. 지금 개선장군으로 의기양양
한 이여송과 조정에서 막강한 발언권을 가진 그의 부친 이성량이 문제
를 삼고 나오면 큰일이었다. 송응창 하나쯤 잡는 것은 냉수 한 그릇 마
시는 정도의 수고로 족하였다.

측근에서는 그럴수록 시일을 두고 하회를 기다려 보자는 의견도 나
왔으나 성미가 급한 송응창은 심유경을 불러세우고 역정부터 냈다.

"너와 그 고니시 유키나가라는 왜놈은 어떤 사이냐?"

"네?"

영문을 모르는 심유경은 두 눈을 크게 뜨고 두리번거렸다.

"읽어 봐!"

송응창은 편지를 내던졌다.

구구절절이 심유경을 힐책하는 글이었으나 그의 곤란한 처지를 짐작
하고 쓴 글, 보기에 따라서는 그 곤란한 처지에서 그를 빼내기 위해 쓴

글이었다. 심유경은 적이라도 유키나가의 우정이 고마웠다.

"너하고만 이야기를 하겠다니 이게 어찌 된 일이냐?"

"……."

"헛소문이 아니었다."

"네?"

"너와 고니시 유키나가가 내통했다는 소문 말이다."

심유경은 머리가 아찔했다. 적과 내통하고 살아남은 자는 고금에 없었다.

"아무리 경략 어른이라도 그런 말씀을 함부로 하실 수 있습니까?"

그는 정색을 하고 항변했다. 그러나 송응창은 입가에 쓴웃음을 짓고 그를 아래위로 훑었다.

"너, 적진에 가서 담종인을 데리고 올 수 있느냐?"

있다고 하면 적과 내통했다고 더욱 우길 것이고, 없다고 하면 죽으라고 윽박지를 것이고 ― 어중간한 대답으로 얼버무렸다.

"글쎄올시다."

"도요토미 히데요시의 항표를 받아올 수 있느냐?"

"저는 병이 중합니다. 다른 사람을 보내시지요."

"네가 가야 한다."

"……."

"그저 다녀온다고 될 일이 아니다. 지금 얘기한 두 가지를 해오면 살고, 그렇지 못하면 너는 죽어 줘야겠다."

송응창의 두 눈에 살기가 번뜩였다.

심유경은 둔한 사람이 아니었다. 송응창의 가슴속을 들여다보고 소름이 끼쳤다. 일이 뜻 같지 않을 때에 책임을 뒤집어씌울 제물, 이 심유경을 제물로 바치고 자기는 발을 뺄 생각을 하고 있는 것이다. 뱀같이

찬 눈매, 못 가겠다고 버티면 지금 당장 죽을 것이고, 가겠다고 하면 갔다 온 결과를 보고 결정할 것이다.

우선 살아 놓고, 다음 일은 다음에 생각하자.

"대신, 이 일에 대해서는 저에게 전권을 주십시오."

심유경은 두 손을 모아 쥐었다.

"주다마다."

송응창은 고개를 끄덕이고 말투도 달라졌다.

"그리 앉게."

술이 나오고 송응창은 말수가 많아졌다.

"세상은 넓고 사람은 많아도 이런 일을 해낼 인물이 어디 또 있겠는가? 자네를 두고는 없지, 없어."

일행 1백여 기(騎)와 함께 요양을 떠난 심유경은 압록강을 건너 평양에서 고니시히를 찾았다.

"어찌 된 일이오?"

허름한 초가에서 부하들과 함께 포로 생활을 하고 있던 고니시히는 십년지기를 만난 듯 반가워했다.

세상이 어떻게 돌아가는지 알려 주는 사람이 없으니 하루하루가 불안의 연속이었다. 심로가 쌓인 데다 먹을 것도 제대로 주지 않고, 감시하는 명군 병사들은 걸핏하면 발로 차고 주먹으로 쥐어박았다.

"짜오타마(肏他媽 : 네 에미 ×이다)."

대개 뼈에 가죽을 씌운 앙상한 모습이었다.

심유경은 길게 말하지 않았다.

"편지를 한 장 써요."

고니시히는 시키는 대로 편지를 썼다.

후한 대접을 받고 잘 있노라.

편지만으로는 부족하고 후한 대접을 증명할 사람이 필요했다. 심유경은 그들 중에서 제일 살점이 붙은 사나이를 하나 골라잡았다.

돼지라는 별명을 듣는 사나이. 먹는 일 외에는 마음을 쓰는 일이 없고, 틈이 나면 잠을 자고 힘깨나 써야 할 때가 되면 으레 내세우는 인물. 감각이 무딜 대로 무디다 보니 어떤 경우에도 살이 빠지는 일이 없었다.

돼지를 데리고 영명사(永明寺)에 가서 거기 갇혀 있는 중 법석타를 끌어냈다.

"가자."

통역으로도 그가 필요했다.

송응창으로부터 통고를 받은 조선 조정도 모른다고 할 수 없었다. 김윤국(金潤國)을 접반관으로 임명하여 통역관 이유(李愉)와 함께 개성까지 마중을 나가게 하였다. 김윤국은 20여 년 전에 과거에 급제하여 부사(府使)를 지낸 인물로 심유경과 비슷한 초로의 사나이였다.

이들의 마중을 받고 심유경 일행이 서울에 들어온 것은 윤11월 3일이었다.

그러나 심유경은 얼굴에 핏기가 없고 몰라보게 살이 빠진 것이 누구의 눈에도 병색이 완연했다. 그동안 화병으로 누워 있다가 북국의 매서운 추위를 뚫고 먼 길을 달려온 탓으로 기운이 다해서 병석에 눕고 말았다.

임금 선조는 전부터 그를 좋아하지 않았다. 더구나 이번에는 일본 사람을 2명이나 달고 왔다는 소리를 듣고는 상종도 하지 않을 작정이었다.

"나더러 그 자를 상대하고 술잔도 나누라는 말이오?"

영의정 류성룡 이하 신하들이 말렸다.

"화평을 주장하는 것은 더 높은 사람들이고 심유경은 그들의 심부름꾼에 지나지 않습니다. 다른 사신들은 후하게 대하시면서 유독 심유경만 홀대하시면 후환이 있을까 두렵습니다."

"그까짓 것이 무슨 힘이 있다고 걱정하시오?"

"남을 잘 되게 하기는 어려워도 훼방을 놓기는 쉽다고 들었습니다."

임금은 마지못해 의원도 보내고 약도 보냈다.

서울에 들어온 지 7일, 윤11월 10일 심유경은 병석에서 일어나 짐을 꾸렸다. 임금은 시어소(時御所 : 덕수궁)에서 그를 맞아 하직인사를 받고 치하를 했다.

"우리 조선이 망하지 않고 오늘이 있는 것은 모두 대인의 덕택이오."

임금은 불편한 심정은 내색을 하지 않고 듣기 좋은 소리로 말문을 열었다.

"황송한 말씀이십니다."

심유경의 답사에 이어 차를 들면서 대화는 잠시 더 계속되었다.

"그래 무슨 일로 어디 가시는 길이오?"

"적장을 만나러 남쪽으로 가는 길입니다."

"듣자 하니 명나라에서는 일본에 봉공(封貢)을 허락하신다는데 사실인가요?"

"우리 조정의 뜻은 적을 달래서 전쟁을 끝내고 백성을 안정시키는 데 있습니다. 그렇다고 저 미개한 도요토미 히데요시를 왕으로 봉할 수는 없고, 다만 조공을 허락하여 장사나 하게 하자는 것이 우리 황제 폐하의 뜻입니다."

히데요시를 왕으로 봉한다는 것은 그를 미개인에서 문명인으로 격상하는 의식이었다. 그것은 안 될 일이고, 장사는 천한 인간들이 하는 일이니 장사나 허락해서 무마하자는 것이다. 심유경도 능수능란한 사람이었다. 임금의 심중을 들여다보고 듣기 싫은 소리는 하지 않았다.

그러나 심유경의 남행길은 지지부진하였다. 몸이 불편한 탓도 있었으나 그보다도 북경의 명나라 조정에서 말이 많았다.

"왜 또 심유경을 보냈느냐?"

말이 많다 보니 본국에서 심유경에게 오는 지시도 어제가 다르고 오늘이 달랐다. 가라. 가지 말라.

가다가는 돌아서고, 돌아섰다가는 다시 가고. 더딜 수밖에 없었다.

천주의 뜻

　11월 그믐께 요양을 떠난 심유경이 마침내 웅천에 당도한 것은 12월 24일이었다. 요양에서 웅천까지는 15일 거리였으나 윤11월 한 달과 12월에 들어서도 20여 일, 도합 두 달 가까이를 길에서 보낸 셈이었다.

　그동안 심유경을 다시 기용하여 적진으로 보낸 송응창은 경략의 직책에서 해임되고 병부좌시랑(左侍郎) 겸 계료총독(薊遼總督) 고양겸(顧養謙)이 현직을 띤 채 겸리조선사무(兼理朝鮮事務)로 임명되어 경략의 직무를 보게 되었다. 다만 고양겸이 부임할 때까지 계속 그 직무를 보라는 바람에 송응창은 엉거주춤 계속 요양에 남아 있었다.

　심유경도 본국으로 끌려가 감옥으로 들어갈 뻔했으나 병부상서 석성이 적극 두둔한 덕분에 무사할 수 있었다.

　"대화의 통로를 닫아서는 안 된다."

　이것이 석성의 주장이었다. 적은 심유경 외에는 상대를 하지 않겠다고 하였다. 그 심유경을 잡아 가두고 어쩌자는 것이냐? 또다시 전쟁을 하자는 것이냐?

석성의 눈으로 보면 조정 대신들이 심유경을 비방하는 것은 공연한 트집이었다. 이 어려운 시기에 추위와 더위, 그리고 죽음마저 무릅쓰고 적진에 출입하면서 전세를 이만큼 전환시킨 데는 심유경의 공이 컸다. 말 많은 대신들 중에 그의 공을 덮을 자가 누구냐?

다만 심유경은 미천한 태생이었다. 천한 것이 난세를 맞아 바람을 일으키고 다니는 것이 그들의 눈에 거슬렸다. 더구나 판세가 돌아가는 것을 보니 이것이 정말 상은(賞銀) 1만 냥을 타고 백작으로 오를 기세였다.

건국 2백여 년에 자기들만의 세계를 형성하고 대대로 영화를 누려 온 귀골들은 이 천한 침입자와 동열에 설 것을 생각하니 기가 차고 구역질이 났다. 어디서 굴러먹던 말뼈다귀냐?

심유경은 멀리 떨어져 있어도 이 같은 북경의 공기를 잘 알고 있었다. 송응창 혼자서도 자기 한 사람쯤 없애는 것은 어려운 일이 아니었다. 더구나 북경의 지체 높은 귀골들이 입을 모으면 당장 가루를 내어 바람에 날려 버릴 수도 있으리라.

살 길은 화평교섭에 성공하고 돌아가는 외에 달리 없었다.

멀리 성 밖까지 나온 고니시 유키나가의 영접을 받고 성내로 들어온 심유경은 우선 담종인부터 만났다.

"고생이 많았겠소."

말을 걸었으나 담종인은 얼굴을 붉히고 삿대질을 했다.

"당신은 무엇하는 사람이오?"

심유경은 천천히 대답했다.

"알아듣게 말씀할 수 없겠소?"

"당신은 간물(姦物)이오."

"하 이거, 알아듣게 말씀하시라니까."

"왜놈들에게 한강 이남 4도를 떼어 주기로 했다면서?"

"그래요?"

"안 주면 물러가지 않겠다 ― 유키나가라는 녀석이 막무가내로 버티니 이게 어찌 된 일이오?"

"그래 무어라고 했소?"

"못 준다고 할 수밖에."

"준다고 할 걸 그랬소."

"그것도 말이라고 하는 것이오?"

담종인은 주먹으로 탁자를 내리치고 심유경은 웃었다.

"허허…… 맹랑한 녀석이로구만."

"맹랑하다니?"

"유키나가 말이오."

"이 일을 어쩔 것이오?"

"나한테 맡기시오."

심유경은 수염을 내리 쓰다듬고 일어섰다.

다음 날 심유경은 늦은 조반을 마치고 유키나가의 요청으로 그를 찾아갔다. 방안에는 중 법석타 한 사람이 통역으로 중간에 앉았을 뿐 다른 사람은 아무도 없었다. 두 사람은 이미 여러 차례 만났고 함께 보낸 시일도 적지 않은지라 대화는 허물없이 오갔다.

"당신이 낡은 이야기를 꺼내는 바람에 나는 죽을 뻔 보았구만."

심유경이 농반 진반으로 말문을 열자 유키나가가 반문했다.

"무슨 소리요?"

"한강 이남 4도 이야기 말이오. 그 건(件)은 이미 타서 재가 되어 버린 줄 알았는데 그걸 가지고 담종인을 옥박질렀다면서?"

"갇혀 있는 당신을 낚아내려면 그 길밖에 없었소. 낚싯밥이라고 생각하시오."

"나도 짐작했소."

유키나가는 정색을 하고 그를 바라보았다.

"나는 천주교 신자요. 일본이다 조선이다 혹은 명나라다 하는 속세의 구분은 천주의 뜻이 아니오. 이 세상은 다 같은 천주의 아들딸들이 사는 한집안이오. 한집안에서 죽이고 살리고 ― 이렇게 처참한 일이 어디 있겠소? 나는 천주께 맹세했소. 더 이상 사람을 죽이는 일에 앞장을 서지 않기로 말이오. 당신도 나와 뜻을 같이할 수 없겠소?"

웅천성에는 세스페데스(Gregorio de Cespedes : 1551~1611)라는 42세의 포르투갈 신부가 와 있었다. 전부터 가까이 지내 온 이 사명감에 불타는 신부는 유키나가의 요청으로 일본을 떠나 한동안 쓰시마에 머물다가 달포 전에 웅천에 당도했었다.

전쟁이 소강상태를 유지하고 한가한 시간이 계속되자 유키나가는 밤에도 잠을 이루지 못하는 시간이 길어졌다. 일본군이 조선에서 저지른 가지가지 죄악은 생각할수록 기가 막히고 너그러운 천주도 용서하려야 길이 없을 것이다. 더구나 그 죄업(罪業)은 언제 끝날지 앞이 보이지 않았다.

마음의 고통뿐이 아니었다. 도무지 보급이 제대로 되지 않으니 사는 것이 사는 것 같지 않았다. 바다에는 조선 수군이 수시로 출몰하여 보급 선들을 쳐부수고, 행여 그들의 눈을 피하여도 폭풍우에 전복되는 경우가 허다하였다. 그리하여 본국에서 와야 할 물자는 열에 하나도 들어오지 않았다.

삭풍이 몰아치는 이 겨울에도 입을 것이 없고 먹을 것이 없었다. 지친 병사들의 몰골은 어김없는 거지들이었고, 그럴수록 더욱 포악해져서 자기들끼리 싸우고, 총칼을 들고 나가 조선 사람들을 죽이기 일쑤였다.

제대로 먹지 못한 병사들은 병 같지 않은 병에도 쓰러지면 다시 일어날 줄을 모르는데 의원도 약도 없었다.

사망자가 속출하고, 화장을 해도 유골을 본국으로 보낼 길이 없었다. 근처에 있는 빈 절간에 쌓아 두는 것이 고작이었고, 그나마 지친 병사들은 태우기도 역겨워 시체를 그냥 경내(境內)에 팽개치고 돌아오는 경우가 흔히 있었다.

이런 판국에 도망병은 그칠 줄을 모르고 불평은 날로 쌓여 갔다.

"어째서 우리는 돌아가지 못하느냐?"

지난 5월 서울을 철수하면서 병사들은 금시라도 고향 땅을 밟게 되는 줄 알았다. 실지로 철수하여 본국으로 돌아간 숫자도 적지 않았다. 그런데 여름이 가고 가을이 가고, 또 겨울이 와도 이 웅천 땅에서 고생하는 자기들에게는 아무 소식도 없었다. 죽어서 혼백이 되기 전에는 돌아가지 못한다는 공론마저 일었다.

"내사 마 못 살겠다."

병사들은 걸핏하면 벌렁 드러눕고 움직이려고 하지 않았다.

물심양면으로 황폐할 대로 황폐한 군대, 언제 무슨 일이 터질지 알 수 없었다.

생각 끝에 일본 교구에 요청하여 세스페데스를 맞아들였다. 세스페데스는 웅천 근처에 주둔하고 있는 천주교 장수들과 함께 미사를 올리고, 고해성사를 주고, 자문에 응했다.

그는 또 유능한 의사이기도 했다. 단순히 복음을 전하는 데 그치지 않고 병자들을 치료하고 죽은 자들을 손수 매장하였다. 말없이 행동하는 성품이었으나 유키나가가 전쟁에 대해서 물으면 한마디로 대답했다.

"전쟁을 끝내는 것이 천주의 뜻이오."

그의 말에는 권위가 있었고, 유키나가는 평화를 위해서 모든 것을 바치기로 결심했다.

현실적으로 외부의 압력도 날로 심해 갔다.

"전쟁이든 평화든 전망이 서야 계획을 세울 것이 아닌가? 화평교섭은 어떻게 되어 가는지 알려 달라."

조선에 있는 장수들은 물론, 본국에 있는 장수들도 수시로 문의해 왔다. 그중에서도 고약한 것이 울산에 있는 가토 기요마사였다.

"약장수 너, 화평교섭을 빙자해서 무슨 흑막이 있는 것은 아니냐?"

잊을 만하면 편지를 보내 부아를 돋우었다. 그 위에 지금은 조용하지마는 히데요시가 다시 잔소리를 시작하면 빠져나갈 구멍이 없었다.

어떻든 이대로 시일을 끌 수는 없고 무엇인가 진전이 있어야 했다.

심유경은 젊어서 《묵자(墨子)》를 탐독한 일이 있었다. 《묵자》의 천(天)이나 유키나가가 말하는 천주나 천지만물을 주재하는 인격신(人格神)이기는 마찬가지여서 그의 말뜻을 쉬 이해할 수 있었다.

"나도 같은 생각이오."

그는 차를 한 모금 마시고 계속했다.

"이 기회에 나는 누구의 신하다, 혹은 어느 나라 사람이다 하는 입장을 떠나 피차 가지고 있는 모든 비밀을 털어놓고 의논하는 것이 어떻겠소?"

심유경도 절박한 심정이었다. 신이니 인류니 하는 고원한 이야기는 차치하고 우선 무엇이든 성과가 있어야 하고, 빈손으로 돌아가서는 목숨을 부지하지 못할 처지였다.

"내가 바라는 것이 바로 그와 같은 허심탄회한 의논이오."

유키나가는 돌아앉아 구석의 궤짝을 열고 문서를 한 통 꺼냈다. 지난 여름 도중에서 깔아뭉갠 히데요시의 편지, 명나라로 보내는 국서였다. 순서로 말하자면 사용자·서일관 편에 북경에 가서 벌써 전에 그 회답이 왔거나 다시 싸움이 벌어졌어야 할 문제의 7개 조항이 담긴 문서였다.

"사실이었구만."

편지를 유심히 읽고 다시 탁자 위에 놓으면서 심유경은 별로 놀라는 눈치가 아니었다.

히데요시가 여러 신하들 앞에서 이야기한 내용이어서 일본군 장수들 사이에서는 비밀이 아니었다. 소문에는 국경이 없었다. 구구전승으로 조선에 와 있는 말단 병사들에게까지 퍼졌고, 바람결에 명나라 장병과 조선 사람들의 귀에도 들렸고, 이 무렵에는 만리장성을 넘어 북경에까지 들어갔다. 다만 전달되는 과정에서 꼬리가 붙고 혹은 날개가 떨어져 약간의 차가 있을 뿐이었다.

"어떻든 이것이 우리 태합 전하의 생각이니 있는 그대로 알려 드리는 것이오."

이야기를 들은 심유경도 명나라의 속사정을 털어놓았다. 히데요시가 물세를 모르는 벽창호라면 북경의 조정에 앉은 관원들도 별로 다를 것이 없었다.

급사중(給事中) 장보지(張輔之)는 어전에 글을 바쳤다.

왜병들이 부산 방면에 집결하는 것은 원래 거짓으로 후퇴하여 우리를 속여서 철병케 한 후 더욱 그 세력을 뻗치자는 것입니다. 까닭 없이 조공을 바치겠다는 것부터 이상한 일입니다. 그래 놓고

저들은 진주를 쳤습니다. 그들의 본심은 이로써 이미 드러났으니
군을 동원하여 쳐부셔야 합니다.

융정도어사(戎政都御史) 학걸(郝杰)은 주장하였다.

히데요시의 죄로 말하자면 죽여도 부족하거늘 도리어 작명(爵
命)을 내린다는 것은 있을 수 없는 일입니다. 외국에서 이 소리를
들으면 명나라 조정에는 사람이 없다고 할 것입니다.

병부주사 증위방(曾偉芳)은 진언했다.

우리가 정성을 다해도 왜군은 올 것이고 다하지 않아도 올 것입
니다. 마땅히 조선으로 하여금 스스로 지키게 하고 망자를 조문하
고 외로운 자를 위로하고 군사를 단련하고 식량을 비축하여 스스
로 굳세어지도록 도모해야 합니다.

황제는 옳은 말이라 하여 행인(行人) 사헌(司憲)을 칙사로 조선에 보
내 자강지책(自强之策)을 촉구하였다.
전부터 이여송에게 앙심을 품고 있던 제용광(諸龍光)이라는 자는 이
기회에 그를 잡겠다고 세도가들을 찾아 호소하고 다녔다.
"이여송은 사사로이 일본과 명나라가 화친(和親), 즉 통혼(通婚)하도
록 획책하였습니다. 공주를 미개한 일본에 출가하도록 모의했으니 이
런 불충한 자가 어디 있겠습니까? 마땅히 죽여야 합니다."
중구난방으로 떠드는 가운데서 앞서 담종인이 가지고 온 평화안은
제일 온건한 편이었다. 그나마 이 안을 주창한 송응창은 경략의 직책에

서 밀려났고, 이를 뒷받침해 온 병부상서 석성이 고군분투하는 중이었다.

그 위에 조선의 태도는 확고부동하였다. 침략군은 무력으로 쳐서 없애 버려야 하고 봉공을 허락하여 인간 대접을 하는 것은 언어도단이라는 입장이었다. 기진맥진하여 자체의 힘은 대단치 않았으나 이들이 북경의 강경파와 통하면 큰 힘을 발휘할 수 있었다.

심유경은 이런 사정을 있는 그대로 설명하였다.

서로 등을 돌리고 반대방향으로 달리는 이들을 같은 방향으로 유도하고 화해의 마당으로 끌어들인다는 것은 꿈같은 이야기였다.

야합과 조작

　며칠 후 한 해가 가고 1594년의 새해 설날이 왔다. 아침에 유키나가는 간단한 술자리를 마련하고 심유경을 맞아들였다.

　"언제쯤 떠나실 작정이오?"

　축배를 들고 나서 유키나가가 물었으나 심유경은 분명한 대답을 하지 않았다.

　"글쎄요."

　그가 빈손으로 돌아간다는 것은 화평회담의 결렬을 의미하였다. 결렬되면 다시 교전상태(交戰狀態)로 들어가는 것이고, 반드시 교전을 하지 않더라도 언제 또 이 같은 회담이 열릴지 막연하였다.

　더욱 절실한 것은 두 사람의 운명이었다. 심유경은 십중팔구 죽지 않으면 적어도 옥살이는 면할 길이 없고, 유키나가도 자칫하면 지금까지의 속임수가 드러나 같은 운명을 밟지 않을 수 없을 것이다.

심유경이 술을 찔끔 마시고 한동안 망설이다 입을 열었다.

"다시 생각해 보시오. 담종인이 가지고 온 두 가지 조건 ― 철군과 항표 ― 이 중 한 가지도 안 되겠소?"

"처지를 바꿔 놓고 생각해 보시오. 당신 같으면 할 수 있겠소?"

"그렇게만 생각할 것은 아니오. 우리 하나하나 따져 봅시다. 쓰시마까지 철군한다 ― 이건 쉬운 일이 아니지요?"

"안 되지요."

"태합 전하의 항표를 받아 오는 일은 어떻소?"

"더 어렵지요."

"철군은 수만 명이 이동하는 일이니 어렵다 치고, 항표라는 것은 종이 한 장이 아니오?"

유키나가는 그의 진의를 몰라 잠자코 있었다.

"내 그동안 생각해 보았는데 안 된다고 앉아만 있으면 어쩔 것이오? 애는 써보아야 할 것이 아니오?"

"아무리 애써도 안 될 일은 안 되는 것이오."

"거두절미하고 얘기합시다. 항표는 반드시 태합이 써야 하오?"

"무슨 뜻이오?"

"글이라는 것은 누구나 쓸 수 있는 것이 아니오?"

알아들었다. 항표를 조작해 내라는 것이다. 엄청난 일에 유키나가는 목소리가 떨렸다.

"그동안 생각해 낸 방책이 이것이오?"

"진정하시오. 지금 국면은 꽉 막혔소. 타개하자면 이 방법밖에 없소."

"……"

"이 웅천에서 서울은 1천 리 길이오. 서울에서 북경은 3천2백 리, 도합 4천 리가 넘는 거리요. 항표가 왔다면 이 4천 리 연변의 입들이 오죽 떠들겠소. 거기다 북경의 조정처럼 게으르고 말이 많은 고장도 없을 것이오. 항표를 어떻게 처리할 것이냐— 결론을 내리자면 여러 해 걸리지요. 아마 결론을 내리기 전에 일본에서는 늙은 태합이 죽고 전쟁은 슬그머니 끝난다— 나는 앞날을 이렇게 내다보고 있소."

"……."

"지난여름 당신네는 태합이 우리 명나라에 보내는 국서를 깔아 버리지 않았소?"

"……."

"죄로 말하자면 깔아 버리는 것이나 조작하는 것이나 별로 다르지 않을 것이오."

"……."

"그때는 보내서는 안 될 문서를 깔아 버린 것이고, 이번에는 보내야 할 문서를 만들어 내는 것이오. 안 될 연유를 말해 보시오."

듣기만 하던 유키나가가 비로소 입을 열었다.

"일이 탄로되면 당신도 무사하지 못할 것이오."

"우리는 이미 한배에 타고 있지 않소? 허허허."

"그 이야기는 그만하고 술이나 듭시다."

유키나가는 그를 가로막고 술을 권했다. 심유경은 인물인가, 사기꾼인가?

유키나가는 며칠을 두고 생각했으나 도무지 결론이 나지 않고 머리만 어지러웠다. 어쩌면 심유경의 생각이 맞는 것은 아닐까?

그는 밤중에 성곽의 맨 위층, 일본 사람들이 덴슈카쿠(天守閣)라고 부르는 방으로 세스페데스를 찾았다.

히데요시의 천주교 금령(禁令)은 여전히 해제되지 않은 상태였다. 밀고를 염려하여 그가 조선에 건너온 것도 비밀로 하였고, 남의 눈에 뜨이지 않도록 그는 주로 밤에 움직이고 낮 시간은 덴슈카쿠에서 보내고 있었다.

"신부가 간여할 문제는 아닌 것 같소."

유키나가의 사연을 듣고 난 세스페데스의 첫마디였다.

"신부님을 끌어들이자는 것이 아니오. 주님의 뜻이 어디 있는지 그걸 알려 달라는 것이오."

"주님의 뜻은 평화에 있소."

구름 잡는 이야기였다.

"평화를 위해서는 국서를 조작해도 무방하다는 말씀이오?"

"주님의 뜻은 평화에 있다고 했소."

유키나가는 방을 나와 천천히 층계를 내려왔다. 어떻게 할 것인가? 그는 잠을 이루지 못하고 뜬눈으로 한밤을 지새웠다.

다음 날부터 중 겐소와 법석타는 옛날 중국 문헌들을 상고하여 항표를 짓기 시작했다. 썼다가는 지우고, 의논하고, 다시 쓰고 ─ 밤과 낮이 몇 차례 바뀌어도 그들은 골방에서 나오지 않았다.

그동안 심유경은 가끔 성을 나와 바다가 내려다보이는 큰 기와집을 찾았다. 자기가 끌고 온 명군 병사들과 조선 조정이 딸려 보낸 관원들, 그리고 일꾼들이 묵고 있는 집이었다.

"히데요시의 항표가 올 모양이다."

혹은,

"항표를 가진 사람이 이미 일본 서울을 떠났다는 얘기가 있다."

은근히 소문을 흘렸다. 항표라는 것이 어느 날 갑자기 나타나는 것도 이상하고, 뜸을 들일 필요가 있었다. 또 멀리 떨어진 적지에서 부하들을 무작정 기다리라고 할 수가 없고, 기다리는 데도 명분이 있어야 했다.

특히 조선 사람들이 문제였다. 일꾼들은 배만 부르면 말이 없었으나 접반관 김윤국과 통역 이유는 방심할 수 없는 인간들이었다. 명색은 자기를 모시는 직분들이었으나 사실은 자기를 감시하는 염탐꾼으로, 일거일동을 서울의 조선 조정에 보고하고 있었다. 이들에게 꼬리를 잡히면 곧 서울에 알려지고, 북경에 항의가 가고, 좋을 일은 하나 없었다.

히데요시가 항복한다더라. 조선 사람이나 명나라 사람이나 이 이상 반가운 소식은 없었다. 심유경은 모두가 듣기 좋은 소리를 퍼뜨리고 발길을 돌리곤 했다.

마침내 항표의 초안이 완성되어 유키나가와 두 스님, 그리고 심유경의 네 사람이 모여 앉았다. 훑어보던 심유경은 붓을 들었다.

"날짜는 내가 여기 오기 전으로 하는 것이 좋겠고, 태합은 관백(關白)으로 고치는 것이 좋겠소. 자고로 중국에는 관백은 있어도 태합이라는 벼슬은 없소."

그 밖에 일본식 문투를 일일이 고쳐 한문다운 한문으로 다듬었다.

만력(萬曆) 21년 12월 21일, 일본 관백 신 다이라 히데요시(平秀吉)는 황공하기 그지없사와 머리를 조아리고 말씀을 드리고자 합니다. (……) 폐하의 은혜는 호탕하여 멀고 가까운 창생(蒼生)에 널리 미치시니 일본은 아득하게 멀리 있어도 역시 다 같은 천조(天朝)의 적자(赤子)입니다. 누누이 조선에 부탁하여 (신의 뜻을) 전달하도록 하였으나 마침내 이를 감추고 말씀드리지 아니하였습니다. 호소할 길이 없고 원한을 삼킨 지 오래되니 부득이 원수가 된 것입니다. 그런즉 까닭 없이 군사를 일으킨 것은 아닙니다.

또한 조선은 사심을 품고 폐하에게 거짓을 아뢰었습니다. 우리 일본 같은 나라는 폐하에게 충성을 다할 것을 스스로 다짐하고 있는 터에 어찌 감히 폐하의 군대를 맞아 싸울 생각을 하였겠습니까? 유격 심유경이 충고하여 분명히 깨우쳐 주고 공평한 조정을 원하였습니다. 도요토미 유키나가(豊臣行長) 등은 성의를 다하여 가르침에 순응하고 (약조에 따라) 경계선을 침범하지 아니하였습니다.

어찌 조선이 싸움을 걸어올 줄이야 생각이나 하였겠습니까? 비록 우리 군사들이 죽기도 하고 다치기도 하였으나 관에 넣어 매장할 겨를도 없이 (평양에서) 서울로 후퇴하였습니다. (……)

심유경이 앞서 약조를 다시 들고 나오자 일본 장수들은 당초의 결심에 변함이 없었습니다. 성곽을 돌려주고 양곡을 바치는 등 더욱 정성을 보였고, 신하를 파견하고 땅을 반환하여 한층 더 공순(恭順)의 뜻을 표하였습니다.

이제 장수 고니시 히다노카미(小西飛彈守)를 보내 충정을 말씀드리도록 합니다. 원컨대 천조에서 용장(龍章: 곤룡포)을 내려 주시면 그 은석(恩錫: 하사품)으로써 일본 진국(鎭國)의 고맙고도 영예로운 징표로 삼고자 합니다.

엎드려 바라옵건대 폐하께서 해와 달이 비치는 것과 같은 그 빛을 퍼뜨리시고, 천지가 만물을 덮고 혹은 싣는 것과 같은 그 아량을 넓히시고 구례(舊例)를 상고하사 특히 책봉번왕(册封藩王)의 명호(名號)를 내려 주시옵소서.

신 히데요시는 지우(知遇)의 너그러움에 감격하여 더욱 황실을 중히 여기고 이 큰일에 보답하고자 합니다. 어찌 몸을 아끼겠습니까? 대대로 울타리같이 황실을 보위하는 신하로 바다의 공물(海邦之貢)을 바치고, 폐하의 치적이 크게 나타나기를 무궁토록 빌고, 폐하의 수명이 만세로 이어지기를 축원할 것입니다. 신 히데요시는 하늘을 바라보고 폐하를 우러러보고 감격이 북받쳐 어찌할 바를 모르겠습니다(《선조실록》).

심유경의 수정이 끝나자 글씨에 능한 겐소가 정서를 하니 이로써 일은 끝났다.

문면에 적혀 있듯이 이 글은 지금 평양에 있는 고니시히가 북경에 가서 황제에게 바치기로 되어 있었다. 사사로운 편지같이 심유경이 호주머니에 넣고 가다가 고니시히에게 내밀 수는 없고, 일본 사람이 가지고 가서 고니시히에게 전하는 것이 제일 합당했다.

또 히데요시는 일본에 있으니 이 문서도 일본에서 왔다는 형적을 남겨야 하고 국서에 걸맞은 위엄도 갖춰야 했다. 그 위에 이 일은 일본 사람들에게는 비밀로 하고 조선이나 명나라 사람들에게는 보란 듯이 격식을 갖춰야 하는 어려움이 있었다.

그들은 지혜를 모아 계획을 짰다. 무엇보다도 일본 사람들이 눈치를 채지 못하도록 비밀을 지키자면 일본 사람들이 들끓는 웅천 땅을 떠나야 했다.

계획에 따라 웅천성에 들어온 지 26일 만인 1월 20일 심유경 일행은 북행길에 올랐다. 떠나기에 앞서 그는 유키나가의 소매를 잡았다.

"부탁이오. 나와 함께 갈 수 있도록 담종인을 풀어 주시오."

전에도 몇 번 되풀이한 부탁이었으나 유키나가는 역시 듣지 않았다.

"평화가 이룩되고 북경에서 일본으로 가는 황제의 사신이 나오면 그때 풀어 주지요."

그는 끝까지 담종인을 볼모로 잡아 둘 생각이었다.

웅천을 떠난 지 4일 되는 1월 24일, 심유경은 성주 팔거현(八莒縣) 관내 민가에서 일행과 함께 점심을 들고 있는데 바깥에서 외치는 소리가 울렸다.

"왜놈들이다!"

방안에 있던 사람들이 대청으로 몰려나오고 북이 울리면서 근처에 있던 수십 명의 조선 병정들이 창을 들고 달려왔다.

"관백의 항표요!"

백기를 앞세운 일본군이 12명, 그중 한 명이 황색 보자기에 싼 것을 심유경 앞에 내놓았다. 일본 교토에서부터 체송(遞送)되어 부산에 온 것을 다시 체송하여 웅천을 거처 지금 여기까지 왔다고 하였다.

"그래 어디로 가는 길인고?"

심유경은 보자기를 풀고 항서를 뒤적이다 얼굴을 쳐들었다.

"장군을 따라 평양까지 가서 이것을 고니시 히다노카미 어른에게 전하라는 분부가 있었습니다."

모두가 유키나가의 심복들이었다.

심유경은 이들을 데리고 이 고을 객관에 위치한 도독(都督) 유정(劉綎)의 영문을 찾아 인사를 드렸다.

"사본을 한 통 만들어 줄 수 없을까?"

항표를 훑어본 유정은 순시차 남원(南原)으로 떠나면서 이렇게 부탁했다.

심유경은 시키는 대로 사본을 만들어 놓고 다시 길을 떠났다. 바쁠 것이 없는지라 천천히 길을 더듬어 팔거를 떠난 지 14일 후인 2월 8일에야 서울에 당도했다.

온 장안이 감격하여 아우성치는 광경을 기대했으나 만나는 사람마다 시들하고 자기를 바라보는 눈초리도 좋지 않았다. 알고 보니 생각지도 못한 쑥덕공론이 돌아다니고 있었다.

"항표라는 것은 가짜다."

공론의 진원지는 누구보다도 먼저 항표를 본 성주의 유정이었다.

일본 사람들의 한문은 보잘것없고 그들 특유의 문투가 있었다. 그런데 이 글은 아무리 보아도 중국 사람의 한문으로, 일본 냄새가 하나도 없었다. 혹시 심유경이 조작한 것은 아닐까?

유정은 입이 무거운 사람이 아니었다. 부하 장수들에게 귀띔했고, 이희인(李希仁), 유의빈(柳依攽)이라는 통역에게도 속삭였다.

"어김없는 가짜다."

두 통역은 조선 사람이었다. 유정의 접반사로 성주에 와 있던 김찬(金瓚)에게 달려가서 사실을 고하고, 김찬은 즉시 사람을 서울로 급파하여 조정에 고하였다.

이리하여 소문은 걸음이 더딘 심유경을 앞질러 명군과 조선 관원, 두 갈래 경로를 통해서 서울에 들어와 있었다.

서툴더라도 그대로 둘 것을 잘못했다. 심유경은 후회되었으나 이제 와서 어쩔 도리가 없었다. 갈 데까지 가자.

그러나 눌러 있기도 거북해서 이틀 후인 10일 다시 길을 떠났다. 서울을 벗어나니 아무도 무어라는 사람이 없었다. 천천히 가다가 평양에서 고니시히를 만나 항서를 받들고 온 일본군 12명을 떨어뜨렸다. 여기서 늘어지게 쉬다가 북으로 압록강을 건너 웅천을 떠난 지 40여 일 만인 3월 4일 요양성으로 들어갔다.

굶주림

심유경이 히데요시의 항표를 조작하던 1594년 봄, 전부터 조선 왕국을 뒤덮고 있던 굶주림, 사람이 사람을 잡아먹던 극심한 굶주림은 더욱 기승을 부려 이제 인력으로는 어찌할 도리가 없었다.

농토는 황폐하여 잡초가 우거지고 도처에 굶어죽은 시체들이 서로 뒤엉키니(所經地方 荒原蕪蕪 餓莩相枕 不忍見) 사람이 사는 세상이라기보다 잡귀나 도깨비가 출몰하는 황무지를 방불케 하였다.

가장 질서가 잡혀 있어야 할 서울에서조차 굶어죽은 시체를 일일이 주체할 길이 없어 성 밖에 아무렇게나 쌓아 두니 날짐승·길짐승들이 달려들어 마구 뜯어먹는 형편이었다(出城屍 皆積城外 烏鳶犬彘群聚食之).

굶어죽는 백성들로부터 세공(稅貢)을 거둘 길이 없으니 국고는 빌 수밖에 없고, 국가의 기능도 제대로 돌아갈 리 없었다. 또다시 벼슬을 파는 외에 도리가 없었다. 전쟁 초기에도 군량미를 조달하기 위해서 의주에 피란 간 조정은 벼슬을 팔았고, 이에 응하는 사람도 심심치 않게 나타났었다. 1백 섬이면 3품, 5품은 30섬이었다.

그러나 이제 겨우 20섬, 나중에는 10섬에 종2품 가선대부(嘉善大夫)를 준다고 해도 응하는 사람이 없었다. 이것은 판서에 해당되는 벼슬이었다.

떼도둑은 더욱 날뛰고, 그중에서도 전라도 남원(南原), 운봉(雲峰) 지방이 자심하였다. 지방관으로는 막을 길이 없어 조정에서는 상주목사 정기룡(鄭起龍), 경상우병사 김응서(金應瑞) 등을 현지에 파견하였으나 적세가 완강하여 평정에 일 년이나 걸리는 형편이었다.

생각다 못한 조정은 연초에 충청감사 허욱(許頊)을 청량사(請糧使)로 삼아 명나라로 떠나보냈다. 그의 행낭 속에는 절박한 사정을 호소하는 글이 들어 있었다.

(……) 흉년을 당하여 만약 몇 달만 이대로 간다면 적이 공격해오지 않아도 우리나라의 존망은 결정될 것입니다. 형세로 말하자면 수레바퀴 자리의 물고기들과 다를 바가 없습니다. 하찮은 물에서 서로 구하려고 거품을 내뿜다가 종당에는 다 말라 죽는, 그런 형국입니다. 아직 적을 물리치지 못하였고, 원수도 갚지 못한 계제에 군신 상하가 먼저 죽어 없어지게 되었습니다. 한을 품고 땅속에 들어가도 눈을 감지 못할 것입니다(《선조실록》).

이런 형편에 조선에 남아 있는 명군 1만 6천 명에게 충분한 식량이 돌아갈 리 만무하였다. 조선으로서는 명군은 감당할 수 없는 짐이었고, 명군으로서는 견딜 수 없는 고통이었다.

"아이구 내 팔자야."

명군은 불평으로 들끓었다. 그들의 불평은 그대로 본국에 전달되어 공론이 비등하였다.

"저런 고얀 것들이 있나?"

명군은 목숨을 걸고 조선을 도우러 간 사람들이 아닌가? 그런 고마운 사람들을 굶긴 조선놈들은 인간도 아니다. 현지 사정을 모르는 축은 이렇게 목청을 높이고, 사정을 아는 사람들 중에도 이에 동조하는 숫자가 늘어 갔다.

"차라리 조선에서 철수하라."

명나라에서는 당초의 열기가 식고 조선은 도와야 할 친구로부터 귀찮은 존재로 변하고 있었다.

송응창의 뒤를 이은 경략 고양겸은 철군론자 중에서도 선봉이었다. 그는 상공업의 중심지로 이름난 양주(揚州) 출신이었다. 경쟁이 심한 환경에서 장성한 탓인지 말과 글로 한몫 보던 송응창과는 달리 행동이 앞서는 인물이었다.

그가 경략의 직책을 맡은 것은 지난 12월이었으나 임지인 요양(遼陽)으로 떠날 생각은 하지 않고 계속 북경에 머물면서 공론을 철병으로 유도하기 위해서 백방으로 노력하였다.

마침내 황제를 움직이는 데 성공하여 새해 초부터 명군은 압록강을 건너 본국으로 돌아가기 시작했다. 대구, 삼가, 남원에 있던 도합 1만 1천 명이 철수하니 그들의 총병력 1만 6천 명 중 3분의 2를 넘는 인원이 빠져나간 셈이었다.

남은 병력은 성주 팔거에 주둔하는 유정 휘하의 5천 명뿐이었다. 고양겸은 이 5천 명마저 철수하여 조선 땅에는 연락에 필요한 요원만 남기고 전투병력은 한 명도 남기지 않을 계획이었다.

마침 조선에 나가 있던 심유경으로부터 히데요시가 항표를 바쳤다는 소식이 들어왔다.

자고로 항복한 패자는 승자의 처분을 따르게 마련이었다. 일본군으로 하여금 속히 본국으로 물러가게 하고 명군 5천 명도 돌아와야겠다.

그는 병부상서 석성에게 요청하여 북경에 억류 중이던 다케우치(竹內吉兵衛) 등 9명을 요양으로 압송하여 왔다. 재작년 12월, 심유경을 맞으러 순안에 갔다가 붙잡힌 일본 포로들로, 일행 30명 중 이때까지 살아남은 사람들이었다.

고양겸은 전에도 여러 차례 적진에 다녀온 일이 있는 유격장군 주홍모(周弘謨)를 불렀다.

"이들을 선물로, 고니시 유키나가의 진영에 가서 철군을 독촉하시오."

"유키나가가 들을까요?"

일본군의 실정을 잘 아는 주홍모는 도무지 자신이 없었다. 힘으로 밀어낸다면 몰라도 제 발로 물러갈 사람들이 아니었다.

"가보지도 않고 기부터 죽어서야 쓰겠소?"

"세상 소문으로는 그 항표라는 것은 가짜랍니다."

"어째서 가짜요?"

"일본 사람의 글이 아니고 중국 사람의 글이 분명하답니다."

"일본에 있는 중국 사람이 쓴 모양이지."

"……."

"일본 사람이 썼건 중국 사람이 썼건 히데요시가 인정하고 도장을 찍었으면 그만이 아니오?"

"그건 그렇습니다."

"가봐요."

주홍모는 다케우치 일행을 거느리고 남행길을 떠났다.

고양겸은 이에 그치지 않았다. 청량사로 북경에 가는 허욱이 요양에 당도하자 그가 가지고 가던 공문을 뺏고 시비를 걸었다.

"아직 적을 물리치지 못하였고, 원수도 갚지 못하였다고(此賊未退 此讐未復)? 그래, 또 우리 명군을 끌어들여 왜놈들과 싸움을 붙일 작정이야?"

"나는 청량사로 식량 원조를 요청하러 가는 것이지 딴 일은 알지 못하오."

허욱이 변명했으나 고양겸은 듣지 않았다.

"무슨 명목으로 가든 조선놈들은 북경에 가기만 하면 있는 말, 없는 말로 전쟁을 부추기는 걸 나는 알고 있다. 우리가 너희들 때문에 얼마나 많은 피를 흘렸는데 또 흘리란 말이야?"

고양겸은 당시 북경에 머물고 있던 김수(金睟)를 염두에 두고 있었다. 이름은 원조에 감사를 드리러 온 사신이었으나 증병(增兵)과 식량을 요청하고, 왜놈들에게 봉공(封貢)도 될 말이 아니라고 열변을 토하고 다녔다. 사정을 모르는 고관들 중에는 그럴싸하게 생각하는 축도 적지 않다는 소문이었다.

이것은 고양겸이 생각하는 화평의 길이 아니고 확전(擴戰)으로 가는 길이었다. 허욱도 북경으로 가면 김수와 손을 잡고 전쟁 선동에 더욱 기세를 올릴 것이다. 그는 허욱을 요양성 내에 연금하였다.

고양겸의 지시로 평양에 갇혀 있던 고니시히의 주변에도 변화가 나타났다. 음식도 나아지고 잠자리에서 옷가지에 이르기까지 극진한 대접이 시작되었다.

전에는 걸핏하면 발길질을 하던 감시병들도 공손해지고, 남쪽에 있는 일본군과 연락하는 것도 무방하다고 했다. 이로부터 평양과 부산이나 웅천 사이에는 무시로 2, 3명의 일본 사람들이 내왕하고 명군 병사들이 그들을 호위하고 다녔다. 대개 명군 복장을 하고, 조선 사람을 만나면 벙어리 행세를 하니 좀처럼 발각되는 일도 없었다.

고양겸은 이와 같은 조치들을 취하는 한편 북경 조정에도 강력히 주장했다. 히데요시를 일본 국왕으로 봉하고, 절강성(浙江省)의 영파(寧波)를 통해서 조공을 받도록 하고, 유능한 인물을 칙사로 유키나가에게 파견하여 철병을 마무리 지을 것 등이었다.

조선 사람들은 새로운 명군의 움직임을 지켜보면서 불안한 가운데 대책을 궁리하고 있었다. 일본군 4만 명이 남쪽 해안지방에 성들을 쌓고 영구히 눌러앉을 태세를 갖추고 있는데 명군이 철수한다는 것은 될 말이 아니었다. 그러나 다른 것도 아니고 먹을 것이 없어 돌아간다는 데는 할 말이 없었다.

조선군이 정비된 것도 아니었다. 식량도 없고 사람을 모으기도 어려웠다. 어느 도(道)를 막론하고 5천 명의 병력이 있는 데는 한 군데도 없고 그나마 먹지 못해 흩어져 달아나는 형편이었다.

조선은 무방비 상태나 다름이 없고, 부산의 일본군은 마음만 먹으면 언제든지 다시 북으로 밀고 올라올 수 있는 형국이었다.

3월에 들어서자 그때까지 성주의 팔거에 주둔하고 있던 도독 유정이 휘하 5천 병력을 이끌고 전라도 남원으로 이동하였다.

성주와 가토 기요마사가 있는 울산은 먼 거리가 아니었다. 적과 가까울수록 충돌의 위험이 있고 충돌하면 사상자가 생기게 마련이었다. 멀리 떨어져 발을 뻗고 자면서 본국으로 돌아갈 날을 기다리자.

조선 사람들이라고 그들의 속셈을 모를 리 없었다. 명군은 슬슬 피하고 조선은 힘이 없고, 결국 왜놈들의 세상이 되는 것은 아닐까?

불안이 가시기도 전에 주홍모가 웅천으로 가는 길에 서울에 들렀다.

고니시 유키나가더러 물러가라고 한 말씀 하러 간다고 하였다.

"대인께서 타이르면 왜적은 어김없이 물러간다, 이런 말씀이오?"

객관으로 그를 찾은 병조판서 이덕형이 묻자 주홍모는 쑥스러운 얼굴로 머리를 긁었다.

"상사가 가라고 하니 할 수 없이 가는 것이지요(上司所送 不得已出來)."

"할 수 없이 가신다?"

"생각해 보시오. 왜적이 까닭 없이 물러갈 것 같소?"**²**

아무래도 그를 보낸 고양겸은 한심한 인간이었다. 자기의 한마디에 일본군이 벌벌 떨 줄 아는 모양이었다.

도승지를 지낸 심희수(沈喜壽)가 고양겸의 접반사로, 이 무렵 요양에 가 있었다. 그의 편지에 의하면 고양겸은 히데요시의 항표를 진짜라고 공언한다고 하였다. 정말 진짜로 믿는 것인지, 가짜인 줄 알면서도 속셈이 있어 진짜라고 우기는 것인지, 판단이 서지 않았다.

고양겸도 천치는 아닐 것이다. 화평을 이룩하고 조선에서 손을 떼기 위해서 가짜에도 눈을 감고, 조선의 남쪽 4도를 떼어 주고라도 전쟁을 끝내자는 것이 아닐까?

사실이라면 조선은 망할 수밖에 없었다.

"대책을 서둘러야 합니다."

절박한 심정으로 조정에 돌아온 이덕형은 임금에게 사실을 고하고 대책을 촉구하였다.

"대책이라……. 무슨 대책이 있겠소?"

임금은 한숨을 내쉬었다.

"지금 고양겸은 히데요시의 항표를 근거로 화평을 추진하고 있습니다. 그런데 세상 소문으로는 이 항표는 가짜에 틀림이 없고, 히데요시의 요구조건은 따로 있다고 합니다. 이것이 사실로 밝혀지기만 하면 고양겸의 음흉한 계책은 즉시 뒤집을 수 있을 것입니다."

"비상한 생각이오마는 그것을 어떻게 밝힐 수 있겠소?"

"세상이 다 아는 바와 같이 고니시 유키나가와 가토 기요마사는 원수 지간입니다. 기요마사를 만나 보면 사실이 밝혀질 것입니다."

임금은 두 눈을 크게 떴다.

"기요마사를 만나다니?"

"허락하신다면 신은 오늘이라도 울산에 내려가서 그를 만날 생각입니다."

"경은 안 되오. 그 무지막지한 것이 무슨 짓을 할지 누가 알겠소?"

"전하, 신은 아무래도 무방합니다."

임금은 동석한 도승지 장운익(張雲翼)을 돌아보았다.

"합당한 사람이 없겠소?"

"중 사명(四溟)은 어떻겠습니까?"

사명과 기요마사

"사명도 큰 인물인데 사지(死地)에 보내서야 쓰겠소……. 왜 하필 사명이오?"

"이 일은 이 판서(李判書 : 이덕형)나 사명 같은 큰 인물이라야 감당할 수 있고, 그중에서도 사명이 제일 적임인가 합니다."

"적임이라……."

"일본 사람들은 석씨지도(釋氏之道 : 불교)를 숭상해서 중이라면 한 등 높이 본다고 들었습니다. 사명은 전에 금강산에서도 적을 만났으나 적은 그를 다치지 않고 잘 대접했다고 합니다."

"나도 그 이야기는 들었소."

"또 있습니다. 히데요시의 항표는 가짜이고, 진짜 요구조건이 따로 있다는 것은 우리보다도 명나라에서 알아야 할 일입니다."

"……."

"그러므로 기요마사의 진영에는 우리 조정에서 사람을 보낼 것이 아니라 유정(劉綎)에게 말해서 그가 보내는 형식을 취하는 것이 좋겠습니다. 그러자면 병조판서가 유정의 편지를 들고 다닌다는 것은 체통이 안 서는 일이고, 체통을 생각할 필요가 없는 사명 스님이 합당할 것입니다."

"옳은 말이오. 그렇게 합시다."

한강 건너 봉은사에 묵고 있던 사명대사는 즉시 궁중으로 불려 들어왔다.

사명은 평양탈환전이 끝난 후 늙은 서산대사가 묘향산으로 돌아가자 후임 도총섭(都總攝)으로 8도의 승병들을 총괄하였고, 벽제관 패전 후 한때 임진강 수비에 참여한 일도 있었다.

서울이 수복되고 적이 남쪽으로 물러가자 그도 남하하여 이 무렵에는 도원수 권율(權慄)이 좌정한 의령(宜寧)에 머물고 있었다. 권율의 지시로 장차 전투가 재발할 경우에 대비하여 요지의 성들을 두루 돌아보고 수축이 필요한 성에 대해서는 인원과 물자의 동원 등 필요한 계획을 마련하는 것이 그의 임무였다.

며칠 전 수축 계획서를 가지고 서울로 올라와서 요인들을 찾아 양해를 구하고 다니는 중이었다.

"바람도 쏘일 겸 아주 좋습니다."

어전에서 이덕형으로부터 설명을 들은 사명은 군소리가 없었다.

서울을 떠나 남으로 말을 달리던 사명은 잠시 충청도 홍주(洪州 : 홍성)에 들러 왕세자 광해군(光海君)에게 경위를 보고하고 유정이 있는 남원을 향해 곧바로 남하하였다.

작년(1593) 윤11월, 나라의 방위태세를 정비하고 임기응변으로 운영하기 위해서 정부의 중요기관을 양분하여 그 일반을 왕세자가 맡기로 결정을 보았다. 이에 따라 설치된 기관을 처음에는 분비변사(分備邊司), 이어 무군사(撫軍司)라고 불렀는데 이름이야 어떻든 분조(分朝)였다.

12월 25일 광해군이 전주(全州)에 도착함으로써 무군사는 기능을 발휘하기 시작했다. 좌찬성 정탁(鄭琢), 분병조판서(分兵曹判書) 이항복(李恒福), 분호조판서 한준(韓準), 한성부좌윤 김우옹(金宇顒) 등이 이에 소속되었다.

금년 초에 광해군은 전주에서 문무과의 과거를 실시하여 인재를 뽑고, 도원수 권율에게 영을 내려 특히 경상도 합천에서 무과를 보여 젊은 무관들을 선발하였다. 이 합천의 무과고시에는 한산도에 있던 이순신도 시관(試官)으로 참가하였었다.

성주 팔거에 있던 유정이 남원으로 옮겨 온다는 소식이 왔다. 전주와 남원은 지척이다. 가까이 있으면 서로 불편하고 어색한 일도 없지 않을 것이다. 광해군은 2월 중순 전주를 떠났다. 북상하여 잠깐 공주(公州)에 머물다가 홍주로 옮겨 이즈음에는 여기서 활동 중이었다.[3]

그런 관계로 광해군은 충청·전라·경상 3도에 전권을 행사하고 있었다. 임금이라도 이 지역에서 하는 일은 미리 그에게 알려야 하고, 그렇지 않으면 오해가 생길 수도 있고, 그로 해서 불상사가 일어날 염려도 있었다.

남원의 유정은 거드름이 대단했다.

"내가 보내는 것으로 해달라? 그거 잘 생각했소. 대명의 도독 유정의 편지를 가지고 가는데 누가 감히 괄시를 하겠소? 안심하고 가보시오."

그는 붓을 들어 편지를 쓰다가 손을 멈췄다.

"가마─ㄴ 있자 스님, 반간지책(反間之策)이라는 것을 아시오? 병법에서는 아주 중히 여기는 것이오."

"중이 어찌 병법을 알겠소이까?"

"적을 이간시켜 서로 싸우게 하는 것을 빈간이라고 하오. 기요마사를 부추겨 히데요시와 싸우게 만들어야겠소."

그는 쓰던 종이를 팽개치고 새 종이에 다시 써가지고 풀로 봉을 했다.

"왜놈들은 중의 말이라면 사족을 못 쓴다는데 당신도 반간지책을 한 번 써보시오. 기요마사가 히데요시에게 대들어 싸움이 벌어지게만 되면 대성공이라. 내 우리 조정에 고해서 당신을 명나라의 자작(子爵)으로 봉하도록 하겠소."

"……."

"전에도 편지를 보내 기요마사를 부추긴 일이 있소."

"……."

"답장이 오기는 했는데 요령부득이라."

"……."

"알아 했소?"

"알아 했소."

"나 바빠 해서…… 스님 잘 가 했소."

유정은 젊은 조선 여자와 동거해서 간단한 조선말은 통했고, 손짓 발짓을 섞어 가며 의사소통을 하는 경우가 흔히 있었다.

유정은 옆방으로 들어가고 사명은 물러 나왔다.

남원을 떠난 사명이 의령에서 도원수 권율과 의논하고 동으로 길을 재촉하여 울산 서생포(西生浦) 지경에 이른 것은 4월 13일이었다.

원래 혼자 다니기를 즐겨하는 성품이었으나 막상 적진으로 가는 길은 그렇게 되지 않았다. 통사(通詞 : 통역)도 있어야 하고, 길을 안내할 군관도 있어야 했다. 어려운 때 의논에 응할 상대도 있어야 하고, 특히 식량을 운반하고 밥을 지을 수 있는 인부는 여러 명 필요하였다. 권율이 딸려 보낸 원수부의 군관 신의인(申義仁)을 비롯하여 일행은 그럭저럭 20여 명이었다.

오정 때 서생포가 가까워지자 가끔 척후병들이 눈에 뜨이더니 칼이며 총을 든 일본군 수천 명이 길을 메우고 보라는 듯이 총을 쏘기도 하고 칼을 휘두르기도 하였다.

위세를 보이려고 일부러 나대는 모양이었다.

몸집이 남달리 웅장한 사명을 선두로 일행은 천천히 말을 몰아 그들을 헤치고 전진하였다. 무서운 분위기였으나 선두의 사명은 한 손에 고삐를 잡고 이따금 한 손으로 수염을 쓸어내리는 품이 동네에 일보러 나왔을 때와 별로 다르지 않았다.

젊은 적장 한 명이 40여 명의 조총병(鳥銃兵)들을 거느리고 마주 달려왔다.

"기하치로(喜八郞)라고 합니다."

기요마사의 측근 장수로, 연락을 받고 마중을 나오는 길이라고 했다. 사명 일행은 그의 인도로 성을 향해 달렸다.

10리쯤 가서 그들이 새로 쌓은 일본식 성이 나타났다. 성문 밖에는 미리 소식을 듣고 구경을 나온 듯 근 5천 명의 일본군 병사들이 웅성거리고 있었다. 사명 일행은 기하치로가 인도하는 대로 이들이 지켜보는 가운데 성문으로 들어갔다.

기하치로의 처소에서 이야기하다가 해가 떨어지자 기요마사의 초청으로 그의 방으로 옮겨 앉았다.

"먼 길에 수고하셨소."

기요마사는 깍듯이 인사를 하고 술을 대접하였다. 사명도 거인, 기요마사도 거인, 두 사람 사이에는 닛신(日眞)이라는 20대 후반의 젊은 일본 중이 앉아 필담으로 의사를 소통하였다.

"화평에 관한 이야기는 기민을 요히니까."

기요마사의 요청으로 통역을 물리치고 두 사람은 밤늦게까지 이야기를 주고받았다.

성의 규모며 살아가는 분위기며, 모든 것이 생각보다 몇 갑절 웅장하고 절도가 있었다. 장시간에 걸친 대담이 끝나자 사명은 자기 방으로 물러 나와 조정에 올릴 보고서의 초안을 적어 내려갔다.

적의 형편을 살피건대 성은 굳건하고, 호령은 날로 새롭고, 보급도 잘 되고, 살아가는 품이 여유가 있어 보입니다. 여러 층의 누각도 짓고, 큰 집도 지어 놓았습니다. 기요마사의 거처에 이르러서는 방안 가득히 화려한 자리를 깔고 금병풍을 둘렀으며 맛있는 음식을 먹고 한번 부르면 1백 명이 일시에 대답하니 그 위령(威令)은 흡사 바람을 일으키는 듯합니다. 아무리 보아도 오래 머물 것 같고, 바다를 건너 돌아갈 기색은 보이지 않습니다.

다음 날인 14일 아침, 사명은 기하치로를 불렀다.

"어제는 화평에 관해서 피차 여러 가지 이야기를 나눴는데 복잡해서 두서를 찾기 어렵소. 당신네가 주장하는 바를 간명하게 문서로 적어 줄 수 없겠소?"

기하치로는 기요마사의 처소에 들어가서 장시간 지체한 끝에 종이에 적은 것을 들고 나왔다.

　1. 명나라 천자와 일본 황실이 결혼할 것(與天子結婚事).
　1. 조선의 땅을 갈라 일본에 넘길 것(割朝鮮 屬日本事).

1. 조선은 전과 같이 일본과 사귈 것(如前交隣事).
1. 조선의 왕자 한 명을 일본에 들여보내 영주케 할 것(王子一人 入送日本 永住事).
1. 조선의 대신과 대관을 인질로 일본에 보낼 것(朝鮮大臣大官 入質日本事).(이상《분충서난록》)

기하치로는 조목마다 설명하고 이렇게 덧붙였다.

"이상 다섯 가지 조목 외에 명나라에 조공을 바치는 일이 있소. 일본은 옛날부터 중국에 조공을 바치다가 근년에 중단되었는데 이 일을 재개해야겠소."

"알아들었소."

"일본 측의 이 요구에 대해서 당신들도 문서로 답변해 주시오."

"생각할 시간을 주시오."

기하치로를 보내고 사명은 일행과 의논하여 다음과 같은 요지의 답변서를 썼다.

1. 명나라의 귀한 공주를 수만 리 밖으로 출가시킨다는 것은 될 말이 아니다.
1. 심유경이 조선을 갈라 일본에 넘긴다고 약속하였더라도 이것은 그 한 사람의 마음대로 될 리 만무하고 절대로 안 될 것이다.
1. 조선이 임금과 어버이의 원수를 잊고 다시 일본과 사귈 수 있겠는가? 그러나 이것은 조정에서 결정할 일이다.
1. 이 송운(松雲 : 사명)이 백번 죽어도 왕자가 일본에 건너가는 일은 없을 것이다.

1. 조선의 대신과 대관을 인질로 일본에 보낸다는 것은 일찍이 듣지도 보지도 못한 일이다.

기하치로를 불러 문서를 넘기면서 그는 이렇게 말했다.

"구두로 말씀하신 조공에 대해서는 구두로 답변하겠는데 지금 같은 형편에 조공은 어려울 것이오."

기하치로는 아주 마땅치 않은 얼굴이었다.

"이렇게 되면 또 전쟁이오. 돌아갔던 일본군도 다시 바다를 건너올 것이고 조선 백성은 다 죽어 없어질 것이오."

"다 죽어 없어질망정 이런 조건을 받아들일 수는 없는 것이오."

사명은 더 이상 말하지 않았다.

이튿날인 15일 기요마사는 사명과 면담하고 편지를 한 통 내놓았다.

"스님의 답서를 보고 나는 아주 불만이오. 이렇게 된 바에는 심유경의 답변을 듣고자 하니 이 편지를 읽어 보고 그에게 전해 주시오."

1. 명나라 공주는 일본에 출가하지 못한다고 하였는데 일본 황제는 황공하옵게도 문무천황(文武天皇)의 후예로 화한(和漢)에 군림한들 무엇이 부족할 것인가?
1. 조선의 4도를 못 주겠다고 했는데 8도를 다 손아귀에 넣은들 누가 방해할 것인가?
1. 중단했던 조공을 다시 바치겠다는데 무엇이 마땅치 않다는 것인가?
1. 사로잡았던 왕자는 내가 죽여 버렸어도 그만인데 무엇이 어려워 일본에 못 보낸다는 것인가?
1. 왕자가 일본에 온다면 대신과 대관이 따라오는 것은 신하의

도리가 아닌가?

1. 유격(遊擊 : 심유경)이 내놓았다는 의논이 이루어지지 않으면 일본군은 바다를 건너 명나라로 쳐들어갈 것이다(《분충서난록》).

합의를 본 것은 없었으나 기요마사는 사명을 극진히 대접하고 백지 10권, 부채 10개를 선물로 내놓으면서 이렇게 말했다.

"멀리 이국에 있으니 별로 귀한 물건이 없소. 박하다 말고 받아 주시오."

그는 또 사명에게 청하여 글씨도 여러 벌 받았다.

다음 날인 16일, 사명 일행은 기하치로, 중 닛신, 그리고 조총병 50여 명이 10리 밖까지 전송하는 가운데 울산 땅을 떠나 귀로에 올랐다.

명의 최후통첩

울산 지경을 벗어나자 사명은 사람을 서울로 보내 병조판서 이덕형에게 사실을 고하고 기요마사로부터 받은 문서를 바치는 한편 자신은 의령으로 직행하여 다음 날 도원수 권율의 영문에 당도하였다.

"내 조정에 청을 드려 벼슬을 내리도록 할 터이니 환속(還俗)하는 것이 어떻겠소?"

보고를 받은 권율은 이렇게 권유했으나 사명은 대답하지 않았다.

전에도 조정에서 몇 번 그런 권고가 있는 것을 사양하였었다. 이번에 서울에 직접 가서 복명(復命)하지 않고 사람을 보낸 것도 그 때문이었다. 임금은 또 환속을 권유할 것이고, 권유하면 거듭 사양하기가 어려울 것이었다.

"장수로 내 휘하에서 일해 달란 말이오."

사명은 뛰어난 장수일 뿐만 아니라 이번에 보니 뛰어난 외교가이기도 하였다. 적과 교섭할 일이 빈번한 일선 사령관으로서는 두 가지 재주를 다 갖춘 이런 인물을 아주 막하에 두고 마음대로 부리고 싶었다. 그러나 사명은 듣지 않았다.

"소인은 중이올시다. 계속 중의 길을 가도록 버려 두시지요."

"내가 버려 두어도 성상께서는 그냥 두지 않으실 겁니다."

"……."

"이번에 스님은 맨손으로 적중에 들어가서 비범한 일을 해냈소. 싫어도 벼슬을 받지 않고는 못 배길 것이오."

"벼슬이 아닌 포상은 안 될까요?"

"포상이면 받겠소?"

"사람을 포상으로 내리시도록 도원수께서 힘써 주시지요."

"무슨 말씀이오?"

"성을 수축하자면 장정들이 있어야 하는데 장정들을 모을 수 있어야지요. 조정에서 해당 고을에 영을 내려 협조하도록 해주십시오."

제일 귀한 것이 식량이고 다음으로 귀한 것이 사람이었다. 적의 손에 죽고, 굶어죽고, 전염병으로 죽고 ─ 살아남은 사람보다 죽은 사람이 더 많았다.

특히 병역과 부역을 담당할 젊은 장정들의 숫자는 엄청나게 줄어들었고, 이 때문에 육군과 수군 사이에는 관할 시비까지 일어났다.

바다에 인접한 고을의 병사(兵事)는 법도상 수사(水使)가 관장하였고 장정들은 수군으로 들어가도록 되어 있었다. 그러나 육군을 관장하는 병사(兵使)의 관원들은 부족한 인원을 채우기 위해서 수군이 바다로 나간 틈에 몰래 이들 고을에 들어가 장정들을 강제로 끌어오는 일이 흔히 있었다. 이로 해서 수사와 병사 사이에는 시비가 그칠 날이 없었다.

이런 형편에 성을 수축하는 공사에 장정을 동원하는 것은 쉬운 일이 아니었다. 일전에 서울에 올라가 요로를 찾아다닌 것도 이 때문이었다.

"그렇게 해봅시다."

권율은 승낙하고 물러가는 사명을 오래도록 지켜보았다. 세상에 이토록 사(私)가 없는 인물이 있다는 사실이 놀랍기만 했다.

의령을 떠난 사명은 팔공산(八公山)으로 들어갔다. 이곳 산성의 수축이 끝나면 다음은 금오(金烏)·용기(龍起) 산성으로 들어가서 차례로 수축할 예정이었다.

사명의 보고가 서울에 당도한 다음 날 동이 트자 마포를 떠난 돛배 한 척이 서둘러 한강을 내려가고 있었다. 해돋이와 함께 서해로 나온 배는 순풍을 타고 미끄러지듯 서북으로 길을 재촉하였다.

언뜻 보기에는 어선이었으나 뱃머리에는 중국어 통사이면서도 당릉군(唐陵君)이라는 작호까지 받은 홍순언(洪純彦)이 바람에 흰 수염을 날리면서 수평선을 바라보고 있었다. 65세의 이 점잖은 노인은 백령도를 거쳐 중국 산동반도의 등주(登州)에 상륙할 예정이었다.

사명대사가 기요마사의 진영으로부터 가지고 온 두 통의 문서 ─ 히데요시의 요구조건들을 적은 문서와 기요마사가 심유경에게 보내는 편지는 조정에 말할 수 없는 충격을 주었다. 역시 히데요시의 항표는 가짜요 화평교섭이라는 것은 속임수였다.

그러나 의문이 있었다. 과연 명나라 조정은 이 속임수를 알고 있는 것일까? 아니면 전쟁에 반대하는 일파가 황제나 대신들 몰래 꾸미는 음모는 아닐까? 송응창은 몰라도 고양겸은 능히 그런 일을 할 수 있는 위인이고, 더구나 심유경은 못할 것이 없는 협잡배였다.

흑막을 밝혀야 했다. 흑막을 밝히자면 북경에 사신을 보내야 하는데 북경으로 가자면 요양을 거치지 않을 수 없었다.

요양에는 고양겸이 버티고 있었다. 그는 앞서 청량사로 북경에 가는 허욱을 연금하였고, 뒤이어 고급사(告急使)로 건너간 경기감사 이정형(李廷馨)도 괄시가 자심했다.

"우리 명나라 사람은 조선이라는 소리만 들어도 진저리가 난다(節節生厭怠之心)."

고급사는 명군의 철수로 무방비 상태에 빠진 조선의 절박한 사정을 설명하러 간 사신이었으나 화만 내고 말할 틈도 주지 않더라는 것이다. 이정형도 북경에는 가지 못하고 돌아오리라는 소식이었다.

그뿐이 아니었다.

"필요 없어 했다."

고양겸이 호통을 치는 바람에 요양에 갔던 그의 접반사 심희수와 접반부사(副使) 허성(許筬)은 도로 압록강을 건너 의주에서 조정의 지시를 기다리는 중이었다. 전쟁이 시작된 이래 조선과 명나라의 관계는 이제 최악의 상태에 이르렀다.

흑막을 밝히고 두 나라 사이의 험악한 관계를 정상으로 돌리자면 북경으로 직행하여 소리 없이 교섭을 펼칠 필요가 있었다. 적임자로 지목된 것이 홍순언이었다.

그는 일찍부터 중요한 외교 문제가 있을 때마다 사신들과 함께 북경에 들어갔고, 그의 유창한 중국말 덕분에 의사소통이 잘 되어 어려운 문제도 쉽게 풀리는 경우가 적지 않았다.

특히 그는 병부상서 석성 내외와 자별한 사이였다.

홍순언은 젊은 시절 명나라에 들어간 김에 북경 교외 통주(通州 : 通縣)로 놀러간 일이 있었다. 술집에서 술을 마시는데 유난히 아름다운 소녀가 접대부로 나왔다.

"너는 이런 데 나올 인품이 아니다. 관상을 보니 귀하게 될 팔자가 분명한데 어찌 된 일이냐?"

말을 걸었더니 소녀는 순진하게 호소히여 왔다.

"저는 원래 남쪽의 절강이 고향이어요. 아버지께서 북경에 벼슬을 하시지 않았겠어요? 어머니랑 짐을 싸가지고 이사를 왔는데 올라오자마자 바로 어저께 두 분이 한꺼번에 세상을 떠나고 말았어요. 수중에 돈 한푼 없고, 어쩔 도리가 있어야지요? 장례비용을 마련하려고 이렇게 나왔어요."

"얼마면 되겠느냐?"

"두 분의 시신을 고향 선산에 모시려면 3백 금(三百金)이 든대요."

홍순언은 천성으로 통이 큰 사람이었다. 노자로 가지고 간 은덩이를 몽땅 털어 주고 일어섰다.

"어디 사는 누구세요?"

소녀는 따라 나오면서 물었으나 홍순언은 사양하였다.

"인연이 있으면 또 만날 것이다."

그래도 물러서지 않자 나중에는 성만 알려 주었다.

"조선에서 온 홍 통사다."

세월이 흘러 이 소녀가 석성의 후취부인이 되었고, 부인으로부터 사연을 들은 석성은 조선 사람들에게 호의를 가지게 되었다.

연전에 종계변무(宗系辨誣)를 위해서 황정욱(黃廷彧)이 북경으로 들어갔을 때 홍순언도 통역으로 따라갔었다. 이때 부인은 오래간만에 다시 만난 홍순언을 은인으로 대접하였고, 당시 예부시랑(禮部侍郎)으로 있던 석성은 조선을 위해서 많은 노력을 해주었다.

석성은 이번 전쟁이 일어날 당시에는 병부상서에 올라 있었다. 역사의 흐름에 개인의 호불호(好不好)는 별것이 못 된다 하여도 힘 있는 자리에 앉은 개인의 경우는 그렇지도 않았다. 이 전쟁에 명나라가 출병한 배경에는 석성의 호의가 크게 작용한 것은 어김없는 사실이었다.

"석성을 만나면 적어도 말은 통할 것이다."

홍순언은 믿음이 있었다.

늙은 홍순언이 바다로 나간 지 2일이 지난 4월 25일, 참장 호택(胡澤)이 서울에 들어와 남별궁(南別宮)에 짐을 풀었다. 원래 송응창의 참모였으나 고양겸으로 바뀌어도 계속 그 막하에서 일하고 있었다.

여러 차례 조선에 나왔고 적진에도 몇 번 드나든 경험이 있는 사람이었다. 자연히 조선 관원들과는 안면이 생기고 개중에는 친숙하게 지내는 사람들도 적지 않았다. 부드러운 성품이었으나 1백 기(騎)에 가까운 수하들로 위의를 갖추고 전과는 달리 웃지도 않았다. 중대한 요구가 있는 모양이고 쉽사리 물러갈 기세도 아니었다.

"고 총독(顧總督)의 글을 가지고 왔으니 우선 류 각로(柳閣老 : 류성룡)와 윤 상서(尹尙書 : 윤근수), 그리고 6조판서가 모인 자리에서 함께 의논할 것이고, 5월 1일에는 국왕을 뵙고 가부의 판정을 받아야겠소."

어명을 받들고 문안차 찾아간 젊은 주서(注書) 김대래(金大來)에게 이렇게 선언하고 고양겸의 편지를 내놓았다.

(……) (이번 전쟁에 들어간) 비용은 한량이 없고, 사람과 말[馬]이 죽은 수도 적지 않으며 기기(器機)의 손실 또한 이루 말할 수 없소. (……) 이제 식량을 다시 보낼 수 없고, 군사도 다시는 움직일 수 없소. 왜놈들 역시 위엄이 두려워 명나라에 항복을 청하고 있으니 마땅히 이를 허락해야 할 것이오. 그대 나라의 신하 김수 등은 세상물정을 모르고 (……) 왜놈들의 세력을 과장하여 장차 명나라를 침범한다느니 새로 성채(城寨)를 쌓는다느니 선전하고,

따라서 군사와 식량을 도와달라고 조르고 있소.

우리 명은 산동(山東), 하난(河南), 그리꼬 내상(大江 : 양자강) 이북 지방에 흉년이 들어 지금 사람들이 서로 잡아먹는 형편이오. 그리하여 황상께서는 유사(有司 : 관계 기관)에 영을 내리사 다방면으로 굶주린 사람들을 구제하고 있으나 제대로 안 되고 있소. 어디 식량이 있어 그대 나라에 보낼 것이며 식량이 없는 군사를 어찌 그대 나라에 보낼 것이오?

우리 조정에서는 의논이 분분한 가운데 글을 올려 조선에 대한 봉공(封貢)을 끊으라는 주장이 그칠 줄 모르고 계속되고 있소. (……) 그대 나라는 속히 스스로 계책을 세워야 할 것이오. 처음에 내가 이 일을 맡게 되매 걱정이 되어 음식을 먹어도 목을 넘어가지 않고 자리에 앉아도 안정할 수 없었소. 그럼에도 불구하고 그대 나라 신하들은 지나간 일을 쳐들어 황상에게 그릇되게 아뢰고 황상의 의심을 사게 하고 나를 중상하여 은혜를 원수로 갚고 있소.

지금의 계책으로 말하자면 그대 나라 군신(君臣)은 왜군이 점차 후퇴하여 부산 등처에 머물면서 황상의 뜻을 받들어 감히 다시는 노략질을 하지 않는 일 등을 소상히 적어 우리 조정에 아뢰는 것이 좋겠소. 그리고 왜(倭)를 위해서 봉공을 간청하여 그들이 속히 물러갈 수 있도록 하여 준다면 왜는 반드시 그대들에게 은혜를 갚고 물러갈 것이며 또한 다시는 오지 않을 것이오.

옛날 구천(勾踐)은 회계(會稽)에서 곤경에 처하자 적을 향하여 자신은 신하가 되고 처는 첩이 되겠다고 청을 드렸소. 하물며 왜를 위해서 그들이 신첩(臣妾)이 될 것을 청하여 주는 일이야 무엇이 어려울 것이오? 왜놈들이 우리 명의 신첩이 될 수 있도록 우리 조정에 청을 드려 급박한 형세를 누그러뜨린 연후에 서서히 일을 도모한다면 구천과 그 신하들의 계책보다도 나을 것이오.

나는 반드시 사람을 보내 왜장 유키나가(行長)를 타일러 부산 등지의 성을 부수지 않고, 남은 양식도 그냥 두어 그대들의 은덕에 보답하도록 할 것이오.

왜는 복종하지 않을 수 없을 것이오.

왜가 조공을 바치는 경로로 말하자면 절강의 영파(寧波)로 오게 하고, 부산을 경유하여 후환을 남기는 일은 없도록 할 것이오.

유 총병(劉總兵 : 유정)은 속히 철수하는 것이 좋겠소. 5천 명이 먹는 것을 절약하면 그대 나라 2만 명의 목숨을 살릴 수 있을 것이니 이것도 그대들을 구제하는 결과가 될 것이오. 그대 나라 군신은 서둘러 이 일을 도모하기를 바라오. 윤두수와 이덕형은 이 글을 가지고 가서 국왕에게 아뢰고 일을 추진토록 하시오(《선조실록》).

최후통첩이었다.

전쟁은 끝나지 않았고 4만 명의 적군이 아직도 강토 안에 남아 있었다. 그럼에도 불구하고 동맹국인 명나라는 더 이상 전쟁을 못하겠다, 손을 털고 물러가겠다는 것이다.

전국(戰局)은 중대한 고비를 맞고 있었다.

명분과 현실

호택이 면담을 요청한 두 사람 중에서 영의정 류성룡은 병석에 누운 지 오래되어 기동이 자유롭지 못했다. 나머지 한 사람인 윤근수(尹根壽)가 병조판서 이덕형, 호조판서 김명원(金命元), 예조판서 이증(李增) 등을 거느리고 남별궁으로 호택을 찾은 것은 그가 서울에 들어온 지 3일 후인 28일 밤이었다.

"이런 경우가 어디 있소?"

수인사가 끝나자 호택은 정색을 하고 윤근수를 건너다보았다. 윤근수는 전에 송응창의 접반사로 일한 관계로 그의 막하에 있던 호택과는 잘 아는 사이였다.

"무슨 말씀이오?"

윤근수도 정색을 했다.

"나는 당신들의 국가대사를 위해서 이처럼 먼 길을 왔소. 그런데 3일

씩이나 기다리게 하고, 그나마 영의정은 병을 핑계로 얼굴조차 내밀지 않으니 사람의 대접이 이럴 수가 있소?"

"별다른 뜻이 있는 것은 아니오. 국가 대사인 만큼 우리도 의논을 거듭하다 보니 3일이 지났고, 영의정은 핑계가 아니라 정말 병이 중해서 못 나왔소. 노여움을 푸시고 의논을 시작하시지요."

호택은 동석한 척금(戚金)과 귓속말을 주고받았다. 척금은 전부터 서울에 머물고 있은 관계로 조선의 내막을 잘 아는 사람이었다. 류성룡은 폐위(肺痿)라고 해서 몸이 마르고 열과 오한이 교대로 오는 병에 시달리고 있었다. 척금으로부터 이야기를 들었으나 호택은 누그러들지 않았다.

"영의정이 병이라면 좌의정이나 우의정은 왜 안 나오는 것이오?"

좌의정 윤두수는 충청도, 우의정 이원익(李元翼)은 평안도에 내려가고 서울에 없었다.

"골고루 없구만."

호택은 한마디 하고 이야기를 시작했다.

"내 말을 잘 들으시오. 나는 총독이 특별히 보내서 온 사람이오. 만약 당신들이 총독의 뜻을 따른다면 총독은 시종일관 당신네 나라를 도울 것이고, 말을 듣지 않으면 군대를 압록강 이북으로 철수할 것이오."

고양겸은 본직이 계료총독(薊遼總督)인 관계로 보통 부르기 좋게 총독으로 통하였다.

"그런즉 지금부터 우리가 의논하는 내용을 내일 당장 국왕에게 말씀드리시오. 그런 연후에 내가 그분을 뵙고 결말을 낼 것이오."

그는 고양겸의 편지에 적힌 내용을 조목조목 되풀이하고, 실천 방법까지 소상히 설명했다.

"내가 당신네 국왕과 합의를 보고 돌아가 고 총독에게 보고하면 총독은 조정에 글을 올려 일본에 봉공을 허락하시도록 청을 드릴 것이오."

"……."

"또 과도(科道:御史) 2명을 파견히여 주시도록 요청할 것이오. 과도
가 조선으로 나올 때에는 칙사와 심유경도 함께 나오는데 장수 한 사람
이 군사를 이끌고 이들을 수행할 것이오."

"……."

"심유경이 먼저 왜영(倭營)으로 들어가서 유키나가에게 이르지요.
너희들은 한 명도 남지 말고 전원 바다를 건너가라!"

"……."

"저들이 모두 가버린 연후에 칙사와 심유경은 곧바로 일본으로 건너
가서 히데요시를 일본 국왕으로 봉하고 조공도 바칠 수 있도록 허락하
는 것이오."

들을수록 현실을 알지 못하는 탁상공론에 지나지 않았다. 잠자코 듣
기만 하던 윤근수가 물었다.

"왜군이 바다를 건너가지 않으면 어쩔 것이오?"

"과도와 칙사는 곧 귀국할 것이고, 거기에 대한 조치가 내릴 거요."

"경상도 남해안에는 거제도, 가덕도, 절영도 등등 섬들이 많소. 왜놈
들이 물러가는 척하고 이들 섬에 남아 있으면 어쩔 것이오?"

"적어도 쓰시마까지 물러가야 하고, 그렇지 않으면 물러간 것으로 치
지 않을 것이오."

윤근수는 사이를 두고 단언했다.

"왜군은 물러가지 않을 것이오."

조리 있게 설명했으나 호택은 주먹으로 탁자를 쳤다.

"그것은 바로 북경에 가 있는 김수의 넋두리요. 도대체 당신네 조선
사람들은 남의 나라 대신들을 모함하는 데 이력이 났단 말이오. 이번 전
쟁에 조선으로 나왔던 장수 치고 승진한 사람은 하나 없고 죄를 쓰지 않

은 사람이 없소. 말끝마다 왜군은 물러가지 않는다? 조선에 나왔다가 돌아가 왜군은 이제 문제없다고 보고한 우리 장수들의 처지는 어떻게 될지 생각이나 해보았소?"

다시 주먹으로 탁자를 치고 옆방으로 물러가는 그의 뒷모습을 바라보다가 윤근수는 말없이 일어섰다.

달이 바뀌어 5월에 들어서자 호택은 날마다 독촉이었다.

"조선은 일본을 위해서 봉공을 요청할 것이냐, 말 것이냐?"

응대가 없자 더욱 기를 썼다.

"임금을 만나자. 임금을 만나 결판을 내야겠다."

그러나 임금은 만나 주지 않았고 언제나 같은 대답이었다. 좀 더 생각해 보아야겠다. 임금은 밀사로 명나라에 건너간 홍순언의 소식을 기다리고 있었다.

조정의 공론은 강온(強穩) 두 갈래로 갈라질 수밖에 없었다.

원수를 갚아야 할 일본을 위해서 봉공을 요청하라? 강도에게 포상을 내리라는 것과 무엇이 다르냐? 황해감사 유영경(柳永慶), 신진관료 이이첨(李爾瞻), 영남의 의병장 정인홍(鄭仁弘) 등이 이 같은 강경파에 속하였고, 일찍부터 복수를 외쳐 온 임금도 그들에게 동조하였다. 모두가 명분을 중히 여기는 사람들이었다.

전쟁은 입으로 하는 것이 아니다. 숱한 백성이 굶어 쓰러지는 이 판국에 무엇으로 싸우고 원수를 갚는다는 말이냐? 지금 절실한 것은 평화다. 평화가 온다면 일본을 대신해서 봉공을 요청하는 것쯤은 참아야 한다. 좌찬성(左贊成) 성혼(成渾), 전라감사 이정암(李廷馣) 등은 극력 화평을 주장하였고 병석에 누운 영의정 류성룡도 이에 찬성하였다. 다 같이 냉정한 눈으로 현실을 보고 있는 사람들이었다.

본국에서 의견이 대립되어 서로 굽히지 않을 무렵 밀사로 북경에 건너간 홍순언은 허름한 행색 그대로 병부상서 석성을 찾았다.

"이게 웬일이오?"

내외가 달려 나와 마중하는 가운데 사랑채로 들어간 홍순언은 저녁 식사를 마치고 말문을 열었다.

"일이 급해서 용건부터 말씀드려야겠소이다."

"먼 길을 오셨는데 오늘밤은 그대로 쉬시고 내일 말씀을 듣지요."

석성이 말렸으나 홍순언은 듣지 않았다.

"내일은 돌아가야 하오……. 이 문서를 보아 주시지요."

홍순언이 기요마사의 문서를 내놓고 그간의 사정을 설명하자 석성은 고개를 끄덕였다.

"고맙소이다. 일본 사람들은 겉과 속이 다르다, 히데요시의 항표는 위조다 — 그동안 여기 북경에서도 말이 많았는데 이것으로 모든 것이 밝혀졌소."

"앞에서 웃고 뒤에서 칼을 가는 것이 일본 사람들이지요."

홍순언도 맞장구를 쳤다.

"그런데 홍 통사."

석성은 차를 한 모금 마시고 말을 이었다.

"항표를 바친 고니시 유키나가나 말도 안 되는 요구조건을 내세운 가토 기요마사나 다 같은 일본 사람에는 틀림이 없겠지요?"

"그야 틀림이 없겠지요."

홍순언은 그의 진의를 몰라 떠듬떠듬 대답하는데 석성의 얼굴에서 웃음이 사라졌다.

"한 가지 분명한 것은 우리 명나라는 더 이상 싸울 형편이 못 된다는 사실이오. 지난해에는 양자강에서 만리장성에 이르기까지 온통 흉년이

들지 않았겠소? 그런 관계로 새해 들어서부터는 굶어죽는 백성들이 즐비하오. 게다가 병정들은 조선으로 가는 것을 마치 지옥으로 가듯 질색을 하니 무엇으로 싸우겠소?"

"……."

홍순언은 할 말이 없었다. 등주에 상륙하여 여기 북경에 오는 동안 보고 들은 것만으로도 명나라에 흉년이 든 것은 사실이었다.

"오히려 우리 측에서 화평을 요청하고 싶은 심정이었소. 이런 때에 고니시 유키나가가 항표를 바치고 항복을 하겠다고 나왔소. 그런데 오늘 영감은 그와 반대되는 가토 기요마사의 요구조건을 들고 왔소. 영감이 나라면 어느 쪽을 받아들이겠소?"

"사실이라고 판단되는 쪽을 받아들이지요."

"그 점은 나와 생각이 다르오."

석성은 말을 끊고 오래도록 촛불을 바라보다 다시 고개를 돌렸다.

"지금 절실한 문제는 사실이냐 거짓이냐, 그런 게 아니고, 전쟁이냐 평화냐, 이것입니다. 우리는 평화를 택할 수밖에 없는 거요."

"항표가 가짜라도 말입니까?"

"가짜다 진짜다, 그런 것을 따지는 일은 후세의 서생들에게 맡기구요."

"그러나 항표가 가짜인 이상 언젠가는 파탄이 올 것입니다."

"그것은 그때에 가서 생각할 일이오."

홍순언은 기요마사의 문서를 도로 주머니에 집어 넣고 한 손으로 수염을 내리 쓰다듬었다.

"이제 말씀은 끝난 것 같소이다."

"과히 섭섭하게 생각지 마시오. 평화는 명나라를 위하는 동시에 조선을 위하는 길이오."

석성은 새로 상을 차려오게 하고 술을 권하였다.

"홍 통사, 사사로운 일도 그렇고 나랏일도 그렇고, 만사 정도에 맞게 하는 것이 좋고, 지나친 것보다는 부족한 것이 낫다 — 나는 평소에 이렇게 생각하는데 영감의 생각은 어떻소?"

"좋은 말씀이오."

홍언순은 건성으로 대답하고 궁금하던 것을 물었다.

"김수는 지금 어디 있습니까?"

북경에 간 김수가 옥에 갇혔다 — 이것이 요즘 서울 거리에 떠도는 소문이었다.

"조선 사신들이 묵는 객관, 이름이 무엇이더라?"

"옥하관(玉河館) 말씀인가요?"

"맞았소. 옥하관에 있을 것이오."

석성은 잠시 망설이다 계속했다.

"전에 김수에게도 이야기했소마는 친구의 충고로 알고 들어 주시오. 딱한 사정을 호소하는 것은 좋소. 그러나 남을 다쳐서야 쓰겠소? 가령 송응창이나 이여송은 조선을 위해서 얼마나 애를 썼소? 그런데 조선 사신 중에는 그들의 공은 아예 없는 것으로 치부하는 사람도 있소. 또 평양전투 이후의 공은 심유경이 제일인데 도리어 못된 놈이라고 비방하고 다니는 사람도 적지 않소. 이래 가지고야 훗날 조선을 위해서 나설 장수나 대신이 어디 있겠소(此後 將相誰肯爲你國圖)?"

"……."

"그래서 지금 북경에서는 조선은 양심도 없는 무리들이라고 수군거리고 있소(你國殊無良心 以有功者 爲無功)."

김수는 때로는 눈물을 흘리고 때로는 가슴을 치고, 조선의 위급한 사정을 호소하다 보니 도가 지나친 경우도 없지 않았다. 그 때문에 과거의 책임자들뿐만 아니라 지금의 책임자인 경략 고양겸마저 난처한 입장에

처하게 되었다. 문제의 발단은 그가 병부에 보낸 공문의 한 구절이었다.

적은 경상도 전역에 가득 차 있으니(賊滿慶尙一道) 언제 또 북으로 밀고 올라올지 알 수 없소이다.

말 많은 북경의 선비들이 온통 말꼬리를 잡고 늘어졌다.

"고양겸의 보고에는 왜적은 바닷가에 조금 남아 있을 뿐이라고 했는데 어찌 된 일이냐?"

고양겸이 허위 보고를 했다고 떠들썩하다는 것이다.

홍순언은 듣고만 있을 수도 없어 한마디 변명을 했다.

"김수는 점잖은 사람인데 걱정된 나머지 열이 과했던 모양입니다."

"하기야 경우에 따라서는 누구나 열이 과해질 수 있지요. 조선 사람의 눈으로 보면 고양겸도 열이 과하지요?"

석성의 물음에 홍순언은 웃고 대답하지 않았다.

"김수의 일이 걱정되시면 내일 함께 돌아가시지요."

"이번 길은 우리 임금밖에 모르십니다. 조용히 왔으니 조용히 가야지요."

이튿날 새벽, 홍언순은 흰 수염을 바람에 나부끼고 등주 포구를 향해 말을 달렸다.

홍순언이 다시 서해를 가로질러 서울에 돌아온 것은 5월도 10일을 며칠 넘긴 후였다.

"일본을 위해서 봉공을 요청하는 일은 군이 반대하지 않겠소."

홍순언의 보고를 받은 임금은 호택에게 통고했다.

병부상서 석성이 그토록 화평을 역설했다면 그것은 명나라 조정의 움직일 수 없는 방침일 것이다. 끝내 화평에 반대해서 석성과 의가 상하고, 명나라 조정과도 어색한 관계가 된다면 그것은 결코 현명한 일이 못 되었다.

"떵하오."

조선의 승낙을 받는 일은 여간해서는 안 되리라고 생각했었다. 그 일을 해냈고, 이제 집에 돌아가 어린 딸의 재롱도 보게 되었다. 호택은 서울에 들어온 후 처음으로 활짝 웃었다.

승문원(承文院)에서 명나라 조정에 보낼 문서를 다듬고 있는데 5월 27일, 호조판서 김명원은 호택으로부터 뜻하지 않은 공문을 받았다.

> 고 총독은 총독의 직무에만 전념하고 겸임인 경략의 직무는 손 시랑(孫侍郎)이 맡도록 내정되었으니 그리 아시오.

손 시랑이란 병부우시랑(右侍郎) 손광(孫鑛)이었다. 고양겸이 조선 관계의 일을 겸임한 지 불과 6개월. 철군이다, 화평이다, 강력하게 일을 추진하고 있는 터에 예기치 못한 인사 교체였다.

명나라의 정책에 어떤 변동이 있는 것은 아닐까? 조선으로서는 정세를 관망할 필요가 있었다.

입으로 하는 전쟁

    고양겸은 명나라에서도 유능한 관리로 이름이 있었다. 유능한 만큼 벼슬도 한두 가지가 아니었고 그것도 모두 중요한 직책들이었다.

    우선 병부좌시랑, 즉 국방부 제1차관으로 국방에 있어서는 병부상서 석성 다음으로 중요한 위치에 있었다. 그 위에 그는 계료총독(薊遼總督)이었다. 계는 북경을 중심으로 한 중국 북부지방, 료는 요동지방, 총독은 그 지역의 군무를 총괄하고 필요에 따라 행정에도 관여하는 막중한 자리였다.

    고양겸은 또한 도찰원(都察院)의 제2차관인 우첨도어사(右僉都御史)였다. 도찰원은 검찰(檢察)기관으로, 말하자면 그는 검찰 차장이기도 하였다. 앞서 그가 일본 진영에 과도(科道), 즉 어사(御史)를 파견한다고 한 것도 이들 관원이 자기의 휘하에 있기 때문이었다.

    이와 같은 직책을 띤 채로 그는 조선 전쟁을 총지휘하는 경략, 즉 조선방면군 총사령관을 맡고 있었다. 명나라에는 고양겸밖에 사람이 없느냐? 이런 소리가 나올 정도였다.

유능한 그의 눈으로 보아도 이 전쟁은 싸움터에서 결판을 낼 수는 없고 협상으로 마무리를 지을 수밖에 없었다. 그는 조선에서 명군이 먼저 철수하여 평화의 분위기를 조성하고, 일본에는 그들의 소원대로 봉공을 허락하면 전쟁은 저절로 끝난다고 판단하였다.

그러나 북경의 고관들은 그렇지 않았다. 전쟁 초에 일본군이 압록강까지 왔을 때에는 북경까지 쳐들어온다는 소문에 밤잠도 제대로 자지 못했으나 적이 부산까지 물러가자 생각이 달라졌다. 북경에서 부산은 4천2백 리, 아득하게 먼 고장으로 물러간 적은 무섭지도 않고 실감도 나지 않았다.

고관들은 입으로 전쟁을 하였다. 무섭지도 않은 적에 대해서는 얼마든지 무자비하고 강경할 수 있었다. 강경할수록 선명하고, 선명할수록 애국자로 행세할 수 있었다.

변변치도 않은 왜놈들을 아주 없애지 못하고 돌아온 송응창이나 이여송은 병신이고 중앙에 앉아 그들을 지휘한 석성은 무능한 맹충이였다. 이제 고양겸이 봉공으로 왜놈들을 무마하려고 또 못나게 놀고 있다. 줄줄이 못나게 놀아 대명(大明)의 체모를 땅에 떨어뜨리는 이들을 보고만 있을 것이냐?

한마디로 북경의 조정은 강경파가 좌지우지하고 석성을 비롯한 온건파는 크게 숨도 못 쉬는 형편이었다. 강경파의 선봉이 바로 손광이었다.

손광은 부친 승(陞)이 상서(尙書 : 대신)를 지낸 명문거족 출신인 데다 일찍이 과거에 장원 급제하여 수재로 이름난 사람이었다. 배경도 좋고 머리도 좋아 40대에 시랑에까지 오르니 출세도 빠른 편이었다.

머리가 좋은 사람, 세상의 어려움을 모르고 자란 사람들이 대개 그렇듯이 손광도 남이 하는 일이 성에 차지 않았다. 그 위에 그는 앞서 일본에 다녀온 사용자(謝用梓), 서일관(徐一貫)과 같은 절강성의 소홍부 여요현(紹興府 餘姚縣) 출신이었다. 두 고향 후배들의 이야기를 들으니 일본 사람이란 개구리처럼 납죽납죽 엎드리는 외에는 볼 것이 없는 미개한 종자들이었다.

이래저래 그는 고양겸이 하는 일이 마땅치 않았다. 미개한 왜놈들을 사람으로 대접해서 봉공을 허락한다는 것은 될 말이 아니고, 겁에 질린 강아지들처럼 조선에서 명군이 먼저 꽁무니를 빼고 철수한다는 것도 한심한 일이었다.

고양겸이 병부(兵部)의 좌시랑인데 반해 손광은 우시랑이었다. 경쟁의식도 작용하여 손광은 사사건건 요양에 가 있는 고양겸을 헐뜯었다.

방책이 무엇이냐? 질문이 나오면 손광은 조리 있게 답변했다 ― 봉공을 단호 거절하고, 국방을 정비하여 위력을 보이고, 조선을 도와 일본군을 조선 땅에서 몰아낸다. 명나라는 한 방울의 피도 흘릴 것이 없다.

구미에 맞는 말이었다. 조정의 높고 낮은 관원들은 손광이 옳고 고양겸이 글렀다고 자주 입을 놀렸다.

요양에서 소식을 들은 고양겸은 여러 차례 북경의 석성에게 편지를 보내 사직을 청하였으나 석성은 그때마다 말렸다. 요동부녀(妖童浮女)들의 잡소리는 개의할 것이 못 된다고.

마침내 김수의 공문으로 허위 보고의 시비가 일자 석성도 더 이상 두둔할 수 없었다.

"후임은 누가 좋겠소?"

석성의 편지에 고양겸은 간단히 회답했다.

"손광이 좋겠소."

비상한 생각이었다. 석성은 즉시 손광을 불러 놓고 선언했다.

"내 생각도 그렇고 중론도 그렇고, 손 시랑 외에는 조선 문제를 해결할 사람이 없소."

손광은 가슴이 철렁했다. 입으로 하는 전쟁에는 마음대로 적을 요리할 수 있었으나 칼로 하는 전쟁이라 생각하니 도무지 엄두가 나지 않았다. 공연히 입을 헤프게 놀렸구나.

"저는 그 그릇이 아니올시다."

아무리 사양해도 석성은 듣지 않았다.

"조정의 일치된 의견이오."

"정 그러시다면 생각할 여유를 주시오."

"한 달도 좋고 두 달도 좋소. 기필코 일본군을 처치할 계책을 짜내시오."

물러 나온 손광은 여러 사람의 의견을 듣기로 하고 우선 낙상지(路尙志)를 불렀다. 조선에서 용명을 떨치고 돌아온 고향의 후배였다.

"자네 이여송에게 불만이 많다지?"

이여송은 북군 출신으로, 만사 북군에 후하고 남군에 박하다는 평을 들었다. 자연히 남군 출신인 낙상지는 그를 좋게 보지 않았다.

앉은키로도 한 자는 높은 낙상지는 한참이나 손광을 내려다보다가 대답했다.

"많지는 않고 한 가지 있지요."

"무엇인가?"

"상과 벌이 공정치 못했지요."

"나도 알아. 장수가 그따위로 놀았으니 적을 이기지 못하고 흐지부지 돌아온 것도 무리가 아니지."

"……."

"우리 이제부터 일을 잘해 보세."

"……"

"조선을 도와서 그들의 손으로 일본군을 몰아내든지 없애든지, 하여튼 우리는 직접 끼어들지 않고 전쟁에 결말을 낼 방법이 없을까?"

"굶고는 못하는 것이 전쟁이올시다. 그런데 조선은 지금 온 나라가 굶고 있습니다. 그들이 먹고 싸울 식량을 댈 수 있습니까?"

"하 저런, 우리 명나라도 흉년이 들어 백성들이 죽느냐 사느냐, 아우성인데 조선에 보낼 식량이 어디 있는가?"

"무기는 댈 수 있습니까?"

"그동안 비축했던 화약과 대포는 지난번에 조선에서 다 없어졌고, 칼과 창도 숱하게 유실됐지 아마. 이제부터 흉년이 들지 않은 지역에 배정하면 활과 살은 좀 만들어 보낼 수 있겠구만."

"이야기는 끝난 것 같습니다."

육중한 몸집의 낙상지는 천천히 일어서 나가 버렸다.

손광은 알 만한 장수들을 차례로 불러 물었으나 대답은 한결같이 희미했다.

"글쎄올시다."

현지의 목소리를 듣자 ― 손광은 생각 끝에 심복 장홍유(張鴻儒)를 조선으로 보냈다. 장홍유는 파총(把總)으로, 유격장군, 수비, 천총 다음가는 하급 장교에 불과했으나 사람됨이 영리하고 글도 쉬운 것은 알아보는 처지였다.

압록강을 건너 서울로 달려온 장홍유는 남별궁으로 호택을 찾았다. 호택은 처음부터 지금까지 이 전쟁에 종사하였고 적진에도 내왕하여 전후 사정을 잘 아는 사람이었다. 그 위에 그는 손광과 같은 동네에서 같이 자란 죽마고우였다. 누구보다도 호택의 말이라면 믿을 수 있을 것이었다. 호택은 조선의 실정과 적의 동향을 자세히 일러 주고 결론을 내렸다.

"여러 말을 말고 고 총독의 계책을 이어받아 그대로 시행하라고 전하시오."

장홍유는 호택의 인도로 임금 선조에게 인사를 드리고 남원으로 달렸다.

"우리는 앉아 있고, 조선을 시켜 왜군을 몰아낸다? 하하……."

장홍유로부터 손광의 계획을 전해 들은 유정은 큰 소리로 웃었다.

"웃지 말고 소견을 있는 그대로 말씀해 주십시오. 손 시랑의 분부올시다."

"있는 그대로 말씀해서 이것은 조선의 현실을 모르는 탁상공론이오."

"시랑께서 알아 오라는 것이 몇 가지 있습니다. 차례로 여쭈어 보지요. 우선 부산에 있는 일본군이 이 남원으로 쳐들어오면 어떤 계책을 쓰겠습니까?"

"도망치겠소."

"장군 같은 분이 도망을 치신다, 이런 말씀인가요?"

유정은 조선에 나와서는 별다른 공을 세우지 못했으나 구사(九絲), 면전(緬甸) 등지에서 용명을 떨친 장수였다. 또 마상에서 1백20근의 쇠칼[鐵刀]을 자유자재로 휘둘러 유대도(劉大刀)라는 별명이 붙은 장사이기도 했다.

"그 밖에는 도리가 없소."

"부산 방면에 있는 적을 물리칠 계책은 없겠습니까?"

"이 제독(李提督 : 이여송)은 5만에 가까운 대군으로도 이기지 못했소. 나더러 그 10분의 1에 불과한 병력으로 이기란 말이오?"

"어떻게 하면 일본군은 조선에서 물러갈까요?"

"세 가지 경우가 있소. 첫째, 히데요시가 죽으면 저들은 스스로 물러갈 것이오."

"……."

"그러나 생사람이 죽기를 기다리고 앉아 있을 수는 없는 일이고…….
둘째는 백만 대군을 동원해서 무찔러 버리는 것이오. 시랑께서는 그런
대군을 동원할 수 있답디까?"

"소인이야 알 수 없습지요."

"셋째는 봉공을 허락하고 살살 달래서 바다를 건너가게 하는 일이오."

장홍유는 주야겸행으로 말을 달려 북경으로 돌아왔다.

"유정은 말이 많은 사람이군."

장홍유의 보고를 받은 손광의 첫마디였다.

"네?"

"봉공을 허락하라 — 한마디면 될 걸 가지고 첫째 둘째 셋째가 무엇
이냐?"

"네……."

"네 생각은 어떠냐?"

"글쎄올시다."

"내 그 '글쎄올시다'에 질렸다. 속에 있는 그대로 토해 보아라."

"있는 그대로 토하자면 호 참장(胡參將 : 호택)의 말씀이 옳은 듯합
니다."

"호 참장의 말씀이란 무엇이냐?"

"고 총독의 계책을 그대로 시행하는 일입니다."

손광은 사방이 꽉 막히는 심정이었다.

특히 안된 것은 항간의 여론이었다. 어디서 새어 나갔는지 자기가 경
략으로 임명된다는 소문이 퍼지고, 그렇게 되면 또다시 전쟁이라고 야
단들이었다. 굶어 휘청거리는 백성을 또 싸움터에 내몰기냐?

몸조심하라고 귀띔해 주는 친구도 있었다. 경략의 임명이 공포되는 날은 죽는 날이라고 했다.

"백사불계하고 저는 사양하겠습니다."

석성을 찾아 정색을 하고 이야기했다. 그러나 석성도 정색을 하고 그를 바라보았다.

"손 시랑, 뭇사람의 뜻은 하늘의 뜻이오. 거역해서는 안 되지요."

"뭇사람이란 지나친 말씀이고, 저에게 반대하는 사람도 얼마나 많습니까?"

"나는 없는 것으로 알고 있는데. 가령 어떤 사람이 반대한답디까?"

반대파를 먼 고장에 찾을 것도 없었다. 병부 내에서도 상서인 석성부터 온건파였고 자기는 강경파였다. 그러나 차마 그 말은 할 수 없고 고양겸을 지목했다.

"대감께서도 아시다시피 저와 가장 가까워야 할 고 총독부터 반대가 아닙니까?"

"하, 그건 오해요."

석성은 서랍을 뒤져 문서를 한 통 꺼냈다.

"이걸 보시오. 시랑을 경략으로 천거한 사람이 바로 고 총독이오."

어김없는 고양겸의 추천장이었다.

손광은 알아차렸다. 사람을 나무 위에 올려놓고 흔들 속셈이었다. 이것은 자칫하면 죽고 사는 문제였다.

그러나 이제 와서는 알면서도 오르지 않을 수 없었다. 오르기는 하되 흔들리지는 않으리라.

"고마운 일입니다."

손광은 정말 고마운 얼굴을 했다.

"결심이 섰소?"

"고 총독의 방책을 계승해서 그대로 밀고 나갈 생각입니다. 그것이 그분의 호의에 보답하는 길이 아니겠습니까?"

자기를 흔들면 고양겸도 그리고 석성도 줄줄이 흔들릴 것이다. 감히 흔들지는 못하리라.

"잘 생각했소. 성상께 말씀드리고 절차를 밟을 터이니 정식으로 직첩이 내리기 전이라도 활동을 시작해 주시오."

손광은 행동이 민첩하다는 사람도 있고, 민첩한 것이 아니라 참을성이 없다는 사람도 있었다. 어느 쪽이든 간에 그는 다음 날부터 부지런히 움직이기 시작했다.

철수하는 명군 병사들

경략의 교체에 누구보다도 깊은 관심을 가지고 추이를 지켜본 것은 조선이었다. 책임자가 온건파에서 강경파로 바뀌면 정책도 바뀔 것은 당연한 일이었다.

그중에서도 임금 선조는 기대가 컸다. 원래 그로서는 철저한 승리, 철저한 복수 외에는 생각할 수조차 없었다.

차라리 죽음은 참을 수 있어도
화평이란 듣기조차 역겹다.
어찌하여 사설을 부르짖어
의를 그르치고 삼군을 현혹시키느냐.

(一死吾寧忍 求和願不聞 如何倡邪說 敗義惑三軍 : 《선조실록》)

당초 화평 논의가 나왔을 때 그는 이런 시를 지어 신하들을 경계하고 밖으로 명나라에 대해서 자기의 결의를 표명하였다. 그러나 대세는 화평으로 기울고, 특히 근자에 고양겸이 경략으로 온 후로는 당장이라도 화평으로 몰고 갈 기세였다. 조선에 호의를 가졌다는 석성도 알고 보니 고양겸과 다를 것이 없었다.

그들에게 동조할 수밖에 없다고 체념하고 있는 터에 우습게 놀던 고양겸이 가고, 사사건건 그와 대립하던 손광이 온다는 것이다. 무슨 변화가 오지 않을까?

그러나 얼마 안 가 북경에 갔던 김수가 돌아왔고, 그가 전하는 명나라의 태도는 고약하기 이를 데 없었다.

"복수를 한다고? 하겠거든 우리 명나라에 의지하지 말고 당신네 자력으로 하시오(勿靠天朝 自力振起可也)."

김수는 청병(請兵), 청량(請糧) 다 같이 되지 않았으니 임금에게 복명할 면목조차 없다고 눈물을 떨어뜨렸다.

또 며칠이 지나 6월이 거의 갈 무렵, 이번에는 호택이 별안간 본국의 소환을 받고 서울을 떠나게 되었다. 반가운 손님은 아니었으나 가는 사람을 박절하게 대할 수도 없어 윤근수와 김명원이 서대문 밖까지 전송하였다.

"일본을 대신해서 우리 명나라에 봉공을 요청하는 주문(奏文) 말이오. 그 주문을 가지고 갈 진주사(陳奏使)는 결정됐소?"

이별의 술잔을 나누다가 호택이 불쑥 물었다. 한동안 말이 없기에 이쪽에서도 잠자코 있었는데 막상 떠나면서 이렇게 나왔다.

윤근수는 외교에 능한 사람이었다. 그는 술잔을 천천히 비우고 천천히 물었다.

"이 문제에 대해서 전임 경략과 신임 경략이 서로 의견이 다를 수도 있을 터인데 그래도 주문은 보내야 할까요?"

"다르면 낭패지요."

"……."

"그러나 같을 경우를 생각해서 만단 준비는 해두는 것이 좋지 않겠소?"

"……."

"속히 사신을 지정해서 내 뒤를 따라 보내 주시오. 나는 의주에서 기다리다가 사신이 오면 함께 압록강을 건너 요양에 가서 고 총독을 만날 것이오. 일이 뜻 같지 않을 경우에는 사신은 되돌아오면 그만이 아니겠소?"

호택을 보낸 후 조정은 허욱(許頊)을 진주사로 결정하였다. 앞서 청량사(請糧使)로 북경으로 가다가 요양에서 고양겸에게 붙들려 연금 생활을 하던 허욱이었다.

"조선으로 돌아가라. 안 가면 무사하지 못하리라."

고양겸이 협박했으나 그는 듣지 않았다.

"나는 우리 임금의 뜻을 받들고 북경으로 가는 길인데……."

허욱은 외모부터 듬직하고 말수가 적은 사람이었다. 여러 달 동안 수난을 겪으면서도 이 한 마디로 일관하다가 5월 초 임금의 소환령을 받고야 요양을 떠나 의주에 당도하였다.

마침 명나라에서는 요동반도의 금주(金州)와 복주(復州)의 양곡 2만 2천7백 섬을 배로 압록강에 보낸다는 소식이 왔다. 허욱은 조정의 명령으로 계속 의주에 머물면서 이 양곡의 인수업무를 감독하게 되었다.

"뒤따라 보낼 것이 아니라 기왕이면 의주에 있는 사람이 좋겠소."

온다던 양곡은 오지 않고 허욱은 할 일도 없었다. 또 고양겸이 잡아가뒀던 사람을 다시 그에게 보내는 것도 의미가 있는 일이었다.

6월이 가고 7월 3일, 서장관으로 임명된 한회(韓懷)가 주문을 가지고 북으로 말을 달렸다.

(……) 사나운 호랑이가 사람의 집에 뛰어들었는데 고기를 보이고 주지 않는다면 어떻게 되겠습니까? 어김없이 사람을 치고 물어뜯을 것입니다(猛虎入人家 示之以肉 而不投 則其搏噬人無疑). 왜적의 경우도 마찬가지입니다. 봉공이라는 고기를 보이고 주지 않는다면 또다시 조선을 결딴낼 것은 자명한 일입니다. 우리나라를 보전하기 위해서도 저들에게 봉공을 허락하소서. (……)

승문원에서 만든 초안에 호택이 마음대로 손을 댄 것이 이 주문이었다.

한회를 보내고도 마음 놓을 날이 없었다.

명군이 짐을 싸놓고 떠날 날만 기다리고 있습니다.

남원에 가 있는 유정의 접반사 김찬(金瓚)으로부터 이런 보고가 올라왔다. 이 때문에 온 나라가 뒤숭숭하고 백성들은 일손을 놓고 또다시 피란을 궁리했다.

남원에 주둔하고 있던 유정 휘하 5천 명은 마지막 남은 명군 부대였다. 조선은 수군은 막강했으나 육군은 아직 제대로 모양을 갖출 형편이 못 되었다. 명군마저 떠나간다면 육지는 거의 무방비 상태나 다름이 없을 것이다. 왜군이 밀고 올라오면 무슨 수로 막을 것인가.

그러나 약간 각도가 다른 해석을 하는 사람들도 있었다.

"짐을 싸는 것은 사실이나 본국으로 돌아가는 것이 아니고 주둔지를 남원에서 서울로 옮기는 것이다."

이들의 해석에도 일리가 있었다. 경상도의 적이 용인까지 밀고 올라오면 어떻게 될 것인가? 전라도의 명군은 퇴로가 차단되고 독 안에 든 쥐의 형국이 될 것이다. 그래서 서울로 옮기는 것이니 유정은 과연 전략에 능한 장수라고 하였다.

장기간 주둔하건 며칠을 묵어가건 그들이 서울로 들어올 것은 분명한 일이었다. 조정은 이에 대비하여 식량의 비축에 나섰다. 관원들을 사방에 파송하여 콩, 보리를 위시하여 조와 벼, 수수 등, 익은 곡식은 익은 대로 미숙한 것은 미숙한 대로, 말리고 방아에 찧어 이고 지고, 혹은 우마에 실어 서울로 옮겨 왔다.

8월에 들어 마침내 유정이 남원을 떠났다는 소식이 왔다. 이들은 보병을 주축으로 하는 남병(南兵)인 데다 급할 것이 없는 길이었다. 이르는 곳마다 관원들의 영접과 환송을 받으면서 천천히 북상하여 서울에 당도한 것은 추석을 이틀 앞둔 13일이었다.

해괴한 행렬이었다. 명병 5천에 무수한 조선 남녀들이 뒤섞여 있었다. 이들도 5천 명을 넘으면 넘었지 그 아래는 아닌 듯싶었다. 명군이 조선 땅에 들어온 지 2년, 남자는 그들의 심부름꾼[房子], 여자는 대개 납치를 당해서 강제로 명병과 결혼한 사람들이었다(劉總兵營中 我國男女隨來之數 無慮數千餘人 …… 或爲房子 或嫁天兵 :《선조실록》).

개중에는 아기를 업은 여인도 적지 않고, 여기저기서 아기 울음소리도 들렸다. 유정도 예외가 아니었다. 그의 뒤에는 나귀를 탄 젊은 여인이 따르고 병정 한 명이 경마를 들고 있었다. 유정이 대구에 있을 때 시침을 들기 시작한 선산(善山) 여자로 임신한 지 여러 달이 되었다는 소문이었다.

명군이고 조선 사람들이고 입성이 남루하기는 매일반이고, 다 같이 얼굴에서는 검은 땟국이 흐르고 있었다. 어느 모로 뜯어보아도 군대 같은 기풍은 찾을 길이 없고, 좋게 말해서 피란민의 행렬, 눈에 보이는 대로 말하자면 거렁뱅이 떼의 대이동이었다.

모양이야 어떻든 우리를 도와준 지원군이었다. 임금은 남대문 밖까지 나가 이들을 영접하고, 이어 윤근수는 유정을 인도하여 남별궁에 모시고 술을 대접하였다.

그러나 일부의 추측과는 달리 유정은 서울에 주둔하는 것이 아니고 본국으로 돌아가는 길이라고 하였다. 조정으로서는 그들이 가도 걱정이고 머물러도 걱정이었다. 가면 국방에 틈이 생기고 머물면 식량을 댈 길이 막연했다.

어떻든 가는 것이 명백한 이상 해결할 문제가 하나 있었다. 그들 속에 섞여 있는 조선 남녀들의 일이었다.

"우리 백성은 우리에게 돌려 달라."

유정에게 요구했으나 그는 좋은 얼굴이 아니었다.

"모두들 굶어 죽는 것을 우리가 먹여 살렸소. 이제 와서 돌려 달라? 더구나 여자들은 대개 우리 명나라 병사들과 결혼했소. 부부간을 갈라 놓을 것이오?"

그는 막무가내였다. 보고를 받은 임금은 이렇게 결정을 내렸다.

"여자들은 기왕지사 저렇게 되었으니 눈을 감읍시다. 그러나 지금 같은 전시에 젊은 남자는 단 한 사람이라도 얼마나 소중하오? 제 발로 걸어오는 자는 우대할 것인즉 천민은 양민으로 할 것이고, 양민은 금군(禁軍)에 배속할 것이오. 언문(諺文 : 한글)으로 방을 써 붙이고, 믿을 만한 사람들을 그들 속에 들여보내 설득하시오."

그들이 묵고 있는 남대문과 동대문 밖에는 처처에 한글 방문이 나붙고 밤이면 검은 그림자들이 그들 속에 스며들어 속삭였다.

"돌아가자."

많은 남자들이 빠져나왔으나 그냥 있겠다고 버티는 축도 적지 않았다.

"어차피 개 팔자다. 이대로 둬달라."

유정이 서울에 들어온 지 달포가 지난 9월 11일. 임금이 서대문 밖까지 전송하는 가운데 그는 휘하 병력을 이끌고 북행길에 올랐다. 조선 남자들의 숫자가 조금 줄었을 뿐 많은 여자들이 웅성거리고 아기들의 울음소리가 처처에서 들리기는 올 때와 다를 것이 없었다.[4]

"부산에서 북경에 이르는 4천2백 리 길에 30리마다 파발(擺撥 : 연락원) 5명씩 두는 것이 어떻겠소이까?"

유정은 말에 오르려다 말고 임금에게 이런 제안을 했다.

"파발요?"

"부산의 적이 이상한 눈치를 보이면 즉시 연락하여 북경까지 알리도록 말입니다."

"좋은 생각입니다."

적을 물리친 것도 아니고, 여자들이나 끌고 다니는 주제였다. 계면쩍은 김에 한번 해보는 소리였으나 임금은 웃는 낯으로 받아들였다. 따로 파발을 두지 않아도 조선 영내에는 역참(驛站) 조직이 그럭저럭 복구되었고, 압록강 이북 명나라 땅에도 비슷한 조직이 있었다.

"지금 번개같이 머리에 떠올라서요."

"비상한 계책이올시다."

임금의 칭송을 받고 말에 오른 유정은 일행을 이끌고 개미 떼같이 무악재를 올라 고개 너머로 사라져 갔다.

이들이 개성, 평양을 거쳐 압록강을 건너가면 조선 땅에서는 명군이 완전히 철수하게 되는 셈이었다.

"채비는 다 됐소?"

무악재를 바라보던 임금이 병조판서 이항복을 돌아보았다. 설득해도 듣지 않고 명군을 따라가는 젊은 남자들은 무악재 같은 고개를 넘을 때나 대동강, 압록강 등 큰 강들을 건널 때 검문을 실시하여 철저히 가려내기로 되어 있었다.[5]

"벌써 전에 영을 내렸습니다."

"모조리 잡아들이시오."

임금은 노기를 띤 얼굴로 말에 올라 채찍을 내리쳤다.

유정이 서울을 떠난 다음 날인 9월 12일, 북경에서는 진주사 허욱이 명나라 황제의 궁성으로 들어갔다.

지난 7월 초 호택과 함께 의주에서 압록강을 건넌 허욱은 요양으로 직행하였으나 신임 경략 손광은 아직 오지 않고 고양겸이 여전히 자리를 지키고 있었다.

"또 만나게 돼서 반갑소."

지난번의 험악하던 얼굴과는 달리 약간은 미안한 얼굴이었으나 허욱은 잠자코 대답하지 않았다.

도시 알 수 없는 것이 명나라 사람들의 속이었다. 가타부타 말도 없이 그들은 여기서 또 허욱을 한 달도 더 기다리게 하였다. 결국 8월 중순에야 허욱은 호택의 안내로 요양을 떠나 북경으로 향하였다.

"기다리시오."

예부(禮部)에 주문을 바치고 기다렸으나 10일이 가고 20일이 가도 언제나 이 한마디뿐이었다.

"입궐하시오."

한 달 가까이 기다린 끝에 이날, 9월 12일에야 허욱은 병부상서 석성을 비롯하여 여러 관원들과 함께 궁성으로 들어가게 되었다. 황제를 뵙고 직접 말씀을 들을 줄 알았으나 그렇지 않았다.

통용문인 현극문(玄極門)에 이르자 사례감(司禮監)의 태감(太監) 장성(張誠)이 수십 명의 환관들을 거느리고 서 있었다. 사례감은 환관들의 관청, 태감은 그 장관이었다. 수염이 없는 배불뚝이 장성은 여자 같은 목소리로 외쳤다.

"성유(聖諭)를 전할 터이니 채비를 하시오."

시키는 대로 절하고 무릎을 꿇자 장성은 종이에 적은 것을 역시 여자의 목소리로 읽어 내려갔다.

허욱은 '차오씨엔 궈왕(朝鮮國王)'이라는 한마디를 짐작으로 알아들었을 뿐 중국말로 장황하게 읽는 것을 도무지 분간할 수 없고, 통사(통역)가 동행하였으나 감히 중간에 끼어들 수도 없었다.

낭독이 끝나자 또 시키는 대로 절하고 일어서니 일은 그것으로 끝났다. 황제는 이 시각에도 욕실에서 궁녀들과 목욕하고 헤엄을 치는 중이라고 했다.

"요컨대 무어라고 한 것이냐?"

물러 나오면서 통사에게 속삭이니 통사도 속삭였다.

"조선 국왕이 올린 글을 보니 그 나라 사정이 위박(危迫)하다. 왜(倭)는 이미 사신을 보내 봉공을 요청해 왔고 조선 왕도 그들의 청을 들어주는 것이 좋겠다고 하였다. 왜에 봉공을 허락하고 조선이 국방을 갖출 때까지 기다리는 것도 무방할 듯하다 ― 요컨대 이런 내용이올시다."

봉공으로 간단히 전쟁을 끝낼 수 있는 것을 쓸데없이 많은 피를 흘렸다. 봉공에 반대한 자들을 처벌한다는 소문도 나돌았다.

북경의 일본 사신

신임 경략 손광이 정식으로 사령장을 받은 것은 7월 초였으나 북경에서 볼일을 보고 임지인 요양(遼陽)에 온 것은 9월 하순이었다. 며칠 여독을 풀고 10월 초부터 등청했는데 보고를 들으나 조선의 처사는 괘씸하기 그지없었다.

지금까지 요양의 명나라 관원들은 무시로 조선반도를 종단하여 웅천의 고니시 유키나가 진영까지 내왕하며 적과 연락을 취하여 왔다. 이런 경우 그들은 도중 평양에 들러 고니시히(小西飛)의 부하 몇 사람을 거느리고 다시 남행길을 계속하게 마련이었다. 일본 진영으로 들어가는 데는 역시 일본 사람을 앞세우는 것이 편리하고 또 안전하였다.

그런데 이것이 조선 사람들의 눈에 거슬렸다. 우군이라는 명나라 사람들이 적과 어깨를 걸고 다니는 꼴은 못 보겠다. 조선 관원들은 그들을 보호하는 체하면서 보호하지 않았고, 이런 기미를 눈치 챈 백성들은 그들을 습격하여 짐이며 공문이며, 닥치는 대로 빼앗아 갔다.

앞으로 화평을 성사시키려면 일본 진영과 긴밀히 연락해야 하고, 그러자면 이 길의 안전이 무엇보다도 중요하였다. 손광은 조선으로 나갈 군관 2명(徐龍, 孫統)을 불러 놓고 일렀다.

"세상에 이럴 수가 있느냐? 내 뜻을 분명히 전해라. 그리고 웅천의 적진까지 가보아라. 조선이 개과천선해서 너희들을 안전하게 보호해 주는지 확인하고 오란 말이다."

동시에 그는 요동순무(遼東巡撫) 이화룡(李化龍)과 공동으로 북경에 글을 올렸다.

이 전쟁을 종결하는 데는 두 가지 방안 중 한 가지를 택할 수밖에 없습니다. 하나는 구거(驅去), 즉 대병을 동원하여 적을 실력으로 쫓아 버리는 일이고, 또 하나는 허시(許市), 즉 조공을 받아주고 따라서 무역을 허락하는 일입니다. (……)

앞서 허욱이 바친 조선의 국서에 이어 황제의 성유(聖諭)도 내렸고, 손광의 이 건의도 있고 — 북경의 조정은 일본에 봉공을 다 같이 허락하는 방향으로 기울었다. 그러나 내각대학사(內閣大學士) 심일관(沈一貫), 형부상서(刑部尙書) 조환(趙煥) 등이 봉(封)은 무방하나 공(貢)은 안 된다고 반대하고 나섰다.

왜인들에게 조공을 허락하면 그들은 영파(寧波)에 상륙하여 조공을 바치러 북경까지 오기로 되어 있습니다. 흉칙한 저들이 거치는 고을마다 무슨 짓을 할지 누가 알겠습니까? 조공을 허락해서는 안 됩니다.

병부상서 석성은 난처했다. 히데요시가 바라는 것은 실리가 있는 공이지 형식에 불과한 봉은 아닐 것이다. 왕으로 책봉된다는 것은 명나라 천자로부터 사령장을 하나 받는 외에는 아무것도 없는 허망한 일이었다.

　석성은 심유경을 불렀다. 그동안 요양에서 고양겸의 화평 공작에 자문 역할을 하던 심유경은 고양겸이 교체된 후로는 북경에 와서 석성의 참모로 막후에서 활약하고 있었다.

　"심 유격의 생각은 어떻소?"

　석성의 질문에 그는 무성한 수염을 몇 번이고 내리 쓰다듬고 천천히 입을 열었다.

　"대안이 없으면 그대로 밀고 나갈 수밖에 없지요."

　"밀고 나가다니?"

　"봉만으로 말입니다."

　"히데요시가 들을까?"

　"히데요시는 몰라도 유키나가는 듣지 않을 수 없을 것입니다. 그도 대안이 없습니다."

　"안심해도 되겠소?"

　"저를 믿으십시오."

　석성은 봉을 허락한다는 선에서 조정의 의견을 통일하고 황제에게 글을 올렸다.

　신이 엎드려 생각하옵건대 봉은 실속이 없는 칭호[虛號]에 불과하고 봉을 허락하는 것도 실속이 없는 행사[虛事]에 불과합니다. 준비하고 있다가 일본군이 조선에서 모두 물러간 연후에 (히데요시를 일본 왕으로) 봉한다면 조선은 나라를 보전하고 군대는 한숨 돌리게 되니 이것이야말로 실속이 있는 일입니다.

이어 그는 조공을 거절함으로써 일본 사람들이 명나라 내지를 넘볼 틈을 주지 말아야 한다고 하였다. 그러고는 고니시히를 북경으로 불러들여야 한다고 강조하였다.

연이나 서로 마주 앉아 약조를 맺지 않으면 결국 믿을 수 없고, 서로 마주 앉아 살피고 검토하지 않으면 엉뚱한 결과를 빚을 수도 있습니다. 고로 반드시 고니시히로 하여금 북경에 와서 약조를 맺게 하고 총독과 순무의 보고를 기다리도록 하는 것이 좋겠습니다. (……) 만약 봉을 기다리면서 한편으로 또 침범한다면 고니시히의 머리를 베어 침범하면 반드시 소탕한다는 것을 보여 주어야 합니다(《신종실록》).

황제의 허락을 받은 석성은 손광에게 연락하여 고니시히를 불러들이는 한편 유격장군 진운홍(陳雲鴻)과 전에 심유경을 따라다니던 심가왕(沈嘉旺)을 웅천의 고니시 유키나가에게 파송하였다.

속히 철병하고 책봉사(册封使)를 기다리라.

평양에 있던 고니시히 일행은 이 무렵 압록강을 건너 요양에서 대기하고 있었다. 화평 공작이 막바지에 이르렀으니 황제의 허락이 내리면 일을 신속히 추진하기 위해서 석성이 취한 조치였다.
11월 15일, 유격장군 요홍(姚洪)의 안내로 요양을 떠난 고니시히 일행은 눈보라 속에 만리장성을 넘어 12월 7일 마침내 북경에 들어왔다.

작년 7월 초 부산을 떠난 지 1년 5개월 만의 일이었다.

석성은 이들을 극진히 대접하였다. 자기가 주창하여 이 전쟁에 개입하였으니 마무리를 지을 책임도 자기에게 있었다. 고니시히와 이야기가 잘되면 평화가 오고, 큰 짐을 벗을 수 있을 것이었다.

다행히 전부터 안면이 있는 심유경으로 하여금 수시로 식사도 같이하고 술잔도 나누면서 이야기를 하도록 했더니 쓸 만한 보고가 들어왔다.

"하핫(네네)."

무슨 말을 하든지 순종한다는 것이다. 공은 안 되고 봉만 된다고 하여도 역시 '하핫'이었다.

느닷없이 황제가 고니시히를 보겠다고 나왔다. 조회에도 얼굴을 내밀지 않는 황제였으나 왜인이란 어떻게 생긴 족속인지 한번 보고 싶다는 것이다. 그런데 고니시히 일행은 도무지 예의범절을 모르는 시골뜨기들이었다. 어전에서 실수라도 하면 목을 자르지 않을 수 없고, 그렇게 되면 화평은 가망이 없었다.

"전에도 보시지 않았소?"

석성은 어명을 가지고 온 내시에게 물었다. 황제는 전에 조선에서 선물로 보낸 일본군 포로들을 한 번 본 일이 있었다.

"그런 고린내 나는 것들 말고 제대로 된 왜인을 보시겠다, 이런 말씀이십니다."

가르쳐서 어전에 내보내는 수밖에 없었다. 그들이 도착한 지 4일 되는 11일, 외국인을 접대하는 홍로시(鴻臚寺)에 교육을 부탁하였다. 절하는 법으로부터 전진과 후퇴, 눈을 둘 곳과 손을 둘 곳 등등, 모든 범절은 빠짐없이 가르치고 연습을 시켰다.

3일 후인 14일, 만조백관이 지켜보는 가운데 고니시히 일행은 어전에 나가 시키는 대로 수없이 절하고 엎드렸다.

"얼굴을 쳐들라."

"옆을 보라."

"손을 들라."

"손을 내리라."

"어깨를 좌우로 흔들라."

"바로!"

일행은 예부 관원의 구령에 따라 절도 있게 움직였다. 3일 동안 연습에 연습을 거듭한 보람이 있었다.

옥좌에 앉은 황제는 원숭이들의 재주를 보듯이 입을 헤벌리고 관람하다가 옆에 시립한 관원에게 눈짓을 했다. 이제 싫증이 난 것이다. 신호는 눈에서 눈으로 전승되어 마침내 예부 관원에게 이르자 그는 구령을 불렀다.

"일어서라."

황제는 장막 뒤로 사라지고 모여 섰던 대신들이 고니시히에게 손짓을 했다.

"가자."

동궐(東闕)에 이른 고니시히는 만조백관에게 둘러싸인 가운데 병부상서 석성의 심문을 받았다.

"너희 일본은 우리가 시키는 대로 할 것이냐, 안 할 것이냐?"

"하겠습니다."

"말로 해서는 오해의 여지가 있다. 이제부터 내가 부르는 것을 네 스스로 붓을 들어 쓸 수 있겠느냐? 싫으면 싫다고 해라."

"쓰겠습니다."

고니시히는 석성이 부르는 대로 조목조목 써 내려갔다.

1. 부산의 왜군은 책봉이 허락된 후에는 한 사람도 조선에 남지
   않고, 또 쓰시마에도 머물지 않고 속히 나라로 돌아간다(釜山
   衆倭准封後 一人不敢留住朝鮮 又不留對馬速回國).
1. 책봉 외에 따로 공시(貢市)를 요구하는 것은 허락하지 않는다
   (封外不許別求貢市).
1. 조선과 사이좋게 지내고, 함께 (명나라의) 속국이 될 것이며
   다시는 함부로 침범하지 않는다(修好朝鮮 共爲屬國 不得復肆
   侵犯).

"인물이로다."

고니시히는 떠들썩하고 칭송을 보내는 관원들을 뒤로하고 객관으로
돌아갔다.

그러나 강경파들은 이것으로 만족하지 않았다. 황제를 움직였고, 황
제는 3일 후인 17일 환관 장성 편에 성유를 전했다.

(……) (일본이) 이제 또 사신을 보내 글을 바치고 책봉을 애걸
하고 있으나 어찌 이를 경솔히 다루어 그 참되고 거짓됨을 소상히
가리지 않을 것이냐. (……)

고니시히를 철저히 심문할 것을 명령하였다.

다시 3일 후인 20일, 좌궐(左闕)에서는 내각대학사 조지고(趙志皐),
이부상서 손비양(孫丕揚), 정국공(定國公) 서문벽(徐文璧) 등 대신들과
과도관(科道官 : 검찰관)들이 참석한 가운데 역시 병부상서 석성이 고니
시히를 문답식으로 심문하였다.

문 어찌하여 조선을 침범하였느냐?

답 일찍이 일본은 명나라 천자의 책봉을 원하여 조선에 주선을 부탁하였으나 조선은 이를 3년이나 숨기고 속였고, 또 일본인을 유인해다 죽였으므로 군사를 일으켰습니다.

문 그렇다면 구원차 나간 명군에는 귀순하는 것이 마땅하거늘 항거하여 평양, 개성, 벽제에서 싸운 것은 무슨 까닭이냐?

답 일본군은 평양에 주둔하면서 책봉을 요구하였을 뿐 명나라를 침범할 생각은 없었습니다. 만력 20년 7월 15일 밤에는 평양에서 별안간 병마가 살상을 당하니 부득이 응전했을 뿐입니다. 8월 29일에 이르러 유키나가가 심 유격과 만나 평양에서 물러가기로 약속하였습니다. 뜻밖에도 명은 이를 믿지 않고 작년 1월 6일 진군하여 평양성을 공격하였습니다. 유키나가의 병사들이 많이 살상을 당하였고, 벽제에서도 명군이 추격하여 살상한 것이고, 일본군은 서울로 후퇴하였습니다.

문 그 후 서울에서 물러가고 왕자와 그 신하들을 돌려보낸 것은 무슨 까닭이냐?

답 심 유격으로부터 책봉을 허락한다는 말을 들었고, 또 그는 70만 명 군이 이미 도착했다고 하였습니다. 이 때문에 밤중에 퇴병하였고, 왕자와 그 신하들을 돌려보내는 동시에 7도(七道)를 반환하였습니다.

문 그렇다면 새삼 진주는 왜 침범했느냐?

답 진주의 일은 조선 사람들이 일본군을 쳤기 때문에 일어난 것입니다. 즉, 기요마사(淸正)·요시나가(吉長 : 長政)의 군사를 만나 이를 살해하였기 때문에 전투가 벌어진 것입니다. 그러나 명군이 오는 것을 보고는 물러났습니다.

문　너희들은 원래 공(貢)을 원한다고 하였다. 그러나 진주를 침범했기 때문에 상황이 달라졌다. 고로 봉을 허락하고 공은 허락하지 않는다. 이미 봉을 허락한다고 하였으니 의당 나라에 돌아가 하회를 기다리는 것이 마땅하거늘 무슨 연고로 식량을 실어 오고 집을 짓고 오래도록 부산에 머물면서 떠나가지 않는 것이냐?

답　(……) 식량을 실어 오고 집을 지은 것은 천자의 칙사를 모시기 위한 것이지 다른 뜻은 없습니다. 칙사가 다녀가시면 모두 불에 태워 없앨 것입니다.

문　일전에 너는 세 가지를 약속하였다. 명은 법도에 따라 일본 왕을 봉할 것이다. 너는 유키나가 등에게 전해라. 일본 사람을 모두 철수시키고, 집들을 헐고, 다시는 조선을 침범하지 말고, 따로 조공과 무역〔貢市〕을 요구해서는 안 된다고 말이다. 너는 관백과 유키나가가 이들 조목을 다 준수한다고 보장할 수 있느냐?

답　유키나가가 손노야(孫老爺 : 손광)에게 글을 올려 말하기를 일일이 명령대로 할 것이고 거역하는 일은 없겠다고 하였습니다. 지금 말씀하신 일은 대사(大事)입니다. 히데요시가 유키나가에게 명령하였고, 유키나가는 저에게 명령하여 제가 지금 감히 이와 같이 대답하는 것입니다. 정녕코 위배하는 일은 없을 것입니다,

문　너희들은 한때 약속을 지킬 수 있겠으나 시일이 오래 되어도 능히 변치 않을 수 있겠느냐? 너는 이에 대해서 맹세를 하고 봉을 청하라.

답　천조(天朝 : 명나라 조정)에서 물으시는 말씀에 대하여 고니시 히다노 카미 나이토 조안(藤原如俺(安))은 답변을 드립니다. 만약 한 자라도 거짓이 있다면 관백 히데요시와 유키나가, 고니시히 등은 다 같이 제명에 죽지 못할 것이고 자손도 번창하지 못할 것입니다. 창천(蒼

天)이 위에 계시니 굽어보소서.

문 히데요시는 노부나가(信長)의 지우(知遇)를 입었으면서도 그로부터
    정권을 찬탈하였다. 조선이 히데요시를 대신해서 봉공을 요청하였
    는데 이번에는 조선을 배반하고 다시 침범하는 일은 없겠느냐?

답 노부나가는 국왕을 내쫓고 자리를 차지한 좋지 못한 인간입니다. 그
    리하여 부하 장수 아케치(明智)에게 피살되었습니다. 지금의 관백
    도요토미 히데요시는 당시 섭진수(攝津守)로 있었는데 유키나가 등
    여러 장수들을 이끌고 의병을 일으켜 아케치를 주살하고 66주를 통
    일하였습니다. 만약 히데요시가 66주를 평정하지 않았다면 일본 백
    성들은 지금도 안정하지 못했을 것입니다.

문 도요토미 히데요시가 이미 66주를 평정했다면 스스로 임금이 되면
    그만이지 무슨 연고로 또 책봉을 원하느냐?

답 (……) 조선이 천조의 봉호(封號)를 받고 인심이 안정되는 것을 보
    고 특히 책봉을 청하는 것입니다.

문 너희 나라에는 천황(天皇)이라고도 하고 국왕(國王)이라고도 하는
    사람이 있는데 천황이 곧 국왕이냐?

답 천황이 곧 국왕입니다. 그러나 노부나가에게 살해되었습니다.

문 알겠다. 너희들에게 봉을 허락하시도록 어전에 말씀드리겠다. 부하
    왜인들을 시켜 유키나가에게 편지로 알려라. 속히 나라에 돌아가
    책봉사가 탈 배와 묵을 숙사를 마련하고 공손히 기다리라고 말이
    다. 예의를 지키지 않으면 봉을 허락하지 않는다.

답 책봉사를 기다린 지 이미 오래되었습니다. 하나도 소홀함이 없을 것
    입니다. 분부대로, 심 유격(沈遊擊 : 심유경)이 부산에 당도하면 일본
    군은 즉시 바다를 건너 집으로 돌아갈 것이고, 유키나가는 천사(天
    使 : 칙사)를 기다리다가 도착하시는 날로 물러갈 것입니다(《양조평

양록》).

심문이 끝나자 고니시히를 객관으로 돌려보내고 모였던 사람들 사이에 잡담이 오갔다.

"순종이다."

"좀 모자라는 인간이 아닐까?"

"아니다. 똑똑한 인물이다."

소문에는 일본 사람들은 독종이라고 하였다. 적어도 한두 차례는 시비가 붙을 줄 알았으나 순순히 나오는 바람에 심문은 김이 빠진 느낌도 없지 않았다.

만장일치로 일본에 봉을 허락하는 데 찬동하고, 병부상서 석성의 이름으로 그 뜻을 황제에게 아뢰었다.

(……) 왕위가 찬탈을 당하자 관백이 의려(義旅)를 일으켜 66주의 백성을 수복하고 장차 전국을 통일하기에 이르렀습니다. 그러나 우리 성조(聖朝)의 은총을 얻지 않고는 길이 그 경계를 지킬 수 없고, 부귀를 누릴 수 없습니다. 봉호를 간절히 구하는 데는 까닭이 있는 것입니다.

엎드려 바라옵건대 황상께서는 특히 결단을 내리사 예부(禮部)로 하여금 표문(表文)을 바치게 하시고, 책봉하는 일과 아울러 그 명칭도 함께 의논토록 하소서. 병부는 책사(冊使 : 책봉사)에 대해서 계획을 세우겠습니다. 책사는 고니시히와 함께 요양에 가서 잠시 머물도록 하고, 한편으로 유키나가에게 관원을 파견하여 선유(宣諭)할 것입니다. 책봉하는 일이 이미 결정되었으니 부산의 왜군은 전원 철수하고 집과 성책은 모두 불에 태우고 혹은 헐어 버리라 ─ 그런 연후에 조선 왕이 그 결과를 확인하고 알려오면 비로소 압록강을 건너 일본으로 가는 것입니다(《황명종신록》).

소문은 항간에 퍼지고 연말을 맞은 북경 사람들은 여러 해 만에 시름 없는 인사를 나눌 수 있었다. 새해에는 평화가 오는가 보오.

조선에 나갔던 병사들은 전원 철수하여 돌아왔고, 일본 사신은 북경에 와서 무조건 순종하겠다고 굽신거리고 ─ 평화의 발소리는 바로 문밖에서 들려오고 있었다.

해가 바뀌어 1595년 정월, 설날부터 대신들 집에서 차례로 열리는 연회에 빠짐없이 참석하여 온 석성은 예년에 없이 기분이 상쾌하였다. 4년째를 맞은 전쟁도 이해 안에는 끝날 것이고, 끝나면 논공행상이 있을 것이다. 당연히 책임자인 자기에게 가장 중한 영작(營爵)이 내릴 것이고 가문의 영화는 더 말할 나위가 없을 것이다.

상종하는 동료들도 이 같은 이치를 모를 리가 없었다. 자기에게 던지는 말씨에서 술을 권하는 자세에 이르기까지 전과는 다른 경우가 적지 않았다. 망종 일본을 꿇어 엎드리게 하고 길을 들여 세상에 평화를 가져온 석성은 역시 인물이었다.

그런데 정초의 취기가 가시기도 전인 1월 7일, 일본의 항복 사절 고니시히는 장문의 청원서를 석성에게 바쳤고, 이로 해서 석성의 성가는 한 층 더 올라가게 되었다.

일본에서 파견되어 온 고니시 히다노카미 나이토 조안은 삼가 천조의 병부상서 태보(太保) 석야(石爺 : 석성)에게 말씀드립니다. 변변치 못한 일본이 책봉을 얻고자 함에 노야의 하늘같이 높고 땅같이 두터운 은혜를 입었으니 그 감격을 어찌 주체하오리까.

(……) 이제 책봉을 의논하시는 때에 즈음하여 특히 본국의 모모한 사람들의 성명을 알려 드립니다. 엎드려 바라옵건대 노야께서는 선례를 상고하시고 훗날을 위하여 인연을 맺을 길을 열어 주십시오. 이를 시행하신다면 일본은 온 나라가 평안을 얻고 만대에 이르도록 은혜를 잊지 않을 것입니다. 삼가 계책을 말씀드리겠습니다.

책봉 칙서 및 갖가지 의제(儀制)에는 특히 노야께서 유의하사 조선, 류큐(오키나와), 기타 해외 여러 나라의 웃음을 사지 않도록 하여 주십시오. 지성으로 바랍니다.

1. 일본에는 국왕이 없습니다. 온 나라의 신민이 모두 관백 도요토미 히데요시를 일본 국왕으로, 그의 처 도요토미 씨를 왕비, 적자를 신동세자(神童世子)로 책봉하여 주시고, 양자 히데쓰구(秀政 : 秀次)를 도독으로 삼아 관백으로 하여 주시기를 바라고 있습니다.

1. 도요토미 유키나가(豐臣行長), 도요토미 미쓰나리(豐臣三成), 도요토미 나가모리(豐臣長成 : 長盛), 도요토미 요시쓰구(豐臣吉繼), 도요토미 히데이에(豐臣秀嘉 : 秀家) ─ 이상 5명은 대도독(大都督)으로 봉하여 주십시오. 특히 유키나가는 대대로 사이카이도(西海道 : 九州)를 다스리게 하여 주시면 영원히 천조 연해(沿海)의 울타리가 될 것이며 대대로 조선과 의좋게 지낼 것입니다.

1. 석 겐소(釋玄蘇)는 일본선사(日本禪師)로,

1. 도요토미 이에야스(豐臣家康), 도요토미 도시이에(豐臣利家) (……) 도요토미 데루모토(豐臣輝元), 도요토미 다카카게(豐

臣隆景), 도요토미 요시토시(豐臣義智) — 이상 10명은 아도
독(亞都督)으로,

1. 석 소이쓰(釋宗逸)는 일본일도선사(日本一道禪師)로,
1. 도요토미 겐이(豐臣玄次(以)), 도요토미 요시나가(豐臣吉長(長
   政)) (……) 도요토미 시게노부(豐臣調信 : 柳川調信) — 이상
   11명은 도독지휘(都督指揮)로,
1. 도요토미 요시히로(豐臣義弘) — 이상 6명은 아도독지휘(亞
   都督指揮)로 봉하여 주십시오.
1. 히라야마 고에몬(平山五衛門) — 이상 10명은 3년을 두고 수
   고를 아끼지 않았으니 골고루 봉작(封爵)이 있으시기를 바랍
   니다.

그러나 이것으로 봉작을 받아야 할 사람이 다한 것은 아닙니다.
노야께 바라옵건대 대도독의 차부(箚付 : 공문서 용지) 15매, 아도
독의 차부 20매, 도독 지휘의 차부 30매, 아지휘의 차부 50매를 우
선 나눠 주십시오. 그렇게 함으로써 일본의 대소 신료(臣僚)들은
다 같이 천조의 작질(爵秩)을 받고 천조의 명령에 순종하게 될 것
입니다.
　— 만력 23년 정월 7일(송응창《경략복국요편》)

이렇게 되면 일본은 명실상부한 명나라의 속국이 되는 것이다.
　석성으로서는 적당히 어루만져 더 이상 피를 흘리지 않고 조선에서
물러가게 할 수만 있다면 그것으로 족하다고 생각하였었다. 그런데 물
러갈 뿐만 아니라 완전무결한 속국이 되겠다고 자청하여 왔다. 생각할
수록 일을 여기까지 끌고 온 심유경이 고맙기 이를 데 없었다.

"심 유격이야말로 개국 이래 최고의 공신이오."

심유경과 단둘이 대작하면서 치하를 마지않았다. 전쟁이 마무리되면 약속한 백작에 은 1만 냥은 물론, 황제에게 특청하여 어느 지방의 순무 한자리는 보장할 생각이었다.

이 무렵 일본에서는 히데요시의 건강에 대해서 또다시 쑥덕공론이 돌기 시작했다.

재작년 8월, 단념했던 아들이 태어나자 전에 없이 생기가 돌았고, 이를 계기로 작년 정월부터 후시미 성(伏見城)의 공사를 시작했다. 현장에서 살다시피 자주 드나들었으나 공사 중이던 7월 어느 날 갑자기 오사카에서 멀지 않은 아리마(有馬) 온천으로 휴양을 떠났다. 해소가 심하고 걸핏하면 배가 아프다고 배를 쥐고 돌아갔다.

회복이 되어 오사카 성으로 돌아왔고, 10월에는 후시미 성도 완공을 보았다. 그러나 이로부터는 활기에 넘치던 옛 모습은 보기 어렵고 쇠잔해 가는 모습이 사람들의 눈길을 끌었다.

절대 권력자의 육체적 쇠잔은 때로 권력 자체의 쇠잔을 의미할 수도 있었다. 특히 후계자가 분명치 않을 때에는 어떤 형태로든 변고는 있게 마련이었다.

히데요시는 생질 히데쓰구를 후계자로 지목하고 관백의 자리에 앉혔었다. 그러나 뜻밖에 친아들이 태어났다. 어느 누구도 친아들 히데요리(秀賴)를 제치고 생질 히데쓰구를 그냥 후계자로 두리라고는 생각하지 않았다.

생질을 물리치고 아들을 세운다 하더라도 금년(1595) 1월로 겨우 3살, 만으로 치면 1년 5개월이었다. 이 아이가 제 구실을 하려면 히데요시가 20년은 살아 주어야 하는데 빠르면 1, 2년, 아무리 길게 보아도 5, 6년을 넘길 것 같지 않았다.

히데요시가 관백의 자리에 오른 것은 10년 전인 1585년, 최종적으로 전국을 통일한 것은 그로부터 5년 후인 1590년, 임진왜란이 일어나기 2년 전이었다.

한 가지 일이 끝나기 전에 다음 일을 꾸미고 서두르는 것이 히데요시의 장점이자 단점이었다. 기회를 놓치지 않고 제때에 처결하는 것은 장점이었으나 시일을 두고 지켜볼 것은 지켜보고 다질 것은 다져야 하는데 그것을 못하는 것이 그의 단점이었다.

무력으로 나라를 통일했으니 억울하게 당한 자도 있고, 힘에 눌려 어쩔 수 없이 굴복한 자도 있게 마련이었다. 또 그 어느 편도 아니고 형편상 복종을 가장하고 기회를 노리는 축도 없지 않았다. 무마를 하든 탄압을 하든, 시일을 두고 이들을 정리하여 분란의 소지를 일소하고 정권의 기반을 굳힐 생각을 못하고 전쟁부터 일으키고 말았다.

이들 중 국내에 남은 자들은 전쟁을 남의 일같이 관망하면서 은근히 힘을 기르고, 할 수 없이 조선으로 출전한 자들은 그들대로 이를 갈았다. 잔나비가 사람을 짓밟더니 이제 사지로 몰아 넣는구나.

충신들도 마음이 편치 않았다. 고니시 유키나가, 가토 기요마사 등은 처음부터 충신이었다. 그런데 전투에 앞장서서 병력을 가장 많이 소모한 것이 이들이었고, 전비(戰費)를 마련하느라 영내의 경제는 파탄에 이르렀다. 태합의 이 전쟁은 장님이 제 닭을 때려잡는 격이 아니냐?

일본의 내막은 이처럼 단순치 않았다.

이와 같은 물정을 말없이 지켜보는 사나이가 있었다. 제2인자인 도쿠가와 이에야스(德川家康)였다. 히데요시보다 6세 연하인 54세, 아주 건강하였다. 하늘이 실수를 하지 않는 한 히데요시는 자기보다 먼저 죽게 되어 있고, 죽으면 정권은 자기에게 굴러온다고 자신하고 있었다. 벌써부터 추파를 던져 오는 자도 있었으나 그는 내색을 하지 않았고 서두르지도 않았다.

도쿠가와 이에야스와는 반대로 고니시 유키나가는 히데요리를 받들고 그와 운명을 같이할 생각이었다. 전쟁을 빨리 끝내기 위해서는 하루 속히 히데요시가 죽어 주어야 했으나 그 아들까지 망하기를 바라지는 않았다. 기왕이면 그 그늘 밑에서 자기도 크게 날개를 펼 궁리를 하고 있었다.

히데요시가 죽으면 히데요리가 대를 이을 것이고 생모 요도기미(淀君)가 섭정을 할 것이다. 시원치 않은 여자였다. 짐승이 자기 소생을 감싸듯 히데요리를 감싸고, 옷치장과 식도락 외에는 생각할 여유가 없는 두뇌의 소유자였다.

마음대로 하게 하고 실권은 이쪽에서 잡아야 했다. 그런데 유키나가나 그 동지들은 아직 젊고, 힘도 권위도 없었다.

여기서 생각한 것이 명나라의 후광을 업는 일이었다. 수당(隋唐) 이래로 일본의 사대사상은 뿌리가 깊었고, 전쟁 중인 지금도 명나라를 우러러 대명(大明)이라고 부르는 형편이었다.

유키나가는 이 대명의 관작(官爵)으로 권위를 조정할 생각이었다. 동지 5명은 권위를 높이기 위해서 대도독, 도쿠가와 이에야스 등 다루기 어려운 자들은 권위를 깎기 위해서 자기들보다 못한 도독으로 각각 천거하였고, 원수지간인 가토 기요마사는 아예 명단에 올리지도 않았다.

실리도 대단했다. 상인의 집안에 태어난 유키나가는 경제의 힘을 잘 알았고, 경제를 자기의 손아귀에 잡기 위해 사이카이도를 맡겨 달라고 했다. 사이카이도는 조선과 명나라로 통하는 길목으로 통행세만 받아도 엄청난 재력을 쌓을 수 있었다. 무역을 독점하면 영원히 일본을 좌지우지할 힘도 생길 것이다. 고니시히의 청원서는 이와 같은 유키나가의 의도를 그대로 반영한 것이었다.

"책봉만 허락하고 공시는 안 된다고 하는데 이것은 껍데기만 주고 알맹이는 못 주겠다는 말이 아니오?"

석성을 만나기 전에 고니시히는 심유경에게 따진 일이 있었다. 그러나 심유경은 느긋했다.

"오늘 안 된다고 내일도 안 된다는 법은 없지요. 곱게만 보이시오. 싫다고 해도 공시를 허락할 것이오."

이리하여 고니시히는 공손히 심문에 응했고, 청원서도 바치기에 이르렀다. 웅천의 고니시 유키나가는 고니시히가 평양을 떠나기 전에 쪽지를 보냈었다.

북경에 가서 판단이 안 설 때에는 심유경과 의논하라.

책봉사 이종성

"그대로 시행하라."

황제는 석성이 주청한 대로 도요토미 히데요시를 일본 국왕으로 책봉하는 일을 승인하였다.

고니시히의 청원도 그대로 허락하여 모모한 일본 사람들의 벼슬을 책정하였으나 다만 고니시 유키나가만은 대도독 대신 도독으로 하고 상으로 홍록저사(紅錄紵絲) 4필을 하사토록 하였다. 또 고니시히의 공도 모른다고 할 수 없었다. 도독지휘사(都督指揮使)의 벼슬에 홍로저사 2필, 은(銀) 20냥을 상으로 내렸다.

유키나가의 벼슬을 한 등 낮춘 것은 심유경의 안이었다. 주역으로 나선 사람은 겸손하는 것이 좋고, 자칫하면 모략을 받아 대사를 그르칠 염려가 있다고 하였다.

"사이카이도 도독으로 실리를 취하면 그만이 아니겠소?"

고니시히의 양해도 구했다.

석성의 건의에 따라 책봉사로 결정된 것이 이종성(李宗城)이었다. 개국공신 이문충(李文忠)의 후손, 임회후(臨淮侯) 언공(言恭)의 아들로 태어난 귀공자였다. 나이는 젊었어도 풍채가 좋고 글도 잘했다. 특히 시인으로 이름을 날렸고 당대의 문장가 왕세정(王世貞)과도 어울리는 처지였다. 그에게는 서도독첨사(署都督僉事)라는 임시 무관직이 내렸다.

부사는 양방형(楊方亨). 무과를 거쳐 도독첨사까지 오른 전형적인 무인으로 키가 훤칠하게 큰 거인이었다.

이들에게 심유경을 딸려 보내기로 하였다. 원래의 직함인 유격장군에 참찬관(參贊官)을 더하니 사절단의 참모장 격이었다.

마련해야 할 물건도 한두 가지가 아니었다. 일본 국왕의 금인(金印), 고명(誥命 : 사령장), 조칙(詔勅), 히데요시가 등극할 때에 입을 곤룡포와 면류관, 왕비와 세자의 예복 등은 매우 중요한 물건들이었다. 대도독 이하 새로 임명된 관원들의 관복도 수십 벌이고, 선사(禪師)들에게 내릴 금란가사(金襴袈裟)도 시일과 공력이 드는 것들이었다.

2월 초에야 준비를 끝낸 사절단은 마침내 북경을 떠났다. 천자의 사신인지라 수행하는 관원들과 장병들도 많고 마필도 많아 행렬은 장관을 이루고 지나는 길목마다 구경하는 백성들로 떠들썩했다.

일본 사신 고니시히 일행 17명도 동행하였다. 재작년 여름 바다를 건너올 때에는 30여 명이었으나 그동안 병으로 죽은 사람도 있고 오랜 억류생활에 지쳐 스스로 목을 맨 사람도 있었다. 또 병으로 기동이 불편해서 평양, 요양 등지에 누워 있는 사람도 있고, 연락차 웅천의 고니시 유키나가 진영으로 간 사람도 있었다.

사절단은 요양에 2개월 가까이 머물렀다. 조선과 연락하고, 무엇보다도 경상도 남해안에 있는 일본군의 동정을 확인할 필요가 있었다. 칙사가 오면 철수한다고 했는데 약속을 어기고 그냥 눌러 있다가 사신들을 해치면 큰일이었다.

명나라는 앞서 유격장군 진운홍(陳雲鴻)을 유키나가의 진영에 보냈고, 이어 천총(千總) 누국안(婁國安)도 보냈었다. 적의 동정을 살피고 철군을 독촉하기 위함이었다.

이 무렵에 당도한 이들의 보고서를 보면 일본군도 여간 곤경에 처한 것이 아니었다. 식량이 부족한 데다 수토(水土)가 맞지 않아 병자가 속출하고 있었다. 어려운 외국 생활이 기약 없이 계속되니 병사들은 지칠 대로 지치고 도망병이 없는 날이 없었다.

보고서에는 색다른 문서가 한 장 첨부되어 있었다. 누국안은 박진종(朴振宗)이라는 조선 관원과 동행하였는데 유키나가가 이 박진종에게 부탁하여 조선 조정에 전달한 공문이었다.

일본의 선봉 도요토미 유키나가는 삼가 조선국 예조대인(禮曹大人)에게 아룁니다. (……) 중국인들은 의심이 풀리지 않아 무시로 사람을 보내 철병하라고 합니다. 유키나가는 3년 전 심 유격(沈遊擊)이 평양에 와서 약조를 맺은 후 한 번도 어긴 일이 없고 분계(分界)를 넘은 일도 없습니다. 서울에서 후퇴하여 부산에 이르러서는 왕자와 신하들을 기요마사의 손에서 뺏어 돌려보냈습니다.

지금 비록 귀국의 강토를 침범하여 여러 포구에 주둔하고 있기는 합니다마는 일본에서 공급을 받고, 귀국의 물건으로는 시냇물로 목을 축이고 있을 따름입니다. 명나라의 사신을 기다리는 것이 아니라면 무엇 때문에 여러 포구에서 헛되이 지체하고 있겠습니까? 명나라 사람들이 아직도 의심이 풀리지 않는 연유를 알 수 없습니다.

엎드려 바라옵건대 귀국은 (명나라) 병부에 글을 보내 우선 심유격을 파송하여 우리 진영에 와서 상의토록 하여 주십시오(《재조번방지》).

공문은 즉시 북경의 석성에게 전달되었다. 석성은 다시 요양에 머물고 있는 이종성에게 전하고, 독촉하였다. 움직이라!

마침 4월이 와서 날씨도 화창했다. 이종성은 심유경을 먼저 떠나보내고 뒤이어 자신도 부사 양방형과 함께 남행길에 올랐다.

7일에는 압록강을 건너 조선 땅에 첫발을 내디뎠다. 서울에서 접반사로 내려온 황해감사 이정립(李廷立)의 영접을 받고 의주에서 며칠 쉰 다음 천천히 남하하여 21일 후인 28일 마침내 서울로 들어왔다.

고니시히 일행 17명도 그들과 함께 왔다. 이들은 유키나가의 연락을 받고 이종성과 함께 움직이고 있었다. 말하자면 유키나가의 연락관이었다.

조선 사람들의 보복을 염려하여 중국옷으로 변장하였으나 조선 관원들은 용케 알아보았다. 보고를 받은 조정의 완강한 반대로 이들만은 성내에 들어오지 못하고 남대문 밖 빈집에 유숙하였다.

한편 심유경은 이종성 일행이 압록강을 건너던 4월 7일 서울로 들어왔다. 적진으로 들어가는 데 예조판서를 지낸 해평부원군 윤근수(尹根壽)의 동행을 요구하였으나 조정은 중신을 그런 데 보낼 수 없다 하여 이를 거절하고, 대신 문학(文學) 황신(黃愼)을 접반사로 임명하여 그와 동행토록 하였다. 문학은 세자시강원의 정5품 벼슬이었다.

4일 후인 11일, 심유경은 황신과 함께 남행길에 올랐다. 충청도와 전라도를 거쳐 운봉(雲峰)에서 경상도에 들어온 심유경은 서울을 떠난 지

10여 일, 밀양 남방 20리에서 고니시 유키나가와 소 요시토시의 영접을 받았다. 각기 수백 기씩 거느리고 달려온 두 사람은 마치 오랫동안 헤어져 있던 동기를 만난 듯 심유경과 손을 맞잡고 반겼다.

적과 적이 저럴 수도 있을까? 젊은 황신의 눈에는 이해할 수 없는 광경이었다. 심유경은 믿을 수 없는 인간이라고 하더니 정말 무슨 내막이 있는 것은 아닐까?

묘한 일은 그뿐이 아니었다. 밀양은 조선군의 최전방 기지로, 경상우도(右道) 순찰사 홍이상(洪履祥)이 주둔하고 있는 곳이었다. 그런데 성내를 조금 벗어난 지점까지 일본군이 드나들어도 막는 사람은 아무도 없었다.

"이래도 되는가?"

현지 병사들에게 물으니 오히려 이상한 눈초리로 바라보았다.

"우리도 부산, 웅천까지 무시로 드나들고 있습니다."

적도 지치고 이쪽도 지치고, 이제 아무도 싸우려고 들지 않았다. 말없는 가운데 피차 독기가 사라지고 평화는 땅에 물이 스미듯이 이 고장에 스며들고 있었다.

"이상하게 생각할 것은 없소. 내가 보기에는 잘하는 일이오."

심유경은 묵묵히 바라보는 황신에게 한마디 던졌다.

일본군의 호위하에 일행은 다음 날 웅천성으로 들어갔다. 수많은 병사들이 성 밖으로 쏟아져 나와 떠들썩하고 구경하였다. 심유경은 평화를 몰고 오는 귀인이요 그로 해서 자기들은 이 지긋지긋한 조선 땅을 등지고 고향으로 돌아가게 되는 것이다.

이튿날 아침 유키나가의 처소 앞마당에서는 유키나가 휘하 장수들과 심유경의 수행원들이 도열한 가운데 엄숙한 의식이 벌어졌다. 일본식 조복을 입은 유키나가가 무릎을 꿇고 앉자 심유경은 부하 관원에게 일렸다.

"보자기를 풀라."

관원은 자색 보자기를 풀고 안에 든 문서를 중 겐소(玄蘇)에게 넘겼다. 문서는 명나라 황제가 유키나가를 도독으로 임명하고 앞날을 위해서 타이르는 칙서(勅書)였다. 겐소는 일본말로 번역하여 천천히 읽어내려갔다.

> 황제가 가로되[制曰] (······) 짐은 이를 가상히 여겨 이에 특히 신기삼영(神機三營) 유격장군 참찬관 심유경을 파견하여 그대 도요토미 유키나가를 봉하여 일본국 사이카이도 도독으로 하고 관복(冠服)과 고명을 내리노라. (······)

장황한 글인데다 어려운 한문을 번역한 일본말도 역시 어려웠다. 보기에 따라서는 유키나가가 일본에 등을 돌리고, 명나라에 충성했다고 해석할 만한 대목도 몇 군데 있었으나 이런 대목은 다른 말로 얼버무리고 제대로 읽지 않았다.

일본 사람들은 어려워서 알아듣지 못했고, 명나라 사람이나 조선 사람들은 일본말이라서 제대로 읽고 안 읽은 것을 알 길이 없었다. 낭독이 끝나자 유키나가는 심유경이 시키는 대로 수없이 절하고 일어섰다.

두루뭉수리 의식이었으나 의미가 있었다. 심유경으로서는 동행한 중국인뿐만 아니라 특히 서울에서 내려온 황신의 머리를 뜯어고치는 데 효과가 있는 행사였다. 항상 자기를 의심의 눈초리로 백안시하는 조선 사람들, 오늘 자기 앞에서 굽신거리는 유키나가의 모습을 보고는 생각이 달라지지 않을 수 없을 것이다. 유키나가가 굽신거리는 것은 일본이 굽신거리는 것이다.

유키나가로서도 필요한 절차였다. 너무나 오래 끄는 화평회담에 병사들은 기다리다 지치고 장수들은 가끔 이죽거렸다. 화평이 되면 내 손바닥에 장을 지지라!

장중한 의식은 이 같은 분위기를 일소하고 화평에 새로운 기대를 걸게 할 것이다.

의식이 끝나자 유키나가와 심유경은 바다를 면한 유키나가의 거처로 들어갔다. 필담으로 통역을 맡을 겐소가 탁자를 앞에 하고 앉았을 뿐 딴 사람은 아무도 없었다.

유키나가는 이미 고니시히로부터 자세한 보고를 받고 있었다. 그러나 심유경에게 재차 설명을 요구하고, 설명이 끝나자 천천히 입을 열었다.

"평화는 천주의 뜻이오. 천주의 뜻을 받들기 위해서 나는 만사를 돌보지 않고, 심지어 태합 전하에게 진실을 숨기면서까지 노력해 왔소. 이 같은 내 심정은 언젠가 심 유격에게도 이야기했을 것이오."

"……."

"천주의 눈으로 본다면 태합의 일곱 가지 화평조건이라는 것도 속된 것들이지요."

"……."

"속된 줄 알면서도 그중 한 가지만은 고집했소. 명나라에 조공을 바치고 무역을 하는 일이었소. 당신네가 공시(貢市)라고 부르는 일 말이오."

"……."

"부(富)를 쌓자는 것이지요. 우리가 사는 이 현세에서는 부의 힘이 없이는 천주의 길을 선전하는 일도 어렵거든요. 내 여생의 사업으로 부를 쌓고 사이카이도를 발판으로 일본과 조선, 명나라, 어디든 힘이 닿는 대로 기리시단(천주교)의 씨를 뿌려 볼 생각이었소. 공시가 안 된다면 다 안 되는 것이지요."

명나라에서도 이 무렵 리마보(利瑪寶 : Matteo Ricci), 라명견(羅明堅 : Michele Ruggieri) 등 서양신부들이 와서 천주교를 선교하고 있었다. 심유경은 그 신도들이 사심이 없고 교회를 위해서는 모든 것을 서슴없이 바친다는 소문을 듣고 있었다. 그만큼 유키나가의 실망을 헤아릴 수 있었다.

심유경은 떠듬떠듬 말을 이어 갔다.

"진실을 말하지 않기는 나도 마찬가지요. 태합의 일곱 가지 조건을 그대로 우리 조정에 전했다면 오늘 우리가 이렇게 마주 앉지는 못했을 것이오."

"……."

"그러나 공시는 염려 마시오."

"……."

"이번 전쟁은 우리 대명이 개국한 이후 가장 큰 사건이오. 이 사건을 잘 마무리하면 석 상서는 어김없이 공작(公爵)에 오를 것이고, 나는 백작을 받기로 돼 있소. 막강한 권세가 따를 터인데 일본에 공시를 허락하는 정도야 무엇이 어렵겠소?"

"……."

"반드시 석 상서나 내가 권세를 잡지 못하더라도 이 전쟁을 서로 웃는 낯으로 해결하면 되는 것이오. 부드러운 기운이 천지를 덮을 것이고, 나라의 문들은 저절로 열릴 것인데 무엇을 걱정하시오?"

"알아들었소. 하여튼 전쟁의 재발은 막아야 하고, 그러기 위해서는 지금의 이 화해의 분위기만은 깨지 말아야 할 것이오."

"책봉사가 지금쯤은 서울에 당도했을 것이오. 화해의 분위기를 깨지 않기 위해서는 일본은 조선에서 철병하는 시늉이라도 해야 하지 않겠소?"

철병은 유키나가의 마음대로 되는 일이 아니고 히데요시의 동의가 있어야 했다. 그런데 히데요시가 내세운 일곱 가지 조건 중에서 명나라가 들어준 것은 하나도 없었다.

공시 하나는 들어줄 것으로 생각했고 그것으로 어떻게든 마무리를 지을 계획이었다. 그러나 그것마저 되지 않았다. 무엇으로 히데요시를 설득할 것인가.

"하여튼 본국에 돌아가 보아야겠소. 태합 전하와 상의하고 돌아오리다. 좀 시일을 끌더라도 기다려 주시오."

4월 30일, 유키나가는 부하 2백 명을 거느리고 포구로 나갔다. 흰 돛을 올린 배 3척. 심유경, 황신, 그리고 숱한 일본 사람들이 전송하는 가운데 배들은 순풍을 타고 수평선을 향해 차츰 멀어져 갔다. 부산을 거쳐 히데요시가 있는 오사카까지 갈 참이었다.

조선 소녀 줄리아

유키나가는 도중 쓰시마에서 선창에 숨어 있던 세스페데스 신부를 조용히 내려놓았다.

재작년 말 조선으로 건너온 세스페데스는 낮에는 숨고 밤에만 거동하여 선교와 구호활동에 헌신하였다. 유키나가의 관할하에 있는 웅천과 그 주변에 머무는 동안은 모두들 그에게 호의적인 사람들이어서 안심하고 활동할 수 있었다.

그러나 얼마 전 부산 동북 기장(機張)을 찾은 것이 화근이 되었다. 이 고장에는 전쟁 초에 황해도를 점령하였던 제3군 사령관 구로다 나가마사(黑田長政)와 그의 부친 조스이(如水)가 일본식 성을 쌓고 주둔하고 있었다.

세스페데스는 천주교 신자인 이들 부자의 초청을 받고 기장에 가서 극진한 환대를 받았다. 15일간 머물면서 아침저녁으로 하루에 두 번씩

강론을 하고, 미사를 올리고 고해를 받고, 짧은 시일을 최대한 활용하고 웅천으로 돌아왔다.

웅천에서 기장으로 내왕하는 데는 부산과 동래를 거치게 마련이었다. 다 같이 많은 일본군이 들끓는 고장이었다. 변장을 하고, 밤에만 움직인다 하더라도 그들과 마주칠 가능성은 적지 않았고, 특히 색다른 서양 사람의 얼굴은 어느 찰나에 노출만 되면 주목을 끌지 않을 수 없었다.

또 기장에서 가토 기요마사가 있는 울산은 50리 거리였다. 부산과 울산 사이를 내왕하는 기요마사의 부하들은 무시로 기장을 거쳐 갔고, 기장에서 일어난 소문은 그날이 아니면 이튿날은 어김없이 울산으로 날아들었다. 이러저러한 경로를 통해서 소문은 기요마사의 귀에 들어갔다.

"죽일 것은 유키나가다!"

기요마사는 어금니를 깨물었다.

그가 보기로는 유키나가는 역적이었다. 태합의 일곱 가지 조건을 무시하고 적과 내통하여 은밀히 속삭이더니 이제 서양 신부까지 끌어들여 반전(反戰)을 선동하고 있으니 이런 역적이 어디 또 있단 말이냐.

신부라는 자들은 입만 열면 평화가 어떻고 사랑이 어떻고, 심지어 원수를 사랑하라고까지 중얼거리니 이런 미친 것들이 어디 있느냐.

미치지 않고 멀쩡한 정신으로 원수를 사랑할 수 있는 자가 있으면 나와 보라. 원수를 사랑하라 — 이것은 적을 사랑하라는 말인데 사랑하면서 어떻게 죽일 수 있느냐.

사랑하면 못 죽인다. 못 죽이면 전쟁은 안 된다. 몰래 서양 신부를 끌어다 병사들의 기운을 잡아 빼는 유키나가야말로 만고역적이다. 태합 전하의 금령을 어기고 야소를 믿는 것까지는 눈을 감아 주었으나 더 이상 못 참겠다. 그는 본국에 있는 도요토미 히데요시에게 편지를 띄웠다.

(……) 역적 고니시 유키나가를 잡아들이소서.

그러나 히데요시의 주변에는 유키나가와 절친한 이시다 미쓰나리(石田三成) 이하 3장관(三長官 : 三奉行)이 있었다. 미쓰나리는 다른 두 사람과 의논하고 편지를 히데요시에게 전하는 대신 멀리 조선에 있는 유키나가에게 보냈다.

"조심하라."

한마디 충고도 잊지 않았다.

유키나가가 이 편지를 받을 무렵에는 불길한 소문도 들려 왔다. 기요마사의 세작(細作 : 간첩)들이 이 웅천 땅에 숨어들어 세스페데스를 노리고 있다는 것이다. 납치해다 히데요시에게 바친다고 했다.

이 이상 세스페데스를 조선에 둘 수는 없었다. 그렇다고 아무 배에나 태워 보내는 것도 위험한 일이었다. 자기가 일본으로 돌아가는 이번 길에 동행하여 쓰시마에 내려놓았다.

세스페데스는 역사상 조선 땅을 밟은 첫 번째 신부였다. 그러나 이와 같은 사정으로 조선에는 일 년 반 가까이 머물고 떠난 후 다시는 돌아오지 못했다.[6]

유키나가는 순풍을 타고 웅천을 떠난 지 20여 일 만에 사카이(堺) 부두에 당도했다.

"이제 다 왔다."

그는 5, 6세 된 소녀의 한 손을 잡고 배에서 내렸다.

"이쁘게 생겼네요. 어찌 된 아이지요?"

소식을 듣고 오사카에서 여기까지 마중 나온 부인 쥬스타(영세명)가 물었다.

"줄리아라고, 조선 아이요."

연전에 진주전투가 끝나고 일본군이 성내로 몰려 들어가 무차별 대학살을 벌이던 날.

촉석루 가까이 어느 초가집에 들이닥친 병사들이 이리저리 피하는 남자들을 쳐죽이고 숨은 여자들을 끌어내다 윤간을 하고는 밟아 죽이고 있었다.

그들이 점령한 고장에서는 어디서나 빠뜨릴 수 없는 절차였다. 일을 마치고 돌아서려는데 마당 한구석, 짚더미 속에서 이상한 소리가 새어 나왔다. 소리를 듣고 돌아선 병사들이 짚더미를 헤치고 찾아낸 것이 이 아이였다.

"귀찮게시리."

한쪽 다리를 들고 사립문을 나선 병사는 우물로 다가갔다. 울며 대롱거리는 것을 그대로 물속에 처박을 참이었다.

"이봐, 그 아이를 나한테 팔아라."

마침 지나가던 유키나가가 말을 멈춰 세우고 미소를 던졌다. 전장(戰場)에서 약탈한 것은 사람이건 혹은 물건이나 짐승이건, 약탈한 자가 생사여탈의 열쇠를 쥐고 있었다. 장수라도 무작정 이래라저래라 할 수는 없고, 살기등등한 병사들을 잘못 대하다가는 수모를 당하기 일쑤였다.

결국 유키나가는 심유경으로부터 선물로 받은 소정(小錠 : 은화)을 하나 주고 이 아이를 넘겨받았다.

그러나 남자들만 있는 살벌한 전지(戰地)에 오래 둘 수는 없고, 인편에 쓰시마로 보내 딸 마리아의 집에서 기르도록 하였다. 이름도 없이 지내다가 재작년 겨울 세스페데스 신부가 조선으로 가는 길에 쓰시마에 들르자 그에게 부탁하여 영세를 주고 이름을 '줄리아'라고 지었다. 쓰시마는 토박하여 원래 먹을 것이 부족한 고장인데 전쟁이 일어나면서부터 사람의 내왕이 잦고 물자의 부족은 더욱 자심하였다. 그 위에 여기서는 제대로 가르칠 길이 없었다.

"이제 철이 들었으니 어머니께서 맡아 주셨으면 좋겠어요."

오는 길에 쓰시마에 들르니 마리아가 이렇게 부탁하였고, 유키나가는 승낙하고 여기까지 데리고 오게 되었다.

사카이에서 오사카까지는 15리였다. 바닷가 솔밭 사이를 누비고 나란히 말을 몰면서 남편의 이야기를 들은 쥬스타는 손등으로 눈물을 훔쳤다.

"줄리아의 집은 풍비박산이 되었겠네요."

"줄리아뿐이 아니오. 조선에는 성한 집이 별로 없소."

쥬스타는 한참 가다 또 물었다.

"우리 일본 사람들이 한 짓이겠지요?"

유키나가는 말없이 고개를 끄덕였다.

"당신은 그래 보고만 있었어요?"

유키나가는 대답 대신 한 손으로 머리를 가리켰다. 3년 전에 떠날 때에는 흰오리 하나 없던 머리가 반백으로 돌아왔다. 40세까지는 아직 몇 해 남았는데.

쥬스타는 더 말하지 않았다.

오사카 성 외곽에는 제후(諸侯)들의 저택이 즐비하게 늘어서 있었다. 각기 그 분수에 걸맞은 크기의 집들, 말하자면 경제(京第)들이었다. 이 가운데는 유키나가의 집도 있었다.

줄리아는 유키나가 부처를 양부모로, 이날부터 7세 난 유키나가의 아들과 함께 이 집에서 살게 되었다. [7]

유키나가는 친구 이시다 미쓰나리와 의논하였다. 명나라의 책봉사는 조선까지 왔으나 히데요시가 기다리는 것은 책봉사가 아닌 사죄사(謝罪使)였다. 사죄와 아울러 그가 내세운 일곱 가지 조건을 어떻게 한다는 회답을 가지고 올 사신이었다. 책봉과 사죄 — 서로 비슷하지도 않은 이 두 가지 조건을 맞물리게 하고 전쟁을 마무리 짓는 것이 당면과제였다.

가장 좋은 것은 우선 히데요시가 죽고, 다음에 책봉사가 일본으로 건너와서 그의 어린 아들 히데요리(秀賴)를 일본 국왕으로 책봉하는 방식이었다. 불가능한 일은 아니고 요즘 히데요시의 건강으로 보아 있을 수도 있는 일이었다.

이를 위해서는 시일을 끌어 보는 수밖에 없었다.

유키나가는 조선에서 끌고, 미쓰나리는 일본에서 끌고.

일곱 가지 조건에 대해서 히데요시가 물으면 어떻게 대답할 것인가? 되느니 안 되느니 쓸데없는 소리를 해서 말이 많아지면 일이 복잡하게 얽힐 염려가 있었다. 간단명료하게 다 된다고 해버리자 — 이렇게 합의를 보았다.

며칠 후 유키나가는 히데요시의 부름을 받고 오사카 성으로 들어갔다.

"대명의 사죄사가 조선까지 왔다지?"

"왔습니다."

"만나 보았더냐?"

"정사, 부사는 서울에 있습니다. 못 만났고, 웅천까지 찾아온 심유경을 만났습니다."

히데요시는 다 듣지도 않고 묘한 소리를 했다.

"가만 — 있자. 몇 가지더라?"

"네?"

"내가 내세운 조목 말이다."

"일곱 가지올시다."

"그렇지, 일곱 가지지. 그건 어떻게 한다더냐?"

"말씀하신 대로 다 순종한답니다."

"으ㅡㅇ."

히데요시는 이상한 얼굴로 유키나가를 내려다보았다. 한두 가지만 들어주어도 물러설 생각이었는데 무작정 다 들어준다?

"그것들, 왜 그렇게 무골충이냐?"

"벽제관에서 혼나고 진주에서 혼나고 ㅡ 요즘 명나라는 아주 혼이 나간 형국입니다. 일본군이라면 벌벌 떨지요."

"그럴 테지."

"어김없이 그렇습니다."

"가만 ㅡ 있자. 진주에서 싸운 것은 명군이 아니고 조선군이지 아마."

"그렇습니다."

"진 것은 조선군인데 어째서 명나라가 혼이 나갔을고?"

"조선군은 몰살을 당했습니다. 다 죽어 버렸으니 나갈 혼도 없고 들어올 혼도 없습지요."

"……."

"명군은 먼발치에서 구경을 하거나 소문을 들었습니다. 조선군은 밟혀서 뼈까지 으스러졌고, 진주는 성이며 읍내가 깡그리 없어졌습니다. 살아서 이것을 보고 혼이 안 나갈 사람은 없을 것입니다. 명나라 사람들은 구구전승으로……."

히데요시는 손을 내저었다.

"알 만하다."

"진주성이 떨어지자 와카기미(若君 : 秀賴)께서 탄생하시고, 명군은 조선에서 철수하고, 이제 또 사죄사까지 오게 되었으니 모두가 태합 전하 위덕(威德)의 소치올시다."

"……."

"더구나 와카기미께서 총명하시고 건강하시고 무럭무럭 자라신다니 참으로 경사스러운 일입니다."

"그래 신불(神佛)은 나를 버리지 않았다. 만사 잘될 것이다."

히데요시는 흡족한 얼굴이었다.

"그런데 전하."

"응."

"명나라에서 한 가지 간청하는 일이 있습니다."

"무엇인고?"

"자기들은 조선에서 철병했으니 우리도 철병해 달라는 것입니다."

"왜?"

"자기들만 물러가고 일본은 눌러앉았으니 마치 자기들은 쫓겨간 것 같지 않으냐? 체면을 세워 달라는 것입니다."

"체면은 세워 줘야겠지. 그러나 조선의 남쪽 4도(四道)를 차지하려면 병력이 필요할 것이 아니냐?"

"한 도에 1천 명씩 도합 4천 명이면 족합니다."

"그럴까?"

"명군은 이미 갔고, 비실비실하는 조선군뿐입니다. 과장이 아니고 우리 일본군 한 명이면 조선군 1백 명을 당합니다. 4천 명이면 40만 명을 당하는데 조선에는 40만이 아니라 10만군도 없습니다."

"4천 명만 남기면 된다는 말이냐?"

"그렇습니다."

"그렇게 하지."

일어서 나오려는데 히데요시가 불렀다.

"가만 — 있자. 전에 평양에서 속은 일이 있지. 회담을 한다고 해놓고는 불시에 들이친 일 말이다."

"네……."

"지금 조선에 남아 있는 병력이 얼마냐?"

"4만이올시다."

"안심이 안 된다. 반을 남기고 반만 철수하되, 그것도 한꺼번에 해서는 안 되고 물세를 보아가면서 천천히 철수하는 거다."

유키나가는 물러 나왔다.

명나라는 전원 철수하라는 것이고 히데요시는 반만 철수하라니 문제가 없을 수 없었다. 그러나 밀고 당기다 보면 어떻게든 되겠지. 반을 철수해도 큰 진전이었다.

히데요시의 건강을 확인한 것도 소득이었다. 길지도 않은 시간에 세 번 되풀이했다. 가만 — 있자.

정신이 혼미해진 증거다.

가끔 멍하니 입을 헤벌리기도 했다. 예전에 총명하던 시절에는 없던 일이다. 기운이 쇠잔해 가고 있는 것이다.

죽음은 희미하나마 어김없이 이 권력자의 주변에서 어른거리고 있었다.

엉뚱한 인간

유키나가가 없는 사이에 조선에 있는 일본군 진영에서는 어디서나 일대 소동이 벌어졌다. 전쟁은 끝나고 평화가 눈앞에 다가왔으니 서둘러야 할 일이 있었다. 약탈한 물건과 사로잡은 사람들을 미리 본국으로 보내는 일이었다.

당시 일본은 후진국, 조선은 선진국이었다. 별것도 아닌 것이 일본 사람들의 눈에는 진기하게 보였다.

가령 일본 서민들은 토기나 목기(木器)에 밥이며 국을 담아 먹었다. 제후라도 칠기(漆器)를 쓰면 괜찮은 편이고, 사기그릇은 조선이나 명나라에서 들어오는 비싼 수입품이어서 히데요시나 제후 중에서도 큰 제후라야 손에 넣을 수 있었다.

그런 관계로 일본군은 사기라면 장수에서 병사에 이르기까지 체면 불고하고 손에 넣으려고 아우성이었다. 무작정 약탈이었고, 한 걸음 나아가 장수들은 사기를 만드는 도공(陶工)들을 찾아내다 본국으로 끌어 갔다.

사기뿐만 아니라 명주, 모시, 종이, 필묵(筆墨), 금은세공 등등 모두가 귀했다. 또 일본은 이 무렵에야 일부 지방에서 목화를 심기 시작한 정도여서 조선에서는 지천으로 흔한 광목도 귀한 물건이었다. 본국으로 가지고 가면 돈이 안 되는 것이 없었다.

사람도 귀했다. 건장한 남녀는 끌어다 밭일을 시키고, 싫증이 나면 포르투갈 노예상들에게 좋은 값으로 팔아넘길 수 있었다. 그들은 물자와 함께 사람을 잡아 끌고 다녔다.

이들 물건과 포로들을 본국까지 실어 가는 것이 문제였다. 본격적으로 철수가 시작되면 비좁은 배에 병정들을 실어 나르는 일만도 벅찰 터인데 이것들을 실어 줄 리가 없었다.

특히 포로들이 문제였다. 유키나가는 까다로운 인간이어서 조선 사람들을 일본으로 끌어가는 일은 반대였다. 그가 돌아오기 전에 보내야 하였다. 장수들은 힘이 있으니 마음대로 배를 움직일 수 있었으나 병사들은 그렇지 못했다. 그들은 일본으로 내왕하는 연락선의 사공들에게 부탁하여 몰래 보낼 수밖에 없었다(行長若來 則不久撤兵 本國在搆男婦 不得帶去云 潛於回船 陸續附送 : 《선조실록》).

그것이 안 되는 병사들은 서로 합심해서 쪽배를 사들이거나 훔치거나 때로는 새로 묶기도 하였다.

장수들은 말리지 않았다. 우선 자기들도 하는 일이라 말릴 처지가 못되었다. 또한 병사들이라야 자기 영내(領內)의 백성들이었다. 평화가 와서 본국으로 돌아가면 농사를 지어 자기에게 세금을 바칠 사람들이었다. 모나게 굴어 인심을 잃는 것은 어리석은 일이었다.

심유경과 함께 유키나가의 진영에 남아 있던 황신은 일본 장수들에게 항의했다.

"이럴 수가 있소?"

"무슨 말씀이오?"

"물건은 할 수 없다 치더라도 사람을 끌어가서야 쓰겠소?"

그러나 일본 장수들은 잡아떼었다.

"우리는 그런 일이 없소."

포구로 끌려가는 조선 남녀들을 가리켜도 딴전이었다.

"잘못 본 것이오."

황신은 하는 수 없이 심유경에게 부탁했으나 그는 끼어들려고 하지 않았다.

"그들이 내 말을 듣겠소? 유키나가가 돌아오면 엄금하도록 부탁할 터이니 좀 기다리시오."

황신이 묵고 있던 웅천은 나은 편이었다. 다른 고장에서는 장수들과 병사들이 합심하여 공공연히, 그리고 대대적으로 배들을 동원하였다. 그리하여 경상도 남해안 일대에서는 마치 썰물이 빠져나가듯이 사람과 물자가 조선 땅을 떠나 일본으로 건너갔다.

지난 4월 30일 일본으로 떠나갔던 고니시 유키나가가 다시 조선으로 돌아온 것은 근 2개월 후인 6월 26일이었다.

"(……) 완전 철병은 안 되고 우선 반수만 철수하기로 됐소. 이것이 내 힘의 한계요."

유키나가는 심유경에게 그간의 경위를 사실대로 고하고 양해를 구했다. 이미 이들 두 사람 사이에는 같은 운명의 길을 가고 있다는 자각이 있었고, 따라서 비밀도 없었다.

심유경은 창밖의 바다를 바라보고 오래도록 생각하다가 유키나가를 돌아보았다.

"차라리 잘됐는지도 모르겠소."

"……?"

"이종성은 겁이 많은 사람이오. 일본군이 일부라도 남아 있다면 부산에는 안 올 것이오."

"……."

"또 철수 문제가 거론될 것이고, 밀고 당기고, 한정 없이 세월을 끌다 보면 쇠잔해 가는 태합이 죽는 날이 오지 않겠소?"

유키나가는 웃고 대답하지 않았다.

히데요시는 유키나가와 함께 데라자와 마사나리(寺澤正成), 마시타 나가모리(增田長盛)의 두 사람을 보내 철군을 감독하도록 하였다.

이에 경상도 남해안 각처에 포진하였던 일본군 중 일부는 본국으로 철수하고 나머지는 진영을 축소 혹은 통폐합하였다. 유키나가도 본영인 웅천성을 부수고 불을 지른 후에 소 요시토시 등 휘하 장수들이 포진하고 있던 인근 진영도 모두 헐어 버렸다. 그러고는 일부 병력을 본국으로 돌려보내고 나머지를 이끌고 부산으로 진영을 옮겨 갔다.

이 통에 전부터 웅천에 연금되어 있던 담종인(譚宗仁)은 석방되어 돌아갔으나 심유경과 황신은 직책상 유키나가와 떨어질 수 없었다. 그들도 웅천에서 부산으로 옮겼다.

일본군의 이와 같은 움직임은 곧 서울에 알려졌다. 황신은 조정에 알리고, 심유경은 정사 이종성에게 보고하였다. 또 유키나가는 이종성과 함께 서울에 머물고 있던 고니시히에게 알렸고, 고니시히는 즉시 이종성에게 달려갔다. 일본군이 철수하였으니 남으로 내려가십시다.

"반만 철수하고 반은 남아 있다니 이것도 철수라고 할 수 있느냐?"

"남은 것은 천사(天使 : 명나라 사신) 어른을 모시기 위한 병력이올시다."

이제 이종성이 움직일 차례였다. 그러나 그는 병부상서 석성으로부터 다음과 같은 지시를 받고 있었다.

　　남으로 내려가는 경우, 정사·부사가 한꺼번에 거동하는 일은 삼가라. 일본 사람들은 간교하여 무슨 짓을 할지 알 수 없으니 부사가 먼저 남하하면서 물세를 살핀 연후에 정사는 천천히 움직이라.

이에 따라 이종성은 서울에 남고 부사 양방형이 먼저 부산으로 떠나게 되었다. 조정은 이조판서 이항복(李恒福)을 그의 접반사로 지명하여 함께 가도록 하였다.

7월 11일 서울 남대문을 나선 일행은 남서 방향으로 행진하여 여산(礪山 : 익산), 전주(全州), 임실(任實), 남원(南原), 함양(咸陽)을 거쳐 24일 경상도 거창(居昌)에 당도했다. 급할 것이 없고, 또 이제부터 적지로 들어가는데 서둘러서도 안 되었다.

사람을 보내 알아보니 거쳐 가야 할 김해와 동래에 일본군이 있었다. 그는 심유경에게 편지를 보내 유키나가에게 전하도록 하였다. 이대로는 못 간다고.

김해·동래의 일본군이 부산으로 이동한 연후에도 그는 부산으로 직행하지 않고 밀양(密陽)으로 옮겨 일본군의 동태를 살폈다. 여기서 또 수십 일을 묵다가 드디어 밀양을 떠난 것이 10월 8일, 부산에 당도한 것이 11일이었다.

서울의 이종성이 움직이기 시작한 것은 이보다 달포 전인 9월 4일이었다. 하는 일 없이 서울에서 술과 계집으로 세월을 보낸다는 소문이 북경에까지 들렸다. 노한 석성의 급사가 연거푸 달려왔다. 엉덩이를 들라!

엉덩이를 들고 남으로 내려가지 않을 수 없었다. 그가 움직이자 고니시히 일행도 따라 떠났다. 조정은 호조판서 김수(金晬)를 접반사로 임명하여 일행과 함께 떠나보냈다.

이종성도 앞서 간 심유경이나 양방형과 마찬가지로 가까운 문경 새재를 넘지 않고 충청도 · 전라도 길로 돌았다. 문경을 지나는 연도(沿道)는 적의 점령하에 있던 지역으로 아직도 전쟁의 상처에서 헤어나지 못하여 백성들은 그와 같은 행차를 대접할 힘이 없었다.

반면에 충청도의 서반부와 전라도는 적침을 받지 않았다. 그 위에 금년에는 전쟁이 시작된 후 처음으로 큰 풍년이 들어 굶주렸던 백성들은 실로 오래간만에 배불리 먹을 수 있었고, 특히 충청도, 전라도 백성들은 여유가 생겨 많은 손님도 대접할 여력이 있었다.

이종성은 공주를 거쳐 남원에서 한 달을 보낸 후 함양, 거창, 해인사를 지나 밀양에서 꼼짝하지 않았다. 심유경의 말은 믿을 수 없다. 가토 기요마사가 물러가야 부산으로 들어가겠다. 기요마사가 일 년 움직이지 않으면 나도 일 년 움직이지 않을 터이니 두고 보라(淸正一年不去 我一年不進).

그러나 석성으로부터 또 사람이 왔다 — 기요마사가 물러가지 않는 것은 너 때문이다. 네가 부산으로 들어가면 기요마사는 물러가기로 되어 있다. 명심해라. 너는 황명(皇命)을 욕되게 하는 인간이다.

11월 22일 밀양을 떠난 이종성 일행은 도중 양산(梁山)까지 마중 나온 유키나가의 영접을 받고 그날 저녁 부산에 당도하여 일본 군영에 짐을 풀었다.

이로써 연초에 북경을 떠난 책봉사의 일행은 연말이 가까워서야 전원이 부산에 모인 셈이었다. 그러나 유키나가가 마련한 이들의 거처는 같은 곳이 아니고 심유경, 양방형, 이종성 — 세 사람이 각기 달랐다. 이 것은 이들의 수행 인원이 너무 많아 부산에는 함께 수용할 만한 시설이 없었기 때문이다.

가령 정사 이종성의 경우, 고급 참모 6명, 장교 60명, 선봉(選鋒)·가 정(家丁) 기타 병력을 합쳐 7백62명, 일꾼[扛軍] 5백 명 — 도합 1천3백 28명의 수행 인원이 따랐다. 여기다 가마[轎] 1, 수레 6, 각종 말[馬] 이 3백56필, 소[牛] 60필 — 대단한 인마(人馬)의 집단이었다.

부사 양방형의 경우도 인마가 약간씩 적을 뿐 크게 다르지 않았다. 심 유경도 단순한 유격장군이 아니고 참찬관으로 나온 이번 행차는 매우 요란했다. 수행 인원에 대해서는 자세한 기록이 없으나 말이 3백 필, 소 1백 필, 잡역부만도 3백 명이 따랐다(윤국형《문소만록》).

정사, 부사 그리고 심유경 등 고관들만 같은 장소에 모시는 것은 어려 운 일이 아니었으나 이것은 심유경이 반대였다.

"그 기생오라비하고 한지붕 밑에 거처하라? 메스꺼워서 나는 못하 겠소."

기생오라비란 이종성이었다. 심유경은 이종성이 오는데도 마중을 나 오지 않았고, 여러 날을 빈둥거리다 8일 후인 30일에야 마지못해 찾아 와서 인사를 드렸다. 그동안 몸이 불편해서 결례를 했소이다. 죄송합니 다. 조금도 죄송한 얼굴이 아니었다.

이것은 심유경의 공연한 트집만은 아니었다. 이종성은 집안이 좋고 머리도 좋은 사람이었으나 남을 우습게 보는 버릇이 있었다. 천한 것이 예모가 없다느니, 가흥(嘉興)의 소장수라느니, 심유경의 험담을 서슴지 않았다. 험담은 심유경의 귀에 들어갔고, 이종성을 좋게 보려야 볼 수 없었다.

심유경뿐만 아니라 부사 양방형도 이종성의 이야기만 나오면 입을 다물고 외면해 버렸다. 북경을 떠나 부산까지 오는 동안 그로부터 여러 번 수모를 당했다는 소문이었다.

인정은 어디나 마찬가지여서 일본 사람들도 그를 좋게 보지 않았다. 가령 이런 일이 있었다. 유키나가가 무릎을 꿇고 절을 하는데 이종성은 의자에 앉은 채 꼼짝하지 않았다. 맞절은 못하더라도 한번쯤 머리를 숙여 답례는 할 법도 한데 머리를 더욱 뒤로 젖혀 거드름을 피웠다.

세상에 나서 저렇게 건방진 자는 처음 보았다 ― 유키나가는 화가 치밀어 며칠 동안 나타나지 않았다.

이 이종성이 여전히 큰소리를 쳤다.

"일본군이 한 명이라도 조선에 남아 있는 한, 특히 가토 기요마사가 물러가지 않는 한, 나는 일본으로는 안 간다."

그러나 이종성의 마음대로 되는 일이 아니었다. 부산까지 온 것도 북경의 석성이 독촉했기 때문이고, 앞으로 석성이 또 독촉하면 일본으로 가지 않을 수 없을 것이었다.

유키나가와 심유경으로서는 오히려 그 경우가 걱정이었다. 거미줄을 엮듯이 아슬아슬하게 일을 꾸며 여기까지 왔는데 막판에 이런 엉뚱한 인간이 뛰어들었다.

아무래도 그의 거드름이 일을 그르칠 것만 같았다.

이종성을 부산에 붙들어 두고 일을 추진할 수는 없을까? 궁리를 거듭하는 사이에 한 해가 저물고 전쟁 5년째인 1596년의 새해가 왔다.

사건 현장의 죽통

설날 아침. 심유경은 소흥주(紹興酒)를 한 병 들고 유키나가를 찾았다.

"간밤 늦게 북경에 갔던 조카가 돌아왔소."

술잔을 나누면서 심유경이 먼저 입을 열었다. 조카란 심무시(沈懋時)라고 하는 사나이로 심유경이 데리고 다니면서 요긴한 때에 연락원으로 쓰는 청년이었다. 석성에게 부탁해서 참군(參軍) 벼슬을 받고 있었다.

"갔던 일은 잘됐소?"

심무시는 은덩이를 가지러 북경에 갔었다. 심유경에 의하면, 말하는 것은 사람의 입 같지마는 사실은 입이 아니고 돈이었다. 그는 일본 사람이나 조선 사람 또 중국 사람을 가리지 않고 그럴 만한 사람에게는 빼지 않고 은덩이를 그대로 주거나 물건으로 바꿔 선물을 했다. 주어서 싫다는 사람은 없고, 준 만큼 돌아오게 되어 있다는 것이 그의 지론이었다.

물 쓰듯 뿌리다 보니 많던 은덩이도 바닥이 나고 그때마다 북경에 사람을 보내면 석성이 보충해 주었다.

"갔던 일은 잘됐소마는 더 이상 이 조선 땅에서 뭉갤 수는 없을 것 같소."

그는 심무시로부터 들은 북경의 공기를 전했다.

부산의 일본군은 물러가지 않았을 뿐더러 이종성과 양방형을 잡아 가두고 호위병사들은 모조리 죽여 바다에 던져 버렸다(拘留 兩天使 盡殺選鋒 投之海中).

북경에는 이런 소문이 돌고 일대 소동이 벌어졌다. 믿지 못할 왜놈들을 믿고 사신을 보낸 것부터 잘못이다. 누구의 책임이냐?

소문은 황제의 귀에까지 들어갔고, 진노한 황제가 관계자들을 처벌한다고 나서는 바람에 온 조정이 초상집이나 다를 것이 없었다. 가장 난처한 것이 석성이었다. 어찌할 바를 모르고 있는데 마침 심무시가 나타났다.

사실이 아니라는 것은 판명되었으나 황제의 진노는 풀리지 않았다 — 일본으로 간다던 사신이 무엇 때문에 일 년 내내 조선에 앉아 뭉개느냐? 속히 일본에 가서 일을 끝내고 속히 돌아오라.

심무시는 밤낮을 가리지 않고 북경에서 부산까지 4천2백 리 길을 20일에 달려왔다. 달려와서 심유경에게 귀띔을 했다. 황제의 뜻을 전하는 급사가 곧 도착할 터이니 미리 대비하라.

"좋은 조카를 두었소. 앞질러 와서 알려 주니 얼마나 다행이오!"

유키나가가 치사를 했으나 심유경은 못 들은 양 딴소리를 했다.

"급사가 오면 사신은 떠나지 않을 수 없는데 바다를 건너도 괜찮겠소?"

이종성도 문제였으나 이 시점에서 도요토미 히데요시가 더욱 문제였다. 그는 이미 옛날의 히데요시가 아니었다.

히데요시의 주변에 큰 파동이 일어난 것은 작년 여름 유키나가가 다녀온 지 얼마 안 되는 7월 중순이었다. 후계자로 지명하여 관백의 벼슬에 앉혔던 생질 히데쓰구(秀次)를 먼 산사(山寺)로 추방하였다가 자결을 명령하였다.

히데쓰구는 명령대로 스스로 배를 갈라 목숨을 끊었다. 그러나 요도기미(淀君)는 안심이 안 되었다.

"그 핏줄기들을 그냥 둬도 괜찮을까요? 훗날 우리 히데요리를 다치면 어떻게 하지요?"

뒤늦게 태어난 친아들 히데요리는 겨우 3세, 먼 훗날 자기들이 죽은 후에 그 일가가 복수를 하지 않는다는 보장은 없었다.

"이것들을 그냥!"

히데요시는 공연히 이를 갈고 영을 내렸다.

"히데쓰구의 핏줄기는 씨를 남기지 말고 모조리 없애 버려라!"

8월 초. 히데쓰구의 처첩(妻妾)과 그들이 낳은 어린것들은 교토의 일각 산조가와라(三條河原)의 형장으로 끌려가서 수만 군중이 지켜보는 가운데 개처럼 집단학살을 당하였다. 시체들은 미리 파놓은 웅덩이에 아무렇게나 처박고 흙을 덮어 버렸다.

그들이 살던 주라쿠다이(聚樂第)도 그냥 둘 수 없었다. 일찍이 히데요시가 수만 인력과 수만금을 들여 지은 이 호화로운 성채도 철저히 부셔 평지로 만들고야 안심이 되었다.

옛날의 총명하던 히데요시로는 상상할 수 없는 일이었다. 히데요시가 미친 것은 아닐까? 사람들은 의심하였고, 누가 보아도 미친 짓이라고 볼 수밖에 없었다.

미치지는 않았으나 이 일을 계기로 사람이 변한 것은 사실이었다. 변덕이 심해지고 의심이 많아졌다.

유키나가에 대해서도 눈치가 달라졌다는 소문이었다. 한두 번 측근을 보고 질문을 던졌다는 소식도 왔다.

"유키나가는 믿지 못할 인간이라는 사람도 있는데 너는 어떻게 생각하느냐?"

이런 틈을 타고 가토 기요마사와 기맥을 통하는 사람들이 속삭였다 ― 명나라는 화평에 뜻이 있는 것이 아니고 철군이라는 이름으로 일본의 병력을 분산시켜 놓고 불시에 치자는 것이다(乘其力分 不意掩擊). 사실을 말하자면 명나라가 태합의 조건을 들은 것이 아니라 유키나가가 무조건 항복한 것이다.

히데요시의 후궁에는 요도기미를 비롯하여 여러 명의 측실들이 있었고, 측실에게는 시녀들이 따라붙었다. 이들 시녀는 심부름을 하거나 물건을 사거나, 밖으로 나다니는 일이 잦았다.

기요마사 일파는 이들의 귀에 대고 속삭였다. 소문은 저절로 히데요시의 거처로 들어갔고, 이를 전해 들은 측실들이 히데요시의 귀에 불어넣곤 했다 ― 그런즉 유키나가를 조심하세요.

히데요시의 측근에는 이시다 미쓰나리 등 유키나가의 친구들이 포진하고 있었으나 이 여자들의 입까지 막을 수는 없었다. 전과는 달리 노쇠한 데다 사람을 못 믿는 히데요시는 은근히 유키나가의 뒤를 캐고 있다는 소문이었다.

이런 형편에 명나라 사신들이 일본으로 건너가면 어떻게 될까. 건방진 이종성은 우습게 놀 것이고, 의심을 품은 히데요시는 꼬치꼬치 캐어물을 것이고 ― 결국 모든 것이 탄로 나고 상상하기도 싫은 사태가 벌어질 것이다.

난처한 것은 유키나가뿐이 아니었다. 일이 잘못 되면 심유경도 기군오국지죄(欺君誤國之罪)로 능지처참을 당할 것이다.

급사가 당도하기 전에 조선 땅을 벗어나야 한다 — 두 사람은 의논 끝에 결론을 얻었다. 명분은 있었다 — 일본에 건너가서 사신을 맞아들일 준비를 한다.

떠나기 전에 심유경은 심무시가 가져온 은덩이들을 그대로 부하들에게 들려 북으로 떠나보냈다. 히데요시에게 바칠 선물을 사러 간다고 했다.

서둘러 짐을 꾸린 유키나가와 심유경은 겐카이나다를 가로질러 일본 땅 나고야(名護屋)에 상륙하였다. 여기서 히데요시의 오해를 풀고 유력한 인사들의 동조를 얻도록 공작을 시작할 참이었다.

부산에 있는 이종성도 그대로 둘 수 없었다. 없애 버리든지 쫓아 버리든지 결말을 지어야 했다.

유키나가와 심유경이 빠져나간 부산은 주인은 없고 손님들만 서성거리는 집안같이 중심을 잃고 허탈한 분위기가 감돌았다. 북경에서 급사가 달려왔으나 두 사람이 없으니 재촉하려야 재촉할 상대가 없고, 이종성에게 말을 걸어도 동문서답이었다.

"나더러 어쩌란 말이오?"

사신들은 일본 사람들이 바치는 술을 마시고 가끔 시를 지으면서 시간을 보냈다. 그렇다고 아침부터 저녁까지 술을 마시거나 시만 지을 수도 없고 날이 갈수록 심심하기 이를 데 없었다.

참말로 할 일이 없으니 서울로 돌아가게 해주소서 — 심유경의 접반사 황신도 참다못해 조정에 글을 올렸으나 조정은 허락하지 않았다. 그대마저 부산에 없으면 적의 동정을 알 길이 없으니 참고 견디라.

이종성의 접반사 김수는 경주에 있었고, 양방형의 접반사 이항복은 의령(宜寧)에 주재하여 부산에 있는 조선 관원은 황신 한 사람이었다. 그 외에도 몇 사람 있었으나 통사(通詞 : 통역관)와 연락을 맡은 병사들뿐이었다.

유키나가와 심유경은 곧 돌아온다고 하였으나 근 두 달이 지나 산야에 새싹이 움트고 진달래가 피어도 돌아오지 않았다. 돌아오지 않을 뿐더러 소식조차 없었다.

처음에는 그저 심심하던 것이 시일과 더불어 차츰 갑갑증으로 변하고 나중에는 걱정이 고개를 들기 시작했다. 바다 건너에서 무슨 일이 벌어진 것은 아닐까? 아니면 어디선가 당장이라도 일이 터질 것만 같은 불길한 예감이 사람들의 가슴을 떠나지 않았다.

울산의 가토 기요마사 측근에 곰같이 몸집이 크고 남달리 힘이 센 사나이가 있었다. 기요마사는 저녁상을 물리고 이 사나이를 불렀다.

"너, 부산에 다녀와야겠다."

"하핫."

"이종성이라는 이름을 들었지? 대명에서 왔다는 사신 말이다."

"하핫, 들었습니다."

"가서 늘어지게 밟아 주고 다리 하나쯤 분질러 놓고 오너라."

"하핫, 분질러 놓고 오겠습니다."

그들 사이에는 명령과 복종이 있을 뿐 질문도 의문도 들어갈 틈이 없었다. 곰은 부산으로 말을 달렸다.

기요마사로서는 유키나가가 꾸미는 음모를 그냥 보고만 있을 수 없었다. 이종성의 다리를 부러뜨리면 그는 일본으로는 못 갈 것이고 따라서 유키나가의 음모도 멈출 수밖에 없을 것이다.

2월 그믐을 며칠 앞둔 고요한 밤 사경(四更 : 새벽 2시), 달은 아직 뜨지 않고 파도소리가 유달리 선명하게 들리는 밤이었다.

어둠을 타고 이종성의 처소 담장을 넘은 곰은 툇마루 밑에 쭈그리고 귀를 기울였으나 아무 기척도 없었다. 슬그머니 툇마루에 올라 문고리를 당기고 방안에 들어서도 역시 잠잠하고 칠흑 같은 어둠이 깔렸을 뿐 아무것도 보이지 않았다.

한 치 두 치, 조심해서 방 한가운데로 옮겨 가는데 묵직한 것이 발에 걸렸다. 분명히 두툼한 이부자리였다. 곰은 어둠 속에 한 발을 쳐들었다가 힘껏 내리밟았다.

"아 — 악."

뜻밖에 여자의 죽어 가는 비명이었다.

이종성과 양방형에게는 일본에서 은밀히 뽑아 온 미녀가 각기 3명씩 붙어 있었다. 이들은 교대로 시침을 들었고, 세수, 식사, 빨래 등등 신변 잡사를 돌보고 있었으나 곰은 이것을 알지 못했다.

영문을 모르고 멍청하니 서 있는데 같은 이불 속에서 검은 그림자가 하나, 후닥닥 튀어나와 문밖으로 냅다 뛰었다. 곰은 뒤를 쫓았다.

달이 뜨기 시작했다. 벌거숭이 이종성은 머리를 풀어헤치고 죽자 사자 달음박질을 쳤다. 곰도 있는 힘을 다해 쫓았으나 집을 두 바퀴 돈 연후에야 따라잡았다. 머리채를 낚아채어 핑 돌린 다음 힘껏 허공으로 집어던졌다.

나동그라지면 또 잡아채고 던지고, 같은 동작을 되풀이하는 사이에 이종성은 헉헉 가쁜 숨을 토하다가 나중에는 입을 헤벌리고 축 늘어졌다.

한숨 돌리고 다리를 꺾어야겠다. 허리를 펴는데 대문이며 샛문을 지키던 10여 명의 초병들이 초롱을 앞세우고 달려왔다. 신원이 밝혀지면 큰일이었다. 굳이 다리를 꺾지 않아도 허리는 어김없이 부러졌을 것이다.

곰은 담장을 넘어 산으로 뛰었다. 병정들은 뒤를 쫓았으나 기를 쓰고 도망가는 것을 따라잡지 못하고 놓치고 말았다.

날이 훤히 밝았다. 뒤늦게 수십 명의 병정을 이끌고 나타난 소 요시토시가 초병들을 보고 물었다.

"웬 놈이냐?"

"정체는 알 수 없습니다."

초장(哨長)이 대답했다.

"몇 명이냐?"

"한 명입니다."

"10명이 한 명을 못 당했단 말이냐?"

초장은 머리를 긁고 대답을 못했다.

소 요시토시는 병정들을 풀어 집 안팎을 샅샅이 뒤지기 시작했다.

"돌멩이 하나라도 미심쩍은 것이 있으면 놓치지 말고 가져오너라."

한마디 남기고 방안에 누워 있는 이종성을 찾았다. 옷은 대강 걸쳤으나 아직도 머리를 풀어헤친 채 눈을 감고 숨소리도 죽이고 있었다.

"미안합니다."

말을 걸었더니 이종성이 손을 내저었다.

"내, 정신이 혼미해서."

윗니와 아랫니를 부딪고 덜덜 떨었다. 가끔 흰자위와 검은자위를 번갈아 굴리는 품이 정신이 오락가락하는 모양이었다. 더운 물에 청심환을 풀어 먹고 툇마루에 나서는데 병정 한 명이 달려왔다.

"이걸 울타리 밑에서 주웠습니다."

조그만 죽통(竹筒)이었다. 이 시대 조선 병정들은 부적을 옷 속에 꿰매고 다녔으나 일본 병정들은 여음(女陰)을 그린 종이를 죽통에 넣어 어깨에 메고 다녔다. 총알이나 화살을 막아 주는 호신부(護身符)였다.

소 요시토시는 죽통을 열었다. 그림 옆에 히고노쿠니 미야케 가쿠자에몬(肥後國 三宅角左衛門)이라고, 주인공의 이름이 적혀 있었다. 히고노쿠니(구마모토 현)는 가토 기요마사의 영토였다. 가슴에 접어 둔 소 요시토시는 죽통을 주머니에 넣고 마당에 내려섰다.

"간밤의 일은 없었던 것으로 한다. 입 밖에 내지 말아라."

병정들에게 외치고 말에 올랐다.

목을 매든지 도망을 가든지

진영에 돌아온 소 요시토시는 나고야에 가 있는 장인 유키나가에게 편지를 썼다.

(……) 가토 기요마사의 죄상이 이처럼 백일하에 드러났은즉 이 기회를 놓치지 말아야 할 것입니다.

편지와 함께 증거물로 죽통을 받아든 야나가와 시게노부(柳川調信 : 平調信)는 포구에 나가 배를 타고 겐카이나다를 가로질렀다. 중대한 사안이었다. 아무나 보낼 수 없고 야나가와 시게노부 같은 중신이 가서 직접 유키나가를 만나 사태를 설명할 필요가 있었다.

"알 만하오."

편지를 읽고 증거물을 점검한 유키나가는 고개를 끄덕였다. 범인 미야케는 그도 기억에 있는 인물이었다. 4년 전 충주에서 기요마사와 싸움이 벌어졌을 때 자기를 죽인다고 창을 들고 날뛰던 인물이었다. 하도 험상궂은 얼굴이기에 주위 사람들에게 이름을 물었더니 미야케 가쿠자에몬이라고 했다.

그는 붓을 들어 기요마사의 죄상을 적어 내려갔다.

1. 기요마사는 부하 미야케 가쿠자에몬이라는 자로 하여금 모처럼 부산까지 온 대명의 사신에게 행패를 부리고 강도질을 자행하였다.
1. 기요마사는 대명 사람들에게 보내는 편지에 허가 없이 도요토미 초신 기요마사(豊臣朝臣淸正)라고 잠칭하였다.
1. 기요마사는 조선의 승장 송운(松雲 : 사명대사)에게 고니시 유키나가는 사카이의 장사치라고 모욕하여 나라의 대표로 나선 사람을 난처하게 만들었다.

유키나가는 붓을 놓고 야나가와 시게노부에게 물었다.
"틀림이 없지요?"
"틀림이 없습니다."
"이 쪽지를 가지고 오사카에 가서 지부(治部 : 石田三成)를 만나시오."
"네……."
"기요마사를 조선 땅에 두고서는 화평은 가망이 없다고 전하시오."
유키나가는 야나가와 시게노부를 선창까지 전송하였다.
바다를 건너 이 나고야로 온 지 두 달, 그동안 일은 잘된 셈이었다. 원래 제후들은 가토 기요마사 같은 소수의 벽창호들을 제외하고는 전쟁에 반대였다. 그런데다 조선에서 거둬 가지고 온 고려청자, 이조백자를 하나씩 돌렸더니 모두들 입이 벌어졌다. 이 전쟁을 끝낼 사람은 유키나가 외에 달리 없고, 자기들도 적극 협력하겠다고 나왔다.

히데요시의 주변도 많이 나아졌다. 기요마사 일파의 손발 노릇을 하던 여자들에게는 심유경이 북경에서 싣고 온 비단을 한 필씩 보냈다. 효과가 신통해서 구구절절이 유키나가의 칭송이고 기요마사의 이야기가 나오면 시큰둥해서 외면한다는 소식이었다. 히데요시가 달라지는 것도 시일문제였다.

이종성이 봉변을 당했으니 심유경에게도 자초지종을 알리지 않을 수 없었다. 그는 다음 날 심유경의 처소를 찾았다.

"허허허 …… 그 미야케라는 친구, 기왕 손을 댔으면 아주 결판을 낼 것이지."

유키나가의 설명을 들은 심유경은 크게 웃고 말을 이었다.

"이것은 딴 문제요마는 지난번에 이야기가 나온 그 복건(福建) 사람들을 나한테 맡길 수 없겠소?"

복건 사람들이란 얼마 전 유키나가의 영토인 우토 번(宇土藩)의 해안에 표류해 온 명나라 어부 소학명(蕭鶴鳴), 왕삼외(王三畏)의 두 사람이었다.

"무엇에 쓸 것이오?"

"생각 중이오."

유키나가는 사람을 우토에 보내 두 사람을 불러올렸다.

부산의 이종성은 범인 미야케가 생각한 것처럼 허리는 부러지지 않았으나 얼굴에서 발끝까지 여러 군데 터지고 혹은 긁혀서 보기 좋은 모습은 아니었다. 거기다 겁에 질린 사람같이 이리저리 눈알을 굴리고 낮잠을 자다가도 헛소리를 지르고, 놀라 후닥닥 일어나기가 일쑤였다.

시일이 지나면서 상처는 아물고 놀라는 증세도 많이 나아졌으나 모든 것이 전 같지 않았다. 풀이 죽어 어깨를 늘어뜨리고, 큰소리를 치는 일도 없고 사람을 의심하여 측근의 심복들과 속삭일 뿐 바깥출입도 드물어졌다.

그로서는 도무지 영문을 알 수 없었다. 밤중에 불쑥 나타난 그림자로부터 죽을 뻔한 기억이 있을 뿐 그 그림자가 사람인지 도깨비인지조차 분간이 가지 않았다.

그날 밤의 자기 몰골을 생각하면 창피해서 입 밖에 낼 수도 없었다. 무슨 영문인지 소 요시토시 이하 현장에 나타났던 일본 사람들이 입을 다물고 있는 것이 고맙기만 했다.

그러나 이런 일은 한 번으로 그친다는 법도 없었다. 그 괴물이 또 나타나면 어쩔 것인가? 이종성은 밤에도 제대로 자는 일이 흔치 않았다.

불안한 가운데 하릴없이 세월을 엮어 가는데 모래에 물이 스미듯 소식에 굶주린 부산에 근원을 알 수 없는 소문이 퍼져 갔다.

고니시 유키나가는 전부터 히데요시에게 명나라 공주를 바친다고 큰소리를 쳐왔다. 젊은 황제에게 그런 공주가 있을 리 없고, 있어도 히데요시에게 줄 까닭이 없다. 유키나가가 바치지 못하니 히데요시는 대로하여 장수 야야사(夜也士 : 德川家康)에게 명령하였다 — 40만 대군으로 바다를 건너 서울까지 올리치라. 쳐서 이종성 이하 사신들을 볼모로 잡고 화평을 요구하면 명나라도 듣지 않을 수 없을 것이다.

그렇게 보아서 그런지 당초에 극진하던 일본 사람들의 태도도 요즘은 눈에 띄게 달라졌다. 마주쳐도 제대로 인사를 하는 경우가 드물고 반찬도 3분의 1 이하로 줄어들었다.

이종성은 식도락가(食道樂家)여서 음식에 지대한 관심이 있었다. 압록강을 건너 처음 조선 땅에서 식사를 대하자 저도 모르게 소리를 질렀다. 무슨 반찬이 이 모양이냐!

그로부터 심심치 않게 투정이 나왔고, 남원, 밀양 등 오래 머무는 고장에서는 친히 공사를 감독하여 주방을 만들고 마음에 드는 음식을 시켜 먹곤 하였다.

들리는 소식으로 보나 음식으로 나타난 푸대접으로 보나 또 얼마 전에 당한 봉변으로 보나 심상치 않은 일이 벌어질 것만 같았다. 당시는 몰랐으나 지금 와서 생각하면 봉변이라는 것도 우연히 일어난 것이 아니고 일본 사람들이 꾸민 흉칙한 음모 같기도 하였다.

이종성은 걱정을 주체할 길이 없어 부사 양방형에게 의논하였다가 무안을 당했다.

"될 일은 되는 것이고 안 될 일은 안 되는 것이오. 무엇 때문에 꼬리에 불이 붙은 강아지처럼 안절부절 못하는 것이오?"

의논할 사람조차 없었다. 혼자 속을 태우는데 일본에 갔혔다가 풀려났다는 복건 어부 2명이 바다를 건너 부산으로 들어왔다.

이름을 소학명, 왕삼외라고 하는 이들 두 사람이 그에게 면회를 신청했다. 대단히 중요하고 시각을 다투는 일이라기에 즉시 만나 주었더니 엣된 왕삼외는 말이 없고 구레나룻 소학명이 말문을 열었다.

"심 유격이 갇혔습니다요."

놀랍고도 믿어지지 않는 소리였다.

"지금 뭐라고 했느냐?"

"심 유격이 왜놈들에게 끌려갔습니다요. 오랏줄에 묶여 가서 진통 얻어맞고 옥에 갇혔다, 이런 말씀입니더."

기가 막힌 일이었다. 이종성은 한숨 돌리고 물었다.

"내가 알아들을 수 있도록 차근차근 이야기할 수 없겠느냐?"

"차근차근 이야기하겠습니다요. 히데요시가 나고야에 사람을 보내 심 유격에게 호통을 쳤습지요 ─ 나로 말하자면 느으들이 책봉하지 않아도 이미 일본 국왕이 돼 있다. 책봉이고 뭐고 쓸데없는 짓을 걷어치워라."

"……."

"그나 그뿐입니까요. 내가 일곱 가지 조건을 내놓았는데 어째서 거기 대해서는 말이 없느냐 ─ 다그쳤지마는요. 심 유격은 딱 잘라 거절했습지요 ─ 그건 안 된다. 그래서 끌려간 것입니다요."

"으 ─ 으."

"아무래도 화가 난 히데요시가 대군을 거느리고 바다를 건너올 겁니다요. 건너오면 큰일 아닙니까? 정사 어른께서도 이러고 앉아 있을 때가 아닙니다요."

사나이는 말이 많은 편이었다. 연거푸 겁나는 소리만 쏟아부으니 정신을 차릴 수 없었다.

"알았다."

사나이를 보내고 아무리 생각해도 큰일은 각각으로 다가오는데 대책이 없었다. 어쩔 것인가?

갈피를 잡을 수 없는 속에서도 날이 가고 밤이 가고, 3월 28일이 되었다. 갑갑한 김에 홀로 술잔을 기울이고 앉았는데 사융(謝隆)이 들어섰다. 전에 사신으로 일본에 다녀온 사용자(謝用梓)의 조카로, 숙부를 따라다니다 그의 눈 밖에 나자 심유경에게 붙은 인물이었다. 천총의 벼슬을 받고 연락관으로 부산에 남아 있는 중이었다.

"큰일 났습니다."

사융은 턱 밑에 다가앉아 빈 잔에 술을 채우고 말을 걸었다. 이종성은 심유경이 싫었고, 그를 따라다니는 이 기름강아지 같은 사나이는 더욱 싫었다. 평소 같으면 호령을 해서 내쫓았을 것이었으나 오늘은 갑갑한 판에 찾아온 그가 싫지 않았다.

"말해 보아라."

"히데요시는 화평에는 관심이 없고 일곱 가지 조건을 고집하고 있습니다."

또 일곱 가지 조건이었다. 잠자코 듣기만 하는데 사용은 계속 입을 놀렸다.

"일곱 가지라는 것은 사소한 것까지 합친 것이고 크게 나누면 네 가지올시다."

"……."

"화친(和親 : 혼인), 할지(割地), 납질(納質), 통상(通商)이지요."

이종성은 비로소 입을 열었다.

"너는 어떻게 아느냐?"

"저야 항상 심 유격을 따라다녔고, 심 유격은 일본 사람들과 자주 만나지 않습니까? 자연히 저도 일본 사람들과 접촉하는 기회가 많았고, 그들로부터 들었습지요."

"그러면 왜 진작 나한테 사실을 고하지 않았느냐?"

"어른께는 사실을 고하는 것도 쉬운 일이 아닙니다."

"어째서 쉬운 일이 아니냐?"

"서치등(徐治登), 동응고(董應誥) 같은 분들도 사실을 고했다가 경을 쳤는데 다른 사람들이야 말할 나위도 없습지요."

서치등과 동응고는 이종성의 신임이 두터운 측근으로, 글을 잘하는 선비들이었고, 그중 서치등은 특히 풍수지리에 밝은 사람이었다.

앞서 이종성 일행이 부산으로 오는 도중 밀양에 달포나 묵을 때의 일이었다. 서치등은 따로 할 일이 없는지라 명당을 찾아 산천을 헤매다가 사명(四溟)이라는 스님을 만났다. 장차 일본은 반드시 다시 쳐들어올 터이니 그때에 대비해서 산성(山城) 터를 보러 다닌다고 했다.

"어떻게 그다지도 앞날을 자신하시오?"

"내 말을 들어 보시오."

스님은 유난히 무성한 턱수염을 내리 쓰다듬고 울산에 가서 가토 기요마사를 만나던 이야기를 했다.

" (……) 그런즉 유키나가와 심유경이 추진한다는 화평회담이라는 것은 황당무계한 속임수요."

스님의 이야기를 들으니 풍수니 명당이니 한가한 소리를 하고 다닐 때가 아니었다. 서치등은 밀양으로 달려와서 친구 동웅고에게 의논하고 함께 이종성에게 고하였다.

" (……) 일이 이렇게 되었은즉 일본으로 갈 것이 아니라 발길을 돌려 북경으로 가야 합니다."

이종성은 깊이 생각할 겨를도 없이 고함을 질렀다.

"무엄하도다. 어명을 받들고 온 나더러 발길을 돌리라? 이것들을 매우 쳐라!"

두 사람은 볼기를 매우 얻어맞고 본국으로 쫓겨 갔다. 이 일이 있은 후로는 일이 있어도 감히 말하는 사람이 없었다.

듣고만 있던 이종성이 일어섰다.

"부사를 만나야겠다."

사용은 따라 일어서면서 물었다.

"부사는 왜 만나시지요?"

"일본 사람들의 진의가 무엇인지 의논해 보아야겠다."

"하, 정사 어른, 일본 사람들의 진의야 일본 사람에게 물어야지 부사와 의논한다고 알 수 있나요?"

"그것도 맞는 말이다. 어떻게 하면 되느냐?"

"저한테 맡기시오."

사융은 큰소리를 치고 돌아갔다.

다음 날은 29일, 그믐이었다. 북경에서 왔다는 장충(張忠)이라는 사나이가 나타나더니 부산성 안팎에 반갑지 않은 소문을 퍼뜨렸다.

"명나라는 지지부진한 화평회담을 단념하고 압록강의 국경선에서 일본군을 막아 내기로 하고 이미 2만 군을 파견하였다."

"자연히 조선을 포기하게 되었고, 특히 부산의 일본 진영에 와 있는 이종성 일행의 생명이 위태롭게 되었다. 그러나 누구 하나 발 벗고 나서 해결하려는 사람은 없고, 그 가족들이 요로를 찾아다니면서 눈물로 호소하고 있다 — 내 남편, 내 아들을 구해 달라."

"병부상서 석성은 처자를 고향으로 내려보내고 탄식으로 세월을 보내고 있다 — 이 전쟁을 잘못 처리해서 이 지경이 되었으니 나는 장차 죄를 면할 길이 없고 제명에 죽지 못할 것이다."

부산의 명나라 사람들 사이에는 공포의 선풍이 불고 이종성은 눈앞이 캄캄했다. 목을 매든지 도망을 가든지 결판을 낼 때가 왔다. 그러나 그중 어느 하나도 쉬운 일은 아니었다.

야간도주

하루건너 4월 2일. 이종성은 모처럼 찾아온 부사 양방형과 마주 앉아 앞날을 의논하려는 참에 10여 명의 장교들이 몰려들었다. 정사, 부사, 그리고 심유경의 진영에서 각기 말깨나 하는 인물들이 골고루 뽑혀 나온 모양이었다.

모두들 섬돌 밑에 정렬하자 중군(中軍 : 참모장) 왕승렬(王承烈)이 방 안에 앉은 두 사람을 쳐다보고 말문을 열었다.

"이대로 앉아 저들의 손에 죽을 수는 없고, 무슨 방법으로든지 여기서 빠져나가야 하지 않겠습니까?"

"어떤 방도가 있겠느냐?"

이종성이 물었다.

"저희들이 모여 의논해 보았습니다마는 2천 명도 훨씬 넘는 인원이 한꺼번에 빠져나간다는 것은 안될 일입니다. 곧 저들에게 발각될 것이고, 발각되면 그 자리에서 몰살을 당할 것입니다."

"옳은 말이다."

"그런즉 뭉쳐서 행동할 수는 없고 각자 알아서 처신하도록 하는 것이 어떻겠습니까?"

"나는 알아듣지 못했다."

"야음을 타고 각자 도망치자, 이런 말씀입니다. 그러나 두 분 어른을 두고 저희들부터 도망친다는 것은 도리에 어긋나는 일입니다. 그러니 두 분 어른께서 먼저 몸을 피해 주십사, 이런 말씀입니다."

이종성은 가슴이 뜨끔했다. 입 밖에 내지는 않았으나 이 며칠을 두고 도망칠 궁리도 해보았고, 그 광경도 이모저모 그려 보았다. 이것들이 눈치를 챈 것이 아닐까? 그는 침을 삼키고 큰소리로 엮어 내려갔다.

"그것은 안 될 말이다. 가령 내가 위험을 무릅쓰고 빠져나간다고 하자. 나 혼자는 살지 몰라도 내 휘하에 있는 저 숱한 인원은 어떻게 될 것이냐? 모두 살육을 당할 것이고, 조선은 다시 난리에 휩쓸릴 것이다. 나는 저들에게 묶여 갈지언정 몰래 도망치는 따위 점잖지 못한 짓은 안 한다. 왜놈들이 못되게 놀면 우리는 조선, 류큐(琉球)와 합심하여 수륙으로 저들을 협공(挾攻)할 것이다. 협공하면 일거에 쓸어버릴 터인데 무슨 걱정이냐? 안심하고 물러가라."

물러가는 장교들의 뒷모습을 지켜보던 양방형이 입을 열었다.

"지금 하신 말씀, 정말 그렇게 생각하시오?"

이종성은 떠듬거렸다.

"그 밖에 무어라고 할 수 있겠소?"

"히데요시가 이러저러한 조건을 고집한다느니 다시 쳐들어온다느니, 말이 많은 모양인데 이거 모두 사실인가요?"

"사실이 아니면?"

"우리 명나라 사람들의 입에서 퍼진 소문이 아닌가요?"

"……."

"일본 사람들의 입에서 직접 들어 보신 일이 있는가요?"

"……."

"지금 정사 어른이 하실 일은 일본 장수들을 만나 그들의 진의를 알아보는 일이 아닐까요?"

이종성은 역정을 냈다.

"나를 어떻게 보고 하는 소리요? 벌써 손을 쓰고 있단 말이오."

"그러면 됐소이다."

양방형이 물러가자 이종성은 사용을 불러들였다.

"어떻게 됐느냐?"

"무얼 말씀이십니까?"

"일본 사람들의 진의를 알아보는 일 말이다."

"그거 뭐, 그렇게 급하십니까?"

사용은 아무렇지도 않은 얼굴로 반문했다.

"저런 고얀 것이 있나. 너, 너는 그냥 둘 수 없다. 가서 꼼짝 말고 대령하고 있어라!"

이종성은 사용을 쫓아내고 관가(管家) 이서(李恕)를 불렀다. 북경에 있을 때에는 집안의 살림을 도맡았고, 이번 길에는 개인비서로 신변을 돌보아 온 40대 장년이었다.

"술자리를 마련하고 일본 장수들을 초대해야겠다. 채비를 하고 연락도 해라."

이서는 팔(八) 자 수염을 움찔하고 돌아서 종종걸음을 쳤다.

다음 날은 4월 3일. 이종성의 처소, 별당에서는 점심때부터 연회가 벌어졌다. 손님은 소 요시토시, 고니시 스에사토(小西末鄕), 마쓰라 시게노부(松浦鎭信). 진귀한 중국술, 중국음식에 손님들은 기분 좋게 먹고 마시고 시름없이 떠들썩했다.

잔을 입술에 댈 뿐 술은 마시지 않고 손님들의 움직임을 살피던 이종성은 그들의 입에서 혀 꼬부랑 소리가 나오기 시작하자 지나가는 이야기처럼 말을 걸었다.

"고니시 장군(유키나가)께서는 언제쯤 돌아오시지요? 떠나신 지 벌써 3개월인데."

제일 취한 소 요시토시가 말을 받았다.

"일이 있으면 3개월도 걸리고 5개월도 걸리는 것이지요."

평일에는 이종성이 시야에 들어오기만 해도 죽는 시늉을 하던 것이 아주 크게 나왔다.

"세상에는 구구한 소문이 나돌고 있소."

"어 ― 취한다. 지금 뭐라고 했소?"

더욱 불손하게 나왔으나 이종성은 그들의 진의를 알자면 참는 수밖에 없었다.

"나는 도대체 알 수 없소. 우리 천자께서는 일시동인(一視同仁)하사 나 같은 훈구(勳舊) 대신을 파견하여 당신네 관백을 일본 국왕으로 책봉하시려는데 어째서 군대를 철수하지 않는 것이오?"

"하아, 또 그 얘기로군."

"내가 듣기로는 고니시 장군의 귀환이 늦어지는 것은 당신네 관백이 따로 요구하는 것이 있기 때문이라는데 사실이오?"

"따로 요구하는 것이 있다? 가령 어떤 것이오?"

소 요시토시는 발칙하게 턱을 쳐들고 이종성은 사용이 속삭이던 대로 네 가지 조목을 열거했다.

"화친, 할지, 납질, 통상 — 뜬소문이겠지마는 세상에서는 이 네 가지를 처들고 있소."

"맞았소. 뜬소문이 아니고 사실이오."

이종성은 정신이 바짝 들었다.

"농담이 아니오?"

"어 — 취한다."

"농담이 아니냐고 물었소."

"아니오. 절대 아니지."

소 요시토시는 팔을 내저었다.

"우리 조정에서는 그런 걸 허락하실 리 만무하오. 따라서 나는 바다를 건너 일본에 갈 것도 없고, 북경으로 돌아가야겠소."

"북경으로 돌아가신다? 이거 희한한 말씀을 하시는구만."

"못 돌아간단 말이오?"

"도처에 우리 병정들이 지키고 있는데 어떻게 빠져나가지요? 한번 나가 보실까?"

"……"

"싫어도 일본으로 가게 될 것이오."

"……"

"빠져나가도 걱정이지요. 먹을 것이 있어야지. 조선 사람들한테 빌어먹으면서 북으로 가신다? 모양이 우습지 않겠소, 정사 어른?"

패씸하고 겁이 나고, 이종성은 제정신이 아니었다. 더구나 안된 것은 소 요시토시가 이 지경으로 불칙하게 나와도 옆에 앉은 다른 일본 장수들이 말리지 않는 일이었다. 짜고 하는 것이 아닐까? 그렇다면 이것은 예삿일이 아니었다.

그럭저럭 해가 지고 어둠이 깔리기 시작했다. 당장이라도 무슨 일이 터질 것만 같은 공포감에 이종성은 서둘러 그들을 보내고 믿을 만한 심복들만 불러 의견을 물었다.

"이 밤 안으로 여기를 빠져나가야 합니다."

전원이 일치하였다.

그러나 이 집의 대문에도 초병이 서 있고, 밖에 나가면 성문에는 더욱더 많은 일본 병사들이 있었다. 이종성은 북경에서 선물용으로 가지고 온 비단을 모두 꺼내다 이들 일본 병정들에게 보냈다. 한 사람에 옷 한 벌감씩 돌아가는 푸짐한 선물이었다.

"밤에 몇 사람 밖으로 내보낼 일이 있으니 통과시켜 달라."

밤 이경(二更 : 오후 10시). 6, 7명이 용절(龍節 : 마디는 금으로 만들고 용을 그려 새긴 의장), 칙서(勅書), 일본 국왕의 금인(金印) 등이 들어 있는 가죽상자를 들고 나갔으나 대문과 성문 다 같이 무사통과였다.

비단의 힘이었다. 자신을 얻은 이종성은 청색 도포에 전립을 쓰고 황색 봇짐을 등에 진 모습으로 방을 나섰다. 어김없는 가정(家丁 : 하인)의 차림이었다.

같은 차림의 심복 2명과 함께 대문을 나왔으나 초롱불에 비친 초병들은 턱으로 가라는 신호를 보낼 뿐 말이 없었다. 성문에 이르자 병사들은 문을 활짝 열어젖히고 엄지손가락을 쳐들었다.

"너희 대장, 이거다."

이종성은 어둠 속에 희미하게 보이는 길을 따라 무작정 뛰었다.

이종성이 나온 후에도 그의 심복들은 5, 6명, 혹은 6, 7명씩 떼를 지어 찔끔찔끔 성문을 빠져나왔다. 날이 밝아서야 의심이 생긴 일본군은 이종성의 처소를 수색하고 비로소 일대 소동이 벌어졌다.

사신이 도망친다는 것은 듣지도 보지도 못한 해괴한 일이었다. 이 일로 해서 누구보다도 당황한 것은 소 요시토시였다. 나고야에 가 있는 장인 유키나가는 부산을 떠나기 전에 그에게 이런 말을 한 일이 있었다.

"아무래도 이종성 때문에 탈이 날 것 같다."

며칠 전에 보낸 편지 끄트머리에는 다음 같은 구절이 있었다.

　　이종성의 거드름을 꺾고 함부로 입을 놀리지 못하도록, 버릇을
가르칠 수는 없을까?

소 요시토시는 기회를 노리고 있던 터에 이종성의 초청을 받았고, 취한 김에 몇 마디 해주었다. 겁을 주고 버릇을 가르친다는 것이 일이 이렇게 되고 말았다.

사신이 도망쳤으니 화평은 글렀고, 또다시 전투가 벌어지게 되었다. 참으로 기가 막힌 변고였다. 말을 좋아하는 사람들은 소 요시토시가 사신을 쫓았다고 모함할 수도 있고, 히데요시가 들으면 책임을 지고 배를 가르라고 할 수도 있었다.

당황한 소 요시토시는 직할부대를 풀어 자성대(子城臺)에 위치한 부사 양방형의 숙소를 포위하는 한편 휘하 장수들에게 영을 내렸다.

"가서 이종성을 잡아 오라!"

추격대들은 서울로 통하는 몇 갈래 길을 북으로 달렸다.

이종성의 숙소는 부산의 증산성(甑山城)에 있었다. 그와 함께 이 성을 빠져나온 것은 그의 휘하 중에서도 극히 일부의 심복들뿐이었고 나머지는 아무것도 모르고 잠을 자고 있었다. 빠져나온 사람들도 지리에 생소한 데다 캄캄한 밤이어서 서로 연락이 되지 않았다. 함께 성문을 빠져나온 사람들끼리 한패가 되어 도망칠 수밖에 없었다.

그중 이종성 일행 3명은 양산으로 간다는 것이 길을 잘못 들어 새벽

에 울산 땅에 이르렀다. 희멀건 하늘 아래 우뚝 솟은 가토 기요마사의 일본식 성을 보고는 기겁을 해서 산속으로 도망쳤다.

기장의 단유산(丹遺山)에 이르자 더 움직일 기운이 없었다. 빈 절간에 들어가 5일간 숨어 지내다가 시장기를 이기지 못해 산을 내려왔다.

밥을 얻어먹을 데가 없을까? 언양(彦陽) 고을 외진 동네를 찔룩거렸으나 몇 채 안 되는 집들은 인기척이 없었다. 적진에 가까운 지역이라 피란 갔던 주인들이 돌아오지 않은 모양이었다.

돌아서 나오려는데 골목에서 불쑥 나타난 5, 6명의 사나이들이 무조건 치고 차고 짓밟았다.

"앞장서!"

나동그라졌던 이종성 이하 3명은 휘청걸음으로 오솔길을 앞장서 걸었다.

사나이들은 접적지역(接敵地域)에 배치된 조선군의 복병들이었다. 그들은 남루한 옷에 땟국이 흐르는 이 정체불명의 명나라 사람들을 노곡역(奴谷驛)으로 끌고 갔다.

역에서 만난 복병장 정천우(鄭天祐)라는 털보는 글이 실하지는 못해도 간단한 것은 알아보는 처지였다. 필담으로 피차 정체를 알게 되었고, 정천우는 손수 먹다 남은 죽이며 보리밥을 갖다주었다.

오래간만에 요기를 한 이종성은 정천우가 내주는 나귀를 타고 나머지 두 사람은 걷고 ― 역졸의 안내로 경주로 향하였다.

"일본에 간 심유경은 왜놈들의 감옥에 갇혔소. 살아서는 돌아오지 못할 것이오. 나도 구사일생으로 부산을 빠져나왔소. 북경으로 돌아가서 황제폐하에게 고해야겠으니 좀 도와주시오."

경주에 이르자 그는 눈물로 위급한 사정을 호소했다. 피가 흐르는 그의 두 발을 바라보던 경상좌병사 고언백(高彦伯)은 한 끼 배불리 먹이고, 곳간을 뒤져 낡은 가마를 하나 찾아냈다.

"이걸 타고 가시오."

이종성은 가마 안에 눕고 다른 사람들은 뛰고 ― 북행길을 재촉했다.

기요마사는 거세되고

이종성과는 달리 부사 양방형은 묵중하고 배포가 큰 사람이었다. 늦잠을 자다 소식을 듣고 천천히 일어났다.

"못난 것이 낯선 외국생활이 처음인 데다 오랫동안 이 군영에 있지 않았소? 마음의 고통을 이기지 못해 도망친가 부오."

찾아온 일본 사람들에게 한마디 하고 웃지도 않았다.

"철수하시오!"

그는 숙소를 포위한 군대와 이종성을 쫓아 북으로 몰려간 추격대는 다 같이 철수하여 제자리로 돌아가라고 요구하였다. 포위한다고 얻을 것은 없고 민심만 공동시킬 뿐이다. 북으로 깊이 들어가면 조선군과 충돌하여 전면전으로 확대될 염려가 있다. 그래도 좋은가?

동시에 양방형은 북경에 급사를 보내 사건의 경위를 보고하고 조선 조정에도 연락하였다. 일본군은 내가 만류할 터이니 조선군은 움직이지 말아 달라. 움직이면 큰 난리가 날 것이다.

포위가 풀리자 공포에 떨고 있는 수행원들의 숙소를 찾았다. 안심하라. 외국 사람들의 웃음거리가 되지 않도록 언행을 조심하라.

"양방형은 인물이다."

일본 사람들은 새삼 그를 우러러보았다.

이종성을 잡으러 북으로 달리던 일본군 추격대는 양산에서 20여 명의 명나라 사람들을 따라잡고 오랏줄에 묶었다. 또 김해 방면을 수색하던 부대는 풀밭에 팽개친 가죽 상자를 주웠다. 황제의 칙서, 일본 국왕의 금인 등 중요한 물건들이 든 상자였다.

그러나 이때 부산으로부터 사람이 달려와서 소 요시토시의 명령을 전달했다. 추격대는 김해·양산 선(線)을 한계로, 그 이북에는 진입하지 말라. 그들은 며칠 동안 일대의 산과 들을 수색하다가 발길을 돌려 부산으로 돌아왔다.

성내로 들어오면서 제일 먼저 눈에 들어오는 명나라 사람 4명, 조선 사람 통역 한 명을 밟아 죽였다.

"느으들 때문에 모든 것이 엉망이 됐다!"

그들은 실망이 컸다. 머지않아 평화가 오고 집으로 돌아가게 될 줄 알았는데 일이 고약하게 되었다. 화풀이를 하지 않고는 못 배길 심정이었다.

이제 소 요시토시로서는 할 일을 다 했다. 남은 것은 바다 건너 나고야에 있는 유키나가에게 연락하여 그 처분을 기다리는 일이었다.

서울 조정에서 처음으로 소식을 들은 것은 사건 발생 5일 후인 4월 8일이었다.

"사신이 도망을 쳤다면 칠 만한 연유가 있었을 것이다. 왜놈들을 상대로 화평 운운하다가 속임수에 걸린 것이 분명하다."

임금은 단정하고 동병(動兵)을 명령하였다. 그러나 곧이어 김수(金睟), 이항복(李恒福), 황신(黃愼) 등 남으로 내려가 있던 신하들의 보고가 잇따라 올라오고 진상이 판명되자 웃을 수밖에 없었다.

"참으로 볼 것이 못 되는 인간이로다."

바다 건너 나고야에서 소식을 들은 고니시 유키나가는 잘된 것인지 못된 것인지 도무지 판단이 서지 않았다. 심유경이 공작을 하는 것을 도왔고, 자기도 소 요시토시를 충동하였으나 이종성의 기를 꺾자는 것이었지 설마 도망칠 줄은 몰랐다. 그는 심유경을 찾았다.

"이거 어떻게 되는 것이오?"

그러나 설명을 들은 심유경은 서슴없이 판단을 내렸다.

"아주 잘되는 것이오."

"그래요?"

"우리 명나라는 금년으로 건국 2백28년이오……. 늙었지요."

"……."

"늙고 보니 몸이 쇠약하고 동작이 느릴 수밖에 없지요. 두고 보시오. 보고가 북경에 가고, 조정에서 의논하고, 후임을 임명하고, 그 후임자가 부산까지 오는 데 적어도 일 년은 걸릴 것이오. 우리가 또 이 핑계 저 핑계로 일 년쯤 끌면 도합 2년이오. 그동안 허약한 당신네 태합이 돌아가기라도 한다면 일은 아주 잘되는 것이지요."

"……."

"태합이 어떻게 안 돼도 좋소. 계산해 보시오. 밑질 것이 무엇이오?"

그러나 유키나가는 걱정이 가시지 않았다.

"나는 차제에 명나라가 화평이고 뭐고 걷어치우지 않을까, 그것이 걱정이오."

"수탉이 알을 낳는 일은 있어도 명나라가 걷어치우는 일은 없을 것이오."

"그럴까?"

"걷어치우면 싸움인데 명나라는 싸울 형편이 못 되오."

"이야기를 들으니 그럴 듯하오마는 하여튼 부산에 다녀와야겠소."

"다녀오시오."

"당신은 안 간다는 말이오?"

"생각해 보시오. 부산에 왔던 정사가 도망치더니 일본 땅 나고야에 왔던 심유경도 내뺐다 — 공론은 이렇게 돌아갈 것이고 민심은 흉흉할 것이오. 그러니 이 심유경은 아무 일도 없은 듯 여기 눌러앉아 술이나 마시는 것이 낫지 않겠소?"

"역시 당신은 머리가 잘 돌아가는구만."

유키나가가 물러 나오는데 부하 장교가 달려와서 알렸다.

"가토 기요마사에게 소환령이 내렸답니다."

이것도 좋은 소식이었다. 조선의 울산에 앉아 사사건건 화평을 방해하던 가토 기요마사. 앞서 본국 소환을 요청했더니 히데요시는 그대로 들어주었다. 더구나 히데요시는 아주 '의절'을 선언해 버렸다고 한다. 기요마사는 영원히 히데요시를 만날 기회가 없어지고 따라서 이 고니시 유키나가를 헐뜯을 길도 막혀 버린 것이다. 그는 가슴이 확 트이는 기분이었다.

서두를 것이 없었다. 유키나가는 계속 나고야에서 볼 일을 보고, 바둑을 두고, 바다에 나가 낚시를 하다 천천히 배를 타고 4월 그믐에야 부산으로 건너왔다.

이종성이 도망쳤다 — 이 놀라운 소식이 처음 북경에 당도한 것은 사건 발생 16일 후인 4월 19일이었다. 서울의 조선 조정이 요양(遼陽)의 요동도사(遼東都司)에 알리고 도사가 북경에 알렸다. 말을 갈아타고 밤낮으로 달린 결과였다.

온 북경이 떠들썩했다. 도대체 천자의 사신이 야간도주를 한다는 것은 역사에 없는 일이고 상상도 할 수 없는 일이었다.

그러나 한 가지 분명한 사실이 있었다. 세상에 아무 일도 없는데 도망치는 얼간이가 어디 있겠는가? 필시 왜놈들이 죽이려고 들었을 것이고, 구사일생으로 몸을 피했을 것이다.

이어 양방형도 도망쳤다는 소문이 나돌았다. 근원을 알 수 없는 소문이지마는 왜놈들의 행실로 보아 어김이 없을 것이다. 참말로 죽일 것은 왜놈들이요 몇 해 굶더라도 허리띠를 졸라매고 전쟁을 하는 수밖에 없었다.

조정에서는 연일 회의였고, 그때마다 화살은 화평을 주창한 병부상서 석성에게 쏠렸다.

"어쩔 것이오?"

"대답을 해보시오."

대답이 있을 수 없었다. 그는 숨을 죽이고 얼굴을 들지 못했다. 10일이 지나 4월 29일, 도망쳤던 부사 양방형의 보고서가 당도했다.

일본 측에 이상이 있는 것은 아니고 정사가 헛소문을 믿고 느닷없이 떠나 버리니 그 속셈을 알 수 없습니다. 바라옵건대 속히 의논하여 부산 진영에 지시를 내리사 삼국의 인심을 안정시켜 주시기를 바랍니다(《신종실록》).

도시 모습을 볼 수 없던 황제도 조회(朝會)에 나와 발을 굴렀다.

"종성이라는 자는 정사의 막중한 직책에 있으면서 야음을 타고 사사로이 도망을 쳤다지? 외람되이 나라의 체통을 욕되게 하였으니 형틀을 씌워 북경으로 끌어다 철저히 다스리도록 할 것이며(著械遞入京究治) 사용 등이 요망한 소문을 일으켜 민심을 현혹케 한 연유도 엄히 조사하여 나한테 소상히 보고하시오."

황제는 계속하여 신하들을 손가락질하고 고함을 질렀다.

"시일을 천연하니 이런 일이 생기는 것이오. 히데요시를 책봉하는 일은 늦어도 가을 안으로 마무리를 지으시오!"

황제가 직접 나서 발을 굴러 놓았으니 불꽃이 튈 수밖에 없었다. 관원들은 이종성을 잡으러 요동으로 말을 달리고 대신들은 밤낮으로 회의를 계속했다. 후임은 누구로 할 것이냐.

말이 많았으나 5일 후인 5월 4일, 부산 현지에 머물고 있는 부사 양방형을 정사로, 일본에 가 있는 심유경을 부사로 승진토록 결정을 보았다.

새 사람들을 보내자면 임명에서 차비를 하고 떠날 때까지 적지 않은 시일이 걸리게 마련이고, 현지에 도착해서 사정을 파악하는 것도 하루 이틀에 될 일이 아니었다. 이래저래 이미 가 있는 사람을 쓰는 것이 간편했다.

그러나 이것은 몇 가지 측면에서 전례 없는 일이었다. 무관을 정사로 삼은 것도 전례 없는 일이고 막중한 인사를 이처럼 단시일에 결정한 것도 전례 없는 일이었다.

다만 정사 양방형과 부사 심유경이 입을 예복은 새로 만들어 보내지 않을 수 없었다. 또 잃었던 칙서, 금인 등을 찾았다고는 하나 칙서에는 이종성의 이름이 들어가 있으니 양방형으로 바꿔야 했다.

그러나 한 번 발을 구르고 다시 궁중 깊숙이 들어간 황제의 결재를 받는 것은 쉬운 일이 아니었다. 칙서와 장복(章服 : 예복)은 추후에 보낼 터이니 정식으로 임명된 것으로 알고 화평을 촉진하라 — 석성의 편지를 받은 급사는 만리장성을 넘어 동북으로 달렸다. 요동을 거쳐 부산에 가서 양방형에게 전할 참이었다.

부산의 양방형은 급한 불은 껐으나 처신하기가 난감했다. 대명의 사신, 그것도 정사라는 자가 쥐새끼처럼 밤중에 도망쳤으니 일본 사람, 조선 사람들을 보기가 창피했다. 더운 날씨에도 나다니지 않고 가끔 술로 시름을 달래는데 북경에서 급사가 달려왔다. 자신은 정사, 심유경은 부사, 계속 화평을 촉진하라.

"잘 부탁하오."

양방형은 소탈한 사람이었다. 고니시 유키나가에게 석성의 편지를 보이고 이렇게 말했다.

유키나가는 뜻밖이었다. 심유경의 말대로 2년은 아니더라도 시일 여유는 넉넉할 것으로 생각했는데 일이 너무 빨리 진행되었다. 이제부터 어떻게 할 것인가? 혼자서는 판단이 안 서고 나고야의 심유경과 의논해야 하였다.

"속히 일본에 건너가서 어른을 맞아들일 차비를 해야겠습니다."

이종성의 도망사건으로 부산에 왔던 유키나가는 다시 겐카이나다를 가로질러 나고야에 상륙하였다.

"이랏샤이마세(어서 오십시오)."

선창에서 심유경의 처소로 직행하니 아리마가 문간에 나와 맞아들였다. 아리마는 처음에 시침을 들던 여자였으나 심유경과 정분이 나서 동거생활을 하고 있었다. 젊고 아름다운 여자로 고향이 아리마(有馬)였다. 심유경은 본명 '하나(花)'보다 '아리마'가 더 아름답다 하여 한자로 '阿里馬'라 쓰고 그대로 부르고 있었다.

"너하고 근사한 집에서 새살림을 시작할 때도 멀지 않았다."

심유경은 유키나가의 설명을 듣고 아리마를 돌아보았다. 그는 평화가 오면 일본에 눌러앉아 아리마와 정식으로 혼례식을 올리고 여생을 함께 보낸다고 큰소리를 쳐왔었다.

"정말 그렇게 될 것 같소?"

아리마 대신 유키나가가 반문했다.

"정사에 양방형, 부사에 심유경이라 — 이것은 하늘이 도운 것이오."

유키나가는 심유경이 이렇게 좋아하는 것을 일찍이 보지 못했다. 심유경은 아리마가 따르는 녹차로 목을 축이고 설명을 계속했다.

"들어 보시오."

이종성은 소인이라 사사건건 간섭했으나 양방형은 대범한 성품이어서 만사를 이 심유경에게 맡길 것이다. 마음대로 할 수 있게 되었는데 안될 일이 무엇인가?

전에는 시일을 천연하면서 히데요시가 죽기를 바랐다. 그러나 이제 사정이 달라졌다. 하늘이 내린 이 기회를 놓치지 말고 일을 촉진해서 마무리를 지어 버려야 했다.

히데요시가 죽어 주면 더욱 좋고 안 죽어도 과히 염려할 것이 없었다. 장차 히데요시를 상대할 사람은 경망한 이종성이 아니고 사실상 이 심유경이다. 무엇을 걱정할 것인가?

그의 설명을 들은 유키나가는 흡족한 마음으로 숙소로 향했다.

꼬였던 일도 풀리기 시작하니 줄줄이 풀렸다. 오후에는 소환령을 받고 조선에서 돌아오는 가토 기요마사가 배로 나고야에 들어왔다. 이를 데 없이 기고만장하던 것이 어깨를 축 늘어뜨리고 말도 없었다.

몇 사람과 속삭이고는 말로 갈아타고 동북으로 사라졌다. 후시미(伏見)에 가서 히데요시에게 호소한다지만 들어줄 리가 없었다.

다음 날은 숱한 말[馬]들과 진귀한 물건들을 실은 수십 척의 선단(船團)이 포구에 들어왔다. 연초에 부산을 떠나기 전에 심유경이 본국에 주문한 물건 ― 히데요시에게 바칠 선물들이었다.

화평에 가장 큰 장애물이었던 가토 기요마사는 거세되고 선물도 수천 리 길을 때를 맞춰 당도했다. 더 바랄 것이 없는 기회, 하늘이 기회를 주어도 움직이지 않는 자는 도리어 재앙을 받는 법이다.

서둘러야 했다.

심유경은 부산의 양방형에게 편지를 띄웠다 ― 이 천재일우의 기회를 맞아 칙서와 장복을 기다리기 위해서 세월을 허송하는 것은 현명한 처사가 아닌 듯합니다. 우선 일본에 건너오셔서 화평의 기틀을 다질 대로 다지고 절차는 추후에 밟는 것이 어떻겠습니까?

유키나가도 부산에 있는 소 요시토시에게 편지를 썼다 ― 양방형을 설득하여 하루 속히 일본으로 건너오도록 하라.

편지를 보내고 나서 두 사람은 선물을 실은 선단을 이끌고 나고야를 떠나 오사카로 향했다.

흡족한 히데요시

6월 25일, 교토 남방 후시미 성(伏見城).

심유경은 유키나가의 소개로 히데요시에게 큰절을 하고 인사를 드렸다.

"대명의 유격장군 심유경이올시다."

히데요시에게 바칠 선물을 가지고 사카이에 상륙한 심유경은 사카이에서 오사카까지 15리, 오사카에서 후시미까지 1백30리, 도합 1백45리 길을 오는 동안 숱한 화제를 뿌렸다. 심유경 이하 명나라의 관복으로 정장한 관원들의 행렬은 섬나라에 갇혀 살던 백성들에게는 색다른 광경이었고, 모두들 일손을 놓고 길가에 몰려나와 구경을 했다.

그보다도 더욱 장관은 말들의 행진이었다. 2백77필. 일본은 말이 귀한 나라여서 장수들이나 겨우 말을 타는 형편이고, 일반 병사들은 모두 도보였다.

그토록 귀한 말들이 수백 필이나 떼를 지어 가는 것은 처음 보았고, 더구나 이 말들은 조랑말이나 다름없는 일본 말들과는 달리 훤칠하게 키가 크고 늠름한 것들뿐이었다. 역시 대국은 대국이다.

히데요시는 무력으로 난세의 일본을 통일한 무인이었다. 특히 말을 좋아해서 이들이 후시미에 도착하자 이튿날로 성내에 초청하였다.

"듣자 하니 여기서 북경까지는 8천 리라는 사람도 있고 1만 리라는 사람도 있소. 그토록 먼 길을 오면서 말들은 모두 무사했소?"

히데요시는 알기 쉽게 일본 가나로 적은 선물 목록을 보고 심유경에게 물었다.

"압록강을 건널 때는 3백 필이었습니다마는 도중에 병으로 쓰러진 것도 있고, 바다에서 풍랑을 만나 파도에 휩쓸린 것도 있고, 결국 2백77필이 여기까지 왔습니다."

"수고가 많았겠소. 모두 북경에서 왔소?"

"아니올시다. 북경에서 온 것은 일부에 지나지 않고 태반은 요동의 관전(寬奠)에서 기른 것입니다."

선물은 말뿐이 아니었다. 임금의 정장인 곤룡포에 익선관도 있고, 구슬과 명나라의 지도, 《무경칠서(武經七書)》 등 귀한 책자도 있었다. 비단, 광목, 털옷, 가죽신발에서 벼루와 붓에 이르기까지 없는 것이 없었다.

"대명은 땅이 넓고 물자도 많다더니 과연 그렇구만."

"살 만한 고장이지요."

"그래서 내 탐을 냈는데 심 장군이 나서는 바람에 일이 틀려 버렸소."

히데요시는 활짝 웃고 일행과 함께 점심을 들었다.

심유경은 간간이 히데요시를 뜯어보았다. 움푹 들어간 두 눈에 깊이 패인 주름살, 윤기도 없었다. 쇠약한 것은 사실이나 소문처럼 정신이 혼미한 것은 아니고, 아직도 머리는 잘 돌아가고 있었다.

심유경은 관상을 보는 재주가 있었다. 히데요시의 얼굴을 이모저모 살피고 얻은 것은 명재순삼(命在順三), 즉 63세에 죽는다는 괘였다. 지난 2월에 환갑을 지냈으니 금년에 61세, 내후년이면 63세로 이 세상을 하직하는 것이다.

앞으로 2년, 그때까지는 이 잔나비 같은 사나이를 달래고 추켜세우고 어루만지기만 하면 문제는 저절로 해결되는 것이다.

"졸지에 마련한 것이 없소. 우선 마음의 징표로 이것을 드리니 받아 주시오."

식사가 끝나자 히데요시는 검(劍) 한 자루를 답례로 내놓았다. 3백여 년 전에 작고한 일본 최고의 도공(刀工) 마사무네(正宗)의 작품으로, 히데요시로서는 다시없는 호의의 표시였다.

그뿐이 아니었다. 물러 나오는 심유경, 고니시 유키나가 등과 함께 마당에 내려서더니 도열한 말들을 둘러보고 그중 백마(白馬) 한 필을 골라 잡았다.

"잘생겼군."

올라타고 마당을 한 바퀴 돌았다.

"날래고 길도 잘 들었소."

심유경은 흡족한 히데요시를 하직하고 유키나가의 안내로 숙소에 돌아왔다.

"조금 전에 들으니 가토 기요마사는 집에서 근신한다오."

방에 들어서자 유키나가가 알려 주었다.

후시미 성 주변에는 오사카 성의 경우와 마찬가지로 제후들의 저택이 마련되어 있었다. 기요마사는 조선에서 돌아오자 히데요시에게 면회를 신청하고 집에서 기다렸으나 만나 주지 않고 무서운 전갈이 왔다.

"이미 간토(勘當 : 의절)한 너를 만나서 무엇을 하겠느냐? 죽든 살든 마음대로 해라!"

죽을 수는 없고 근신이라는 이름으로 집에 틀어박혀 이를 간다고 했다. 고니시 유키나가, 너를 잡아서 각을 뜨지 않으면 나는 사람도 아니다.

세상일은 모르는 법이다. 지금은 축 늘어졌어도 언제 다시 되살아나서 조화를 부릴지 누가 아느냐? 일이 꼬이기 전에 결말을 지어 버려야 했다.

모든 일이 순조롭게 진행되는데 단 하나 안 되는 것이 조선에서 사신을 보내오는 문제였다. 히데요시는 조선에서 왕자와 대신 1, 2명을 인질로 보내라고 하지만 이것은 턱도 없는 소리였다. 대신을 한 사람 사신으로 보내 주면 히데요시에게는 사과하러 온 사신이라고 얼버무리고 조선에 대해서는 통신사라고 해버리면 이 문제는 별 탈 없이 해결될 듯 싶었다.

교섭은 작년 12월 부산에서 시작되었다. 유키나가의 뜻을 받든 중 겐소가 이언서(李彦瑞)라는 조선 사람과 다음 같은 대화를 나눈 것이 일의 시초였다. 이언서는 심유경의 접반사 황신의 일본말 통역이었다.

겐소   조선 통신사도 명나라 사신들과 함께 일본으로 건너가야 할 터인데 왜 가야 하는지 당신도 짐작이 갈 것이오.

이언서   나는 통 짐작이 가지 않소. 그러나 우리나라에서 사신을 보낼 리가 없지요.

겐소   그렇게 말씀하지 마시오. 요즘 정세로 보아 당신네도 생각을 달리할 날이 올 것이오.

이언서   그럴까요?

겐소   통신사는 대관 중에서 사리에 밝은 사람을 보내야 하오. 앞서 보낸 황윤길(黃允吉) 같은 사람은 차라리 안 보내니만 같지 못했소.

이언서 …….

겐소 정몽주, 신숙주 두 분은 사신으로 일본에 가서 수백 년의 평화를 다져 놓고 돌아왔으니 훌륭한 인물들이지요(鄭夢周申叔舟兩人 能 使數百年無事 其人之賢可想矣).

이언서 알아듣겠소.

겐소 그런데 요즘 조선 사람들은 좀 다른 것 같소. 매양 글을 잘하고 고 금을 통했다고 자랑하지만 기실 사리에 밝지 못한 사람들이 허다 합디다.

이언서 …….

겐소 그러나 모두 그렇다는 것은 아니오. 나도 전에 서울에 가보았지만 고관들 중에는 훌륭한 분들이 적지 않습디다. 그런 사람들 중에 서 고르고 골라 벼슬도 높고 덕도 높은 분(官尊德高者)을 보내 주 시면 일이 잘될 것이오. 거듭 이야기하지만 합당한 인물이 아니 면 안 보내니만 같지 못하오(《선조실록》).

이언서는 황신에게 고하고 황신은 그대로 서울에 보고하였다.

"낫살 먹은 중놈이 못하는 소리가 없구나."

조정의 대신들은 크게 노하였다. 일본은 남의 나라를 쑥밭으로 만들 어 놓고도 여태 사과 한마디 없었다. 그런 터에 통신사를 보내라?

그것도 이런 사람을 보내라, 저런 사람은 안 된다 — 오만불손하지 않 은가? 조정은 도시 상대도 하지 않았다.

다음에는 심유경이 조카 심무시(沈懋時)를 서울로 보냈다 — 통신사 를 보내는 것이 합당합니다.

임금의 분부로 2품 이상의 고관들이 모여 의논했으나 결론이 나지 않 았다. 심유경의 말만 듣고 사신을 보낼 수는 없다. 두고 보자.

곧이어 유키나가, 겐소, 그리고 심유경은 일본으로 건너오고, 부산에
서는 이종성이 도망치는 사건이 벌어져 이 문제를 돌볼 겨를이 없었다.
유키나가는 부산에 남은 사위 소 요시토시에게, 심유경은 조카 심무시
에게 각각 부탁해 놓았다. 어떤 방법으로든지 조선을 설득하여 통신사
를 보내도록 하라.

그러나 지금에 이르기까지 소식이 없었다. 일본이라면 원한이 머리
끝까지 차 있는 조선, 아마 끝내 거절할 모양이다.

"어떻게 한다?"

유키나가는 걱정이었다. 그러나 심유경은 아무리 어려운 문제에도
언제나 대책을 가지고 있는 인물이었다.

"당신네 일본군은 조선 사람들을 무던히도 많이 끌어왔더구만. 밥만
먹일 것이 아니라 이런 때 활용하는 것이 어떻소?"

"활용하다니?"

"그중에는 글줄이나 하는 선비도 있을 것이 아니오? 잘 꾸며 통신사
라고 내세우면 그만이지, 태합이 알게 뭐요?"

유키나가는 귀가 번쩍 트였다.

"그거 비상한 생각이오."

그러나 다음 순간 걱정이 머리를 쳐들었다.

"그랬다가 거짓이 탄로가 나면 어떻게 하겠소?"

"어차피 처음부터 끝까지 거짓인데 그것 하나만 걱정이오?"

"하기는 그렇소."

그들은 좀 더 기다려 보고 끝내 조선에서 통신사가 오지 않으면 일본
내에서 꾸미기로 합의를 보았다.

부사에서 정사로 승격된 양방형은 계속 부산에 머물고 있었다. 하는

일은 없고 북경에서 새로 쓴 칙서가 오기를 기다리는 것이 일이라면 유일한 일이었다. 그런데 함께 부산에 머물고 있던 소 요시토시는 이런 핑계, 저런 핑계로 무료하게 지내는 양방형을 자주 찾았다.

"칙서는 어차피 오게 마련이 아닙니까? 부산에 계시면 오고 일본에 계시면 안 온다는 법은 없지요. 불편한 이 부산을 떠나 일본에 가서 편히 쉬시면서 기다리시지요."

괜찮은 생각이었다.

"그럼 가볼까."

양방형은 떠나기로 결심하고 준비를 소 요시토시에게 일임하였다.

그런데 함께 가야 할 조선 통신사가 막연했다. 소 요시토시는 야나가와 시게노부에게 교섭을 맡기고, 야나가와 시게노부는 심무시와 의논하고 나서 이언서를 만났다.

"통신사는 고관이 아니라도 좋소. 이 부산에서 가까운 거리에 있는 조선 관원 아무라도 여기 데려올 수 없겠소? 일본에 모시고 가서 관백(關白 : 히데요시)에게 통신사라고 아뢰면 그것으로 통하는 것이오."

매우 다급한 모양이었으나 이언서의 대답은 느긋했다.

"통신사야 서울에 계신 임금께서 제수하시는 것이지 일개 통사에 불과한 내가 아무나 끌어다 통신사라고 할 수는 없지요."

"그것도 그렇구만. 서울에서 진짜 통신사를 보내도 무방하오. 고관이 아니라도 좋고, 또 무직자를 내세워 가짜 통신사를 만들어 내도 좋소. 빨리만 보내 주시오."

또다시 이언서는 황신에게 고하고 황신은 급히 사람을 서울로 보내 대화 내용을 조정에 보고하였다.

양방형도 일본으로 떠난다니 조정은 더 두고 볼 여유가 없고 가부간 결정을 내릴 때가 왔다. 그러나 매일 회의를 열어도 매일 찬반양론이 맞서 결론이 나지 않았다. 살인강도 도요토미 히데요시에게 사신이 될 말이냐 — 강경파는 막무가내로 이렇게 주장하는 반면 온건파의 주장은 달랐다. 나라의 운명이 걸린 일인데 앉아만 있을 수 없다. 가서 일이 어떻게 돌아가는지 지켜보기라도 해야 할 것이 아닌가?

갑론을박은 끝이 없었다. 달포를 기다리던 양방형은 6월 15일, 마침내 부산 포구에 나가 배를 타고 일본으로 떠났다. 소 요시토시가 함께 가고 야나가와 시게노부는 그대로 부산에 남았다. 조선 통신사가 결정되면 안내를 맡을 작정이었다.

부산에서 양방형이 일본으로 떠난 지 10일이 지난 6월 25일, 서울에서는 드디어 사신을 보내기로 결론이 났다. 보내는 바에는 현지에 가서 우리의 주장을 적극 펴야 한다는 것이 중론이었다.

정사에는 황신이 지명되었다. 그는 전해 여름부터 일 년 이상 적진에 체류하여 적정을 잘 알고 명나라 사신들과도 안면이 있어 편리한 점도 있었다. 부사에는 무관으로 용기도 있고 무게도 있는 대구부사 박홍장(朴弘長)이 지명되었다.

그러나 사신이 한번 떠나려면 많은 준비가 필요하였다. 수행 인원들을 선발하고 복장을 갖추고 식량과 선물을 장만하고 타고 갈 배도 마련해야 하였다.

준비를 서두르는데 7월 초에는 북경에서 유응선(劉應選)이라는 병부의 관원이 새로 쓴 칙서를 가지고 서울을 거쳐 부산으로 내려갔다. 이제야말로 더 이상 시일을 천연할 수 없었다.

대충 모양만 갖추면 떠나려는데 충청도에서 큰 민란이 일어났다. 민란은 사방으로 번져 반군은 오래지 않아 서울까지 쳐올라온다는 소문이었다.

도성의 백성들은 피란 보따리를 싸고 조정은 진압군을 편성하고 파송하고 독려하고 ― 온 장안이 어수선했다.

　일본으로 갈 사신은 문제도 될 수 없고 진행하던 준비도 중지될 수밖
에 없었다.

황신의 사절단

난리는 바로 재작년 12월 송유진(宋儒眞)이 반란을 일으키려다 미수에 그친 홍산현(鴻山縣 : 부여)에서 일어났다.

주모자 이몽학(李夢鶴)은 원래 서울 태생으로 서출(庶出)이었다. 서출은 천인이라 주위의 냉대가 자심할 수밖에 없었다. 어려서는 냉대를 받고만 있었으나 장성하면서는 가만히 있지 않았다. 주먹을 쓰고 주먹으로 안 되면 몽둥이를 휘두르는 바람에 사람이 다치고 짐승이 죽고 온 동네가 조용할 날이 없었다.

"제발 좀 없어져 다오."

눈물로 사정하는 부친의 말씀을 거역할 수 없어 봇짐을 걸머지고 길을 떠났다. 발이 가는 대로 충청도, 전라도 일대를 떠돌아다니다 장가를 들고 정착한 곳이 홍산 고을이었다.

한동안은 괜찮았으나 서출이라는 것이 알려지면서 사람들의 눈초리가 달라졌다. 길에서 마주치면 흰눈으로 흘겨보고 개중에는 일부러 아래위로 째려보는 축도 가끔 나타났다. 어쩌다 아이들이 놀러 오면 그 부모가 달려와서 끌어가고, 도시 상종해 주는 사람이 없었다.

여기도 못살 고장이다. 떠날까? 생각 중인데 전쟁이 일어났다.

나가 싸우면 면천(免賤), 즉 천인을 면해 준다고 하였다. 죽지만 않으면 사람의 축에 끼게 될 것이고, 죽는다고 이 세상, 별로 미련이 없었다. 그는 군에 들어갔다.

싸움만 벌어지면 적중에 뛰어들어 난도질을 퍼부었다. 그때마다 적을 1, 2명은 잡았고, 그 자신은 한 번 적의 창끝에 손등을 약간 긁혔을 뿐 아무렇지도 않았다. 소원대로 천인의 신세를 면하였을 뿐만 아니라 승진하여 절급(節級 : 하사관)에까지 올랐다. 상관들은 입버릇처럼 되뇌었다 ─ 모든 것이 임금님의 은덕이다. 이 은덕을 잊으면 너는 사람도 아니다. 이몽학은 잊지 않기로 결심했다.

병조정랑 이시발(李時發)이 어사(御史)로 공주(公州)에 내려왔다. 충청도 일원에서 장정을 모집하고 양곡을 징발하여 군사훈련을 시키는 것이 목적이었다.

그 휘하에는 여러 명의 관원들이 선봉장(選鋒將)으로 따라왔는데 이들은 저마다 한두 고을씩 배정을 받고 흩어져 지방으로 내려가게 되었다. 감영(監營 : 도청)에서는 각기 그 고을의 사정에 밝은 무인을 이들 선봉장에게 따라붙게 하여 안내도 하고 시중도 들게 하였다.

홍산현을 맡은 선봉장은 한현(韓絢)이라는 사람이었다. 서울에 있을 때의 벼슬은 사복시(司僕寺)의 겸사복(兼司僕). 홍산에 집이 있는 이몽학은 자연히 그를 안내하게 되었다.

한현은 말솜씨가 좋고 어딘가 사람을 잡아끄는 힘이 있었다. 이몽학은 그가 마음에 들었고, 그도 이몽학을 달리 보는 듯 수십 년에 한 사람날까 말까 한 대장부라고 하였다.

한현은 읍내의 객관에 묵으면서도 자주 이몽학의 집을 찾았다. 하루는 약주를 나누다가 차마 듣지 못할 한마디를 내뱉었다.

"임금이라는 그 기름강아지 같은 물건을 그저!"

이몽학은 생각할 겨를도 없이 그의 멱살을 잡아 번쩍 쳐들었다.

"너, 지금 한 말 다시 해봐!"

한현 자신 기름강아지보다 클 것이 없었으나 침착했다.

"우선 이야기를 듣고, 주먹은 그 다음에 쓰는 것이 어떻겠소?"

이몽학은 잡았던 멱살을 놓고 그를 쏘아보았다.

"형씨, 지금이 어떤 세상이고, 금년은 어떤 해요?"

한현은 한바탕 헛기침을 하고 이렇게 물었다.

전쟁으로 세상이 난장판으로 변한 것은 다 아는 일이고, 금년은 또 말 못할 흉년이었다. 전쟁이 터진 이후로 연속 흉년이 들더니 작년에는 대풍이 들었다. 이제부터는 괜찮을 모양이라고 생각했는데 금년에는 또 봄부터 극심한 가뭄으로 보리가 말라 죽고 벌써부터 처처에서 굶어 죽는다고 아우성이었다.

"그런데 임금이란 작자는 주지육림(酒池肉林)에서 헤어날 줄을 모르고 도망갔던 대신이라는 자들은 서울에 돌아와서 무엇을 하는지 아시오? 자기들은 배가 터지게 먹고, 굶어서 비틀거리는 백성들을 끌어다 고대광실, 자기 집을 짓느라고 미쳐 날뛰고 있소."

"사실이오?"

"사실이오."

여기서 그들은 군사를 일으키기로 하였다. 서울로 밀고 올라가서 조정을 뒤엎고 새 왕조를 창건하여 한현은 임금, 이몽학은 영의정, 그밖에 6조판서의 인사까지 합의를 보았다.

은밀히 군사를 모으는데 한현의 부친이 돌아갔다는 기별이 왔다.

부친은 전쟁이 일어나자 인천에서 배를 타고 면천군(沔川郡 : 당진군 남반부) 범척내포(犯斥乃浦)로 피란을 내려와 지금까지 그대로 눌러 있었다. 삽교천(揷橋川)이 바다로 들어가는 대목에 위치한 포구로 약칭 내포(乃浦 : 內浦)라고 부르는 고장이었다.

"우선 홍주(洪州 : 홍성)를 칩시다. 나는 북쪽의 내포에서 내리밀고, 당신은 이 홍산에서 올리밀고, 남북에서 협격하는 것이오."

한현은 이렇게 당부하고 떠나갔다.

이몽학은 승속(僧俗) 1천 명의 장정들을 모아 가지고 행동을 개시하니 그것이 7월 6일이었다.

제일 먼저 홍산읍부터 쳤다. 밤중에 기습을 당한 현감 윤영현(尹英賢)은 순순히 항복하고, 임천(林川)에서도 군수 박진국(朴振國)이 손을 들고 나왔다.

7일에는 정산(定山), 8일에는 청양(靑陽), 9일에는 대흥(大興)을 점령하였다. 어디서나 고을의 원들은 도망치고 백성들은 호미, 괭이 혹은 몽둥이를 들고 따라나서 불과 며칠 사이에 병력이 5천 명에 이르렀다. 대단한 기세에 겁을 먹은 부여현감 허수겸(許守謙), 서산군수 이충길(李忠吉) 같은 사람은 반란군이 오기도 전에 살 길을 찾아 내통하여 왔다.

힘을 얻은 이몽학은 대흥을 점령하던 9일, 바로 홍주로 진격하여 먼발치로 성을 포위하였다. 그러나 북에서 내리민다던 한현으로부터는 소식이 없고, 사람을 보내도 찾을 길이 없었다. 어찌 된 일일까? 의심이 생기기 시작했다.

거기다 이때쯤은 관군도 태세를 정비하여 홍주목사(牧使) 홍가신(洪可臣)은 성을 굳게 지키고, 충청병사 이시언(李時言)은 예산의 무량성(無量城), 어사 이시발은 유구(維鳩 : 공주 서북), 중군 이간(李侃)은 청양에서 각각 홍주로 진격하여 왔다.

관군은 심리전도 문답식으로 교묘하게 전개하였다.

"한현은 어떤 사람이냐? 협잡꾼이다."

"이몽학은 어떤 사람이냐? 목로집 갈보의 자식이다."

"임금이 주지육림에 빠졌다는 것은 사실이냐? 거짓말이다. 영의정 류성룡 대감의 말씀을 들어 보라 — 전쟁이 터진 후로 임금께서 술 한 잔, 고기 한 점 잡수셨다면 내 손바닥에 장을 지지라."

"대신들이 집을 짓는다는 것도 거짓말이냐? 거짓말이다. 임금도 궁궐을 짓지 못하고 사가에 거처하시는데 신하가 어찌 집을 지을 수 있겠느냐?"

속았구나! 병정들은 분통을 터뜨렸다. 게다가 이들은 이름이 병정이지 어제까지 밭에서 김을 매던 농부들이었다. 손에 든 것은 간단한 농기구가 아니면 몽둥이로, 갖가지 무기를 갖춘 관군에 비할 바가 못 되었다. 알고 보니 우리는 형편없는 어중이떠중이들이 아닌가.

병정들은 공포심이 머리를 쳐들었다. 분하고 무섭고, 싸울 명분도 없고 기운도 없어졌다.

무너지기 시작하니 걷잡을 수 없었다. 10일 하룻밤 사이에 5천 병력은 어둠 속으로 흩어져 도망치고, 이튿날 새벽 덕산(德山) 방면으로 도망치던 이몽학은 그날 밤 산속에서 장막을 치고 자다가 가장 가까운 측근 3명(金慶昌, 林億命, 太斤)을 불러들였다.

"내 머리를 가지고 홍가신에게 가라. 살려 줄 것이다."

"아닙니다. 여우 같은 한현을 잡아 놓고 시비를 가려야 합니다."

"소용없는 일이다."

이몽학은 칼을 들어 자기의 턱 밑을 깊숙이 찔렀다. 피가 용솟음 치고 모로 쓰러져 그 자리에서 숨을 거두고 말았다.

순식간의 일로 말릴 겨를도 없었다.

관군이 들이닥쳤다.

"너희들은 기특하다. 그 못된 역적을 잡았으니 조정에서 용서하실 뿐만 아니라 후한 상이 내릴 것이다."

대장으로 보이는 사나이는 극구 칭찬하고 칼을 빼어 이몽학의 머리를 잘랐다.

"가자."

세 사람은 얼떨결에 시키는 대로 피가 흐르는 머리를 들고 앞장서 산을 내려왔다.

그래도 한현은 나타나지 않았다.

그는 본시 머리가 좋은 사람이었다. 그 좋은 머리로 판단하니 전쟁이 짓이기고 간 서울은 한심하기 이를 데 없고 지방은 더욱 말할 것이 못되었다. 임금이고 대신이고 고을의 원들이고 다 너절하고, 군대라는 것도 누더기 군상이 맥을 쓰게 생기지 않았다.

모든 것이 불면 날아갈 형국이었다. 아마 유방(劉邦)이 일어섰을 때의 중국도 이런 형편이었을 것이다. 그는 일개 정장(亭長 : 이장)에서 세상을 뒤엎고 황제가 되었다. 나는 겸사복, 거기 비하면 양반이다. 못할 것이 무엇이냐?

그러나 그는 재사였지 인물은 아니었다. 이몽학을 부추겨 일을 저지르고는 내포에 숨어 버렸다. 형세를 관망하다가 일이 성사될 만하면 나오고 그렇지 못하면 아예 자기는 모르는 일이라고 잡아뗄 생각이었다.

그는 서울로 끌려와서 능지처참을 당하는 순간까지도 울부짖었다 ― 소인은 억울합니다.[8]

이몽학의 난리가 일단락되자 황신, 박홍장 이하 일본으로 갈 사신 일행은 다시 짐을 꾸리기 시작했다. 그러나 그동안 유응선으로부터 황제의 칙서를 인계받은 심무시 일행은 20여 일 부산에서 기다리다 한발 앞서 일본으로 떠나고 말았다.

마침내 황신이 이끄는 사절단이 야나가와 시게노부의 안내로 부산항을 떠난 것은 8월 8일이었다. 조선 수군의 함정 4척, 일본 배 1척, 인원은 황신 이하 3백9명이었다.

이들은 쓰시마에서 심무시 일행과 합류하였다. 순풍을 기다리다 8월 25일 함께 쓰시마를 출발하여 20여 일 후인 윤8월 18일 드디어 사카이 항구에 당도했다. 부두에는 이들보다 40여 일 앞서 8월 4일에 여기 도착한 양방형을 비롯하여 심유경, 고니시 유키나가 등 많은 사람들이 나와 그들을 영접하였다.

황신 일행은 시내 쇼라쿠지(常樂寺)라는 절간에 여장을 풀었다. 양방형과 심유경은 각기 특별히 신축한 저택에 들어 있었다.

일본 사람들이 문안을 오고 선물을 보내고, 때로는 그들에게 끌려온 조선 아이들이 찾아오고 — 황신은 심심치 않게 그날그날을 엮어 가는데 사카이에 온 지 10일 되는 28일, 북쪽에 있던 히데요시가 오사카로 내려왔다는 소식이 들렸다. 명나라 사신들과 함께 그를 만나 이야기가 잘 되면 5년을 끌어온 전쟁에 끝장을 내고 조선으로 돌아가게 되는 것이다.

이튿날은 29일이자 그믐이었다. 좋은 소식을 기다리는데 하루 종일 비가 내리고 찾아오는 사람도 없었다.

날이 어두울 무렵에야 야나가와 시게노부가 비를 헤치고 찾아와서 통사 박대근(朴大根)을 만났다.

"지금 고니시(小西行長), 데라자와(寺澤正成) 두 분이 관백(히데요시)을 뵙고 돌아왔소."

필시 히데요시의 전갈, 만나자는 전갈을 가지고 왔으리라고 생각했으나 야나가와 시게노부의 얼굴이 너무 어두웠다. 박대근으로서는 할 말도 없고 잠자코 귀를 기울일 수밖에 없었다.

"지금부터 하는 이야기는 관백의 말씀이니 그대로 정사 어른께 전해주시오 ― 당초에 내가 명나라와 통하려고 하였는데 조선이 중간에서 막고 연락해 주지 않았다. 전란이 일어난 후에는 심 유격(沈遊擊 : 심유경)이 양국 간에 평화를 가져오려고 애를 썼는데 조선에서는 (북경에) 글을 올려 극력으로 방해하였다. 또 심 유격은 일본과 짰다고 일이 있을 때마다 헐뜯었다. 이 천사(李天使 : 이종성)가 도망친 것도 조선 사람들이 협박했기 때문이다. 명나라의 책봉사가 바다를 건널 때까지도 조선은 사신을 보내지 않다가 이제야 뒤늦게 보내왔다. 또 왕자도 보내오지 않고, 사사건건 나를 너무나 우습게 보았다(事事輕我甚矣). 그런즉 지금 조선 사신들을 만날 수는 없고 명나라 사신들부터 만나야겠다. 그런 연후에 조선 사신들을 잡아 두고(姑留朝鮮使臣) 북경의 병부(兵部)에 조회하여 그들이 늦어진 연유를 알아보고 나서 만날 생각이다(황신《일본 왕환일기》)."

박대근은 야나가와 시게노부가 하는 말을 일일이 적고 있었다. 말을 마친 야나가와 시게노부는 붓을 놀리는 박대근을 한참 바라보다가 일어섰다.

"박 통사, 내 생각으로는 정사께서 급히 심 천사(沈天使 : 심유경)를 찾아가는 것이 좋을 것 같소. 심 천사는 내일 관백을 뵐 예정이오. 그분의 말씀이라면 관백도 들을 터이니 잘 주선해 달라고 부탁해 보시오."

야나가와 시게노부가 돌아가자 박대근은 중방(中坊)으로 황신을 찾아 야나가와 시게노부와의 대화 내용을 설명했다.

"이런 일로 내가 심유경을 찾는 것은 모양도 좋지 않고……."

설명을 듣고 한동안 말이 없던 황신은 이렇게 중얼거리다 옆에 앉은 중국어 통사 이유(李愉)를 돌아보았다.

"내일 아침 나 대신 자네가 심유경을 찾아보지."

일본 국왕 책봉식

9월 2일(일본력 1일). 이틀 동안 계속 내리던 비가 멎고 구름 사이로 가끔 햇살이 비치는 가을 날씨였다. 아침부터 오사카에서는 도요토미 히데요시를 일본 국왕으로 책봉하는 의식이 거행되었다.

넓은 다다미방. 좌우에 일본 제후들이 서차에 따라 좌정하고, 책봉정사 양방형과 부사 심유경은 휘하 관원들을 거느리고 그 중간에 앉아 대기하고 있었다.

이윽고 정면 중앙 황색 장막이 열리면서 지팡이를 짚은 노인이 나타나고, 뒤에는 각각 그의 대검(大劍)과 요도(腰刀)를 받든 청의(靑衣)의 시동 2명이 좌우에 따라붙었다. 히데요시였다. 구령과 함께 일본 제후들이 부복하여 다다미에 이마가 닿도록 엎드리고 명나라 사신들도 따라 엎드렸다.

한 단 높은 자리에 앉은 히데요시는 좌우를 둘러보고 말을 시작했다.

"먼 길에 수고했소……."

히데요시는 천성으로 말이 많은 데다 늙으면서는 더욱 잔소리가 늘어 한번 입을 열면 그칠 줄을 몰랐다. 간간이 침도 튀기고 손짓을 섞어가며 전쟁을 일으킨 연유, 그간의 경과를 장황하게 엮어 내려갔다. 통역할 사이도 주지 않고 외치는 바람에 명나라 사람들은 그가 화를 내는 줄만 알고 안색이 변했다.

무지막지한 것이 사람을 들고 치는 것은 아닐까? 아니 칼질을 할지도 모른다. 실지로 이 일본 사람들은 3백21년 전 원나라에서 보낸 사신 두세충(杜世忠) 등 5명을 칼로 목을 따버린 미개인들이다.

지루하게 계속되던 히데요시의 이야기가 끝나자 사회를 맡은 고니시 유키나가가 설명했다.

"요컨대 전하께서는 여러분이 수고해 주신 덕분에 평화가 오게 되었다고 극구 칭송을 하신 것이오."

사신 일행은 한숨을 내쉬고 맨 앞의 양방형이 머리를 숙였다.

"감사합니다."

단 한 마디였다. 심유경은 양방형이 일본에 도착하면서부터 기회 있을 때마다 일러두었다.

"일본 사람들은 번잡한 것을 싫어합니다. 더불어 길게 이야기하지 않는 것이 좋습니다(倭性厭煩 勿與講話)."

유키나가는 사회를 계속했다.

"지금부터 대명 사신들이 예(禮)를 올리겠습니다."

그의 말이 끝나자 심유경이 수십 명의 관원들을 거느리고 앞으로 나왔다. 관원들은 저마다 명나라 조정에서 가지고 온 문서와 선물들을 받쳐 들고 있었다.

심유경은 관원들로부터 고명(誥命), 칙유(勅諭), 금인(金印), 면복(冕

服), 별폭(別幅 : 선물 목록)을 차례로 이어받아 히데요시에게 전하고 히데요시는 희색이 만면하여 하나하나 정중히 받았다. 격식으로 말하자면 고명과 칙유는 히데요시가 무릎을 꿇고 엎드린 가운데 양방형이 낭독하고 통사가 일본말로 통역할 것이었으나 그런 절차는 없었다.

이어 심유경은 유키나가의 인도로 좌우에 도열한 도쿠가와 이에야스(德川家康) 이하 유력한 제후들과 겐소를 비롯한 모모한 승려들에게 직첩을 전달하였다. 그리고는 한쪽 구석에 규모 있게 쌓여 있는 옷상자들을 힐끗 바라보고 입을 열었다.

"일본에 이렇게 많은 제후와 재상들, 그리고 덕이 높은 스님들이 계신 줄은 모르고 관복(冠服)은 30벌만 준비해 가지고 왔습니다. 그렇다고 여기서 갑자기 만들 수도 없고, 우리 사신들이 입던 관복으로 50벌을 채웠으니 양해하시고 위계(位階)에 따라 착용하여 주시기를 바랍니다."

그동안 히데요시는 안에 들어가 방금 받은 강사포(絳紗袍)에 면류관을 쓰고 나왔다.

"대명 황제 폐하의 만세를 삼창합시다."

그의 선창으로 만세를 세 번 부르니 의식은 간소하면서도 장중하게 끝났다(太閤喜氣溢眉 領金印著衣冠 唱萬歲者三次 : 玄蘇《仙巢集》).

다음 날은 같은 장소에서 성대한 연회가 베풀어졌다. 명나라 사신들은 물론 히데요시 이하 일본 사람들도 모두 어제 받은 중국옷에 중국관을 쓰고 있었다. 일본이라기보다 중국의 어느 고관대작 집 주연 같은 느낌을 주는 가운데 술은 향기롭고 안주도 풍성해서 사람마다 취하고 흥겹기 이를 데 없었다.

연회는 밤늦게까지 계속되고 명나라 사신들은 다음 날인 4일에야 사카이로 돌아갔다.

5일. 중이면서도 히데요시의 막하에서 장관으로 있는 마에다 겐이(前

田玄以)가 젊은 중 2명을 거느리고 사카이로 떠났다. 명나라 황제에게 보낼 사표(謝表), 즉 감사의 편지를 쓰는 데 실례가 없도록 그 나라 사신들과 미리 의논할 참이었다. 떠나기에 앞서 히데요시는 사신들에게 이런 전갈을 보냈다.

"무엇이든지 소망하는 일이 있으면 말씀하시오. 다 들어드리리다."

히데요시는 더없이 만족하고 있었다. 히데요시뿐만 아니라 누구나 이제 평화를 의심하는 사람은 없었다.

그러나 이들 승려들을 모시고 사카이로 가는 고니시 유키나가는 마음이 가볍지 않았다. 겉으로는 만사 잘 진행되었으나 분명히 불길한 그림자의 발소리가 다가오고 있었다.

처음에 히데요시는 조선 사신에 대해서 시비하지 않았었다. 다 좋다고 했는데 갑자기 유키나가를 불렀다.

"조선 왕자들은 왜 안 오느냐? 포로로 잡혀 이리저리 끌려다니는 것을 내가 명령해서 풀어 준 것은 누구보다도 네가 잘 알 것이다. 찾아오지도 않고 고맙다는 편지 한 장 없으니 이런 인사가 어디 있느냐?"

유키나가는 적당히 꾸며 댈 수밖에 없었다.

"왕자들은 본래 시원치 않아서 백성들의 인심을 잃었습니다. 그래서 백성들이 잡아 우리 일본군에 넘긴 것입니다. 조선 왕은 그 죄를 추궁하고 지금 변경에 귀양을 보냈답니다."

"왕자들은 귀양 가서 못 온다 치고 사신은 왜 그 모양이냐? 밑바닥 관원에게 허름한 물건(卑官微物)을 예물이라고 들려 보내니 이럴 수가 있느냐? 만나지 않을란다."

조선은 미처 예물을 마련하지 못해 황신이 들고 간 것은 별로 볼 만한 것이 못 되었다. 뒤늦게 매 [鷹], 표피(豹皮), 모시 등을 마련하여 보냈으나 사카이에 도착한 것은 책봉의식이 끝난 다음 날이었다.

"조선은 전쟁으로 잿더미가 돼서 예물을 마련할 처지가 못 됩니다. 그리고 황신은 밑바닥 관원이 아닙니다."

"들자하니 심유경의 심부름꾼이라면서?"

"그렇지 않습니다. 접반사라고, 당당한 예관(禮官)입니다. 처음에는 문학(文學)이라고 5품관이었으나 승진을 거듭하여 요즘은 돈녕도정(敦寧都正)이라고 3품관입니 다."

"……."

"관등도 관등이지만 그 많은 고관들 중에서 황신이 오게 된 데는 그만한 연유가 있습니다. 조선 사람들은 일본을 아주 무서워합니다. 사신으로 가기만 하면 죽는다는 것이지요. 모두들 무서워 못 가겠다고 앙탈을 부리는 판국에 자청해서 나선 것이 황신입니다. 일본이 아무리 포악해도 사신을 죽이기야 하겠느냐? 또 설사 죽으면 어떠냐? 내가 간다고 말입니다."

히데요시는 크게 웃었다.

"용기 있는 인물이다. 그렇다면 만나야겠다."

그는 붓을 들어 사신들이 오사카에 오면 묵을 장소를 지정하고 아울러 수리를 명령했다.

> 양방형은 에도 도노(江戶殿 : 德川家康) 댁에 묵게 하고, 심유경은 비젠 주나곤(備前中納言 : 宇喜多秀家), 황신은 가가 도노(加賀殿 : 前田利家) 댁에 각각 묵게 하라. 귀빈들에게 실례가 안 되도록 정성을 다해서 단장에 만전을 기하라(황신《일본 왕환일기》).

그리하여 집수리도 다 끝냈는데 책봉의식을 2일 앞두고 유키나가는 또 히데요시에게 불려 갔다.

"역시 조선 사신은 안 되겠다. 보기도 싫다."

결국 조선 사신들이 불참한 가운데 의식은 끝났다.

유키나가는 아무리 생각해도 모략의 장본인으로 가토 기요마사를 지목할 수밖에 없었다. 기요마사 이외에 그럴 사람이 없었다.

이러나저러나 전쟁은 조선에서 일어났다. 조선을 제쳐 놓고 전쟁을 마무리 지을 수는 없고, 무슨 방법이든 찾아야 했다.

유키나가는 사카이로 내려가는 길에서도 그 생각뿐이었다.

유키나가의 추측대로 불길한 그림자의 주인공은 가토 기요마사였다. 히데요시로부터 의절을 당하고 후시미 성 밖 자기 집에서 독경(讀經)으로 세월을 보내던 기요마사에게는 다시는 빛을 볼 날이 있을 것 같지 않았다. 그러나 누구도 예상하지 못한 우연이 그를 구하였다.

의절을 당한 지 2개월이 되는 지난 8월 13일, 일본력(曆)으로는 윤7월 12일 밤, 교토·오사카·사카이 일대에 큰 지진이 일어났다. 많은 건물들이 쓰러지고 불이 나고 수만 명의 사상자가 발생하였다. 지진이 많은 일본 역사에서도 손을 꼽는 대참변으로 먼저 사카이에 와 있던 양방형의 수행원 중에도 희생자가 있었다.

히데요시가 신축한 후시미 성도 무너져 잠을 자던 2백여 명의 여관(女官)들이 혹은 깔려 죽고 혹은 불에 타 죽었다. 히데요시와 정실 네네(寧々)는 잠옷 바람으로 내달려 목숨은 건졌으나 졸지에 어쩔 줄을 모르고 마당 한복판에 쭈그리고 앉아 사람들이 구하러 오기를 기다렸다.

이때 제일 먼저 달려온 것이 기요마사였다. 그의 집도 무너져 구사일생으로 살았으나 개의치 않고, 장정 2백 명을 거느리고 히데요시를 구출하러 달려온 것이다.

이것이 히데요시의 마음에 들었다. 거기다 어려서부터 기요마사를 기르다시피 하고 항상 돌보아 온 네네도 이것을 계기로 적극 나서 그를 변호하여 주었다. 히데요시는 기요마사를 용서하고 기요마사는 어금니를 깨물었다. 고니시 유키나가 너, 두고 보자.

그러나 용서는 받았어도 아직 공식절차가 남아 있는지라 표면에 나설 계제는 아니었다. 히데요시가 후시미에 있으면 후시미, 오사카로 옮기면 오사카로 따라 옮기고, 은근히 공작을 진행하였다.

우선 네네를 통해서 조선 사신들의 면접을 방해하여 보았다. 해보니 히데요시는 자기 말도 예전처럼 잘 들어주었다. 용기를 얻은 기요마사는 또다시 네네에게 부탁하여 이번에는 직접 히데요시를 뵙자고 하였다.

히데요시는 들어주었다. 기요마사가 오사카 성에 들어간 것은 유키나가가 마에다 겐이 등 스님들을 모시고 사카이로 내려간 9월 5일의 초저녁이었다.

"처음에서 끝까지 거짓말이고, 전하의 일곱 가지 조목은 하나도 통한 것이 없습니다."

기요마사가 자초지종을 설명하자 히데요시는 이렇게 물었다.

"그렇다면 대명에서 보내온 문서는 어찌 된 것이냐?"

그는 고명이라는 짤막한 문서는 자기를 일본 국왕으로 봉하는 것이고, 칙유라는 길다란 문서는 자기의 조건들을 승복하는 내용이라고 알고 있었다. 그는 문갑에서 문서를 찾아 방바닥에 펼쳤으나 그 자신도 기요마사도 어려운 한문을 알아볼 길이 없었다.

"물러가 있거라."

히데요시는 기요마사를 보내고 다음 날인 6일 아침 도쿠가와 이에야스 이하 중신 7명과 측근들, 그리고 중 조타이(承兌)를 불러들였다.

"읽어 보시오."

조타이는 전부터 유키나가의 부탁을 받고 있었다. 만일 히데요시가 대명의 칙서를 읽으라고 하면 말을 바꿔 그의 비위에 맞도록 읽어 달라. 그러나 심상치 않은 분위기에 겁을 먹은 조타이는 있는 그대로 읽을 수밖에 없었다. 그는 고명부터 집어들었다.

(……) 생각건대 그대 도요토미 다이라 히데요시(豐臣平秀吉)는 섬나라에서 일어났으나 중국의 존귀함을 알고 서쪽으로 사신을 보내 흔모(欣慕)의 정을 표하고 북으로 만리 관문을 두드려 내부(內附)를 간절히 청하니 그 정이 이미 공순(恭順)하매 가히 은혜로 감쌀 만하도다. 이에 특히 그대를 봉하여 일본 국왕으로 삼고 고명을 내리노라(玆特封爾爲日本國王 錫之誥命). (……)

끝까지 읽자 히데요시가 물었다.
"그뿐이오?"
"그뿐입니다."
"그 길다란 것도 읽어 보시오."
조타이는 시키는 대로 이번에는 칙유를 읽어 내려갔다.

나는 삼가 천명을 받들어 만방에 군림하는 터라 어찌 유독 중화(中華)만 다스릴소냐. 장차 바다의 내외, 해와 달이 비치는 모든 땅에서 (만물이) 삶을 즐기게 함으로써 비로소 마음이 편하리라. 그대 도요토미 히데요시는 근자에 조선을 치니 (……) 나는 노하여 군대를 보내 이를 구하였노라. (……) 부산의 일본군은 모두 철수하여 한 명도 남기지 말 것이며 책봉을 받은 연후에 따로 공시(貢市)를 요구하지 말라. 사단을 일으켜 다시 조선을 침범하지도 말라. (……) 책봉을 받은 후에는 세 가지 사항을 지킬지니, 영원히

한마음으로 명나라에 충성할 것이며 신의로써 여러 나라와 화목
하게 지내고 부근 오랑캐들을 엄히 단속할 것이며 연해(沿海)에서
분란을 일으키지 말지니라. (……)

다 읽자 히데요시가 또 물었다.

"그뿐이오?"

"그뿐입니다."

기요마사의 이야기는 헛말이 아니었고, 5년 전쟁에서 얻은 것은 결국
이 허망한 종이 두 장이었다. 히데요시의 얼굴이 파랗다 못해 검붉게 변
하고 좌중에는 숨 가쁜 침묵이 흘렀다.

"사카이로 내려갔던 마에다 도노(前田殿), 고니시 도노(小西殿 : 유키
나가) 등 일행이 돌아왔습니다."

침묵을 깨고 시동이 알렸다. 긴 간격을 두고 쥐어짜는 듯한 히데요시
의 목소리가 울렸다.

"그중 유키나가만 들라고 해라."

유키나가가 방에 들어왔으나 돌아보는 사람도 말을 거는 사람도 없
었다. 영문은 몰라도 무거운 공기는 알아차린 듯 유키나가는 한동안 주
저하다 문간에 그대로 엎드렸다.

"심 부사(沈副使)의 편지를 가지고 왔습니다. 무엇이든지 소망을 들
어주신다기에 간절한 소망을 한 가지 말씀드립니다. 조선에서 즉시 철
병하여 주십시오 ― 이런 내용입니다."

히데요시가 일어서 도가(刀架)에 걸린 칼을 빼어 들었다.

"너 유키나가, 가까이 오너라. 내 생애에 처음으로 사람을 죽이리
라!"

히데요시는 무력으로 일본을 통일하였어도 자기 손으로 사람을 죽인

일은 없었다. 일찍이 없던 일에 놀란 좌중은 일제히 일어서 그를 잡고 말렸다.

"고정하십시오. 사신들이 들으면 일본에 자중지란이 일어났다고 하지 않겠습니까?"

히데요시는 계속 외쳤다.

"하늘 아래 이런 일이 있을 수 있느냐!"

원로 마에다 도시이에가 눈짓으로 유키나가를 밖으로 내보내고 다가와 히데요시의 손에서 칼을 뺏었다.

"안으로 드시지요."

히데요시는 그에게 밀리면서 또 외쳤다.

"대명 사신이고 조선 사신이고 내일 당장 쫓아 보내라. 준비가 되는 대로 겨울에는 내 친히 조선을 칠 것이다."

히데요시가 안으로 사라지자 도시이에는 유키나가의 동지인 이시다 미쓰나리의 어깨에 손을 얹고 속삭였다.

"자네들 3봉행(三奉行)도 잠시 몸을 피하는 게 좋지 않겠소? 뒷일은 내가 감당하리다."

유키나가와 함께 일을 도모한 3봉행, 즉 3장관 중 오타니 요시쓰구(大谷吉繼)는 병으로 자기 영국(領國)인 쓰루가(敦賀)에 돌아가고 이 자리에는 없었다. 미쓰나리는 나머지 한 사람 마시타 나가모리(增田長盛), 봉행은 아니나 뜻을 같이한 데라자와 마사나리와 함께 밖으로 나왔다.

"갑시다."

밖으로 나온 세 사람은 마당 한구석 느티나무 그늘에 맥없이 서 있는 유키나가를 끌고 사카이로 말을 달렸다. 무역항 사카이는 유키나가의 본거지로 몸을 숨겨 줄 만한 호상(豪商)들이 있었다.

그날 밤 사카이의 쇼라쿠지를 찾은 것은 피신하는 유키나가 일행과 함께 이곳으로 내려온 야나가와 시게노부였다.

"일이 허무하게 뒤틀어졌습니다."

그는 황신에게 이날 아침 오사카 성에서 일어난 일을 대충 고하였다. 황신은 또다시 전쟁이라고 생각하니 눈앞이 캄캄했다. 할 말을 잊고 우두커니 등불을 바라보는데 야나가와 시게노부가 계속했다.

"죽을 사람은 고니시 유키나가뿐이 아닙니다. 우리 쓰시마 사람들도 곧 죽게 될 것입니다."

"……."

"관백의 말씀으로는 내일 떠나시라는 것입니다. 하여튼 언제 떠나시더라도 제가 목숨이 붙어 있으면 부산까지 모셔 드리겠습니다."

야나가와 시게노부는 끝까지 친절을 잊지 않았다.

그러나 이튿날도 또 그 이튿날도 배는 떠나지 못했다. 일본 측에 무슨 사정이 생긴 모양이었다. 시일이 천연되다 보니 근원을 알 수 없는 소문도 퍼졌다.

"히데요시가 통신사를 잡아 가둔다더라."

"그게 아니고 간부들을 모두 잡아 죽인다더라."

한때 긴장했으나 결국 별다른 움직임은 없었고, 일행은 4일 후인 9월 10일 사카이를 떠나 귀국길에 올랐다. 명나라 사신들이 탄 배도 함께 떠났으나 배마다 물길을 인도하는 일본 사공이 1, 2명씩 동승하였을 뿐 전송하는 일본 고관은 아무도 없었다.

왕자를 적지로

도무지 손님의 대접이 아니었다. 9월 10일 사카이 항(堺港)을 떠난 양방형, 심유경, 황신 일행이 탄 배 7척은 그날 저녁 효고(兵庫)에 도착했으나 맞아 주는 사람도 대접하는 사람도 없었다.

배에서 자고 이튿날 해질 무렵에는 무로쓰 항(室津港)으로 들어갔다. 일부는 뭍에 올라 물을 길어 오고, 일부는 숯을 피우고 쌀을 이는데 미끄러지듯 달려오는 흰 돛배가 있었다.

"미안합니다."

배는 다가오면서 외쳤다. 쓰시마의 장수 야나가와 시게노부였다. 피치 못할 사정으로 결례를 했으니 양해하라고 했다.

밤이 깊어서는 쓰시마 도주 소 요시토시도 여러 채의 배에 사람과 물자를 싣고 나타났다. 들리는 소문으로는 이들 쓰시마 사람들도 체포령이 내려 사카이에 숨어 있다가 마에다 도시이에(前田利家)가 히데요시에게 잘 말해서 용서를 받았다고 하였다.

이로써 조선 사신들의 접대를 맡은 야나가와 시게노부와 명나라 사신들을 맡은 소 요시토시가 다 나타났으니 긴장되었던 분위기도 한결 풀리는 느낌이었다.

그러나 유키나가의 모습은 좀처럼 나타나지 않았다.

유키나가가 사신 일행을 따라잡은 것은 그들이 사카이를 떠난 지 꼭 한 달이 지난 10월 10일, 나고야(名護屋)에서였다. 데라자와 마사나리(寺澤正成)와 함께 배를 내리는데 몹시 수척한 얼굴이었다.

유키나가는 사신들에게 선물을 돌렸는데 황신에게는 술과 안주, 닭, 생선 등을 보내오고, 밤에는 그의 통역 요시라(要時羅)가 찾아왔다. 쓰시마 사람으로 금년에 30세. 본명은 가케하시 시치다이후(梯七太夫), 통칭(通稱)은 요시로(與四郎) ― 통칭은 조선 사람들의 자(字)에 해당되는 이름이었다.

유키나가의 통역으로 종사하면서부터는 그의 성 고니시(小西)를 칭하여 '고니시 요시로'라고 불렀다. 이 '요시로'를 조선 사람들이 요시라로 발음하여 우리 역사에는 그렇게 기록되어 온 인물이다.

조선말을 조선 사람같이 하는 요시로는 흥분해서 황신에게 이런 이야기를 했다.

"관백은 인심을 잃었어요. 3년, 길어서 5년 안에는 망하고 맙니다. 조선이 그를 잘 조종해서 그때까지만 시일을 끌면 화를 면할 수 있을 것입니다. 관백은 자기도 젊어서 고생해 본 처지에 아랫사람들의 고통을 전혀 돌보지 않는 인간입니다. 일본 사람들은 상하를 막론하고 원한이 골수에 사무치고 있으니, 두고 보시오. 제명에 못 죽을 것입니다."

"그럴까……."

"그렇지요. 자기도 그걸 알고 있습니다. 그래서 사람들이 편하면 흥모를 꾸민다고 쉬지 않고 들볶는 것이지요. 죽어 자빠져야 전쟁을 그만 두지 그전에는 그만두지 않을 겁니다."

"정말 또 조선에서 분란을 일으킨다는 말인가?"

"일으키지요. 그러니 그의 요구를 들을 듯 말 듯 잘 조종해서 시일을 끌란 말입니다. 주색에 빠져 몸도 형편없는 것이 오래지 않아 뒈지기로 돼 있습니다."

"전쟁이 일어난다 치고, 어디부터 칠 것 같은가?"

"그야 전라도부터 치지요."

그는 장담하고 돌아갔다. 이목구비가 반듯하게 생긴 똑똑한 청년이었다.

그로부터 근 한 달이 지난 11월 6일, 쓰시마 후추(府中 : 嚴原)에서는 유키나가가 황신의 통사 박대근(朴大根)을 불렀다.

"일본과 조선은 서로 손을 끊어야 할 까닭이 없소. 이번에는 일이 잘되지 않았소마는 언젠가는 잘될 것이오. 믿어 주시오. 만약 부득이해서 다시 전쟁이 일어나면 계책을 잘 써서 시일을 끌어야 하오. 길게 잡고 4, 5년 지탱하면 일본에는 사변(事變)이 일어날 것이고, 그렇게 되면 큰 해를 입지 않고 전쟁을 끝낼 수 있을 것이오."

일본 사람들은 누구나 히데요시의 앞날이 길지 않다고 보는 모양이었다. 짧으면 3년, 길어서 5년. 그러나 계책을 써서 시일을 끌라는 것은 무슨 뜻일까? 황신은 판단이 서지 않았다.

쓰시마에서 부산으로 건너오려면 동남풍이 돛을 밀어 주어야 하는데 겨울에는 주로 서북풍이 불고 동남풍이 부는 날은 별로 없었다. 후추에서 쓰시마 북단 오우라(大浦)로 옮긴 일행은 근 20일을 기다려도 순풍이 불지 않았다.

11월 23일, 바람이 자고 바다가 잔잔한 날씨였다. 일본 사람이고 명나라 사신들이고 다 말리는 것을 마다하고 황신 일행을 태운 배 4척은 오우라를 떠나 부산으로 향하였다.

이들은 돛을 올리지 않고 격군(格軍)들이 교대로 노를 저어 깊은 밤에 드디어 부산항으로 들어왔다. 도중에 풍랑을 만나면 죽을 수밖에 없었으나 다행히 풍랑은 없었다.

부산에서는 성 밖의 일본식 가옥에 들었다. 전쟁이 시작된 지 5년, 많은 일본군 장수들이 부산을 거쳐 갔고, 이들의 숙박을 위해서 성 안팎에는 수백 채의 일본 집들이 들어섰다. 개중에는 조선에서는 처음 보는 이층집도 있었다.

지난 8월에 떠날 때만 해도 일본군의 막사가 즐비했고, 장병들도 많았으나 그동안 막사는 태반이 철거되었고 장병의 숫자 또한 10분의 1도 될까 말까 했다. 장수들이 쓰던 일본 집도 빈집이 적지 않은 것을 보면 그 사이에도 철군이 촉진된 모양이었다.

황신은 하루 쉬고 다음 날 서울로 떠날 생각이었으나 쓰시마에 남아 있는 유키나가와 명나라 사신들로부터 긴급히 연락이 왔다.

"우리가 건너갈 때까지 기다려 달라."

기다릴 수밖에 없었다. 문 밖에는 보초가 서 있고 어디로 가나 일본 병사들이 따라붙으니 도망칠 수도 없었다.

유키나가가 부산항으로 들어온 것은 그로부터 14일이 지난 12월 7일이었다. 그래도 명나라 사신들은 나타나지 않았다. 쓰시마에 그대로 남아 사시춘풍으로 술을 마신다는 소문이었다.

다음 날 밤, 황신은 유키나가의 요청으로 가까이 있는 빈집에서 그와 만났다. 박대근과 요시로만 배석한 은밀한 회담이었다.

"일이 이렇게 되고 보니 뵐 낯이 없소."

유키나가가 먼저 운을 뗐다.

"……."

"이대로 가면 전쟁은 피할 수 없고, 포악한 가토 기요마사가 또 앞장을 설 것이오."

"기요마사는 언제쯤 건너올 것 같소?"

"무기를 정비하고 양식을 장만하다 보면 새해 2월쯤 되겠지요. 대군이 건너오는 것은 3, 4월이 될 것이고."

"……."

"피차 의논해서 이 참극을 막을 길은 없을까 — 오늘 밤 만나자고 한 것은 그 때문이오."

"처음에 전쟁을 일으킨 것은 일본이고, 이번에 또 일으키겠다고 벼르는 것도 일본이오. 피차 의논한다지만 우리에게 무슨 방법이 있겠소? 일본이 마음먹기에 달려 있지요."

"내 처지에서 말하기는 어렵소마는 전쟁의 장본인은 일본이라는 나라가 아니고 도요토미 히데요시라는 개인이오. 기왕에 일어난 전쟁은 그가 마음대로 일으킨 것이고, 앞으로 일어날 전쟁도 그가 마음을 돌리면 안 일어날 수도 있는 것이오."

"……."

"그의 마음을 돌리는 방법을 의논하자는 것이오."

"그런 방법이 있겠소?"

"전에 가토 기요마사에게 잡혔던 왕자 두 분이 계시지요? 그중 한 분만이라도 와서 우리 관백에게 감사하다고 한마디만 해주시오. 관백은 마음을 돌릴 것이고 전쟁은 없을 것이오."

"……."

"경위야 어떻게 되었건 관백은 자기가 명령해서 두 분을 놓아 보냈는

데 감사하다는 말 한마디가 없으니 이런 경우가 어디 있느냐고 대로한
것이오."

"……."

"앞서 심유경에게 부탁했고 양방형에게도 부탁했으나 그들은 조선
측에 전하지도 않았소. 전해서 왕자분이 일본으로 왔더라면 일이 이렇
게 되지는 않았을 것이오."

"왕자는 가지 않을 것이오. 그런 일을 내가 감히 임금에게 고하기도
어렵고, 설사 고한다 하더라도 될 일이 아니오."

황신은 잘라 말했으나 유키나가는 단념하지 않았다.

"조선에서는 왕자가 일본에 가시면 갇히지 않을까 걱정하실지 모르
나 그런 일은 절대 없소. 만일 보내기로 결정만 하시면 내가 먼저 관백
에게 달려가서 친필로 서약서를 받아 오리다."

거절하기는 아까운 제안이었다. 그러나 누가 감히 왕자를 적지로 보
내자고 할 것인가? 황신은 생각 끝에 물었다.

"왕자가 아니고 다른 사람은 어떻소?"

"왕자가 아니고는 백관이 다 함께 가도 안 되오(王子之外 百官濟往 亦
不濟事)."

"……."

"임금께서는 왕자분을 사랑하시겠지마는 옛날 그분들이 포로로 잡
혀 있을 때를 생각하시고 참으셔야지요. 참고 백성들을 구해 주시면 얼
마나 좋겠소."

"……."

"통신사께서 말씀하시기 어렵다는 것을 나도 잘 알고 있소. 그러나
돌아가시거든 내 뜻을 명백히 임금께 고하시고 그간의 사정도 소상히
말씀드려 주시오."

"……."

"좋은 소식이건 나쁜 소식이건 반드시 회답을 보내 주시오. 내가 3, 4개월 동안은 어떻게든 지탱할 터이니 대군이 건너오기 전에 회답을 보내야 하오. 동병(動兵)한 연후에 형세를 보아 처리하자고 해도 이미 늦은 것이오."

술수로 하는 말 같지는 않았다. 성의가 엿보이고 또 자신도 있는 태도였다.

유키나가가 이처럼 자신을 가지는 데는 그만한 연유가 있었다.

히데요시의 진노를 피하여 동지들과 함께 사카이에 숨은 지 며칠 안 되어 이시다 미쓰나리 등 다른 사람들은 모두 마에다 도시이에의 전갈을 받고 오사카로 떠났다. 태합의 노여움이 풀렸으니 돌아오라.

또 요시토시, 야나가와 시게노부 등 쓰시마 사람들도 문제를 삼지 않는다기에 사신들을 따라가라고 떠나보냈다.

그러나 자기에 대해서는 아무 말도 없었다. 세상 공론으로는 적어도 고니시 유키나가 한 사람만은 참수형(斬首刑)을 면치 못하리라고 했다. 자신도 각오를 하고 있는데 또 며칠이 지나 마에다 도시이에의 전갈이 왔다. 급히 오라. 급히 갔더니 늙은 도시이에가 물었다.

"지금 태합에게 절실하게 필요한 것이 무엇이겠소?"

"글쎄올시다."

"체면이오. 이번 일로 태합은 세상을 대할 체면이 없어졌소."

"죄송합니다."

"고니시 유키나가 한 사람의 목을 치고 되살아날 체면이라면 백번도 더 쳤을 것이오. 쓸데없는 살생이라 그만두기로 했소."

유키나가는 저절로 한숨이 나왔다. 이 노인이 그런 논리로 히데요시를 설득한 것이 분명했다.

"태합은 지금 또다시 전쟁을 일으켜서 조선을 반쯤 차지해야 체면을 세울 수 있다고 생각하고 있소."

"……."

"어리석은 일이지요."

"……."

"태합도 어리석다는 것을 알고 있소. 알면서도 체면 때문에 어쩔 수 없이 전쟁을 하자는 것이오."

"……."

"이걸 막을 사람은 그대밖에 없소."

"네?!"

유키나가는 짐작이 가지 않았다.

"체면 때문에 일으키는 전쟁이니 체면을 세워 주면 전쟁은 없을 것이 아니오?"

"……."

"기요마사에게 잡혔던 조선 왕자를, 두 사람도 필요 없고, 한 사람만 데려다 태합의 면전에 큰절을 하게 할 수는 없겠소? 고맙다고 말이오. 태합의 분부로 석방되어 간 사람들이니 그럴 만도 하지 않소?"

참으로 어려운 일이었다. 그러나 단 하나 남은 평화의 길을 마다할 수도 없었다.

"태합께서도 양해하신 일이겠지요?"

유키나가는 실패를 되풀이하지 않기 위해서 이렇게 물었으나 도시이에는 못 들은 체 딴소리를 했다.

"기회는 한번 가면 다시는 오지 않는 법이오. 서둘러 떠나는 것이 좋겠소."

유키나가는 서둘러 사신들의 뒤를 쫓아왔었다.

황신은 유키나가의 이야기를 알아들었다. 그러나 자신은 겨우 정3품 돈녕도정, 책임 있는 답변을 할 처지가 못 되었다.

"하여튼 오늘밤 여기서 주고받은 이야기는 그대로 우리 조정에 고하리다."

유키나가는 고개를 끄덕이고 천천히 말을 이어갔다.

"임진년에 전쟁이 일어난 후로 조선에서는 모든 허물을 나한테 돌리고, 마치 내가 일을 꾸민 양 좋지 않게 생각하는 모양인데 이것은 사실이 아니오. 관백이 영을 내리니 따를 수밖에 없었고 내가 주창한 것은 아니오."

"전에 쓰시마 도주도 그런 말씀을 하십디다."

"쓰시마는 조선에 의지해서 살아가는 고장인데 이 전쟁으로 망한 것이나 다름이 없소. 도주 소 요시토시는 내 사위요. 나로서는 그런 점에서도 조선과의 화평에 성의를 다할 수밖에 없는 것이오. 돌아가시거든 조정에 내 심정을 분명히 전달해서 오해가 없도록 해주시면 고맙겠소."

이튿날은 12월 9일, 서울로 떠나는 날이었다. 황신이 아침에 숙소를 나서는데 데라자와 마사나리가 찾아와서 하직인사를 했다.

"나는 조선의 회답을 기다렸다가 돌아가 관백에게 보고하기로 되어 있소. 잠시 이 부산에 머물러 있을 터이니 가시거든 속히 회답을 보내주시오."

쌀쌀하면서도 쾌청한 겨울 날씨였다. 황신 일행은 동래까지 전송하는 일본군의 호위하에 부산을 떠나 북으로 말을 달렸다.

김응서의 극비 장계

　황신이 서울에 도착한 것은 부산을 떠난 지 12일 후인 12월 21일이었다. 그는 도중 나고야와 부산에서 각각 조정에 장계(狀啓 : 보고서)를 올려 일본이 다시 쳐들어온다고 알렸었다. 이에 조정은 우의정 이원익(李元翼)의 책임하에 방위태세를 정비하는 한편 동부승지(同副承旨) 정기원(鄭期遠)을 주문사(奏聞使), 장령(掌令) 유사원(柳思瑗)을 서장관으로 명나라에 급파하여 원조를 요청하여 놓고 있었다.

　또한 조정은 적이 다시 온다 하여도 봄이 되어 동남풍이 불어야 바다를 건너올 수 있다는 것을 알고 있었다. 한걸음 나아가 적은 보급이 안되어 서울에서 부산까지 1천 리 길을 일거에 후퇴한 지난번의 경험에 비추어 무작정 북진하는 일은 없을 것이다. 우선 경상도와 전라도를 점령하고 여기서 태세를 정비한 연후에 한 치 두 치 서울까지 잠식해 오리라는 것이 조정의 판단이었다.

그만큼 서울의 분위기는 긴장은 하면서도 약간의 여유는 있었다.

황신은 미리 준비한 귀국 장계를 승정원에 바치고 기다리다가 임금의 부름을 받고 어전에 나갔다. 일문일답식으로 진행된 이 면담에서 임금은 그간의 경위를 하나하나 물었고 황신은 아는 대로 소상히 대답했다. 그중 고니시 유키나가가 부탁하던 왕자들의 문제에 대해서는 다음과 같은 문답이 오갔다.

"저들이 기어코 왕자더러 오라는 것은 무슨 뜻인가?"

"잡았던 왕자들을 놓아 주면 조선에서 감사할 줄 알았는데 우리는 감사하다고 한 일이 없습니다. 그러니 왕자들을 다시 오게 해서 엉뚱한 일을 꾸며 보자는 것입니다."

"하늘이 무너져도 왕자들은 못 보내는 것이오."

"지당한 말씀이십니다."

"하늘이 하는 일에 어김이 있을 수 없지마는 왜놈들 같은 흉악한 물건을 만들어 낸 것만은 실수 같소."

장시간의 면담이 끝나자 황신은 임금이 내리는 술을 마시고 어두운 거리에 나섰다. 할 말을 제대로 했을까? 뒷맛이 개운치 않았다.

한 해가 가고 또 새해가 오니 1597년, 전쟁 6년째 되는 정유년(丁酉年)이었다.

정초에 조정에는 두 통의 장계가 들어왔는데 하나는 한산도에 있는 삼도수군통제사(三道水軍統制使) 이순신이 올린 것이고, 또 하나는 의령(宜寧)에 있는 경상우도병마사(慶尙右道兵馬使) 김응서(金應瑞)가 올린 것이었다. 이들 장계, 그중에서도 특히 김응서의 장계가 장차 나라의 운명을 크게 뒤흔들어 놓는 계기가 될 줄은 아무도 몰랐다.

이순신이 올린 것은 기쁜 소식이었다. 통신사 황신 일행을 태운 선단

(船團)을 이끌고 일본에 갔던 거제현령 안위(安衛), 군관 김난서(金蘭瑞), 신명학(辛鳴鶴) 등이 돌아와 부산에 머물고 있는 동안 큰 공을 세웠다는 내용이었다.

(……) 난서 등이 밤에 약속한 대로 때를 기다리고 있는데 마침 서북풍이 크게 일어났습니다. 바람을 따라 불을 지른바 화광이 높이 솟으면서 적의 가옥 1천여 호, 화약고 2채, 군기잡물(軍器雜物) 및 군량 2만 6천여 섬이 들어 있는 창고 한 채가 일시에 타버리고, 적선 20여 척이 연소(連燒)되었으며 왜인 34명이 불에 타 죽었습니다. (……) 《선조실록》

김응서의 장계는 극비사항이었다. 고니시 유키나가가 통역 요시로를 자기에게 보내 조선군과 합심하여 가토 기요마사를 잡을 계책을 제의하였다는 것이다. 머지않아 기요마사가 바다를 건너오는바 그 시기를 미리 내통할 터인즉,

조선은 수군을 정비하였다가 이를 바다에서 맞아 공격하면 가히 잡아 죽일 수 있을 것입니다(朝鮮預整水師 邀擊海中 則可以敗殺 : 김응서 장군 유사).

사안이 중대한지라 설날의 총망중에도 임금은 우부승지(右副承旨) 허성(許筬)을 따로 조용히 불렀다.

"넓은 바다에서 적의 머리를 반드시 베기는 어려울 것이다. 육지에 올라온 후라도 편리한 기회를 보아 치는 것도 좋겠다. 기요마사만 제거하면 우리나라는 유키나가와 우호관계를 열겠다 ― 요시로에게는 이렇

게 말하는 것이 어떨까? 또 김응서에게 영을 내려 유키나가와 깊이 손을 잡고 기요마사를 도모하도록 하는 것이 어떨까? 대신들이 의논하여 나한테 알리도록 전하시오."

이튿날인 1월 2일 대신들이 회의를 거듭한 결과 행여 유키나가에게 속는 것은 아닐까, 의문을 제기하는 축도 있었으나 유키나가를 잘 아는 황신의 의견을 듣고 결론을 내렸다. 기요마사와 유키나가는 원래 원수 지간이니 유키나가의 말은 믿을 만하고 또 좋은 기회를 놓쳐서는 안 된다.

이리하여 황신을 급히 부산으로 보내 유키나가를 만나도록 하였다. 표면상 직책은 경상도제영위무사(慶尙道諸營慰撫使).

당시 조선군은 부산 방면의 일본군을 먼발치로 감시하는 태세를 취하고 있었다. 이를 위하여 우의정으로 충청·전라·경상·강원 4도도체찰사(四道都體察使)를 겸한 이원익은 경상좌병사 권응수(權應銖)와 함께 경주(慶州)에 주둔하고, 도원수 권율(權慄)과 경상우병사 김응서는 의령에 본영을 두고 있었다.

유키나가가 그중 김응서에게 통한 데는 그만한 내력이 있었다.

이보다 3년 전인 1594년 11월, 김응서는 유키나가의 요청으로 함안(咸安)의 곡현(谷峴)에서 그와 만난 일이 있었다. 장시간 이야기하는 동안 김응서는 유키나가의 평화 노력이 술수가 아니고 진심이라는 것을 알았고, 유키나가는 김응서의 늠름한 태도와 믿음직한 인품에 감명을 받았다. 특히 이 자리에서 유키나가는 전쟁 초에 동래에서 전사한 부사(府使) 송상현(宋象賢)의 장렬한 최후, 쓰시마로 끌려간 그의 부인 이씨와 어린 아들의 소식을 전하였다. 김응서는 여기서 송상현의 시신을 돌려주고 가족도 송환할 것을 부탁했고 유키나가도 동의하였다.

그러나 유키나가로서도 이것은 쉬운 일이 아니었다. 적장의 시신을 돌려보낸다는 것은 자칫하면 적과 내통했다는 오해를 받을 염려가 있는데 그중에서도 가토 기요마사의 모함이 두려웠다. 쓰시마로 끌려간 부인은 잘못 전해져서 재상의 부인이라는 소문이 퍼졌다. 히데요시는 장차 조선과 흥정하는 데 요긴하게 쓴다고 자기의 허락 없이는 이 여인을 움직이지 못한다고 엄명을 내렸다.

유키나가가 백방으로 애를 쓴 끝에 그로부터 일 년 반이 지난 작년(1596) 5월 드디어 조선 측 인원이 전선(戰線)을 넘어 동래로 들어갈 수 있었다. 이들은 일본군이 가매장한 송상현의 무덤을 열고 시신을 거둬가지고 다시 전선을 넘어 그의 고향 청주(淸州)로 이장하였다. 부인과 어린 아들 역시 유키나가의 주선으로 고국에 돌아올 수 있었다.

이런 관계로 김응서와 유키나가 사이에는 서로 믿음이 있었다. 유키나가는 김응서에게 누설되면 목숨을 잃을 중대한 제의를 하였고 김응서는 이것을 진실로 믿고 조정에 고하였다.

조정의 회답을 가지고 서울을 떠난 황신은 먼저 경주에 내려가 도체찰사 이원익에게 사실을 설명하고 다음에 의령으로 갈 참이었다. 그가 경주에 당도할 무렵인 1월 11일 요시로는 다시 의령의 김응서를 찾아 유키나가의 뜻을 전하였다.

기요마사가 7천 군을 이끌고 지난 4일 이미 쓰시마에 도착하였습니다. 순풍을 만나면 며칠 안에 바다를 건너게 될 것입니다. 일전에 약속한 일은 준비를 끝냈습니까? 기요마사가 바다를 건너면 비록 오지로 깊이 쳐들어가지 않더라도 가까운 고장을 노략질할 터이니 나오기 전에 미리 막아 간계를 부리지 못하게 함만 같지 못합니다.

요즘 잇따라 순풍이 불어 바다를 건너기가 어렵지 않습니다. 조선 수군은 속히 전진하여 거제도에 머물면서 기요마사가 바다를 건너는 날을 기다리십시오. 동풍이 높이 불면 반드시 거제도로 향할 터이니 공격하기 쉬울 것입니다. 만약 정동풍이 불어 곧바로 기장(機張), 서생포(西生浦) 방면으로 향한다면 그들의 배는 넓은 바다 한가운데를 지날 터이니 거제도와는 거리가 너무 멀어 그들을 가로막을 수 없고 따라서 이 계책은 시행할 수 없을 것입니다.

그럴 경우에는 전함(戰艦) 5, 60척을 기장 방면으로 돌려 좌도(左道)의 수군과 합세하십시오. 5, 6척씩 짝을 짓고 부산이 바라다보이는 바다를 마구 돌아다니는 것입니다. 그래 주시면 우리 장수들이 기요마사에게 알리지요. 조선은 너를 원수로 알고 숱한 전함을 준비하여 좌우도에 배치하고 있으며 육군 또한 무수히 근처에 주둔하여 네가 오기를 기다리고 있다. 경솔하게 건너오지 말라 — 이렇게 되면 기요마사는 의심하여 감히 건너오지 못할 것입니다.

머뭇거리고 세월을 보내는 사이에 조선은 조선대로 할 일이 있을 것이고 유키나가 또한 (기요마사를) 이간시키는 일을 도모할 것입니다. 기요마사의 머리는 자를 수 없다 하더라도 이보다 유력한 계책은 없을 것이니 급속히 수군을 돌리십시오. 그리하여 군용(軍容)을 과시함으로써 교활한 적(賊)으로 하여금 목을 움츠리고 나오지 못하게 한다면 피차의 행운을 어찌 다 말할 수 있겠습니까 (《선조실록》).

김응서는 같은 의령에 있는 원수부(元帥府)로 도원수 권율을 찾았다.
"오늘이 며칠이오?"
설명을 들은 권율이 물었다.
"11일입니다."

"기요마사가 쓰시마에 온 지도 벌써 7일이라…… 서둘러야겠소."

서울에 있는 조정과 이곳 의령에 위치한 원수부 사이에는 무시로 연락이 있었다. 지난번에 김응서가 올린 장계에 대해서 아직 회신을 받지 못했으나 조정에서 이에 동의하고, 황신에게 회신을 들려 보냈다는 것도 알고 있었다. 조정의 뜻을 알고 있는 이상 이 절박한 시기에 구태여 경주를 돌아온다는 황신을 기다릴 것도 없었다.

"한산도에 다녀와야겠소."

권율은 이튿날 아침 길을 떠났다.

김응서같이 직접 만난 일은 없었으나 권율도 유키나가를 좋게 보고 있었다. 화평회담이 시작된 후 유키나가의 군대는 이쪽 지역을 침범하는 일이 없었고 이순신의 장문포(長門浦) 공격에서 보듯이 전투가 벌어져도 부득이한 경우 외에는 중립을 지켰다. 그 무렵부터 권율과는 은밀히 연락이 있었고, 몇 번 선물도 오갔다.

유키나가는 속임수를 쓸 사람이 아니다. 믿고 떠난 길이었다.

요즘 권율이 주야로 생각하는 것은 부산을 공격하여 적의 교두보(橋頭堡)를 없애 버리는 일이었다.

지난 12월 12일 부산의 적진에 큰불이 일어났을 때에는 좋은 기회라고 생각했다. 임금마저 잠자는 호랑이 꼬리를 건드려서 도리어 화를 당하는 것이 아닌가, 염려하는 것을 우겨서 동병하기로 결정하였다.

그러나 막상 결정하고 보니 8도에서 동원할 수 있는 병력이 겨우 2만 3천 명, 한 도당 평균 3천 명도 못 되었다. 그나마 전국에 흩어져 있어 당장 부산 방면에 투입할 수 있는 것도 아니었다. 거기다 식량도 무기도 준비가 되어 있지 않았다.

오랜 전란에 온 나라가 기진한 탓도 있고, 지난 몇 해를 두고 화평회담이 진행되는 동안 기강이 해이해진 탓도 있었다. 특히 최근에는 어김 없이 평화가 오는 줄 알고 전쟁을 걱정하는 사람을 도리어 우습게 보는 경향도 없지 않았다.

육군으로 안 되면 수군으로 어떻게 안 될까? 궁리 중인데 고니시 유키나가의 제의가 온 것이다. 수군은 막강하고 이순신은 유능하니 무슨 방도가 있을 것이다. 그는 희망을 가지고 길을 재촉했다.

어두워서 한산도에 당도한 권율은 다른 사람들을 물리치고 이순신과 단둘이 마주 앉았다. 그는 요시로가 전한 유키나가의 계책을 설명하고 이렇게 말했다.

"요컨대 일간 기요마사가 다시 바다를 건너올 터이니 수군이 출동해서 이를 치고, 아울러 부산 앞바다를 봉쇄해서 적의 보급을 차단해 주시오."

"……."

"이것은 조정의 뜻이오."

이순신은 생각을 정리하고 천천히 대답했다.

"대감, 외람된 말씀입니다만 이것은 안 하는 것이 좋겠습니다."

"그것은 무슨 까닭이오?"

권율은 정색을 했다.

"적장이 시키는 대로 병(兵)을 움직인다는 것은 고금에 없는 일입니다."

이순신은 병법에 밝고, 병법의 원칙에 충실한 장수였다. 권율이 아무리 유키나가의 사람됨과 행적을 설명해도 그는 수긍하지 않았다.

"유키나가가 충성하는 것은 일본이지 조선일 수 없습니다."

권율은 더 이상 반박할 말이 없었다.

"기요마사를 치는 일은 그렇다 치고 부산은 어떻게 해야 하지 않겠소? 부산을 그대로 두고는 대군이 다시 올라오는 것을 막을 길이 없을 것이오."

"……."

"이것은 유키나가와는 관계없이 이야기하는 것이오."

부산을 치는 문제

　부산항을 봉쇄해야 적의 숨통을 조이게 된다는 것은 이순신도 잘 알고 있었다. 이를 위해서 전쟁 첫해인 임진년 9월 초, 수군이 총동원하여 부산을 공격한 일이 있었다.

　그러나 부산 주변은 물론, 거제도에서 부산에 이르는 해로(海路)의 연변은 모두 적의 점령하에 있어 어디 한 군데도 배를 댈 데가 없었다. 폭풍우를 만나도, 격군들이 지쳐 노를 저을 수 없어도, 육지에는 접근할 수 없었다. 바다에 닻을 내리고 쉴 형편도 못 되었다. 육지에서 퍼붓는 적탄을 피해 필사적으로 움직여야 했다. 많은 희생을 내고 그럭저럭 빠져나오기는 했으나 이것은 무모한 모험이었다.

　그러나 부산을 단념할 수는 없었다. 웅천(熊川)을 쳐서 중간기지를 삼을 계획을 세웠다. 웅천에서 부산은 지척이니 부산항을 공격하거나 봉쇄하다가도 일이 생기면 쉬 웅천으로 철수할 수 있고 교대할 수도 있을 것이었다.

이듬해 2월 10일에서 3월 6일에 이르는 근 한 달 동안 이순신은 다섯 차례에 걸쳐 수군으로 웅천을 봉쇄하고 공격을 거듭하였다. 그러나 적의 수군은 해변 후미진 곳에 깊숙이 숨어 나오지 않았다.

육군이 바다에 나오면 힘을 못 쓰듯이 수군이 육지에 오르면 육군의 적수가 못 되었다. 상륙하여 점령할 수도 없고, 바다에 나오지 않으니 싸울 수도 없고, 결국 5차에 걸친 해상 공격은 별다른 성과를 거두지 못하고 막을 내렸다.

그 후에도 조정에서는 심심치 않게 이야기가 왔다. 부산항을 칠 수 없겠느냐? 봉쇄하는 것이야 무엇이 어려울 것이냐?

그들은 쉽게 말하였다. 무리도 아니었다. 조정 대신들 중에는 강을 건너는 나룻배 외에는 도시 배라는 것을 타본 사람이 없었다. 그들이 바다를 알 까닭이 없고, 더구나 수전(水戰)의 어려움을 알 까닭이 없었다.

설명해도 그들은 몰랐다. 자연히 이순신은 한 귀로 흘려듣고 대신들은 그를 좋지 않게 이야기했다 — 이순신은 이제 싸움에 싫증이 난 것이 분명하다.

오래도록 등잔불을 바라보던 이순신이 고개를 돌렸다.

"부산은 병법에서 말하는 사지(死地)올시다."

그는 지난날의 경험, 지금의 형편을 설명하고 이렇게 덧붙였다.

"부산을 봉쇄하면 적의 목을 완전히 조이는 것이 됩니다만 그것은 힘에 부치는 일입니다. 한산도에 버티고 적의 남해 진출을 막는 것은 9분 정도 적의 목을 조이는 것이고, 이것이 우리 수군의 힘의 한계올시다."

권율이 물었다.

"폐일언하고 부산을 치면 어떻게 되겠소?"

"우리 수군을 부산 앞바다에 수장(水葬)하는 결과가 될 것이고, 9분 정도 잡았던 적의 목을 완전히 놓아주는 결과가 될 것입니다."

권율은 주방에서 마련해 온 소주를 한 잔 들이켜고 화제를 돌렸다.

"지금 조정에서 청야지계(淸野之計)를 생각하고 있는데 영감의 생각은 어떻소?"

적이 다시 올라올 경우 백성들을 모두 산성(山城)으로 피신시키고, 들에는 먹을 것이라고는 쌀 한 톨 남기지 않기로 한다 ─ 이것이 청야지계였다.

"좋은 계책이십니다."

"좋다고만 말고 의견을 말씀하시오."

권율은 이 청야지계에 찬성하면서도 어딘가 안심이 안 되는 대목이 있는데 자신도 그것을 딱히 알 수 없었다.

"움직일 수 있는 병력이 2만 3천이라면 이들을 수십 명씩 묶어 무수한 소부대를 편성하는 것이 어떻겠습니까? 유격전을 펴는 것이지요. 들에는 먹을 것이 없고, 유격부대는 간단없이 괴롭히고 ─ 적은 배기지 못할 것입니다."

"적은 본국에서 식량을 가지고 올 터인데 그것이 걱정이오."

"적은 보병입니다. 도중에 보급이 안 되면 각자 자기가 먹을 것은 자기가 가지고 가야 하는데 아무리 건장한 병정도 무기 외에 20일분을 지고 다니기는 벅찬 법입니다."

"……."

"임진년에 저들의 진격속도는 하루 평균 50리였습니다. 그 속도대로 간다고 치고 20일이면 1천 리를 갑니다. 그러나 도중에 보급이 안 되면 돌아올 때의 식량도 생각해야 하니 그 절반, 5백 리밖에 못 가지요. 보급만 철저히 차단하면 적은 부산을 기점으로 넉넉잡고 5백 리 이내에서 맴돌 수밖에 없다는 결론이 나옵니다."

"그럴 법하오."

권율은 맞장구를 치면서도 바다에 대해서는 여전히 미련을 버리지 못했다.

"조정에서 군이 바다에 나가 기요마사를 치고 부산을 치라면 어떻게 할 것이오?"

"그야 정비되는 대로 나가야지요."

"정비라니?"

"아시다시피 겨울에는 격군이 없습니다. 시일을 주시면 불러 모으지요."

적의 수군은 궤멸되어 평소에도 크게 맥을 쓰는 일이 없었다. 더구나 바람이 세고 파도가 높은 겨울바다에 나와 막강한 조선 수군을 상대로 싸움을 건다는 것은 생각조차 할 수 없는 일이었다.

이순신은 겨울이 오면 한산도에서 배들을 수리하고, 무기를 정비하고, 사부(射夫 : 사격수)들의 사격 훈련을 독려하는 등 다음 전투에 대비하였다. 한편 10월 초에서 다음 해 1월 말까지 격군들은 식량도 절약할 겸 필요한 최소한의 인원만 남기고 나머지는 집으로 돌려보내 가사를 돌보게 하였다. 격군은 노를 젓는 병정들로, 수군 중에서도 제일 고생하는 사람들이었다.

"불러 모으자면 며칠이나 걸리겠소?"

"대충 모아도 7, 8일은 걸릴 것입니다."

권율의 얼굴에는 실망과 분노의 빛이 역력했다.

이튿날인 13일 밤, 권율은 의령으로 돌아왔다. 김응서와 함께 황신이 마중을 나왔다. 낮에 도착했다고 하였다. 권율은 그에게 일본에 갔던 이야기를 몇 마디 묻고 김웅서를 돌아보았다.

"수군은 정비가 안 되어 출동이 좀 늦어지겠소. 노를 저을 격군이 없다는군요. 유키나가에게 그렇게 알리시오."

유키나가가 보낸 요시로는 그때까지 김웅서의 처소에서 하회를 기다리고 있었다.

다음으로 권율은 황신을 돌아보았다.

"위무사도 부산까지 갈 것은 없을 것 같소."[9]

김웅서가 한마디 했다.

"대감, 지금이라도 한산도에 사람을 보내 영을 내리시지요. 노를 저을 사람이 없으면 돛을 달고 나가면 되지 않습니까?"

권율은 못 들은 양 자리에서 일어섰다.

"아, 곤하다."

그는 하품을 하고 침실로 들어갔다.

서울 조정에는 잇따라 장계가 올라왔다.

1월 21일, 제1착으로 도착한 것이 도체찰사 이원익이 경주에서 올린 장계였다.

기장현감(機張縣監) 이정견(李廷堅)이 급보한 바에 의하면 기요마사는 이달 13일 다대포(多大浦)에 도착한바 선발대로 온 배만도 2백여 척이라고 합니다. 15일 정견은 또 급보하기를 큰 왜선(倭船) 한 척에 일본군 70여 명과 왜장 기하치(喜八)가 타고 직접 부산으로 들어와서 방문을 내붙였답니다. (……)

무지막지한 기요마사가 우리의 허를 찌르고 곧바로 달려와서 서울을 기습 공격할 수도 있다 하여 조정은 각처에 사람을 보내 경계를 엄히 하고 서울의 방비도 다시 점검했다.

다음 날인 22일에는 전라병사 원균(元均)의 장계가 올라왔다.

(……) 임진란 초기에 육상의 적은 멀리 치달려 짧은 기간 내에 평양까지 쳐들어갔습니다. 그러나 바다의 적은 해를 넘겨도 패전을 거듭하여 끝내 남해 이서(以西)에는 이르지 못했습니다. 우리 나라의 무위(武威)는 오로지 수전에 있는 것입니다. 신의 어리석은 생각으로는 수백 척의 함대로 영등포(永登浦 : 거제도 동북부) 앞 바다를 지나 가덕도(加德島) 후방에 은밀히 주둔하는 것입니다. 그러고는 가벼운 배들을 택하여 삼삼오오(三三五五)로 절영도(絕影島 : 영도) 밖에서 시위하고, 1백여 척 때로는 2백 척으로 대해(大海)에서 위엄을 보이면 기요마사는 원래 수전에 불리한 것을 겁내는 터이니 반드시 군을 걷어 가지고 돌아갈 것입니다. 엎드려 바라옵건대 조정에서는 수군으로 바다에서 맞아 싸워 적으로 하여금 육지에 오르지 못하도록 하시면 반드시 걱정이 없을 것입니다. 이것은 신이 쉽게 말하는 것이 아닙니다. 신은 전에 바다를 지킨 경험이 있어 이 일을 익히 알고 있습니다. 감히 침묵을 지킬 수만 없어 우러러 조정에 아뢰는 것입니다(이상 《선조실록》).

본시 원균과 이순신은 서울 남산 밑의 같은 동네에서 장성하여 서로 잘 아는 사이였다. 원균은 금년에 58세로, 53세인 이순신보다 5년 연상이었다.

사회 진출도 원균이 선배여서 이순신보다 먼저 두만강 연변에서 싸웠고, 이순신이 겨우 종6품 정읍현감일 때 원균은 이미 정3품 전라좌수사였다. 품계로 8계단이나 높으니 10년으로도 따라가기 어려운 벼슬의 차였다.

원균이 전라좌수사를 물러난 것은 전쟁이 일어나기 전해인 1591년 2월이었다. 그의 후임으로 간 것이 유극량(劉克良)이었고, 유극량의 후임으로 간 것이 이순신이었다. 평화 시라면 상상도 못할 일이었으나 전쟁을 앞두고 당시의 좌의정 류성룡의 추천으로 여러 계단을 뛰어넘어 발탁한 특진 인사였다.

전쟁이 일어나고, 이순신·이억기의 연합함대가 경상도 수역으로 진입하여 적의 수군을 치게 되자 당시 경상우수사였던 원균은 이들과 협력하여 잘 싸웠다.

다만 원균과 이순신은 생김새에서 성격에 이르기까지 서로 맞지 않는 대목이 적지 않았다. 이순신은 8척을 넘는 후리후리한 키에 훤칠한 몸매였고 원균은 중키에 뚱뚱한 편이었다. 이순신은 말수가 적고 신중, 침착하고, 특히 작전에 있어서는 돌다리도 두드리고 건너는 신중성이 있었다.

이와는 달리 원균은 일종의 호걸형으로 거침없이 말하고 욕설도 퍼붓고 술주정도 하고, 장수로서는 신중히 생각하기보다는 우선 적을 냅다 치고 보는 돌격형(突擊型)이었다.

좋은 면으로는 배포가 크고 작은 일에 구애되지 않는 데가 있었으나 반면에 법이고 사람이고 우습게 보고 안하무인으로 행세하는 측면이 있었다. 약간 훗날의 이야기지만 가령 그는 충청병사로 있을 때 법에 없는 형벌로 사람을 치죄하여 말썽을 일으키는가 하면(作法外之刑 恣行殘酷), 역시 법에 없는 종사관(從事官)을 마음대로 임명하여 데리고 다니기도 하였다.

이런 성품이니 8계단이나 떨어졌던 아득한 후배 이순신이 1년 사이에 자기를 따라잡고, 더구나 연합함대의 주장(主將)같이 치솟으니 속이 편할 리가 없었다. 그러나 원균은 선배, 이순신은 후배, 그 사이에는 여전히 질서가 있었다.

임진년 여름에서 가을까지 수군은 잘 싸워 절망의 늪에서 헤매던 백성들에게 용기를 주고, 전국(戰局)에 중대한 전기를 마련하였다.

임금은 공이 제일 큰 이순신에게 일약 정2품 자헌대부(資憲大夫)를 내리고, 얼마 안 가 다시 정헌대부(正憲大夫)로 올렸다. 같은 정2품이라도 자헌대부는 하(下), 정헌대부는 상(上)이었다. 이때 원균에게는 가선대부(嘉善大夫)를 내렸는데 이것은 종2품 하였다.

순서가 거꾸로 되었고 원균은 불만이 없을 수 없었다. 더구나 전쟁 2년째인 다음 해 8월 이순신이 통제사로 임명되면서부터는 더욱 크게 틈이 벌어지게 되었다. 대선배인 원균이 아득한 후배이던 이순신의 직접 지휘를 받게 된 것이다.

누구나 이순신의 승진은 잘된 것이고, 그가 지휘하기 편하도록 원균은 한산도를 떠나 딴 자리로 가는 줄 알았다. 그러나 조정은 그 같은 인정의 기미에 둔감하여 그런 조치를 취하지 않았다.

원균은 부하들을 보기가 민망하고 지휘관으로서는 설 땅이 없어졌다. 조정의 잘못이었다. 그러나 조정을 비난할 수는 없고 분노의 화살은 이순신을 향할 수밖에 없었다. 공공연히 그를 무시하고 명령에 불복했다. 이순신은 난감하고 군내에는 어색한 분위기가 감돌았다.

소문은 퍼져 서울의 조정에까지 들렸다. 소문이 아니더라도 두 사람 다 같이 조정에 통하는 길이 있었다. 이순신의 배후에는 영의정 류성룡이 있었고, 원균의 배후에는 좌의정 윤두수가 있었다. 윤두수와 원균은 인척간이었다.

곡절 끝에 재작년 2월, 원균은 충청병사로 임명되어 해미(海美)로 갔다가 작년 8월 전라병사로 전임되어 장흥(長興)으로 옮겼다. 원균이 장계를 올린 배경에는 이런 사연이 있었다.

같은 22일과 다음 날인 23일에는 황신의 장계가 잇따라 올라왔다.

(……) 이달 12일 기요마사 관하의 일본 배 1백50여 척이 일시에 바다를 건너 서생포에 이르러 정박하였고, 13일에는 기요마사가 자기 관하의 배 1백30여 척을 이끌고 비를 무릅쓰고 바다를 건너왔는데 바람이 불순하여 가덕도에 이르렀고, 14일에는 다대포로 옮긴바 장차 서생포로 옮긴다고 합니다. (……)

이순신을 잡는 회의

23일에는 17일에 발송한 김응서의 장계도 들어왔다.

　도원수가 평행장(平行長 : 고니시 유키나가)에게 야학(野鶴) 한 마리와 매 한 마리를 보내라고 하기에 이달 6일 신의 전사(戰士) 송충인(宋忠仁)이 이를 가지고 갔다가 17일 돌아와 다음같이 고하였습니다. 이달 12일 바람이 아주 좋아 기요마사 관하의 배 1백50여 척이 서생포로 나왔습니다. 기요마사 자신은 1백30여 척을 이끌고 나왔으나 항구를 떠난 후 동북풍이 불어 배들을 걷잡을 수 없이 되자 거제도 방향으로 오다가 가덕도에 정박하였습니다. 14일에는 다대포로 향하여 진(陣)을 칠 기지를 살폈다고 합니다.

김응서는 이와 같이 사실관계를 보고하고, 이어 이순신을 공격하였다.

우리나라 수군은 미처 정비를 하지 못하여 이 적을 맞아 싸우지 못했습니다. 바람이 고르지 못했던 것은 하늘이 진실로 우리를 도운 것인데 사람이 할 일을 다하지 않고 앉아서 기회를 놓쳤으니 분하기 이를 데 없습니다. 유키나가 또한 깊이 통탄하여 말하기를 너희 나라가 하는 일은 매양 이 모양이다. 후회한들 무슨 소용이겠느냐? 기요마사가 이미 바다를 건너왔으니 내가 앞서 한 말이 새어 나가 그의 귀에 들어갈까 두렵다. 무릇 일이라는 것은 치밀해야 하는 법이다.

김응서는 계속하여 다음같이 끝을 맺었다.

유키나가는 또 충인에게 말하기를 차후에 일이 있거든 네가 오는 것이 좋겠다고 하였습니다. 그러므로 곧 다시 보내서 그들의 정보를 알아 가지고 조정에 아뢸 작정입니다. 대개 우리나라 일은 이처럼 더디고 느리니 일이 될 리가 만무합니다. 오직 스스로 걱정되고 울적할 따름입니다. (……)

2일 후인 25일에는 권율의 장계가 올라오고,[10] 이튿날인 26일에는 또다시 도체찰사 이원익의 장계가 올라왔다.

울산군수 김태허(金太虛)가 보낸 보고에 의하면 왜적은 앞서 정박하였던 곳(서생포)에 널리 퍼져 주둔하고 있다고 합니다. 배들은 그 포구에 2마장에 걸쳐 빈틈없이 정박하고 있는바 그 숫자는 자세히는 알 수 없으나 대략 5백 척쯤 된다고 합니다(《선조실록》).

연일 올라오는 장계에 온 장안이 뒤숭숭하고 일찍이 현감을 지낸 박성(朴惺)은 흥분하여 임금에게 글을 올렸다.

이순신은 죽여야 합니다.

한 걸음 나아가 잊었던 허물을 들추는 축도 있었다. 정초에 올라온 이순신의 장계가 문제였다. 이 장계에서 그는 작년 12월 12일 부산의 적진을 태운 큰불은 자기의 휘하 군관 김난서 등이 주동한 것이라고 보고하였었다.

이것이 사실과 달랐다. 당시 경주에 내려가 있던 이조좌랑(吏曹佐郎) 김신국(金藎國)이 조정에 다음과 같이 보고함으로써 진상이 밝혀지게 된 것이다. 김신국은 전에 명나라 사신 이종성(李宗城)의 접반사로 경주에 내려와 있던 김수의 종사관이었다. 그런 관계로 그 자신 경주에 오래 머물렀고 이 일대의 사정에 밝은 사람이었다.

요즘 부산에 있는 적의 소굴을 불태운 연유에 대해서 통제사 이순신이 이미 장계를 올렸다는 말이 있습니다. 그런데 도체찰사 이원익이 거느린 군관 정희현(鄭希玄)은 일찍이 조방장으로 오랫동안 밀양(密陽) 등지에 머무른 일이 있습니다. 그리하여 적중에 드나드는 사람은 대개 희현의 심복이 되었고, 적진을 은밀히 태운 것은 오로지 원익이 지령하고 희현이 계획한 일입니다.

희현의 심복 부산 수군(水軍) 허수석(許守石)은 무시로 적중에 출입하는바 그에게는 부산 영(營)의 성 밑에 사는 아우가 있습니다. 가히 일을 주선하고 성취할 만한 사람입니다. 고로 희현이 밀양에 가서 수석과 은밀히 의논하고 기일을 약속한 후 떠나보냈습니다. 돌아와 원익에게 보고하고 그날을 초조히 기다리는데 수석이 부산 영으로부터 급히 돌아와 불을 지른 곡절을 고하였고, 이어 급보가 당도했습니다. 원익은 수석이 한 일임을 분명히 알고 있습니다.

그 순신의 군관은 부사(副使 : 심유경)의 복물선(卜物船 : 화물선)을 운행하여 부산에 이르렀다가 마침 불이 일어난 날을 맞게 되니 돌아가 순신에게 보고하고 자기 공으로 삼은 것입니다. 순신은 처음에 그간의 사정을 알지 못하고 (조정에) 아뢴 것입니다. (……)

전후 사정이 명백했고 문제를 삼는 사람도 없었으나 세상의 비난이 이순신에게 집중되자 이 일을 약간 비틀어 가지고 임금에게 속삭이는 축이 있었다.

"이순신은 조정을 속이고 남의 공을 자기 공으로 둔갑시키는 사악한 인간이올시다."

1월 27일, 임금은 대신들과 관계자들을 궁중으로 불러 대책을 의논하였다. 영돈녕(領敦寧) 이산해(李山海), 영의정 류성룡, 판중추(判中樞) 윤두수, 좌의정 김응남(金應南), 지중추(知中樞) 정탁(鄭琢), 경림군(慶林君) 김명원(金命元), 호조판서 김수, 병조판서 이덕형(李德馨), 병조참판 유영경(柳永慶), 이조참판 이정형(李廷馨), 상호군 노직(盧稷), 좌승지 이덕열(李德悅) 등등 16명이 참석한 회의였다.

이 중 이산해는 전쟁 초 영의정으로 있다가 피란 도중 개성에서 파면된 사람이었다. 임금의 행차를 따라 평양까지 갔으나 나라를 그르친 책임을 추궁당하고 평해(平海)로 귀양길을 떠났다. 평해에는 적이 들어오지 않아 편히 있다가 재작년에 용서를 받고 서울로 돌아와 영돈녕부사 (領敦寧府事)의 벼슬을 받았다. 왕족들을 돌보는 한직이었으나 임금의 신임이 두터워 발언권이 있었다.

참석자들의 중요한 발언 내용을 요약하면 다음과 같다.

윤두수 요즘 이순신의 죄상에 대해서는 비변사(備邊司)에서 이미 아뢰 었으니 상감께서도 통촉하고 계십니다. 이번 일은 일국의 인심이 다 같이 분개하는 것이고 유키나가가 가르쳐 준 일도 하지 못하고 말았습니다. 일이 있을 때마다 장수를 자주 바꾸는 것은 어렵다 하더라도 순신은 바꿔야 할 것 같습니다.

정탁 죄는 있는 듯합니다만 위급한 이때에 장수를 바꿔서는 안 됩니다.

임금 나는 순신의 사람됨을 자세히 모르오. 천성이 약간 똑똑한 모양이 나 임진년 이후로는 싸우지 않았소. 이번 일은 하늘이 내린 것인 데 이것을 받아들이지 않았소. 법을 어긴 자를 어찌 매양 용서할 것이오? 원균으로 바꾸는 것이 좋겠소. 명나라 관원들은 이 제독 (李提督 : 이여송) 이하 조정을 속이지 않는 자가 없는데 우리나라 사람 중에는 이를 본받는 자도 허다하오. 부산의 적진을 불사른 일만 하더라도 김난서가 안위와 짜고 감행한 것이라 하여 마치 순 신 자신이 계책을 세워 실천한 듯이 말하고 있으니 나는 아주 못 마땅하오. 이런 사람은 기요마사의 머리를 들고 온다고 해도 용 서할 수 없소.

이산해 임진년에 원균의 공이 많았다고 합니다.

임금 공이 없다고 할 수 없지요. 무릇 앞장서 오르는 자를 귀하게 여기 는 법인데 사졸(士卒)들이 이를 본받기 때문이오.

류성룡 신의 집은 순신과 같은 동네여서 순신의 사람됨을 잘 압니다.

임금 서울 사람이오?

류성룡 그렇습니다. 성종 때 벼슬한 이거(李琚)의 자손입니다. 신은 순
       신이 가히 일을 감당하리라고 생각하여 처음에 조산만호(造山萬
       戶)로 추천하였습니다.

임금 글을 잘하오?

류성룡 잘합니다. 성품이 꿋꿋해서 취할 만합니다. 그래서 그가 모처의
       수령으로 있는 것을 수사(水使)로 천거했습니다. 임진년에 신이 차
       령(車嶺)을 여행 중에 순신을 정헌대부, 원균을 가선대부로 삼았
       다는 소식을 들었습니다. 신은 생각하기를 상작(賞爵)이 과해서
       무장이 쉬 뜻을 이루면 못쓰게 되지 않을까, 걱정했습니다.

임금 그때 원균이 그 아우 전(㙜)을 보내 승전 보고를 올렸기에 이렇게
      상을 내린 것이오.

류성룡 거제도에 들어가 지켰더라면 영등포와 김해의 적이 꺼려했을 터
       인데 오랫동안 한산도에 있으면서 하는 일이 없었고, 이번에 또
       바다에 나가 기요마사를 요격하지 않았으니 어찌 죄가 없겠습니
       까? 다만 교체하는 것은 지금 형편으로는 어려울 것 같고, 따라서
       전일 그렇게 아뢴 것입니다. 비변사가 어찌 일개 순신을 옹호하
       겠습니까?

임금 순신은 털끝만큼도 용서할 수 없소. 무신이 조정을 경시하는 버릇
      은 다스리지 않으면 안 되오. (……)

이정형 이순신도 거제도에 들어가 지키는 것이 좋다는 것을 물론 알고
       있었습니다. 그러나 한산도는 배를 감춰 두어도 적이 그 깊이를
       알지 못합니다. 반면에 거제도는 넓기는 해도 배를 감출 데가 없고,
       또 안골포(安骨浦)의 적과 서로 대치하게 되기 때문에 들어가 지
       키기 어렵다고 합니다. 이치에 맞는 것 같습니다.

임금 지키기 어렵다는 데 대해서 경의 생각은 어떻소?

이정형 신도 자세히는 알 수 없고 그들이 그렇다고 말한다는 뜻입니다. 원균은 전쟁 초부터 강개(慷慨)하여 공을 세웠습니다만 병사들을 돌보지 않아 인심을 잃었습니다.

임금 그 성질이 포학하오?

이정형 경상도가 온통 결딴난 것은 원균 때문입니다.

임금 우상(右相 : 이원익)이 내려갈 때 적과 싸울 경우에만 쓸 수 있는 사람이라고 하더니 이제 짐작할 만하오.

김응남 인심을 잃었다는 이야기는 잠시 접어 두고 수군에는 쓸 만합니다.

임금 이억기는 전에 본 일이 있는데 쓸 만한 사람이더군.

이정형 원균만 못합니다.

임금 원균은 자기 마음대로 하는 사람으로, 굽히는 법이 없고, 체찰사가 타일러도 듣지 않는 모양이오.

류성룡 나라를 위하는 정성은 있습니다. 상당산성(上黨山城 : 청주)을 쌓을 때 흙집을 짓고 거기서 자면서 역사를 감독했습니다.

이산해 상당산성을 쌓을 때 위력으로 일을 독려해서 원한을 산 사람이 많습니다.

이정형 상당산성의 역사는 빨리 되기는 하였으나 비에 무너져 버렸습니다.

임금 체찰사가 이순신과 원균에게 분부할 일이 있었는데 이순신은 마땅치 않아도 앞에서는 복종하였으나 원균은 화를 내고 듣지 않았다고 하오. 이것이 그 공을 가려 버린 연유가 아닐까? 원균에게 좌도(左道)의 수군을 맡기고, 다른 사람으로 두 사람을 통제하도록 하면 어떻겠소?

이정형 순신과 원균은 서로 용납을 못합니다.

김수   원균은 순신이 자기의 공을 가렸다고, 매양 신에게 말했습니다.

이덕열   순신은 원균의 공을 빼앗아 권준(權俊)의 공으로 삼고, 원균과
의논하지 않고 먼저 장계를 올렸다고 합니다. 그때 왜선(倭船) 중
에 있던 여인으로부터 정보를 탐지하고 급히 장계를 올리게 된 것
이라고 합니다.

김수   부산의 적진을 태운 일은, 순신이 안위와 은밀히 약속한 것인데,
다른 사람이 먼저 해버렸습니다. 순신은 (이것을 모르고) 자기의
공인 줄 알았다고 합니다. 그러나 자세히는 알 수 없습니다.

이정형   변방의 일은 멀리서 헤아릴 수 없으니 서서히 처리하는 것이 좋
겠습니다.

(……)

윤두수   원균과 순신을 다 같이 통제사로 삼고, 서로 협력토록 하는 것이
좋겠습니다.

임금   두 사람을 갈라서 다 같이 통제사로 한다면 이걸 조절하는 사람이
있어야 할 것이오. 원균이 앞장서 싸우러 나갔는데 순신이 후퇴
하고 돕지 않는다면 일이 어렵게 될 것이오.

김응남   그런 경우에는 순신에게 중벌을 내려야지요.

임금   (……) (순신은) 통제사로, 언제나 함대를 정비해 놓고 있는 줄 알
았는데 정비가 되지 않아 기요마사를 치지 못했다는 것은 무슨 뜻
이오?

류성룡   겨울에는 격군을 흩어 (집에) 보낸답니다.

김수   해마다 10월이면 격군을 흩어 보내는 것은 이미 규정으로 확정되
어 있습니다. 이 때문에 출전하려고 해도 제때에 준비가 안 되는
것입니다(例於十月 放舫格軍 已成規矩 以此越不得整齊).

(……)

임금 수군을 갈라 (일부를) 원균이 통솔하도록 하는 것을 (병조)판서는
어찌 생각하오?

이덕형 그 사람도 하고자 하는 의욕이 있고 신의 생각에도 합당한 듯합
니다.

(……)

이산해 요시로와 유키나가는 후하게 대접해야 할 것입니다. 그래야 금
후에도 그들에게 기대할 수 있을 것입니다(《선조실록》).

이순신을 잡는 회의였으나 막상 이야기해 보니 잡을 만한 죄목은 되
지 못했다. 결국 윤두수의 제안대로 수군을 양분하여 원균을 경상도통
제사, 이순신을 전라·충청도통제사로 임명하기로 하고 헤어졌다. 이
에 따라 이튿날인 1월 28일 임금은 승지 유영순(柳永詢)에게 비망기(備
忘記 : 메모)를 내렸다. 두 사람에게 각각 전할 내용이었다.

이순신에게 — 통제사 이순신은 나라의 중임을 맡고 있으면서
도 오직 기망(欺罔 : 속임수)을 일삼고 방자한 적을 치지 아니하여
청적(淸賊 : 기요마사)은 무사히 바다를 건너왔다. 마땅히 잡아다
국문하고 용서가 없으리로되 바야흐로 적과 대진할 터인즉 우선
공을 세워 죗값을 하도록 하노라.

원균에게 — 내 평소에 경의 충용(忠勇)함을 알고 있는바 이제
경으로써 경상우도(右道) 수군절도사 겸 경상도통제사로 삼는 터
이라. 경은 더욱 채찍질하고 가다듬어 나라를 위해서 힘쓰라. 우
선 이순신과 협력하여 원한을 풀고, 바다의 도둑을 모두 멸하여 나
라를 구하고, 이름을 역사에 남기고, 그 공을 종정(鍾鼎)에 기록하
도록 하라. 경은 삼가 이를 받들라(《선조실록》).

일은 이렇게 결말이 났으나 한 가지 분명한 것은 임금이 여전히 이순신을 미워한다는 사실이었다. 전례로 보아 임금의 심사가 이렇게 돌아가면 망하지 않는 사람이 없었다. 이순신도 당장은 모면했으나 오래지 않아 망할 것이다. 이런 때 임금의 비위를 맞추고 그의 주목을 끌어 두는 것은 출세의 지름길이었다.

머리가 좋은 사헌부(司憲府)의 관원들이 글을 올렸다.

이순신은 조정을 속이고 명령에 불복했습니다. 이러고도 무사하다면 나라의 법도를 어찌 세울 것입니까? 마땅히 잡아다 그 죄를 다스려야 합니다.

임금은 이것을 비변사로 돌렸다. 의논해 보라.

비변사의 관원들도 머리가 좋기는 매일반이었다.

"잡아들여야 합니다."

임금은 영을 내렸다.

"원균을 삼도수군통제사로 삼고 이순신을 즉시 잡아 올리라."

2월 7일 금부도사 이결(李潔)은 선전관과 함께 남으로 말을 달렸다.

매질 그리고 백의종군

　이결은 먼저 죽령(竹嶺)을 넘어 경주로 달렸다. 도체찰사 이원익에게 사실을 고해야 하였다.

　"이순신을 잡으러 간다? 그것은 될 말이 아니다."

　이원익은 이결 일행을 붙잡아 두고 사람을 서울로 보내 임금에게 글을 올렸다.

　　왜적이 꺼려하는 것은 수군입니다. 이순신을 바꿔서도 안 되고
　　원균을 보내서도 안 됩니다.

　그러나 임금은 듣지 않았다.

　"내가 알아서 하는 일이니 도체찰사는 잠자코 있으라."

　이원익은 하는 수 없이 이결을 떠나보내고 탄식했다 — 나랏일도 이

제 어떻게 해볼 여지가 없이 되었구나.

경주를 떠난 이결은 의령에서 도원수 권율에게 고하고 원균이 있는 전라도 장흥으로 말을 달렸다. 서울을 떠날 때 임금의 특별한 분부가 있었기 때문이다.

"통제사는 막중한 자리다. 순시도 비울 수 없은즉 이순신은 무턱대고 잡지 말고, 원균과 교대한 연후에 잡아 오라."

이결이 원균과 함께 한산도에 나타난 것은 그가 서울을 떠난 지 19일이 되는 2월 26일 아침이었다.

이순신은 이때 손수 배를 저어 바다에 나와 있었다. 잔잔한 물에 낚시를 드리우면 이러저러한 시름을 잊을 수 있어 좋고 하늘과 맞닿은 수평선을 바라보면 저절로 가슴이 트이는 기분이었다.

권율이 다녀간 지도 40여 일, 그동안 겨울이 가고 봄이 시작되었다. 격군들도 돌아오고 수군도 정비를 끝냈다. 이제부터 겨울이 올 때까지는 언제든지 출동할 태세를 갖추고 있어야 했다.

권율도, 다른 누구도 그간에 일어난 일을 알려 주지 않았다. 알리기 거북했을 것이다. 그러나 이순신은 알고 있었다. 고을에는 고을대로, 서울에는 서울대로, 그에게 호감을 가진 사람들이 있었고, 그의 신상에 관계되는 일이 있으면 제때에 알려 주었다. 조심하라.

가장 안된 것은 서울 조정에 앉은 고관대작들이었다. 배나 바다에 대해서는 멀미를 하고 겔겔 토하는 일밖에 모르는 것들이 해전(海戰)을 논하고 그 장수를 단죄하고 잡아다 죽인다고 야단이니, 세상에 이럴 수도 있는가? 이 자들은 해전을 꿩 사냥쯤으로 알고, 바다를 앞마당이 아니면 뒤뜰 정도로 아는 모양이다. 처음에 어전회의에 참석했다는 16명이나, 잡아들여야 한다고 상소를 올렸다는 사헌부, 이에 동조했다는 비변사의 관원들 중에 해전을 해본 사람이 누가 있는가? 단 한 사람도 없었다.

이순신은 소문을 듣고부터 공사 간에 신변을 정리하고, 가끔 쪽배로 바다에 나와 울적한 심정을 달랬다. 낚시는 시늉이고 넓은 바다를 바라보면 분노도 시름도 저절로 사라지는 기분이었다.

조카 이분(李芬)이 급히 쪽배를 저어 왔다.

"서울에서 손님이 왔습니다."

그는 차마 금부도사라고 못하고 떨리는 목소리로 손님이라고 하였다. 그러나 이순신은 짐작하고 있었다. 낚시에 물린 고기를 천천히 낚아 올리고 노를 젓기 시작했다.

"가볼까."

본영에 이르자 서울에서 내려온 선전관과 금부도사, 원균 일행, 그리고 이곳 한산도에 주둔하고 있는 3도의 수사들과 장령들이 다 같이 운주당(運籌堂)에 모여 있었다. 운주당은 장교들이 모여 군의 운영과 작전을 의논하는 회의장이었다.

이순신은 밖에 쏟아져 나와 웅성거리는 병사들을 헤치고 안으로 들어갔다. 원균과 간단한 인사를 교환하고, 이어 이순신의 종사관 황정철(黃廷喆)과 원균의 부하들 사이에 인수인계가 시작되었다.

군량미 9천 9백14섬
화약 4천 근
총통 3백 정

이것은 창고에 쌓여 있는 것만 계산한 것이고, 배에 실려 있거나 한산도 밖에 있는 것은 들어 있지 않았다. 전쟁에 대비해서 한 톨의 쌀, 한 줌의 화약도 아끼고 비축한 결과였다.

"윤음(綸音 : 임금의 말씀)을 받드시오."

밖에 나가 창고를 점검하던 관원들이 돌아오고 인수인계가 끝나자 선전관이 선언하고 이순신은 무릎을 꿇었다.

　　이순신은 조정을 속였으니 임금을 업신여긴 무군지죄를 지었고 (欺罔朝廷 無君之罪也), 멋대로 노는 적을 치지 않았으니 나라를 배반한 부국지죄를 지었고(縱賊不討 負國之罪也), 심지어 남의 공을 뺏고 남을 죄에 빠뜨리고 방자하지 않은 것이 없었으니 무기탄지죄(無忌憚之罪)를 지었도다. 이처럼 많은 죄가 있을진대 법에서는 용서가 없고 마땅히 법률을 감안하여 사형에 처하는 것이며 신하가 임금을 속인 경우에는 반드시 죽이되 사(赦)가 없느니라 (……) (《선조실록》).

낭독이 끝나고 이순신이 일어서자 금부도사 이결이 오랏줄을 들고 다가섰다.

"이럴 수는 없다."

옆에 서 있던 백발의 늙은 장수가 흰 수염을 움씰하고, 굵직한 목소리가 울렸다. 충청수사 최호(崔湖)였다. 이순신의 휘하였으나 그보다 9년 연상으로 금년에 62세, 군의 원로였다.

그의 기세에 눌려 이결은 물러서고 이순신은 스스로 앞장서 밖으로 나왔다. 무군지죄니 부국지죄니 다 같이 반역에 해당하는 죄목이었다. 임금이 주재하는 임금의 나라에서 이와 같은 반역죄를 짓고도 살아남은 경우는 역사에 없었다.

살아서 다시 이 한산도를 보는 일은 없으리라. 이순신은 주위를 둘러보았다. 3년 7개월 동안 비바람을 같이하고 함께 숨 쉰 산과 들, 함께 피를 흘린 정든 얼굴들 — 저승에 가서도 이들을 잊지는 못할 것이다.

그는 천천히 선창으로 걸어갔다. 뒤를 따르는 포리(捕吏)들도, 그 뒤를 따르는 장수들도, 주위에서 인산인해를 이루고 지켜보는 숱한 병사들도 — 아무도 말이 없었다.

이순신이 이결 이하 포리들과 함께 배에 오르자 배는 사이를 두지 않고 움직이기 시작했다. 뒤로 멀어져 가는 한산섬에서는 간간이 흐느끼는 소리가 울리고 이순신은 먼 하늘로 눈길을 던졌다. 푸른 하늘. 흐린 안막에 흰 구름 한 송이 동쪽으로 움직여 가고 있었다.

이순신이 서울에 당도하여 의금부(義禁府)의 감옥에 갇힌 것은 7일 후인 3월 4일이었다.

해평부원군 윤근수(尹根壽)를 위관(委官 : 조사관)으로 연일 신문이 계속되었다. 이순신은 실로 할 말이 많은 듯했으나 막상 죄인으로 이런 자리에 서고 보니 스스로 할 말은 아무것도 없었다.

임금을 업신여긴 일도, 나라를 배반한 일도, 방자하게 행세한 일도 없었다. 없으니 할 말이 없고, 그저 묻는 말에 사실대로 대답하는 수밖에 없었다.

없다고 물러설 사람들이 아니었다. 드디어 12일에는 고문을 자행하여 이순신은 피를 쏟고 반죽음이 되었다. 임금이 죽이기로 작심하였으니 어차피 죽을 죄인이었다. 맞아서 죽으나 사형을 받고 죽으나 무엇이 다르냐? 매질은 사정이 없었다.

이대로 두면 이순신은 어김없이 그들의 손에 죽게 되었다. 그가 죽으면 바다는 누가 지킬 것인가? 뜻있는 사람들은 그의 구명을 위해서 은밀히 움직이기 시작했다. 한 가지 다행한 것은 이보다 11일 전인 3월 1일, 주무장관인 병조판서가 이덕형으로부터 이항복으로 바뀐 일이었다. 이

때까지만 해도 이덕형은 이순신을 좋게 보지 않는 반면 이항복은 그를 높이 보고 있었다.

이런 가운데 판중추부사(判中樞府事) 정탁은 임금에게 글을 올려 구명을 호소하였다.

무릇 인재는 국가의 보배입니다. 통역관이나 주판을 잘 놓는 사람까지도 재능이 있으면 다 사랑하고 아껴야 하거늘 하물며 장재(將材)가 있는 자로 적을 막는 일에 가장 관계가 깊은 인물을 다만 법에 맡기고 용서가 없어서야 되겠습니까? 순신의 죽음은 아깝지 않다 하더라도 그의 죽음이 국가에 관계됨이 가볍지 않으니 어찌 이것이 중대사가 아니겠습니까? (······)

한편 이순신의 군관 송희립(宋希立)을 비롯하여 이순신과 함께 싸운 의병장 황대중(黃大中) 등 수십 명은 그가 체포되었다는 소식을 듣고 서울로 달려왔다. 그들은 대궐 앞에 멍석을 깔고 임금에게 탄원하는 한편 드나드는 대신들을 붙잡고 사정하였다.

"우리 장군을 살려 주시오."

그동안 뜻하지 않은 사건도 일어났다. 신임 통제사 원균이 적선 3척을 나포하고 적의 머리 47급(級)을 보내왔다.

임금은 그 무용을 치하하고 상을 내리려는데 경상우병사 김응서로부터 긴급 보고가 들어왔다. 죽은 일본군은 전투 병력이 아니고 거제도에 나무를 베러 온 병정들이었다. 미리 공문을 보냈는데도 조선 수군이 이들을 참살하였으니 일본 측은 군대를 동원하여 조선 백성들에게 분풀이를 하겠다고 통고하여 왔다는 것이다.

앞서 심유경과 고니시 유키나가 사이에 화평회담이 한창일 때 이런 경우에는 피차 다치지 않기로 약조가 되어 있었다.

"나무하러 오는 쪽배 한두 척을 잡았다고 무엇이 대단해서 조선 장수들은 매양 이런 짓을 하는가(斫木零一二倭船捕捉 不在勝敗之數 朝鮮諸將要於己功 每致如此之事:《선조실록》)."

항의하러 온 적장 풍무수(豊茂守)는 목이 메어 제대로 말을 잇지 못했다.

이순신은 반드시 죽여 없애리라 ─ 결심했던 임금은 이런저런 일로 마음이 흔들리기 시작했다. 내가 무엇인가 잘못하고 있는 것은 아닐까?

3월 30일 의금부에서는 사형을 건의하였으나 임금은 사형을 면하고 백의종군(白衣從軍)으로 결정하였다. 모든 관작을 박탈당하고 이름 없는 일개 병사로, 도원수 권율의 막하에 들어가게 된 것이다.

다음 날인 4월 1일, 아들, 조카 등의 마중을 받고 감옥을 나선 이순신은 남대문 밖 민가에서 이틀 동안 쉬었다. 여러 사람이 찾아오고, 그중 몇 사람은 술병을 들고 와서 함께 취하고 위로하여 주었다. 직접 찾아올 처지가 못 되는 류성룡, 김명원, 정탁, 이정형, 심희수 등등 고관들은 사람을 보내 문안하기도 하였다.

도원수 권율이 있는 원수부는 가토 기요마사가 상륙한 후 의령에서 초계(草溪)로 옮겼다. 이순신은 초계에 가서 권율의 지시를 받아야 했다.

4월 3일 남행길에 오른 이순신은 수원, 평택을 거쳐 5일, 고향인 아산의 백암리(白岩里)에 이르렀다. 초계까지 압송하기 위해서 의금부의 관원들이 따라붙기는 하였으나 여느 죄인들과는 달리 말을 타는 것을 허락하고 거치는 고을의 관원들이며 친지들이 나와 인사를 갖추고 혹은 주식(酒食)도 대접하였다.

오래간만에 찾은 고향이었다. 며칠 묵으면서 선산을 찾고 사당에 절하고 멀고 가까운 친척들을 맞아 회포를 풀었다. 친척들의 모임이 끝나자 이번에는 동네 사람들이 저마다 술병이나 닭이며 계란꾸러미를 들고 모여들었다.

"장군은 나라의 영웅인디 어찌 대접이 이렇단 말이유⋯⋯."

눈에 이슬이 맺히는 노인도 있었다. 이순신은 그들이 앙상한 손으로 부어 주는 한 잔 한 잔에 천 근의 무게를 느끼면서 사양하지 않고 받아 마셨다. 역시 살아 있다는 것은 좋은 일이었다.

한 가지 걱정은 금년에 83세 되는 늙은 어머니 변(卞)씨였다. 좌수영에 가까운 전라도 여수(麗水) 땅에 피란을 시켜 드렸는데 아들이 잡혀갔다는 소식을 듣고 배로 여수를 떠났다고 했다.

그러나 통신수단이 없는 시대였다. 서해로 올라오는 것은 분명한데 어디까지 왔는지, 혹은 풍랑을 만나 잘못되지는 않았는지, 도무지 알 수 없었다.

고향에 돌아온 지 8일이 지난 4월 13일, 가장 염려하던 소식이 왔다. 어머니가 세상을 떠났다는 것이다. 서해를 거슬러 오르는 동안 풍랑이 심했고, 고통을 이기지 못해 신고하다 마침내 그저께 11일, 배에서 운명하였다고 전해 왔다.

배는 백암리에서 서쪽으로 40리 되는 바닷가 게바위 [蟹岩] 에 닻을 내리고 있었다. 이순신은 입은 그대로 밖으로 달려 나와 말에 올랐다.

나라에 충성하던 아들은 나라에서 매를 맞고, 쫓겨나고, 죄인으로 끌려다니고, 그 아들이 죽을까 가슴을 졸이며 쫓아오던 늙은 어머니는 풍랑에 시달리다 배에서 숨을 거두고 — 생각하면 가슴이 터질 것만 같았다.

게바위로 달려온 이순신은 어머니의 시신을 어루만지고 한량없이 눈물을 쏟았다.

그래도 인정은 메마르지 않아 자기 일처럼 걱정해 주는 사람들이 적지 않았다. 이 고장 사람들과 소식을 듣고 달려온 친지들의 도움으로 시신을 관에 모시고 백암리로 돌아온 것이 16일이었다.

그러나 길을 떠날 날은 박두하고 장례를 모실 아들로는 자기밖에 없었다. 큰형 희신(羲臣)은 10년 전에 돌아가고, 둘째 형 요신(堯臣)은 그보다도 앞서 17년 전에 돌아갔다. 하나밖에 없던 아우 우신(禹臣)은 작년 가을에 죽고.

그러나 금부도사는 법을 내세우고 사(私)가 없었다.

"어명이오. 가야 합니다."

4월 19일. 이순신은 어머니의 장례를 집안의 젊은 사람들에게 맡기고 말없이 길을 떠났다.

세상에 어찌 이 같은 일이 있을 수 있을까.

승과 패의 사이

"겨울에는 내 친히 조선을 칠 것이다."

도요토미 히데요시는 작년 9월 이렇게 외쳤고, 제후들은 각기 자기 고장에 돌아가 전쟁 준비를 시작했다. 그러나 사실은 홧김에 한번 해본 소리였고, 히데요시 자신 싸울 생각은 없었다. 전쟁 6년에 숱한 사상자를 내고 백성들은 지치고 나라의 살림은 결딴이 나고 ─싸울 형편이 못 된다는 것을 그 자신 잘 알고 있었다.

더구나 단념했던 아들도 태어났다. 히데요리(秀賴)라고 이름한 이 아이의 장애가 될 생질 히데쓰구(秀次)도 쓸어버렸다. 히데요리가 장성하는 것을 보고, 장차 그가 관백(關白)의 자리에 앉을 때까지 힘이 되어 주면서 평온한 가운데 여생을 보내고 싶었다.

다만 체면이 문제였다. 땅에 떨어진 체면을 회복하기 위해서는 조선 왕이 찾아와서 머리를 숙여 주는 것이 제일 좋은 길이었다. 조선 왕이 머리를 숙인다는 것은 조선이라는 나라가 머리를 숙이는 것을 의미하였다. 그렇게만 되면 자기의 위신은 하늘 높이 치솟고, 공연히 전쟁을 일으켰다는 공론도 저절로 사라질 것이다.

그러나 조선 왕은 올 까닭이 없었다. 대신 그의 두 아들, 포로로 붙잡혀 질질 끌려다니는 것을 자기가 명령해서 놓아 보냈으니 와서 고맙다는 인사 한마디쯤은 할 만하지 않은가. 둘이 다 오라는 것도 아니고 하나만 와도 된다. 왕이 친히 오는 것만은 못해도 체면은 설 것이다.

마에다 도시이에(前田利家)에게 그 뜻을 귀띔했고, 도시이에는 고니시 유키나가에게 이야기해서 작년 9월 귀국하는 사신들과 함께 조선으로 가게 했었다.

과연 유키나가는 조선 왕자를 데리고 올 수 있을까? 안심이 안 되었다. 일을 그르쳐서 자기의 체면을 이 지경으로 만든 것이 유키나가였다.

성사를 시키면 좋고 못 시킬 경우도 생각하지 않을 수 없었다. 히데요시는 가토 기요마사를 생각했다. 입으로 한몫 보는 유키나가와는 달리 힘으로 내미는 우직한 성품이었다.

생각하면 무섭지도 않은데 왕자를 보낼 나라가 어디 있겠는가. 아무래도 기요마사를 내세워 협박을 해야 일이 될 것 같다.

그는 직접 기요마사에게 영을 내렸다.

"병력을 이끌고 조선에 나가 위엄을 보이고 왕자를 하나 끌고 오라."

지난 1월 기요마사가 난데없이 1백30여 척의 배에 7천 명의 병사들을 싣고 때아닌 겨울바다를 건너온 이면에는 이런 사연이 있었다.

다대포에 상륙한 기요마사는 기장, 양산 등지를 휩쓸고 서생포(西生浦)에 당도하자 울산군수 김태허(金太虛)에게 편지를 보냈다.

부장(副將) 금대부(金大夫 : 喜八)를 사신으로, 서울 조정에 보내고자 하니 길을 인도해 달라.

김태허는 즉시 조정에 보고하였으나 조정은 한마디로 거절했다.

할 말이 있으면 울산군수 김태허 또는 대구부사 박홍장(朴弘長)
에게 하라.

그러나 기요마사는 단념하지 않고 세 번이나 조르다가 나중에는 임
금에게 올리는 글을 보내왔다.

부사 금대부를 서울로 보낼 터이니 접견하여 주시든지 아니면
황혁(黃赫) 또는 송운(松雲)을 서생포 저희 진영으로 보내 주소서.

들어주지 않으면 행패를 부릴 기세였다. 김태허는 자기의 군관 장희
춘(蔣希春)에게 이 문서를 들려 서울로 올려 보냈다.
"미개한 것이 법도를 몰라도 분수가 있지 어디 감히 어전에 직접 글
을 올린단 말이냐?"
많은 사람들이 분개했으나 기왕 올라온 것이니 검토해 보자는 의견
도 나왔다.
기요마사의 사신을 서울로 오게 한다는 것은 될 말이 아니고, 황혁은
보낼 형편이 못 되었다. 두 왕자와 함께 일본군에 포로로 잡혀 끌려다니
는 동안 그들의 강요에 못 이겨 조정에 글을 보낸 일이 있었다. 그중에
불손한 문구가 있었다 하여 황혁은 평안도 이산(理山 : 초산), 그의 부친
황정욱(黃廷彧)은 함경도 길주(吉州)로 귀양 가 있었다.
한 가지 남은 길은 송운, 즉 사명대사를 보내는 일이었다. 그는 전에

도 서생포에 가서 기요마사를 만난 일이 있었다. 또 가서 그의 속셈을 알아보는 것도 좋겠다는 의견이 있는가 하면 무례 막심한 기요마사의 요구대로 사명을 보낸다는 것은 언어도단이라고 반대하는 사람도 있었다.

갑론을박으로 한 달도 더 끌기는 하였으나 결국 사명을 보내기로 결말을 보았다. 이순신이 의금부 감옥에서 고문을 받고 사경을 헤맬 무렵이었다.

조정의 명령은 초계(草溪)에 있는 도원수 권율에게 전달되고 권율은 그 뜻을 사명에게 전했다. 이때 사명은 장기간에 걸친 전쟁과 산성(山城) 수축 등에 기운이 다하여 고령현(高靈縣) 구화봉(九華峰)의 작은 암자에서 쉬고 있었다.

사명이 장희춘을 앞세우고 서생포의 기요마사를 찾은 것은 3월 18일이었다. 그는 기요마사와는 구면인지라 수인사가 끝나자 곧 중 닛신(日眞)을 중간에 앉히고 필담을 시작하였다.

기요마사   5년 전 4월, 조선 경성(京城)에서 심유경과 고니시 유키나가가 화평을 약속할 때, 왕자 형제를 돌려보내고 일본군이 물러가면 조선 왕은 일본에 항복하고 조선 8도를 분할하여 (4도를) 일본에 넘긴다고 하였소. 이에 경성에 있던 일본군은 모두 철수하여 경상도 해안에 성을 쌓고 기다렸소. 왕자 형제도 돌려보냈소. 또한 태합 전하께서도 5년 전부터 작년 8월에 이르기까지 군사 행동을 중지시키고 기다렸소. 그러나 국왕은 일본에 항복할 뜻이 없고 8도를 분할해서 일본에 넘기지도 않았소. 왕자 형제 중 한 사람도 바다를 건너 태합 전하에게 감사를 드리지도 않았고, 겨우 작년 8월 하찮은 사신을 보내 감사의 인사를 드리려고 했을 뿐이오. 그러므로 태합 전하께서는 대로하사 이것은 일본을 속인 것이라 하시고 사신을 만나지 않았소. 요컨대 조선이 일본을 속인 것이고, 아니면 명나라가 방해를 놓은 것이오? 일본군이 다시 바다를 건너온 것은 이 때문이오. 이 일에 대해서 국왕의 뜻을 상세히 물어 오라는 것이 태합 전하의 엄명이오.

사명　5년 전 일본군이 경성에서 물러날 때 왕자들을 놓아 보내면 국왕이 친히 바다를 건너가서 감사를 드리겠다고 했다는 이야기 — 그것은 누구의 입에서 나온 것이오? 조선 땅을 갈라 일본에 넘긴다는 이야기는 또 누구의 입에서 나온 것이오? 심유경의 입에서 나온 것이요, 아니면 유키나가의 입에서 나온 것이오? 일본이 설사 1백 명의 왕자를 잡아 놓고 돌려보내지 않는다 하여도 국왕이 바다를 건너가서 머리를 숙이는 일은 없을 것이오. 대상관(大上官 : 기요마사)은 남달리 재주와 지혜가 있는 분인데 어찌하여 할 수 있는 일과 할 수 없는 일, 옳은 일과 그른 일, 될 일과 안 될 일을 구분하지 못하오?

기요마사　(……) 8년 전인 경인년(庚寅年)에 조선 국왕은 일본에 사신(황윤길, 김성일)을 보내서 항복했소. (……)

사명　경인년에 사신을 보낸 것은 다만 교린(交隣), 즉 서로 서신을 주고받고 좋게 지내자는 뜻일 뿐 항복이 아니오.

기요마사　그때 어떤 사람이 조선은 일본에 항복했다고 했소. 이것은 거짓말이오?

사명　그때 쓰시마 수(守)와 유키나가가 (히데요시에게) 아뢴 것은 거짓말이오. 일본과 우리 조선을 다 같이 속인 것이고, 사실이 아니오.

기요마사　이제 조선과 일본 사이에 화평이 단절되면 일본군은 서서히 바다를 건너올 것이고, 건너오면 어쩔 수 없이 온 나라에 불을 질러 초토로 만들 것이오. 내가 곰곰이 생각하니 화평을 이루자면 두 분 왕자 중에서 특히 임해군(臨海君)이 일본으로 건너가서 태합 전하에게 감사를 드리면 되지 않을까 하오. 왕자 한 사람이 바다를 건너감으로써 조선국의 수천만억, 헤아릴 수 없이 많은 백성을 구한다면 좋은 일이 아니겠소? 이런 사정을 국왕에게 자세히 고해 주시오.

사명 왕자가 한 개인으로 바다를 건너가서 머리를 숙이는 것은 어려운 일이 아니오. 그러나 국가의 처지로 본다면 왕자를 보내서 군부(君父)의 원수에게 인사를 드리게 하는 것은 도리에 맞는 일 같지 않소.

기요마사 내 의견에 동의하시면 4월 20일까지 회답을 가지고 와주시오.

사명 그날까지 온다고 약속할 수는 없고 형편을 보아야겠소(《선조실록》).

사명대사는 서생포를 떠나 초계의 원수부로 향하였다. 명나라를 점령하고 자기들의 천황을 북경으로 옮긴다느니, 한강 이남을 넘기라느니, 기고만장하던 예전의 일본이 아니었다. 왕자 한 사람 와서 인사만 해달라, 그러면 군사를 거둬 가지고 돌아가겠다. 히데요시가 기세가 꺾이고 체면 때문에 노심초사하는 것은 보지 않아도 짐작이 가는 일이었다.

조정이 생각만 먹는다면 이런 때 이런 인간을 다루는 방법은 저절로 나오지 않을까? 사명은 초계로 돌아오자 권율에게 회담 경위를 보고하고 이렇게 말했다.

"대감, 세상에는 흑과 백만 있는 것이 아니라 그 중간에는 갖가지 색깔이 있습니다. 마찬가지로 전쟁에도 승(勝)과 패(敗)만 있는 것이 아닙니다. 적의 실정과 우리의 형편을 감안해서 그 중간의 적당한 지점에서 결말을 지을 수도 있지 않을까 생각해 보았습니다."

권율은 오래도록 생각하고 나서 짤막하게 대답했다.

"스님의 말씀은 알아듣겠소."

사명은 구화봉으로 돌아가고 권율은 조정에 보고서를 올렸다.

그러나 조정으로서는 흉악한 가토 기요마사는 믿을 수 없는 인간이었다. 필시 간계가 숨어 있을 것이다. 기정방침대로 청야지계(淸野之計)를 추진하고 비상시의 행동지침을 시달하였다.

> 각 고을의 인민에게 영을 내려 부모, 처자를 모두 가까운 산성으로 들어가게 하고 가재와 곡물을 남김없이 옮겨 놓고 옮기기 어려운 물건이나 길이 먼 경우에는 가까운 산에 묻도록 한다.
>
> (……) 영을 어긴 자에게는 군율을 시행하고, 산성으로 들어가기를 꺼리는 자, 또는 다른 고장으로 피란하는 자는 부역자로 간주하여 적발하는 대로 참형에 처한다(이성령 《춘파당 일월록》).

이보다 앞서 2월 22일(일본력 21일), 일본의 도요토미 히데요시는 재침군(再侵軍)의 편성을 발표하였다. 제1군에서 제8군까지 전투부대 12만 1천1백 명, 부산, 안골포(安骨浦), 가덕도(加德島), 서생포 등 후방 기지의 수비대 2만 3백90명, 도합 14만 1천4백90명이었다. 지휘관은 가토 기요마사, 고니시 유키나가, 구로다 나가마사(黑田長政), 나베시마 나오시게(鍋島直茂), 시마즈 요시히로(島津義弘), 조소카베 모토치카(長宗我部元親), 하치스카 이에마사(蜂須賀家政), 모리 히데모토(毛利秀元), 우키타 히데이에(宇喜多秀家) 등 대개가 이미 조선에서 전투 경험이 있는 장수들이었다.

히데요시는 이들에게 경상도로부터 진격하여 우선 전라도를 휩쓸고 다음에 충청도, 기타 지방으로 나가라고 명령하였다. 또 명나라가 다시 개입하여 그 군대가 서울에서 5, 6일 걸리는 지점까지 당도하면 자신이 바다를 건너 조선 현지에서 직접 전투를 지휘하겠다는 다짐도 잊지 않았다.

이미 전쟁 준비는 진행 중이었고, 출정군의 편제도 알 만한 사람은 다 알고 있었다. 굳이 이 시기에 떠들썩하고 발표할 것도 없었으나 작년 가을부터 다시 조선을 친다고 외쳐 온 마당에 봄이 와도 잠자코 있을 수만은 없었다. 자기 백성에 대해서는 체면치레였고, 조선에 대해서는 협박이었다.

발표해 놓고 조선의 반응을 보다 화전(和戰) 간에 결단을 내릴 생각이었다.

일본에 갔던 명나라 사신 양방형(楊方亨)과 심유경은 조선 사신 황신(黃愼)이 떠나고 고니시 유키나가도 부산으로 건너왔으나 계속 쓰시마에 머물다가 작년 12월 17일에야 부산으로 돌아왔다. 두 달 가까이 쓰시마에서 늑장을 부린 셈이었다. 양방형은 만사 심유경에게 맡기고 그가 하자는 대로 하였고, 술을 찔끔찔끔 마시면서 물세가 어떻게 돌아가는지 관심도 두지 않았다.

두 사람은 4일 후인 21일 부산을 떠나 전주로 옮겨 여기서 새해를 맞았다. 설날 심유경은 양방형에게 깍듯이 세배를 드리고 두 손을 모아 쥐었다.

"소인은 일본군을 깨끗이 철수시키고 뒤따라갈 터이니 정사(正使)께서는 먼저 가서 그간의 경위를 조정에 보고하여 주십시오."

양방형은 그가 시키는 대로 일본에서 받은 선물을 마소며 수레에 잔뜩 싣고 1천여 명의 일행과 함께 전주를 떠나 귀국길에 올랐다. 멀리 성 밖까지 전송을 나왔던 심유경은 멀어져 가는 행렬을 바라보다가 발길을 돌렸다.

"병신이로다."

양방형은 도중 서울에 들러 융숭한 대접을 받고 선물도 기차게 받았다. 받을수록 더욱 짙어지는 것이 물욕이었다. 마음에 드는 물건이 있으면 서슴없이 달라고 하여 선물더미는 수백 개에 이르렀다.

달라고만 하고 주는 것이 없으니 체면이 서지 않았다. 그는 큰소리로 체면치레를 했다.

"가토 기요마사가 또 올까 걱정이라고? 못 옵니다. 기요마사는 용기가 있고 고집이 세다지만 우리 대명(大明)을 어떻게 보고 또 오겠소? 허풍을 떨어 협박하는 것이지요."

그가 서울을 떠난 것은 1월 8일이었다. 그러나 그의 장담과는 달리 그로부터 며칠이 안 되어 기요마사가 바다를 건너오고, 백성들은 드러내 놓고 심유경의 욕이었다.

"화평을 한다더니 이게 무엇이냐?"

"심유경은 협잡꾼이다."

내일이라도 전쟁이 터질 듯 민심은 갈피를 잡지 못했다.

심유경은 전주를 떠나 서울로 올라왔다. 고니시 유키나가가 어떻게든 무마하기를 바랐는데 가장 염려하던 사태가 벌어지고 말았다. 십중팔구 전쟁은 다시 터질 기세인데 조선 조정이 어떻게 나올지, 명나라 조정에 대고 자기를 무어라고 모함할지 안심이 안 되었다.

"나에 대해서 말이 많은 모양인데 큰 일이고 작은 일이고 나는 귀국을 위해서 성의를 다하지 않은 것이 없소. 전쟁을 말하지 않고 평화를 주장한 것도 조선을 위한 것이오. 그 사이에 어찌 딴 뜻이 있을 수 있겠소? 천지귀신이 내려다보고 있소."

그는 임금을 만난 자리에서 정색을 하고 이렇게 나왔다. 임금도 아니라고 면박할 수는 없었다.

"대인의 공은 삼척동자도 알고 다 고맙게 생각하고 있소."

"그렇다면 좋소. 기요마사란 놈이 건너온 모양인데 그는 흉악한 물건이오. 우리 조정은 반드시 동병해서 그를 칠 터이니 안심하시오."

그는 서울에 오래 머물지도 않았다. 마필, 수레, 식량 등 필요한 것을 챙겨 가지고 서울에 온 지 5일이 되는 2월 1일 길을 떠났다. 그러나 북으로 압록강을 건너가지 않고 발길을 돌려 다시 전라도로 내려갔다.

심유경은 80여 명의 부하들을 거느리고 남원, 의령, 경주 등지를 돌아다니고, 무시로 부산의 고니시 유키나가와 연락을 취하면서 봄이 가고 여름이 와도 큰소리를 마지않았다.

"내가 살아 있는 한 화평은 반드시 성사시킬 것이다."

석성은 해임되고

　일본의 재침에 대비하여 조선은 도체찰사 이원익(李元翼)의 총지휘
하에 경상도 일대의 방비태세를 정비하였다. 조정의 청야지계에 따라
우선 창녕(昌寧)의 화왕산성(火旺山城), 대구의 공산성(公山城), 개령(開
寧)의 금오산성(金烏山城), 안음(安陰 : 안의)의 황석산성(黃石山城), 진주
의 정개산성(鼎蓋山城) 등등 요지의 산성들을 수축하고 고을마다 관원
들은 백성들을 이끌고 자기들에게 배정된 산성으로 들어가는 연습을 되
풀이했다. 양식이며 가축, 의복, 수저에 이르기까지 적에게 소용될 만한
것은 하나도 남기지 말아야 했다.

　"우리 동네는 저 화왕산성이다."

　혹은,

　"우리 고을은 금오산성이다."

　(……)

청야지계와 병행하여 경상좌도병마사 성윤문(成允文), 방어사 권응수(權應銖)는 경주에 본영을 두고 좌도의 방위태세를 정비하고, 우도병마사 김응서(金應瑞)는 의령에서 우도의 방위를 책임지고 있었다. 또 이원익은 경주, 도원수 권율은 초계에 본영을 두고 전군을 통괄하였다.

모두들 있는 힘을 다해서 병사들을 단련하고 무기와 식량을 비축하여 갔으나 엄청난 병력의 열세는 보충할 길이 없었다. 성윤문과 김응서 휘하에 각각 2천 명, 그밖에 충청도 이북에서 이동하여 도내 요지에 배치된 병력이 6천 명 — 결국 경상도 방위군의 총수는 1만 명에 불과하였다.

다만 전라도는 경상도 다음가는 요지여서 그곳 병력은 경상도로 이동하지 않았다. 그들은 장흥에 위치한 병마사 이복남(李福男)의 지휘하에 도내의 방위를 담당하고 있었으나 병력은 겨우 1천5백 명이었다.

이 밖에 한산도에 수군 1만 명이 있었다. 여전히 막강했으나 5년 전전쟁이 시작될 때부터 종군한 병사들이 적지 않았다. 이들은 나이 들고 혹은 병이 생겨 실전을 감당할 수 있는 숫자는 그 반수인 5천 명 정도였다.

이들 영·호남에 배치된 병력은 통틀어도 2만 1천5백 명으로 일본군 14만여 명에는 댈 것도 못 되었다. 이것이 전쟁 5년에 황폐할 대로 황폐한 나라의 국력의 한계였다.

일본의 재침을 막으려면 싫든 좋든 또다시 명군의 지원을 받을 수밖에 없었다.

일본에 갔던 명나라의 책봉사 양방형이 조선을 거쳐 북경에 돌아온 것은 2월 14일이었다. 그는 일본에서 싣고 온 갖가지 진귀한 물건들을 궁중에 바치고 대신들의 집에도 흡족하게 돌렸다. 성성전(猩猩氈: 카펫), 천아융(天鵝絨: 벨벳), 금그릇[金器皿], 일본도(刀), 갑옷, 투구, 복장, 조총, 병풍 등등.

히데요시를 필두로 일본의 모모한 인사들로부터 받은 것도 있고, 심유경이 돈을 주고 사들인 것도 적지 않았다. 궁중에 들여보낸 것은 히데요시의 진상품, 대신들에게 돌린 것은 히데요시의 선물이라고 못을 박는 것도 잊지 않았다.

"수고가 많았소. 황상(皇上)께서도 기뻐하시고 크게 상작(賞爵)을 내리실 것이오."

병부상서 석성(石星)은 술자리를 베풀고 치하하였다. 그러나 다른 대신들은 선물을 받고도 가타부타 응대가 없었다.

조정의 대신들은 현지에 다녀온 양방형보다도 일본의 동정을 더 익히 알고 있었다. 그동안 조선은 요양(遼陽)에 있는 경략 손광(孫鑛)에게 통보하였고, 손광은 북경에 알렸다. 조선에 나가 있는 명나라 관헌들도 소식을 전해 왔다. 특히 며칠 전 북경에 들어온 조선의 사신 정기원(鄭期遠)의 설명은 조리가 있고, 누구나 일본은 어김없이 쳐들어온다고 믿게 되었다. 병부(兵部)의 실책을 지적하는 공론이 비등하고 대책도 가지가지로 나왔다.

그중 산동순안어사(山東巡按御史) 이사효(李思孝)는 히데요시의 요구를 들어주자고 주장하였다. 조선을 설득하라. 왕자 한 사람 일본에 가서 머리를 숙이면 그만인데 별것도 아닌 체면 때문에 또 수만, 수십만의 피를 흘릴 작정이냐?

내각대학사(內閣大學士) 심일관(沈一貫)과 장위(張位)는 장기계획을 내놓았다. 언제까지 조선에 끌려다닐 것이냐? 차라리 평양과 개성에 각각 본영을 설치하고 명군 지도하에 연병둔전(鍊兵屯田)하고 통상혜공(通商惠工)하여 군대와 물자를 현지에서 조달하라. 내정의 개혁을 위하여 유능한 중국인 관원들을 파견하여 조선 8도를 분할통치하라(選中國賢能

爲朝鮮司道官 分理八道 :《양조평양록》). **11**

이제 누구의 눈에도 화평은 틀렸고 전쟁의 재발은 불가피하였으나 단 한 사람 이를 외면하는 이가 있었다. 병부상서 석성이었다.

"심유경은 인물이다. 기필코 화평을 달성하고 돌아올 터이니 두고 보라."

2년 만에 고국에 돌아온 양방형은 이와 같은 북경의 공기를 알지 못했다. 그는 대신들 앞에 나가 보고했다.

"도요토미 히데요시는 삼가 폐하의 고명(誥命)을 받들고 충성을 맹세하였습니다."

석성이 은근한 미소를 띠었을 뿐 모두들 흰눈으로 바라보고 말이 없었다. 수고했다는 인사 한마디 없으니 이런 경우가 어디 있는가? 양방형은 어색한 분위기를 돌리려고 한마디 덧붙였다.

"히데요시는 충신입니다."

무거운 침묵이 한정 없이 계속된 연후에 이부상서 손비양(孫조揚)이 길지도 않은 수염을 비틀고 입을 열었다.

"단도직입으로 묻겠는데 히데요시는 분명히 우리 폐하의 책봉을 받았소?"

"받다마다. 분명히 받았습니다."

"그렇다면 사표(謝表)가 있어야 할 것이 아니오?"

양방형은 탁자 위에 놓인 자색 보자기를 풀고 안에 든 상자에서 문서를 끄집어 냈다.

"여기 있습니다."

문서를 넘기려고 했으나 손비양은 손을 내저었다.

"좌중이 모두 들을 수 있도록 큰 소리로 읽어 보시오."

사람의 대접이 아니었다. 양방형은 참고 천천히 읽어 내려갔다.

일본 국왕 신 도요토미 히데요시는 황공하와 머리를 조아리고 또 조아립니다. (……) 동해의 소신(小臣)은 중화(中華)의 성전(盛典), 고명, 금인(金印), 예악(禮樂), 의관(衣冠)을 친히 받자오니 모두가 은총이라 일일이 감격하여 받들고 있습니다. 날짜를 정하여 선물을 갖춰 가지고 대궐에 나아가 감사를 드리고 경건한 마음으로 정성을 피력할 생각이오니 신의 성의를 살펴 주소서. 사신이 먼저 돌아가기에 삼가 그 편에 이 글을 부탁하여 아뢰는 바입니다(擇日必具方物 申謝九重 虔盡丹忱 願察愚悃 天使先回 謹附表以聞 : 《선조실록》).

좌중은 뜻밖인 듯 서로 마주 볼 뿐 입을 떼는 사람은 아무도 없었다. 잠시 후 형부상서 소대형(蕭大亨)이 물었다.

"그 사표는 언제 누구한테서 받았소?"

양방형은 잠시 망설이다 대답했다.

"오사카 성에서 연회가 파한 후 도요토미 히데요시로부터 직접 받았습니다."

"심유경은 왜 오지 않소?"

"조선에서 기다리다 도요토미 히데요시가 건너오면 이 북경까지 모시고 올 예정입니다."

조리가 닿는 이야기에 소대형은 더 이상 트집을 잡지 못하고 장내는 웅성거리기 시작했다. 공연히 애쓰는 사람들을 의심한 것은 아닐까?

석성이 일어섰다.

"내가 전에도 말씀드렸듯이 당사자들의 이야기를 듣기 전에는 잘잘못을 논해서는 안 되는 법이오."

이날부터 북경의 거리에는 전쟁의 공포가 사라지고 사람들의 얼굴에는 다시금 화색이 돌기 시작했다. 그러나 얼마 안 되어 조선에서 고급사(告急使) 권협(權悏)이 달려왔다.

"지난 1월 13일, 가토 기요마사가 대군을 이끌고 또다시 바다를 건너왔소. 뒤를 이어 속속 건너온다고 하니 속히 출병(出兵)하여 주시오."

온 조정이 떠들썩했으나 석성은 느긋했다.

"사표에 보면 도요토미 히데요시가 이 북경에 와서 어전에 감사를 드리기로 되어 있지 않소? 조선을 거처 오는데 경비를 위해서 기백 명의 병력이 먼저 들어왔겠지요."

수긍하는 사람이 태반이었으나 그렇지 못한 사람도 있었다.

"그럴까요?"

"그럼요. 조선 사람들은 엄살이 심해서, 쯧쯧."

그러나 한 밤을 자고 나니 관전(寬奠)에 주둔하고 있는 압록강의 수비대장 마동(馬棟)으로부터 급보가 날아들었다.

"가토 기요마사가 2백 척의 배에 대군을 싣고 조선에 건너와서 기장(機張)에 진을 치기 시작했소."

마동은 엄살이 심한 조선 사람이 아니고 순종 중국 사람이었다. 석성은 할 말이 없고 양방형은 도찰원(都察院)에 끌려갔다.

대신들과 일문일답을 주고받던 지난번과는 달리 경력(經歷), 도사(都事) 등 중견 조사관들이 둘러앉아 있었다. 그들은 먼저 양방형으로부터 북경을 떠나 일본에 갔다가 다시 북경으로 돌아올 때까지의 자초지종을 듣고 나서 교대로 물었다.

"보태지도 말고 덜하지도 말고 사실대로 말씀해야 하오."

"그렇게 하리다."

양방형도 이제 사실을 털어놓는 외에는 살 길이 없다는 것을 알고 있었다.

"히데요시의 사표라는 것은 누구한테서 받았소?"

"심유경으로부터 받았소."

"언제 받았소?"

양방형은 가지고 온 일기를 뒤적이면서 띄엄띄엄 대답했다.

"배로 사카이(堺)를 떠난 것이 9월 10일이라. 낭고야(浪古耶 : 名護屋)
에 도착한 것은 며칠이더라……. 그렇지 10월 9일이지."

"간단히 답변해 주시오."

"이제 알았으니 간단히 답변할 수 있소. 그 다음 날인 10일 뒤쫓아 온
고니시 유키나가가 낭고야에 당도해서 함께 술을 마셨고, 그 다음 날인
11일 밤이구만. 심유경이 유키나가를 만나러 나가더니 이튿날 아침에
돌아와서 그 문서를 내놓았소. 유키나가가 가지고 왔다, 이러더군요."

"의심하지 않았소?"

"의심하지는 않았으나 좀 이상한 점은 있었소."

"무엇이 이상했소?"

"후에 안 일이지만 그날 밤 심유경은 유키나가를 만난 것이 아니고,
전부터 정분이 나 있던 아리마(阿里馬)라는 일본 여자와 지냈소."

"그 사표라는 것은 누가 쓴 것 같소?"

"모르지요."

"짐작도 안 가오?"

"지금 생각하니 그날 밤 심유경이 아리마의 방에서 만들어 낸 것 같
기도 하오."

"왜 나고야에서 심유경으로부터 받은 것을 오사카 성에서 히데요시
로부터 받았다고 했소?"

"심유경의 부탁이오."

"영감은 도요토미 히데요시가 정말 이 북경까지 온다고 생각했소?"

"심유경이 그렇다니 그런가 부다 했소."

"그래서 심유경은 조선에 남겼소?"

"내가 남긴 것이 아니고 심유경이 스스로 남은 것이오."

"우리가 알기로는 영감은 정사, 심유경은 부사인데, 어김이 없소?"

"어김이 없소."

"어김이 없다면 사사건건 정사가 부사의 절제를 받았다는 말이오?"

"받았소."

"세상에 그런 법도 있소?"

"있소."

양방형은 들고 온 주머니에서 문서를 한 묶음 꺼내 조사관들에게 돌렸다. 그동안 석성으로부터 받은 친필 편지들이었다. 편지마다 심유경의 칭찬이었고, 그중에는 이런 대목도 있었다.

일본 사정으로 말하자면 우리 대명(大明)에는 심유경 이상으로 정통한 사람이 없소. 그런즉 비록 영감은 정사, 심유경은 부사라 하더라도 매사에 심유경의 뜻을 중히 여겨야 할 것이오.

편지를 다 읽고 난 조사관들이 물었다.

"그래 심유경의 뜻을 중히 여겼소?"

"아예 그에게 맡겨 버렸소. 편지를 다시 읽어 보시오. 그것이 석 상서(石尙書 : 석성)의 뜻이 아니겠소?"

조사는 그것으로 끝나고, 양방형은 며칠 동안 옥에 갇혔다가 방면되어 집으로 돌아갔다.

제일 난처하게 된 것이 병부상서 석성이었다.

　신이 몸소 조선에 나가 일본과의 회맹(會盟 : 화평)을 성립시키
고 돌아오겠습니다.

　황제에게 간청했으나 대로한 황제는 심유경에게 체포령을 내리는 한
편 석성을 해임하고 전 병부상서 전악(田樂)을 후임으로 지명하였다.

　그러나 전악은 병으로 누워 있었다. 형부상서 소대형으로 하여금 임
시로 그 직무를 겸임토록 하고, 도독(都督) 마귀(麻貴)를 비왜총병관(備
倭總兵官), 즉 총사령관으로 임명하여 조선에 나갈 출정군의 모집, 편성,
전투를 책임지도록 하였다.

　마귀는 후에 제독(提督)으로 승진하였다. 정식 직명은 흠차제독남북
관병 어왜총병관 후도독부 도독동지(欽差提督南北官兵 禦倭總兵官 後都
督府 都督同知).[12]

　그는 중국인이 아니고 위구르[回紇] 사람이었다. 붉은 머리에 검은
얼굴, 몸집이 웅장하고 위풍이 당당한 거인이었다. 부친 마록(麻祿)이
산서성(山西省) 대동위(大同衛) 소속으로 중국군에 종사하여 선부부총
병(宣府副總兵)까지 올랐고, 그도 부친의 뒤를 따라 무인의 길을 걸었다.
전에 역시 제독으로 조선에 나왔던 이여송의 집안이 그렇듯이 마씨 일
가에서도 이름난 장수들을 많이 배출하여 당시 명나라에서는 동리서마
(東李西麻)라고 하여 이들 두 가문을 칭송하였다.

　달이 바뀌어 3월 15일에는 요동포정사(遼東布政使) 양호(楊鎬)를 흠
차경리조선군무 도찰원우첨도어사(欽差經理朝鮮軍務 都察院右僉都御史),
약칭 경리(經理)로 임명하여 마귀 이하 출정군을 총괄토록 하였다. 요동
에 있을 때 부장(副將) 이여매(李如梅)와 함께 여진(女眞) 지역으로 출격

하였다가 장교 10명, 병사 1백60명을 잃고 대죄(待罪) 중에 부친상까지 당하였다. 어느 모로 보나 현직으로 나갈 처지가 못 되었으나 내각대학사 장위가 강력히 추천한 결과였다.

그래도 조정은 안심이 안 되었다. 그달 29일에는 경략 손광을 해임하고 병부좌시랑(左侍郎) 형개(邢玠)를 후임으로 임명하여 양호, 마귀 이하 전군을 총괄토록 하였다. 동시에 그를 병부상서로 승진시키니 현직 병부상서가 사령관으로 나가는 것은 전례가 드문 일이었다. 약칭으로 총독(總督) 또는 경략(經略)이라고 불렀으나 그의 정식 직명은 병부상서 겸 도찰원우부도어사 흠차총독계료보정등처군무 경략어왜 겸리양향(兵部尚書兼都察院右副都御史 欽差總督薊遼保定等處軍務 經略禦倭 兼理糧餉)이었다.

양호는 유명한 은허(殷墟)가 있는 하남성 상구현(商丘縣), 형개는 산동성 익도현(益都縣) 출신이었다. 다 같이 과거에 합격한 문관으로 그릇이 크고 재주가 비범하다는 평이 있었다.

심유경 체포령

그로부터 두 달 후인 5월 8일 부총병 양원(楊元)이 지휘하는 기병 3천 기(騎)가 압록강을 건너 서울로 들어왔다. 정유재란에 조선으로 나온 명군의 제1진으로, 양원은 전에 이여송의 휘하 제2군 사령관으로 조선에 나왔던 인물이었다.

이 무렵 명군의 이동은 활발하여 경리 양호와 제독 마귀는 요양에 당도했고, 오유충(吳惟忠)이 지휘하는 보병 4천 명은 압록강 연변 구련성(九連城)에 이르렀다. 마귀의 뒤를 이어 만리장성을 넘은 해생(解生), 진우충(陳愚衷), 모국기(茅國器), 이방춘(李芳春), 파새(擺賽) 등도 요양으로 행군 중이었다.

그러나 조선에서 들어온 소식에 의하면 일본군은 15만, 30만, 또는 50만이라고 하였다. 15만이라 하더라도 명군은 턱없이 부족한 병력이었다. 곧바로 압록강을 건너 남으로 진격하려던 마귀는 요양에서 발을 멈추고, 양호는 북경에 병력의 증원을 요청하였다. 적어도 20만은 있어야 하겠습니다.

자연히 그들의 움직임은 완만해질 수밖에 없었다. 이미 구련성에 당도했던 오유충은 천천히 압록강을 건너 쉬기도 하고 대접도 받고 느릿느릿 남진하여 한 달도 더 지난 6월 14일 서울로 들어왔다.

같은 6월 14일 그보다 먼저 서울에 들어왔던 양원은 전라도 남원(南原)에 당도했다. 서울에서 남원은 6백50리, 그들은 기병이니 넉넉히 잡아도 3일이면 족한 거리였다. 그러나 5월 21일 서울을 떠난 양원은 22일이 지난 이날에야 남원으로 들어왔다. 지나는 고을마다 산수를 관람하고 연회에 참석하고 술에 취하여 잠을 잤다.

"과시 금수강산이로다."

가끔 조선의 자연을 칭송하는 일도 잊지 않았다.

세상에 급할 것이 없는 이와 같은 태도는 남원에 들어와서도 달라지지 않았다. 당시 의령(宜寧)에 머물고 있던 심유경(沈惟敬)의 부하 누국안(婁國安)이 찾아와서 큰절을 했다. 심유경은 한때 누국안으로 말미암아 죽을 고초를 겪었으나 버리지 않고 여전히 데리고 다녔다. 그에게는 그런 일면이 있었다.

"심 부사(沈副使 : 심유경)께서 찾아뵙고 인사를 드리려는데 언제쯤이 좋을까요?"

이에 양원의 대답은 매우 느긋했다.

"이 복더위에 일부러 오실 것은 없다. 가을바람이나 떨어지고 한가해지면 한번 와서 술잔이나 나누자고 전해라. 회포나 풀게 말이다."

의령의 심유경은 자기의 처지를 잘 알고 있었다. 북경에서는 역적으로 단죄하였을 것이고 체포령도 내렸을 것이다. 어김없이 죽을 신수였다.

지금이라도 공정한 선인(仙人)이 나타나 공과 죄를 저울질한다면 단한 돈쭝이라도 공이 무겁지 죄가 무겁지는 않을 것이다. 그러나 세상에 선인이 어디 있는가?

일찍이 평양에서 50일간의 휴전을 성립시키고 돌아갔을 때에는 온 북경이 떠들썩했다.

"심유경은 영웅이다!"

지금은 어떨까?

"심유경은 역적이다!"

이렇게 떠들고 돌아가겠지.

대중이란 그런 것이다. 주변의 풍파를 개의치 않고 자기 목소리를 내는 것은 대중이 아니고 대장부다. 세상에 심유경을 알아줄 대장부가 몇 명이나 있을 것인가?

살 길은 하나밖에 없었다. 일본 진영으로 망명하는 일이었다. 그러나 쉬운 일이 아니었다.

일본에서 돌아오는 길에 고니시 유키나가에게 부탁하였었다. 살려 달라. 두말없이 승낙할 줄 알았는데 그렇지 않았다.

"태합의 승낙을 얻어 보리다."

유키나가는 히데요시의 손에 죽을 뻔하다가 겨우 목숨을 건진 직후였다. 기세가 꺾이고 만사 조심하는 심정도 알 만했다.

조선에 건너와서는 명나라로 돌아가지 않고, 남원, 의령, 경주 등, 유키나가가 머물고 있는 부산 주변을 맴돌면서 하회를 기다렸다. 그러나 어떻게 된 영문인지 히데요시로부터는 가타부타 소식이 없었다.

명군이 다시 조선으로 들어온다는 소식을 듣고는 더 이상 참을 수 없었다.

"무조건 부산으로 밀고 들어갈 터이니 그리 알라."

전갈을 보냈더니 유키나가는 펄쩍 뛰었다.

　　"일본군에서는 당신 때문에 일이 틀어졌고, 당신 때문에 또 전쟁을 하게 되었다고 원망이 대단하오. 무턱대고 왔다가는 어느 손에 죽을지 모르는 형편이오. 태합의 말씀이 필요한 것도 그 때문이니 조금만 더 기다려 보시오."

　　또다시 기다렸으나 여전히 히데요시로부터는 소식이 없고, 서울에 들어왔던 양원은 마침내 남원으로 내려온다는 소식이 왔다. 누국안을 남원에 보내 동정을 살피는 한편 또 한 사람의 심복 장달(張達)을 부산의 유키나가에게 보냈다. 아직도 소식이 없는가?

　　"기다리게 해서 미안하오. 방금 우리 태합으로부터 좋은 소식이 왔소. 가서 심 부사를 모시고 오시오."

　　장달은 며칠 기다린 끝에 드디어 유키나가의 회답을 받았다.

　　유키나가가 히데요시의 측근 이시다 미쓰나리(石田三成)에게 심유경의 망명 건을 부탁하고, 이어 미쓰나리가 히데요시에게 보고한 것은 작년 11월 그믐이었다.

　　"(……) 그런즉 망명을 허락하는 것이 좋을 듯합니다."

　　미쓰나리는 유키나가가 쓰시마에서 보낸 편지를 내놓고 이렇게 말했다. 화평회담이 결렬되고 조선, 명나라 사신들이 돌아가는 길에 유키나가와 심유경은 10월 말에서 12월 초까지 40여 일을 쓰시마에서 함께 지냈었다.

　　"심유경이 우리 일본으로 넘어온다? 그거 해롭지 않지."

　　미쓰나리는 승낙할 줄 알고 물러 나왔으나 일은 밤사이에 틀어졌다.

　　"심유경은 액(厄)을 몰고 다니는 사람은 아닐까요?"

　　잠자리에서 소실 요도기미(淀君)가 이렇게 속삭였다. 본국으로 돌아가면 목이 떨어질 사나이, 사신(死神)이 붙어 다니는 이런 사나이를 불러들였다가 행여 히데요리에게 화가 미치지는 않을까? 이것이 요도기미의 걱정이었고, 히데요시도 듣고 보니 그럴 만도 했다.

"그러면 어떻게 한다?"

"신불(神佛)에게 사실을 고하고 오쓰게(御告 : 託宣)를 들어 봐야지요."

이튿날 요도기미의 시녀들은 고명한 신사와 불사를 찾아 사방으로 흩어지고 히데요시는 미쓰나리를 불렀다.

"그 일은 내 좀 더 생각해 봐야겠다."

그런데 신(神)의 오쓰게와 불(佛)의 오쓰게가 같지 않았다.

"일본은 신국(神國)이다. 잡것을 끌어들였다가 야오요로즈노 가미가미(八百萬の神々 : 諸神)가 진노하시면 방법이 없느니라."

신사에서는 이런 괘가 나오고 불사의 괘는 반대였다.

"구할 수 있는 생명을 구하지 아니함은 곧 살생(殺生)이니 지옥으로 떨어졌다가 축생(畜生)으로 환생하리로다."

요도기미는 어느 쪽을 따라야 할지 갈피를 잡지 못했다. 자연히 히데요시도 결론을 내리지 못하고 시일을 끌어 왔다.

여름에 들어 히데요리가 마마에 걸렸다. 약을 써도 낫지 않고 신관(神官)을 모셔다 엄숙히 하라이(祓い)의 의식도 거행하였으나 차도가 없었다. 하라이는 재난, 죄업(罪業), 오예(汚穢)를 씻어 버리는 신도(神道)의 행사였다.

마지막으로 미쓰나리가 난젠지(南禪寺)의 레이산(靈三) 스님을 모시고 왔다.

"하, 이거 어른들의 죄장(罪障)으로 해서 어린 와카기미(若君 : 히데요리)의 앞날이 캄캄한 그믐밤이올시다."

요도기미는 가슴이 싸늘했다.

"그믐밤이라니요? 죽는다는 말씀인가요?"

"그렇다고 말씀드리기도 난처하고."

요도기미는 다가앉았다.

"방법이 없을까요?"

"부처님이 기뻐하실 일을 하십시오."

"어떻게요?"

"방생(放生)을 하십시오."

"비와코(琵琶湖)에서 물고기를 잡다 요도가와(淀川)에서 방생을 하면 어떨까요?"

"무방은 하겠지요."

맥없는 대답이었다.

"그 정도로는 안 된다는 말씀인가요?"

"부처님이 제일 기뻐하심은 물고기보다도 사람을 방생하는 일이지요."

"사람을요?"

"요도 도노(淀殿 : 요도기미)께서는 요즘 사람의 목을 조이고 계십니다."

"제가요?"

"구할 수 있는 생명을 구하지 아니하고 죽음으로 몰고 가고 있으니 목을 조이는 것이나 무엇이 다르겠소이까?"

요도기미는 마음에 짚이는 데가 있었다.

"심유경을 구하면 우리 와카기미가 나을까요?"

"한번 해볼 만은 합니다."

"어떻게 하지요?"

"사람에게는 염력(念力)이라는 것이 있습니다. 눈을 감고 무아의 심경으로 서원(誓願)을 세우십시오. 나는 맹세코 심유경을 구하리라!"

그날 밤 요도기미는 목욕재계하고 단정히 앉은 자세로 중얼거렸다. 나는 맹세코 심유경을 구하리라!

옆에 쭈그리고 앉은 히데요시도 큰 소리로 외쳤다. 나는 맹세코 심유경을 구할 것이며 구하지 못하면 사람도 아니다!

첫닭이 울 때까지 되풀이하고 보니 히데요리는 열이 내리고 물꽃도 가라앉기 시작했다.

"우우우……."

히데요시가 알 수 없는 외마디 소리를 외치면서 히데요리를 번쩍 들고 방안을 한바퀴 돌았다.

"이제부터는 만사 염력으로 갈 것이다!"

시기를 놓쳐 심유경이 본국으로 잡혀가면 큰일이었다. 염력은 도루묵이 되고 히데요리는 죽을 것이다. 히데요시의 급사는 밤낮으로 길을 재촉하여 부산으로 달려왔다.

"심유경을 받아들이고 즉시 일본으로 보내라. 일등 야시키(邸 : 저택)에 살게 하고 종생토록 상당한 녹을 지급하리라."

급사는 유키나가에게 전하였다.

일이 급하였다. 유키나가로부터 좋은 소식을 들은 장달은 변변히 인사도 못하고 돌아서 나오려는데 밖에 나갔던 소 요시토시(宗義智)가 들어섰다.

"간밤에 양원이 의령으로 쳐들어와서 심 부사를 옥에 가뒀다는 소문이 있는데 사실이오?"

그는 장달에게 물었으나 장달이라고 알 까닭이 없었다. 세 사람은 장시간 의논했으나 사실 여부는 알 길이 없고, 유키나가가 단을 내렸다.

"사실이라 치고 손을 쓰는 것이 안전할 것이오."

이에 심유경을 구출하기 위해서 야나가와 시게노부는 9척의 군선(軍船)에 5백 명의 병사들을 싣고 부산을 떠나 합포(合浦 : 마산) 해안에 상륙하였다.

합포에서 의령은 1백여 리로, 당시 이 일대는 양측의 척후병들이 가끔 출몰할 뿐 피란을 떠난 백성들도 돌아오지 않은 무인지경이었다. 의령 외곽까지 진출한 야나가와 시게노부는 숲 속에서 기다리고 10여 명의 날랜 병사들이 야음을 타고 은밀히 읍내로 전진하였다.

의령은 작은 고을로 성이 없었다. 자정이 넘어 읍내로 숨어드는 데까지는 큰 어려움이 없었으나 아무도 감옥의 위치를 아는 사람이 없었다. 일본군은 당연히 앞장선 장달이 알고 있는 것으로 믿었고, 장달은 일본군이 아무 말도 없기에 그들이 알고 있는 것으로 믿었다.

"나는 몰라 했소."

장달은 고개를 좌우로 흔들었다. 그는 여기서 심유경과 함께 손님으로 지냈고, 손님이 감옥을 알아 둘 필요는 없었다.

누구의 실수든 큰 실수였다. 그렇다고 빈손으로 돌아설 수도 없는 일이었다. 그런데 심유경은 일본 사람들과 접촉이 잦았고 일본에도 장기간 머문 관계로 간단한 일본말은 알아듣는다고 했다.

보름을 넘긴 달이 제법 밝았다. 일본 사람들은 그늘에서 그늘로 요리조리 건너뛰면서 그럴 만한 건물을 만나면 담장 너머로 속삭였다.

"신 부쿠시 도노(심 부사님)."

북이 울리고 여기저기서 창을 든 조선 병사들이 쏟아져 나왔다.

"왜놈들이다!"

그들은 일본군이 야간기습을 온 줄 알았고, 일본군은 기겁을 해서 사방으로 흩어져 도망쳤다. 이 통에 장달도 그들과 함께 사라지고 다시는 모습을 보이지 않았다.

심유경은 아무리 기다려도 부산에 간 장달이 돌아오지 않았다. 뿐만 아니라 유키나가는 자기가 이곳 의령에 있는 줄을 알면서 야간기습을 자행하였다. 바람이 이상하게 부니 그도 생각이 달라진 모양이다.

남원에 갔던 누국안이 돌아와 희한한 소식을 전했다.

"일부러 올 것은 없고 가을바람이나 떨어지면 오라."

그리고 회포라는 것을 푼다고? 나를 안심시켜 놓고 불시에 덮치자는 술책이지? 너 양원의 꾀에 넘어갈 심유경이 아니다.

그는 누국안을 울산의 가토 기요마사에게 보냈다. 나를 구해 달라.

기요마사는 산돼지 같은 사나이였다. 재는 것이 많은 유키나가와는 달리 마음만 내키면 즉석에서 대답할 것이다. 좋다, 오라.

기요마사마저 거절하면? 산에 올라가 목을 매리라.

심유경의 추측대로 어명이 내리자 병부는 마귀에게 영을 내렸고 마귀는 양원에게 영을 내렸다.

"심유경을 잡아들이라."

남원에 당도하면서부터 양원은 의령에 첩자를 보내 심유경의 일거일동을 감시하고 있었다. 군대를 풀어 잡을 수도 있었으나 심유경에게는 2백 명의 부하가 있어 자칫하면 같은 명군끼리 피를 흘릴 염려가 있었다. 그렇게 되면 북새통에 놓칠 염려도 있고, 칼에 찔려 죽을 수도 있었다. 조정의 명령은 산 채로 잡아서 북경까지 끌어오라는 것이었다.

제 발로 걸어오도록 하는 것이 제일이었다.

그러나 누국안이 울산으로 떠났다는 소식을 듣고는 더 이상 기다릴 수 없었다. 심유경은 유키나가와는 친했으나 기요마사와는 앙숙이었다. 이 단계에 이르러 무엇 때문에 앙숙에게 사람을 보낼 것인가? 무엇인지는 몰라도 유키나가와는 틀렸고 기요마사와 새로운 음모, 십중팔구 도망칠 음모를 꾸미는 것이리라.

양원은 1천여 명의 기병들을 이끌고 밤을 새워 의령으로 달렸다.

기요마사는 군말이 없는 사나이였다.

"안심하고 오라."

회답을 받은 심유경은 첫새벽에 부하들을 거느리고 의령을 떠났다. 여태까지 그림자처럼 따라다니던 접반사 황신(黃愼)과 통사 이유(李愉), 그 밖에 일꾼 등 조선 사람들은 다 털어 버리고 명나라 사람들만의 행차였다.

"남원에 가서 양 총병(楊總兵 : 양원)에게 문안을 드릴 것이다."

조선 사람들에게는 이렇게 말해 두었다.

남원은 서북, 가야 할 울산은 동북이었다. 남원으로 가는 양 서쪽으로 달리다 적당한 고장에서 방향을 바꾸리라.

의령에서 40리, 삼가(三嘉) 고을에서 말 머리를 틀어 북으로 달렸다. 합천, 대구를 거쳐 울산의 서생포, 가토 기요마사의 진영으로 갈 참이었다.

"거기 섰거라!"

뒤에서 사람들이 외치고 요란하게 호각들이 울리는 소리가 들렸다. 선두를 달리던 심유경은 돌아보았다. 숱한 기병들이 달려오고, 선두에는 대장기(大將旗)가 펄럭이고 있었다.

양원이었다.

심유경은 눈을 박아 보았다. 1천여 기. 이쪽은 80여 기, 적수일 수 없었다. 일은 이제 끝났다. 아마 이 심유경의 종말일 것이다. 판단이 서면 체념도 빨랐다. 그는 말머리를 돌려 대장기를 목표로 달렸다.

"오랜간만이올시다."

그는 말을 멈춰 세우고 양원에게 인사를 드렸다. 양원도 말을 세우고 가볍게 머리를 숙였다.

"오래간만이오. 그런데 일본과의 화평교섭은 어떻게 되었소?"

모를 까닭이 없는데 이렇게 나왔다. 심유경은 잠시 사이를 두고 대답했다.

"되는 일이라고는 하나도 없소이다."

"되는 일이 없으면 남원으로 오든지 본국으로 돌아가든지 할 것이지 지금 무얼 하는 것이오?"

"울산으로 가는 길이지요. 가서 기요마사와 담판하고 45일 후에 돌아오리다."

이때 양원이 눈짓을 하자 대기하고 있던 군관 6명이 재빨리 심유경을 에워싸고 균표(鈞票 : 체포령)를 제시하였다. 그들은 군복을 입고 있었으나 북경에서 특파되어 온 도찰원의 관원들이었다.

"너는 일본의 앞잡이요 중국의 화근이다(日本之嚮導 中國之禍根)."

관원들은 그를 오랏줄로 묶고 욕설을 퍼부었다. 그러나 심유경은 못들은 양 누국안을 돌아보고 한 눈을 찡긋했다. 너만이라도 살 길을 찾아라.

순간, 누국안은 말에 채찍을 퍼붓고 쏜살같이 내달았다. 양원의 기병들은 겨우 산기슭에서 따라잡았으나 말을 버리고 돌을 굴리면서 정상으로 도망치는 사나이를 잡을 길은 없다. 부산의 고니시 유키나가에게 갔으리라는 것이 중론이었으나 어떻든 그를 다시 본 사람은 없었다.

심유경은 남원으로 끌려가서 옥에 갇혔다. 제독 마귀로부터 소식이 오는 대로 서울로 압송한다고 하였다.

마귀가 보기(步騎) 7천 병력을 이끌고 서울에 들어온 것은 7월 3일이었다. 그동안 경리 양호와 함께 요양에 머물면서 북경 조정에 요청한 결과 총 14만 2천7백 명의 병력을 투입한다는 약속을 받았다. 이것은 지난 2월 도요토미 히데요시가 발표한 일본의 재침군 14만 1천5백 명과 비등한 숫자였다.

그러나 아직은 약속일 뿐 전원이 현지에 도착한 것은 아니었다. 만리장성을 넘은 것은 빠른 편이고 대개는 중국 본토에서 북경을 향해 집결하는 중이었다. 그러나 마귀는 이들이 요양에 당도할 때까지 기다릴 수는 없고 우선 휘하에 있던 병력을 이끌고 압록강을 건너 서울까지 내려왔다.

그로부터 6일 후인 7월 9일 양원은 심유경을 끌고 서울로 올라왔다. 다만 마귀는 심유경을 옥에 가두지 않고 광화문 밖에 마련한 중군영(中軍營 : 직할부대)에 머물게 했다. 초병을 세워 감시는 엄하게 하였으나 유격장군으로 대접했고, 임금 선조가 면회하는 것도 반대하지 않았다.

"어떻게 된 일이오?"

임금이 묻자 심유경은 담담하게 대답했다.

"기군욕국지죄(欺君辱國之罪)라는군요."

임금은 처음부터 심유경을 좋아하지 않았다. 그러나 어떻든 여러 해를 두고 조선 문제로 고생했고 어쩌면 죽을지도 모르는 사람을 외면하는 것은 도리가 아니다 — 조정의 공론에 따라 몸소 찾아온 길이었다.

"무엇이든 필요한 것이 있으면 말씀하시오."

"저승 가는 사람에게 무엇이 필요하겠소이까."

심유경은 쓸쓸히 웃고 임금은 일어섰다.

"일이 잘 풀리도록 하늘에 축원하리다."

돌아서 나오는데 심유경의 가라앉은 목소리가 뒤따라왔다.

"술이나 한잔 보내 주시오."

남녘 부산 방면에서는 연속부절로 급사가 달려왔다.
"적의 대군이 속속 바다를 건너오고 있습니다."
마귀에게 심유경을 인계한 양원은 서울에 온 지 4일 만인 7월 13일, 남대문을 나서 남원으로 향하였다. 같은 날 이미 서울에 와 있던 부총병 오유충도 보병 4천 명을 이끌고 충주(忠州)로 길을 떠났다. 바다를 건너오는 일본군에 대비해야 하였다.

다시 짙어 가는 전운

삼가에서 심유경이 체포되던 6월 하순부터 일본군은 대거 겐카이나다를 건너 부산으로 들어왔다. 수십, 수백 척, 때로는 6백 척의 군선이 한꺼번에 들이닥치는 날도 있었다. 선창에는 도처에 식량과 무기가 산처럼 쌓이고 배에서는 기차게도 많은 병정들이 쏟아져 나왔다.

7월에 들어서도 사람과 물자의 홍수는 줄어들 기미를 보이지 않았고 군마(軍馬)를 실은 배들도 심심치 않게 들어왔다. 한 척에 10여 필을 실은 큰 배도 가끔 눈에 띄었다.

북에서는 명군이 내려오고, 남에서는 일본군이 바다를 건너오고 ─ 이제 전쟁은 귀신도 막을 길이 없을 것이다.

조선은 왕자를 한 명 나한테 보내 머리를 숙이라. 그래야 내 체면이 서겠고, 체면만 서면 전쟁은 하지 않겠다. 이것이 도요토미 히데요시의 조건이었다.

히데요시는 군부(君父)의 원수다. 원수에게 왕자를 보내 머리를 숙인다는 것은 말도 안 되고 명분도 안 선다. 못하겠다. 이것이 임금 선조의 주장이었다.

생각하면 별것도 아니었다. 그러나 이 별것도 아닌 것이 차츰 열을 더한 끝에 그들 자신조차 어쩔 수 없는 독기(毒氣)로 굳어졌고 마침내 전쟁으로 발전하게 되었다. 이 독기를 중화시켜 전쟁의 참화를 막을 길은 없을까 — 생각한 것이 부산의 고니시 유키나가였다.

그러나 생각뿐이지 자신이 직접 나설 계제는 못 되었다. 작년 9월 화평회담이 결렬되고 대로한 히데요시의 손에 죽을 뻔하다가 다시 조선으로 쫓겨 왔다. 선불리 그의 눈앞에 나타났다가는 목숨을 부지하기 어려울 것이고 될 일도 안될 것이다. 유키나가는 자기 대신 야나가와 시게노부를 히데요시에게 보냈다.

바다를 건넌 야나가와 시게노부는 신록이 우거진 후시미 성으로 히데요시를 찾았다. 작년 가을의 지진으로 볼품없이 무너졌던 성은 수리를 끝내고 옛모습 그대로 제자리에 서 있었다.

"무슨 일로 왔는고?"

그를 맞은 히데요시는 걱정과 반가움이 뒤섞인 얼굴로 물었다.

"그간의 경과를 말씀드리러 왔습니다."

"그래 조선에서는 왕자를 보낸다더냐?"

"조선에서는 왕자를 일본에 보내기만 하면 죽는 줄로 알고 있습니다. 한사코 못 보내겠다는 데는 도리가 없습니다."

"그러면 화평은 안 되는 것이지."

히데요시의 얼굴에서 핏기가 사라졌다.

"그런데 전하, 한 가지 방법이 있습니다."

"무엇인고?"

"왕자 대신 조선의 대신이 바다를 건너와서 전하를 찾아뵈면 어떻겠습니까? 예물을 바치고 인사를 드리고."

"……."

"반드시 왕자라야 된다는 법도 없을 것 같습니다. 왕자나 대신이나 머리를 숙이기는 마찬가지 아니겠습니까?"

히데요시는 큰소리를 쳐놓고 뒷감당을 못해서 어쩔 수 없이 전쟁의 구렁으로 끌려 들어가는 형국이었다. 이 새로운 착상에 그는 숨통이 트이는 기분이었다.

"왕자가 그런 형편이라면 대신이 오는 것도 괜찮을 것 같다. 가서 언제쯤 올 것인지 약속을 받아 가지고 오너라."

야나가와 시게노부는 하직하고 나오자 곧장 사카이로 달려가서 배에 올랐다. 히데요시는 갈수록 변덕이 심해졌다. 마음이 변하기 전에 일을 촉진해야 하였다.

바람이 별로 좋지 않았다. 2일 걸려 무로쓰(室津)에 당도했는데 히데요시의 급사가 뒤쫓아 왔다.

"되돌아오시랍니다."

그는 하는 수 없이 오던 길을 다시 더듬어 후시미 성으로 들어서자 히데요시는 속삭이듯 물었다.

"내 한 가지 잊었는데, 그 조선의 대신이 오는 일 말이다. 저들이 왕자는 못 보내되 대신이면 보내겠다 — 이러더냐?"

야나가와 시게노부는 난처했다. 자기가 알기로는 유키나가도 조선의 승낙을 받은 것은 아니었다. 막연히 대신을 보내는 정도라면 승낙하리라고 생각했을 뿐이었다.

전 같으면 조선도 승낙했다고 단언했을 것이다. 그러나 지난번 화평 회담에서 거짓이 탄로되어 하마터면 유키나가와 함께 목이 잘릴 뻔했다. 두 번 다시 그런 변을 당하고 싶지 않았다.

"아직 조선의 의향은 묻지 않았습니다."

"만에 하나, 조선이 거절하면 내 체면은 어떻게 될까?"

야나가와 시게노부는 할 말이 없었다. 잠자코 머리를 숙이고 있는데 별안간 히데요시의 불호령이 떨어졌다.

"너희들은 또다시 나를 농락하는 것이냐!"

야나가와 시게노부는 몰랐으나 그가 이 후시미 성을 다녀간 후 히데요시에게는 두 통의 편지가 날아들었다.

하나는 가덕도(加德島)를 지키고 있던 시마즈 다다토요(島津忠豊)가 보낸 편지였다.

조선 수군은 약속을 어기고, 거제도에 나무하러 간 우리 군사들을 마구 살육하고 있습니다.

고니시 유키나가나 야나가와 시게노부는 조선 측에 항의하였을 뿐 히데요시에게는 보고하지 않은 사건이었다. 이것들이 또 나를 속이고 있구나, 가슴에 접어 두고 있는데 이번에는 가토 기요마사로부터 편지가 왔다.

조선의 승장 송운(松雲 : 사명대사)을 만난바 왕자와 대신을 일본에 보내는 일은 명나라와 의논해야 한다고 합니다. 이 일로 피차 시비하다가는 10년이 걸려도 결말이 나지 않을 것입니다. 유키나가, 마사나리(正成), 시게노부의 무리는 조선으로부터 뇌물을 받고 그 은덕을 저버리지 못하여 함께 짜고 대소사를 사실대로 고하지 않는 것입니다. 이번에 시게노부가 귀국한 모양입니다마는 조선의 승낙을 받은 것은 하나 없습니다.

앞서 저의 계책에 따라 3, 4월 중에 바다를 건너 2도(道)를 쳤다면 왕자를 끌어오는 일, 국서와 예물을 받아 내는 일은 이미 다 결말이 났을 것입니다. 불충(不忠)한 유키나가의 말만 들으시고 도병(渡兵)을 연기하사 기회를 놓침으로써 도리어 조선으로 하여금 우리를 업신여기게 만들었습니다. 통분한 일입니다. 때가 오면 모름지기 대병을 동원하여 호남을 쳐서 조선의 발판을 무너뜨린다면 조선은 화평을 구걸하고 나올 것입니다. 유키나가의 무리가 범한 죄로 말하자면 (……).

편지에는 수없이 죄목을 나열하고 있었다. 대로한 히데요시는 이미 길을 떠난 야나가와 시게노부를 불러들이라고 영을 내렸고, 무로쓰까지 왔던 야나가와 시게노부는 발길을 돌리게 되었었다.

히데요시의 호통은 계속되었다.

"그런 부실한 일로 진지를 버리고 바다를 건너왔단 말이냐? 너는 죽어야겠다."

주위에서 말리고 감싸 주는 바람에 겨우 후시미 성을 빠져 오사카로 도망쳐 내려왔다. 뜬눈으로 한 밤을 새우고 첫새벽에 길을 떠나려는데 또 히데요시의 부하들이 달려왔다. 갑시다.

그들에게 끌려 오후 늦게 후시미 성에 당도했다. 이제 빠질 구멍은 없고 죽는 수밖에 없었다.

"너, 언제 조선으로 돌아가지?"

뜻밖에 히데요시는 아주 부드럽게 나오고 술까지 한 잔 내렸다.

"하핫."

다다미에 두 손을 짚은 채 얼른 대답이 나오지 않았다.

"조선놈들 말이다. 저것들이 버티는 것은 충청도와 전라도가 아직 온전하기 때문이다. 너 조선으로 돌아가거든 장수들에게 전해라. 대거 출동해서 이들 두 도를 싹 쓸어버리는 것이다."

"하핫."

"양식은 걱정할 것이 없다. 머지않아 들에는 벼가 익을 터이니 이것을 먹으면서 진격하면 된다."

"하핫."

"그리고 말이다. 이번에는 적의 머리를 벨 필요가 없다. 남녀노소, 눈에 뜨이기만 하면 모조리 잡아 죽이고 코를 도려내라. 도려낸 코는 소금에 절여 통에다 차곡차곡 채워라. 그 통들을 배에 실어 이곳 교토에 가져오는 것이다. 내 특별히 봉행(奉行 : 책임자)을 지정하여 일일이 셈해서 받을 생각이다. 코가 많을수록 상이 후하고, 적을수록 벌이 무거울 터이니 명심하라고 전해라."

"하핫."

"또 하나 있다. 사람만 죽이는 것이 아니다. 집이고 숲이고, 불에 타는 것은 하나도 남기지 말고 불을 질러라. 조선을 완전히 쑥밭으로 만들어 버리는 것이다."

"하핫."

"일 년에 한 번씩 국경까지 이런 모양으로 올리 쓸고 내리 쓸면 제아무리 독종이라도 항복하지 않고는 못 배길 것이다."

"하핫, 못 배길 것입니다."

야나가와 시게노부는 혹을 떼러 왔다가 하나 더 붙인 암담한 심정이었다.

조선은 명나라에 지원을 요청하면서도 은근히 믿는 데가 있었다. 그 것은 수군이었다. 일본이 다시 쳐들어오면 우리 수군은 바다에서 능히 이를 막을 수 있지 않을까? 전쟁의 소강상태가 여러 해 계속되는 동안 한산도에 집결해 있던 수군 함정들 중에는 각기 소속 수영(水營)으로 돌 아간 것도 적지 않았다. 적이 대거 바다를 건너오기 전인 지난 5월 초, 도원수 권율은 수군에 명령하여 이들 함정들을 모두 한산도에 집결토록 하였다. 주력 함정인 판옥선(板屋船)이 1백80여 척, 그보다 약간 작은 협선(狹船)과 제일 작은 포작선(鮑作船)을 합쳐 약 4백 척, 도합 6백 척 에 가까운 대함대였다.

권율은 자기의 전략 구상을 다음과 같이 조정에 보고하였다.

이제 수군의 함정과 격군(格軍)들이 대충 모였으므로 통제사 원 균에게 영을 내려 다시 형세를 살피고 혹은 거제도의 옥포(玉浦) 등 지에 진주(進駐)하여 쓰시마와 부산을 잇는 뱃길을 감시하고, 이 를 차단하도록 할 것입니다.

설사 크게 싸우는 일이 없다 하더라도 수군을 3분(三分)하여 교 대로 절영도(絶影島 : 영도) 앞바다에 출몰(出沒)토록 하는 것입니 다. 그리하여 함정들이 연속부절로 내왕한다면 부산이며 서생포 에 상륙하여 있는 적들은 다 같이 양로(糧路)가 끊어질까 걱정할 것이고, 뒤따라 건너오려는 적의 배들은 두려워 건너오기를 꺼릴 것입니다. 그렇게 되면 적의 형세는 머리와 꼬리가 잘린 형국이 될 것입니다. (……)

그러나 전투사령관인 통제사 원균은 이 전략에 반대는 하지 않았으 나 전제조건이 있었다. 그는 이미 4월 하순 조정에 올린 장계에서 다음

같이 주장하였다.

안골포(安骨浦)와 가덕도의 적은 고립되어 있으므로 육군이 이를 쫓아 버리면 수군은 쉽게 적을 섬멸할 수 있을 것입니다.

안골포와 가덕도는 한산도에서 부산으로 가는 중간지점으로, 좁은 바다를 사이에 두고 마주 보는 전략 요충이었다. 적은 이 고장을 육군뿐만 아니라 수군의 기지로 쓰고 있었다.

원균은 또한 이런 주장도 했다.

우리나라는 30만 정병을 동원하여 4, 5월이 가기 전에 수륙으로 대거 승부를 겨뤄야 합니다.

그러나 조선에 30만 정병이 있을 리 없었다. 그는 부산으로 출격하라는 권율의 명령에 불복하고 6월 초 다시 조정에 글을 올렸다.

신이 (……) 안골포를 먼저 공격할 계책을 아뢰고 분부를 기다리는 사이에 시일은 흘러가고 앉아서 기회를 잃었으니 참으로 걱정이 아닐 수 없습니다. (……) 거제도에 있던 적은 안골포에 들어가고, 김해에 있던 적은 죽도(竹島)에 들어가 요지를 점령하였습니다. 서로 호응하여 우리나라의 뱃길을 막으니 부산 앞바다에 나가 적의 무리를 치려고 해도 어쩔 도리가 없습니다. 설사 대거 부산 앞바다까지 진출한다 하더라도 물러나 배들을 댈 곳이 없습니다. 뒤를 염려해야 하니 진실로 이길 수 있는 계책이라고 할 수 없습니다. 신의 망령된 계책을 말씀드리자면 반드시 수륙으로 함께 진격하여 안골포의 적을 도모한 연후라야 적을 차단하고 양분할 길이 열릴 것이며 대세를 우리에게 유리하도록 회복할 수 있을 것입니다. 조정에서도 계책을 강구하시지 않을 리 없습니다마는 신이 변방에서 적을 관측컨대 오늘날의 계책으로는 이보다 나은 것은 없을 것입니다(《선조실록》, 기타).

통제사의 위에는 도원수가 있고, 그 위에는 도체찰사가 있었다. 그럼에도 불구하고 통제사가 이 같은 계단을 뛰어넘어 직접 조정에 전략을 건의하는 것은 지휘계통을 문란케 하는 처사였다. 뿐만 아니라 큰 전쟁을 앞두고 지휘부가 이처럼 분열되는 것은 중대사가 아닐 수 없었다. 조정에서는 도체찰사 이원익과 도원수 권율에게 사람을 보내 기강을 바로잡고 계통을 세우라고 경고하였다.

노한 권율은 연거푸 한산도에 사람을 보내 출동을 명령하고 경주에 있는 이원익에게 군관을 보내 처분을 요청하였다. 이원익은 종사관 남이공(南以恭)을 불렀다.

"종사관은 한산도에 다녀와야겠소."

그는 남이공에게 사연을 설명하고 이렇게 말했다.

"그런즉 한산도에 가거든 원균을 끌고 함께 배를 타시오. 타고 부산까지 출격하시오."

남이공은 즉시 말에 올라 한산도로 달렸다.

권율과 원균의 불화

"즉시 부산으로 출격하라……."

원균은 이원익의 편지를 읽다 말고 남이공을 돌아보았다.

"도원수가 무어라고 고해바친 모양이군."

나가라, 못 나간다 — 5월 초부터 6월 보름이 지난 지금까지 한 달 반을 두고 실랑이를 거듭한 끝에 도원수 권율과 통제사 원균은 감정이 쌓여 원수지간처럼 되었다. 그런 사정을 잘 아는 남이공은 잠자코 입을 열지 않았다.

"내 알아서 처리할 터이니 자네는 돌아가 보게."

원균은 편지를 도로 접기 시작했다.

"언제쯤 출격하시지요?"

남이공은 처음으로 입을 열었다.

"알아서 처리한다니까."

원균은 약간 볼멘소리가 나왔다.

"통제사 어른, 도체찰사께서는 소인더러 함께 출격하라는 분부였습니다."

"함께 출격하라?"

원균은 돌아앉아 그를 유심히 뜯어보았다.

"그렇습니다."

"내 나이 금년에 쉰여덟, 내일 모레면 육십이오. 육십 평생에 이렇게 희한한 소리는 처음이구먼."

"……."

"늙은 통제사를 믿지 못해서 애송이 종사관을 감시로 붙인다, 이런 말씀인가?"

남이공은 금년에 33세, 원균에게는 셋째 아니면 넷째 아들쯤 되는 나이였다. 애송이라고 해도 할 말이 없었다. 잠자코 있는데 또 물었다.

"그래 배는 타본 일이 있는가?"

"없십니더."

남이공은 의령 태생으로 경상도 사투리가 가시지 않았다.

"없십니더?"

원균은 반문하고 언성을 높였다.

"멀미를 해서 겔겔 토해 봐라. 바다에 던져 버린다!"

남이공은 부아가 치밀었으나 어쩔 도리가 없었다. 자칫 잘못하면 주먹이 날아올 기세였다. 약골이 그 큰 주먹에 맞았다가는 얼굴이 구겨지든지 턱이 날아가든지, 하여튼 무사할 수 없었다.

"그래도 갈 것이냐?"

"갈 것입니더."

가고 싶지 않았으나 도체찰사의 명령을 받고 왔으니 안 갈 수가 없었다.

"갈 것입니더? 벨이 빠지든지 혼이 빠지든지, 나를 탓하지 마라."

남이공은 임금의 측근인 홍문관 부수찬(副修撰)으로 도체찰사의 종사관을 겸하고 있었다. 임금은 물론, 도체찰사 역시 산천초목도 떠는 자리였다. 그런 어른들을 지척에서 모시는 직책인지라 벼슬의 고하에는 관계없이 모두들 은근히, 때로는 드러내 놓고 그의 비위를 맞추게 마련이었다.

그런데 이 원균은 그와 같은 남이공을 발바닥의 흙만큼도 여기지 않는 눈치였다. 배포가 큰 것일까, 아니면 우둔한 것일까?

이튿날은 출동 준비로 하루를 보내고 다음 날인 6월 18일 1백여 척의 조선 수군은 마침내 한산도를 떠났다. 5월 초 도원수 권율이 출격을 명령한 지 한 달 반이 지난 시점이었다.

이즈음 원균은 매우 평이 좋지 못했다. 이순신은 한산도에 있을 때 자기의 거처를 운주당(運籌堂)이라 이름하고, 여기서 매양 장수들과 의논하였고, 말단 병사들도 군사에 관해서 할 말이 있으면 언제든지 이순신을 만나 소견을 말할 수 있었다. 그리하여 상하가 계획에 참가하고 마음이 맞았기 때문에 싸우면 반드시 이기게 마련이었다.

그러나 이순신이 가고 원균이 오자 그는 소실을 데려다 운주당에서 살림을 하고 밖에는 울타리를 돌려 버렸다. 그 위에 술을 좋아해서 날마다 주정을 일삼고 멋대로 형벌을 가하니 장수들도 그를 만나기 어려웠다. 그를 존경하지도 않았고, 일이 있어도 자기의 소견을 말하는 사람도 없었다.

자연히 영은 서지 않고 장수들은 냉소하고 병사들은 은근히 서로 속삭였다.

"전쟁이 터지면 도망칠 수밖에 없다(《선조수정실록》 및 류성룡 《징비록》)."

남이공도 이 소문을 듣고 있었다. 통제사는 영이 서지 않고 병사들은 도망칠 궁리만 한다면 군대가 아니라 오합지중이었다. 사실이라면 패할 것은 뻔하고 남이공 자신 살아남을 길을 생각해야 하였다.

그러나 막상 전투가 벌어지니 원균 이하 장수들과 병사들은 일사불란하게 잘 싸웠다. 조선 수군은 살아 있었고 여전히 막강하였다.

이 전투에 시종 원균과 행동을 같이한 남이공은 7년 전 과거에 장원급제한 수재로 뛰어난 문장가였다. 그가 도체찰사 이원익에게 올린 전투보고서는 당시의 상황을 생생하게 그리고 있으므로 그대로 옮기기로 한다.

18일, 함대는 한산도를 출발하여 날이 저물자 장문포(場門浦 : 長門浦)에 닻을 내리고 그 밤을 묵었습니다. 다음 날 아침 일찍 통제사 원균과 함께 같은 배에 타고 함대를 나누어 학익진(鶴翼陣)을 쳤습니다. 안골포의 적진으로 직진한즉 적의 무리는 모두 줄을 지어 서거나 바닷가에 숨거나 혹은 바위에 기계를 설치하고 있었습니다.

우리 장수들은 속력이 빠른 함정들을 이끌고 북을 울리면서 전진하였습니다. 적 또한 배를 타고 역습해 오니 크게 전투가 벌어지고 총알과 화살이 마구 쏟아지니 해안은 온통 지진이 일어난 듯 진동하였습니다. 우리 병사들은 한 치도 물러서지 않고 마침내 적의 배들에 육박하여 적을 다수 살상하였습니다. 적은 마침내 지탱하지 못하고 간신히 안상(岸上)으로 도망치고 우리는 적선 2척을 탈취하였습니다.

이어 가덕도로 향하였습니다. 가덕도의 적은 안골포의 우군을 도우러 나갔던지라 배를 타고 다시 가덕도의 자기들 진지로 돌아오는 길이었습니다. 우리 수군은 급히 노를 저어 그들을 모두 잡을 뻔하였는데 적은 배를 버리고 작은 섬으로 도망쳐 들어갔습니다. 이에 우리 장수들은 섬을 포위하고 마구 사격을 퍼부었으나 배들을 탈취하였을 뿐입니다. 섬으로 들어가 나무를 헤치고 살피니 땅에는 온통 핏자국이었으나 끝내 그들의 종적은 찾지 못했습니다.

일을 끝내고 돌아오려는데 안골포의 적들이 배를 타고 역습해 왔습니다. 우리 군사들이 배를 돌려 접전하는데, 적들은 벌거숭이 알몸으로 버티고 서서 조금도 두려워하는 기색이 없었습니다.

혹은 우리 배의 선미(船尾)를 돌고 혹은 좌우에서 에워싸고 비오듯 총알을 퍼부으니 우리 군사들 또한 방패를 의지하여 무더기로 화살을 퍼붓고 차츰 유인해 나오다가 날이 저물자 파하고 돌아왔습니다.

평산만호 김축(金軸)이 눈 밑에 총알이 박혔으나 즉시 끄집어냈고, 그 밖에는 졸병 한 명도 크게 다친 사람은 없습니다. 다만 보성 군수 안홍국(安弘國)이 이마에 총알을 맞고 뇌까지 관통하여 전사하니 참혹하고 가슴 아프기 이를 데 없습니다. 시방 배 위에 있기 때문에 소상히 적지 못하고 우선 상황을 급히 알려 드리는 것입니다(《선조실록》).

장수 한 명이 전사하고 한 명이 다쳤으나 적을 다수 살상하고 배도 여러 척 빼앗았으니 큰 승리였다. 그러나 날은 이미 저물고 앞에는 안골포의 적이 가로막고 있었다. 함대는 부산으로 가는 대신 장문포로 돌아와 그 밤을 지내는 수밖에 없었다.

다음 날, 일부는 장문포에 그대로 남아 전투에서 상처를 입은 함정들을 수리하고 나머지는 한산도로 돌아왔다.

도원수 권율은 원균이 출격하였다는 소식을 듣고 초계를 떠나 사천(泗川)에 와서 소식을 기다리고 있었다. 사천은 한산도와 남원의 중간지점이었다. 수군이 부산 앞바다로 진격하여 좋은 성과를 올리면 남원에 와있는 양원에게 명군의 출동을 요청할 생각이었다. 수륙으로 부산을 치면 능히 저들을 바다에 쓸어 넣을 수 있을 것이다.

그런데 원균은 부산 앞바다는 고사하고 안골포와 가덕도 근해에서 잠시 접전하다가 한산도로 돌아와 버렸다는 것이다. 권율의 호령이 떨어졌다.

"원균을 불러들이라!"

군관은 한산도로 말을 달렸다.

이때 수군의 편성을 보면 원균은 전에 이순신이 맡았던 직책 그대로 삼도수군통제사 겸 전라좌수사, 그 휘하에 전라우수사 이억기(李億祺), 경상우수사 배설(裵楔), 충청수사 최호(崔湖)가 배치되어 있었다. 이 밖에 경상좌수사로 이운룡(李雲龍)이 있었으나 그는 원균의 통제를 받지 않고 경주에 위치한 도체찰사 이원익의 직속으로 울산 해역에서 독자적인 작전을 수행하고 있었다. 적이 동해로 올라오는 경우를 상정하여 이를 경계하는 것이 그의 임무였다.

권율은 사천으로 떠나기에 앞서 만일의 경우 원균의 지휘권을 무시하고 3명의 수사, 즉 이억기, 배설, 최호를 직접 독려하여 부산 앞바다로 내보낼 생각도 하였다.

사천 선창에서 배를 내린 원균은 그 길로 권율이 묵고 있는 객관으로 직행하였다.

대청에 앉은 권율은 대문으로 들어선 원균이 마당을 가로질러 섬돌 가까이 다가올 때까지 잠자코 지켜보고 있었다.

"통제사 원균, 현신이오."

원균이 허리를 굽혀도 그는 까딱하지 않았다.

권율 61세.

원균 58세.

반백의 두 사나이는 피차 증오가 이글거리는 눈으로 상대를 쏘아보고 움직일 줄을 몰랐다.

"통제사."

조용히 입을 연 권율은 사이를 두고 계속했다.

"내가 처음 출격을 명령한 것은 지난 5월 초였소. 그 후 계속 독촉하였음에도 불구하고 어언 두 달이 지난 오늘날까지 부산 앞바다로 출격하지 않음은 무슨 까닭이오?"

"누누이 말씀드린 바와 같이 안골포와 가덕도는 물길로 부산에 이르는 관문이올시다. 수군만으로는 이 관문을 뚫기 어렵습니다. 따라서 수륙 양면으로 이를 칠 것을 주장한 것입니다. 설사 이 관문을 무사히 통과하여 부산 앞바다로 나간다 하더라도 사면으로 적에게 포위를 당하고 퇴로가 없으니 수군은 독 안에 든 쥐로 전멸을 면치 못할 것입니다."

원균은 섬돌 옆에 선 채 대청에 앉은 권율을 바라보고, 권율은 또 다시 물었다.

"그것은 전에 이순신이 주장하던 것과 무엇이 다르오?"

원균은 대답이 없었다.

권율은 행낭에서 문서를 한 통 꺼내 옆에서 두 사람의 대화를 기록하던 관원에게 넘겼다.

"모두 들을 수 있도록 큰 소리로 읽어라."

관원은 시키는 대로 읽었다.

" (……) 가벼운 배들을 택하여 삼삼오오(三三五五)로 절영도(絕影島 : 영도) 밖에서 시위하고, 1백여 척 때로는 2백 척으로 대해(大海)에서 위엄을 보이면 기요마사는 원래 수전(水戰)에 불리한 것을 겁내는 터이니 반드시 군을 걷어 가지고 돌아갈 것입니다. 엎드려 바라옵건대 조정에서는 수군으로 바다에서 맞아 싸워 적으로 하여금 육지에 오르지 못하도록 하시면 반드시 걱정이 없을 것입니다. 이것은 신이 쉽게 말하는 것이 아닙니다. 신은 전에 바다를 지킨 경험이 있어 이 일을 익히 알고 있습니다. 감히 침묵을 지킬 수만 없어 우러러 조정에 아뢰는 것입니다."

관원이 읽는 것을 마치자 권율은 심문을 계속했다.

"이것은 지난 정월, 영감이 조정에 올린 장계에 틀림이 없지요?"

"틀림이 없습니다."

"그렇다면 이순신이 못 나간다고 할 때 영감은 무슨 심사로 나갈 수 있다고 이런 글을 조정에 올렸소?"

"……."

"나갈 수 있다기에 이순신을 감옥에 가두고 영감을 그 자리에 앉혔소. 그리하여 온 나라가 영감이 부산으로 출격하여 일본에서 건너오는 배들을 모조리 바다에 처넣기를 학수고대했소. 그런데 지금 와서 못 나간다니 이렇게 기막힌 일이 어디 또 있겠소? 내가 알아들을 수 있도록 설명을 좀 해보시오."

"……."

"나는 설명을 들어야겠소."

"구구하게 변명할 생각은 없었습니다마는 그러시다면 사실대로 말

씁드리지요. 소인이 경상우수사를 면하고 바다를 떠난 것은 을미년(乙未年 : 1595) 2월, 만으로 2년 4개월 전입니다. 그 당시 화평의 기운이 무르익어 명나라의 책봉사는 북경을 떠나 요동까지 왔고 일본군은 대거 철수하기 시작하였습니다. 안골포와 가덕도의 적도 소수 병력만 남기고 다 가버렸습니다. 부산으로 나가는 데 안골포나 가덕도가 장애가 될 수는 없었지요. 지난 정월, 그 글을 올릴 당시 소인은 전라병사로 장홍에 있었습니다. 이순신이 바다로 출격하지 않는다고 세상이 온통 떠들썩하던 때였습니다. 소인도 격분하였고, 그 글을 올리게 된 것입니다."

"그것은 설명이 아니오."

권율의 냉랭한 목소리가 올리자 원균은 헛기침을 몇 번 되풀이하고 말을 이었다.

"장홍은 한산도에서 6백 리 길이올시다. 그 위에 2년이라는 세월이 흘렀지요. 자연히 바다의 사정에 소원해질 수밖에 없었습니다. 소인이 떠날 때의 상황을 생각하고 그 글을 올린 것입니다. 지난봄부터 적은 재차 출병을 시작했고, 특히 지금 가덕도에는 5월 초에 다시 건너온 시마즈 요시히로(島津義弘) 휘하 1만 명, 안골포에는 모리 요시나리(森吉成) 휘하 4천5백 명의 적군이 버티고 있습니다. 다 같이 전에 강원도를 점령하고 난동을 부리던 자들입니다. 일전에도 나가 접전해 보았습니다마는 쉬운 상대가 아닙니다."

"그래서 싸우는 시늉만 하고 돌아왔소?"

"시늉이란, 말씀이 과하십니다."

권율이 언성을 높였다.

"지금 온 나라가 수군에 막중한 기대를 걸고 있소. 그럼에도 불구하고 계속 한산도에서 앉아 뭉갤 것이오, 아니면 나가 싸울 것이오?"

"……."

"대답해 보시오."

"수군은 부산에 나가 적을 치는 것이 최선책입니다. 그러나 부산에 나가면 결딴이 납니다. 한산도에서 적을 막는 것은 차선책입니다. 여기서 막지 못하면 적은 서해를 거슬러 서울도 직격할 수 있습니다. 지금 할 수 있는 것은 차선책입니다."

권율은 원균을 손가락으로 가리켰다.

"그 궤변에는 이제 진력이 났소. 폐일언하고 부산 앞바다로 나가시오!"

수군이 부산으로 출격하는 것은 권율 한 사람의 집념에 그치지 않고 임금을 비롯하여 온 조정, 온 나라 백성들의 소망, 누구도 막을 수 없는 간절한 소망이었다. 그러나 원균은 대답이 없었다.

"못 나가겠다는 말이오?"

"도원수 대감, 지난 5월 초부터 세상의 비난이 소인에게 집중되어 있는 것을 잘 알고 있습니다. 또 소인에게 잘못이 있었던 것도 사실입니다. 그렇다고 비난이 두려워서, 혹은 과거의 잘못 때문에 체면상 어쩔 수 없다 하여, 숱한 부하들과 함정들을 사지로 몰아넣는다는 것은 장수로서는 있을 수 없는 일입니다. 원균은 보잘것도 없습니다마는 역시 나라의 장수올시다."

"으ㅡㅇ."

권율은 분을 참지 못하여 입술을 떨었다.

"대감, 수군의 일은 수군에 맡겨 주시지요."

"이 권율은 수군을 모른다, 참견을 말라, 이런 말이오?"

원균은 더위에 지친 듯 대답 대신 섬돌에 걸터앉아 손바닥으로 얼굴의 땀을 내리 훔쳤다. 이것이 보는 사람에게 오만불손하게 비쳤고, 극도로 권율의 비위를 거스르고 말았다.

권율은 벌떡 일어섰다.

"저놈을 매우 쳐라!"

놀란 관원들이 머뭇거리자 권율은 다시 외쳤다.

"내 말이 안 들리느냐? 저놈을 매우 쳐라!"

군졸들이 달려들어 원균을 형틀에 얽어매고 권율을 쳐다보았다.

"어서 치란 말이다!"

곤장을 든 군졸들은 치면서도 힘을 줄 수 없었다. 치는 시늉을 하고는 권율을 쳐다보고 또 치는 시늉을 하였다.

이것은 선례가 없는 일이었다. 아무리 부하라도 지체가 높은 경우에는 함부로 매질을 못하는 법이었다. 더구나 현직 통제사를 친다는 것은 생각도 못할 일이었다.

방법이 따로 있었다. 옛날 영의정 황희(黃喜)는 병조판서 김종서(金宗瑞)의 태도가 아주 못마땅하기에 그의 종을 붙들어다 곤장을 치고 꾸짖었다. 너는 태도가 건방져서 못 쓰겠다. 그쯤하면 김종서는 깨닫는 바가 있었다. 연전에 수군에서도 비슷한 일이 있었다. 전라우수사 이억기가 이치에 닿지 않는 일로 고집을 부리기에 통제사 이순신은 그의 군관을 끌어다 볼기를 쳤다. 벽을 문이라고 내미는 법이 아니다.

"대감, 이것은 법도에 없는 일입니다."

밖에서 소식을 듣고 달려온 남이공이 말리고 위세에 눌려 바라보기만 하던 관원들도 다가왔다.

"통제사 영에는 군관도 많고 서리(書吏 : 아전)들도 많은데 이게 웬일이십니까?"

매질은 흐지부지 중지되고 권율은 자리에 앉아 종이에 써 내려갔다. 한산도에 있는 3명의 수사, 이억기, 최호, 배설에게 보내는 편지였다.

세 분은 의논하여 속히 부산 앞바다로 나가시오. 나는 이제부터 통제사는 없는 것으로 치부할 터이니 그리 아시오.

권율은 군관에게 편지를 주어 한산도로 달려 보내고 말에 올라 채찍을 내리쳤다. 초계로 돌아간다고 했다.

원균은 어금니를 깨물고 선창에 나가 배에 올랐다. 권율, 명심하라. 저승에 가서도 이 수모는 결코 잊지 않을 것이다.

조선 수군의 전멸

한산도로 돌아온 원균은 술로 울분을 달래는 수밖에 없었다. 취하면 잠들고 깨면 또 마셨다.

난처한 것은 휘하 장수들이었다. 만나자고 찾아가면 원균은 문도 열어 주지 않았다.

"통제사는 없는 것으로 치부하라."

권율의 문투를 그대로 되풀이했다. 그렇다고 권율이 적어 보낸 대로 함정들을 몰고 부산으로 나갈 수도 없었다. 이순신이나 원균이 아니더라도 수전에 경험이 있는 사람이라면 이것이 얼마나 무모한 일인지 잘 알고 있었다. 무모하지 않더라도 지척에 통제사가 있는데 '없는 것으로 치부한다'는 것은 쉬운 일이 아니었다.

6월이 가고 7월에 들어서는 바다를 건너오는 적선의 숫자가 더욱 늘어났다. 이억기, 최호, 배설 — 3명의 수사들은 의논 끝에 한산도를 중심으로 방위태세를 강화하고 언제든지 출동할 수 있도록 무기, 선박, 식량을 정비하였다. 또한 칠천도(漆川島)와 옥포에 사후선(伺候船 : 척후선)들을 배치하여 적의 동향을 감시하고 봉수대를 점검하고 요소에 연락병들을 두어 한산도와의 연락망도 강화하였다.

이것은 원균을 거스르지 않고 그의 뜻을 받드는 일이기도 하였다. 동시에 권율의 체면도 생각하지 않을 수 없었다. 맞은 사람의 수모는 말할 것도 없고, 친 사람도 잘한 일은 못되었다. 형식을 갖추어 법도에 맞도록 이 사건을 마무리할 필요가 있었다. 그들은 서리 박영남(朴永男)을 불렀다. 아주 건장하고 맷집이 좋은 사나이였다.

"말하지 않아도 알 것이다. 너는 초계의 원수부에 가서 통제사 어른 대신 볼기를 맞고 오너라."

박영남을 보내고 한숨 돌리려는데 서울에서 선전관 김식(金軾)이 달려왔다.

"어명이오."

어명이니 두문불출을 고집하던 원균도 나와 무릎을 꿇지 않을 수 없었다.

삼도수군통제사 원균은 수군을 이끌고 지체 없이 부산으로 나가 적을 섬멸하라.

이 무렵 서울은 온통 야단이었다. 왜놈들이 구름같이 바다를 건너온다는데 원균은 2백50리 떨어진 한산도에서 낮잠을 자고 있다니 이게 웬일이냐─ 입을 가진 자들은 입을 놀리고, 사리에 밝은 선비들은 주먹으로 가슴을 쳤다. 우둔한 장수 한 사람 때문에 나라가 망하는구나!

노한 임금은 김식을 보내면서 한마디 했다.

조선 수군이 전멸한
칠천량 관계 지도

"원균이 듣지 않거든 밧줄로 목을 매서라도 부산까지 끌고 가라. 가서 적을 치는 것을 네 눈으로 보고 오너라."

어명이니 어떠한 이견(異見)도 용납될 수 없었다.

7월 5일, 가랑비가 내리는 날씨였다. 장수들은 파도를 염려하여 날씨가 개일 때까지 출발을 연기하자고 하였으나 선전관 김식이 반대하고 나섰다.

"적은 쉬지 않고 건너오는데 이 정도의 비로 연기해서야 쓰겠습니까? 더구나 성상께서는 일일여삼추로 좋은 소식을 기다리고 계십니다."

드디어 수군은 한산도를 떠나 거제도 서해안을 북으로 항진하기 시작했다. 3, 4척의 거북선을 포함하여 전선(戰船 : 판옥선) 1백80여 척, 협선(挾船 : 중간 배) 2백여 척, 도합 4백 척에 가까운 대함대였다. 5년 전인 임진년 8월 이순신과 이억기의 연합함대 — 전선 74척, 협선 92척, 도합 1백66척이 부산으로 출격한 이래 처음 보는 장관, 당시보다 갑절도 더 규모가 큰 장관이었다.

김식은 패기가 넘치는 젊은 군관이었다. 좌선(座船 : 사령선)에 원균과 함께 타고 장수들이 모여 의논하는 자리에도 빠짐없이 얼굴을 내밀었다.

"해서 안 되는 일이 어디 있겠느냐 — 성상께서는 이렇게 말씀하셨습니다."

날씨, 여울, 폭풍 등, 누구든지 어려운 일을 발설하면 그는 이 한마디를 던지고 어깨를 폈다.

함대는 거제도 서북단에 이르자 크게 우로 회전하여 계속 항진하다가 그 밤을 칠천량(漆川梁)에서 보냈다. 비는 그치지 않고 날은 저물고 더 이상 갈 수 없었다.

이튿날은 7월 6일, 어제와는 달리 쾌청한 날씨였다. 배마다 깃발들을 나부끼고 아침 일찍 칠천량을 떠났다. 어제는 비 때문에 깃발을 올리지 못했으나 역시 수군은 하늘에 깃발이 솟아야 제격이었다.

안골포부터 칠 것인가, 가덕도부터 칠 것인가 — 병사들은 점심으로 배정된 주먹밥을 걸고 내기를 시작했다. 아직도 수군은 연전연승의 기백을 간직하고 있었다.

그러나 함대는 어느 쪽도 치지 않고 거제도의 동북단에서 항로를 우로 꺾고 천천히 남하하기 시작했다. 안골포는 중간에 섬들이 있어 보이지 않았으나 가덕도는 배에서 움직이는 병사들의 모습까지 보이는 가까운 거리였다. 크게 시위를 하여 적에게 겁을 주고 거제도 남단을 돌아 한산도로 돌아갈 모양이다. 어느 병사도 주먹밥을 잃지 않았고, 약간은 실망하고 대개는 안도의 한숨을 내쉬는 가운데 해가 기울자 함대는 거제도의 옥포로 진입하여 닻을 내렸다.

하룻밤을 지내고 7월 7일. 첫닭이 울자 서둘러 닻을 올린 함정들은 포구를 빠져 넓은 바다로 나왔다.

"부산을 치러 간다!"

병사들은 비로소 부산으로 간다는 것을 알았다.

장수들이 고심 끝에 짜낸 전략이 옥포를 기점으로 하는 출격이었다. 막강한 적이 버티고 있는 안골포와 가덕도는 칠 수 없고, 칠 수 없는 이상 우회하는 수밖에 없었다. 그 경우 수군이 이용할 수 있는 기지로 부산과 제일 가까운 곳이 옥포였다.

해전(海戰)을 앞둔 장수들이 우선 생각하는 것이 날씨였다. 날씨가 불순하면 개일 때까지 기다리게 마련이었고, 이번에도 옥포에서 며칠은 기다릴 각오를 하고 있었다. 그런데 쾌청한 날씨에 가벼운 서남풍까지 불었다. 옥포에서 부산은 뱃길로 1백 리, 부산에서 한 번 싸우고 돌아올 수 있다는 계산이 나왔다.

순풍에 돛을 올리고 옥포를 떠난 함대가 부산 못미처 다대포(多大浦) 앞바다에 이른 것은 정오 무렵이었다.

포구에 적선 8척이 정박하고 있는 것이 눈에 들어왔다. 그냥 지나치자는 의견도 있었으나 뒤에 적을 남겨 두는 것은 아무래도 개운치 않다 하여 함정들은 입구를 봉쇄하고 5, 6척이 대포를 쏘면서 육박하여 들어갔다.

적은 잠시 조총으로 대항하였으나 위세에 눌린 듯 사격을 멈추고 육지로 도망쳐 올라갔다. 조선군은 적선들을 끌어다 불을 지르고 뱃머리를 돌렸다.

다대포는 아늑한 포구였으나 입구의 수로(水路)가 좁은 것이 흠이었다. 항진을 멈추고, 함렬(艦列)을 전환하고 한 척씩 수로를 통과하여 포구에 들어갔다 나오는 데만도 적지 않은 시간이 걸리게 마련이었다. 그 위에 적과 사격을 교환하고 적선들을 불에 태우고 보니 생각보다 훨씬 시간이 흘러 미시(未時 : 오후 2시)가 되었다.

전라우수사 이억기가 손수 쪽배를 저어 좌선으로 올라왔다.

"계속 부산까지 가실 건가요?"

그는 청판(廳板 : 갑판) 한가운데 탁자를 사이에 두고 원균과 마주 앉자 이렇게 물었다. 원균은 대답 대신 물끄러미 그를 바라보기만 했다. 권율로부터 곤장을 맞은 후로 원균은 말수가 적어지고 얼굴에 웃음을 띠는 일도 흔치 않았다.

이억기는 서쪽으로 기운 해를 바라보고 계속했다.

"이 다대포에서 지체하는 바람에 시간상으로 적지 않은 차질이 생겼습니다. 이대로 부산에 들어가 전투를 하게 되면 행여 중대한 사태가 벌어지지 않을까 걱정돼서 말씀드리는 것입니다."

"가령 어떤 일이 있겠소?"

"일단 전투가 벌어지면 어느 한쪽의 마음대로 끝낼 수는 없습니다. 싸우는 동안에 해가 질 것이고 해가 지면 적은 육지에 오를 수 있어도 우리는 배를 댈 데가 없습니다. 바다를 표류하다 지치고, 지치면 적의 밥이 되기 십상입니다."

이억기는 5년 전 이순신과 함께 부산을 공격하던 쓰라린 경험을 잊지 않고 있었다. 낮 동안의 전투에는 크게 이겼으나 밤이 되자 배를 댈 데가 없었다. 할 수 없이 가덕도까지 물러나는 동안 갖은 고생을 다 했고, 손해도 적지 않았다. 지금은 그 가덕도마저 적의 수중에 있으니 만일의 경우를 생각하면 가슴이 내려앉는 심정이었다.

"옥포로 되돌아가자는 말이오?"

원균은 억양이 없는 목소리로 물었다.

"그렇습니다. 훗날 다시 오면 되지 않겠습니까?"

원균은 얼마 떨어지지 않은 뱃전에 몸을 기대고 이쪽을 바라보는 김식에게 얼굴을 돌리다 눈길이 마주치자 천천히 외면했다.

여기까지 와서 돌아설 수 있을까? 도시 이번 출격 자체가 문제였다. 수군 장수들이 다 같이 반대하는 것을 임금, 도체찰사, 도원수, 그리고 세상의 온갖 입들이 떠들썩해서 여기까지 몰고 온 것이다.

그 과정에서 명색 삼도수군통제사라는 사람이 볼기까지 얻어맞았다. 이것은 얻어맞은 통제사가 좌지우지할 수 있는 싸움이 아니고 그보다도 높은 사람들, 육지에 앉아 있는 사람들이 불문곡직하고 밀고 나가는 싸움이었다. 원균은 맥없이 대답했다.

"하여튼 갈 데까지 가봅시다."

이억기는 일어서 쪽배로 내려가고 원균은 기라졸(旗羅卒)들에게 명령하여 휘하의 모든 함정에 신호를 보냈다.

"부산으로 항진하라!"

이것이 큰 실책이었다. 이 한마디는 원균 자신과 수군, 나아가서는 전국 전반에 중대한 결과를 가져온 운명의 한마디가 되고 말았다.

절영도 남단을 돌자 뜻밖에도 쓰시마 방면에서 오던 적선 1천여 척과 마주쳤다. 전혀 예상하지 못한 상황이었다. 원균은 생각할 겨를도 없이 공격을 명령했고, 4백 척의 우리 배들은 적을 향해 돌진해 들어갔다.

그러나 적선들은 대항하지 않고 파도가 치는 대로 흩어져 도망을 치고 우리 배들은 계속 추격하였다. 배에 장치한 대포들은 저마다 불을 뿜었으나 거리는 멀고 파도는 심하고 ─ 하나도 명중하는 것이 없었다.

쓰시마가 눈앞에 다가섰다.

"큰일 났다. 적을 하나도 잡지 못하고 사지(死地)에 들어왔으니 이게 웬일이냐?"

배마다 아우성치고 원균은 비로소 명령을 내렸다.

"뱃머리를 돌려라!"

때가 너무 늦었으니 이것이 이날 그의 두 번째 실책이었다. 그는 곧장을 맞은 후로 무엇인가 하나 빠진 느낌이었다.

　바다에는 이미 어둠이 내리기 시작하고, 마주 불어 오는 바람은 세차고, 파도는 기차게 높았다. 파도를 이기지 못하여 전라우수영 소속 7척은 동해 쪽으로 밀려 갔으나 뻔히 보면서도 어쩔 도리가 없었다.

　그로부터 여러 낮과 밤을 장병들은 거제도를 목표로 파도와 싸우면서 전진과 후퇴를 거듭하였다. 노를 잡은 손에서는 피가 흐르고, 곪아 터지고, 생쌀을 씹고 한 방울의 물을 놓고 주먹다짐을 하는 나날이 계속되었다.

　가까스로 가덕도 남방 해역에 이르자 대기하고 있던 적함 5백여 척이 공격해 왔다. 그러나 이쪽은 싸울 기력이 없었다. 장수들의 능숙한 지휘로 함대는 싸움을 피하고 후퇴를 거듭하였다.

　드디어 옥포로 돌아왔다. 그러나 옥포에는 식량의 비축이 없었다. 이틀을 묵고 다시 바다로 나온 그들이 북상하여 거제도 동북단 영등포(永登浦)에 당도한 것이 7월 15일 한낮이었다. 병사들은 뭍에 올라 물을 긷고 땔나무들을 찍기 시작했다.

　별안간 콩을 볶듯 총소리가 요란하게 울리고 비명과 함께 병사들이 피를 뿜고 쓰러졌다. 숲 속에 숨어 있던 적의 복병들이 일제사격을 퍼붓고 함성을 지르며 돌격해 왔다. 그동안 적은 50여 척의 배에 병력을 잔뜩 실어다 무인지경이던 이 일대에 매복하고 있었다. 가덕도에 포진하고 있던 시마즈 요시히로의 부대들이었다.

　원균은 급히 승선을 명령하였다. 다시 닻을 올린 함대는 서쪽으로 항진하여 온라도(溫羅島)에 닻을 내렸다. 그러나 방금 지나 온 가조도(加助島) 남녘 바다에는 벌써 적의 함정들이 나타나기 시작했다.

　조선 수군이 부산 공격에 실패하고 살 길을 찾아 밤낮으로 파도와 싸우는 동안 적은 여유를 가지고 공세(攻勢)를 준비하였다. 이미 부산, 안골포, 가덕도 등지에 들어온 적은 수군과 육군이 합세하여 거제도와 본토 사이의 해역에 진출하여 요소요소에 포진하고 있었다. 그들은 여기서 기진맥진하여 돌아오는 조선 수군을 기다리는 중이었다.

날이 어두워 비가 내리기 시작했다. 대강 요기가 끝나자 원균은 장수들을 자기의 장막으로 불렀다.

"적의 형세가 이에 이르니 어쩔 도리가 없고, 하늘이 또한 우리를 돕지 않으니 죽어서 나라에 목숨을 바치는 수밖에 없소(賊勢至此 百難支矣 天不助焉 爲之奈何 今日之事 一心殉國而已)."

원균이 자기의 심중을 토로하자 장내에는 긴장이 감돌고 파도소리가 귓전을 칠 뿐 기침소리 하나 없었다. 이제 종말이 온 것이다. 전란의 고달픈 세월보다 차라리 죽음의 평온이 나을 것도 같았다.

"통제사 어른."

침묵을 깨고 경상우수사 배설의 목소리가 울렸다.

"말씀하시오."

배설은 여러 장수들을 둘러보고 엮어 내려갔다.

"능히 용감할 때에는 용감하고 겁을 먹을 때에는 겁을 먹는 것이 병가의 계책이올시다(能勇能怯 兵家要略). 부산 앞바다에서 형세가 불리하여 병사들이 동요하였고, 영등포에서 패하여 적에게 승세를 타고 나오도록 힘을 주었습니다. 적의 공격은 임박하였는데 우리의 형편은 외롭고 약합니다. 용기를 내야 소용이 없으니 겁을 먹어야 할 때인 것 같습니다(勇無所施 怯可用矣)."

도망치자는 것이다. 장내가 웅성거리는 가운데 원균이 목청을 가다듬었다.

"폐일언하고 끝까지 싸울 것이고 죽음이 있을 뿐이오. 당신은 말이 많소. 입을 다무시오(死而後已 汝勿多言:《난중잡록》)."

무안을 당한 배설은 자리를 차고 일어서 자기 배로 돌아갔다.

"다 틀렸다. 일이 벌어지면 우리는 뛰는 거다."

배설은 전선 12척의 장수들을 모아 놓고 속삭였다.

보름이었다. 달이 밝아야 할 밤이었으나 비는 계속 내리고 바다에는 희멀건 어둠이 깔리고 있었다.

이 어둠을 뚫고 적선 10여 척이 우리 배들의 사이사이를 뚫고 들어와 정탐하고 돌아갔으나 아무도 눈치를 채지 못했다. 또 적은 5, 6척의 병선(兵船)으로 우리 복병선(伏兵船 : 초계정)을 둘러싸고 있었으나 이것도 알아차리지 못하고 우군의 배들인 줄만 알았다.

적은 정탐할 대로 하였고, 이어 무수한 적의 함정들은 소리 없이 접근하여 먼발치로 조선 함정들을 포위하였다. 그래도 지칠 대로 지친 조선 수군은 알아차리지 못했다.

새날은 7월 16일. 먼동이 트자 적은 우리 복병선에 다가들어 불을 지르고 옆에 정박해 있던 다른 배 3척도 태워 버렸다. 이것은 적의 공격 신호였다. 원균은 비로소 북을 치고 소라를 불고 화전(火箭)을 쏘아 비상사태를 알렸다.

이미 묘시(卯時 : 오전 6시)였다. 밤사이에 은밀히 우리 수군을 포위하고 있던 무수한 적함들은 비 오듯 총을 쏘면서 한발 한발 다가들었다. 이쪽에서도 활이며 대포를 있는 대로 쏘아붙이고 대항하였으나 기선을 제압한 적을 당하지 못하고 산이 무너지듯 맥없이 밀리기만 하였다.

배설은 밀려서 바라보다가 휘하 전선 12척을 이끌고 슬슬 피하기 시작했다. 노한 원균이 군관을 시켜 배설을 불렀으나 그는 군관에게 욕설을 퍼붓고 그대로 달아나 버렸다.

조선 수군은 싸우며 후퇴하며 고성(固城) 고을 추원포(秋原浦)까지 밀렸다. 여기서 일대 반격을 시도했으나 실패하고 함정들은 지리멸렬

로 흩어져 부서지고, 불에 타고, 혹은 물속으로 가라앉았다.[13]

많은 장병들은 불타는 배들을 버리고 뭍으로 올랐다. 그러나 뭍에도 이미 와서 기다리는 적이 있었다. 그동안 안골포에서 이리로 이동하여 온 모리 요시나리(森吉成)의 휘하였다. 이들은 숲 속에 숨어 있다가 별안간 총이며 활을 쏘아붙이고 돌진하여 왔다. 기습을 당한 조선군은 저항다운 저항도 못하고 그들의 칼끝에 풀잎처럼 쓰러져 갔다.

이리하여 전라우수사 이억기, 충청수사 최호, 조방장 배흥립(裵興立)·안세희(安世熙), 가리포첨사 이응표(李應彪), 함평현감 손경지(孫景祉) 등 뛰어난 장수들과 1만 명의 병사들은 혹은 물에서, 혹은 뭍에서 목숨을 잃고 조선 수군은 형체도 없이 사라지고 말았다.

통제사 원균도 뭍으로 올랐다. 시종 그와 행동을 같이하다 도망쳐 서울로 올라온 김식은 다음과 같이 임금에게 보고를 드렸다.

닭이 울 무렵 왜선들이 부지기수로 몰려와서 삼중 사중으로 포위하니 형도(荊島) 등처까지 돛은 끝없이 잇닿아 있었습니다. 싸우며 물러서며 우리는 도저히 대적할 수 없었습니다. 고성 땅 추원포까지 밀리니 적은 하늘까지 뒤덮을 기세였습니다. 우리나라의 전선들은 모두 타거나 침몰되고 장수들과 병사들은 다 불에 타 죽거나 물에 빠져 죽었습니다.

신은 통제사 원균, 순천부사 우치적(禹致績)과 함께 몸을 빼어 육지로 올랐습니다마는 원균은 늙어서 걷지 못했습니다. 웃통을 벗어 버리고 칼을 짚고 소나무 밑에 오똑하게 앉아 있었습니다. 신은 뛰면서 돌아보니 왜놈 6, 7명이 칼을 휘두르고 원균이 있는 곳으로 다가들었습니다. 원균의 생사는 더 이상 소상히는 알 수 없습니다(《난중일기초》,《난중잡록》,《선조실록》).

원균에게는 18세 난 외아들 사웅(士雄)이 있었다. 뭍에 있거나 배에 오르거나 항상 부친의 옆을 떠나지 않았고 이번의 부산 출격에도 동행하였다.

오늘도 아침부터 부친의 옆에서 전투에 참가하였고, 여기 소나무 밑에 와서는 부친이 벗어 던진 관복을 찢어 멀리 내다 버리고 돌아왔다. 만일의 경우 적에게 통제사의 신분이 노출되는 것을 막아야 했다. 적이 다가오자 사웅은 잽싸게 활을 당겨 선두를 달려오는 적병을 쓰러뜨렸다.

"너는 몸을 피해라!"

원균이 외쳤으나 사웅은 듣지 않고 부친에게 달려드는 적을 막아섰다. 이로부터 두 사람은 칼을 들고 부자 서로 감싸며 싸우다 기운이 다하여 적이 내리치는 칼에 차례로 피를 뿜고 쓰러진 채 다시는 일어나지 못했다.

이순신의 복귀

조선 수군이 전멸했다!

기막힌 소식이 초계의 원수부에 날아든 것은 18일 새벽이었다.

수군은 이기게 마련이지 진다는 것은 생각도 해본 일이 없었다. 도원수 권율은 몇 번이고 되물었다.

"혹시 네가 잘못 본 것은 아니냐?"

"틀림이 없습니다."

추원포 현장에서 달려온 군관은 되풀이 대답하다 말고 기진해서 쓰러지고 말았다. 갈기갈기 찢어진 옷에 피가 흐르는 발바닥 — 어김없는 패잔병이었다. 패잔병은 한 사람뿐이 아니었다. 심심치 않게 나타났고, 그때마다 같은 소리를 내뱉고는 어디론가 사라졌다.

"다 틀렸다."

권율은 하늘이 무너지는 심정이었다. 나라가 망하는 것은 아닐까?

내가 원균을 너무 궁지로 몰아붙인 것은 아닐까? 절망과 회한이 뒤섞인 착잡한 심정으로 생각을 거듭하고, 참모들과 의논했으나 도무지 대책이 서지 않았다. 그는 이순신을 그의 거처로 찾았다.

지난 4월 1일 서울 감옥에서 풀려난 이순신이 아산을 거쳐 이곳 초계에 당도한 것은 지난 6월 8일이었다. 그로부터 40일, 주인이 피란 가고 없는 초가에 기거하면서 뜨락에 무씨를 뿌리고 잡초를 뽑고, 삿자리를 엮고, 잠을 이루지 못하는 밤들을 홀로 달래면서 오늘에 이르렀다.

"이 일을 어떻게 하면 좋겠소?"

권율은 자리에 앉으면서 물었다. 패잔병들을 통해서 소식은 이미 초계 일원에 퍼졌고, 이순신도 새벽에 들이닥친 옛 부하 두 사람으로부터 자세한 소식을 듣고 있었다.

"수군이 몰살을 당했습니다요."

지난봄 체포되어 서울로 압송되기 전까지 한산도에서 그를 모시던 낯익은 얼굴들, 이덕필(李德弼)과 변홍달(卞弘達)이었다.

"한산도도 망해 버렸습니다요."

추원포에서 대승한 적은 그 길로 한산도까지 쳐 내려와서 닥치는 대로 부수고 불을 질러 아주 잿더미로 만들었다는 것이다. 이순신은 가슴이 막히고 목이 메어 묻지도 응대도 못하고 듣기만 했다.

권율과 이순신은 오래도록 마주 앉았으나 수군이 결딴났다는 외에는 사태가 어떻게 돌아가는지 도무지 알 수 없었다.

"우선 제가 바닷가에 나가 보지요. 형편도 살피고 관계자들의 이야기도 들은 연후에 나름대로 계책을 세워 가지고 말씀을 드리지요."

권율은 이순신의 손을 잡았다.

"그렇게 해주시면 얼마나 고맙겠소?"

이미 사시(巳時 : 오전 10시)였다. 이순신은 권율 이하 원수부 관원들이 배웅하는 가운데 초계를 떠나 서남으로 말을 달렸다. 함께 달리는 사람은 군관 송대립(宋大立) 이하 9명. 다 같이 옛정을 잊지 못해 여기까지 따라와 함께 고생하고 있던 예전의 부하들이었다.

이순신은 삼가(三嘉), 단성(丹城), 진주, 곤양(昆陽)을 거쳐 21일에는 노량(露梁)에 당도하였다. 여기서 비로소 한산도 연해에서 배를 타고 몰려온 피란민들과 마주쳤고, 거제현령 안위(安衛), 영등포만호 조계종(趙繼宗), 우후 이의득(李義得) 등을 만나 패전의 자세한 경위를 들었다. 모두가 추원포에서 도망친 경상우수사 배설의 휘하였으나 배설 자신은 몸을 피하고 나타나지 않았다.

22일, 간밤을 안위의 배에서 자고 아침에 일어나니 배설이 계면쩍은 얼굴로 찾아왔다.

"원균은 알고 보니 우둔하기 짝이 없는 인간입니다. 그래 가지고 무슨 통제삽니까……."

부지런히 입을 놀렸으나 이순신은 응대를 하지 않았다.

추원포에서 도망친 선전관 김식이 밤낮으로 달려 서울에 당도한 것도 이 7월 22일이었다.

임금은 즉시 영의정 류성룡, 판중추 윤두수, 우의정 김응남, 지중추 정탁, 형조판서 김명원, 병조판서 이항복 이하 중신들을 소집하였다.

"수군이 전멸했으니 이런 기막힌 일이 어디 있겠소?"

임금은 대신들에게 김식이 올린 보고서를 내보이고 대책을 물었다. 무거운 침묵이 흐를 뿐 아무도 대답이 없자 임금은 대로하였다.

"대신들은 어째서 대답이 없소? 되는 대로 팽개쳐 두고 구경이나 하자는 것이오?"

류성룡이 머리를 숙였다.

"일부러 대답을 올리지 않는 것이 아닙니다. 너무도 기가 막히고 아무런 대책도 떠오르지 않아 대답을 드리지 못하는 것입니다."

임금은 약간 누그러졌다.

"그거 참, 형세가 불리하면 한산도로 물러날 일이지 고성 쪽으로는 왜 갔는지 모르겠구만."

"(16일) 새벽에 적이 사처에서 포위하고 들어오니 아군은 한산도로 물러나려야 물러날 수 없고, 부득이 고성 방향으로 밀릴 수밖에 없었습니다. 퇴로는 그쪽밖에 없었다고 합니다. 여기서 뭍에 오른 장병들도 많았으나 미리 와서 포진하고 있던 적이 공격해 오는 바람에 꼼짝 없이 몰살을 당했다고 합니다."

"한산도를 굳게 지키고 적에게 위협을 가하면 되는 것인데 굳이 내몰아 가지고 이런 참패를 당하게 했구만."

"……."

"하여튼 어떻게든 수습을 해야 하지 않겠소?"

이항복이 대답하였다.

"우선 통제사와 수사들을 임명하고, 그들로 하여금 계책을 세우도록 하는 것이 순서이겠습니다."

"그 말이 옳소."

"……."

"원균이 전에 절영도 앞바다로 나가는 것은 어려운 일이라고 하였는데 과연 오늘날 이 모양이 되고 말았소."

"……."

"내가 전에도 말했지만 적이 전쟁을 일으킨 지 6년이오. 책봉(册封)해 준다고, 종이 한 장 받고 물러갈 리가 있겠소? 듣자 하니 그동안 적은 준비를 잘해서 배들도 예전에 비해서 아주 커졌다는데 사실이오?"

"김식의 이야기를 들으니 사실입니다."

김응남이 대답했다.

전쟁의 소강상태가 여러 해 계속되는 동안 적은 히데요시의 특명으로 조선(造船)을 독려하여 숱한 배들을 만들었다. 그중에는 조선의 전선을 모방한 것도 있었다. 아타케부네(安宅船)라고 불렸는데 큰 것은 길이 70척, 너비 40척, 쌀을 1만 2천 표(俵) 싣고 겐카이나다를 건너올 정도로 큰 배들이었다.

"기왕지사를 한탄해도 소용이 없는 일이고, 통제사는 누가 좋겠소(《선조실록》)?"

병조판서 이항복, 형조판서 김명원의 천거로 이순신을 다시 통제사로 임명하게 되었다. 다음 날인 23일, 교서(敎書)가 마련되자 선전관 양호(梁護)는 교서를 받들고 경상도 초계로 달렸고, 초계에서 다시 이순신의 뒤를 쫓아 서쪽으로 달렸다.

추원포에서 조선 수군이 크게 패하던 7월 16일을 전후해서 일본의 재침군은 부산에 상륙을 완료하였다. 총대장은 고바야카와 히데아키(小早川秀秋). 임진년에 제6군 사령관으로 금산(錦山)에서 고경명(高敬命)과 싸운 고비야카와 다카카게(小早川隆景)의 양자였다. 21세.

히데요시의 정실 네네(寧々)에게는 기노시타 이에사다(木下家定)라는 남동생이 있었다. 그에게는 아들이 즐비하게 태어났는데 맏아들 가쓰토시(勝俊)는 히데요시의 우필(祐筆 : 비서), 다섯째 아들이 이 히데아키였다.

히데아키가 태어나자 자식이 없는 히데요시 내외는 이 아이를 데려다 양자로 삼았고, 한때는 히데요시의 후계자로 물망에 오르기도 하였다.

어려서는 총명한 듯했으나 철이 들면서 하는 짓마다 민하고, 돌아다니면서 일만 저질렀다. 더구나 히데쓰구(秀次)가 후계자로 결정되고 이어 친아들 히데요리(秀賴)가 태어나면서부터는 보기도 싫고 짐스럽기 이를 데 없었다. 죽여서 없앨 만한 인물은 못 되고 후하게 녹을 더해서 고바야카와 다카카게의 양자로 보내 버렸다.

장수 42명, 총병력 14만여 명의 대군을 거느릴 위인이 못 되었으나 능력보다 혈통이 말하는 시절이었다. 총대장에 임명되었고, 그 대신 일본에서 으뜸가는 군사(軍師)로 정평이 있던 구로다 조스이(黑田如水)가 고문으로 따라붙었다.

지난 7월 7일, 절영도 앞바다에 나간 조선 수군을 쓰시마까지 유인하여 혼란에 빠뜨린 장본인이 바로 이 구로다 조스이였다. 6월 그믐, 1천여 척의 함정에 인원과 물자를 싣고 나고야(名護屋)를 떠난 히데아키는 도중 쓰시마에서 며칠 쉬고 이날 부산으로 들어오는 길이었다.

원균이 지휘하는 조선 수군과 마주치자 히데아키는 무작정 나가 싸우라고 야단이었다.

"전쟁에서 무엇이 제일인지 아십니까?"

조스이가 히데아키에게 물었다.

"그야 싸워서 이기는 일이지."

"그것은 제일이 아닙니다."

"그러면 무엇이 제일이오?"

"싸우지 않고 이기는 일입니다."

이리하여 일본 수군은 슬슬 피해서 쓰시마까지 후퇴하였다. 조선 수군은 그들을 쫓다가 일대 혼란에 빠졌고, 이때의 실수가 결국 추원포의 패전으로 이어지게 되었다.

다시 조선으로 들어온 일본군은 부산을 비롯하여 서생포, 가덕도, 안골포, 죽도(竹島 : 김해) 등 전부터 확보하고 있던 기지로 집결하는 한편 일단 철수하였던 웅천(熊川)도 수군기지로 사용하기 시작했다. 좌군(左軍), 우군(右軍), 그리고 수군으로 3분하였다.

좌군은 임진년에 총대장으로 나왔던 우키타 히데이에(宇喜多秀家)를 총사령관으로 하여, 고니시 유키나가, 소 요시토시, 시마즈 요시히로, 모리 요시나리 등이 지휘하는 4만 9천6백 명의 병력이 이에 속하고, 우군은 모리 히데모토(毛利秀元)를 총사령관으로 하고, 가토 기요마사, 구로다 나가마사(黑田長政), 나베시마 나오시게(鍋島直茂) 등이 지휘하는 6만 4천3백 명의 병력이 이에 속하였다.

수군은 도도 다카토라(藤堂高虎), 가토 요시아키(加藤嘉明), 와키자카 야스하루(脇坂安治) 등이 지휘하였고, 병력은 도합 7천2백여 명이었다.

오곡이 익는 8월을 눈앞에 두고 일본군은 행동을 개시하였다. 어디로 가나 들녘에는 과일이 있고, 곡식이 있을 터이니 먹을 것을 걱정할 필요가 없었다.

좌군 총사령관 우키타 히데이에가 고니시 유키나가와 함께 수백 척의 배에 1만 7천 명의 병력을 싣고 부산을 출발한 것은 7월 28일이었다. 이들은 안골포와 장문포에서 각각 하루씩 쉬고 계속 항진하여 이미 잿더미가 되어 버린 한산도를 지났다.

"어떻게 저럴 수가 있을까?"

히데이에가 불에 그을린 기둥이며 흩어진 연목, 토기, 질그릇 조각 등, 한산도의 황량한 풍경을 바라보고 혼잣말같이 중얼거렸다.

"조선 사람들은 말이 많은 족속이올시다. 서울 조정에서 이 한산도에 이르기까지 그 숱한 사람들이 저마다 입을 놀려 수군을 지휘하다 보니 결국 저마다 배를 끌고 산으로 올라가 버린 격이 된 것이지요."

도중 어디나 푸른 바다와 녹음이 우거진 산들이 잠자듯 고요하고 그들의 앞을 가로막는 자는 아무도 없었다. 전에 이순신이 한산도를 지킬 때 같으면 상상도 못할 일이었다.

그들은 8월 4일(일본력 3일) 사천에 상륙하였다. 가덕도, 거제도, 안골포, 고성 등지에 있던 부대들은 이미 뱃길로 사천에 와서 기다리고 있었다. 험한 산길을 행군하는 수고가 없고, 식량을 지어 나르는 고생도 없고 — 이렇게 편할 수가 없었다.

사천에 집결한 좌군은 곤양, 하동을 거쳐 전라도 남원을 치고, 남원이 떨어지면 전주로 진격할 계획이었다.

모리 히데모토가 지휘하는 우군 6만 4천여 명이 양산(梁山)에 집결한 것은 좌군이 사천에 집결한 것보다 8일 앞선 7월 25일이었다. 그들은 내륙을 동서로 횡단하여 전주에서 좌군과 합류할 예정이었다.

수군은 조선 수군이 없어졌으니 독자적인 작전은 필요 없고, 남해를 따라 이동하면서 좌군과 협력하기로 하였다. 그들은 웅천의 기지를 출발하여 좌군의 해상수송을 지원하고 장차 남원 공격에도 참가하기로 되어 있었다.

이순신이 서울에서 달려온 선전관 양호로부터 임금의 교서를 받은 것은 우키타 히데이에가 사천에 상륙하기 전날인 8월 3일, 곤양 고을 벽촌의 민가에서였다.

임금은 이에 이르노라. 아, 나라가 의지하고 보장으로 삼는 것은 오직 수군이었거늘 하늘이 우리에게 화를 내린 것을 아직 후회

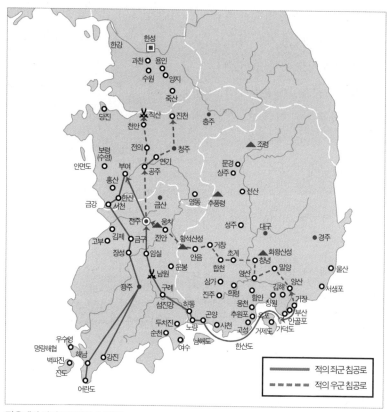

정유재란 관계도(1597년 가을)

하지 아니하여 흉칙한 칼날이 다시 번뜩이니 마침내 3도의 대군이
한 번 싸움에 전멸하였도다. 이제부터 바다에 가까운 성이며 고을
들을 누가 막을 것인가. 한산도를 이미 잃었으니 적은 무엇을 꺼
릴 것인가.

　위급한 상황이 아침이 아니면 저녁으로 다가왔으니 지금 당장
급한 계책은 흩어진 군사들을 불러 모으고 배들을 수습하여 요지
에 웅거하는 일이니라. 그리하여 일대 진영을 마련하면 도망쳐 흩
러 다니는 군사들도 돌아갈 곳을 알게 될 것이며 바야흐로 힘을 뻗

치는 적을 막아 낼 수도 있으리라. 그 책임을 맡을 사람은 위신, 자애, 지혜, 능력을 갖추고 평소 안팎이 심복하는 인재가 아니고는 어찌 능히 그 소임을 다할 수 있으랴.

생각컨대 경의 명성은 일찍이 품계를 뛰어넘어 수군절도사를 제수하던 날 이미 드러났고, 그 공업(功業)은 임진년의 큰 승리로 다시 떨치니라. 그 후로 변방의 군사들은 경을 장성(長城)같이 굳게 믿었건만 얼마 전 경의 직책을 갈고 죄를 씌워 백의종군토록 하였으니, 이 또한 사람의 지모가 부족함에서 나온 것이라. 그로 말미암아 오늘의 이 패전의 치욕을 가져왔으니 무슨 할 말이 있으랴. 무슨 할 말이 있으랴.

이제 특히 복상 중인 경을 기복(起復)하고 평민의 신분에서 발탁하여 충청 · 전라 · 경상 등 삼도수군통제사를 제수하는 터이니 부임하는 날 우선 장병들을 불러 위무하고, 흩어진 군사들을 찾아내고, 수군의 진영을 차리고, 요지를 틀어쥐고, 군의 명성을 떨친다면 흩어졌던 민심도 가히 안정시킬 수 있으리라. 적 또한 우리에게 방비가 있음을 들으면 감히 방자하게 다시 날뛰지는 못하리니 경은 힘쓸지어다.

수사(水使) 이하를 모두 통솔하되 때에 따라 군율을 어기는 자가 있으면 한결같이 군법으로 처단하라. 경이 나라를 위하여 한 몸을 잊고, 기회를 보아 적절히 진군 또는 후퇴하는 능력은 이미 시험한 바라 내 군이 많은 말을 할 것은 없으리라.

옛날 오(吳)나라의 명장 육항(陸抗)은 두 번째로 국경의 강을 담당하여 그 소임을 다하였고, 명나라의 왕손(王遜)은 죄수의 신분이면서도 능히 적을 소탕하는 공을 세웠느니라. 경은 더욱 충의지심(忠義之心)을 굳게 하여 나라를 구제하기를 바라는 나의 소망에 부응하도록 하라. 고로 이에 교서를 내리는 것이니 그리 알지어다.
— 만력 25년 7월 23일(《이충무공전서》)

이순신은 몇 번이고 교서를 되풀이 읽고 구름 한 점 없는 가을 하늘을 내다보았다. 농사는 농부에게, 싸움은 장수에게 맡겨야 하는 것이다. 이 단순한 사리, 누구나 생각만 하면 알 수 있는 사리를 깨닫는 데도 인간은 왜 이처럼 번거로운 곡절을 겪어야 하고 기막힌 희생을 치러야 할까. 몽매한 것인가, 잘난 사람들이 너무 많은 것인가.

적은 이미 지척으로 몰려오고 있었다. 이순신은 그들에게 쫓기다시피, 뭍에서는 떠도는 장정들을 모으고, 바다에서는 흩어진 배들을 모으면서 전라도 방향으로 길을 재촉하였다.

짓밟힌 남원성

경주에서 적의 동태를 지켜보던 도체찰사 이원익은 마침내 적이 움직이기 시작하자 자기 관하에 있던 충청, 전라, 경상, 강원도 전역에 청야령(淸野令)을 내렸다. 이에 따라 백성들은 적이 가까이 오면 그들이 이용할 수 있는 모든 물자, 특히 식량, 가축 등을 깨끗이 쓸어 가지고 지정된 산성으로 들어갔다.

군대도 부득이한 경우를 제외하고는 적과 정면대결하는 것을 피하고 유격전으로 그들의 보급을 차단하는 데 주력하였다. 임진년의 경험에서 배운 조선군은 적으로 하여금 굶어서 말라 죽게 할 계획이었다.

청야니 유격전이니, 말은 쉬워도 이에 종사하는 백성과 군사들의 고통은 이루 말할 수 없었다. 그러나 적은 강대하고 이쪽은 미약하니 달리 방도가 없었다.

수군은 이미 없어졌고, 육군도 영남에 1만 명, 호남에 1천5백 명의 병력이 있을 뿐이었다. 명군은 큰소리를 치는 버릇은 여전했으나 지금까지 조선으로 들어온 병력은 남원에 양원(楊元) 휘하 3천, 전주에 진우충(陳愚衷) 휘하 2천, 충주에 오유충(吳惟忠) 휘하 4천, 그리고 서울에 마귀(麻貴)가 거느리는 기천 명, 도합 1만여 명이었다.

조선군과 명군을 합쳐도 3만에 못 미치는 숫자, 적의 14만여 명과는 비교도 안 되는 열세였다.

방비가 한심한 데다 전쟁의 양상도 심상치 않았다. 자고로 전쟁이라면 무력으로 적의 영토와 인력을 탈취하는 것이 제일가는 목표였다. 그 땅에 그 인력으로 농사를 짓고, 혹은 금은보석 등 특산물을 캐어다 본국을 살찌게 하는 것이다.

이 전쟁은 달랐다. 일본군은 부수고 불을 지르고 조선의 국토를 쑥밭으로 만들고, 조선 사람을 몰살하려고 들었다. 폭력으로 한 나라를 파괴해 버리는 것이다.

그들은 특히 사람을 잡는 데 전대미문의 기묘한 수법을 썼다. 칼로 목을 치고 코를 도려 저마다 옆에 찬 주머니에 집어넣었다. 군인과 민간인, 남자와 여자, 노인과 어린아이를 가리지 않았다. 코가 모이면 상자 하나에 1천 개씩 채우고 소금에 절여 부산으로 후송하였고, 부산에서는 숱한 상자들이 배에 실려 일본으로 건너갔다.[14]

우키타 히데이에가 지휘하는 적의 좌군 4만 9천여 명이 섬진강 좌안을 북상하여 구례(求禮)에 당도한 것은 8월 10일이었다. 이들과 협력하여 남해를 서쪽으로 항진하던 일본 수군 7천여 명은 섬진강 하구 두치진(豆恥津)에서 닻을 내리고 강가를 전진하는 좌군과 함께 구례로 행군하였다. 큰 배들은 두치진에 정박하고, 작은 배 수백 척은 저마다 식량을 싣고 섬진강을 거슬러 곡성(谷城)까지 올라갔다. 곡성에서 남원은 지척인 데다 평지로 길도 좋았다.

　전라병사 이복남(李福男)이 휘하 7백여 명의 병력을 이끌고 순천(順天)으로부터 급히 북상하여 남원성으로 들어온 것은 8월 11일이었다. 적은 그 전날 구례를 점령하였고, 이 11일에는 그들의 척후병들이 이미 남원성 외곽에 출몰하고 있었다.

　이복남은 임진년 7월 김제군수 정담(鄭湛)과 함께 웅치(熊峙)에서 싸운 장수였다. 무과 출신으로 당시의 벼슬은 나주판관(羅州判官), 부대는 거의 전멸했으나 그는 용케 살아남았다. 그 후 각지를 전전(轉戰)하다가 나주부사를 거쳐 원균이 수군통제사로 전출하자 그 뒤를 이어 전라병사로 임명되었다.

　43세. 병조참판을 지낸 증조부 광식(光軾) 이래 대대로 무과에 등제한 전형적인 무인의 집안이었다. 조부 전(戩)은 경상좌병사, 부친 준헌(遵憲)은 갑산부사, 두 아우 덕남(德男)과 인남(仁男)도 무과 출신으로 임진년 싸움에 전사하였다.

　전라병사의 위치는 원래 강진(康津)이었으나 이번 전쟁이 일어난 후 장흥(長興)으로 옮겼고, 이복남도 장흥에서 근무하였다. 원균이 지휘하던 수군이 추원포에서 전멸하고 적의 대병력이 남해를 거쳐 전라도 방면으로 이동할 기미를 보이자 그는 도원수 권율의 명령으로 병력을 이끌고 급히 순천으로 달려갔다. 적이 그리로 상륙할 염려가 있었기 때문이다.

　그러나 적은 순천으로 오지 않고 사천에 상륙하여 남원으로 진격하였다. 이복남은 만일의 경우에 대비하여 1천5백 명의 병력을 반분하여 절반은 순천에 남기고, 나머지 절반 7백여 명을 이끌고 북상하여 남원으로 들어오게 되었다.

남원성에는 지난여름 여기 당도한 명나라 장수 양원 휘하 3천여 명의 기병이 있었고, 조선군으로는 남원부사 임현(任鉉), 구례현감 이원춘(李元春)이 지휘하는 병력이 각각 기십 명씩 있었다. 또 조방장 김경로(金敬老), 산성별장(山城別將) 신호(申浩)도 도중에 이복남과 만나 함께 성으로 들어왔는데 이들도 기십 명씩 거느리고 있었다. 이복남군과 이들 병력을 모두 합치면 성내의 조선군은 약 1천 명, 명군까지 합치면 방위군은 도합 4천 명이었다.

이복남은 남원부사 임현이 인도하는 대로 숙소로 지정된 북문 안 초가에 짐을 풀고 용성관(龍城館)으로 양원을 찾았다. 용성관은 남원부의 객관으로 일명 휼민관(恤民館)이라고도 불렀다.

"적은 열 배도 넘는다고? 걱정할 것이 없소. 전주에 있는 진우충 장군이 내려와서 적을 배후로부터 칠 것이고, 그 뒤에는 마 제독, 또 그 뒤에는 형 경략(邢經略)의 백만 대군이 있는데 무엇이 걱정이오? 왜놈들, 임자를 만난 것이오."

양원은 장담을 했다. 이 자리에서 명군은 동, 서, 남의 3문을 담당하고 조선군은 북문을 지키기로 합의를 보았다. 이들 4대문 중에서도 경상도를 면한 동문을 제일 중하게 여겼는데 전투가 시작되면 양원은 이 동문에 위치하여 전군을 지휘하도록 하였다.

적의 본진이 남원성으로 다가온 것은 13일이었다. 이날 적은 홍수처럼 밀려와서 일부는 성을 에워싸고 종일토록 성을 향해 조총을 쏘아붙이고 나머지는 흩어져 도처에서 사람을 잡고 닥치는 대로 부수고 불을 지르니 남원성 사방 1백 리는 연기와 불길로 하늘도 제대로 보이지 않았다.

분탕질이 끝나자 14일부터 적은 5만 6천여 명의 병력을 총동원하여 성을 포위하고 공격을 퍼붓기 시작했다. 남원성은 둘레가 8천2백 척의 석성이었다. 1척에 평균 7명의 적병이 늘어선 셈이니 빈틈이 있을 수 없었다. 이 당시 먼 산에 숨어 이 광경을 내려다본 조경남(趙慶男)은 다음과 같이 적고 있다.

날마다 외로운 성을 바라보니 적은 마치 달무리가 달을 에워싸듯 성을 포위하여 위급하기 이를 데 없었다. 포성은 하늘을 진동하고 불빛은 낮과 같이 밝았다. 그 속에서 우리 군대가 적을 막아내는 고통을 생각하고 짐승같이 날뛰는 적의 모습을 생각하니 가슴이 메어지고 저절로 눈물이 흐르고 탄식이 터져 나왔다(《난중잡록》).

적은 높은 사다리[飛雲長梯]를 수없이 만들어 세우고 그 위에 올라 성안을 내려다보면서 마구 사격을 퍼붓고, 우군은 대포와 진천뢰(震天雷)로 대항하니 피차 이루 말할 수 없이 사상자가 속출하였다. 특히 동문과 남문을 지키던 명군은 한때 전멸했다는 소문이 나돌 정도로 피해가 극심하였다.

"성을 비우고 나오면 고스란히 보내 줄 터이니 안심하고 나오라."

고니시 유키나가가 사람을 보내 권고했으나 양원은 큰소리로 거절했다.

"나는 15세부터 장수가 되어 천하를 두루 돌아다녔는데 싸워서 이기지 못한 적이 없다. 지금 정예 10만으로 이 성을 지키고 있는데 아직 물러나라는 명령은 받은 일이 없다."

당초 명군은 위급한 경우의 연락방법을 정해 두었었다. 남원이 위급하면 전주에 고하고, 전주는 공주, 공주는 서울로 고하게 되어 있었다.

그러나 전주의 진우충은 세상에 급한 것이 없는 둔한 인물이었다. 양원이 하루에도 몇 번씩 사람을 보내 원군을 요청했으나 그의 대답은 언제나 단 한 마디였다.

"알았다."

그는 위에 보고하지 않았고 스스로 움직이지도 않았다.

전주에는 조선 측의 책임자도 없었다. 전라감사 박홍로(朴弘老)가 해임되고 심유경의 접반사로 있던 황신(黃愼)이 후임으로 임명되었으나 황신은 변산(邊山)으로 피신하고 전주에 없었다. 도체찰사 이원익과 도원수 권율은 한때 남원 동방 40리, 운봉(雲峰)까지 왔으나 그들에게는 전투병력이 없었고, 또 임금이 부르는 바람에 급히 서울로 떠나갔다.

이리하여 남원성은 외로운 싸움을 계속하면서 운명의 순간으로 다가서고 있었다.

외로운 싸움에서 유달리 돋보인 것은 북문을 지키는 이복남이었다.

이 무렵에는 많지는 못했으나 일본군의 조총을 본뜬 소총도 등장하였다. 이복남은 활과 이들 소총을 적절히 배합하여 적을 잘 막아 냈다. 병사들은 숨을 죽이고 있다가도 적이 안심하고 성 밑으로 몰려오면 별안간 성가퀴에 나타나 일제사격을 퍼붓고, 돌을 굴리고 더운물을 퍼부었다. 사부(射夫 : 사격수)가 쓰러지면 이복남이 손수 소총을 조작하여 사격을 퍼붓고, 때로는 진천뢰를 던져 한꺼번에 수십 명을 살상하는 일도 드물지 않았다. 경우에 따라서는 밤중에 조용히 성문을 열고 폭풍같이 적을 기습 공격하고 돌아오기도 하였다.

북문을 공격한 것은 적군 중에서도 강병으로 이름난 시마즈 요시히로 휘하 1만 명과 가토 요시아키 등이 지휘하는 일본 수군 3천2백 명, 도합 1만 3천2백 명으로 조선군 1천 명의 13배도 더 되었다. 그러나 비교도 할 수 없는 이 대적을 상대로 이복남은 잘 싸웠다. 조선군은 숫자는 적었으나 임진년 당시의 미숙한 군대는 아니었다.

15일 밤은 비가 억수같이 퍼부었다. 적은 비와 어둠을 이용하여 기습 공격을 가해 왔으나 역시 실패하고 물러났다.

16일은 간밤의 비가 걷히고 구름 한 점 없는 쾌청한 가을 날씨였다. 적은 주목표를 불가사리 같은 북문에서 남문으로 옮기고 총사령관 우키타 히데이에가 직접 지휘에 나섰다. 천총(千摠) 장표(蔣表)가 지키는 이 문이 제일 약해 보였고, 일전에도 한 차례 뚫릴 뻔했다.

종일의 전투에 지친 남문의 명군은 차츰 기세가 꺾이더니 밤 이경(二更 : 오후 10시), 마침내 장표가 전사하고 말았다. 병사들은 흩어져 도망치고 적은 문을 부수고 성난 파도같이 성내로 쏟아져 들어왔다.

사방에서 호통, 비명, 통곡이 뒤범벅이 되어 허공에 메아리치고 남원성은 걷잡을 수 없는 혼란에 빠졌다. 이 통에 동문을 지키던 이신방(李新芳)도 전사하고 하치스카 이에마사(蜂須賀家政), 모리 요시나리 등이 지휘하는 적 1만 4천여 명이 성내로 몰려 들어왔다.

달이 밝은 밤이었다. 이복남은 성문의 수비를 조방장 김경로에게 맡기고 방어사 오응정(吳應井)과 함께 일부 병력으로 백병전(白兵戰)을 계획하고 병사들을 요소에 배치하고 있었다.

숱한 말굽소리와 함께 양원이 50여 기(騎)를 거느리고 나타났다.

"우리는 싸울 대로 싸웠소. 더 이상 방법이 없으니 몸을 피합시다."

이복남이 물었다.

"사방에 적인데 어디로 피할 것입니까?"

"서문이오. 고니시 유키나가와는 통해 놓았소."

서문 공격을 담당한 것은 고니시 유키나가였다. 그는 일전에도 양원에게 사람을 보냈고, 다른 장수들처럼 악착같이 공격하지도 않았다.

양원은 겉으로 큰소리를 치면서도 뒤로는 살 길을 마련해 놓고 있었다. 속이 얕은 조선 사람들과는 달리 깊숙이 굴절해 들어간 중국 사람들의 마음속은 헤아릴 길이 없었다.

"먼저 가시지요."

이복남은 모나지 않도록 말을 조심해서 그를 보냈다. 어차피 그는 남의 나라 사람이었다. 이만큼 싸워 준 것만도 고마운 일이고, 도망을 간다고 탓할 생각은 없었다.

이복남은 홍수같이 몰려오는 적을 향하여 몇 번이고 돌격을 되풀이하였다. 그러나 칼로 강물을 내리쳐도 강물은 여전히 흐르듯이 적은 오고 또 왔다.

마침내 등 뒤에서 북문도 뚫리고 적은 폭포같이 쏟아져 들어왔다. 대세는 이미 기울고 마지막 순간이 다가오고 있었다. 이복남은 대장기를 앞세우고 북문으로 들어오는 적장 시마즈 요시히로를 목표로 내달았다. 도중 3명까지는 칼로 내리쳤으나 정면에서 날아온 총탄에 가슴을 맞고 말에서 떨어진 채 무수히 난자를 당하고 마침내 운명하였다.

조선군은 전원이 전사하였다. 이복남, 오응정, 김경로, 신호, 임현, 이원춘, 그리고 통판(通判) 이덕회(李德恢) 등 장수들과 휘하 1천 명은 다 여기서 피를 쏟았다. 양원의 접반사로 성중에 있던 정기원(鄭期遠)은 양원과 함께 서문으로 빠져나갔으나 말을 타는 데 익숙지 못해 몇 번이나 떨어진 끝에 마침내 적의 손에 목숨을 잃고 말았다.[15]

명군의 손실도 막심하였다. 서문을 지키던 천총 모승선(毛承先)도 전사하였고, 남원에 있던 그들의 총병력 3천1백17명 중 살아서 성을 빠져나간 것은 1백17명에 불과하였다.

일본군은 승리에 도취할 겨를도 없이 달갑지 않은 소식에 접하였다. '이순신이 다시 나타났다'는 것이다.

조선 수군은 아주 없는 것으로 치부하고, 수군도 남원전투에 참가하였다. 북진하여 전주까지 떨어지는 것을 확인하면 바다로 돌아가 식량을 싣고 서해로 돌아 서울까지 올라갈 예정이었다. 그런데 없어진 줄 알았던 이순신이 다시 수군통제사로 임명되었다는 것이다.

이순신은 조선은 물론 다른 두 나라에서도 큰 이름이었다. 도요토미 히데요시는 일찍이 이순신이 나타나면 일본 수군은 도망치라고 특명을 내렸고, 자기의 야망을 꺾은 인물로, 이를 갈고 있었다. 명나라에서는 이순신이 있기에 바다에 대해서는 안심하였고, 자기들의 수군은 단 한 척도 조선으로 보낸 일이 없었다.

남원에 왔던 일본 수군 장수 도도 다카토라, 와키자카 야스하루, 가토 요시아키, 구루시마 미치후사(來島通總), 간 미치나가(菅達長) 등은 부하들을 이끌고 그들의 함정이 정박해 있는 두치진으로 내려갔다.

육군은 2일간 남원에서 휴식을 취하고 길을 떠났다. 임실(任實)을 거쳐 전주를 칠 계획이었다.

황석산성의 분투

양산을 떠난 적의 우군(右軍) 6만 4천여 명이 영산(靈山), 창녕(昌寧), 초계, 합천(陜川)을 거쳐 안음(安陰 : 안의)에 당도한 것은 8월 15일이었다. 조선 사람들은 청야지계(淸野之計)에 따라 먹고 입을 것을 몽땅 가지고 자취를 감춰 버렸고, 심지어 도원수 권율이 원수부를 차리고 있던 초계 읍내조차 강아지 한 마리 없었다.

도중 창녕을 지날 때에는 이 고장에서 동방 10리 화왕산성(火旺山城)에 경상도방어사 곽재우(郭再祐)가 있다는 소식이 들어왔다. 전쟁 초기에 의령(宜寧)에서 유격전으로 일본군을 괴롭히던 홍의장군(紅衣將軍) 곽재우였다. 성에는 인근 고을 주민들이 들어가 곽재우군과 협력하여 방위태세를 굳히고 있다는 소문이었다.

치자, 쳐서는 안 된다. 갑론을박 끝에 결국 화왕산성은 못 본 체 그대로 지나치기로 하였다. 곽재우라면 일본군도 그 이름을 알고 있었다. 그들은 비교가 안 될 만큼 우세하니 결국은 이기겠지마는 시일이 문제였다. 신출귀몰한다는 곽재우를 상대로 싸움을 시작했다가 하루 이틀에 결말이 나면 다행이지마는 여러 날 걸리면 큰일이었다. 작전 전반에 중대한 차질을 가져올 염려가 있었다.

안음 서북 20리에 있는 황석산(黃石山)은 깎아지른 듯한 험준한 산세로 이름이 있었다. 이 산에 쌓은 것이 황석산성으로 안음, 거창(居昌), 함양(咸陽) 등 인근 고을 백성 수천 명이 들어와 있었다. 안음현감 곽준(郭䞭)이 관군과 고을의 장정들을 규합하여 4백 명의 병력으로 수비를 담당하였고, 전에 김해부사를 지낸 백사림(白士霖)과 함양군수를 지낸 조종도(趙宗道)가 각기 의병 기십 명씩 거느리고 와서 그를 지원하니 수비 병력은 도합 5백 명이었다.

일본군은 황석산성은 지나치지 않고 치기로 하였다. 화왕산성을 그대로 지나치고 보니 문제가 생겼기 때문이다. 곽재우가 성을 나와 보급을 교란하고, 연락을 차단하고, 낙오병들을 살상하고 ─ 손해가 적지 않았다. 황석산성을 그대로 두면 같은 일이 벌어질 것이다.

성내에서는 병력을 3분하여 곽준은 서·남, 백사림은 동·북을 맡고, 조종도는 유군(遊軍)을 지휘하여 임기응변으로 싸우도록 하였다. 이중 백사림은 무관 출신으로 군인들이나 피란민들이나 다 같이 그를 기둥으로 믿었고, 그도 되풀이하여 인심을 안정시켰다. 산이 험하고 성이 군건하니 백만 대군이 온다 해도 두려울 것이 없다.

15일을 안음에서 묵은 적은 16일 아침 일찍 안음을 떠나 황석산성으로 향하였다. 그날 중으로 뭉개 버리고 다시 행군을 계속할 생각이었다.

그러나 막상 현지에 와보니 산은 험하고 성은 높고 가까이 가기만 하면 화살이 날아오고 바위가 굴러 오고, 피를 보게 마련이었다.

용장으로 자처하는 가토 기요마사와 나베시마 나오시게는 거듭 돌격을 명령하였다. 아무리 용감해도 총칼로 성벽을 뚫을 수는 없고, 험한 산을 날아오를 수도 없었다. 16, 17일의 이틀 동안 절벽을 기어오르다 피를 흘리고 쓰러진 병사는 1천여 명에 이르렀다.

그들은 전술을 바꿨다.

"성을 비우고 나오라. 나오면 우리는 잡지도 않고 총을 쏘지도 않는다. 나와서 어디든지 마음대로 가라."

조선말 통사들은 사처에서 외쳤다. 일본군의 총알보다 이 소리가 큰 효과를 가져왔다.

6만 4천여 명은 기막힌 숫자였다. 산을 덮고 골짜기를 메운 적의 이 대군을 보고 성안의 백성들과 미숙한 병사들은 기가 질렸다. 다만 백사림의 늠름한 태도와 큰소리가 자칫 꺼지려는 용기를 부추겨 주었고, 아찔하게 많은 적을 잘도 막아 냈다. 그런데 그 백사림이 문제를 일으켰다.

17일. 달이 밝은 밤하늘 아래 적의 통사들은 여전히 외쳤다. 안심하고 나오라.

마음이 흔들린 백사림은 심복을 곽준에게 보내 속삭였다.

"무슨 수로 이 엄청난 적을 당할 것이오? 개죽음을 할 것이 아니라 성을 빠져나갑시다."

곽준은 신음하듯 외쳤다.

"내 사람을 잘못 보았군. 백사림이 이렇게 나올 줄은 진실로 몰랐다."

심복은 돌아가 백사림에게 고하고 백사림은 측근과 함께 밧줄을 타고 성벽을 내려 도망쳤다. 장수가 도망치는데 그 부하들이 조용할 까닭이 없었다. 동·북 양면을 지키던 그의 부하들은 슬슬 눈치를 보아 가면서 하나 둘, 나중에는 무더기로 성을 넘어 숲 속으로 사라져 갔다.

군관이 달려와 곽준에게 고했다.

"일이 이 지경에 이르렀습니다. 영감께서도 나가시지요."

남문 누각에서 적진을 바라보던 곽준은 그를 한 번 힐끗 돌아보았을 뿐 대답이 없었다. 소식을 들은 아들과 사위들이 달려왔다.

"속히 계책을 세우십시오. 이대로는 무리죽음을 당하는 수밖에 없습니다."

그들은 엎드려 눈물을 흘리고, 곽준도 목이 메었다.

"우리는 여기서 죽어야 한다. 그 밖에 무슨 계책이 있겠느냐?"

곽준은 5년 전에 이 전쟁이 일어나자 일찍부터 의병대장 김면(金沔)의 참모로 의병활동에 종사하여 많은 공을 세웠다. 전쟁이 소강상태로 들어가자 그 공이 인정되어 자여찰방(自如察訪)으로 임명되었다. 둔전(屯田) 사업을 책임지고 밤낮을 가리지 않고 일에 종사하여 가을에 많은 추수를 올렸고, 굶는 백성들을 수없이 구제하였다.

자여찰방에서 일약 안음현감으로 발탁된 것은 3년 전이었다. 어려운 시기에 안음에 와서도 성실하게 일을 잘했고, 인심을 얻고 있었다. 도체찰사 이원익이 그보다 벼슬이 높은 관원들이 많은데도 특히 그에게 황석산성을 맡긴 것도 그의 성실성 때문이었다.

달빛 아래 성을 넘어 도망치는 조선군의 모습은 일본군의 눈에도 훤히 들어왔다. 그들은 이 기회를 놓치지 않았다. 나무 그늘마다 숨어 있던 일본군은 저마다 칼을 휘둘러 백사림 이하 도망쳐 나온 조선군을 죽여 없애고 총공격을 시작하였다.

곽준은 조종도에게 부탁하여 무너진 동북방을 맡기고 자신은 남서 방향에서 밤새도록 줄기차게 공격해 오는 적을 막아 냈다.

그러나 중과부적이었다. 많은 사상자를 내고 더 이상 싸울 사람도 무기도 없었다. 이튿날인 18일 아침 적은 마침내 사면에서 성내로 쳐들어왔다.

남문에서 싸우던 곽준은 가토 기요마사의 부장 간다 쓰시마(神田對馬)와 겨루다 그의 칼에 맞아 전사하였다. 47세.

아들 이상(履常)과 이후(履厚)도 끝까지 싸우다 죽었다. 사위들도 죽고 며느리와 딸들도 다 죽었다.

5년 전 전쟁이 터지자 곽준은 딸과 며느리들을 불러 놓고 단도를 하나씩 주었다.

"길게 말하지 않아도 내 뜻을 알 것이다. 만일의 경우에는 이 칼로 너희들의 정결을 지켜라."

그들은 칼을 그대로 간직하고 있다가 이날 입에 물고 앞으로 쓰러져 스스로 목숨을 끊었다.

조종도도 전사하고, 성내에 있던 병사들과 남녀노소 백성들도 다 죽었다.

조종도는 금년에 환갑을 맞은 노인이었다. 조식(曺植)에게 배운 박학다식한 선비였으나 보통 선비와는 달리 행동거지에 거칠 것이 없고, 유머에 능해서 그가 가는 곳에는 웃음이 그치는 일이 없었다. 안기찰방(安奇察訪)을 시작으로 벼슬길에 나서 양지현감(陽智縣監) 등 몇 군데 고을을 전전하다가 벼슬을 그만두고 집에 있었다.

이때 정여립(鄭汝立)의 역모사건이 일어났다. 많은 사람들이 끌려가서 고문을 받고, 고통을 이기지 못하여 없는 죄도 자백하고 죽어 가는 판국이었다. 조종도도 끌려갔다. 친지들이 달려와서 끌려가는 그를 붙잡고 말없이 눈물을 흘렸다. 가는 길은 저승으로 통하는 길이었다. 그러나 조종도는 또 농담이었다.

"꿈에 염라대왕을 만났구만."

"……?"

"호통을 치시겠지. 못생긴 네 상통은 보기도 싫다. 당장 돌아가라! 저 승의 문턱쯤 갔다가 쫓겨 올 모양이라 술이나 빚어 놓고 기다리시이소."

그는 정말 무죄로 방면되어 돌아왔다. 그러나 관에서 받은 고문의 후 유증으로 평생을 두고 고생하였다. 안음현감으로 복직되었다가 병으로 그만두고, 다시 함양군수로 나갔다가 역시 병으로 그만두고 집에 있었다.

그도 처자를 거느리고 성으로 들어왔었다. 처자는 한결같이 절벽에 몸을 던져 스스로 목숨을 끊었다.

직산대첩의 내막

남원이 함락되었다는 소식에 전주의 진우충은 눈앞이 캄캄했다.

예측을 못한 일은 아니었으나 원래 늘어진 성미인지라 그때에 가면 어떻게든 되려니 생각하였다. 그러나 막상 현실로 나타나고 보니 어떻게도 될 수 없고, 계책은 하나도 서지 않았다.

적은 남원에만 있는 것이 아니었다. 동남방 황석산성을 친 적도 곧 몰려올 것이다. 10만인지 백만인지, 하여튼 구름같이 엄청나다는 적을 고작 2천 명으로 어떻게 막는다는 것이냐? 부하 장수들을 모아 놓고 의견을 물어도 해답은 나오지 않았다.

"이 판국에 무슨 방책이 있겠습니까?"

방책이 없을 때의 방책은 두 가지 있었다. 하나는 싸우다 죽는 것이고, 또 하나는 적이 오기 전에 도망치는 일이었다. 그는 도망치는 쪽을 택했다.

19일, 동이 트기 전에 진우충은 휘하 2천 기를 이끌고 전주성을 빠져 북으로 달렸다. 기병들인지라 2백 리 떨어진 공주에는 당일로 들어갈 수 있을 것이었다.

전주성내에는 백성들은 이미 피란을 떠나고 없었으나 조선 관원들은 그대로 남아 있었다. 진우충이 도망쳤다는 소문은 삽시간에 퍼졌고, 이들도 봇짐을 하나씩 메고 서둘러 성문을 빠져 사방으로 흩어져 갔다.

이제 성은 비었다.

남원을 점령하고 전날 임실까지 진출한 적의 좌군은 이날 선발대를 성내로 들여보내 두루 살피고 다음 날인 20일 입성하였다.

황석산성을 점령한 적의 우군은 진안(鎭安), 웅치를 거쳐 그 다음 날인 21일 전주성에 들어왔다.

전주에서 합류한 적의 좌·우군 10여만 명은 며칠간 휴식을 취하고 25일, 전원이 달려들어 성을 철저히 파괴하였다. 지렛대로 돌을 뜯어내고, 망치로 부수고, 부수지 못할 것은 멀리 굴려 흩어 버렸다.

전주는 백제시대의 비사벌(比斯伐)로, 이 지방의 중심지였다. 통일신라시대에도 중요한 도시였고, 후백제의 견훤(甄萱)은 여기 수도를 두었다. 고려시대에는 안남도호부(安南都護府), 조선 왕조에 들어와서는 조종의 고향이라 하여 특히 부(府)를 설치하고 부윤(府尹)은 전라감사가 겸임하였다. 돌로 쌓은 탄탄한 성은 주위 5천3백56척, 높이 8척, 성내에는 만일에 대비하여 2백23개의 우물도 마련되어 있었다. 그 성이 하루 사이에 자취를 감추고 평지로 되어 버린 것이다.

그들은 여기서 회의를 열고 도요토미 히데요시의 작전지시를 다시 확인하였다. 즉, 좌군은 임진년에 일본군의 힘이 미치지 못하였던 전라도 일원과 충청도의 서반부를 휩쓸고, 우군은 충청도 내륙을 거쳐 경기도를 친 다음 서울로 들어간다는 구상이었다.

이 기본 구상에는 변함이 없었으나 그 후에 일어난 새로운 사태를 고려에 넣지 않을 수 없었다. 그것은 조선 수군의 괴멸이었다.

조선 수군이 전멸한 결과 일본 수군은 안심하고 남해를 항진하게 되었고, 이번 작전에도 참가하여 남원까지 왔었다. 다음은 서해로 진출할 차례였다. 이것은 히데요시가 당초 작전을 구상할 때 예상하지 못한 사태였다.

이 새로운 사태를 감안하여 그들은 지금까지 우군에 속해 있던 나베시마 나오시게, 조소카베 모토치카(長宗我部元親) 등의 휘하 2만 5천여 명의 병력을 분리하여 좌군에 편입하였다. 이들은 별동대로, 좌군과 행동을 같이하되 장차 일본 수군이 전라도 해역에서 이순신이 거느리는 잔존 수군을 완전히 소탕하면 수군 함정들을 타고 서해를 북상하여 한강으로 들어가기로 하였다.

좌군은 8월 28일, 전주를 출발하여 북으로 익산(益山), 부여(扶餘), 한산(韓山), 서천(舒川)을 치고, 발길을 남으로 돌려 순천에 이르기까지, 가는 곳마다 부수고, 불을 지르고, 만나는 사라미(조선 사람)는 모조리 죽이고 코를 도려냈다.

그중 별동대로 편입된 부대들은 특히 금구(金溝), 김제(金堤), 고부(古阜), 나주(羅州) 등 서해에 가까운 고을들을 휩쓸고 남하하여 서남 해안의 강진과 해남(海南)을 장악하였다. 수군과 호응할 계획이었다.

우군은 8월 30일, 전주 고을의 모든 건물에 불을 지르고 북행길에 올랐다. 우선 공주를 칠 계획이었다.

공주에는 전주에서 후퇴한 진우충 휘하 2천 명의 병력이 있었고, 그 후방에는 유격장군 우백영(牛伯英), 파귀(頗貴) 등이 지휘하는 2천6백 명이 배치되어 있었다. 이들도 모두 기병으로 진우충을 지원하기 위해서 서울에서 급파되어 온 부대들이었다.

조선군도 충청감사 정윤우(丁允祐), 방어사 박명현(朴名賢), 충청병사 이시언(李時言), 체찰부사(體察副使) 한효순(韓孝純) 등이 각각 기십 명 혹은 기백 명씩 거느리고 금강 북안에 포진하고 있었다. 진우충과 협력하여 금강 선(線)에서 적을 막아 낼 계획이었다.

"염려 놓으시라."

진우충은 가슴을 폈으나 정윤우는 안심이 안 되었다.

"놓아도 괜찮을까요?"

"이 진우충을 못 믿어 했소?"

그러나 적이 전주를 떠났다는 소식이 오자 진우충은 말도 없이 밤중에 천안(天安) 방면으로 사라지고 말았다. 금강에서 밤을 지새우던 조선군은 홍천(洪川), 제천(堤川), 충주(忠州) 방면으로 흩어져 갔다. 저마다 자기 힘에 맞도록 유격전으로 들어갈 생각이었다.

9월 초 공주성으로 들어온 적의 우군은 여기서 잠시 쉬고 병력을 양분하였다. 가토 기요마사는 휘하 1만 명을 이끌고 연기(燕歧)를 거쳐 청주(淸州)로 향하였다. 죽산(竹山), 용인(龍仁)을 거쳐 과천(果川)에서 총사령관 모리 히데모토와 합류할 예정이었다.

모리 히데모토는 구로다 나가마사(黑田長政)가 지휘하는 5천 병력을 선봉으로, 본진 3만 명과 함께 천안, 수원을 거쳐 과천으로 올라갈 예정이었다. 여기서 가토 기요마사와 합류하면 일거에 한강을 건너 서울로 쳐들어가기로 되어 있었다.

수군이 식량, 무기 등 보급품을 싣고 서해를 거슬러 한강으로 드나들게만 되면 그대로 서울에 눌러앉는 것이다. 눌러앉아 몇 해 버티면 명군은 한강 이남 4도(四道)를 떼어 주고라도 화평을 하자고 들 것이고, 조선도 4도는 몰라도 경상도나 전라도 하나쯤 떼어 주고 살 길을 찾지 않을 수 없을 것이다.

설사 땅을 차지하지 못하더라도 왕자를 한 명 끌고 가서 태합 전하의 면전에 꿇어 엎드리게 하는 것은 어려운 일이 아니리라.

서울 방위에 대해서는 4년 전인 1593년 10월, 임금이 피란지에서 서울로 환도하면서부터 논의가 시작되었다. 적이 다시 서울까지 침범할 때에는 어떻게 막을 것인가?

우선 광주(廣州)의 남한산성을 비롯하여 안성의 무한산성(無限山城), 여주, 이천 사이의 파사산성(婆娑山城), 죽산의 취봉산성(鷲峯山城), 양근(楊根)의 남산성(南山城) 등 한강 이남의 산성들이 거론되었다. 이들 산성을 수축하고 여기 병력을 배치하여 남으로부터 오는 일본군을 막아 내자는 것이었다. 그중 남한산성에 대해서는 영의정 류성룡이 직접 현지를 답사하고 수축을 독려하기도 했다.

그러나 난리 끝에 사람도 양식도 물자도 없었다. 도저히 이와 같은 방대한 사업을 실천에 옮길 형편이 못 되었다.

서울을 둘러싼 도성은 주위가 40리로 옳게 지키자면 10만 명의 병력이 필요하였다. 그런 병력이 없으니 차라리 남산의 정상을 중심으로 자그마한 성을 하나 새로 쌓는 것이 어떻겠느냐? 이런 제안도 나왔다.

우리에게는 그런 힘이 없다. 차라리 한강을 방위선으로 하고 여기서 적을 막아 내는 것이 좋겠다 — 이런 주장도 있었다.

백 가지 계책도 힘의 뒷받침이 없으니 실천을 보지 못하고, 뚜렷한 수도 방위 계획을 세우지 못한 채 적의 재침, 이른바 정유재란을 맞게 되었다.

남원을 점령한 적이 북상한다는 소식이 날아들면서부터 서울은 크게 요동치기 시작했다. 백성들은 살 길을 찾아 사방으로 흩어지고, 고관대작들도 주변의 눈치를 보아 가면서 가족을 시골로 빼돌렸다. 왕실도 불안하기는 마찬가지여서 은밀히 피란 준비를 서두르는 한편 왕비 박씨를 우선 황해도 해주(海州)로 피란하도록 하였다.

이와 같은 상황 속에서 조정은 평안도에서 모집한 군사 5천 명, 황해도·경기도에서 징집한 3천 명, 도합 8천 명을 한강의 요지에 배치하고 명군의 협력을 요청하였다.

제독 마귀는 처음부터 서울을 지킬 자신이 없었다. 그는 조선 수군이 패하고 이어 부산의 일본군이 전라도 방면으로 이동을 시작하자 평양에 있는 경리 양호(楊鎬)에게 급히 사람을 보냈다.

"도저히 이 일본군을 막을 형편이 못 되니 차라리 조선에서 철수하여 압록강을 지키는 것이 어떻겠습니까?"

양호는 지난 7월 초 압록강을 건너 평양에 들어온 후 그대로 눌러앉아 본국에서 약속한 병력이 오기를 기다리고 있었다. 그러나 병력은 오지 않고, 독촉하면 언제나 같은 대답이었다. 잠시만 기다리라.

"마귀의 생각이 옳지 않을까?"

양호는 마음이 흔들렸다. 그러나 감군(監軍) 소응궁(蕭應宮)이 반대하고 나섰다.

"이 평양은 적으로부터 1천 리 밖에 있습니다. 적은 빛도 보지 못하고 도망친다면 훗날 조정에는 무엇이라고 보고할 것입니까?"

양호는 요양(遼陽)에 있는 총독 형개(邢玠)에게 사람을 보내 판단을 구했더니 즉시 회답이 왔다.

"소응궁의 말이 옳소. 그를 서울로 급파하여 내 뜻을 전하고 양 경리도 서울에 가서 마귀를 독려하시오."

소응궁의 뒤를 이어 평양을 떠난 양호가 서울에 도착한 것은 9월 3일이었다. 다음 날인 9월 4일 모리 히데모토가 지휘하는 적의 우군이 천안으로 들어오자 진우충은 또다시 후퇴하여 서울로 올라왔다. [16] 이날 밤가토 기요마사가 청주성을 들이쳤다는 급보도 날아들었다.

밤늦게 양호가 묵고 있는 남별궁에서 두 나라 장수들이 모인 가운데 긴급회의가 열렸다. 갑론을박 끝에 앉아서 적이 오기를 기다릴 것이 아니라 한강 이남으로 나가 우리가 원하는 장소에서 적을 맞아 싸우자는 데 합의를 보았다.

이에 따라 이튿날 도체찰사 이원익은 한강을 지키던 8천 명의 병력을 이끌고 죽산 방면으로 떠났다. 청주에서 올라오는 기요마사군을 여기서 맞아 싸울 계획이었다.

제독 마귀는 도합 8천8백 기의 병력을 이끌고 수원으로 내려갔다. 여기 본영을 두고 천안에서 북상하는 모리 히데모토군 3만 5천 명을 도중에서 맞아 싸울 생각이었다.

9월 6일 부총병 해생(解生)이 지휘하는 2천 기가 수원을 떠나 남으로 달리고, 우백영·양등산(楊登山)·파귀 등이 지휘하는 4천8백 명의 기병이 그 뒤를 따랐다.

9월 7일 아침 해돋이에 수원 남방 1백 리, 직산(稷山)에서 남하하던 명군과 북상하던 일본군의 선봉이 마주쳤다.

보병과 기병의 싸움이었다. 추수가 끝난 벌판에서 총격전에 이어 혼전(混戰)이 벌어졌다. 도보의 일본군은 칼로 대항하고 명군은 마상에서 창으로 내리질렀다.

일본군은 중과부적이었다. 한참 싸우다 말고 도망치기 시작하자 발이 빠른 명군 기병들은 그 뒤를 추격하여 사방으로 에워싸고 일시에 몰살할 기세였다.

이때 총성을 듣고 적장 구로다 나가마사가 3천 병력을 이끌고 달려와서 우군을 구출하고 명군을 밀어붙였다. 조총을 주무기로 하는 일본군의 일제사격에 명군은 밀리는 듯했으나 곧 이어 유격장군 파새(擺賽), 천총 이익교(李益喬), 파총 유우절(劉遇節) 등이 지휘하는 2천 명의 원군이 당도했다.

이에 온 벌판을 뒤덮은 8천8백 기의 명군과 5천 명의 일본군 사이에는 밀고 밀리는 접전이 벌어졌다. 그러나 어딘지 모르게 김이 빠진 싸움이었다. 한쪽에서 밀면 다른 쪽은 맥없이 밀리고, 밀리다가 돌아서면 이번에는 밀던 쪽이 맥없이 밀렸다.

해가 중천에서 서쪽으로 기울고도 한참 지나 남방에서 일본군이 구름같이 몰려왔다. 천안에 있던 모리 히데모토가 3만 군을 이끌고 오는 길이었다.

명군은 수원 방면으로 후퇴하고 일본군은 끼리끼리 몰려 앉아 바라볼 뿐 추격하지 않았다. 병력도 많고 함성과 총소리도 요란했으나 이날 싸움에 명군은 2백여 명, 일본군은 29명의 전사자를 냈을 뿐이었다. 부산에서 전라도를 돌아 여기까지 수천 리를 걸어온 일본군은 체력이 한계에 달했고 명군은 애써 싸울 생각이 없었다.

명군이 시야에서 사라지자 일본군도 천안으로 후퇴하였다. 여기서 장수들은 지칠 대로 지친 병사들을 쉬게 하고 금후의 행동방침을 의논하기 위해서 회의를 열었다.

식량이 문제였다. 조선 사람들은 청야령을 철저히 실천하여 먹을 것을 남겨 놓지 않았다. 어쩌다 추수를 하지 못한 곡식이 들에 남아 있기도 하였으나 수천, 수만 명의 양식으로는 턱도 없었다.

여기까지 오는 도중 전주에서는 수군이 배에 싣고 섬진강을 거슬러 올라온 식량을 나눠 받았다. 그때까지 먹은 것을 보충하고도 남는 분량이었다. 그것이 없었다면 여기 오지도 못했을 것이고, 지금쯤 식량은 바닥이 났을 것이다. 남은 것은 부산으로 돌아갈 정도밖에 되지 않으니 서울을 점령하여 적으로부터 식량을 빼앗든지, 부산으로 후퇴하든지 결정을 내려야 했다.

의복도 문제였다. 여름에 일본을 떠날 때에 입은 그대로였다. 벌써 아침저녁으로 쌀쌀해서 감기환자가 늘어 가는데 머지않아 겨울이 오면 큰일이었다.

직산에서 만난 명군은 만만치 않았다. 그들을 이기기도 어렵고, 설사 이기고 서울까지 들어간다 하더라도 먹을 것과 입을 것이 있다는 보장은 없었다. 그들은 4년 전 굶어 죽기 직전에 서울을 빠져 단숨에 부산까지 후퇴했던 쓰라린 경험을 잊지 않았다.

다만 한 가지 희망이 있다면 수군이었다. 먹을 것과 입을 것을 싣고 서해를 돌아 한강으로 들어온다면 일거에 서울을 밟아 버릴 것이다. 한강이 아니라 금강으로 와도 좋다. 오기만 하면 보급을 받고 서울을 들이쳐서 또다시 잿더미로 만드는 것이다.

그들은 부산에 급사를 띄우고 회답을 기다리기로 하였다. 이 무렵 청주에서 진천(鎭川)까지 올라와 있던 가토 기요마사에게 연락하였더니 그도 동의한다고 하였다.

7일 후인 14일, 급사는 밤낮으로 말을 달려 밀양(密陽)까지 갔다 돌아왔다. 총대장 고바야카와 히데아키는 8천 명의 병력으로 밀양에 포진하고 창녕 방면의 곽재우 · 김응서군에 대비하고 있었다.

급사는 히데아키의 고문 구로다 조스이의 쪽지를 가지고 왔다.

이순신의 움직임이 심상치 않다. 앞날을 예측할 수 없으니 남으로 철수하는 것이 좋을 것 같다.

그의 뜻이 곧 총대장 히데아키의 뜻이었다. 이날부터 천안과 진천의 일본군은 발길을 돌려 남으로 내려가기 시작했다.

내막이야 어떻든 적은 물러갔다. 수도 서울은 화를 면했고, 뒤숭숭하던 민심도 가라앉았다. 죽산으로 나갔던 이원익은 무사히 서울로 돌아오고, 모두들 양호와 마귀는 천하명장이라고 칭송이 자자했다. 이것이 직산대첩(稷山大捷)이었다.

열두 척의 배

8월 3일 곤양(昆陽) 고을에서 임금의 교서를 받고 다시 통제사에 오른 이순신은 길을 재촉하여 적보다 한발 앞서 전라도 지경에 들어섰다. 어디 가나 적이 온다는 소문에 살 길을 찾아 헤매는 피란민들이 눈에 들어왔다. 그는 이들을 만날 때마다 길을 멈추고 물었다.

"어디로 가시오?"

그러나 그들은 고개를 흔들었다.

"몰라라우."

갈 데가 있어 집을 떠난 것이 아니라 떠나지 않을 수 없어 집을 나선 사람들이었다. 그 태반이 노인이 아니면 아녀자들이고 젊은 장정은 드물었다. 전쟁 6년에 살아남은 장정은 쌀에 뉘만큼도 안 된다는 것이 세상의 공론이었다.

"자네, 나하고 함께 싸우지 않겠는가?"

행여 젊은 장정을 만나면 이순신은 말에서 내려 사정을 했다.

예전 같으면 사람이고 물자고 영을 내리면 모을 수 있었다. 그러나 나라는 산이 무너지듯 결딴이 나고, 살 길을 잃은 백성들은 눈에 핏발이 섰는데 영이 설 까닭이 없었다.

사정을 하는 수밖에 없었다. 바다에서는 배를 얻으려고, 육지에서는 사람을 얻으려고, 이순신은 사정하면서 천 리 길을 서쪽으로 재촉하였다.

그가 전라도 남부지역을 두루 누비다가 진도(珍島)의 벽파진(碧波津)에 당도한 것은 8월 29일이었다. 적이 남원에 이어 전주를 짓밟고 다시 북으로 이동할 무렵이었다. 그동안 전사한 전라우수사 이억기(李億祺)의 후임으로 김억추(金億秋)가 뒤따라 왔고, 경상우수사는 배설(裵楔)이 그냥 맡고 있었다. 전라좌수사는 이순신 자신이 겸하고 있으니 수군의 지휘체계는 대충 선 셈이었다. 전사한 충청수사 최호(崔湖)의 후임이 오지 않았으나 몇 척 안 되는 함정에 장수는 더 이상 필요하지도 않았다.

다만 두 수사(水使)는 다 같이 문제가 있는 사람들이었다. 김억추는 임진년에 적의 평양 침공을 앞두고 평안도방어사로 대동강의 강동탄(江東灘)을 지키다가 적이 온다는 소문만 듣고 도망친 인물이었다. 그 후 안주목사(安州牧使), 여주목사(驪州牧使), 만포첨사(滿浦僉使) 등을 지냈으나 물욕이 지나쳐 말썽이 그치지 않았다. 좌의정 김응남(金應南)의 비호를 받았고, 이번에도 그의 천거로 전라우수사에 임명되었는데 여기 오기 전에는 고령첨사(高嶺僉使)로 있었다.

배설은 경상도 성주(星州) 태생으로, 진주목사로 있다가 재작년 2월 원균(元均)의 후임으로 경상우수사에 임명되었다. 진주에서는 유능한 행정가로 인심을 얻고 있었다. 그가 진주를 떠난다는 소문이 퍼지자 백성들이 길을 막고 놓아주지 않아 조정에서는 다른 사람을 물색하였다.

물망에 오른 것이 김응서(金應瑞)였으나 마침 병이 중하여 안 되었고,

해전 관계도

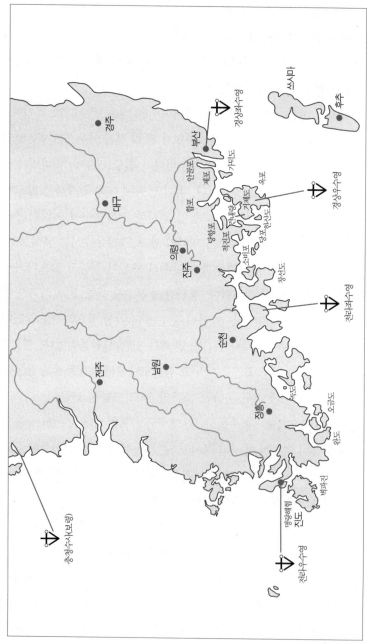

중청수사(보령)

전라우수영
진도
명량해협
벽파진

전주
남원
장흥
오금도
한도
녹두도
청선도
순천

전라좌수영

의령
진주
남해
소비포
당항포
적진포
거제도
옥포
경상우수영
옥포
한산도
금당포
율포
통영

대구

경주

부산
인근포
제포
가덕도

쓰시마
후쿠

경상좌수영

다음으로는 곽재우(郭再祐)가 유력하였다. 그러나 이 일에도 김응남이 나섰다. 조정에서 일단 결정한 인사를 백성들이 가로막는다고 뒤집는다는 것은 말이 안 된다. 배설을 보내야 한다.

결국 배설은 당초 결정대로 경상우수사의 직함을 띠고 한산도로 부임하였다. 부임한 후에도 행정 능력이 인정되어 한때 선산부사(善山府使)를 겸임하고 금오산성(金鳥山城)을 수축하여 성과를 올리기도 하였다. 유능한 만큼 그의 눈에는 다른 사람들이 우습게 보이고, 다른 사람들의 눈에는 그가 오만불손하게 보였다.

이와 같은 배설의 본성은 바로 40여 일 전 추원포(秋原浦)의 해전에서도 나타났다. 원균을 우습게 보았고, 결국은 전투 중에 전선을 이탈하여 도망치고 말았다.

김억추나 배설이나 적전에서 도망친 전력이 있으니 엄밀히 말하자면 사죄에 해당되는 죄인들이었고, 병사들 앞에서 영이 설 까닭이 없었다. 더구나 오랜 경험으로 보아 한 번 도망친 자는 십중팔구 다시 도망치게 마련이었다. 이것들이 장차 큰일을 저지르지 않을까?

이순신은 안심이 안 되었으나 지금 와서 어쩔 도리가 없었다. 적의 수군은 이미 웅천을 떠나 옛날 이순신의 본영이 있던 여수를 짓밟고 이 벽파진에서 멀지 않은 어란포(於蘭浦)에 집결 중이었다.

배도 문제였다. 그동안 남해안의 여러 포구를 돌아다니면서 적잖이 모았으나 모두가 평상시에 식량이나 사람을 운반하는 작은 배들이었다. 나름대로 소용되는 데가 있었으나 전투에는 쓸모가 없었다.

제구실을 할 만한 것은 배설이 도망치면서 끌고 온 전선(戰船) 12척이었다. 이 12척으로 수백 척이라고도 하고 1천여 척이라고도 하는 적의 수군을 막아 내야 하는 것이다.

병사들도 문제였다. 배설의 부하라도 제대로 있으면 좋을 터인데 그렇지 못했다. 배들은 그럭저럭 여기까지 왔으나 탔던 병사들은 태반이 도망치고 없었다. 이순신은 도중에서 모은 피란민의 장정들로 이를 보충하였다. 현재의 병력 2천 명, 그 반수 이상이 이와 같은 미숙한 병사들이었다.[17]

이 진도와 본토 사이의 좁은 바다, 명량(鳴梁)이라고 부르는 이 해협(海峽)은 남해에서 서해로 들어가는 길목이었다. 적이 이 해협을 통과하면 일사천리로 한강까지 올라갈 수 있으니 무슨 일이 있어도 여기서 막아야 했다.

이순신은 바다에 나가 훈련을 시작했다.

그러나 누구의 눈에도 한심한 함대였다. 한심하다 보니 아무도 자신을 갖지 못하고, 자연히 쑥덕공론이 일게 마련이었다. 어처구니없는 이런 수군으로 막강하다는 신예 일본 수군을 어째 보겠다는 이순신은 머리가 돈 것이 아닐까?

도무지 자신이 없으니 기강은 말이 아니고 밤이면 심심치 않게 도망병이 생겼다. 장수들이라고 예외가 아니었다.

"차라리 충청도의 안면도(安眠島)까지 후퇴하여 시일 여유를 가지고 준비를 하는 것이 어떻겠습니까?"

이렇게 나왔다.

그러나 이 명량해협에서 적을 잡지 못하면 적은 서해의 넓은 바다에 퍼질 것이고, 어느 순간 한강으로 들어가도 알 길이 없고, 잡을 수도 없을 것이다. 이순신은 그들을 물끄러미 바라보고 대답을 하지 않았다. 어떻게 하면 정신이 나간 이 장병들에게 힘과 용기를 불어넣을 수 있을까?

궁리 중인데 마침내 변고가 일어났다. 배설이 도망을 간 것이다. 벽파진에 온 지 3일이 되던 9월 2일의 일이었다.

"배 수사(裵水使)가 사라졌습니다."

새벽에 종사관 황정철(黃廷喆)이 달려와서 보고했다.

"사라지다니?"

이순신은 저도 모르게 큰소리가 나왔다.

"방금 심복들과 함께 배를 타고 바다로 나갔습니다."

"……."

"모두들 개죽음을 말고 일찌감치 살 길을 찾아라 — 허튼소리도 했답니다."

이순신은 의심은 하면서도 막상 현실로 나타나고 보니 가슴이 떨리지 않을 수 없었다. 수군절도사가 도망쳤다는 것은 예삿일이 아니었다. 병사들의 사기를 뒤흔들어 놓을 것이고, 가뜩이나 땅에 떨어진 기강을 아주 짓밟아 버리는 결과가 될 것이다.

"멀리는 못 갔을 것입니다. 김 수사(金水使 : 김억추)를 시켜 잡아 오도록 할까요?"

김억추는 배설을 잡아 올 위인이 못 되었다. 잡는다면 이순신 자신이 가야 하는데 수사는 도망치고 통제사는 그 뒤를 쫓는다? 이 참담한 비극 속에서 광대극을 하나 연출하는 것밖에 되지 않았다.

"그만두시오."

분노, 비애, 절망을 씹으면서 이순신은 바다에 나가 병사들과 함께 파도와 싸웠다. 자신을 매질하는 외에는 이 기막힌 현실을 주체할 길이 없었다.

무아의 영혼이 그려 낸 한 폭의 그림

그러나 쑥덕공론은 여전하고 좋지 못한 소문은 서울까지 올라갔다.
이순신의 수군은 엉망이다. 오죽하면 수군절도사가 도망쳤겠느냐?

수군을 폐하고 육지에 올라 적을 막으라.

선전관이 임금의 말씀을 가지고 진도로 달려왔다.
입으로 전쟁을 하는 자들이 또 입을 놀린 모양이다. 이순신은 잠자코
붓을 들어 장계를 써 내려갔다.

임진년 이후 지금까지 5, 6년 동안 적이 감히 양호(兩湖 : 충청도,
전라도)를 치지 못한 것은 수군이 그 길목을 장악하고 있었기 때문
입니다. 신에게는 아직도 전선 12척이 남아 있습니다. 사력을 다

하여 싸우면 지금도 가히 막을 수 있을 것입니다. 만약 수군을 전폐하신다면 이는 적이 다행으로 생각할 일입니다. 적은 전라도, 충청도의 서해안을 거쳐 한강으로 이를 것이니(由湖右 達於漢水) 신이 걱정하는 것은 바로 이와 같은 사태입니다. 비록 전선이 적다 하여도 신이 아직 죽지 않고 살아 있으니 적은 감히 우리를 얕보지 못할 것입니다(《이충무공 행록》).

9월 15일. 그동안 어란포에 집결하였던 적의 수군은 무시로 사후선(정탐선)을 보내 우리를 정탐하더니 마침내 움직이기 시작했다. 소식을 들은 이순신은 함대를 이끌고 해협을 가로질러 대안의 우수영(右水營)으로 향하였다. 전사한 전라우수사 이억기의 본영이 있던 곳이었다.

명량의 조수는 글자 그대로 성난 파도여서 거스르기는 매우 어려웠다. 적과 싸우자면 상류에 위치하는 것이 좋고, 그러자면 우수영으로 가야 했다. 또 별안간 위치를 이동함으로써 적으로 하여금 판단을 그르치게 할 수도 있었다.

우수영 앞바다에 배들이 도착하여 제자리에 들어서자 이순신은 장수들을 자기의 좌선으로 불렀다.

"병법에 이르기를 반드시 죽기로 작정하면 산다고 하였소. 또 한 사람이 길목을 잘 지키면 족히 1천 명의 적도 떨게 할 수 있다고 하였소. 바로 오늘 우리들이 처한 형국을 두고 하는 말이오. 피차 살아남을 생각을 버립시다. 전투가 벌어지면 영을 세우지 않을 수 없고, 영을 어기는 일이 있으면 군율로 다스리지 않을 수 없으니 그리 알고 휘하에 주지시켜 주시오."

이순신은 이미 모든 집착을 버리고 있었다. 집착이 없는 마음은 샘물같이 잔잔하고 엄청난 전투를 앞둔 밤에도 편히 잠들 수 있었다.

"이렇게 하면 크게 이길 것이고 저렇게 하면 패할 것이오."

그 꿈에 신선이 나타나 생생하게 가르쳐 주었다(神人夢告曰 如此則大捷 如此則取敗 :《난중일기》).

하늘이 돕는구나. 새벽에 잠을 깬 이순신은 가벼운 마음으로 자리에서 일어났다.

새날은 9월 16일. 이른 아침에 초병이 달려와서 고하였다.

"적선이 부지기수로 바다를 덮고 다가오고 있습니다."

적은 새로 만든 전선 아타케부네(安宅船)를 총동원하여 일거에 조선 수군을 무찌를 계획이었다. 조선 수군 12척에 그들은 1백30여 척, 능히 무찌르고도 남을 세력이었다.

일본 수군은 여기서 이순신을 밟아 버리면 한 달 전 전주에서 편성된 나베시마 나오시게, 조소카베 모토치카 등의 별동대 2만 5천 명을 싣고 서해를 북상하여 한강으로 들어가서 서울을 들이칠 계획이었다. 별동대는 이미 어란포에 와서 대기하고 있었다.

이순신의 좌선을 선두로 12척의 조선 수군은 우수영을 떠나 명량해협으로 이동하였다. 이순신은 적의 선열(船列)로 다가가면서 사부(射夫 : 사격수)들에게 사격을 명하고 자신도 손수 지자포(地字砲)를 발사하였다. 적도 응사하니 포성은 천지를 진동하고 마침내 해전은 시작되었다.

적은 열 배도 넘는지라 1진이 물러서면 다음 진이 다가오고, 또 가고 또 오고 끝이 없었다. 병사들은 잘 싸웠으나 차츰 기가 질린 모습들이었다.

"걱정 마라. 우리 배 한 척은 적선 1백 척을 당하고도 남는다."

이순신은 병사들의 기세를 돋우면서 줄기차게 싸웠다. 그러나 주위를 둘러보니 자기 배만 홀로 싸우고 다른 장수들은 멀리 물러나 구경만

하고 있었다. 그중에서도 아득하게 제일 멀리 피한 것이 전라우수사 김억추였다.

누구보다도 가까이서 자기를 지켜 줘야 할 중군장(中軍將 : 직할부대장) 김응함(金應誠)도, 평소에 믿었던 거제현령 안위도 멀리서 바라보기만 했다.

이순신이 호각을 불자 기라졸(旗羅卒)들이 중군영하기(中軍令下旗)를 세웠다. 중군장을 부르는 신호였다. 이어 초요기(招搖旗)를 세웠다. 모든 장수들은 가까이 오라는 신호였다.

제일 먼저 당도한 것이 안위의 배였다. 이순신은 뱃전에서 그를 보고 외쳤다.

"너 안위, 장수다운 장수로 알았는데 내 사람을 잘못 보았다."

안위는 당황하여 대답도 못하고 적중으로 돌진하여 들어갔다. 뱃전에서 호통을 치는 백발의 이순신은 사람이 아니라 신선으로만 보였다. 전쟁 6년에 이순신은 검은 올이 하나 없는 호호백발로 변해 있었다. 이어 온 것이 김응함이었다. 미조항첨사(彌助項僉使)로 사람이 쓸 만하다 하여 중군장으로 발탁하였었다.

"김응함, 너는 중군장이지. 위기에 처한 대장을 버리고 멀리 도망쳤으니 이런 경우가 어디 있느냐?"

그도 당황하여 적진으로 돌진하고, 이어 당도한 장수들도 황급히 뱃머리를 돌리고 사격을 시작했다.

적선 3척이 안위의 배를 포위하고 콩 볶듯 사격을 퍼부었다. 안위는 기를 쓰고 싸웠으나 배가 방향을 잃고 휘청거리기 시작했다. 적선에서 갈고리로 그의 배를 끌어당기고 적병들이 옮겨 타는 것이 눈에 들어왔다.

이순신은 연거푸 대포를 쏘았다. 참으로 신기한 일이었다. 포탄은 하나도 허실됨이 없이 쏘는 대로 적중하여 적선 3척은 산산이 부서지고 불길에 싸이고 말았다.

이것이 전세(戰勢)의 전환점이 되었다. 녹도만호(鹿島萬戶) 송여종(宋汝悰), 평산포대장(平山浦代將) 정응두(丁應斗)를 선두로 우리 함대는 일제히 돌격을 감행하였다.

수적으로 엄청나게 우세한 적의 함정들은 겹겹으로 포위하고 사격을 퍼부었으나 기백이 달랐다. 하늘에 닿는 기백으로 돌진하여 배로써 배를 부수고, 포탄을 날리고, 창을 휘두르고, 불을 지르는 조선 수군 앞에 일본 수군은 적수가 될 수 없었다. 해가 질 무렵 그들은 뱃머리를 돌려 어란포 방향으로 도주하기 시작했다.

이 해전에서 조선 수군은 한 척의 배도 잃지 않았다. 적은 31척의 함정을 잃고, 수군대장 구루시마 미치후사를 비롯하여 많은 사상자를 냈다.

어란포에서 대기하고 있던 일본군의 별동대 2만 5천여 명의 병력도 서해로 북상하려던 계획을 포기하고 김해 방면으로 이동하였다.

추원포에서 원균이 패한 지 정확히 두 달 만의 일이었다. 인류의 해전사(海戰史)에 열 배도 넘는 적을 물리친 예는 이 명량해전을 두고 달리는 없었다. 그것은 이순신의 무아(無我)의 영혼이 그려 낸 한 폭의 그림이었다.

한때 열리는 듯하던 서해의 물길은 이순신으로 해서 다시 굳게 닫히고 말았다. 육로로 가는 길은 조선군의 유격전과 청야지계(淸野之計)로 죽음의 길이 될 수밖에 없었다.

북으로 올라갔던 일본군은 차츰 후퇴하여 본국에서 식량을 운반하여 오기 쉬운 남해안 일대에 성을 쌓고 지구전으로 들어가는 외에 달리 도리가 없었다.

동으로는 울산 고을 도산(島山)에 새로 성을 쌓았고, 그로부터 서쪽으로 양산(梁山), 창원(昌原), 고성(固城), 견내량(見乃梁), 사천(泗川), 남해(南海), 순천(順天) 등지에 새로 일본식 성이 솟아올랐다. 이 밖에 부산, 가덕도, 서생포(西生浦), 죽도(竹島) 등지에는 전에 그들이 쌓아 놓은 성들이 그대로 있었다.

그중 조선에 잘 알려진 장수로 가토 기요마사는 울산, 고니시 유키나가는 순천에 위치하였다. 서로 앙숙인 관계로 동쪽 끝과 서쪽 끝으로 멀리 갈라놓은 형국이었다.

명의 조바심

　이순신이 명량해협에서 일본 수군을 대파한 다음 날인 9월 17일, 명나라 수도 북경에서는 전쟁 6년에 처음으로 수군을 조선으로 보내는 일이 결정되었다.

　전에는 조선 수군이 멀리 한산도에 버티고 있기 때문에 바다에 대해서는 걱정도 하지 않았다. 그런데 지난 7월 중순 그렇게도 억세던 조선 수군이 전멸하고 말았다.

　세상 어디나 통할 수 있는 것이 바다였다. 이제 일본 수군은 마음만 먹으면 황해(黃海 : 서해)를 북상하여 여순(旅順)을 칠 수 있을 것이고, 여순에서 천진(天津)을 칠 수 있을 것이다. 천진에서 북경은 지척이었다.

　얼마 전까지도 그들은 왜구(倭寇)에 시달린 경험이 있었다. 고약하기 이를 데 없었으나 그래도 그것은 사사로운 도둑 떼들이었다. 도요토미 히데요시가 나라의 힘으로 건설한 수군은 그에 비할 바가 아닐 것이고, 그것이 천진·북경을 들이치면 어떻게 될 것인가? 생각만 해도 머리가 아찔했다.

대신들은 서둘러 수군을 조선으로 보내기로 하고 황제에게 재가를 요청하였다. 그러나 황제 주익균(朱翊鈞)은 여전히 조정에 나오지 않고 술과 여자와 목욕으로 세월을 보내고 아무리 기다려도 가타부타 응대가 없었다.

밤낮으로 여자들에게 둘러싸인 그의 거처에 무시로 드나들 수 있는 유일한 인물은 환관 장성(張誠)이었다. 대신들은 장성을 시켜 하회를 알아볼 수밖에 없었다. 그러나 장성도 감히 날마다 물을 수는 없고 며칠을 두고 벼르다가 가까스로 한 번 물으면 그때마다 역정이 터져 나왔다.

"술맛이 떨어진다!"

황제는 술잔을 집어던졌다.

시각을 다투는 이 중대사에 한 달이 넘도록 황제의 재가가 내리지 않았다. 대신들은 이리저리 다리를 놓아 황제의 총애를 독차지하고 있는 정 귀비(鄭貴妃)에게 줄을 댔다.

이 무렵 명나라에서는 황태자(皇太子)를 세우는 문제로 공론이 분분했다. 황후 왕씨에게는 아들이 없고 후궁 왕씨의 소생인 상락(常洛)과 정 귀비의 소생 상순(常洵)이 물망에 오르고 있었다. 장자는 상락이니 순서로 말하자면 당연히 그가 태자로 들어서야 했다.

그러나 그의 생모 왕씨는 궁중에서도 잡일을 하는 천한 궁녀였다. 어쩌다 한번 건드리고 까맣게 잊고 있었는데 황자(皇子), 그것도 황장자(皇長子)가 태어났다고 야단들이었다. 나는 모르는 일이라고 잡아뗐으나 궁중에는 황제의 밤일을 담당하는 문서방(文書房)이라는 관청이 있었다. 거기 장부에 아무 날 아무 시에 황제가 왕씨와 동침했다고 적혀 있는 데는 변명의 여지가 없었다.

하는 수 없이 왕씨를 공비(恭妃)로 봉하였으나 생긴 것부터 시원치 않고 정도 가지 않고, 이후 거들떠보지 않았다. 그로부터 많은 세월이 흘러 그의 소생 상락은 금년에 16세가 되었다. 그러나 코를 질질 흘리는 것이 사람의 구실을 할 것 같지 않았다. 그를 태자로 삼을 생각은 꿈에도 없었다.

정씨는 황제보다 4년 연상으로, 잘생긴 데다 총명한 여자였다. 아둔하고 철이 덜 든 황제를 어린애같이 다루는 재주도 있었다. 황제는 이 여인이 앉아도 좋고 서도 좋고, 그저 좋기만 했다. 그가 아들 상순을 낳자 일약 황후 다음가는 황귀비(皇貴妃)로 봉하여 상락의 생모 왕씨는 그 앞에서 머리도 못 들게 했다.

그로부터 12년이 흘러 상순은 금년에 12세가 되었는데 상락같이 코를 흘리지도 않고 어미를 닮아 아주 똑똑했다.

황제 주익균에게는 아들이 8형제 있었다. 첫째는 상락, 둘째는 후궁 이씨 소생으로 상서(常漵)라는 아이였으나 태어나서 얼마 안 되어 죽었다. 그런 관계로 상순은 둘째로 생각하기 쉬웠으나 사실은 셋째였다.

명나라의 법도에는 적서장유(嫡庶長幼)의 구분이 뚜렷해서 태자를 세우는 데도 적자가 우선하고 적자가 없는 경우에만 서자를 세울 수 있었다. 어느 경우에나 장자가 제일이었다.

그러나 반드시 그런 것만은 아니었다. 황제 주익균 자신, 후궁 이씨의 몸에서 태어났고, 셋째 아들이었다. 상순도 후궁의 몸에서 태어났고, 셋째 아들이다. 셋째, 황제는 셋째에 묘한 집착을 가졌다. 장차 무슨 구실을 붙여서든지 상락을 제쳐 놓고 이 아이를 태자로 삼으리라.

자연히 권세는 정 귀비에게 집중되었으나 총명한 여자인지라 일체 정치에는 관여하지 않았다. 다만 이번에 수군을 조선으로 보내는 일은 서두르지 않으면 왜놈들이 북경까지 들이친다는 바람에 한번 어전에 말씀은 드려 보겠다는 정도로 승낙했다.

이 사나이가 황제라……. 하늘의 장난일까, 아니면 실수일까 — 정귀비는 자기 무릎을 베고 술 냄새를 풍기는 황제를 내려다보았다. 가난한 집안에 태어났다면 밥을 빌어먹기도 어려운 얼굴이었다.

"폐하께서는 만사 참으로 힘드시겠어요."

"왜?"

"대신들이 저 모양으로 게을러빠졌으니 말이에요."

"잘 봤다. 이것들을 내 그냥……."

"벌써 두 달 전에 조선 수군이 전멸했다는데 어전에는 아뢰지도 않았지요?"

"가만 — 있자. 어저께? 아니 그저께 같다. 어디서 비슷한 이야기를 듣기는 들은 것 같은데……."

황제는 무시로 취해서 시간관념이 없었다. 한 달 전도 어제 같고, 어제도 두 달 전 같고.

"아뢰지 않았을 거예요, 게으른 것들이."

듣고 보니 아뢰지 않은 것 같기도 했다.

"대신들이 그 모양이니 내가 오죽 답답하겠느냐? 그건 그렇고, 내 입에는 소흥주(紹興酒)보다 장안의 신풍주(新豊酒)가 더 좋은데 너는 어떻게 생각하느냐? 지금 점심 반주로 든 술 말이다."

"그야 신풍주가 좋습지요. 그런데 폐하."

"말해 보아라."

"왜놈들이 쳐들어오면 어떻게 하지요?"

"없는 걱정을 만들어서 하는 법이 아니다. 왜놈들은 조선에서도 아득한 끄트머리, 부산이라는 고장에 있다. 이 북경에서 4천 리도 더 된단다."

"네……."

"그 중간에는 태산준령이 겹겹으로 가로막고, 큰 강도 기차게 많다는데 오길 어떻게 오겠느냐?"

"그건 일 년 전의 일이고, 지난 8월 초에 왜놈들은 부산을 떠나 북으로 밀고 올라오는 중이래요."

"정말이냐?"

황제는 일어나 앉았다.

"더구나 바다는 사통팔달로 어디나 통해 있잖아요?"

"그건 그렇지."

"태산준령도 없고, 큰 강도 없구요."

"맞다."

"부산에서 배를 타면 곧바로 천진까지 올 수 있지요."

"……."

"지금까지는 조선 수군이 막아 줬지만 그 수군이 없어졌으니 큰일이 아니에요?"

"……."

"천진까지 오면 상건수(桑乾水 : 永定河)를 따라 이 북경까지 거슬러 올라오는 것은 아무것도 아니잖아요?"

"네 말이 맞다."

"항간에서는 야단이 났대요. 피란 보따리들을 싸고."

황제는 불쑥 일어섰다 도로 앉았다.

"이거 큰일 났군. 일이 이 지경에 이르도록 대신들은 무얼 했느냐 — 내 답답해서 못살겠다!"

그는 환관 장성을 불러 세우고 호통을 쳤다.

"아뢰옵기 황공하오나 사실인즉……"

정 귀비는 눈짓을 했다. 사실을 말하면 이 용렬한 인간이 자존심을 상하고 토라질 염려가 있었다. 일을 그르칠 것이다.

"사실인즉 신도 그것이 걱정이올시다."

머리가 빠른 장성은 말머리를 돌렸다.

"대신들은 당장 의논해서 오늘 해가 떨어지기 전에 대책을 아뢰도록 하라 ― 이렇게 전해라!"

황제가 조정에 나오지 않으니 대신들도 애써 일찍 나올 것이 없었다. 조반 겸 점심으로 느지막이 식사를 하고 천천히 궁중으로 들어온 그들은 별당에서 잡담을 하고 있었다.

의논은 한 달도 더 전에 했고 문서도 그때 꾸민 것이 있으니 지금 와서 새삼 할 일은 하나도 없었다. 장성에게 몇 마디 치하를 보내고 약간의 시간을 보내면 되는 것이다.

"태감의 수고가 이만저만이 아니오."

장성은 환관 중에서도 제일 높은 제독태감(提督太監)으로, 사실상 황제의 비서실장이었다. 대신들은 보신을 위해서 명절마다 섭섭지 않게 선물을 보내고, 만나면 듣기 좋은 소리로 기분을 맞춰야 했다.

"소인이야 수고랄 게 있습니까."

"태감이 아니고 누가 이 일을 감당하겠소."

너무 일러도 안 되고 너무 늦어도 안 되었다. 장성은 하늘의 해가 전각의 용마루로 다가가자 자리에서 일어섰다.

"지난 7월 15일 밤에서 16일에 이르는 해전에서 조선 수군은……."

돌아온 장성이 병부에서 바친 문서를 읽기 시작하자 황제는 들었던 술잔을 단숨에 들이켜고 손을 내저었다.

"장황한 건 질색이다. 요컨대 어쩌자는 것이냐?"

"수군을 조선으로 보내자는 것입니다."

"보내야지."

"그러자면 수군도독을 임명해야 한다는 것입니다."

"누가 좋겠다더냐?"

"여기 3명을 천거해 왔습니다."

장성은 문서를 들고 다가섰으나 황제는 또 손을 내저었다.

"볼 것이 없다. 세 번째가 누구냐?"

"진린(陳璘)이올시다."

"진린으로 해라."

"네이."

"물러가라."

"또 있습니다."

"무엇이냐?."

"왜놈들은 수군뿐만 아니라 육군도 크게 움직이는 모양입니다. 달포 전에 남원(南原)이라는 매우 중요한 고장도 저들의 수중에 들어갔다고 합니다. 어쩌면 압록강을 건너 우리 명나라 땅을 들이칠지도 모르겠습니다."

"명나라 천지에 있는 병정들은 모조리 조선으로 보내서 당장 왜놈들을 쓸어 내라고 해라."

심유경의 최후

장성이 돌아서 문 밖으로 사라지는 것을 바라보던 황제는 그를 다시 불러들였다.

"내 곰곰이 생각해 보니 일을 이 지경으로 만든 것은 석성과 심유경이다. 석성은 옥에 가두고 심유경도 잡아다 엄히 문초하라."

수군도독의 직함을 받은 진린은 천진에 가서 배를 타고 광동(廣東)으로 내려갔다. 그 고장 수군으로 함대를 편성하여 조선으로 나갈 예정이었다.

지난봄 병부상서에서 파면되어 집에 파묻혀 있던 석성에게는 동정하는 사람도 있었다. 멀리 변경에 보내 죽을 때까지 국경수비대에서 병정 노릇을 시키자고 하였다. 시일이 지나면 황제의 노여움도 풀리고 용서를 받을 기회도 있으리라는 계산이었다.

그러나 황제는 듣지 않았다. 석성은 오랑캐와 내통하여 임금을 속이고 나라를 그르쳤으니(交通外夷 欺君誤國) 임금을 배반하고 나라를 잊은 대역죄인이라고 우겼다(背君忘國 大逆之罪). 석성은 끌려가서 옥에 갇혔다.

조선을 거쳐 북경으로 끌려온 심유경은 체념한 탓인지 도통한 도사같이 담담한 얼굴이었다.

"세상에서는 말이 많소마는 내가 보기에는 당신은 보통 사람이 아니오. 혓바닥 하나로 평양까지 왔던 일본군을 부산까지 1천6백 리를 밀어낸 것만도 어디요?"

조사관 소상원(蕭尙元)이 말을 걸었으나 심유경은 응대가 없었다.

"그런데 한 가지, 나로서는 모를 일이 있소."

"……."

"화평이 안 되면 그만이지 히데요시의 항표(降表)니 사표(謝表)니, 문서를 조작한 것은 무슨 까닭이오?"

"……."

"이것만 없었더라도 당신은 죄가 그렇게 무겁지 않았을 것이오. 왜 그랬소?"

"……."

"대역부도(大逆不道)의 죄목을 썼으니 하늘이 무너져도 죽음은 면치 못하게 됐소. 기왕 저승으로 갈 바에는 속 시원히 털어놓고 가는 것이 어떻겠소?"

"이제 와서 구차스럽게 말해서 무얼 하겠소?"

심유경은 비로소 입을 열었다.

"역사에는 성공한 사람의 이야기는 시시콜콜한 것까지 없는 것이 없소. 그러나 실패한 사람의 심정은 하나도 전하는 것이 없지요. 후세를 위해서 사실대로 얘기할 수 없겠소?"

"우선 다른 사람들을 물리쳐 주실까?"

방안의 다른 사람들이 물러가고 소상원과 단둘이 마주 앉자 심유경은 계속했다.

"후세를 위해서라……. 나는 사실대로 얘기할 수 있소마는 당신은 사실대로 전하지 못할 것이오. 그만한 용기가 있소?"

"용기가 필요하오?"

"필요하오."

"……."

"겁이 나면 그만둬도 좋소."

"하여튼 듣고 봅시다."

"우선 이번 전쟁의 근본을 알아야 하오. 도요토미 히데요시라는 주정뱅이가 술에 만취해서 주정을 부린 것이 이 전쟁이오."

"히데요시가 그렇게 술을 좋아하오?"

"말귀를 못 알아듣는군. 히데요시는 소시에 우리 태조 주원장(朱元璋)과 마찬가지로 고린내 나는 거렁뱅이였소……."

"말조심하시오."

"역시 주원장과 마찬가지로 당대에 나라의 권력을 잡았소. 기막힌 일이 아니겠소? 그만 권력에 취해서 주정을 부리게 된 것이오."

"말조심하라니까."

"주정뱅이가 전쟁을 일으켰으면 구경이나 할 것이지 병신이 여기 끼어든 것이오."

"병신이라니?"

"주색에 곯아떨어져서 넋이 반쯤 나간 인간이 있지 않소?"

"?"

"황제라는 저 얼간이 말이오."

"그 소리, 나는 못 들었소."

"병신과 주정뱅이 사이에서 화평을 붙이려고 나선 것이 이 심유경이오. 그런데 형씨, 병신이 멋대로 토해 내는 넋두리를 그대로 주정뱅이한테 전하고, 주정뱅이가 멋대로 토해 내는 넋두리를 그대로 병신에게 전한다고 합시다. 화평이 되겠소?"

"나는 못 들었소."

"화평은 안 되고 전쟁은 계속되고, 사람은 자꾸 죽어 갈 것이 아니오?"

"……."

"그래서 이쪽 저쪽 듣기 좋은 소리를 전해서 화해를 붙이지 않았겠소? 백에 아흔아홉까지 되었는데 가토 기요마사라는 자가 훼방을 놓아서 이 지경이 되고 말았소."

"애석한 심정은 알겠소마는 왜 거짓말을 하고 거짓문서를 들고 다녔소?"

"형씨, 정직하게 말해서 전쟁을 계속하는 것이 좋겠소, 아니면 거짓말이라도 해서 평화를 가져오는 것이 좋겠소?"

"……."

"나는 평화 쪽을 택했고, 지금도 잘한 것으로 생각하오."

"말은 그럴 듯하오마는 말을 잘한다고 죄를 면할 수는 없을 것이오."

"그 죄라는 것도 우습지 않소? 나 때문에 인생(人生)이고 축생(畜生)이고 하나라도 다친 것이 있소? 있으면 말해 보시오."

"……."

"인축(人畜)에는 물론 해가 없고, 이 하늘 아래 산천초목, 아니 나뭇가지 하나라도 부러진 것이 있소?"

"……."

"없는데 어떻게 죄가 된다는 것이오?"

"억울하다, 이런 말씀이구만."

"억울한 단계는 지났고, 요즘은 이 세상, 우습게만 보이오."

"그쯤 됐으면 겁없이 죽을 수 있겠소."

"겁이야 있지요. 허지만 목숨을 구걸하지는 않을 것이오."

심유경은 외면하고 더 이상 말이 없었다.

그는 계속 옥에 갇혀 있다가 3년 후 많은 백성들이 지켜보는 가운데 참형(斬刑)을 받았다. 시체는 거리에 그대로 방치하였는데 기시(棄市)라는 형벌이었다.

그의 부인 진담여(陳澹如)는 집과 가재도구를 몰수당하고 관가에 끌려가 종이 되었다.

울산성 공방전

　황제가 요구한 세 가지 중에서 석성을 옥에 가두고, 심유경을 잡아들이는 것은 어려운 일이 아니었다. 그러나 조선에 병력을 더 보내서 일본군을 몰아내는 것은 쉬운 일이 아니고 하루 이틀에 될 일도 아니었다.

　양호가 경리(經理)로 임명되어 출정군의 편성에 착수한 것은 6개월 전인 3월 15일이었다. 그런데 지금까지 조선에 나간 병력은 겨우 1만여 명에 불과하고, 수십 만의 일본군에 밀리기만 한다니 이럴 수가 있는가? 대신이니 장수니 하는 자들은 하나같이 불출이 아니면 나를 우습게 보고 내 명령을 발바닥의 때로 치부하는 것이 아닌가.

　"하는 일마다 어째서 이 모양이냐?"

　황제는 역정을 내고 엄숙히 영을 내렸다.

　"연내에 조선에서 일본군을 몰아내라!"

　역시 어명은 지엄해서 어떠한 핑계도 용납되지 않았다. 한동안 주춤

했던 출정군의 행렬은 다시 움직이기 시작하여 많은 병사들이 만리장성을 넘어 요동으로 들어갔다.

황제는 호통에만 그치지 않고 요양에 나가 있던 총독 형개(邢玠)를 북경으로 불러들였다.

"경리 양호 이하 경의 영을 어기는 자는 이 칼로 처단하라."

상방검(尙方劍)을 주고 은덩이도 묵직하게 내렸다. 돈은 걱정 말고 쓰라. 감격한 형개는 그날로 북경을 떠나 요양으로 말을 달렸다.

3만 명. 그때까지 모인 병력은 모두 합쳐 3만 명이었다. 연말은 두 달밖에 남지 않았으니 더 이상 기다릴 수는 없고, 형개는 이 병력을 이끌고 길을 떠났다.

요동은 추운 고장이어서 예로부터 11월이 오면 사람이고 짐승이고 생명이 있는 것은 하나같이 집 속이나 굴속으로 들어가고 모든 움직임은 중지되었다. 눈보라 속을 섣불리 나다니다가는 얼어 죽기 십상이었고, 특히 추위를 막을 길이 없는 군마(軍馬)의 피해가 자심하여 여간한 경우를 제외하고는 군사행동도 멈추기로 되어 있었다.

"조선은 따뜻한 고장이다. 며칠만 참아라."

형개가 병사들을 달래면서 남행길을 재촉하여 압록강을 건넌 것은 그해 11월 3일이었다. 그러나 강을 하나 건넜다고 별안간 날씨가 풀리는 것은 아니었다. 동상에 걸린 병정들을 치료하고 눈보라를 피하면서 행군하다 보니 20여 일이 지난 11월 29일에야 서울에 당도했다.

남별궁(南別宮)에 좌정하자 형개는 곧 장수들을 불러 의논한 결과 일본군 중에서도 제일 흉악한 가토 기요마사부터 치기로 합의를 보았다.

기요마사는 지금까지 서생포에 있었으나 얼마 전부터 울산의 도산(島山)에도 새로 성을 쌓고 수비를 강화한다는 소식이 있었다. 형개는 이 울산성을 치기로 하고 다음과 같이 전투서열을 지정하였다.

좌군(左軍 : 左協)은 부총병 이여매(李如梅)가 지휘하는 보기(步騎) 1만 2천6백 명. 중군(中軍 : 中協)은 부총병 고책(高策)이 지휘하는 보기 1만 1천6백90명. 우군(右軍 : 右協)은 부총병 이방춘(李芳春)과 역시 부총병 해생(解生)이 공동 지휘하는 보기 1만 1천6백30명. 합계 3만 5천3백26 명이었다. 그 밖에 팽우덕(彭友德)·양등산(楊登山)·파새(擺賽)·유성 (維城) 등 4장수가 지휘하는 양호의 직속부대 9천여 명을 합치면 총병 력은 4만 4천3백여 명에 이르렀다.

조선군도 이에 합세하였다.

충청병사 이시언(李時言)의 휘하 2천 명과 한강을 지키던 평안도군사 중 2천 명, 도합 4천 명은 좌군과 협력하고, 경상좌도병사 성윤문(成允 文)·방어사 권응수(權應銖)·경주부윤 박의장(朴毅長)의 휘하 3천2백 명과 함경도·강원도의 군사 2천 명, 도합 5천2백 명은 중군과 협력하고, 경상우도병사 정기룡(鄭起龍)과 방어사 고언백(高彦伯)은 휘하 1천3백 명과 황해도병사 2천 명, 도합 3천3백 명으로 우군과 협력키로 하였다.

이리하여 조선군의 병력은 1만 2천5백 명, 조선군과 명군을 합치면 총병력은 5만 6천8백여 명이었다.

그러나 이 병력을 모두 울산에 투입할 수는 없었다. 전라도 순천에 주 둔하고 있는 고니시 유키나가를 견제하기 위해서 일부 병력을 순천 외 곽으로 보내지 않을 수 없고, 경상도 사천, 창원 등지의 적을 견제하기 위해서는 의령에도 적지 않은 병력을 보낼 필요가 있었다.

12월 4일, 준비가 끝나자 국왕을 비롯하여 조선의 만조백관과 장병 들, 명나라 장수들과 병사들이 참석한 가운데 형개는 하늘에 제사를 지 내 전승을 축원하였다. 이어 수백 문의 대포를 발사하여 위력을 과시하 니 포성은 천지를 진동하고 연기는 온 장안을 뒤덮었다.

"이번에야말로 왜놈들, 작살이 나고야 말 것이다."

구경하던 조선 백성들은 가슴이 설레고 명군 병사들은 큰소리를 쳤다.

"염려 말라."

순천과 의령으로 가는 군사들은 천안, 전주, 남원을 거쳐 현지로 향하고, 울산으로 가는 본진은 문경의 조령을 넘어 경주로 향하였다.

형개는 서울에 남아 전후방을 총괄하기로 하고 제독 마귀가 우선 경주로 내려갔다. 뒤이어 서울을 떠난 양호가 조령을 넘은 것은 12월 8일이었다.

조선 측에서는 영의정 류성룡, 도원수 권율 등이 이들보다 한발 앞서 남으로 내려가 협력체제를 정비하였다.

12월 20일, 명군과 조선군은 모두 경주에 집결하였다. 여기서 다시 의논한 결과 부산 방면의 일본군이 아무래도 안심이 안 되었다. 견제를 위해서 양산·기장 방면에 적지 않은 병력을 파송하고 경주에도 수비군을 두기로 하였다. 이리하여 최종적으로 울산에 투입된 병력은 4만 명이었다.

이 성은 일본군이 직산(稷山)에서 후퇴하여 온 후에 새로 쌓은 것으로 아직 준공을 보지 못한 상태였다. 호도 파지 못했고, 성내에는 양식의 비축도 제대로 안 되고 우물도 몇 개밖에 없었다. 또 주장인 가토 기요마사는 이 무렵 서생포에 있었고, 성내에는 아사노 요시나가(淺野幸長)라는 22세의 젊은 장수가 지휘하는 2천 명의 병력이 있을 뿐이었다.

울산성의 총공격은 23일(일본력 22일) 묘시(卯時 : 오전 6시)에 시작되었다. 대장군포 1천2백44문, 화전(火箭) 11만 8천 개, 화약 6만 9천7백45근, 총알에 쓰는 납[鉛] 1백79만 6천9백67근, 그 밖에 삼안총(三眼銃), 불랑기포(佛郞機砲), 화통(火筒), 화포(火砲) 등등 엄청난 무기들이 동원되었다.

공격군은 무서운 화력을 퍼붓고 돌격을 되풀이하는 한편 보급을 차단하여 내부로부터 무너지기를 기다렸다. 성내에는 양식도 물도 제대로 없으니 기대할 만한 계책이었다.

그러나 이날 밤 서생포에 있던 기요마사가 배를 타고 동해를 거슬러 울산성으로 들어왔고, 다음 날부터 그의 휘하 1만 명이 역시 배로 울산에 모여들었다. 27일부터는 부산, 기장, 죽도 등지에 있던 일본군 중에서 8천6백여 명이 동해를 북상하여 울산성 안팎에 포진하니 일본군도 2만 명을 넘어섰다.

12월 23일에 시작된 울산성의 공방전은 다음 해 1월 4일까지 12일 동안 계속되었다. 황제의 특명이 내린지라 명군도 처음에는 잘 싸웠다. 그러나 엄동설한의 동병은 역시 잘한 일이 못 되었다. 성내의 일본군도 참기 어려웠으나 그래도 그들은 비를 피하고 추위를 막을 집이 있었다. 성 밖의 공격군은 산과 들에서 추위에 떨고 더구나 비가 내리면 찬 기운은 뼈까지 스며들었다.

그 위에 깎아지른 듯 험준한 성은 발붙일 여지가 없었다. 접근하면 적은 비오듯 조총을 쏘아붙이니 사상자는 날로 늘어가고 명군이 가진 대포로는 성은 끄떡도 하지 않았다.

당초에 생각한 대로 적의 보급을 끊고 식량이 떨어지기를 기다리는 수밖에 없었다. 그러나 포위를 했어도 울산성은 바다 쪽으로 열려 있었다. 부산 방면에서 배로 병력과 식량, 무기를 얼마든지 실어 오니 포위는 말뿐이었다.

지난 9월 명나라의 진린이 수군도독으로 임명되었으나 그 수군은 아직 오지 않았고, 명량해협에서 일본 수군을 대파한 이순신은 이 무렵 서남해의 보화도(寶花島)에 있었다. 그러나 적이 즐비하게 포진하고 있는 남해안과 부산해역을 뚫고 여기까지 온다는 것은 귀신도 못할 일이었다.

가까운 영일만(迎日灣)의 칠포(漆浦)에 경상좌수사 이운룡(李雲龍)이 있었으나 전선 3척에 병력 5백 명의 미미한 수군이었다. 더욱이 이운룡은 이순신은 아니었다.

해상보급을 차단할 길은 없고, 추위에 떨던 명군은 마침내 1월 4일 스스로 무너져 무질서하게 후퇴하기 시작했다.

예고도 없이 일방적으로 후퇴하는 명군의 처사에 조선군은 분노와 실망을 가눌 길이 없었다.

"개새끼들!"

병사들 속에서 욕설이 터져 나오고 돌멩이가 날아가고, 서로 인접한 대목에서는 멱살을 잡고 머리로 받아 버리는 장면도 처처에서 벌어졌다. 현장에 있던 충청병사 이시언과 경상좌병사 성윤문은 이날 명군이 맥없이 무너지던 광경을 다음같이 임금에게 보고하였다.

초4일 이른 아침, 요봉(遙峰)과 도산성내에 있던 적이 각기 5색기(五色旗)를 메고 산을 올라 정상의 적과 합치니 이봉(迤峰) 10리에 어깨를 맞대고 늘어선 느낌이었습니다. 그러나 그 수는 많아야 3천 명에 불과하고, 성내의 적 또한 수만 명에 지나지 않으니 평야에서 맞붙어 싸운다면 짓밟아 없앨 만도 하였습니다.

그러나 오후부터 전탄(箭灘)을 지키던 (명군) 기병들이 차츰 내려오기 시작하고, 적을 포위하였던 군사들도 포위를 풀고 내려오기 시작하였습니다. 적선 수십 척이 바닷가에 늘어서고, 뭍으로 내려오는 자들도 있었으나 역시 공격하지 않았습니다. 포위하였던 명군은 태반이 물러났고 그렇다고 복병을 매복한 것도 아니었습니다.

사람을 시켜 멀리 지켜보게 하였더니 명군 장수들이 있는 곳에서는 처처에 불이 일어나고 있었습니다. 모두가 독약을 태우는 불이었고, 그 독기를 마시고 죽어 가는 낙오자, 병자들의 울부짖는 소리가 땅을 뒤흔들었습니다. 비로소 명군 장수들이 퇴병(退兵)하는 것을 알았습니다.

먼저 보병을 내보내고 장수들은 기병으로 후미를 엄호하면서 물러갔습니다. 전탄을 지키던 절강(浙江)의 보병과 기병들은 그 장수가 이미 후퇴한 것을 모르고 있다가 엎어지며 자빠지며 도망쳤습니다. 이때 정상에 있던 적은 내려오면서 물고기를 꿰듯이 보병들을 찌르니 살아서 돌아간 자는 많지 않고 기병도 부지기수로 죽었습니다. 혹은 갑옷을 버리고 혹은 투구를 버리고 맨몸으로 달아난 것입니다.

우리 조선군의 사상자 또한 적지 않았습니다.

당당하던 대세가 순식간에 무너지고 다 죽었던 적이 되살아나 도리어 날뛰니 참으로 통곡할 일이 아닐 수 없습니다(《선조실록》).

실망한 것은 이들 뿐이 아니었다. 이번에야말로 결판을 내는 줄 알고 뼈가 으스러지도록 그들의 시중을 들던 관원들과 백성들은 실망을 넘어 명군이라면 아예 등을 돌렸다. 싸움에는 무능하고 행패에 유능한 명군들, 그들도 사람이냐?

명군과 함께 울산까지 내려왔던 영의정 류성룡은 그들의 행패에 대해서 다음과 같이 임금에게 고하였다.

요즘 명군이 남으로 내려오기 시작한 이후 요동(遼東), 계주(薊州), 선부(宣府), 대동(大同) 등지에서 온 명나라 병사들이 연도에서 사람을 잡아가고 관리를 구타하고 백성을 결박하고 주식(酒食)

을 요구하는 일은 날로 자심하여 갑니다. 수령(守令)들은 감당하지 못하고 당장을 모면하기 위해서 멀리 산속으로 피하고 아랫사람들로 하여금 일을 보게 하니 멋대로 놀고 좌충우돌하는 그들을 무슨 수로 막겠습니까?

심지어 역참마다 자기들이 타고 온 말을 소제를 시키고, 동네의 말이며, 소를 끌어내다 혹은 타고, 혹은 끌고 가버리니 백에 하나도 돌아오지 않습니다. 아침이면 아침마다, 저녁이면 저녁마다 이 일이 계속되니 민간에는 우마가 하나도 없습니다. 그래도 저들은 내놓으라고 야단입니다. 백성들의 고통은 말로 다 할 수 없습니다.

그렇다고 달리 방책은 없고, 그저 적절히 대접하라고 하는 수밖에 없습니다. 제독에게 말하여 관하의 장수들에게 영을 내리도록 부탁하였습니다. 행패를 만분의 일이라도 줄여 보려는 것입니다마는 어떻게 될지 모르겠고, 그저 민망하고 한탄이 나올 따름입니다(류성룡《서애문집》).

울산에서 북으로 2백 리 후퇴하여 안동(安東)에 일부 병력을 남기고 2월 16일 서울로 돌아온 양호는 북경에 전투보고서를 올렸다.

장병들은 용감히 분발하여 적진을 제압하고, 40여 리에 걸쳐 적을 쳐 죽이고, 굳은 성과 큰 방책(防柵)들도 여러 군데 쳐부셨습니다. 뒹구는 시체를 제외하고 물에 빠져 죽은 자들만도 이루 헤아릴 수 없고 사로잡거나 참살한 장교만도 1천3백여 명에 이르렀습니다. 저들이 평소에 아껴 쌓아 두었던 물자와 여러 해를 두고 건설하였던 것들이 하루아침에 비로 쓸어 버린 듯이 없어졌습니다. 이에 기요마사는 겨우 몸만 빠져나가 도산의 소굴로 도망쳐 들어갔습니다(淸正僅以身免 奔入島山之窟). (……)

우리 병사들과 말들이 피곤하고 지쳐 일조에 결판을 내기 어렵고, 오래 끌면 불리할 염려가 있었습니다. 부득이 철병하여 포위를 풀고 부대를 정제하여 돌아왔습니다. (……)

총독 형개도 그에 동조하여 몇 자 적어 올렸다.

적의 괴수를 사로잡을 뻔했는데 졸지에 밖으로부터 구원병이 와서 뜻을 이루지 못한 것입니다. 사정에 따라 군사들은 돌아와 휴식을 취하고 다시 일어서 이 나라를 평정할 것을 도모하고 있습니다(《선조실록》).

승전보고를 받은 황제는 가상하다 하여 다음과 같은 칙어를 내려 조선 현지로 달려 보냈다.

이제 (직산·울산의) 두 번에 걸쳐 적의 군은 진지를 치고 많은 적병을 무찌르니 나라의 위신이 크게 떨쳤도다. (병사들을 쉬게 하여) 날카로운 기운을 기르고 다시 일을 도모함은 진실로 만전지책이니라. 형개는 충실하고도 부지런히 휘하를 독려하고 통솔하였으며 양호는 친히 싸움터에 나가 날아오는 돌과 화살도 마다하지 않았고, 마귀는 용감히 앞장을 섰으니 다 같이 나의 신임에 어긋남이 없었도다(邢玠督率忠勤 楊鎬親冒矢石 麻貴賈勇當先 俱不負勝簡任 : 《신종실록》).

이들 장수들에게는 상으로 백금을 두둑하게 내리고, 병사들에게는 은 10만 냥을 내려 흡족하게 먹도록 하였다.

명나라 수군도독 진린

6월. 명나라의 수군도독 진린(陳璘)이 군선 1백여 척에 5천 명의 병력을 싣고 충청도 당진(唐津)에 상륙하였다. 광동(廣東) 출신으로 여덟 팔(八) 자 수염이 끝에서 거꾸로 치솟은 40대 중반이었다.

그는 서울에 올라와 양호(楊鎬) 등 상사와 동료들을 두루 만나고 이순신이 있는 남쪽 바다로 향하였다.

"국왕의 신하들 중에 영을 어기는 자가 있으면 누구든지 군법으로 다스릴 터이니 그리 아시오."

청파(靑坡)의 들판까지 전송을 나온 임금에게 이렇게 한마디 하고 아래위를 훑어보았다.

진린뿐이 아니었다. 그의 부하들도 걸핏하면 조선 사람들을 몽둥이로 두드려 패고, 심지어 임금이 보는 앞에서 새끼줄로 청파역 찰방(察訪) 이상규(李尙規)의 목을 매어 끌고 돌아다녔다. 째려보았다는 것이 이유였다.

얼굴에 피가 낭자했다. 보다 못한 영의정 류성룡이 통사를 시켜 풀어 주도록 타일렀으나 도리어 역정을 냈다.

"풀어 줘 해? 어째서 풀어 줘 해?"

그들은 소매를 걷어 올렸다.

"영의정 대감의 분부요."

"니, 사람을 웃겨 했다. 우리는 천병(天兵), 대명 천자의 병사다, 이거."

그들은 통사까지 몰매를 주었다.

떠나가는 그들의 뒷모습을 지켜보면서 사람들은 한탄했다.

"이순신은 이제 또 저런 것들을 상종하게 됐으니 이래저래 복이 없는 사람이다."

명나라는 새로 수군을 보냈을 뿐만 아니라 육군도 보충하였고, 지휘 관도 획기적으로 격상하였다. 같은 6월 제독 유정(劉綎)이 1만 2천 명을 거느리고 서울에 들어오는가 하면 8월 초에는 역시 제독 동일원(董一元)이 1만 3천여 명을 거느리고 서울에 당도했다. 전에는 제독은 마귀 한 사람이었으나 이로써 3명의 제독이 합동작전을 펴게 되었다.

다만 경리 양호는 허위 보고가 문제되어 본국으로 소환되고 천진순무(天津巡撫) 만세덕(萬世德)이 후임으로 임명되었다.

7월 11일 양호는 이미 서울을 떠났으나 8월에 들어서도 만세덕은 부임하여 오지 않았다. 자연히 총독 형개가 이들 3제독을 직접 지휘하게 되었다. 그동안 형개는 본국에 다녀왔고, 마귀는 경상도, 유정은 전라도 방면에 내려가 있었다.

8월 16일, 동일원이 도착한 것을 계기로 형개는 유정과 마귀를 서울로 불러올렸다. 그들과 군사를 의논하고 함께 남대문 밖 관왕묘(關王廟)

에 나가 관우의 영전에 맹세하였다.

"마음과 힘을 합칠 것이며 남병(南兵)이니 북군(北軍)이니 구분하지 않고 서로 화합하여 왜놈들을 쳐부술 것을 기약하나이다(同心戮力 南北相和 期於勦滅倭奴)."

그들은 조선군과 협의하여 다음과 같이 부서를 정하였다.

동로제독(東路提督) 마귀는 2만 4천 명을 지휘하여 울산(蔚山)을 치되 평안병사 이경준(李慶濬), 경상좌병사 성윤문(成允文) 등이 이끄는 조선군 5천5백14명이 이에 협력하고, 중로제독(中路提督) 동일원은 2만 6천8백 명을 지휘하여 사천(泗川)을 치되 경상우병사 정기룡(鄭起龍) 등이 이끄는 조선군 2천2백15명이 이에 협력하고, 서로제독(西路提督) 유정은 2만 1천9백 명을 지휘하여 순천(順天)을 치되 충청병사 이시언(李時言)·전라병사 이광악(李光岳)이 이끄는 조선군 5천9백28명이 이에 협력하고, 이미 남으로 내려가 있는 수군도독 진린은 1만 9천4백 명으로 바다를 경계하되 조선 수군 7천3백28명이 이에 협력한다.

총합계 11만 3천85명이었다.

다만 마귀는 나이 들고 경험도 풍부한 노장군이었으나 유정은 너무 젊고, 동일원은 처음으로 조선에 나와 현지 사정에 어두운 것이 흠이었다. 조선 조정은 늙은 마귀의 은밀한 부탁을 받아들여 유정에게는 좌의정 이덕형과 도원수 권율을 동행케 하고, 동일원에게는 우의정 이항복을 동행토록 하였다.

하루건너 8월 18일, 남대문 밖까지 행차한 임금 선조의 전송을 받으면서 3제독은 길을 떠났다. 마귀는 경주, 동일원은 성주(星州), 유정은 남원으로 내려가서 공격태세로 들어갈 참이었다.

동로의 마귀는 조선 장수 김응서를 동래온천에 보내 부산 방면의 적을 견제토록 하고 9월 21일, 경주를 떠나 울산성을 포위하기 시작했다.

그러나 지난겨울의 쓰라린 경험에 비추어 직접 성을 공격하지는 않았다. 가파른 성에 육박하면 멀리 성 위에서 퍼붓는 조총의 일제사격을 감당할 길이 없었다. 대신 적을 성 밖으로 끌어내기 위해서 작은 부대들을 보내 무시로 화살을 퍼붓고 포를 쏘아 싸움을 걸었다. 밖으로 나오기만 하면 숲 속에 매복해 둔 기병집단이 폭풍같이 달려들어 일거에 밟아 버릴 생각이었다.

그러나 성을 지키는 가토 기요마사도 노련한 장수였다. 마귀의 마음속을 읽고 성에서 나오지 않았다. 성안에는 1만 명의 병력이 있었으나 먹을 것은 부산에서 뱃길로 올라오니 걱정할 것이 없었다.

싸움은 교착상태에 빠지고, 척후병들끼리 가끔 충돌이 있을 뿐 9월이 가고 10월이 오도록 별다른 진전이 없었다.

중로의 동일원이 성주에서 합천(陜川), 삼가(三嘉)를 거쳐 진주(晋州)에 도착한 것은 9월 19일이었다.

진주에서 남강(南江)을 건너면 바로 망진(望晋)이고, 거기서 동쪽으로 10리에 영춘(永春)이 있었는데 두 곳에 다 같이 일본군이 세운 성채(城寨)가 있었다. 망진에서 남으로 25리에 사천성(泗川城)이 있었고, 사천성에서 서남으로 10리, 바닷가에 일본군이 새로 쌓은 일본식 성이 있었다. 이 성을 사천신성(新城) 또는 신채(新寨)라고 불렀는데 여기가 적장 시마즈 요시히로(島津義弘)의 본진이 있는 곳이었다.

9월 20일부터 행동을 개시한 중로군은 망진, 영춘을 점령하여 불을 지르고, 다음 날은 서남으로 40리 떨어진 곤양(昆陽)도 점령하였다. 어디서나 일본군은 잠시 싸우다가는 허둥지둥 도망치는 것이 그들의 적수가 못 되었다.

승세를 탄 동일원은 경상우병사 정기룡을 선봉으로 28일 밤에는 사천성을 공격하였다. 다음 날까지 계속된 전투에서 이영(李寧), 노득공(盧得功) 이하 1백여 명의 사상자를 냈으나 적도 1백50명의 사상자를 내고 신성으로 도망쳤다.

동일원은 사천성으로 들어갔다. 그는 선부(宣府)의 남위(南衛) 출신으로 조상 때부터 내려오는 무장의 집안에 태어났고, 형 일규(一奎)도 이름난 장수였다. 그 자신 또한 이미 3대 황제를 섬기는 동안 많은 경험을 쌓은 노련한 장수였다.

"시마즈를 사로잡아다 내 발바닥을 핥게 할 터이니 두고 보라."

자신만만하였다. 그러나 그는 조선 땅이 처음일 뿐 아니라 일본군과 싸우는 것도 처음이었다. 동행한 이항복은 어쩐지 불안하여 한마디 충고를 했다.

"사천성까지 수복했으니 느긋하게 쉬면서 신성은 지리를 살피고 적정도 알아본 연후에 치는 것이 어떻겠소?"

그러나 동일원은 손을 내저었다.

"그것은 모르는 소리요. 자고로 병(兵)이라는 것은 좀 부족한 대목이 있더라도 신속해야 하는 것입니다. 이것저것 만전을 기하려고 질질 끄는 것이야말로 가장 금물이지요(兵聞拙速 不聞工遲)."

신성의 시마즈 요시히로 역시 일본에서는 명장으로 이름난 인물이었다. 그는 동일원의 작전을 지켜보고 나서 부하들에게 이렇게 말했다.

"망진과 영춘을 점령한 것까지는 좋았으나 부수고 불을 지른 것은 잘한 일이 아니다. 병은 언제나 퇴로를 생각해야 하는데 퇴로에서 거점이 될 만한 성채들을 없애 버렸으니 동일원도 대단한 장수는 아닌 것 같다."

10월 1일 묘시(卯時 : 오전 6시)에 사천을 떠난 중로군은 진시(辰時 : 오전 8시)에는 신성에 당도하여 이를 포위하기 시작했다. 그러나 성내는 죽은 듯이 조용하고, 대포를 쏘아 성문을 부서도 적병은 모습을 보이지 않았다.

목책(木柵)을 부수고 호(濠)를 건넌 병사들이 개미 떼같이 성벽에 달라붙고, 일부는 부서진 성문으로 몰려 들어가기 시작했다. 이때 별안간 성 위에는 수없는 적병들이 나타나 콩 볶듯 요란한 총성과 함께 일제사격을 퍼부었다.

성벽에 달라붙었던 병사들은 풀잎같이 쓰러지고 성 밑에는 무수한 시체들이 쌓여 갔다.

성안에서는 일본군이 홍수처럼 쏟아져 나오고, 허를 찔린 중로군은 서로 밟고 밟히며 도망치기 시작했다. 이때부터 일본군의 추격전이 시작되었다. 간간이 혼전(混戰)이 벌어지기도 했으나 그때마다 중로군은 맥없이 짓밟히고 들판에 숱한 시체를 남긴 채 신시(申時 : 오후 4시)에는 남강까지 밀렸다.

망진의 성채라도 있으면 들어가 항전할 터인데 그것도 없었다. 그들은 강 속으로 뛰어들어 태반이 물에 빠져 죽고, 동일원, 조승훈(祖承訓), 모국기(茅國器) 등은 겨우 죽음을 모면하고 삼가까지 도망쳤다. 동일원은 조승훈 등을 삼가에 남겨 적의 추격을 막도록 하고 자신은 측근 몇 기(騎)와 함께 밤을 새워 성주로 달아났다.

중로군은 태반이 전사하고 식량, 무기 등 많은 물자를 적에게 빼앗겼다. 패잔병들은 마을마다 들러 밥을 빌어먹으면서 흩어져 북으로 도망치니 백성들도 덩달아 피란을 떠나고, 일대소동이 벌어졌다.

그러나 성주에 돌아온 동일원은 헛기침을 하고 큰소리를 쳤다. 손해를 보기는 피차 마찬가지다. 왜놈들, 혼이 아주 빠져 버렸으니 두고 보라.

서로제독 유정이 담당한 예교(曳橋)의 왜성(倭城)은 순천에서 동남으로 25리, 바닷가에 있었다. 울산의 도산성과 마찬가지로 적이 작년 초겨울에서 금년 봄에 걸쳐 새로 쌓은 것으로, 서쪽은 산을 의지하고, 나머지 3면은 광양만(光陽灣)을 면한 일본식 성이었다. 성내에는 고니시 유키나가를 비롯하여 5명의 장수들이 1만 3천7백 명의 병력으로 이를 지키고 있었다.

이 성에서 수군기지가 있는 고금도(古今島)는 배로 빠르면 2일, 늦어도 3일이면 닿을 수 있는 거리였다. 유정은 고금도에 사람을 보내 수군도독 진린에게 수륙 양면으로 예교의 적을 치자고 제의하였다.

고금도의 이순신

고금도에는 이순신이 있었다.

작년 9월 16일 명량해협(鳴梁海峽)에서 적의 수군을 제압한 이순신은 서해를 북상하여 고군산도(古郡山島)에서 정세를 관망하였다. 육지의 적은 전라도 일원을 휩쓸고 일부는 직산(稷山)까지 북상하여 서울을 위협하고 있을 때였다. 적의 동태를 보아 가면서 본영의 위치를 정할 생각이었다.

10월에 들어 적이 남하한다는 소식을 듣고 고군산도를 떠나 우수영으로 내려왔다. 그는 여기서 슬픈 소식을 들었다.

직산까지 북상하였던 적이 아산의 그의 집을 습격하여 잿더미로 만들었다는 소식은 이미 듣고 있었다. 그런데 이때 막내아들 면(葂)이 그들의 칼에 맞아 죽었다는 것이다.

6년 전, 전쟁이 시작되던 해에 면은 15세의 어린 소년이었다. 이순신은 유난히 영리한 이 아들을 더없이 사랑하였다. 그러나 전쟁으로 세상은 온통 뒤집히고 목숨을 부지하기 어려운 세월이 계속되었다. 자신은 전쟁터를 전전하다 보니 집안을 돌볼 겨를이 없었다.

집에 남은 어린 면은 제대로 먹지도 입지도 못하고 장성하여 21세가 되었다. 평화가 오면 배필을 맞아 주어야겠다고 생각하였는데 이렇게 무참히 죽고 말았다.

하늘은 어찌하여 이다지도 무정한가. 내가 죽고 네가 살아야 이치에 맞거늘 네가 죽고 내가 살아 있으니 이런 경우가 어디 있겠느냐. (……) 하룻밤을 보내기가 일 년 같구나(《난중일기》).

깊은 밤, 일기를 적는 종이에 눈물이 쏟아졌다.

10월 말에 이순신은 우수영에서 보화도(寶花島)로 옮겼다.[18] 전에는 한산도에 포진하고, 적이 부산에서 남해로 넘어오는 것을 막았으나 이미 적은 전라도까지 진출하였다. 이제 그의 임무는 적이 남해에서 서해로 넘어오는 것을 막는 일이었다.

사람이 살지 않는 섬에 집이 있을 리 없었다. 그는 병사들과 함께 배에서 자고 함께 추위에 떨면서 나무를 찍어다 통나무집들을 짓고 땔감을 마련하였다.

식량은 해상통행첩(海上通行帖)으로 해결하였다. 이 무렵에는 많은 백성들이 배를 타고 보화도를 비롯하여 서해의 여러 섬으로 흩어져 피란하였다. 섬과 섬, 섬과 본토 사이에는 무시로 배들이 왕래하게 마련이었다. 이순신은 이들 배에 통행첩을 발행하고, 배의 크기에 따라 몇 등급으로 나누어 양곡을 통행세로 받았다. 백성들도 두말없이 협력하였다.

백성들이 산으로 가지 않고 바다로 나오는 데는 그만한 연유가 있었다. 이순신이 명량에서 이긴 후로는 그다지도 말이 많던 조정의 대신들도 조용해졌고, 민간에서는 그를 영웅으로 숭상하였다. 아무리 흉악한 적도 이순신을 당할 자는 없고, 이순신의 그늘에 가면 살 수 있다는 신앙이 생겼다.

살 길을 찾아 헤매던 백성들은 그의 그늘을 찾아 서해로 나왔다. 이들은 섬에 올라 집을 짓고, 나무를 찍고, 봄이 오면 씨를 뿌릴 수 있도록 황무지를 개간하여 밭을 일궜다.

이순신은 그중에서 장정들을 뽑아 수군에 편입하였다. 이제 식량, 인력이 다 같이 순조롭게 해결되었다.

해가 바뀌어 1598년, 이순신은 54세의 새해를 맞았다.

첫사업으로 생각한 것이 본영을 보화도에서 고금도로 옮기는 일이었다. 처음에 보화도에 정착한 것은 적이 적어도 부산에서 목포에 이르는 남해안의 해안선을 전부 점령할 것으로 상정하고 취한 조치였다. 목포의 서북에 위치한 이 보화도에서 목포에 압력을 가하고, 적의 서해 진출을 막는다는 것이 이순신의 계획이었다.

그러나 적은 목포까지 오지 않고, 훨씬 동쪽인 순천에 성을 쌓고 오래 머물 태세로 들어갔다. 이로써 적의 전선은 울산에서 부산, 창원, 사천 등지를 거쳐 순천에 이르는 선으로 굳어졌다.

적의 동태를 지켜보던 이순신은 새해에 들어 조정에 허락을 요청하고, 허락이 내리자 2월 18일 고금도로 본영을 옮겼다. 순천에서 멀지 않고, 동서로 통하는 중요한 물길에 위치하였고, 섬에는 농토가 있어 식량을 자급할 수 있었다.

병사들뿐만 아니라 보화도에 있던 백성들도 함께 따라왔고, 시일이 흐름에 따라 다른 지역에서도 사람들이 모여들었다. 고금도를 위시하여 가까운 섬에는 수만 가구가 들어서게 되었다. 이순신은 이들의 협력으로 새로운 기지를 건설하고, 농사를 짓고, 야장간(대장간)을 베풀어 무기를 만들어 냈다.

병력도 7천을 넘었다.

그동안 지휘체계도 정비하였다. 벽파진에서 도망친 경상우수사 배설(裵楔)은 훗날 고향 성주에서 체포되어 사형을 받았다는 소식이 왔다. 그의 후임에는 임진년에 방답첨사(防踏僉使)로, 이순신과 함께 수없이 싸운 이순신(李純信)이 부임하여 왔다. 전쟁이 소강상태에 있을 때 외지로 전출되어 고령첨사(高嶺僉使), 유도방호대장(留都防護大將) 등을 지내다 이순신의 천거로 다시 남해로 내려와서 그를 만나게 되었다.

명량해전에서 신통치 않게 행동하던 전라우수사 김억추(金億秋) 대신 용감히 싸운 거제현령 안위(安衛)를 후임으로 앉히고, 충청수사로는 오응태(吳應台)가 새로 부임하여 왔다. 그 이하의 장교들도 모두 충원되었고, 여름까지는 전선(戰船)도 대충 정비되어 1백 척에 이르렀다.

이순신은 이 함대를 이끌고 광양만으로 출격하여 해상에 출몰하는 적의 수군을 치고 부산 방면에서 오는 보급선단(船團)을 격침하였다. 예교의 일본군은 반이나 굶을 수밖에 없었다.

고니시 유키나가는 이순신이 다시 등장하여 명량해전에서 크게 이기면서부터 이 일을 예견하고 있었다. 그는 예교의 기지를 철폐하고 부산으로 철수할 것을 주장하였으나 가토 기요마사 등이 반대했고, 소식을 들은 본국의 히데요시가 호통을 쳤다.

"적을 보기도 전에 철수한다는 것은 언어도단이다. 비겁하도다!"

전에 고니시 유키나가는 한산도에 가까운 웅천(熊川)에 주둔하여 이순신의 실력을 잘 알았으나 가토 기요마사는 멀리 울산에 떨어져 그 실력을 체험할 기회가 없었다.

유키나가에게 동정하는 장수들도 있었다. 부산까지는 몰라도 전에 있던 웅천쯤으로 후퇴하는 것이 합당하지 않을까. 그러나 이것도 기요마사 등의 반대로 실현을 보지 못했다.

7월 16일, 명나라의 수군도독 진린이 1백여 척의 함정에 5천 명의 병력을 싣고 고금도로 들어왔다. 포악하다는 소문을 듣고 모두들 걱정했으나 이순신은 생각이 있었다.

대개 속된 인간이 포악해지는 데는 두 가지 경우가 있었다. 배가 고플 때와 자기가 남만 못하다고 느낄 때였다. 어느 경우나 특히 첫인상이 중요한지라 이순신은 그들이 온다는 소식을 듣고부터 병사들을 시켜 산짐승을 사냥해 오고, 바다에서는 물고기를 잡아 오고, 좀 무리를 해서 술도 몇 독 빚어 두었다.

그들이 섬으로 들어오는 날은 배를 타고 멀리까지 나가 위의(威儀)를 갖춘 가운데 정중히 맞아들이고, 섬에 들어와서는 늘어지게 음식을 대접하였다. 고향을 떠난 후 이렇게 잘 먹기는 처음이었고, 모두 술에 취해 혀꼬부랑 소리를 마지않았다.

"이순신이 제일이다."

8일 후인 7월 24일, 녹도만호 송여종(宋汝悰)이 지휘하는 조선 수군 8척과 명나라 수군 30척이 고흥반도 남단 절이도(折爾島 : 거금도)에서 일본 수군 10여 척과 싸우게 되었다. 조선 수군은 능숙한 솜씨로 적을 포위하여 일부를 불에 태우고, 6척을 나포하고, 적의 머리도 40개를 베었다. 그러나 명나라 수군은 주위를 느릿느릿 맴돌 뿐 감히 싸우지 못했고 따라서 소득도 없었다.

명나라 군관이 보고하러 들어왔을 때에 진린은 마침 이순신과 술상을 마주하고 있었다.

"처우뚱시(臭東西)!"

보고를 듣던 진린은 술잔을 던지고 고함을 질렀다. 일어서면서 술상을 발길로 차고 군관의 멱살을 잡았다.

"왕바딴!"

욕설을 퍼붓고 주먹으로 장교의 뺨을 잇따라 쥐어박는 품이 심상치 않았다. 이순신은 일어서 진린의 팔을 잡았다.

"지금 이 군관이 착각을 일으킨 것 같습니다."

"착각이라니?"

"동맹군인데 조선군이고 명군이고 구분이 어디 있겠습니까? 조선군의 공이 명군의 공이고 명군의 공이 조선군의 공이지요."

"정말 그렇게 생각하시오?"

"생각하는 것이 아니라 사실이 그렇지요."

"그러면 오늘 잡은 적의 머리들을 나한테 넘기겠소?"

"넘기다마다요."

진린은 머리와 함께 승전보고를 북경에 올렸다.

싸우지 않고 공을 차지하는 방법을 알았다. 진린은 이로부터 전투가 벌어지면 이순신에게 속삭이는 버릇이 생겼다.

"부탁하오."

그는 안전수역에서 구경을 하거나 때로는 배에 들어앉아 홀로 술잔을 기울였다. 자연히 이순신은 명군에 대해서도 지휘권을 행사하게 되었다.

한 가지 안 된 것은 명나라 병정들의 행패였다. 고금도에는 피란민이 수만 가구 모여 있었는데 명병들은 매일같이 민가에 쳐들어가 겨우 목숨을 이어 가는 백성들의 식량을 뺏고, 사람을 치고, 젊은 여자들을 겁탈하였다. 진린에게 단속을 부탁해도 말뿐이고 행패는 날이 갈수록 더욱 자심해 갔다.

못 살겠다 — 고금도를 떠나는 백성들이 속출하였다.

이순신은 영을 내려 본영과 주변의 건물들을 부수고 짐을 내다 배에 실었다. 떠들썩하는 소동은 지척에 있는 진린의 본영에도 들렸다.

"무슨 일이 있어 했소?"

진린이 군관을 보내 물었다.

"우리는 당신네를 친구로 믿었는데 이게 무슨 짓이오. 백성들이 견디지 못하고 떠나는데 내가 무슨 면목으로 여기 눌러 있겠소? 나는 이 나라 대장으로 백성들을 보호할 책임이 있소."

이순신은 이웃에 있는 완도(莞島)로 옮겨 갈 생각이었다. 농토가 협소한 것이 흠이었으나 위치로 보나 지형으로 보나 수군기지로는 적합한 고장이었다. 고금도의 백성들은 농토가 넓은 남쪽의 신지도(薪智島)로 옮겨 농사를 짓기로 하였다. 군대와 백성이 같은 섬에 있는 것만은 못하더라도 불편은 참으면 그만이었다.

군관이 가고 진린이 달려왔다.

"노야(老爺), 가지 말아 했소."

진린은 이순신을 존중하여 '노야'라는 중국말의 존칭으로 불렀다.

"안 갈 수가 없지요."

이순신은 짐을 꾸리는 손을 멈추지 않았다.

"못된 놈들이야 단속하면 그만이 아니겠소? 이러지 말아 했소."

"벌써 전에 도독 어른께 단속을 부탁했고, 어른께서는 영을 내려 단속을 하고 계시지 않습니까? 그런데도 행패는 날로 심하니 도리가 없습니다. 살림을 갈라야지요."

이순신은 꾸린 짐에 노끈을 감고 조였다. 진린은 말도 통하지 않는 외로운 섬에 자기들만 남을 생각을 하니 한심하기 그지없었다.

"이러지 말고 나하고 조용히 이야기 했소."

그는 이순신의 손목을 잡고 자기 처소로 들어갔다.

"노야."

진린은 술잔을 권하고 이순신을 바라보았다.

"말씀하시지요."

"내 아까부터 생각 중인데 단속은 노야께서 맡아 하시면 어떻겠소?"

"명군의 단속도 소인더러 하라, 이런 말씀이신가요?"

"그렇지요."

"못된 것들을 끌어다 볼기를 때려도 괜찮습니까?"

"물론이지요."

"아주 못된 것은 잡아다 목을 따야 할 터인데 그것도 괜찮고요?"

"괜찮기는 한데 목을 딸 때에는 내 허락을 받아 했소."

"그만두지요."

"그러면 마음대로 목을 따 했소."

이로써 이순신은 명군에 대해서도 지휘권과 아울러 단속권도 행사하게 되었다. 고금도는 조용해지고 더 이상 섬을 떠나는 백성도 없었다.

연합수군의 속사정

8월도 거의 갈 무렵, 명나라에서 진잠(陳蠶), 등자룡(鄧子龍), 마문환(馬文煥), 계금(季金), 장양상(張良相) 등 여러 장수들이 수백 척의 배에 1만여 명의 병력을 싣고 고금도에 당도했다.

이로써 연합수군은 2만 2천 명을 넘는 대군으로 불어났다.

서로제독 유정의 제의에 따라 이순신과 진린의 연합함대가 고금도를 떠난 것은 9월 15일이었다. 고흥반도 남단의 나로도(羅老島), 돌산도(突山島) 서남단의 방답(防踏)을 거쳐 여수 앞바다에 도착한 것은 4일 후인 19일이었다.

이순신의 눈에 좌수영(左水營)의 황량한 모습이 들어왔다. 장병들과 함께 숙식을 같이하던 집들은 불에 타서 반쯤 허물어지고, 출전하는 병사들과 전송하는 가족들로 붐비던 선창은 가을바람에 낙엽만 휘날리고 사람은 보이지 않았다. 이순신은 가슴이 싸늘하고 밤에도 잠을 이루지 못했다.

이튿날인 9월 20일 아침, 예교에서 10여 리 떨어진 유도(柚島 : 松島)에 도착하니 육지에서는 유정이 이미 진격을 시작했다는 연락이 왔다.

그동안 남원에 주둔하고 있던 유정은 조선과 명나라의 연합군 2만 7천여 명을 이끌고 남하하여 순천성에 들어와 있었다. 9월 20일이 피차 약속한 공격 개시일이어서 수군은 바다로 들어오고, 육군은 순천을 떠나 예교로 내려왔다.

이날부터 수군은 밀물을 타고 들어가 공격을 퍼붓고, 썰물이 시작되면 유도로 물러나 다음 공격을 준비하였다.

그러나 손발이 맞지 않았다. 아무리 바다에서 맹렬한 공격을 퍼부어도 육지에서는 호응하는 기색이 없었다. 언제나 왜성의 저편에 있어야 할 우군은 기척이 없고 수군만이 혼자 씨름하는 격이어서 희생자만 늘어 갔다.

노한 진린은 전투를 중지하고 군관 진대강(陳大綱)을 유정에게 보냈다. 이럴 수가 있는가?

그러나 유정은 고함을 질렀다.

"어디다 대고 시비냐? 다 생각이 있어 하는 일이니 보채지 말고 돌아가 기다려!"

진린은 투덜거렸다.

"이 너구리가……."

그러나 유정은 제독, 진린은 도독, 잠자코 기다릴 수밖에 없었다.

아무리 기다려도 유정으로부터는 소식이 없었다. 싸우는 것도 아니고, 그렇다고 쉬는 것도 아니고 — 적을 앞에 하고 병사들은 피곤하기만 했다. 어쩌자는 것이냐? 9월이 다 가고 그믐날도 밤이 되자 이순신은 진린에게 항의했다.

"병(兵)이야말로 언제나 자기가 할 일, 자기가 갈 길을 분명히 알아야 한다고 했는데 기약 없이 이러고 있을 수는 없습니다. 거취를 분명히 해 주시지요."

성미가 급한 진린은 이튿날 새벽 먼동이 트자 쪽배로 뭍에 올라 유정의 진지로 말을 달렸다.

"마침 잘 왔소. 그러지 않아도 사람을 보내려던 참인데."

진린의 험상궂은 얼굴을 보자 유정은 선수를 쳤다. 그는 자리를 권하고 계속했다.

"내일은 10월 초이틀이지요? 내 이날을 기다렸소. 묘시(卯時)를 기해서 우리 명군 2만 1천9백 명에 조선군 5천9백28명, 도합 2만 7천8백28명은 한 사람도 빠짐없이 예교의 왜성을 칠 것이오. 진 도독도 어김없이 그 시각에 공격을 시작해 주시오."

주먹다짐이라도 해서 결판을 낼 생각으로 왔으나 이렇게 나오는 데는 진린도 할 말이 없었다.

"묘시요?"

"묘시요."

벌써 해가 중천에 올랐으니 내일 새벽까지는 시간의 여유가 많지 않았다. 일어서려는데 유정이 손짓으로 말렸다.

"잠깐. 내 지금 예정으로는 2일 하루에 안 되면 3일까지는 예교의 저왜성을 뺏고야 말 것이오. 그런즉 수군은 만사 제쳐 놓고 육지의 우리 군사들과 장단을 맞춰 주시오."

"맞추지요."

"대답에 힘이 없구만. 장수는 싸우기 전에 기필코 이긴다는 믿음부터 가져야 하오."

"......"

"내 이번에 저 왜성을 밟아 버리지 못하면 사람도 아니오."

진린은 섬으로 돌아왔다.

10월 2일, 동이 트기 전에 유도를 떠난 조선 수군은 약속대로 묘시에 공격을 시작하였다. 이로부터 다음 날인 3일 오후까지 계속된 전투는 전례 없이 치열하여 적은 많은 사상자를 냈다. 뿐만 아니라 잇따른 포격에 성은 여기저기 무너지고, 적장 고니시 유키나가의 지휘소인 덴슈카쿠(天主閣)마저 허공에서 부서지고 말았다.

전과가 큰 만큼 우군의 손해도 막심했다. 병사들은 말할 것도 없고, 사도첨사 황세득(黃世得)과 군관 이청일(李淸一)은 전사하고, 제포만호 주의수(朱義壽), 사량만호 김성옥(金聲玉), 해남현감 유형(柳珩), 진도군수 선의경(宣義卿), 강진현감 송상보(宋尙甫) 등 많은 장수들이 총탄을 맞고 중상을 입었다.

이만하면 육군은 성내로 쳐들어갈 만도 한데 도통 소식이 없었다. 없을 뿐만 아니라 3일 해질 무렵에는 유정의 군관이 쪽지를 가지고 유도에 나타났다.

조선 수군의 공격은 왜 그다지도 시원치 않은가? 오늘밤은 기
필코 성내로 쳐들어갈 터이니 진 도독은 친히 우리 명나라 수군을
지휘하여 바다에서 공격을 퍼부어 달라.

이틀 동안 계속된 싸움에 명나라 수군은 참가하지 않았다. 진린은 자기들의 함대를 거느리고 먼 바다에서 구경만 하고 있었다.

"역시 조선 수군으로는 안돼 하겠다. 내가 나갈 터이니 조선 수군은

비켜 해라."

진린은 팔소매를 걷어 올렸다.

제독 유정도 큰소리를 친다는 소문이었다.

"우리 중국 사람은 약속을 지켜 한다. 금일 자정이 되기 전에 성에 들어가 고니시 유키나가의 큰절을 받아 할 것이니 두고 보라 이거."

소식을 들은 이순신은 진린을 찾았다.

"달도 없는 어두운 밤에 수군의 출동은 삼가야 할 것입니다."

"달이 왜 없지요? 오늘은 3일이니 초승달은 뜰 것이 아니오?"

"아침에 떴다가 날이 어둡기 시작하면 자취를 감추는 것이 초승달이올시다."

"그렇던가……. 아무래도 좋아 했소. 캄캄해서 우리가 안 보이면 적도 안 보일 것이니 마찬가지 아니겠소?"

"배로 가는 이쪽은 움직이고 육지의 적은 움직이지 않으니 마찬가지일 수 없지요. 캄캄한 밤이라도 눈을 박아 보면 움직이는 물체는 알아낼수 있는 반면에 움직이지 않고 가만 있는 물체는 알아내기 어렵거든요."

그러나 진린은 듣지 않았다.

"승리의 요결은 남이 불가능하다고 생각하는 일을 해내는 데 있소. 캄캄한 밤이니 적은 못 올 것이다, 왜놈들은 지금 이렇게 생각하고 방심하고 있을 것이오. 이때 그들의 허를 찌르고 쳐들어가면 싫어도 이기게마련이 아니겠소?"

듣지 않기로 작심한 사람에게 옳은 말은 공염불에 불과했다. 진린은 1백여 척의 함정을 이끌고 어두운 바다를 예교로 항진하였다.

오래 걸리지도 않았다. 밤 삼경(三更 : 밤 11시)까지 계속된 짧막한 교전에서 진린은 참패하고 유도로 도망쳐 돌아왔다. 어둠 속에서 숨을 죽이고 대기하고 있던 적의 함정들이 불시에 냅다 치는 바람에 순식간에

39척의 함정들이 불에 타고 혹은 부서졌다. 많은 병사들이 적탄에 맞아 죽고 더 많은 병사들은 바다에 뛰어들어 허우적거리고 있었다.

겁에 질려 어쩔 줄을 모르는 진린의 모습은 보기도 민망했다.

"걱정 마십시오. 적의 피해는 몇 곱절 더 컸을 것입니다."

이순신은 그를 위로했다.

"통제사는 정말 그렇게 생각하시오?"

"그러믄요."

"어김없이 통제사의 말이 맞을 것이오."

진린은 생기가 돌고 가슴을 폈다. 이순신은 그의 호언장담을 들어 주고 물러나 막사로 돌아오는데 안골포만호 우수(禹壽)가 들것에 실려오고 있었다. 진린의 요청으로 물길을 안내하기 위해서 그들과 함께 나간 장수였다.

"별것도 아닙니다."

본인은 대수롭지 않게 이야기했으나 허벅지 깊숙이 총알이 박혀 있었다. 이순신은 손수 협도로 총알을 빼고 검은 피를 빨아낸 다음 천으로 상처를 감아 주었다.

그날 밤 조선 수군은 물에서 허우적거리는 명군 병사들을 구해 내느라 동이 틀 때까지 잠시도 눈을 붙이지 못했다. 그래도 육지에서는 자는지 싸우는지 기척이 없었다.

이제 싸움은 고비를 넘기고 모든 것이 시들해졌다. 그 위에 서북풍이 크게 불고 파도가 치솟아 배도 움직이기 어렵게 되었다.

바다에서는 알지 못했으나 이 무렵 육지의 유정에게는 기가 막히는 소식이 들어왔다. 3일 전인 10월 1일, 사천(泗川)을 치던 동일원이 참패했다는 것이다. 전시에는 항용 그렇듯이 소문은 구구해서 그의 부대는 몰살을 당했다고도 하고 절반쯤 죽었다고도 하였다. 또 동일원 자신에 대해서는 전사했다느니, 적에게 붙들렸다느니, 그게 아니고 간신히 도망 쳤다느니 소문은 종잡을 수가 없었다.

어느 쪽이든 좋은 소식일 수 없고, 유정은 가슴이 내려앉았다. 자기들도 동일원과 마찬가지로 일본군에게 참패를 당하고 자신도 그들에게 붙들려 목이 달아나는 것은 아닐까.

우선 살고 보아야겠다. 며칠 동안 엉거주춤 대치하고 있던 유정은 공격을 중지하고 후퇴를 시작했다.

수군이 육지의 소식을 기다리면서 하릴없이 소일하고 있던 유도에 유정의 군관이 쪽지를 가지고 찾아온 것은 10월 7일이었다.

육군은 잠시 순천으로 후퇴하여 다시 정비해 가지고 진격할 터이니 그리 아시오.

수군도 하루 더 쉬고 유도를 떠나 고금도로 향하였다.

이 전투에 시종 유정과 행동을 같이한 좌의정 이덕형은 조정에 다음과 같은 보고서를 올렸다.

초이틀 성을 공격할 때 여러 군사들이 전진하여 성 밑 60보까지 이르니 적의 총알이 비 오듯 날아왔습니다. 그러나 제독은 후퇴도 전진도 명령하지 않았습니다. 부총병 오광(吳廣)의 부대는 대장의 후퇴명령을 고대하는 동안 순거(楯車)에 들어가 곤히 잠든 자도 허다했습니다. 이윽고 바다에서는 썰물이 시작되고 수군은 물러 갔습니다. 왜놈들은 육군이 규모 있게 전진하지 못하는 것을 보고 성에서 곧바로 밧줄을 타고 내려와 오광의 군사들을 쳐서 20여 명을 살해하였습니다. 오광이 놀라 1백 보를 후퇴하니 다른 부대들도 사기를 잃었습니다.

이날 하는 거동을 보니 아이들의 장난 같았습니다. 앞으로 나가라는 것도 아니고, 그렇다고 물러가는 것도 아니고, 군사들을 반나절이나 엉거주춤 서 있게 해놓고 공연히 적의 총알을 맞게 하니 제독의 소행은 이해하기 곤란했습니다.

초사흘에는 수군이 조수를 타고 혈전을 감행하여 대포의 포탄이 (고니시) 유키나가의 거처에 명중하였습니다. 왜인들은 놀라 모두가 동쪽으로 쏠렸습니다. 이때 서쪽으로 쳐들어가면 능히 성을 빼앗을 수 있었습니다. 접반사 김수(金睟)가 문을 밀고 들어가 제독에게 싸우자고 청하였으나 제독은 노기를 품고 끝내 군사를 움직이지 않았습니다.

성 위에 여자가 나타나 지금 왜적이 없으니 명군은 속히 들어오라, 운운한 일도 있었습니다. 이렇게 기회가 있는데도 제독은 팔짱을 지르고 그냥 보내고 말았습니다. 제독이 하는 일을 보면 어김없이 넋이 나간 사람 같았습니다. 그 위에 사천에서 패했다는 소식에 접하고는 마음에 갈피를 못 잡고 후퇴를 결심하였으니 통분한 일입니다. 제독이 수군과 협력이 잘 되지 않은 것은 처음에는 공을 다투는 마음에서 비롯된 것인데 나중에는 하는 일마다 착란을 일으키니 통탄을 금할 길이 없습니다(《선조실록》).

히데요시의 유언

조선에서는 아무것도 모르고 있었다. 조선 사람이나 명나라 사람은 물론 일본 사람들도 몰랐다. 모르고 싸움을 계속하는 동안 일본에서는 중대한 일이 벌어졌다. 도요토미 히데요시가 세상을 떠난 것이다.

이순신이 진린과 함께 예교의 왜성을 치기 위해서 고금도를 떠난 것이 9월 15일, 예교 앞바다에서 많은 피를 흘렸으나 승부를 가리지 못하고 귀로에 오른 것이 10월 9일이었다.

그런데 히데요시는 그보다 훨씬 전인 8월 19일(일본력 18일), 그가 평소에 기거하던 후시미 성에서 마지막 숨을 몰아쉬고 운명하였다. 63세.

근년에 그의 건강은 눈에 띄게 쇠약해 가더니 금년에 들어서는 바깥 출입이 뜸해지고 앉아 있는 시간보다 누워 있는 시간이 차츰 길어졌다. 좋다는 약은 다 써보고 신불(神佛)에게 기도도 드렸으나 효험이 없었다.

그 자신 종말이 다가오는 것을 피부로 느끼기 시작했다. 지난 6월 중순의 어느 날은 제후들이 모인 자리에서 체통을 잃고 목을 놓아 울기까지 하였다.

"참으로 슬픈 일이오. 하다못해 우리 히데요리(秀賴)가 15세 될 때까지만이라도 내가 살 수 있으면 얼마나 좋겠소? 히데요리가 오늘처럼 여러분을 대하는 것을 옆에서 지켜보고 싶소. 그러나 내 명은 이제 다해가는데 인간의 힘으로는 어쩔 도리가 없소."

옆에 앉힌 그의 외아들 히데요리는 6세였다.

7월에 들어서는 완전히 자리에 누운 채 다시는 일어나지 못했다. 이렇게 빨리 이승을 마감할 줄은 몰랐고, 그럴수록 후회가 막심했다.

무엇보다도 후회되는 것이 이번 전쟁을 일으킨 일이었다. 세상에서는 이 히데요시를 잔나비라고 한다. 잔나비가 용케 나뭇가지 사이를 누비듯이 세상을 잘 누벼 거렁뱅이에서 관백, 아니 사실상의 제왕에까지 이르렀다.

거기서 멈추는 것이었다. 멈추기만 했으면 자손만대에 복을 누리는 것인데, 우쭐해서 전쟁을 일으키고 말았다.

쌀을 내라, 천을 내라, 목재며 쇠붙이를 내라, 부역을 나오라 — 백성들은 전쟁의 뒷시중에 허리가 휠 지경인데다 아들이며 남편이 조선에 가서 죽지 않으면 병신이 돼서 돌아왔다. 누가 이 히데요시를 좋다고 할 것인가.

장수들은 장수들대로 고역이었다. 싸움터에서 자신이 겪는 고난은 말할 것도 없고 유능한 부하들이 수없이 죽어 갔다. 그 위에 봉토(封土)의 경제는 온통 파탄에 이르렀다. 전쟁에 이기기라도 한다면 보상의 길도 있을 터인데 이길 가망은 만에 하나도 없는 전쟁이었다. 장수들도 이 히데요시를 좋아할 리가 없었다.

생각할수록 안된 것은 심복 장수들을 전쟁에 앞장세운 일이었다. 고니시 유키나가니 가토 기요마사니 후쿠시마 마사노리(福島正則) 등등 자기 일가를 지켜 줄 장수들을 앞에 내세워 그 힘을 탕진하고 그들 간에 불화를 일으키게 하고 말았다.

반면에 도쿠가와 이에야스(德川家康)같이 은근히 자기의 자리를 파는 자는 한 명의 병정, 한 톨의 쌀도 전쟁에 소모하지 않았다. 그 위에 자기에게 불평을 가진 장수들은 몰래 그에게 접근한다는 소문이었다.

결국 자기의 살을 깎고 적을 살찌게 하였으니 이런 어리석은 일이 어디 있는가? 뒤를 이을 히데요리가 철이라도 들었다면 또 모르겠는데 겨우 6세였다.

자기의 목숨이 붙어 있는 동안 이에야스를 없앨 궁리도 해보았다. 그러나 자기의 수족이 되어 그를 칠 만한 장수들은 모두 조선에 나가고 일본에는 없었다. 섣불리 건드렸다가는 역습을 당할 염려가 있었다.

결국 이에야스의 동정에 매달리는 수밖에 없었다. 그는 만나는 사람마다 붙잡고 이에야스의 칭찬이었다.

"나이후(內府 : 이에야스)는 의리가 굳은 분이오."

이에야스의 귀에 들어가라는 소리였다.

히데요시는 작년에 유력한 제후 5명으로 5대로(五大老) 제도라는 것을 만들었다. 임무는 정부의 실무를 맡은 5장관(五長官 : 五奉行)의 고문 역할이었다.

이에야스를 비롯하여 젊은 시절부터 히데요시와 가까운 마에다 도시이에(前田利家), 히데요시의 양자로 임진년에는 총대장, 정유년에는 우군(右軍)사령관으로 조선에 나왔던 우키타 히데이에(宇喜多秀家), 임진년에 제7군 사령관으로 경상도를 점령하였던 모리 데루모토(毛利輝元), 제6군 사령관으로 금산에서 고경명(高敬命)과 싸운 고바야카와 다카카게(小早川隆景)의 5명이었다. 다만 고바야카와가 병으로 죽은 뒤에는 우에스기 가게카쓰(上杉景勝)라는 동북지방의 유력한 제후가 이를 대신하였다. 그러나 이 가게카쓰는 자기 고장에서 움직이지 않아 실제로 일에 관여한 것은 4대로였다.

당초의 임무는 고문이었으나 원래 실력자들인지라 히데요시가 세상을 떠난 후로는 자연히 실권을 행사하게 되었고, 5장관들도 이들의 지시에 따라 움직이게 되었다.

히데요시는 숨을 거두기 전에 중대한 유언을 남겼다.

"내가 죽거든 지체없이 조선에서 철병하라."

미치는 영향을 고려하여 그의 죽음은 비밀로 하였다. 그를 직접 모시던 측근과 도쿠가와 이에야스 등 4대로와 5장관들만이 이를 알았고, 그들은 밤중에 시신을 은밀히 끌어내다 교토의 북쪽 아미다가미네(阿彌陀ヶ峰) 기슭에 묻었다. 생전에 요란하던 히데요시를 생각하면 너무나 조용하고 초라한 저승길이었다.

히데요시를 땅 속에 묻고 나서 도쿠가와 이에야스 등 대로들과 이시다 미쓰나리 등 장관들은 조선에서 철병하는 일을 논하기 시작했다. 어떻게 하면 체면을 크게 손상하지 않고, 피를 덜 흘리고, 무사히 철병할 수 있을까?

휴전 공작

특사가 도쿠가와 이에야스 이하 4대로가 서명한 철수령을 가지고 겐카이나다를 건너 부산항에 들어온 것은 10월 1일, 사천에서 시마즈 요시히로가 크게 이기고 동일원이 크게 지던 날이었다. 특사는 도쿠나가 나가마사(德永壽昌), 미야기 도요모리(宮木豐盛)의 두 사람으로, 그중 나가마사는 가사를 입은 중이었다.

철병을 원만히 진행하려면 역시 히데요시의 죽음은 책임 있는 장수들에게만 알리고 일반에게는 비밀로 할 수밖에 없었다. 알려지면 우군은 낙심하고 적은 용기를 얻지 않을까? 적이 용기를 얻어 좋을 일은 없었다.

이 10월 현재 조선에 남아 있는 일본군은 6만 4천여 명이었다. 즉, 울산에 가토 기요마사 휘하 1만 명, 서생포에 구로다 나가마사(黑田長政) 휘하 5천 명, 부산과 그 주변에 모리 요시나리(森吉成)·데라자와 마사나리(寺澤正成) 등의 휘하 6천 명, 창원과 김해의 죽도(竹島)에 나베시마 나오시게(鍋島直茂)와 그의 아들 가쓰시게(勝茂) 휘하 1만 2천 명, 고성(固城)에 다치바나 무네토라(立花統虎) 등의 휘하 7천 명, 사천에 시마즈 요시히로(島津義弘) 휘하 1만 명, 남해도(南海島)에 소 요시토시(宗義智) 휘하 1천 명, 순천의 예교(曳橋)에 고니시 유키나가 등의 휘하 1만 3천여 명 등이었다.

두 특사는 사천으로 요시히로를 찾고, 예교로 유키나가, 울산으로 기요마사를 찾는 등 충실히 임무를 수행하였다. 이들 일본군은 각기 대치하고 있는 적과 재량껏 휴전을 하고 11월 10일에는 주둔지를 떠나 늦어도 11월 15일까지는 부산에 집결하도록 하였다. 거기서 배를 타고 본국으로 철수할 참이었다.

다만 적에게 약점을 보이지 않기 위해서는 큰소리를 칠 필요가 있었다.

화평을 할 의사가 있으면 조선 왕자를 볼모로 내놓으라. 볼모를 내지 못하겠으면 예물을 바치라 ― 이렇게 협박하되 예물의 다과(多寡)에는 구애를 받지 말고 모양만 갖추면 된다는 것이 4대로의 지시였다.

볼모니 예물이니 턱도 없는 소리였으나 도망친다는 인상을 주지 않고 따라서 적의 추격을 모면하기 위해서는 이 방법밖에 없었다.

창원에서 부산을 거쳐 울산에 이르는 동부지역의 일본군 부대들은 휴전 교섭을 울산의 가토 기요마사에게 일임하였다. 기요마사는 경주에 있는 명군의 동로제독 마귀에게 편지를 보냈다. 볼모를 내라. 그러면 우리는 휴전을 하고 철병할 것이다. 그는 감히 왕자를 볼모로 내라는 말은 못했다.

느닷없이 휴전은 무엇이고 볼모는 무엇일까? 마귀는 휘하 장수들과 의논했으나 아무도 뚜렷한 의견이 없었다. 행여 볼모를 잡아 놓고 감당할 수 없는 요구를 들이대자는 흉계가 아닐까?

마귀는 접반사 장운익(張雲翼)을 불렀다.

"당신네 조선 사람의 의견은 어떻소?"

장운익은 22세에 과거에 장원 급제하고 젊어서 도승지, 형조판서 등을 거친 당대의 수재였다. 금년에 38세, 특히 중국어에 능통하여 마귀는 단둘이 터놓고 의논하는 일이 적지 않았다.

"저들에게 다급한 일이 생긴 것은 아닐까요?"

"가령 어떤 일 말이오?"

"가령 히데요시가 죽었다든지."

근거는 확실치 않았으나 지난가을부터 히데요시가 죽었다는 풍문은 심심치 않게 돌아다녔고, 모두들 은근히 사실이기를 바라고 있었다.

"히데요시가 죽었다? 왜 그렇게 생각하시오?"

"히데요시가 죽지 않고는 저들은 휴전이니 철병이니 하는 말을 입 밖에 내지 못할 것입니다."

머리가 비상한 장운익은 적의 사정을 꿰뚫어 보고 있었다. 그러나 마귀는 반신반의하였다.

"우리 장수들의 의견은 무슨 흉모 같다고 하는데."

"저도 제 눈으로 보지 못한 이상 추측일 수밖에 없고, 장수들 역시 추측의 범위를 넘지 못할 것입니다. 판단은 제독께서 하시지요."

"그래서 말인데 어떻게 하면 좋겠소?"

"볼모를 잡고 흉모를 꾸미는 것이 걱정이라면 애당초 볼모를 내지 말아야지요."

"그건 그렇소."

"히데요시가 죽어서 물러가는 것이라면 볼모를 내도 물러가고 안 내도 물러갈 것입니다."

"옳은 말씀이오."

"그러니 가타부타 회답을 보내지 않고 관망하는 것이 좋겠습니다."

마귀는 그의 의견대로 회답을 보내지 않았다. 기다리다 지친 가토 기요마사 등 일본 장수들은 휘하를 이끌고 슬금슬금 부산으로 철수하였다. 마귀는 알고도 추격하지 않았다. 무엇 때문에 피를 흘릴 것인가?

그러나 중부와 서부는 사정이 달랐다.

사천의 신성에 있던 시마즈 요시히로는 성주의 중로제독 동일원에게 편지를 보냈다. 싸울 것인가 아니면 휴전을 할 것인가? 볼모를 보내면 우리는 휴전을 하고 돌아갈 것이다.

지난 10월 1일 요시히로에게 참패를 당한 동일원은 겁이 났다. 이제 또 싸운다면 자기는 아주 짓밟혀서 죽어 없어질 것이다. 볼모만 내면 돌아간다니 이 이상 좋은 조건도 없었다.

그러나 아무도 볼모로 나서지 않고, 내려고도 하지 않았다. 볼모는 이름 없는 졸병이라도 되는 것이 아니고 높은 사람들과 핏줄이 닿는 인물이라야 했다.

며칠을 두고 고심하는데 유격장군 모국기(茅國器)가 찾아왔다.

"제 아우 국과(國科)를 쓰시지요."

모국기는 절강(浙江) 사람으로 3천 명의 보병을 이끌고 이번 전쟁에 나왔다가 지난번 사천전투에서 태반을 잃고 말았다. 이제 전쟁이라면 신물이 났고 하루빨리 본국으로 돌아갈 생각뿐이었다. 눈치를 보다 하는 수 없이 아우 국과를 내놓았다. 고향에서는 하는 일 없이 사람이나 치고 돌아다니는 건달이었다. 고생을 하고 사람이 되라. 부모의 성화에 못 이겨 형을 따라 조선에 나왔으나 군에서 공밥을 먹고 도박판을 벌이는 것이 유일한 일이었다.

"네가 아니고 누가 이 일을 해내겠느냐? 일본에 갔다 돌아오면 상도 내리고 벼슬도 내릴 것이다."

동일원이 추켜세우는 바람에 모국과는 어깨를 펴고 길을 떠났다.

"염려 놓으시라요."

그러나 사천의 시마즈 요시히로는 좋은 얼굴이 아니었다.

"모국기의 아우가 아니고 동일원의 아우는 없소?"

국과를 데리고 간 사세용(史世用)은 손을 비비는 수밖에 없었다. 그는 모국기의 참모였다.

"동 제독의 혈연은 한 사람도 나오지 않았습니다."

"장방(張榜)도 혈연이 없소?"

장방은 동일원 휘하에 있는 부총병이었다.

"없습니다."

"할 수 없지."

요시히로는 못 이기는 체 모국과를 볼모로 받았다. 그러나 단단히 협박하는 것도 잊지 않았다.

"우리가 철수할 때 우습게 놀아 봐라. 이 모국과는 바다에 던져 버리고 동일원의 대갈통을 부서 놓을 테니 가서 그대로 전해라!"

순천의 서로제독 유정(劉綎)은 더욱 순순히 나왔다. 그는 고니시 유키나가의 편지를 받자 다음 날로 조카 유천작(劉天爵)을 예교의 일본 진영으로 보냈다.

그저 장군만 믿겠습니다.

쪽지를 보내 부탁도 하였다.

이로써 휴전공작은 순조로이 진행되었다. 부산 · 웅천 방면에 있던 일본 수군의 함정들은 철수하는 병력을 싣고 가기 위해서 꼬리를 물고 순천, 사천 등지에 모여들었다. 이 방면의 일본군은 11월 10일, 현재의 위치를 떠나 일단 거제도에 집결하였다가 함께 부산으로 가기로 되어 있었다.

고금도의 이순신은 말없이 정세를 지켜보고 있었다. 휴전이다, 철수다, 육지에서 파다하게 소문이 들려와도 처음에는 딱히 그 내막을 알 길이 없었다. 그러나 시일이 흐름에 따라 진상이 밝혀지기 시작했다. 히데요시가 죽었다는 것이다.

적은 히데요시가 죽었다는 것을 비밀로 하였으나 비밀은 오래 가지 못했다. 하나 둘 장수들의 입에서 가까운 측근으로 새어 나가고, 측근에서 또 가까운 병사들에게 새어 나갔다. 태합 전하께서 세상을 떠나고, 유명에 따라 일본군은 모두 조선에서 철수한다는 것이다.

기막힌 소식이었다. 살아서 다시 고향 땅을 밟는다는 것은 꿈에서나 생각할 수 있는 일이고, 현실에서는 거의 단념하고 있었다. 그런데 꿈이 현실로 나타났다. 홀로 간직하기에는 벅찬 소식이었다.

"비밀이다. 너만 알고 있어라."

다정한 병사들끼리 속삭인 비밀은 전군에 퍼졌고, 전선(戰線)을 넘어 조선 사람, 명나라 사람들의 귀에까지 들어왔다.

가슴이 설레기는 조선 사람들도 마찬가지였다. 히데요시가 죽었으니 가슴이 후련하고, 이 지긋지긋한 전쟁이 끝나게 되었으니 지옥에서 풀려나듯 저절로 한숨이 나왔다.

다만 한 사람 이순신은 골똘히 생각하였다. 철수해 가는 일본군을 어떻게 할 것인가?

11월 8일 깊은 밤. 잠자리에 들려는데 진린의 군관이 달려왔다. 도독께서 뵙잡니다.

이순신은 얼마 떨어지지 않은 그의 처소로 천천히 걸어갔다.

"방금 육지에서 중대한 기별이 왔소. 예교의 고니시 유키나가가 모레 10일, 예교를 떠나 본국으로 철수해 간다는 것이오."

이순신이 자리에 앉자 진린은 약간 떨리는 목소리로 설명했다.

"수군은 급히 출동해서 돌아가는 저들의 길을 막고 이를 쳐부수는 것이 어떻겠느냐? 이런 이야기요."

"육지의 어디서 온 기별이지요?"

서울에서 내려온 명령은 분명히 아니고, 순천의 유정 같지도 않았다. 자기 앞가림도 못하는 주제에 남더러 나가 싸우라고 충동질할 수는 없을 것이었다.

"오광(吳廣)이 보낸 기별이오."

오광은 유정 휘하에 있는 부총병이었다. 진린과는 같은 광동 출신으로 가까운 사이였고, 사사로운 일도 터놓고 의논하는 처지였다.

"통제사의 의견은 어떻소?"

"무얼 말씀이지요?"

"오광은 나가 싸우는 것이 좋겠다지만 나는 생각이 많소. 나가 싸우나 여기 가만히 앉아 있으나 어차피 끝날 전쟁이 아니겠소? 공연히 피를 흘릴 것은 무엇이오?"

생각이 이렇게 돌아가는 사람에게 길게 이야기해야 귀에 들어갈 리가 없었다.

"서울에서 무슨 분부가 내려왔는가요?"

"별다른 분부는 없소."

"적이 물러가는 것을 뻔히 알고도 고금도에 앉아서 모르는 체했다 — 이렇게 되면 훗날 말썽은 없을까요?"

"……."

"잘 생각해서 결정하시지요."

"움직이는 시늉이라도 해야 한다, 이런 말씀이오?"

"그렇지요."

"알아 했소. 내일 당장 출동합시다."

최후의 결전

  11월 9일 새벽, 조선 수군 1백 척에 명나라 수군 1백 척, 도합 2백 척의 연합수군은 고금도를 떠나 광양만의 예교로 향하였다. 아마 이것은 최후의 결전이 될 것이다. 이순신의 주장으로 조금이라도 결함이 있는 배는 제외하고 튼튼한 전선만 추린 정예함대였다.

  그날 밤은 여천반도 남단 백서량(白嶼梁)에서 묵고 다음 날은 일찍 북상하여 여수의 좌수영 앞바다에 닻을 내렸다. 적의 출발예정일인 10일이었다.

  예교의 적선은 6백 척이라고 하였다. 먼 거리에 포진하고 있다가 그들이 안심하고 나오면 일거에 쳐부술 계획이었다. 그러나 종일 기다려도 아무런 기척이 없었다. 행여 이미 빠져나간 것은 아닐까?

  11일에는 다시 북상하여 유도(柚島 : 松島)에서 적의 형세를 관망하였다. 아직 떠나가지는 않은 듯 예교 방향에서는 무시로 한두 척, 때로는

10여 척씩, 먼발치에 나타났다가는 사라지곤 했다.

함대는 이 일대의 수역을 차단하고, 일부는 섬에 올라 장막을 치고 취사시설을 마련하였다. 적이 나오면 단기에 결판이 날 것이지만 나오지 않을 경우에 대비하여 장기전의 준비도 해야 하였다.

숨을 죽이고 있던 적진에서는 2일이 지난 14일 오후 백기를 단 배 2척이 나타났다. 그들은 중간에 닻을 내리고 일본말로 외쳤다.

"우리가 갈까요, 그쪽에서 오실까요?"

이런 뜻이라고 했다.

진린의 일본말 통사가 쪽배를 타고 나가더니 적선에 올라 많은 시간을 보내고 돌아왔다. 술에 얼근히 취하고 얼굴에 희색을 띤 것을 보니 좋은 대접을 받은 모양이었다.

적선들은 돌아가고 날이 어둡자 또 자그마한 배 한 척이 곧바로 유도로 들어왔다. 장수 한 명에 병사 7명 — 그들은 멧돼지 2마리, 술 2통을 가지고 진린의 장막으로 들어갔다.

"아리마 하루노부(有馬晴信)라고 합니다."

일본 장수는 진린에게 머리를 숙였다. 규슈(九州) 서북의 아리마 성주(有馬城主)로 임진년에는 2천 명, 이번에는 3천 명의 병력을 이끌고 고니시 유키나가와 행동을 같이하여 온 32세의 젊은 장수였다. 유키나가와는 같은 천주교 신자인 관계로 마음이 통하였고, 피차 남에게는 못할 이야기도 터놓고 하는 처지였다.

"나 진린이오. 맑은 정신보다 약간 술기운이 있는 편이 속을 터놓기는 쉬울 것이오."

진린이 눈짓을 하자 술상이 들어왔다.

"낮에 이야기를 들은즉 철병하고 돌아가신다지요?"

술이 한두 잔 오가자 진린이 말문을 열었다.

"그렇습니다. 지나간 7년 동안은 서로 무기를 들고 대치하였습니다마는 될 수만 있으면 웃는 낯으로 헤어졌으면 하는 것이 우리 고니시 장군의 소망이올시다."

"그거 괜찮은 생각이오. 어떻게 하면 웃고 헤어질 수 있겠소?"

"우선 피를 보고는 웃지 못할 것입니다."

"못하지."

"피를 보지 않기 위해서는 피차 무기를 내려놓고 상대방을 공격하는 일이 없어야 할 것입니다."

"그건 그렇소."

"무기를 내려놓으려면 서로 믿음이 있어야 하지 않겠습니까? 상대방은 자기들을 공격하지 않는다는 믿음 말입니다."

"하나하나 다 옳은 말이오. 어떻게 하면 그런 믿음이 생기겠소?"

이제부터가 중요한 대목이었다. 하루노부는 속으로 유키나가가 하던 이야기를 다시 한 번 머리에 떠올렸다.

유키나가는 철수명령을 받은 날 휘하의 천주교 장수들을 모아 놓고 은밀히 이야기하였다.

"나는 이번 전쟁에 처음부터 반대였소. 천주님을 거역하는 일이었기 때문이오. 여러 해를 두고 태합을 속여 가면서까지 화평에 투신하다 보니 나이 사십에 이렇게 백발이 되고 말았소."

그는 흰머리를 한번 쓰다듬어 보이고 계속했다.

"내 노력은 수포로 돌아가고 우리는 다시 피를 흘렸고, 이제 태합이 돌아가고야 평화가 오게 되었소. 지금부터 우리가 할 일은 무엇이냐? 휘하에 있는 병사들을 한 명도 다치지 않고 바다를 건너 각기 고향으로 돌려보내는 일이오."

이를 위해서는 무슨 짓을 해도 좋다. 속여도 좋고, 거짓말을 해도 좋다. 천주님은 용서하실 것이다 ― 유키나가는 단언하였다. 이어 여러 가지 방책을 의논하고 하루노부를 대표로 뽑았다.

진린이 술을 권하고 그를 건너다보았다.

"어떻게 하면 믿음이 생기겠느냐고 물었소."

"아 네네. 우리 일본은 까닭 없이 남의 나라를 쳤으니 하늘에 닿은 죄를 지었습니다. 큰소리를 칠 처지는 못 되고, 그저 대인께서 하라는 대로 하겠습니다."

진린은 졸지에 묘안이 떠오르지 않았다.

"당신의 생각을 말하시오."

"대인께서 믿을 만한 사람을 보내 우리가 철수하는 것을 감시하시면 어떻겠습니까? 자물쇠를 가지고 와서 무기를 온통 선창에 넣고 잠가 버려도 좋고, 못을 박아도 좋습니다."

"그러면 안심은 되겠군."

"……."

"가만 ― 있자. 선창에 넣을 것이 아니라 바다에 던져 버리면 어떻겠소?"

"아 그것이 좋겠습니다. 던져 버리지요."

"좋소. 감시관을 보내지요. 그런데 당신네는 우리가 어떻게 하기를 바라오?"

하루노부는 굽신했다.

"죄를 지은 처지에 바랄 것이 무엇이겠습니까? 처분만 기다리겠습니다."

"처분이라…… 얼른 생각이 안 나는걸."

"안 나시면 안 해도 좋습니다. ……그런데 대인."

"말해 보시오."

"조선 사람들은 말이 많아서요. 일이 아주 성사될 때까지 저들에게는 비밀로 해주시면 좋겠습니다."

"잘 보았소. 조선 사람은 입이 헤퍼서."

아리마 하루노부는 밤이 깊어서야 예교로 돌아갔다.

이튿날 아침, 이순신은 진린을 찾았다.

"어젯밤에는 왜장이 찾아와서 장시간 머물고 돌아갔다는 이야기를 들었습니다. 자초지종을 들려주실까요?"

"자초지종이라야 별것이 없지요. 자기들은 돌아갈 터이니 휴전을 하자 이런 이야기요."

"응하셨나요?"

"응할 리가 있소? 딱 잘라 거절했소."

"그러시다면 더 할 말이 없습니다."

이순신은 잠자코 물러 나왔다.

그러나 이날도 아침부터 저녁까지 몇 차례 일본 배들이 유도에 와서 진린과 접촉하고 돌아가더니 다음 날인 16일 드디어 내막이 드러나기 시작했다.

군관 진문동(陳文同) 이하 7명으로 구성된 감시단이 예교의 적진으로 들어간다고 하였다. 진문동은 진린의 조카였다. 일행은 20척의 배에 5백여 명의 병력을 싣고 진린 이하 여러 장수들의 전송을 받고 유도의 선창을 떠났다.

장도(獐島)를 돌아 예교에 닿을 무렵에는 요란한 대포소리가 울렸다. 도합 6발. 양측에서 3발씩 쏘아 도착을 알리고 환영의 뜻을 표하는 신호라고 하였다.

저녁에는 적선 3척이 와서 진린에게 말 한 필에 창과 칼 등 많은 선물을 바치고 인사를 드렸다. 감시단 일행은 무사히 예교성으로 들어왔습니다.

그들이 돌아가자 진린은 술상을 차려 놓고 이순신을 초청했다.

"기뻐하시오. 이 시각부터 평화가 시작된 것이오."

이순신은 진린이 주는 술잔을 탁자에 내려놓고 천천히 물었다.

"작금 양일간 일본 사람들이 내왕하는 것을 지켜보았지요. 우군인 이 이순신 몰래 적과 속삭여야 할 일이 무엇인지 설명해 주실까요?"

"하 이거 노야, 오해를 말아 했소. 일을 하다 보니 그렇게 된 것이지 딴 뜻은 없었소."

"······."

"알고 보니 육지에 있는 장수들, 마 제독, 동 제독, 유 제독― 모두 적과 화해하고 휴전을 했소. 저들은 가고 우리는 보내고― 그것으로 전쟁이 끝나면 그만이 아니겠소? 전에도 이야기했지만 이제 와서 공연히 피를 흘릴 것은 없지 않소?"

"······."

"더구나 육지에서는 다 이야기가 됐는데 우리 수군 혼자 싸웠다고 누가 장하다고 할 줄 아시오?"

"······."

"어째서 말이 없소?"

"도독께서는 육지에 있는 어느 제독의 절제를 받는 것이 아니라 서울에 계신 형 총독(邢總督)의 절제를 받는 것으로 알고 있었는데 틀렸는가요?"

"틀리지 않았소. 내가 제독 따위로부터 절제를 받을 사람으로 보이오?"

"형 총독으로부터 적과 화해를 해라, 혹은 휴전을 해라 — 그런 말씀이 있었는가요?"

"없었소마는 육지에서는 모두 하고 있지 않소?"

"일선에서 적을 쳐야 할 대장이 마음대로 적과 손을 잡고 화해를 해도 무방한가요?"

"지금은 그런 것을 따질 계제가 아니오."

진린은 얼굴을 붉혔으나 이순신은 개의하지 않았다.

"진문동은 무슨 연고로 적진에 보냈습니까? 도대체 볼모를 바친다는 것이 말이 되나요?"

"볼모라니? 적의 철수를 감시하기 위해서 보낸 것이오. 그런 당치도 않은 소리는 다시는 입 밖에 내지 마시오."

"볼모가 아니고 감시라……."

"그렇소. 세상에 5백 명도 넘는 볼모가 어디 있소?"

이순신은 대답하지 않았다. 5백 명이 넘으면 볼모가 아니라는 법도 없었으나 쓸데없는 입씨름으로 번질 염려가 있었다.

"이 진린이 볼모를 바칠 사람으로 보이오?"

"……."

"통제사도 내 뜻에 따라 지금부터는 적을 보아도 무기를 사용하는 일은 없어야 하오."

이순신은 정색을 했다.

"소인은 우리 임금으로부터 적과 싸우라는 분부는 받았어도 싸우지 말라는 분부는 받지 못했소이다."

기세에 눌린 진린은 그의 손목을 잡았다.

"노야, 이러지 마시오."

"장수는 나라의 파수꾼입니다. 나라의 허락도 없이 적과 손을 잡아서야 쓰겠습니까?"

"……."

"장수는 또한 하늘의 파수꾼입니다. 하늘의 뜻을 거역한 이 무도한 자들과 화해를 하고 그들을 고이 놓아 보낸다면 하늘이 무심할 것 같습니까?"

이순신은 조용히 일어서 밖으로 나왔다.

진린으로부터 내통이 있은 듯 깊은 밤중에 일본 장수가 조총과 일본도 등 선물을 들고 찾아왔다.

"후손들을 위해서 지난 일을 잊고 웃는 낯으로 헤어지자는 것이 우리 고니시 장군의 뜻입니다……."

간곡히 청을 드렸으나 이순신은 길게 말하지 않았다.

"선물은 받은 것으로 하고 도로 가지고 가시지요."

이 무렵 일본군의 다른 장수들은 예정대로 10일 주둔지에서 철수하였다. 사천의 시마즈 요시히로는 1만 명, 남해도의 소 요시토시는 1천 명의 병력을 각각 배에 싣고 창선도(昌善島)에서 기다리고, 고성의 다치바나 무네토라(立花統虎)·다카하시 무네마스(高橋統增)는 7천 명의 병력을 싣고 거제도에서 기다리고 있었다.

그러나 기한이 지나도 고니시 유키나가는 나타나지 않았다. 부산에 있던 데라자와 마사나리(寺澤正成)는 거제도에 들러 그곳 장수들과 함께 창선도로 달려왔다.

"어찌 된 일이오?"

그러나 아무도 알지 못했다.

17일 저녁, 날이 어둡자 예교의 서산에서 봉화가 오르고 이어 창선도에 이르는 몇 군데 산봉우리에서 차례로 불길이 올랐다. 예교에 심상치 않은 사태가 벌어진 것이다.

이윽고 고니시 유키나가가 보낸 배 한 척이 창선도에 당도했다. 명나라 수군이 눈을 감아 줘서 무사히 경계망을 뚫고 나왔다고 하였다.

이순신이 예교의 해상을 봉쇄하여 꼼짝할 수 없으니 배후에서
이를 쳐주시오.

고니시 유키나가의 전갈이었다.

다음 날인 18일 아침 시마즈 요시히로를 비롯한 여러 장수들은 함정 5백 척에 1만여 명의 병력을 싣고 창선도를 떠났다.

이순신의 정보망은 남해안 도처에서 적을 감시하고 있었다. 그들의 움직임은 때를 놓치지 않고 이순신의 귀에 들어왔다.

눈앞의 고니시 유키나가를 칠 것인가, 돌아서 시마즈 요시히로를 칠 것인가? 즉시 결단을 내려야 했다.

진린이 찾아와서 물었다.

"꼭 싸워야겠소?"

이순신은 해도(海圖)에서 눈을 떼지 않고 대답했다.

"싸워야지요."

"어느 쪽부터 칠 것이오?"

"생각 중이오."

예교의 적을 치는 것은 하루 이틀에 될 일이 아니었다. 바닷가에 늘어선 배들만 쳐부수면 적은 발이 묶이고, 항복을 하든가 아니면 부산까지 6백 리도 넘는 육로를 걸어가는 수밖에 없을 것이다. 그러나 그것은 쉬운 일이 아니었다. 배들을 부수려면 바닷가에 접근해야 하는데 육지에

서 쏘아붙이는 포화의 사정거리 안으로 들어가는 것은 위험한 일이었다.

결국 돌아서 시마즈 요시히로를 치고 다시 예교로 돌아와 양도(糧道)를 끊고 장기전으로 나가는 수밖에 없었다. 결심하고 머리를 쳐드니 진린이 재차 물었다.

"꼭 싸워야겠소?"

"도독께서는 고금도에 돌아가 쉬셔도 좋습니다."

진린이 붉으락푸르락했다.

"나를 어떻게 보고 하는 소리요? 내가 싸움이 두려워서 이러는 줄 아시오?"

"……."

"이렇게 된 바에는 형 총독이 와서 손을 붙잡고 말려도 싸우고야 말 것이오."

"……."

"통제사는 어제, 아니 그저께부터 나를 우습게 보고 있지요?"

"천만에요."

"나는 알고 있소."

그는 문을 박차고 나가 버렸다. 이순신이 해도를 말아 짐 속에 넣는데 진린이 다시 문을 열고 들어섰다.

"통제사, 시마즈 요시히로부터 먼저 치는 것이 순서가 아니겠소?"

그도 수군 장수인 이상 그 정도의 이치는 모를 리가 없었다. 그런데 왜 이렇게 성급할까?

"……."

"이 예교는 사선(沙船)으로도 충분히 봉쇄할 수 있을 것이오."

사선은 명나라 배로 바닥이 평평해서 수심이 깊지 않은 연안 항해에 좋았다. 이번에도 본대가 고금도를 떠난 후 만일의 경우에 대비하여 50척에 식량, 식수 등을 싣고 뒤를 따라와서 지금 유도에 정박 중이었다. 그러나 전투에는 별로 맥을 쓰지 못하는 배들이었다.

이순신은 진린의 속셈을 알아차렸다. 고니시 유키나가에게 길을 열어 주자는 것이다. 그는 유키나가와 싸울 처지가 못 되었다. 싸우면 조카 진문동의 생명이 위험하였다.

결국 유키나가를 피해서 시마즈 요시히로를 치러 가는 자기를 따라오겠다는 것이다. 이순신은 짤막하게 대답했다.

"그렇게 합시다."

아, 노량 바다

11월 18일, 달이 청명하게 밝은 밤이었다. 해시(亥時 : 밤 10시)에 유도를 떠난 연합함대 2백 척은 2열종대로 노량해협을 향해 항진을 계속하였다. 우측에 이순신이 지휘하는 조선 수군 1백 척, 좌측에 진린이 지휘하는 명나라 수군 1백 척. 북, 나팔, 꽹과리 등 소리가 나는 것은 한구석에 모아 놓고, 병사들에게는 입에 하무(枚)를 물도록 했다. 하무는 작은 막대기로 병사들이 떠드는 것을 막기 위해서 입에 물리는 일종의 방음장치였다.

출렁이는 파도소리를 귓전에 들으면서 홀로 달을 바라보던 이순신은 눈을 감고 하늘에 축원을 올렸다.

"이 몸을 제물로 받아 주시고, 소원을 성취토록 하여 주소서."

그에게 있어서 하늘은 망막하면서도 한없이 높고 크고 넓고, 아득한 고장에서 인간세상을 내려다보고 인간의 운명을 관장하는 거룩한 존재

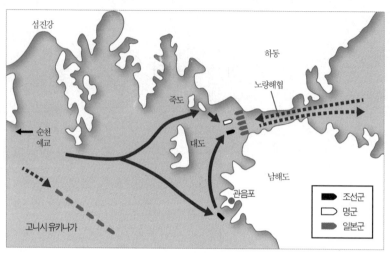

섬진강

하동

노량해협

죽도

순천
예교

대도

관음포

남해도

고니시 유키나가

◤	조선군
◁	명군
◤	일본군

노량해전 관계도

였다.

군이 말하지 않아도 하늘은 알고 있을 것이다. 마지막 가는 적을 철저히 쳐부수는 것이 그의 간절한 소원이었다. 쳐부수기만 한다면 흡족한 마음으로 죽음도 맞을 수 있을 것이었다.

이 적은 물러간다고 그대로 보낼 수는 없었다. 하늘의 두려움을 가르쳐 보내야 했다.

그들은 날강도들이었다. 강도가 집안에 쳐들어와서 갖은 행패를 다 부리고 물러간다고 그대로 보내면 어떻게 될 것인가? 앞으로도 자주 올 것이다.

나라와 나라 사이도 다를 수 없었다. 일본이라는 이 국가강도단(國家强盜團)의 습성을 고쳐 놓지 않으면 앞으로 두고두고 우환거리가 될 것이다. 그들을 눈감아 보낸다는 것은 하늘도 용서 못할 인간의 태만이었다.

자정 가까이 함대는 노량해협의 서쪽 어구 대도(大島)에 당도했다.

여기서 우측을 항진하던 조선 수군은 남동으로 뱃머리를 돌려 남해도 북서단의 관음포(觀音浦)에 정박하고 명나라 수군은 동북으로 진출하여 죽도(竹島)에 정박하였다.

달은 여전히 하늘 높이 솟아 있었다. 파도소리와 함께 18일이 가고 19일의 새날도 각각으로 흘러 한 식경도 더 지났다.

척후선으로부터 적의 함정들이 개미 떼같이 노량해협 동쪽 초입에 당도했다는 신호가 왔다. 이순신 함대는 닻을 올리고 움직이기 시작했다.

지금까지 이순신 전법의 요결은 좁은 항구나 물길에 틀어박혀 있는 적의 수군을 넓은 바다로 끌어내다 쳐부수는 데 있었다. 그러나 이번은 달랐다. 좁은 노량해협에 유인해 놓고 일거에 쳐부술 계획이었다.

무엇보다도 이 해협의 양편 육지에는 적의 진지가 없고, 따라서 육지로부터 사격을 받을 염려가 없었다.

그런 염려가 없는 이상 우리 함정들의 이점을 충분히 살릴 수 있을 것이었다. 우리 배는 두꺼운 송판으로 만들어 크고 육중한 반면 일본 배는 얇은 삼판(杉板)으로 만든 것으로 우리 배보다 작고 가벼웠다. 두 배가 부딪치면 열에 아홉은 일본 배가 부서지게 마련이었다.

일본 배는 속도가 빠른 것이 장점이고 우리 배는 느린 것이 흠이었다. 그러나 좁은 바다에 수백 척이 몰리면 서로 뒤엉켜 아무리 속도가 빨라도 마음대로 운신을 못할 것이다.

이순신은 이 모든 점을 계산에 넣고 계획을 짰다.

축시(丑時 : 새벽 2시). 마침내 연합수군 2백 척과 일본 수군 5백 척은 노량해협 서쪽 어귀에서 마주쳤다. 밝은 달 아래 임진왜란 7년의 마지막 전투가 벌어지는 순간이었다.

이순신의 좌선에서 울리는 묵직한 북소리를 신호로 조선 수군 1백 척은 일제히 적의 함렬(艦列)로 돌진해 들어갔다. 이어 인간이 바다에서 싸우는 방법을 궁리해 낸 이후 아득한 세월이 흘렀어도 일찍이 보지 못하던 광경이 벌어졌다.

그것은 배와 배의 격투였다. 육전에서 병사들이 적을 목표로 돌격하듯이 조선 배들은 저마다 적선을 목표로 돌격했다. 돌격해서 그대로 적선을 들이받고 부수고 불을 질렀다.

경우에 따라서는 진천뢰(震天雷)를 던져 한 배의 적병들을 몰살하고, 때로는 불붙는 섶단을 던져 배들을 불바다로 만들고, 혹은 단거리포로 순식간에 산산조각을 냈다.

적의 수군은 아우성치고, 서로 부딪고, 갈피를 잡을 수 없는 혼란에 빠졌다.

조선 수군은 서에서 동으로, 노량해협을 전진하였다. 그것은 마치 호랑이 떼가 숱한 이리 떼를 좁은 골짜기에 몰아넣고 무서운 기세로 짓밟고 나아가는 형국이었다.

해협 중간쯤 왔을까? 이순신은 좌측 1백여 보에 나타난 명나라 배 한 척이 눈에 들어왔다. 늙은 등자룡(鄧子龍)이었다.

이순신은 뒤를 돌아보았다. 여기저기 적의 배들이 불길에 휩싸인 가운데 물에서 허우적거리는 적병들을 낚아채어 목을 따면서 진린의 함대가 천천히 다가오고 있었다.

순간 등자룡의 배에서 소동이 벌어졌다. 같은 중국 배에서 던진 진천뢰가 그의 배에 잘못 떨어져 많은 사상자를 내고 불까지 일어났다.

이순신은 그들을 옮겨 태우려고 뱃머리를 돌렸다. 그러나 어느 틈에 다가온 적선에서 쏘아붙인 대총(大銃)에 등자룡의 배는 크게 부서지고 한쪽으로 기울더니 그대로 물속으로 곤두박질해 들어갔다. 배에 탔던 등자룡 이하 2백 명도 고스란히 자취를 감추고 형적도 없었다.

호상(胡床)에 앉았던 이순신은 일어섰다. 때를 놓치지 않고 적선을 처치하려면 자신이 대포를 쏘는 수밖에 없었다. 그는 대포에도 명사수였다.

뱃전의 지자포(地字砲)를 목표로 한 걸음 내딛는 순간 가슴을 뒤흔드는 무서운 동통과 함께 그는 모로 쓰러졌다. 향방을 알 수 없는 적의 유탄이었다.

옆에 섰던 맏아들 회(薈)와 조카 완(莞)이 황급히 달려들어 안아 일으켰다. 총알은 왼쪽 가슴을 뚫고 피가 낭자하게 흐르기 시작했다.

"내가……."

숨이 차서 제대로 말을 잇지 못했다.

"죽었다는 말을…… 내지 마라."

마침내 이순신은 머리를 한쪽으로 떨어뜨리고 운명하였다. 54세.

회와 완은 통곡을 삼키고 시신을 그가 평소에 기거하던 선실로 옮겼다. 유언대로 어른이 돌아갔다는 말을 내지 않기도 벅찬 일이었다. 두 사람은 시신을 어루만지고 눈물을 씹고 또 씹었다.

전투는 생전에 이순신이 짜놓은 계획대로 어김없이 진행되고 있었다. 수군은 적을 밀어붙이고 서서히 전진을 계속하였다.

동이 트고 동쪽 하늘이 밝아 왔다. 수군은 드디어 해협의 동쪽 어귀에 당도했다. 병사들은 앞을 다투어 도망치는 적의 함정들을 하나 둘 세었다. 도합 50척.

적의 함정 5백 척 중에서 4백50척이 결딴나고, 타고 있던 1만여 명의 장병들은 거의 전멸했다. 대장 시마즈 요시히로는 겨우 죽음을 모면하고 거제도 방향으로 도망치고 있었다.

이순신이 생전에 하늘에 축원하던 소원은 성취되었다. 조선 함정, 이어 명나라 함정들은 북이며 피리, 꽹과리 등 온갖 악기를 치고 불고, 병사들은 함성을 지르며 이순신의 좌선 주위로 몰려들었다.

도독 진린이 배를 저어 가까이 왔다.

"통제사 어서 나오시오. 축배를 들어야 할 것이 아니오?"

이 희한한 순간 그도 감격을 주체하지 못하는 얼굴이었다. 선실에서 나온 조카 완이 뱃머리에 나타났다.

"숙부께서는 돌아가셨습니다."

가까스로 말을 마치고 목을 놓아 통곡을 하였다. 놀란 진린은 그 자리에 주저앉고 구구전승으로 전해 들은 병사들은 혹은 흐느껴 울고 혹은 가슴을 치고 눈물을 쏟았다.

노량해협에서 50척으로 도망친 시마즈 요시히로는 거제도를 거쳐 웅천(熊川)에서 뒤따라온 고니시 유키나가와 합류하였다. 진린이 기대한 대로 고니시 유키나가는 연합수군이 노량해협으로 출동한 사이에 대기하고 있던 배 6백 척에 1만 3천 명의 병력을 싣고 여수해협을 남으로 빠졌다. 거기서 남해도 남단을 돌아 웅천까지 왔다.

유도에 있던 명나라 사선 50척은 도망치는 유키나가의 선단을 보고도 못 본 체 움직이지 않았다.

부산에 집결한 일본군은 차례로 본국으로 철수하여 11월 25일 저녁까지는 단 한 사람의 일본군도 부산에는 없었다. 이로써 햇수로 7년, 만으로 6년 7개월 12일 계속된 임진왜란은 종말을 고하였다.

잔잔한 바다, 갈매기가 한 마리 허공을 감돌다 멀리 수평선으로 날아가고 있었다.

이 전쟁은 도대체 무엇이었던가? 출발을 알리는 북소리가 울리는 가운데 뱃전에 늘어선 병사들은 허공에서 눈을 떼지 않았다.

임시 통제사로 개선함대의 지휘를 맡은 것은 46세의 경상우수사 이순신(李純信), 돌아간 이순신의 영구를 모시고 노량해협을 떠났다. 고금도는 물길로 7백 리, 영구는 거기서 생전에 다정하게 지내던 병사들과 백성들이 올리는 제례(祭禮)를 받고 고향 아산(牙山)으로 향할 예정이었다.

주註

1. 고니시 유키나가의 웅천성은 지금의 창녕시 남문동 산에 있었다.
2. 내키지 않는 걸음에 나섰던 주홍모는 남으로 내려가다가 전라도 임실(任實)에서 전염병에 걸려 사망하였다.
3. 광해군의 분조는 이해 8월 6일 그가 홍주를 떠날 때까지 계속되었다.
4. 이렇게 압록강을 건너간 조선 여자가 전후 수만 명에 이르렀으나 산해관(山海關)에서 중국 관헌들에게 저지를 당해서 중국 본토에는 못 들어갔다. 이 여자들은 조선에도 돌아오지 못하고 그 땅에서 막일꾼 등과 어울려 살다 죽었다. 다만 유정의 여자는 유정의 힘으로 그의 고향인 사천까지 가서 아들을 낳았다(《연려실기술》).
5. 병조판서 이항복이 광해군의 분조(分朝)로 내려가서 분병조판서로 있는 동안 서울 조정에서는 이덕형, 이어 심충겸(沈忠謙)이 병조판서로 있었으나 분조가 해체되고 서울로 돌아오자 이항복은 다시 서울 조정의 병조판서로 복귀하였다.
6. 세스페데스는 그 후에도 일본에서 지하선교를 계속하다가 임진왜란이 끝난 지 13년 후인 1611년 세상을 떠났다. 60세.
7. 줄리아는 전쟁이 끝난 지 2년 후인 1600년, 유키나가가 도쿠가와 이에야스(德川家康)에게 패하여 사형을 당하자 이에야스의 시녀로 끌려갔다. 천주교를 버리지 않고, 또 이에야스의 뜻을 거역하고 정절을 지켰기 때문에 동경에서 1백 킬로미터도 더 떨어진 태평양 속의 고즈시마(神津島)로 귀양을 갔다. 여기서 40년을 홀로 살다 1651년 세상을 떠나 이 섬에 묻혔다.
   1972년 한일 양국의 천주교계는 이국땅의 절해고도에서 고국을 그렸을 줄리아의 심정을 생각하여 고국에 분묘(分墓)를 만들기로 합의를 보았다. 이에 따라 이해 10월 그의 무덤에서 채토(採土)한 흙과 묵주, 그리고 이 섬의 기념으로 5색돌을 대리석 상자에 넣어 비행기로 서울에 옮겨 왔다. 양국 관계자들이 참석한 가운데 한강변 절두산(切頭山) 성당의 경내에 노기남(盧基南) 대주교가 손수 묻으니 고국을 떠난 지 근 3백80년, 죽은 지 3백21년 만에 돌아온 셈이다.
8. 임진왜란 중에도 전라도, 충청도 등지에서 가끔 민란이 일어났는데 그중 가장 큰 것이 이 이몽학의 난리였다. 난리가 평정된 후에도 많은 사람들이 이에 연루되어 죽음

을 당했는데 서울에 끌려가서 처형된 것이 한현 이하 33명, 지방에서 처형된 것이 1백여 명이었다.

의병장 김덕령(金德齡) 장군도 이에 연루되어 서울로 압송되어 갔는데 5차에 걸친 혹독한 고문 끝에 결국 옥중에서 숨을 거두고 말았다.

그는 광주(光州) 사람으로, 전쟁 이듬해인 1593년 11월 담양에서 의병을 일으켰다. 도원수 권율의 명령으로 경상도 고성(固城), 진동(鎭東) 등지에서 활약였고, 한때 곽재우와 협력하여 낙동강 연안에서 적선을 공격하기도 했다.

이몽학군의 문서에 김·최·홍(金·崔·洪)이라는 세 사람의 성이 적힌 것이 있었다. 한현은 관군에 체포되자 김은 김덕령, 최는 그의 부장인 최담령(崔聃齡), 홍은 홍계남(洪季男)이라고 하였다. 이 밖에도 그는 행여 죄를 면할까 하여 의병장 곽재우, 경상좌병사 고언백(高彦伯), 심지어 이덕형(李德馨)까지 끌고 들어갔으나 이들 중에서는 김덕령과 최담령만 억울한 죽음을 당했다. 김덕령은 당시 29세. 그의 형 덕홍(德弘)은 전쟁 초기에 고경명의 부하로 금산에서 전사하였다.

9. 황신은 이 의령에서 요시로를 만난 기회에 고니시 유키나가에게 조선 조정의 뜻을 전했다. 조선 왕자를 일본으로 보내는 일은 안 된다는 사연이었다. 앞서 부산에서 유키나가로부터 받은 제의에 대한 회답이었다.

10. 권율의 장계 내용은 전하지 않는다. 다만 일본 기록에는 다음같이 적혀 있다. '(권) 율은 순신이 명령에 불복하고 자의로 적을 상륙케 한 것을 힐책하고 이를 조정에 보고하였다(《日本戰史》 朝鮮役 p.333).'

11. 이것은 중국이 조선을 합병하려는 음모라고 의심한 조선 측의 반대로 실천에 옮기지는 못했다.

12. 마귀가 제독으로 승진한 것은 6개월 후인 이해 8월, 그가 이미 조선에 나와 있을 때였다. 다만 여기서는 번잡을 피하기 위해 처음부터 제독으로 통일하였다.

13. 추원포는 지금의 통영시 광도면 황리 남방 춘원포(春原浦 : 春元浦). 온라도와 형도는 지도(紙島) 부근으로 추정될 뿐 정확한 위치는 분명치 않다.

14. 상자들이 일본에 도착하면 히데요시의 측근들이 나와 검수하고 영수증을 써주었고, 경우에 따라서는 상도 내렸다. 이들 상자를 파묻은 것이 일본 교토(京都)에 있는 미미즈카(耳塚)다.

15. 이복남에게는 경여(慶餘), 경수(慶受), 경보(慶甫)라는 아들 3형제에 딸이 하나 있었다. 어떤 연유인지는 알 길이 없으나 그중 7세 난 셋째 아들 경보가 이때 남원성

에 있었다. 전투가 시작되기 전에 이복남은 이 어린 아들에게 사람을 붙여 성 밖으로 피신을 시켰다. 아마 서울 본댁으로 보낼 생각이었던 모양이다. 그러나 도중에 내륙을 횡단하여 전주 방면에 진출한 모리 히데모토의 부장 아소누마 모토히데(阿曾沼元秀)에게 붙들렸다. 일본으로 압송되었으나 명문의 후손이라 하여 괜찮은 대접을 받고 자랐다. 일본에서는 경보 대신 성현(聖賢)이라는 이름으로 통했다.

16. 이 진우충과 앞서 남원을 포기한 양원은 북경으로 끌려가 사형을 받았다.

17. 이와 같은 사정에 대해서 당시의 기록에는 다음과 같이 적혀 있다.

    '한산도가 함락된 후 배와 기계가 모두 없어지고 지금은 아무것도 없는 것이나 다름이 없다. 병사들도 바닷가의 어민이나 피란민으로부터 모은 사람들로 겨우 모양을 갖추고 있는 형편이다(軍兵亦拾海上漁戶及流離之民 僅成模樣 : 《선조실록》).'

18. 종전에 보화도는 목포에서 남서로 마주 보이는 고하도(高下島)라는 것이 통설이었다. 그러나 최근 서지학자 이종학(李鍾學) 씨가 고증한 바에 의하면 이들은 전혀 별개의 섬으로, 보화도는 목포의 서북에 위치하고 있다.

주요 참고문헌

《선조실록(宣祖實錄)》

《선조수정실록(宣祖修正實錄)》

《징비록(懲毖錄)》 류성룡 저

《진사록(辰巳錄)》 류성룡 저

《서애문집(西厓文集)》 류성룡 저

《국역 학봉전집(國譯 鶴峰全集)》

《이충무공전서(李忠武公全書)》

《망우당집(忘憂堂集)》 곽재우 저

《재조번방지(再造藩邦志)》 신경 저

《연려실기술(燃藜室記述)》 이긍익 저

《서정일록(西征日錄)》 이정암 저

《분충서난록(奮忠紓難錄)》

《일본왕환일기(日本往還日記)》 황신 저

《난중잡록(亂中雜錄)》 조경남 저

《춘파당일월록(春坡堂日月錄)》 이성령 저

《일본전사 조선역(日本戰史朝鮮之役)》 구(舊)참모본부 편

《근세일본국민사(近世日本國民史)》〈조선역(朝鮮役)〉 도쿠토미 소호(德富所峰) 저

《조선역 수군사(朝鮮役水軍史)》 아리마 세이호(有馬成甫) 저

《기요마사 조선기(淸正朝鮮記)》

《서정일기(西征日記)》 덴케이(天荊) 저

《조선학보(朝鮮學報)》 일본 덴리대학

《명신종실록(明神宗實錄)》

《양조평양록(兩朝平攘錄)》 제갈원성 저

《정동실기(征東實記)》 전세정 저

《조선임진왜화사료(朝鮮壬辰倭禍史料)》
《경략복국요편(經略復國要編)》 송응창 저

1

지금은 이순신이라면 제1급의 명장으로 모르는 사람이 없고, 해외에서도 최소한 해전을 연구하는 사람들은 다 알고 있다. 그러나 임진왜란이 일어날 당시만 해도 그의 이름을 아는 사람은 별로 없었다.

이 전쟁이 일어나기 일 년 전까지 그는 전라도 정읍현감이었다. 서울에서 멀리 떨어진 조그만 고을의 군수라고 생각하면 과히 틀리지 않을 것이다.

그를 전라좌수사로 천거한 것은 당시의 좌의정 류성룡이었다. 류성룡은 이보다 11년 전에 돌아간 이순신의 형 요신(堯臣)과 동갑 친구로, 두 집은 서울 남산 기슭의 같은 동네에 있었기 때문에 어려서부터 서로 아는 처지였다.

이때 전라좌수사의 자리가 비었는데 마침 류성룡이 좌의정이면서 인사를 담당하는 이조판서를 겸하고 있었다. 이와 같은 인연과 우연이 맞아떨어져서 이순신은 좌수사의 직책을 맡고 전라도 여수로 가게 되었다.

그러나 수사라고 대단한 벼슬은 아니었다. 요즘으로 치면 변방을 지키는 연대장 정도의 직책이니 이때까지도 그는 이름이 알려진 인물은 못 되었다.

수군 자체도 크게 평가를 받지 못했다. 한때 조정에서는 변변치 못한 수군을 없애고 그 대신 육군을 강화하자는 논의가 나올 지경이었다. 우리 스스로 이런 형편이니 적도 조선 수군은 아예 없는 것으로 치부하고 전쟁을 계획하였다. 개전 초기에 경상도 수군이 싸우기도 전에 무너져 버린 것도 이유가 없는 것은 아니었다. 그만큼 자신이 없었던 것이다.

무명의 이순신이 아무도 기대를 걸지 않던 수군을 이끌고 그처럼 위대한 공을 세우리라고 생각한 사람은 없었다. 육지에서 의병들이 아무리 잘 싸워도 바다에서 수군이 적의 수군을 격파하고 해상 수송을 차단하지 못했다면 중대한 사태가 벌어졌을 것이다.

이 당시만 해도 우리나라는 산림이 울창하고 강들은 수량이 넉넉했다. 사람과 물자를 실은 배들은 이들 강을 따라 내륙 깊숙이 드나들고 있었다. 가령 이퇴계 선생은 고향인 안동으로 갈 때 서울 광나루에서 배를 타고 한강을 거슬러 오르다가 단양에서 배를 내렸고, 귀양길의 단종은 영월까지 배를 타고 갔다. 부산에서 배를 타면 낙동강을 거슬러 문경까지 갈 수 있었고, 평양에서 배를 타면 대동강을 따라 영원(寧遠)까지 갈 수 있었다.

화폐경제가 발달하지 못해서 여전히 물물교환 시대였고, 나라에서 받는 세금도 양곡, 포목 등 현물이었다. 가을이면 세금으로 받은 현물을 실은 배들이 이들 강을 따라 간단없이 움직였고, 가을이 아니더라도 장작, 식량, 소금, 어물 등 무거운 물자를 실은 배들은 언제나 강들을 누비고 다녔다.

한마디로 조선은 사람의 혈맥같이 내륙의 수로가 발달된 나라였다. 이순신이 거제도 수역에서 일본 수군을 막지 못했다면 그들은 남해를 거쳐 서해로 올라왔을 것이고, 이들 내륙의 강을 따라 전국 어디나 자기들의 군대가 있는 곳에는 필요한 인원과 물자를 보급할 수 있었을 것이다.

당시의 수군 함정들은 말할 것도 없이 목선으로 파도에 따라 동요가 자심하였다. 조선 수군은 적보다 우수한 대포를 장비하고 있었으나 이처럼 요동치는 배에서 발사할 경우 명중률은 신통할 수가 없었다. 포탄도 지금 같지 않았다. 탄체(彈體)가 폭발해서 파편을 날리는 유탄(榴彈)이나 폭발과 동시에 안에 있던 무수한 탄환이 흩어져 적을 살상하는 산탄(散彈)이 서양에서 발명된 것은 이보다 2백 년 후인 1800년대 초였다.

서양에서도 대포의 포탄으로 둥근 쇳덩이를 날리는 단계였고, 우리도 별반 다르지 않았다. 다만 우리는 좀 더 연구해서 쇳덩이 외에 반들반들한 돌이며 창끝같이 큰 화살도 날릴 수 있었다. 그러나 명중하는 경우에도 지금의 포탄처럼 폭발하지 않으니 맞은 부위만 파괴되고 효과는 제한될 수밖에 없었다.

적에게 치명적인 타격을 주기 위해서는 실수를 하려야 할 수 없는 지근거리로 바싹 다가들어 적함을 집중공격하는 것이 제일이었다. 이순신 함대는 적함과 부딪칠 정도로 가까이 접근하여 치명적인 부위에 포탄을 퍼붓고, 진천뢰를 던지고, 소총과 활을 쏘아 적병들을 살상하고, 때로는 육중한 우리 함정들이 그대로 돌진하여 적함을 밀어붙이기도 하였다.

이것은 용감한 장수가 선두에 서고, 휘하 병사들은 자신에 차고 죽음을 두려워하지 않는 경우에만 가능한 전법이었다. 한 가지 결함은 사령관도 항시 적의 소총의 사정거리 내에서 움직여야 하는 일이었다. 이순신이 일본군의 조총탄에 가슴을 맞고 전사한 것은 우연이 아니고 언제나 그런 위험은 따라다니고 있었다. 2백7년 후인 1805년 영국의 넬슨 역시 적의 소총탄에 희생되었다.

1598년 11월 19일 노량에서 전사한 이순신의 영구가 고금도를 거쳐 아산에 도착한 것은 약 20일 후인 12월 10일경이었다. 고향 집이 이미 적의 손에 불타 없어졌으니 어디 안치하였는지는 알 수 없으나 금성산(錦城山) 기슭에 장례를 지낸 것은 사후 52일이 되는 다음 해 2월 11일이었다. 그로부터 16년이 지난 1614년 얼마 떨어지지 않은 어라산(於羅山) 기슭으로 옮겨 모시니 지금의 산소가 그것이다.

이순신은 과연 어떤 사람이었을까? 제3자적인 위치에 있던 이덕형(李德馨)은 그가 전사한 직후 현지에서 임금에게 다음 같은 보고서를 올리고 있다.

이순신의 사람됨에 대해서 신은 일찍이 그를 만난 일도 없고 대화를 나눈 일도 없으므로 아는 바가 없었습니다. 다만 전일에 원균이 그의 처사가 옳지 못하다고 말하는 것을 듣고 재주는 있어도 진실되고 용감한 점에 있어서는 남만 못한 모양이라고 생각하였습니다.

신이 본도에 들어와서는 바닷가에 사는 백성들이 입을 모아 그를 칭송하고 사랑으로 받드는 것을 알았습니다. 또한 그가 4월에 고금도에 들어가자 만사를 적절히 조치하여 불과 몇 달 사이에 민가와 군량이 옛날 한산도에 있을 때를 능가한 것을 알고 비로소 그 역량이 남보다 뛰어남을 알게 되었습니다.

유 제독(劉提督 : 劉綎)이 싸울 생각이 없고, 따라서 큰일을 오직 우리 수군에게 의지할 수밖에 없게 되자 신은 누차 수군에 사람을 보내 이순신에게 영을 내려 잘 조처하도록 하였습니다. 그가 정성을 다하여 나라에 모든 것을 바치고 죽음으로써 스스로 맹세하여 계획을 세우고 실천하는 것이 모두가 볼 만하였습니다. 이에 신은 나라의 수군이 주장(主將)에 적절한 인재를 얻었으니 걱정이 없다고 생각하였습니다.

　불행히도 전사하니 앞으로는 책임을 지워 인사를 배치하는 데 이런 인재를 얻기는 어려울 것입니다. 참으로 애통하고 아까운 일입니다.

　승전하던 날 식량을 운반하던 인부들도 이순신이 전사하였다는 소식을 듣고는 비록 아무것도 모르는 노인과 어린아이들마저 달려 나와 울음을 터뜨리고 서로 위로하니 사람들에게 인심을 얻은 것이 어찌 우연한 일이겠습니까. (……) 이순신이 나라를 위하여 그 직책에 목숨을 바친 사정은 옛날 장수들에게도 부끄러움이 없으니 조정에서는 그를 포상하는 일을 특별히 시행하시기를 바랍니다.

이덕형은 당시 좌의정의 현직을 띤 채 유정의 접반사로, 노량에서 멀지 않은 순천에 있었다.

2

역사에는 영원한 평화도 없었고 영원한 전쟁도 없었다. 임진왜란도 예외는 아니어서 세월과 더불어 전쟁은 가고 평화가 오고, 국교도 회복되게 마련이었다.

국교의 회복을 누구보다도 갈망한 것이 쓰시마였다. 쓰시마에 가본 사람은 누구나 첫인상으로 느끼는 것이 산이 많다는 사실이다. 흡사 돌무지같이 산에 산이 겹겹으로 들어선 쓰시마에는 신기할 정도로 평지가 보이지 않는다. 곡식을 심을 농토가 없는 것이다.

그들은 하루 속히 국교를 회복하여 조선으로부터 식량을 얻어 가야 했다.

도요토미 히데요시가 죽은 것은 1598년 8월, 조선에서 일본군이 철수를 완료한 것이 11월 25일이었다. 그런데 한 달 후인 12월 말에 벌써 쓰시마 사신이 조선에 건너와서 화평을 요청하였다.

이때는 아직 명군이 철수하기 전이었다. 그들은 고니시 유키나가의 편지를 가지고 와서 유키나가와 전부터 연락이 있던 유정(劉綎)에게 중재를 부탁하였다. 그러나 유정은 곧 철수하여 본국으로 돌아갔고, 또 조선은 일본을 불구대천의 원수로 알고 상대하려고 하지 않아 일은 성사되지 않았다.

명군이 철수를 시작한 것은 일본군이 물러간 후 2개월이 지난 1599년 1월이었다. 그러나 만일에 대비하여 만세덕(萬世德) 휘하 2만 4천 명의 병력을 조선에 남겼고, 이들마저 철수하여 조선에서 명군의 그림자가 완전히 사라진 것은 그 다음 해인 1600년 9월이었다. 전쟁이 끝나고 1년 10개월이 지난 시점이었다.

그동안에도 쓰시마는 인질로 끌고 갔던 중국 사람들을 돌려보내는 등 명나라의 환심을 사려고 애를 썼다. 그러나 당사자인 조선 측의 반응은 여전히 냉담하여 별다른 성과를 거두지 못하다가 교섭이 본격적으로 시작된 것은 명군이 물러간 후였다.

쓰시마는 새로 권력을 잡은 도쿠가와 이에야스의 양해하에 연속부절로 사신을 부산에 보내 화평을 요청하는 한편 일본에 납치되었던 백성들을 송환하여 호의를 보였다. 조선은 이들 송환된 백성들로부터 일본의 내막을 듣고 그들이 더 이상 조선을 침범할 의사가 없다는 것을 짐작하게 되었다.

그러나 송환된 백성들의 말만 듣고 국가의 정책을 결정할 수는 없고, 책임 있는 사람이 일본에 가서 그들의 실정을 알아볼 필요가 있었다. 이에 적임자로 지목된 것이 사명대사였다.

그는 이 무렵 경상도 하양(河陽)의 산사에서 세상을 등지고 불경을 읽고 있었다. 이 전쟁에는 많은 승려들이 목숨을 잃고 혹은 부상을 입었다. 궁궐이며 종묘를 재건하고 무너진 성을 수축하는 데도 피땀을 바쳤다. 무엇을 바라고 한 것은 아니라고 하지만 그들 누구나 마음속 깊이 간직한 소망은 폐지된 승과(僧科)를 부활하여 중들도 떳떳한 신분을 회복하는 일이었다. 이에 대해서 임금 선조는 그들의 공을 참작하여 승과를 부활시킬 생각도 있었으나 유신들의 반대로 일이 좌절되고 말았다.

실망한 사명은 산사에서 헛된 비원을 안고 죽어 간 승려들의 명복을 빌고 세상을 잊을 수밖에 없었다.

전쟁이 끝난 지 6년, 1604년 1월, 평안도 묘향산에 계시던 스승 서산대사가 85세로 세상을 떠났다는 기별이 왔다. 사명은 즉시 산사를 나서 북으로 길을 재촉하던 중 경기도 양근(楊根)에서 어명을 받들고 달려온 선전관과 마주쳤다.

"입궐하시랍니다."

행여 승과를 부활한다는 분부가 내리는 것은 아닐까? 희망을 안고 대궐을 찾았으나 생각지도 못한 용건이 기다리고 있었다.

"스님 이외에 누가 이 일을 해내겠습니까. 쓰시마에 다녀와 주시오."

영의정 이덕형 이하 빈청에 모여 앉은 대신들이 그를 설득하였다. 쓰시마 사람들이 연속부절로 부산에 건너와서 화평을 조르고 있으니 우선 쓰시마에 가서 저들의 실정을 알아봐 달라는 사연이었다. 곧이어 임금을 뵈니 임금도 같은 말을 되풀이하였다.

"경은 연전에 수차 적진에 출입하여 저들과 면식이 있고, 저들도 경이라면 무겁게 본다는 소문을 들었소. 가주시오."

사명은 북으로 가는 일을 단념하지 않을 수 없었다. 일본 사정에 밝은 손문욱(孫文彧), 통역 박대근(朴大根) 등을 대동하고 부산에 내려오니 쓰시마 사신 다치바나 도모마사(橘智正)가 기다리고 있었다. 그의 안내로 쓰시마에 건너간 사명은 도주 소 요시토시(宗義智) 등을 두루 만나, 그들이 화평을 요청하는 것은 술책이 아니고 진심이라는 것을 알 만했다. 그러나 쓰시마는 일본으로 보면 변방의 한낱 섬에 불과하고 소 요시토시는 이 섬을 다스리는 제후에 불과하였다. 그의 뜻이 곧 일본 정부의 뜻이라고 할 수는 없었다.

"화평은 누구의 뜻이오?"

사명의 물음에 소 요시토시는 이렇게 대답했다.

"쇼군(將軍)의 뜻이오."

쇼군이란 전해 2월 정이대장군(征夷大將軍)의 직책을 띠고 막부(幕府)를 개설한 도쿠가와 이에야스였다. 당시 일본 제도로는 쇼군은 사실상 일본 국왕, 막부는 중앙정부였다.

"그렇다면 쇼군을 만나야겠소."

이리하여 사명 일행은 소 요시토시의 안내로 쓰시마를 떠나 일본의 수도 교토(京都)로 올라갔다. 이것이 그해 8월이었다. 그러나 이에야스는 막부의 소재지인 에도(江戶), 지금의 도쿄에 내려가 있었다.

이에야스가 교토에 올라와서 예전에 도요토미 히데요시가 거처하던 후시미 성(伏見城)에서 사명과 만난 것은 그 이듬해인 1605년, 선조 38년 2월이었다. 이에야스는 사명 일행을 극진히 대접하고, 자기는 히데요시가 임진왜란을 계획하는 것을 알지 못했고, 단 한 명의 병정도 조선에 보낸 일이 없다고 자신의 입장을 해명하였다.

이것은 사실이었다. 뿐만 아니라 새로 정권을 잡은 사람으로서는 속히 전쟁의 뒤처리를 끝내고 국내문제에 전심할 필요가 있었다. 그는 국교 회복에 남다른 열의를 보이고 전쟁 중 일본에 끌려갔던 조선 백성들의 송환에도 동의하였다.

이것으로 국교 회복의 기초는 섰고, 남은 것은 행정적인 절차였다. 사명은 그해 4월, 피랍 동포 1천2백 명을 인수하여 여러 척의 배에 나눠 타고 귀국길에 올랐다.

사명은 전쟁 중에 몇 차례 적진에 출입하여 그들에게 이름이 알려진 인물이었다. 그중에서도 일본 승려들은 그를 무겁게 보고 쓰시마에서는 겐소(玄蘇), 교토에서는 조타이(承兌)를 비롯한 고잔(五山)의 고승들이 그와 어울렸다. 함께 불교 철학을 논하고, 때로는 그들이 청하는 대로 글씨도 써주었다.

전쟁 중 울산에서 만났던 가토 기요마사의 종군승 닛신(日眞)과도 여기서 다시 만나 회포를 풀고 그가 청하는 대로 '발성산 본묘사(發星山本妙寺)'라는 편액도 써주었다. 이것은 구마모토(熊本)에 있는 이에야스 일가의 원당으로 닛신이 주지로 있던 절이다. 지금도 혼묘지(本妙寺)에 가면 사명대사의 필적이 몇 점 있는데 그중에는 필담(筆談) 중 마구 갈겨쓴 것도 눈에 뜨인다.

사명은 무사히 부산으로 돌아왔다. 잠시 쓰시마에 다녀오는 줄 알았는데 해를 넘기고 보니 그동안 조선에서는 그가 왜놈들의 손에 죽었다느니, 갇혔다느니, 갖가지 풍문이 돌았다. 그런 사명이 많은 동포들까지 구해 가지고 돌아오니 모두들 개선장군같이 그를 반겼다.

그러나 임진왜란의 상처는 워낙 깊어 쉽사리 아물 수 없었다. 국교 회복에 반대하는 세력도 만만치 않아 또다시 시일을 끌다 이듬해인 1606년 5월 조정은 두 가지 조건을 붙였다.

첫째는 도쿠가와 이에야스의 국서를 가져올 것이고, 둘째는 능을 파헤친 범인을 잡아 오라는 것이었다.

전쟁 중 일본군이 선정릉(宣靖陵), 즉 성종의 선릉과 중종의 정릉을 파헤친 일이 있었다. 이들 능은 그 후 손질하여 지금도 서울 강남구 삼성동에 있는데 그 능을 범한 죄인, 이른바 범릉적(犯陵賊)을 잡아 오라는 것이다.

못할 줄 알았는데 그해(1606) 11월 쓰시마 사람들은 이에야스의 국서와 함께 범릉적 2명을 묶어 가지고 왔다. 후세에 판명된 것이지만 국서는 쓰시마 사람들이 꾸며 낸 것이고, 범릉적도 쓰시마의 옥에 갇혀 있던 죄인들이었다.

당시 조정에서도 눈치를 채지 못한 것은 아니었다. 국서의 서식도 이상하고, 더구나 이름을 마고사구(麻古沙九 : 孫作), 마다화지(麻多化之 : 又八)라고 부르는 20세 전후의 범릉적 2명은 나이를 계산하니 임진년에 7세와 8세의 소년들이었다. 이들이 조선에 건너와서 능을 파헤쳤다는 것은 말도 안 되는 소리였다.

그러나 조정은 모르는 체 이것을 승인하고 국교를 회복하기로 결정하였다. 교전상태를 무한정 끌고 갈 수도 없는 일이었다.

이듬해인 1607년, 선조 40년 1월, 정사 여우길(呂祐吉), 부사 경섬(慶暹), 서장관 정호관(丁好寬) 이하 4백60여 명의 사절단이 부산항을 떠나 일본으로 향하였다.

일행은 6월 6일 에도에서 쇼군 히데타다(秀忠)를 만나 국서를 바치니 전쟁이 시작된 지 15년, 끝난 지 9년 만에 양국 간의 국교가 회복되었다. 이때 이에야스는 쇼군의 자리를 아들 히데타다에게 물려주고 자신은 슨푸(駿府: 靜岡)라는 고장에 은퇴하여 있었다. 여우길 일행은 돌아오는 길에 이에야스도 만나고 다음 달인 윤6월 말에 귀국하였다.

해가 바뀌어 1608년, 선조 41년 2월, 임금 선조가 세상을 떠나고 광해군이 뒤를 이었다. 국교 회복에 큰 몫을 담당하였던 사명도 그해 8월 26일 합천 해인사에서 운명하니 67세였다.

3

"누구의 잘못이냐?"

원균이 수군을 이끌고 바다에 나갔다가 전멸하자 세상은 조용하지 않았다. 나가서는 안 된다고 주장하는 원균을 억지로 내몰아 이런 변을 당했으니 당연한 일이었다.

그러나 한두 사람의 잘못이라기보다 당시의 대세였다. 임진년에 적을 바다에서 막지 못해 그토록 참혹한 일을 당했으니 이번에야말로 바다에서 막아야 한다는 것이 그때 사람들의 절실한 소망이었고, 그것이 여론으로 화하여 누구도 거역할 수 없는 대세로 굳어졌다.

대세라 하더라도 사리를 냉정히 판단하는 위정자가 있었다면 일을 그렇게는 끌고 가지 않았을 것이다. 세상에는 가능한 일과 그렇지 못한 일이 있는데 대세에 편승하여 수군에 불가능한 일을 강요한 당로자(當路者)들은 책임을 면할 수 없었다.

지휘계통으로 보면 조정에는 출전을 주장한 대신들이 있었고, 이를 받아들여 출전을 명령한 임금이 있었다. 현지에는 이 명령에 따라 출전을 독려한 도체찰사와 도원수가 있었다. 그러나 이들 중 아무도 책임을 진 사람이 없고, 혼자 책임을 진 것은 엉뚱하게도 지휘계통과는 상관이 없는 경상우도병마사 김응서(金應瑞)였다.

적의 모함에 팔려 허망한 소리를 조정에 보고함으로써(見賣賊謀 虛言上聞) 일을 그르쳤다는 것이 죄목이었다. 이 때문에 그는 병마사에서 파면되어 백의종군의 처분을 받았다. 유능한 장수가 이렇게 되었으니 이순신의 백의종군에 버금가는 불행한 일이었다.

작품 중에도 나오는 바와 같이 그는 평안도 용강(龍岡) 사람으로 임진년에 29세의 청년장교였다. 이 전쟁에는 뛰어난 장수들이 많았으나 그중에서도 김응서는 유달리 패기에 넘치는 인물이었다. 심유경과 고니시 유키나가 사이의 휴전협정을 무시하고 적지에 깊숙이 들어가 닥치는 대로 적을 쳐부순 것도 김응서였다. 평복으로 갈아입고 적의 점령하에 있는 평양성에 들어가 적정을 탐지하고 평양탈환전에 선봉으로 성내에 쳐들어간 것도 김응서였다.

이와 같은 전공(戰功)이 인정되어 다음 해 여름 적이 부산 방면으로 물러가자 그는 일약 경상우도병마사로 발탁되어 의령(宜寧)으로 내려갔다. 이로부터 정유재란이 일어나던 1597년 가을까지 4년 동안 그 직책에 있었다.

그는 부산에 있던 고니시 유키나가의 요청으로 함안 고을 한적한 산골에서 그를 만나 흉금을 터놓고 이야기한 일이 있었다. 피차 상대방의 성실성을 믿게 되었고, 이로부터 김응서는 조선 측의 대일 창구, 고니시 유키나가는 일본 측의 대조선 창구가 되어 부산과 의령 사이에는 무시로 연락이 있었다.

정유재란을 앞두고 가토 기요마사가 바다를 건너온다는 소식이 오고 간 것도 이 창구였다. 출전을 거부한 이순신은 파면되고 원균이 그 뒤를 잇게 되었다.

가토 기요마사를 치지 못한 것을 아쉽게 생각한 조정에서는 정보를 제공한 김응서를 격려하고 고니시 유키나가를 우대해야 한다는 말까지 나왔다. 그러던 것이 원균이 패하자 이야기가 묘한 방향으로 뒤틀어졌다. 원균이 패한 근본의 근본을 따지자면 김응서가 왜놈들의 허망한 소리를 듣고 이것을 조정에 아뢰었기 때문이다. 책임은 김응서에게 있다 하여 이런 처분을 내리게 되었다.

그 일과 이 일은 별개로 억울한 누명이었다. 그러나 김응서에게는 항변할 힘이 없었다.

조선 왕조에서는 서북 사람을 등용하지 않았다. 어쩌다 하급 무관으로 채용되는 일은 있어도 병마사 같은 지위는 꿈도 꾸지 못할 일이었다. 이 전쟁이 없었다면 김응서도 하급 장교로 변경을 돌아다니다 생애를 마쳤을 것이다.

전시를 만나 서북 출신으로 벼락출세를 한 김응서는 요즘 말로 백도 없고, 장차 병마사 이상으로 크게 올라갈 처지도 못 되었다. 책임을 씌우기 알맞은 허약한 인생이었다.

백의종군이란 요컨대 계급의 박탈이었다. 그렇다고 군으로서는 장수로 있던 사람을 별안간 졸병으로 부릴 수도 없고, 당자로서는 계급과 부하가 한꺼번에 떨어졌으니 처신하기가 매우 어려웠다. 백의종군 중의 이순신도 초계에서 낮에는 삿자리를 짜고 밤이면 잠을 이루지 못하고 뜬눈으로 지새운 일도 있었다.

정유재란이라는 엄청난 전쟁이 벌어졌는데 하루아침에 무용지물이 되었다. 한동안 실의에 빠졌던 김응서는 궁리 끝에 한 가지 생각이 떠올랐다. 나라에서 부하를 주지 않으면 만들어 내는 것이다.

그가 병마사로 의령에 있을 때 그 고장에는 포로수용소가 있어 수백 명의 일본군 포로가 수용되어 있었다. 그들을 끌어내는 것이다.

김응서는 정유재란 중 이들 일본군 포로, 당시 말로 항왜(降倭) 수백 명을 이끌고 싸움터를 돌아다녔다. 울산을 칠 때에는 항상 선봉에 섰고, 성 밑에 육박하여 적의 음용수 공급을 차단한 것도 김응서였다. 제독 마귀(麻貴)의 부탁으로 적중을 돌파하여 동래까지 위력정찰을 감행한 것도 김응서였다.

그는 역시 용장으로 잘 싸웠다. 이듬해인 1598년 겨울 적이 물러가자 그 공이 인정되어 경상좌도병마사로 관직에 복귀하니 이해에 그는 35세였다. 이후 전라병사, 충청병사 등등 많은 벼슬을 거치던 중 1608년 2월 임금 선조가 세상을 떠났다. 당시 평안도 정주목사로 있던 김응서는 서울로 올라와 장례에 참석하고 고향으로 돌아갔다.

3년 후 다시 관직에 올라 충청수사, 함경도 남병사·북병사 등을 거쳐 1618년 4월 평안도병마수군절도사로 임명되어 임지인 영변(寧邊)으로 부임하였다. 병사와 수사를 겸하였으나 평안도는 수군이 유명무실하였으니 사실상은 평안병사였다. 그가 처음으로 경상우도병마사, 즉 병사의 직책에 오른 것이 임진왜란 2년째인 1593년이었으니 25년 동안 같은 직위를 맴돈 셈이었다. 전쟁으로 출세하였으나 역시 서북 출신에는 한계가 있었다.

이보다 3년 전인 1615년, 만주에서는 그때까지 형식상으로나마 명나라에 예속하고 있던 여진족의 추장 누르하치가 독립하여 후금(後金)을 세우니 청(淸)나라의 전신이었다. 김응서를 평안도의 병마사로 임명한 것도 이들의 침범에 대비한 조치였다.

그가 평안도로 부임할 무렵부터 누르하치는 공공연히 자기들의 지역을 벗어나 명나라의 영토를 침공하기 시작했다. 이에 명나라는 임진왜란에 조선으로 나왔던 양호(楊鎬)를 총사령관으로 하고, 유정, 이여매(李如梅), 두송(杜松) 등이 지휘하는 총병력 10만으로 누르하치를 토벌하기로 하였다.

그들은 조선에도 지원을 요청하였다. 조선으로서는 불과 20여 년 전에 그들의 도움을 받은 처지에 거절할 수가 없었다. 강홍립(姜弘立)을 원수, 김응서를 부원수로, 1만 명의 병력을 동원하여 명나라를 돕기로 결정을 보았다. 이들은 이해 9월 압록강변의 창성(昌城)에 집결하여 명군의 연락을 기다렸다.

다음 해인 1619년 2월 명군은 북·서·남 3방면으로 누르하치의 수도 흥경(興京)을 향해 진격을 시작하였다. 2월 24일 압록강을 건넌 조선군은 관전(寬甸)에서 유정이 지휘하는 우익남로군(右翼南路軍)과 합류하여 흥경으로 진격하기로 되어 있었다. 흥경은 무순(撫順) 남동 1백 킬로미터, 지금은 옛 성터와 궁궐의 주춧돌만 남아 있는 작은 촌락이지만 당시는 새로 성을 쌓고 활기에 넘치는 신흥 성곽도시였다.

압록강을 건넌 조선군은 관전까지 갔으나 유정군은 이미 떠난 후였다. 그 뒤를 따라 북상하다가 29일 마가채(馬家寨)라는 고장에서 행군을 멈추고 식량이 오기를 기다리는 동안 후세에 두고두고 말썽의 대상이 된 사건이 벌어졌다. 도원수 강홍립이 적과 내통한 것이다. 그는 통역관 하세국(河世國)에게 속삭였다.

"가서 여진 진영에 이렇게 말해라 — 우리는 당신들과 원수진 일이 없다. 의리상 부득이해서 나왔을 뿐 싸울 생각이 없으니 그리 알아 달라."

하세국은 몰래 적진으로 들어갔고, 이 일은 강홍립 외에는 부원수 김응서 이하 아무도 알지 못했다. 당시의 임금 광해군은 임진왜란을 몸소 겪은 사람으로, 명군의 내막을 잘 알고 있었다. 약탈에 능하고 싸움에 무능한 그들은 패할 것이고 명나라도 결국 망할 것이다 — 이렇게 예측한 광해군은 출전에 앞서 강홍립에게 은밀히 지시를 내렸다 — 형세를 보아 알아서 처신하라.

3월 초에 광해군이 예측한 대로 명군은 대패하여 4만 5천 명의 사상자를 냈고, 그중에서도 조선군과 이웃하여 싸우던 유정군은 거의 전멸하여 사령관인 유정까지 전사하고 말았다.

그동안 조선군은 형세를 관망하고 싸우지 않았다. 다만 명군과 어울려 있던 부대는 전투에 휘말려 선천군수 김응하(金應河), 운산군수 이계종(李繼宗) 등이 전사하였다.

그 사이 강홍립은 또다시 통역관 황운해(黃運海), 일설에는 여진인 김언춘(金彦春)을 적진에 보내 화평을 요청하였다. 적도 이를 받아들여 조선군은 평화리에 무장을 해제하고 항복의 절차를 밟았다.

이것을 계기로 조선과 후금의 관계는 매우 원만하게 전개되었다. 그들은 강홍립, 김응서 이하 장수 10여 명만 흥경에 남겨 두고 나머지 장병들은 전부 조선으로 돌려보냈다. 또 흥경에 남은 장수들과 본국에 있는 가족들 사이의 연락도 자유로웠고, 가족들이 보내는 의복, 식료품도 그대로 전달해 주었다. 한 걸음 나아가 누르하치는 조선에 이런 국서를 보내기도 하였다

귀국의 장수 10여 명을 잡아 둔 것은 오직 조선 국왕의 체면을 위한 것입니다.

명나라가 조선을 의심하고 시비를 걸어 올 염려가 있으므로 그런 구

실을 주지 않기 위한 조치였다.

광해군의 현실적인 외교로 북방에는 평화가 유지되었으나 그것도 오래가지 않았다. 4년 후인 1623년 인조반정으로 광해군이 쫓겨나고 인조가 들어서자 실리보다 명분을 내세워 후금을 배척하고 친명정책으로 반전하였다. 임진왜란에 우리를 도와준 명나라를 등지고 그들의 적과 손을 잡는다는 것이 말이 되느냐?

이치로 따지면 옳은 말이었다. 그러나 의리를 위해서 허약한 명나라와 손을 잡고 강대한 후금을 적으로 돌린 결과 임진왜란이 끝난 지 20여년에 또다시 정묘호란·병자호란의 대참변을 자초하고 말았다.

오늘날 광해군의 정책이 재평가를 받는 것도 이 때문이다. 인간이 만들어 낸 중에서 가장 잔인한 것이 국가라고 한다. 생존을 위해서는 잔인도 허용되는 것이 국가라면 아마 광해군이 옳았을 것이다.

그동안 김응서는 홍경에 있으면서 매일 일기를 쓰는 일을 거르지 않았다. 그것은 후금의 내막을 보는 대로 소상히 적은 문서로, 보기에 따라서는 정탐한 것으로 오해를 받을 수도 있었다. 정말 후일을 위해서 그들의 내막을 정탐한 것인지, 아니면 단순히 보고 들은 것을 적은 것인지, 지금 와서는 알 길이 없으나 하여튼 그들에게 고분고분하지 않았고, 따라서 곱게 보이지 않은 것은 짐작이 가는 일이다. 그 위에 본국에서는 정변이 일어나 후금을 배척하고 그들의 적인 명나라와 손을 잡기 시작했다.

이런저런 일로 김응서는 일기를 빌미로 억류된 지 5년이 되는 1624년 4월 18일 홍경의 동문 밖에서 사형을 받았다. 61세.

지금도 평안도 지방에서는 김응서라면 전설적인 영웅으로 숭상을 받고 있다. 그의 용기와 아울러 이와 같은 슬픈 최후 때문이 아닌가 한다(그는 도중에 경서[景瑞]로 개명하였으나 여기서는 편의상 응서로 통일하였다).

4

중국 역대 왕조 중에서 제일 시원치 못한 것이 명조(明朝)라는 것은 이미 정평이 나 있다. 대를 이어 변변치 못한 인물이 황제로 등극하여 일을 그르쳤기 때문이다. 그중에서도 한층 변변치 못한 것이 임진왜란 당시의 황제 주익균(朱翊鈞)이었다. 역사의 기록에 만력황제(萬曆皇帝) 또는 신종(神宗)으로 나오는 인물이다.

주익균의 치하에서는 전쟁이 세 번 있었다. 하나는 이 작품 중에도 나오는 보바이의 반란, 또 하나는 임진왜란, 그리고 이 전쟁이 끝나기 전에 귀주성(貴州省)에서 일어나 전후까지 계속된 양응룡(楊應龍)의 반란이었다. 이 세 번의 전쟁을 만력삼대정(萬曆三大征)이라고 부르는데 전쟁 비용은 도합 1천만 냥을 훨씬 넘었다. 당시 명나라의 1년 예산이 4백만 냥이었으니 대단한 액수임을 알 수 있을 것이다.

그러나 황제 주익균은 철이 없는 것인지 혹은 신경이 무딘 것인지, 하여튼 아랑곳하지 않았다. 여전히 조정에는 나오지 않고 궁중 깊숙이 들어앉아 여자와 술과 사치로 세월을 보냈다. 계속 국고를 탕진하여 국가 재정을 파탄으로 몰아넣었는데 가령 임란 4년 후인 1602년에 올린 황태자의 결혼식 비용만 하더라도 2백만 냥에 이르렀다. 건국 2백여 년에 황족의 수도 늘어날 대로 늘어나서 이들의 관혼상제에 들어가는 비용도 기가 막히고, 그 많은 궁녀들의 화장대만도 어마어마한 액수였다.

이렇게 되고 보니 예산이라는 것은 있을 수도 없었다. 황실은 마구 쓰고 뒷감당을 위해서 관리들은 전국에 퍼져 백성들을 마구 짜내는 수밖에 없었다. 그간에 짜내는 관리들의 농간 또한 이만저만이 아니었다.

명나라가 공식으로 망한 것은 임진왜란이 끝나고도 46년이 지난 후였으나 사실상 망한 것은 이 주익균의 치하였다는 것이 사학자들 간의 정설이다.

그는 1620년 58세로 세상을 떠나 생전에 마련하여 두었던 지하궁전으로 들어갔다. 북경 교외의 정릉(定陵)이 그것이다.

1956년 5월 중국 고고학자들이 이 능을 발굴하였다. 현실(玄室)에는 3개의 관이 나란히 놓여 있었는데 중앙이 황제 주익균, 한쪽은 황후 왕씨, 다른 한쪽은 태자의 생모 왕귀비(王貴妃)였다.

주익균의 관뚜껑을 열어 보니 시체는 살점이 하나 없는 완전한 해골이 되어 있었다.

다만 두발(頭髮)은 그대로 남아 금으로 만든 동곳이 몇 개 꽂혀 있었고, 노란 콧수염도 약간 남아 있었다. 옷차림은 곤룡포에 익선관, 장화를 신고 허리에는 옥대(玉帶)를 두른 모습이었다.

중키에 잔등이 꾸부정하고 양쪽 다리는 길이가 달랐다. 살아서는 절름발이였던 모양으로, 이 때문에 조정에 나와 뭇사람들 앞에 서는 것을 꺼렸던 것으로 추측된다.

부장품은 3천 점도 넘었고, 찬란한 의복이며 직물과 패물, 갖가지 그릇 등 가지각색이었다. 주인공의 별로 고상치 못한 취미를 그대로 보여 주는 것들이었다.

임진년에 명군의 총사령관으로 조선에 나왔던 이여송(李如松)은 정유재란이 일어나던 1597년 요동총병관으로 만주의 요양(遼陽)으로 부임했다. 그러나 이듬해 4월 여진족의 지역으로 들어갔다가 복병을 만나 전사하니 나이 50세였다.

기록에 의하면 이여송은 조선에 나왔을 때 금(琴)씨 성을 가진 조선 여자와 동거하여 아들이 생겼는데 이름을 천근(天根)이라고 하였다. 그가 조선에 머문 것은 9개월밖에 되지 않으니 이 아이는 이여송이 본국으로 돌아간 연후에 태어난 것 같다. 그 후손이 지금 거제도의 장승포에 살고 있다.

훗날 명나라가 망한 후 중국 본토에 살던 이여송의 손자 응조(應祖), 아우 여매의 손자 명조(明祖) 등도 조선으로 건너왔다. 이들이 농서 이씨(隴西李氏)의 조상이다.

병부상서에서 파면된 석성(石星)은 옥에 갇혀 있다가 임진왜란이 끝난 다음 해인 1599년 9월 옥중에서 병으로 세상을 떠났다. 62세.

그는 옥에 갇혀 있을 때 마침 사신으로 북경에 들어갔던 우의정 이항복에게 은밀히 양응춘(楊應春)이라는 심복을 보내 구명운동을 부탁한 일이 있었다.

"돌아가거든 임금에게 말씀드려 주시오. 임금께서 우리 황상에게 청을 드리면 풀려날 것도 같소."

이에 대해서 조선이 어떤 조치를 취했는지는 알 길이 없고, 그가 죽은 지 4년이 되는 1603년 평양에 사당을 짓고 이여송과 함께 모셨다는 기록이 있을 뿐이다.

석성이 끌려가서 곤장 60대를 맞고 옥에 갇히자 부인은 스스로 목숨을 끊고 집안은 풍비박산이 되었다. 소식을 들은 석성은 자식들에게 연락하였다.

"중국에서는 목숨을 부지하기 어려울 터이니 조선으로 나가라. 조선에서는 너희들을 모른다고 하지 않을 것이다."

그에게는 아들이 둘 있었는데 맏이가 담(潭), 둘째가 천(洊)이었다. 그중 천이 먼저 조선으로 건너오니 그가 성주 석씨(星州石氏)의 조상이다.

담은 만력황제(주익균)가 죽고 부친 석성의 명예가 회복된 연후에 계모 원(袁)씨와 함께 조선으로 건너왔는데 그의 후손은 해주 석씨(海州石氏)를 칭하였다. 이들 형제의 후손 중 일부는 조주 석씨(潮州石氏)로 행세하는 이들도 있으나 다 같은 석성의 후예임에는 틀림이 없다.

석성의 천거로 책봉사에 임명되어 일본으로 가던 도중 부산에서 도망친 이종성(李宗城)이라는 인물이 있었다. 그 후의 행적을 찾았으나 알 길이 없고, 다만 은 3만 냥을 바치고 방면되었다는 기록이 있을 뿐이다.

석성을 궁지로 몰아넣은 심유경(沈惟敬)은 죄인으로 처형되었기 때문에 그의 개인적인 기록은 인멸되어 찾을 길이 없다. 연전에 하회마을, 류성룡 선생의 고택을 찾았을 때 유품 중에 심유경의 친필 편지가 한 통 있었다. 그 후 도난사고가 있었다는 소식을 들었는데 그 편지는 무사했는지 알 수 없다. 아마 이 편지가 심유경이 이 세상에 남긴 유일한 유류품이 아닌가 한다.

임진왜란을 계기로 적지 않은 중국 사람들이 조선으로 건너왔다. 그중에는 전쟁에 나왔다가 그대로 눌러앉은 사람도 있고, 위에 적은 이여송이나 석성의 후손들같이 명나라가 망하기 전후에 망명하여 온 사람도 있었다. 이씨와 석씨 외에 두(杜), 가(賈), 마(麻), 시(施), 추(秋), 팽(彭),

편(片), 풍(馮), 호(胡), 호(扈)씨 등등 희성을 가진 분들은 대개 그 후손이다. 이중 마씨는 정유재란에 제독으로 나왔던 마귀의 혈통이다.

5

도요토미 히데요시가 죽고 임진왜란이 끝나던 1598년 그의 외아들 히데요리(秀賴)는 6세였다. 일본의 제후들은 어린 히데요리를 지지하는 파와 실력자 도쿠가와 이에야스를 지지하는 파로 갈려 반목을 거듭하기 시작했다.

마침내 두 파는 2년 후인 1600년 9월 교토 동북 세키가하라(關ヶ原)에서 무력으로 대결하였다. 이것을 일본 역사에서는 세키가하라 전투(關ヶ原の戰い)라고 부르는데 이 전투에서 히데요리 파가 패하고 이에야스 파가 승리하였다. 이것을 계기로 이에야스는 대권을 잡고 히데요리는 사실상 한낱 제후로 전락하는 신세가 되었다.

1615년 5월 이에야스는 대군을 동원하여 히데요리의 거성인 오사카 성(大阪城)을 총공격하였다. 히데요리 측에서도 대항하였으나 결국 패하고 히데요리와 그의 모친 요도기미(淀君)는 스스로 목숨을 끊었다. 히데요리 23세, 요도기미 49세였다.

이때 히데요리에게는 8세 난 아들이 있었다. 이름은 구니마쓰(國松). 시녀들이 안고 도망쳤으나 이에야스 측이 그대로 두지 않았다. 이 잡듯이 수색하는 바람에 10여 일 후 드디어 발각되어 교토 교외의 형장으로 끌려 나가 목이 잘리니 이것으로 도요토미 히데요시의 혈통은 완전히 단절되었다.

전쟁 중 남달리 평화를 위해서 노력하던 고니시 유키나가(小西行長)는 세키가하라전에 히데요리 편에서 싸웠다. 패하자 산속을 숨어 다니다 산승(山僧)의 밀고로 체포되어 교토로 끌려갔다. 일본 무사들의 관행으로는 이런 경우 할복자살하는 것이 정도(正道)였으나 그는 자살을 금하는 천주교의 교리 때문에 순순히 오랏줄을 받았다고 한다.

교토에 끌려간 유키나가는 역시 전쟁 중 조선에 나왔던 이시다 미쓰나리(石田三成), 안고쿠지 에케이(安國寺惠瓊)와 함께 주모자로 지목되어 참수형을 받았다. 유키나가에게는 12세 난 아들이 있었는데 이 아이도 피해 다니다 임진년에 제3군 사령관으로 나왔던 모리 데루모토(毛利輝元)의 손에 들어갔다.

데루모토는 세키가하라전에 히데요리파의 총대장으로 추대된 인물이었다. 패전하고 보니 난처하게 된지라 이에야스의 환심을 사기 위해서 이 아이의 목을 잘라 이에야스에게 바쳤다.

유키나가의 부친 류사(隆佐)는 이미 세상을 떠났고, 영세명을 막달레나라고 하던 모친은 그의 사후, 뒤를 쫓듯이 병사하였다. 쓰시마 도주 소 요시토시와 결혼하였던 그의 딸 마리아는 그가 처형된 후 이혼을 당하여 쓰시마에서 쫓겨났다. 배를 타고 나가사키(長崎)에서 교회활동을 하다 1605년 소리없이 죽어 갔다.

이리하여 유키나가의 집안은 결딴이 나고 혈통도 끊어졌다.

임진왜란 중 사신으로 명나라의 북경까지 다녀온 고니시히(小西飛)는 당시 우리나라 기록에도 자주 등장하는 인물이다. 지금까지는 고니시 유키나가의 심복이라는 정도로 알려졌을 뿐 정확한 직위는 분명치 않았다. 그런데 요즘 새로 발견된 문서에 의하면 그는 고니시 유키나가의 가로(家老)였다. 봉건시대의 일본에서 가로는 제후 막하의 수상 같은 직위로, 그는 평양 전투에도 중요한 역할을 한 인물이었다.

유키나가가 죽은 후 한때 가토 기요마사 등 다른 제후들의 보호를 받았으나 1614년 천주교 신자라는 이유로 추방령을 받고 필리핀의 마닐라로 망명하였다. 12년 후인 1626년 그곳에서 병사하였다. 그의 후손은 지금 일본에 살고 있다.

고니시 유키나가의 조선말 통역으로 전쟁 외교에 중요한 역할을 한 요시로(與四郎)에 대해서는 두 가지 설이 있다. 하나는 전쟁의 마지막 단계에 명군과 일본군이 인질을 주고받을 때 인질로 유정의 진영으로 들어갔다는 것이고, 다른 하나는 그 이전에 고니시 유키나가의 사신으로 유정의 진영에 들어갔다가 붙들려 명나라로 끌려갔다는 설이다.

실록에 보면 전쟁이 끝나기 5개월 전인 1598년 6월, 그는 고니시 유키나가의 밀사로 수행원 7명을 거느리고 서울에 나타났다. 양호에게 조총, 일본도 등을 선물로 바치고 면담하였는데 이때 그대로 압록강을 건너 요동으로 압송된 듯 그 후의 기록에는 나타나지 않는다.

이 면담 석상에서 그는 신상에 대해서 묻는 양호의 질문에 다음같이 대답하고 있다.

"저는 금년에 32세, 아들이 둘 있고, 하찮은 벼슬을 지냈습니다."

임진왜란 중 조선 사람들로부터 제일 흉악한 인물로 지목되었던 가토 기요마사(加藤淸正)는 세키가하라전에 직접 참가하지는 않았으나 이에야스 편에 섰다. 이때 규슈 구마모토의 자기 영토에 있던 기요마사는 이웃 고니시 유키나가의 영토를 침공하여 자기 세력권을 넓혀 갔다. 유키나가의 거성이던 우토 성(宇土城)을 헐어 버리고 일부 건물을 뜯어다 자기의 성내에 옮겨 짓는 등 별로 향기롭지 못한 일을 자행하였다.

1611년 6월 기요마사는 지병인 매독으로 죽었다. 시체는 온몸이 불에 그을린 것처럼 검었다고 한다. 50세. 아들 다다히로(忠廣)가 뒤를 이었으나 얼마 안 가 봉토를 몰수당하고 다다히로 자신은 귀양을 가는 신세가 되었다. 기요마사도 손자 미쓰마사(光正)를 마지막으로 혈통이 끊어졌다.

임진년에 총대장으로 나왔던 우키타 히데이에(宇喜多秀家)는 세키가하라전에 히데요리의 편에 섰는데 이때 그의 나이 28세였다. 패전하자 일본 서남단 가고시마(鹿兒島)로 도망쳐 여러 해 동안 숨어 살다가 결국은 발각되어 도쿄 남방 1천2백 리, 태평양상의 하치조지마(八丈島)로 귀양 갔다. 손수 짠 삿자리로 잡곡을 바꿔 먹고 목숨을 이어 가면서 입버릇처럼 되뇌었다.

"죽기 전에 한 번만이라도 쌀밥을 먹어 보았으면 여한이 없겠다."

각박한 귀양살이에도 명은 길어 1655년 겨울 이 섬에서 숨을 거두니 84세였다.

정유년에 총대장으로 나왔던 고바야카와 히데아키(小早川秀秋)는 세키가하라전에 처음에는 히데요리 편에 섰다가 전투 도중에 이에야스 편으로 돌아섰다. 이것이 히데요리가 패하고 이에야스가 이긴 결정적 요인이 되었다. 그는 히데요시의 처조카로 막중한 은고를 입은 처지에 이것은 변명의 여지가 없는 배신행위였다. 원래 부족한 인간이었으나 이 때문에 양심의 가책이 더했던지 술과 여자와 광태로 세월을 보내다 2년 후인 1602년 9월 병사하고 말았다. 26세, 그도 혈통이 끊어졌다.

6

　임진왜란에 의병들은 잘 싸웠으나 관군은 볼 것이 못 되었다 — 우리 사회에서는 대다수가 이렇게 믿고 있는 것 같다.

　그러나 자세히 보면 대체로 장교들은 매우 우수했으나 휘하에 병사들이 없으니 싸우려야 싸울 수 없었다는 것이 실상이다. 자고로 유교처럼 무력을 멸시하는 사상도 없었고, 따라서 유교를 숭상하는 나라치고 군대가 강한 나라는 없었다. 중국에서도 유교를 숭상한 송(宋), 명(明)은 다 같이 군대의 양성을 소홀히 하여 결국 외침을 막지 못하고 멸망하였다.

　유교를 숭상한 조선 왕조도 문(文)을 중히 여기고 무(武)를 경시하여 국책을 결정하는 요직은 문관들이 독점하였고 무관들은 이에 끼지 못했다. 군대를 양성하는 일은 안중에 없고, 무관의 자리도 고위직은 문관이 차지하는 경우가 드물지 않았다.

　일이 터진 후에야 서둘러 농민들을 휘몰아다 싸움터에 내보내니 오합지중이지 군대라고 할 수 없고, 흩어져 도망치는 것도 무리가 아니었다. 그런 가운데서도 무관들, 특히 무과에 급제하여 착실히 경력을 쌓은 직업군인들은 참으로 잘 싸웠다.

　전쟁 초에 맨 먼저 부산에서 전사한 정발(鄭撥)을 비롯하여 육지에서 전사한 신각(申恪), 원호(元豪), 유극량(劉克良), 신할(申硈), 이복남(李福男), 김시민(金時民), 황진(黃進), 이종인(李宗仁), 장윤(張潤), 바다에서 전사한 이억기(李億祺), 최호(崔湖), 정운(鄭運), 전쟁 중에 병사한 선거이(宣居怡) 등은 우수한 장수들이었다. 또 살아남은 장수들 중에서도 이빈(李薲), 이운룡(李雲龍), 조경(趙儆), 이순신(李純信), 이광악(李光岳), 김응서, 고언백(高彦伯), 권응수(權應銖) 등은 다 뛰어난 무인들이었다.

한걸음 나아가 육군총사령관 신립(申砬)은 자결하고, 해군총사령관 이순신과 원균은 두 사람이 다 전사하였다. 동서양을 통틀어도 한 전쟁에 최고사령관들이 이처럼 잇따라 희생된 예는 드물 것이다. 나라에서 군대를 양성하지 않은 것이 잘못이지 대체로 직업군인들은 훌륭하였다.

의병은 고을의 명망이 있는 선비들이 주창하고 그 고장의 백성들이 호응하여 일어난 농민군이었다. 그런데 고도의 전문성을 요하는 것이 지휘관의 직책인데 무기나 병서와는 인연이 먼 선비들이 어떻게 농민들을 훈련하고 전투를 지휘하였을까?

곽재우같이 타고난 장재(將材)는 예외로 치고, 많은 경우 이름 있는 선비들은 덕망으로 군중을 규합하였고, 실지로 훈련을 실시하고 전투를 지휘한 것은 직업군인 출신들이었다. 가령 경상도 합천의 의병장 정인홍(鄭仁弘)의 휘하에는 부산첨사를 지낸 손인갑(孫仁甲)이 있었고, 황해도 연안의 의병장 이정암(李廷馣)의 휘하에는 첨사를 지낸 송덕윤(宋德潤), 만호를 지낸 장응기(張應祺) 등이 있었다.

문관 출신으로 크게 무공을 세운 권율의 경우도 다르지 않았다. 이치(梨峙) 싸움에는 황진이 있었고, 행주산성 싸움에는 위에 적은 조경이 있었다. 두 사람 다 무과 출신의 직업군인이었다.

한 걸음 나아가 의병은 자기 고장을 지키기 위해서 일어난 농민군이라는 주장이 있으나 이것도 사실과 다르다. 적어도 의병을 지도하는 선비들은 그 안목이 자기 고장에 국한될 수 없었고, 그들은 나라의 운명을 생각하는 지식층이었다. 마침 자기 고장에 적이 들어온 경우에는 할 수 없이 자기 고장에서 싸웠으나 들어오지 않은 경우에는 적이 있는 곳은 어디든지 가서 싸웠다.

전라도 광주의 고경명은 담양에서 의병을 모집하여 서울을 목표로 북진하다 금산에서 전사하였고, 충청도 옥천의 조헌은 청주성을 탈환하고 공주를 거쳐 전라도 금산에서 전사하였다. 전라도 나주의 김천일은 충청도, 경기도를 거쳐 강화도까지 갔다 다시 남하하여 경상도 진주에서 전사하였다. 다 같이 고향에서 모집한 의병들을 이끌고 수백 리, 때로는 1천 리도 더 떨어진 고장에서 싸운 사람들이다.

그들같이 이름난 인물들만 그런 것이 아니다. 가령 남문창의(南門倡義)라 하여 김경수(金景壽), 김제민(金齊閔), 허상징(許尙徵) 등 69명이 단결하여 일어난 전라도 장성(長城)의 의병들도 마찬가지였다. 이들은 이름도 없는 시골 사람들이었으나 북으로는 충청도 직산을 거쳐 경기도 용인까지 출격하였고, 동쪽으로는 경상도 함양까지 가서 싸웠다. 또 군량미가 부족하다는 소식을 듣고 곡식을 모아 2천 리 떨어진 의주의 조정으로 보내기도 하였다.

의병들의 활동무대는 결코 자기 고장에 국한된 것이 아니었다.

7

이순신 장군에게 충무(忠武)라는 시호가 내린 것은 그가 전사한 지 45년이 되던 1643년(인조 21)이었다. 시호는 생전의 행적을 참작하여 사자(死者)에게 바치는 명예 칭호로, 시법(諡法)에 의하면 일신의 위험을 무릅쓰고 위를 섬기는 것을 충(忠), 난리를 평정하는 것을 무(武)라고 하였다. 이로부터 세상에서는 이순신 장군을 충무공(忠武公)이라고 부르게 되었다.

그에 관련된 글들을 수록한 《이충무공 전서(李忠武公全書)》는 더 세월이 흘러 그가 세상을 떠나고 1백94년이 지난 1792년(정조 16), 어명으로 편찬이 시작되어 3년 후인 1795년에 출간되었다. 여기에는 장군이 직접 쓴 글과 다른 사람들이 장군에 관해서 쓴 글들이 모두 수록되어 있다. 일반에 친숙한 《난중일기(亂中日記)》도 당연히 이때 후손들이 보관하고 있던 친필본을 빌어다 여기 수록하였다.

그런데 《난중일기》라는 이름은 장군이 스스로 붙인 것은 아니다. 당초에는 별다른 이름이 없던 것을 이때 전서를 편집하는 분들이 편의상 붙인 이름이다. 어떻든 이로부터 친필본 외에 인쇄본이 나타난 셈인데 이 두 가지를 구분하기 위해서 친필본은 《난중일기초(草)》, 인쇄본은 단순히 《난중일기》라고 부르게 되었다.

두 가지가 일치하는 것이 원칙이지마는 반드시 그렇지도 않다. 그 당시만 해도 인쇄를 하기 위해서는 행서로 쓴 친필본을 누구나 알아보기 쉽도록 정자로 옮겨 쓴 다음 이것을 판각에 올리는 과정이 필요하였다. 사람이 하는 일이니 옮겨 쓰는 과정에서 오자(誤字)가 생길 수도 있고 편집자의 주관에 따라 삭제한 대목도 약간 있었다.

가령 정유재란 첫해인 1597년 9월 16일에 명량해전이 있었는데 이날 일기를 대조해 보면 인쇄본에는 적선의 수를 3백30여 척이라고 한 반면 친필본에는 1백30여 척이라고 하였다. 분명히 옮겨 쓸 때의 실수로, 1백30여 척이 옳은 것은 말할 것도 없다.

공교롭게 이해 8월 4일부터 10월 8일까지의 일기는 두 벌이 있다. 왜 이순신 장군이 한번 쓴 일기를 다시 썼는지 알 수 없으나 먼저 쓴 부분은 간지(干支)에 착오가 있다. 지금 같으면 8월 4일, 금요일이라고 할 것을 목요일이라고 적은 것과 같은 착오였다. 한번 틀리기 시작하니 계속해서 10월 8일까지 틀리게 적다가 여기서 착오를 발견하고 다시 쓰기 시작한 것이다.

어떻든 장군은 이 틀린 부분의 일기를 전부 다시 적으니 두 벌이 될 수밖에 없었다. 큰 차이는 없으나 둘을 대조하면 앞서 적은 것보다 뒤에 적은 것이 약간 분량이 많고 정확한 느낌이 든다.

위에 나오는 9월 16일 명량해전의 대목을 보면 앞서 적은 일기에는 적선의 수를 1백33척, 그중 우리 수군이 쳐부순 척수를 30척이라고 하였다. 그런데 뒤에 적은 일기에는 적선 1백30여 척, 쳐부순 숫자는 31척으로 나온다.

전투 중에 대충 계산은 했겠지마는 사령관이 그 많은 적선을 끝수까지 세지는 못했을 것이고, 총망 중에 그날 일기에는 부하들이 보고한 것을 그대로 적었으리라고 짐작된다. 그 후 전투의 흥분이 가시고 모든 것이 정상으로 돌아온 후 전투에 참가하였던 부하들 사이에도 적선의 수에 대해서 소견에 차이가 있으므로 앞서 적은 것을 수정하여 1백30여 척으로 한 것이 아닌가 한다. 다만 격침된 적선에 대해서는 증거가 명백히 남아 있으므로 착오가 생길 염려가 없었다. 앞서 일기를 적은 후에 1척이 더 발견되어 30척을 31척으로 수정한 것으로 보인다.

이상과 같은 사정으로 명량해전에 나온 적선의 수와 격침된 척 수에 대해서 지금까지 혼선이 없지 않았다.

임진왜란이 일어나자 누구보다 먼저 의병을 일으켜 눈부신 활약을 한 곽재우(郭再祐)는 전쟁 중에 이미 성주목사니 방어사니 몇 가지 벼슬을 받았고, 적이 물러간 후에도 그의 공을 참작하여 조정에서는 병마사,

감사, 통제사 등등 여러 가지 벼슬을 내렸다. 그러나 그는 다음같이 말하고 극구 사양하였다.

"나의 벼슬이라는 것은 적을 토벌해서 얻은 것들이다. 이제 적이 물러갔으니 나도 물러가야 한다."

그는 영산(靈山)의 창암(滄巖), 지금의 경남 창녕군 도천면 우강리, 낙동강변에 정자를 짓고 망우정(忘憂亭)이라고 이름하였다. 세상의 근심 걱정을 잊고 산다는 뜻이다. 실지로 그는 여기서 책을 보고, 산에 오르고, 강에 배를 띄워 고기를 낚으면서 여생을 신선같이 보냈다.

피치 못해 벼슬에 나가도 될 수 있는 대로 빨리 그만두고 망우정으로 돌아와 자연과 함께하는 생활을 다시 이어 갔다.

한번은 서울에 올라가서 오위도총부 부총관(副摠管)의 벼슬을 받은 일이 있었다. 공교롭게 바로 상사인 도총관은 전쟁 초에 곽재우가 죽여 버린다고 윽박지르던 당시의 경상감사 김수(金睟)였다. 며칠 안 가 곽재우가 한성좌윤으로 옮겼다가 곧 그만두고 망우정으로 돌아온 것을 보면 두 사람의 사이는 여전히 부드럽지 못했던 모양이다. 불같은 성미의 곽재우는 세월이 흘렀다고 굽히거나 고분고분할 사람이 아니었다.

그는 전쟁이 끝난 지 19년이 되는 1617년(광해군 9) 4월 망우정에서 세상을 떠나니 66세였다. 곽재우야말로 뜻대로 싸우고, 뜻대로 살다 간, 우리 역사에 드문 쾌남아였다.

8

족보에 대해서는 별로 평가하지 않는 이들도 있으나 필자는 이런 경험이 있다.

이순신은 전라좌수사, 이억기는 우수사로 함께 싸웠고, 만나는 장면도 자주 나오는데 아무리 찾아도 이억기가 이순신보다 연상인지 연하인지 알 수 없었다. 헛수 삼아 전주 이씨 대동종약원(종친회)에 부탁하였더니 족보에서 이억기 장군에 해당되는 부분을 복사하여 보내 주었다. 비로소 그가 가정신유(嘉靖辛酉), 즉 1561년 7월 24일생이라는 것, 따라서 1545년생인 이순신보다 16년 연하라는 것, 임진년에 그는 32세의 젊은 장수였다는 것을 알게 되었다.

족보에는 그의 자세한 경력과 아울러 호도 적혀 있었는데 그의 호는 송봉(松峰)이었다. 지금도 일부에는 이 시대의 무장은 호를 쓰지 않았다는 주장이 있고, 이순신의 호가 덕곡(德谷)이라는 기록이 나와도 그 진위를 의심하는 이들이 없지 않다. 같은 시대의 명나라 장수 이여송도 앙성(仰城)이라는 호를 썼으니 적어도 일부에는 호를 쓰는 무장도 있었다고 보아야 할 것이다.

이야기가 옆길로 들어갔으나 이로부터 필자는 여러 문중의 족보를 상고하기 시작하였다. 경력뿐만 아니고 가족관계를 알기 위해서도 족보는 귀중한 자료가 되어 주었다.

이 전쟁에 중요한 역할을 한 명나라의 병부상서 석성은 죄를 쓰고 옥사하였기 때문에 중국 사서에도 그의 전기는 나오지 않고, 일본서적을 찾아도 알 길이 없었다. 단념하고 있는데 뜻밖에도 족보학회장 김환덕(金煥德) 씨가 그의 후손이 한국에 살고 있다면서 족보를 찾아 생몰연대를 가르쳐 주었다.

이여송의 경우도 마찬가지로, 그의 후손 이종윤 씨로부터 비로소 자세한 경력을 알게 되었다. 그 후《선조실록》을 보다가 족보의 기록과 실록의 기록이 일치하는 것을 발견하고 족보의 가치를 새삼 인식하기에 이르렀다.

집안의 내력을 적은 가승(家乘)도 중요한 자료였다. 진주전투에서 용명을 떨친 황진 장군의 자세한 경력도 족보와 아울러 가승에서 찾아냈다. 논개(論介)에 대해서는 근자에 와서 기생이 아니라 양가의 규수였다고 미화하는 경향이 있으나 그의 남편 최경회(崔慶會) 선생의 가승에 분명히 기생으로 적혀 있다. 그대로 두는 것이 더 아름다울 것이다.

역사의 각론(各論)이라면 적절치 못한 표현일지 모르나 하여튼 장차 우리 역사의 세부에까지 연구가 미칠 때 족보와 가승은 없지 못할 귀중한 사료가 될 것이다. 그것은 우리만이 갖는 독특한 문화유산이라고 해도 과언이 아니다.

임진왜란에 우리 민족은 거족적으로 항전하였다. 공명도 이익도 탐하지 않고 어느 골짜기에서 적과 싸우다 이름 없이 죽어 간 사람들이 얼마든지 있었다. 아마 이들의 사적은 영영 알 수 없고, 개중에는 잘못 전해 내려오는 것도 없지 않을 것이다.

가령 전쟁 초에 부산에서 전사한 부산첨사 정발같이 이름이 있는 장수도 그처럼 처절하게 싸우다 전사하였어도 처음에는 해괴한 소문이 떠돌았다.

정발은 적이 쳐들어왔을 때 술에 만취하여 활도 한번 당겨 보지 못하고 저들의 손에 죽었다느니, 그게 아니라 적이 나타나자 기겁을 해서 도망쳤다느니 ― 말이 많았다.

부산성에서 싸우던 사람들이 모두 죽고 없으니 사실을 증명할 사람이 없고, 말을 좋아하는 사람들이 만들어 낸 유언비어만 무성하였다. 그런데 사실은 학살당한 시체더미에 숨어 있다가 살아남은 사람이 3명 있었다. 이들은 적에게 발각되어 그들의 배에 끌려갔다가 곧 석방되어 집으로 돌아갔다. 부산 지방 출신의 졸병들로 정발과 함께 싸웠으니 진상

을 알고 있었으나 도망병으로 몰려 처벌을 받을 염려가 있는지라 입을
다물고 숨어 버렸다.

전쟁이 끝나고 평화가 오자 이들도 가까운 친구들에게 은밀히 자초
지종을 속삭이기 시작했다. 소문은 퍼져 정발의 미망인 임(任)씨의 귀
에도 들어갔다.

전쟁이 끝난 지 5년이 되는 1603년 임씨는 조정에 글을 올려 남편의
억울한 사정을 호소하였다. 이에 조정은 경상감사 이시발(李時發)에게
현지조사를 명하고, 이시발은 좌수사 이영(李英)에게 이첩하였다. 이영
이 조사에 나서자 위에 적은 3명 중에서 가은산(加隱山)이라는 사람이
나와 당시의 상황을 사실대로 증언하였다. 이로써 정발은 비로소 누명
을 벗었고, 함께 전사한 애향(愛香)의 슬픈 사연도 비로소 세상에 알려
지게 되었다. 그가 전사한 지 11년 후의 일이다.

당시의 숨은 사연은 전국 도처에 깔려 있다. 장차 평화로운 세월이 오
고 우리들에게 마음의 여유가 생기면 세상 사람들이 이들 사연을 수소
문하는 날도 찾아올 것이다.

원래 이 작품은 1984년 1월부터 89년 12월까지 토요일마다 〈동아일
보〉에 연재하였다. 다만 중간에 필자의 신병으로 일 년간 쉬었으니 정
확히는 만 5년간 연재한 셈이다.

연재를 시작한 것은 84년 1월이었으나 자료 수집을 시작한 것은 그
보다 10년 전인 74년 여름이었다. 이때부터 연재가 끝날 때까지 16년간
실로 많은 분들에게 수고를 끼쳤고, 많은 분들로부터 가르침을 받았다.

그 중에서도 특히 이종학(李鍾學), 윤양중(尹亮重), 신용순(申用淳) 씨와 일본에 계신 다나카 아키라(田中 明) 씨, 강석린(姜錫麟) 박사의 호의를 잊을 수 없다. (신문 연재 당시) 훌륭한 삽화를 그려 주신 송영방(宋榮邦) 교수, 느닷없는 문의에도 친절히 응해 주신 전주 이씨, 우계 이씨를 비롯한 여러 종친회의 임원들에 성심으로 감사를 드린다.

김성한의 《7년전쟁》을 말한다

한명기 ┃ 명지대 사학과 교수

아리랑 3호, 다네가시마, 그리고 임진왜란

2012년 임진년 5월 18일, 인공위성 아리랑 3호가 발사되었다. 언론에서는 "한국의 세 번째 다목적 실용 위성이 성공적으로 궤도에 진입했다"거나 "685km나 되는 높은 상공에서 지상의 중형 승용차까지도 식별할 수 있는 첨단 위성을 보유하게 되었다"며 아리랑 3호의 발사 성공을 크게 보도했다.

그런데 필자가 주목한 것은 아리랑 3호가 궤도 진입에 성공했다는 사실보다 그것이 일본제 로켓에 실려 일본의 우주 기지에서 쏘아 올려졌다는 점이다. 인공위성 제작 기술은 괄목할 정도로 발전했지만, 한국은 아직 인공위성을 우주 궤도에 띄울 수 있는 로켓을 만들 능력이 없다. 아리랑 3호는 미쓰비시 중공업이 제작한 H2A 로켓에 실려 규슈(九州) 남쪽의 다네가시마(種子島) 우주센터에서 발사되었다. 아리랑 3호를 발사할 때 일본에서는 "한국의 로켓 기술이 일본보다 수십 년 뒤처진 1960년대 수준에 머물고 있다"거나 "아리랑 3호 발사 성공을 계기로 일본이 우주산업 수출의 첫발을 내디뎠다"는 등의 보도가 이어졌다.

아리랑 3호가 발사되었던 다네가시마가 어떤 곳인가? 일찍이 1543년 마카오에서 동남아로 향하던 중국 배 한 척이 이 섬에 표착(漂着)했고, 그 배에 타고 있던 포르투갈 사람은 다네가시마의 영주에게 조총 한 자루를 선사한다. 당시 전국시대(戰國時代)를 맞아 전쟁으로 날을 지새우던 일본의 다이묘들은 이 새로운 무기의 위력에 열광했고, 조총은 순식간에 각지로 퍼져 나가 일본 열도의 군사력을 획기적으로 증강시켰다. 조총수를 양성하는 데 누구보다도 열심이었던 오다 노부나가(織田信長)가 죽은 뒤 후계자가 된 도요토미 히데요시(豐臣秀吉)는 전국 통일을 달성한다. 일본을 손에 넣고 기고만장해진 히데요시는 명을 정복하겠다는 야욕을 공공연히 드러내면서 자신의 길잡이가 되라고 조선을 협박한다. 조선이 요구를 무시하자 이윽고 히데요시의 총구가 조선으로 향하고 임진왜란이 일어났던 것은 주지의 사실이다. 요컨대 다네가시마는 한반도 전역을 참혹한 전화(戰禍)의 소용돌이 속으로 밀어 넣는 데 출발점이 되었던 문제적 장소였다.

아리랑 3호 발사 소식에서 다네가시마와 조총, 그리고 임진왜란을 떠올리면서 올해가 전쟁이 일어난 지 꼭 7주갑(周甲)이 되는 해라는 사실에 다시 놀란다. 다네가시마에 조총을 갖고 표착했던 포르투갈 사람은 그것이 정확히 50년 뒤 동아시아 전체를 뒤흔든 대전란의 불씨가 되리라는 것을 상상이나 했을까? 1498년 바스코 다 가마가 리스본에서 인도의 캘리컷으로 가는 항로를 개척했던 이후 포르투갈인들은 동남아시아를 거쳐 마카오, 일본으로 몰려들었다. 후추 등 향료를 찾아 나섰던 그들이 나타나면서 조총이 전래되었고, 분열되었던 일본의 통일이 촉진

되었는가 하면 끝내는 히데요시의 조선 침략이 빚어졌다. 이른바 대항해시대(大航海時代)의 개막이 남긴 여파가 연쇄적으로 이어지면서 나타난 '나비효과'였다. 수백만 생령의 목숨을 빼앗고 동아시아를 격변 속으로 몰아넣은 임진왜란은 이렇듯 동서양 문명의 조우에서 비롯되었다. 그로부터 469년, '문제적 장소' 다네가시마에서 아리랑 3호가 H2A 로켓에 실려 발사된 것은 예사롭지 않다.

동아시아 전체의 시각을 담은 역사소설 《7년전쟁》

임진왜란이 일어난 지 7주갑이 되는 올해 김성한의 대하 역사소설 《7년전쟁》(구 제목 '임진왜란')이 복간되었다. 이 소설은 1984년부터 1989년까지 〈동아일보〉에 절찬리에 연재되었고, 1990년에는 단행본으로 출간되었다. 하지만 출간 이후 얼마 지나지 않아 절판됨으로써 많은 사람들에게 아쉬움을 남겼던 문제의 작품이기도 하다.

《7년전쟁》은 독특하면서도 장대한 스케일을 지닌 소설이다. 작가 김성한은 7년 동안 한반도를 할퀴었던 임진왜란을 한국, 한국인의 입장에서만 그리지 않는다. 소설 속에는 전쟁의 피해자인 한국, 한국인 뿐 아니라 가해자인 일본과 일본인, 그리고 또 다른 당사자인 중국과 중국인의 생각과 활동상이 포괄적으로 묘사되어 있다. 김성한은 연재를 시작하기 직전, '작가의 말'을 통해 집필에 임하는 포부를 다음과 같이 밝혔다. "이 사건을 한국의 입장에서뿐만 아니라 동양 전체의 입장에서 조감(鳥瞰)하고 인간의 운명, 민족의 운명을 생각하여 보고자 한다. 원래 이 전쟁은 무대가 한국, 일본, 중국으로 광범할 뿐 아니라 화전(和戰)의 내막도 복잡다기하기 이를 데 없었다. (……) 가능한 범위에서 삼국의 사료들을 상고하여 당시의 참 모습을 그려 볼까 한다."

동아시아의 국제전이자 세계대전이었던 전쟁의 참모습을 제대로 그려 내고자 했던 작가의 구상은 애초 소설의 제목을 '7년전쟁(七年戰爭)'이라 했던 것에서도 뚜렷이 드러난다. '7년전쟁'은 이 전쟁을 바라보는 한·중·일 삼국의 개별적이고 주관적인 시각을 뛰어넘는 중립적이면서도 포괄적인 제목이다. 우리가 쓰는 '임진왜란(壬辰倭亂)'이란 명칭은 '임진년에 왜인들이 일으킨 난동'이란 뜻이다. 이 용어 속에는 무고하게 쳐들어와 조선을 유린했던 일본에 대한 원한과 적개심이 오롯이 담겨 있다. 일본에서는 이 전쟁을 '문록경장의 역(文祿慶長の役)'이라 부른다. '문록경장 연간(1592~1614)의 전쟁' 정도의 의미를 지녀 일견 중립적으로 보이는 이 용어 속에는 '침략'의 본질을 은폐하려는 꼼수가 녹아들어 있다. 중국이 이 전쟁을 부르는 명칭은 '항왜원조(抗倭援朝)'이다. '일본에 맞서 조선을 도운 전쟁'이라는 뜻을 담고 있다. 조선에 대해 시혜자(施惠者)로 자처하면서 대국주의적 관점을 드러내고 있다.

오늘날 한·중·일은 이 전쟁을 여전히 제각각의 명칭으로 부르고 있다. 그런데 김성한은 거의 30년 전에 이미 '7년전쟁'이란 제목을 붙임으로써 일국사(一國史)의 시각을 넘어서려는 자세를 보여 주었다. 하지만 연재가 시작된 이후 제목을 바꿔야 한다는 항의가 빗발치면서 '임진왜란'으로 바꿀 수밖에 없었다. 사회 전반에 반일 정서가 광범위하게 퍼져 있던 당시 분위기에서 '7년전쟁'이란 제목은 받아들여지기 어려웠던 것이다. 그럼에도 불구하고 개별 국가의 시각과 감정을 넘어 '동아시아 전체의 전쟁'으로서 임진왜란을 자리매김하고자 했던 김성한의 역사관과 집필 방향은 당시로서 선구적인 것이었고, 이번 복간에서 최초의 제목을 되살린 것은 그래서 적절해 보인다.

광범한 자료 섭렵과 치밀한 고증으로 확보한 국제성

한 · 중 · 일 삼국의 시각을 아울러 종합적이고 국제적인 전쟁사를 서술하려 했던 김성한의 의도는 그가 섭렵했던 다양한 자료들을 통해서 뒷받침되었다. 그는 이 소설을 쓰기 위해 연재를 시작하기 10년 전부터 자료를 수집했다고 한다. 실제로 그는 《선조실록》, 《명신종실록(明神宗實錄)》, 일본 장수와 종군승(從軍僧)들의 기록을 비롯한 기본 사료들뿐 아니라 개인 문집과 일기류, 그리고 연구 논문들에 이르기까지 광범한 자료들을 활용했다. 직접 읽어 본 독자들은 공감하겠지만, 소설에 나타난 이야기의 서술은 물 흐르듯 유려하면서도 내용이 아주 구체적이다. 주로 《선조실록》의 내용을 바탕으로 서술한 조선, 조선인들의 이야기 뿐 아니라 일본인, 중국인들과 관련된 서술 또한 손에 잡힐 듯 생생하다. 한 예로 1592년 명 조정에서 여진족 추장 누르하치를 조선에 보내 일본군과 싸우게 하려 했던 문제를 놓고 벌인 논란을 서술한 장면을 보자.

결국 누르하치의 여진군을 이여송군의 선봉으로 편입하기로 하였다. (……) 누르하치의 제의로 들떠 있던 명나라 조정에 제일 먼저 찬물을 끼얹은 것은 조선이었다. "중국이 그렇게 허약한 줄은 몰랐다. 기껏 한다는 짓이 누르하치의 힘을 빌어 왜적을 물리친다는 것이냐." (……) 명나라 조정은 저마다 삿대질이었다. "조선놈들, 죽어 가는 판에 더운밥, 찬밥 가리게 됐느냐?" (……) 며칠을 두고 빈정대는데 요양의 송응창으로부터 사람이 달려왔다. "누르하치도 오랑캐올시다. 그를 키워 주었다가 제2의 보바이가 되면 어떻게 하지요." (……) "조선 놈들, 경략을 아주 구워삶아 놓았구나." (……) 석성은 하는 수 없이 조정의 공론에 부쳤다." (4권,

153~155쪽)

《선조실록》,《징비록》,《신종실록》등 연대기 자료를 두루 섭렵하고 명과 조선의 정치사, 여진족 상황 등을 살펴 전후 맥락을 파악하지 않고서는 결코 서술할 수 없는 경지라고 할 수 있다. 소설 속에는 이런 서술들이 무수히 나온다.

김성한은 일찍이 역사소설을 그림으로, 그림 가운데서도 풍경화에 비유했다. 그러면서 "풍경화는 무엇보다 그 대상을 충실하게 표현하는 것이 가장 중요하다"고 강조했다. 또 "역사가 나무의 줄기와 큰 가지라면 역사소설은 잎사귀이자 생명을 불어넣는 바람"이고, "역사소설을 통해 과거와 현재를 함께 돌아볼 수 있다"고 했다. 그의 이 같은 지론이 광범한 자료 섭렵과 치밀한 고증을 통해 인간들의 이야기로 생생하게 형상화되었다.

소설 《7년전쟁》에 담긴 역사성

《7년전쟁》에는 실록 못지않은 사실성과 사관(史官)의 포폄(褒貶)을 방불케 하는 작가의 준열한 비판과 평가가 깔려 있다. 그는 《7년전쟁》에서 침략을 자행한 일본의 책임을 준열하게 물으면서도, 국제 정세를 제대로 알려고 하지 않았던 조선 지배층의 무능과 문약(文弱) 풍조에 대해서도 문제를 제기한다. 연재를 마친 직후인 1989년 12월의 〈동아일보〉 인터뷰에서 "무능한 통치자는 용서받지 못할 범죄자"라며 선조를 비롯한 위정자들의 책임을 거론하고 있다.

작가는 또한 위기를 맞아 아무런 보상도 바라지 않고 일어나 싸운 의병장들, 묵묵히 자신의 책임을 다했던 무장(武將)들, 누구의 도움도 받지 못한 채 스스로 운명을 개척해야 했던 민초들에게 따뜻한 시선을 보낸다. 필자는 작가가 의병장 곽재우를 가리켜 "뜻대로 싸우고, 뜻대로 살다 간, 우리 역사에 드문 쾌남아"라고 평가했던 대목에 공감하면서 눈물을 글썽였던 기억을 갖고 있다.

《7년전쟁》은 분명 소설이되 단순한 소설이 아니다. 거기에는 류성룡의 《징비록》처럼 과거를 돌아보고 미래를 새롭게 만들어 가라는 작가의 메시지가 녹아 있다. 필자가 읽어 낸 메시지의 핵심은 인간을 존중하고 평화를 염원하는 휴머니즘이다.

420년 전 한반도는 기존 패권국 명과 신흥 강국 일본이 충돌하던 대결의 장이었다. 지금의 상황도 별반 다르지 않다. G2 운운하는 와중에 여전히 대륙 블록과 해양 블록 사이의 충돌의 장으로 전락할 위험을 안고 있다. '스스로 위성을 띄워 올릴 수 있는' 물리적 실력을 갖추는 것도 시급하고 과거 역사를 성찰하여 평화를 이끌어 낼 수 있는 지력(知力)과 지혜를 다지는 것도 절실하다. 이 같은 역사적 과제에 관심을 가진 모든 사람들에게 김성한의 《7년전쟁》은 소중한 거울이 될 것으로 확신한다.

7년전쟁
5권 재침 그리고 기이한 화평

초판 1쇄 발행 2012년 7월 10일
초판 4쇄 발행 2020년 8월 28일

지은이 김성한
펴낸이 노미영

펴낸곳 산천재
등록 2012. 4. 19.
주소 서울시 마포구 와우산로 48, 로하스타워 707호 (상수동)
전화 02-523-3123 팩스 02-523-3187
이메일 magobooks@naver.com

ISBN 978-89-90496-65-2 04810